U0879917

全国高等教育自学考试指定教材
汉语言文学专业(本科段)

中国古代文学史(一)

(2011年版)
[含:中国古代文学史(一)自学考试大纲]
全国高等教育自学考试指导委员会　组编

主　编　陈　洪　张峰屹
审稿人　胡　明　陶慕宁　张国星

北京大学出版社
PEKING UNIVERSITY PRESS

图书在版编目(CIP)数据

中国古代文学史(一)/陈洪,张峰屹主编. —北京:北京大学出版社,2011.9

(全国高等教育自学考试指定教材)

ISBN 978-7-301-19402-7

Ⅰ.①中… Ⅱ.①陈…②张… Ⅲ.①中国文学—古代文学史—高等教育—自学考试—教材 Ⅳ.①I209.2

中国版本图书馆 CIP 数据核字(2011)第 170129 号

书　　名	中国古代文学史(一)
著作责任者	陈　洪　张峰屹　主编
责任编辑	徐丹丽
标准书号	ISBN 978-7-301-19402-7
出版发行	北京大学出版社
地　　址	北京市海淀区成府路 205 号　100871
网　　址	http://www.pup.cn　新浪微博:@北京大学出版社
电子邮箱	编辑部 wsz@pup.cn　总编室 zpup@pup.cn
电　　话	邮购部 010-62752015　发行部 010-62750672　编辑部 010-62752022
印 刷 者	北京鑫海金澳胶印有限公司
经 销 者	新华书店
	787 毫米 × 1092 毫米　16 开本　20 印张　433 千字
	2011 年 9 月第 1 版　2025 年 8 月第 32 次印刷
定　　价	50.00 元

组编前言

21 世纪是一个变幻莫测的世纪，是一个催人奋进的时代。科学技术飞速发展，知识更替日新月异。希望、困惑、机遇、挑战，随时随地都有可能出现在每一个社会成员的生活之中。抓住机遇，寻求发展，迎接挑战，适应变化的制胜法宝就是学习——依靠自己学习、终生学习。

作为我国高等教育组成部分的自学考试，其职责就是在高等教育这个水平上倡导自学、鼓励自学、帮助自学、推动自学，为每一个自学者铺就成才之路，组织编写供读者学习的教材就是履行这个职责的重要环节。毫无疑问，这种教材应当适合自学，应当有利于学习者掌握、了解新知识、新信息，有利于学习者增强创新意识、培养实践能力，形成自学能力，也有利于学习者学以致用、解决实际工作中所遇到的问题。具有如此特点的书，我们虽然沿用了“教材”这个概念，但它与那种仅供教师讲、学生听，教师不讲，学生不懂，以“教”为中心的教科书相比，已经在内容安排、形式体例、行文风格等方面都大不相同了。希望读者对此有所了解，以便从一开始就树立起依靠自己学习的坚定信念，不断探索适合自己的学习方法，充分利用自己已有的知识基础和实际工作经验，最大限度地发挥自己的潜能达到学习的目标。

欢迎读者提出意见和建议。

祝每一位读者自学成功。

全国高等教育自学考试指导委员会

2005 年 1 月

目 录

中国古代文学史(一)自学考试大纲

中国古代文学史(一)

第二编　秦汉文学

第三编　魏晋南北朝文学

全国高等教育自学考试
汉语言文学专业(本科段)

中国古代文学史(一)自学考试大纲

全国高等教育自学考试指导委员会制定

大纲目录

课程自学考试大纲前言

为了适应社会主义现代化建设事业的需要，鼓励自学成才，我国在20世纪80年代初建立了高等教育自学考试制度。高等教育自学考试是个人自学、社会助学和国家考试相结合的一种高等教育形式。应考者通过规定的专业考试课程并经思想品德鉴定达到毕业要求的，可获得毕业证书；国家承认学历并按照规定享有与普通高等学校毕业生同等的有关待遇。经过近三十年的发展，高等教育自学考试为国家培养造就了大批专门人才。

课程自学考试大纲是国家规范自学者学习范围、要求和考试标准的文件。它是按照专业考试计划的要求，具体指导个人自学、社会助学、国家考试、编写教材、编写自学辅导书的依据。

随着经济社会的快速发展，新的法律、法规不断出台，科技成果不断涌现，原大纲中有些内容过时、知识陈旧。为更新教育观念，深化教学内容方式、考试制度、质量评价制度改革，使自学考试更好地提高人才培养的质量，各专业委员会按照专业考试计划的要求，对原课程自学考试大纲组织了修订或重编。

修订后的大纲，在层次上，专科参照一般普通高校专科或高职院校的水平，本科参照一般普通高校本科水平；在内容上，力图反映学科的发展变化，增补了自然科学和社会科学近年来研究的成果，对明显陈旧的内容进行了删减。

全国考委文史类专业委员会组织制定了《中国古代文学史(一)自学考试大纲》，经教育部批准，现颁发施行。各地教育部门、考试机构应认真贯彻执行。

全国高等教育自学考试指导委员会

2011年5月

Ⅰ　课程性质与课程目标

一、课程性质和作用

《中国古代文学史(一)》是全国高等教育自学考试汉语言文学专业的一门必修基础课,内容包括先秦文学、秦汉文学、魏晋南北朝文学和隋唐五代文学四编。设置本课程的目的,是为了使自学应考者系统地学习中国文学自先秦到五代的发生发展历史,把握其间重要作家作品的创作特色、各种文体的演变、文学思潮的兴替、各种文学流派和文学团体的理论主张和创作风格,以及上述种种文学现象在文学发展中的地位和影响,为进一步学习其他相关专业选修课程打下扎实稳固的基础。

中国古代文学是中国传统文化的重要组成部分,是学习、传承并发扬祖国优秀的文化传统必不可少的方面。文学史是人类的心灵史,是文化传统中最生动可感的部分。学习文学史,最能直观地感受传统文化的精神风貌。在我国经济快速发展的今天,传承和发扬祖国优秀文化传统,以创建和谐社会,实现科学发展,具有十分重要的意义。而学习中国古代文学史,是实现这一目标非常有效的途径。

二、课程学习目标

本课程的学习目标,是使自学应考者能够:

1. 系统了解中国文学自先秦至五代的发生发展历史;
2. 切实把握其间重要作家作品的创作特征及其在文学发展中的地位和影响;
3. 准确掌握各种文学流派和文学团体的创作风格及其创作主张;
4. 深度理解其间各种文体的演变、文学思潮的兴替;
5. 为进一步学习其他相关选修课程打下扎实稳固的基础。

三、与相关课程的联系与区别

"中国古代文学史(一)"与"古代汉语"、"中国古代文学作品选(一)"等课程具有密切的关系。"古代汉语"通过讲授古代的词汇、语法以及语音、训诂等内容,让学习者能够顺利读懂古代的文章。"中国古代文学作品选(一)"则是通过选讲一部分具有代表性的各体文学作品,让学习者对古代文学的优秀作品有一个直观的体会和感受。这两门课程都是学习"中国古代文学史(一)"的必要基础,前者主要解决文字阅读的问题,后者主要训练对具体作品的审美感受力。而"中国古代文学史(一)",则是在这两门课程的基础上,从史和论两方面,对中国文学自先秦到五代发展的历史过程给予系统的梳理和总结。所以学习“中国古代文学史(一)”,一般应先修过“古代汉语”、“中国古代文学作品选(一)”等课程。

四、课程的重点和难点

本门课程的重点内容包括:重要的作家作品;各种文体的发展演变;各种文学思潮和文学流派、文学团体;与文学发展密切相关的历史思想文化现象等。次重点内容包括:一般的作家作品;文学史各阶段的基本术语概念等。一般内容包括:文学史各类常识。重点内容约占课程全部内容的60%,次重点内容约占课程全部内容的30%,一般内容约占课程全部内容的10%。

本门课程的难点在于:

1. 体会和把握作家作品的创作特色,并能够比较在某些方面相类的作家作品的创作特色的异同;

2. 掌握和理解各种文体在不同历史时期发展演变的一般状况;

3. 掌握和理解所出现的文学流派的创作特色、文学思潮及其创作主张;

4. 掌握和理解某些特定时期的政治、文化思潮与文学发展的内在联系;

5. 在一定程度上综合论析某种比较复杂的文学现象。

Ⅱ　考核目标

本大纲在考核知识点和考核要求中，按照识记、理解、应用三个层次，规定不同内容应达到的能力层次要求。三个能力层次的基本含义和要求分别是：

识记：要求考生对文学史各阶段的客观知识点、文学史各类常识等，有准确清晰的记忆和认识。

理解：要求考生在识记基础上，对文学史各阶段的基本术语概念以及比较单纯明晰的文学现象等，能够做到深入理解、准确解释。

应用：要求考生在识记和理解的基础上，对文学史各阶段的作家作品创作特色、各种文体的发展演变、各种文学思潮的内涵和影响、各种文学流派文学团体的创作旨趣以及与文学发展密切相关的历史思想文化现象等，能够做到综合理解、全面论析和阐释。

Ⅲ　课程内容与考核要求

第一编　先秦文学

第一章　上古传说文学

一、学习目的与要求

本章的重点内容是上古神话传说。学习要求：①理解和把握上古歌谣的精神内涵及其形式特征；②深刻理解神话的概念及其与传说的联系和区别；③重点掌握我国神话的主要类别及其基本特征。

二、考核知识点与考核要求

(一)初民的歌谣

识记：①古代典籍中关于上古歌谣的论述；②《周易·贲卦》六四爻辞、《中孚》九二爻辞和《弹歌》、伊耆氏《蜡辞》。

理解：①上古歌谣的产生与初民切身的生活密切相关；②原始歌舞诗、乐、舞三位一体的综合性。

(二)上古神话传说

识记：神话的基本特性。

理解：神话与传说的联系与区别。

应用：①我国神话的主要类别及其代表作品；②我国神话的精神内涵特征；③我国神话对后世文学发展的影响。

第二章　《诗经》

一、学习目的与要求

本章均为重点内容。学习要求：①识记有关《诗经》的基本知识；②深刻理解《诗经》的社会人生内涵；③重点掌握《诗经》的文学成就。

二、考核知识点与考核要求

(一)有关《诗经》来源、分类、流传

识记：①《诗经》是我国第一部诗歌总集，收录西周初年到春秋中叶诗歌305篇。包括《国风》160篇、《小雅》74篇、《大雅》31篇、《颂》40篇。《小雅》中另有笙诗6篇，不在305之数；②采诗说；③献诗说；④删诗说；⑤今人对《诗经》编订的一般看法。

理解：①风、雅、颂的分类依据及其各自含义；②《诗经》的流传。

(二)《诗经》的社会人生内涵

理解：班固、何休对《诗经》的评述。

1. 婚恋诗

识记:此类诗歌的代表作品。

理解:弃妇诗。

应用:《诗经》婚恋诗的基本内容。

2. 抒发多种人生感慨的诗

识记:此类诗歌的代表作品。

应用:简要说明此类诗歌的基本内容。

3. 政治讽谕诗

识记:此类诗歌的代表作品。

应用:简要说明此类诗歌的基本内容。

4. 史诗及其他

识记:①《大雅》中周人的五篇史诗;②农事诗的代表作品。

理解:①《豳风·七月》内容梗概;②《周南·芣苢》、《魏风·十亩之间》共同的艺术表现特点。

应用:周人的五篇史诗的基本内容。

(三)《诗经》的文学成就

1. 抒情与写实的统一

应用:简析《诗经》抒情与写实相统一的特点。

2. 赋、比、兴的表现手法

理解:①"六诗"、"六义";②孔颖达的三体三用说。

应用:①朱熹、李仲蒙释赋、比、兴的异同;②结合具体作品,说明赋、比、兴的含义及其文学表现功能。

3. 四言诗的典范

应用:①《诗经》以四言句式为主间有杂言的特点;②《诗经》的音韵特点。

4. 章法结构和语言的特点

理解:《诗经》语言质朴又丰富的特点。

应用:①《诗经》重章复沓的章法结构及其文学表现意义;②论述《诗经》的主要文学成就。

第三章　先秦散文

一、学习目的与要求

本章的重点内容是历史散文的《左传》、《战国策》,诸子散文的《庄子》、《孟子》、《韩非子》。学习要求:①识记有关先秦历史散文和诸子散文的基本知识;②理解春秋战国时期历史散文、诸子散文繁荣的原因;③重点掌握《左传》、《战国策》、《庄子》、《孟子》、《韩非子》的文学成就。

二、考核知识点与考核要求

应用:①先秦诸子散文繁荣的原因;②先秦历史散文繁荣的原因。

(一)《左传》、《战国策》等历史散文

1.《尚书》、《春秋》等早期历史散文简介

识记:①《尚书》是我国第一部历史文集。今文《尚书》、古文《尚书》、伪《古文尚书》;②《逸周书》;③铜器铭文;④《春秋》。

理解:《春秋》的微言大义。

2.《左传》的叙事、写人和辞令艺术(附:《国语》简介)

识记:《春秋》三传。

理解:①《左传》及其作者;②《国语》概况。

应用:①《左传》的叙事艺术;②《左传》的写人艺术;③《左传》的辞令艺术;④综论《左传》的文学成就。

3.《战国策》铺排纵恣的文学特色

理解:《战国策》概况。

应用:《战国策》的文学特色。

(二)《庄子》、《孟子》等诸子散文

应用:先秦诸子散文发展的三个阶段及其基本特点。

1.《论语》、《老子》、《墨子》简介

理解:①《论语》概况;②老子及《老子》概况;③墨子及《墨子》概况。

应用:①《论语》的文学价值;②《老子》的文学特点;③《墨子》的文章特点。

2.《孟子》的雄辩风采

理解:孟子及《孟子》概况。

应用:《孟子》文章的主要特点。

3.《庄子》:深邃思想和美妙艺术表现的融合

理解:庄子及《庄子》概况。

应用:①简说《庄子》的文学特色即是其寓言特色;②综论《庄子》寓言的文学成就。

4.《荀子》和《韩非子》

理解:①荀子及《荀子》概况;②韩非及《韩非子》概况。

应用:①《荀子》说理文的文学特征;②《韩非子》寓言的特点。

第四章　屈原和楚辞

一、学习目的与要求

本章的重点内容是屈原及其楚辞创作。学习要求:①识记并理解有关楚辞的基本知识;②深刻理解屈原的生平和创作;③重点掌握《离骚》的文学成就以及《九歌》、《九章》风格各异的特色;④切实掌握宋玉的楚辞创作及其《九辩》的文学特色。

二、考核知识点与考核要求

(一)屈原和楚辞

1. 屈原及其楚辞创作

识记:屈原的生平际遇。

理解:屈原作品及其真伪考订。

2. 楚辞的渊源及其文体特点

识记:“楚辞”名称源流。

理解:楚辞与赋的区别。

应用:①楚辞文体的一般特点;②与楚辞产生相关的楚文化要素。

(二)“铄古切今,惊采绝艳”的《离骚》

1.《离骚》题义及其创作时间

理解:①《离骚》题义辨析;②《离骚》创作时间辨析。

2.《离骚》永恒的精神价值

应用:《离骚》的思想内容。

3.《离骚》的艺术表现成就

应用:《离骚》的艺术成就。

(三)屈原的其他作品

1. 清新幽渺的《九歌》

识记:《九歌》的篇目。

理解:《九歌》的内容。

应用:《九歌》的艺术表现风格。

2. 平实素朴的《九章》

识记:《九章》的篇目及其创作时间。

应用:《九章》的艺术表现特色。

3.《天问》、《招魂》简介

识记:《天问》概况。

应用:《招魂》的艺术特色。

(四)宋玉

识记:宋玉及其创作。

理解:《九辩》题义。

应用:《九辩》的思想、艺术特色。

第二编 秦汉文学

第一章 秦汉政论及抒情、叙事文

一、学习目的与要求

本章的重点内容是汉代散文。学习要求:①理解和把握李斯的散文创作;②全面把握两汉散文的发展演变状况;③重点掌握贾谊、晁错政论文章的创作特征。

二、考核知识点与考核要求

应用:两汉散文发展演变大势。

(一)秦代散文和李斯

理解:①《吕氏春秋》概况;②《吕氏春秋》的文学特征;③李斯生平与《谏逐客书》写作缘由;④秦刻石文的特点。

应用:《谏逐客书》的创作特点。

(二)贾谊、晁错与西汉初期散文

识记:①贾谊生平;②晁错生平。

理解:西汉初期散文创作的政治、文化背景。

应用:①贾谊散文的代表作及其创作特点;②晁错散文的代表作及其创作特点;③西汉初期政论散文创作的共同特征。

(三)董仲舒、刘向与西汉中后期散文

识记:①董仲舒生平;②刘向生平;③桓宽《盐铁论》。

理解:①西汉中后期散文发展大势;②董仲舒与西汉中后期散文文风的变化;③刘向《战国策叙录》的特点;④司马迁《报任安书》的特点;⑤杨恽《报孙会宗书》的特点。

应用:《新序》、《说苑》的文学价值。

(四)东汉散文的演变

理解:①东汉散文发展大势;②桓谭文章的特点;③王符文章的特点;④冯衍文章的特点。

应用:①王充散文的创作特点;②仲长统散文的创作特点;③朱穆散文的创作特点。

第二章 司马迁与两汉史传散文

一、学习目的与要求

本章的重点内容是《史记》。学习要求:①理解和把握司马迁的生平际遇与《史记》创作;②理解《史记》的编写体例;③重点掌握《史记》人物传记的文学成就;④《汉书》的文学价值;⑤《吴越春秋》的文学价值。

二、考核知识点与考核要求

(一)司马迁及其《史记》

应用:①《史记》的编撰体例;②司马迁的生平际遇与《史记》创作。

(二)《史记》人物传记的文学成就

应用:①《史记》人物传记的剪裁和安排;②《史记》“互见法”的文学表现功能;③《史记》人物传记的文学成就;④《史记》刻画人物性格的常用手法。

(三)班固和《汉书》

识记:①班固的生平;②《汉书》概况。

应用:①《汉书》的文学价值;②《汉书》刻画人物细腻的特点。

(四)东汉其他历史散文

识记:①赵晔《吴越春秋》;②《越绝书》。

理解:《吴越春秋》与《越绝书》的异同。

应用:《吴越春秋》的内容及其文学特征。

第三章　两汉辞赋

一、学习目的与要求

本章的重点内容是两汉辞赋的主要作家作品。学习要求:①熟知两汉辞赋创作始终存在两种文体类型;②理解并掌握两汉辞赋的发展演变;③重点掌握贾谊、枚乘、司马相如、扬雄、刘歆、王褒、张衡、赵壹、祢衡的辞赋创作。

二、考核知识点与考核要求

理解:①两汉辞赋的发展脉络;②汉赋文体渊源。

(一)西汉初期辞赋创作的发展趋向

理解:①西汉初期辞赋创作概况;②“梁孝王忘忧馆时豪七赋”的创作特点。

应用:①贾谊骚体赋的创作特点;②枚乘《七发》的创作特点及其开创大赋体式的贡献;③比较贾谊、枚乘赋作的特点,把握汉初辞赋创作的发展趋向。

(二)司马相如、扬雄与汉大赋的勃兴

识记:①司马相如的生平及其辞赋篇目;②扬雄的生平及其赋作。

应用:①《天子游猎赋》创作意图和客观效果;②《长门赋》的艺术特点;③《天子游猎赋》所代表的汉大赋的主要特点;④扬雄大赋的创作特点及其贡献。

(三)西汉中后期的其他辞赋创作

识记:①纪行赋;②咏物赋。

理解:①汉武帝《李夫人赋》的艺术特点;②班婕妤《自悼赋》的艺术特点;③东方朔《答客难》、《非有先生论》;④司马迁《悲士不遇赋》;⑤孔臧《杨柳赋》、《蓼虫赋》。

应用:①刘歆《遂初赋》的艺术特点及其贡献;②王褒《洞箫赋》在咏物赋发展中的地位。

(四)东汉辞赋的发展演变

识记:①京都赋;②抒情小赋。

理解:①东汉辞赋创作大势;②班彪《北征赋》;③冯衍《显志赋》;④蔡邕《述行赋》;⑤班固《两都赋》。

应用:①赵壹赋的创作特点;②祢衡《鹦鹉赋》的艺术特点;③张衡的赋创作及其在赋史上的地位。

第四章　两汉诗歌

一、学习目的与要求

本章的重点内容是《古诗十九首》和汉代乐府民歌。学习要求:①理解和把握五言诗的兴起和成熟过程;②熟知汉代乐府概况以及“乐府”名义;③重点掌握《古诗十九首》的文学成就;④重点掌握汉代乐府民歌的创作特点。

二、考核知识点与考核要求

(一)五言诗的兴起和成熟

识记:①班固《咏史》;②应亨《赠四王冠诗》。

应用:五言诗的起源与形成。

(二)《古诗十九首》及其他五言古诗

识记:《古诗十九首》释名及其作者。

理解:旧题“苏李诗”及其他五言古诗。

应用:①《古诗十九首》的时代背景及其主要的情思内涵;②《古诗十九首》的艺术成就。

(三)两汉乐府民歌

识记:①“乐府”名义;②汉代乐府机关的职能。

理解:①乐府诗歌的分类;②汉代乐府诗歌的保存。

应用:①汉代乐府民歌的题材内容;②汉代乐府民歌的艺术特色;③与《诗经》民歌相比,汉乐府民歌在情思内涵和艺术表现上的继承和新变。

第三编　魏晋南北朝文学

第一章　建安诗歌

一、学习目的与要求

本章的重点内容是曹操、曹植、曹丕、王粲、蔡琰的诗歌。学习要求:①深入理解“建安风骨”的成因及其美学特征;②重点掌握曹操、曹植的诗歌创作;③切实把握曹丕、王粲、刘桢、蔡琰等其他建安诗人的诗歌创作。

二、考核知识点与考核要求

识记:建安诗坛的时间断限。

应用:“建安风骨”形成的主要原因。

(一)首开风气的曹操

理解:曹操生平、思想性格与其诗歌创作。

应用:曹操的诗歌创作成就。

(二)建安之杰曹植

理解:①曹植的生平及性格;②曹植诗歌创作分期。

应用:①曹植诗歌的思想内容;②曹植诗歌的艺术成就。

(三)其他建安诗人

识记:①建安七子;②王粲生平;③蔡琰的生平及其作品。

理解:①曹丕生平及其情感特点;②曹丕对七言诗的贡献;③七子的生活道路和文学创作分期;④七子不同的文学成就;⑤王粲诗歌的内容及其艺术特点;⑥刘桢及其《赠从弟》(其二);⑦陈琳及其《饮马长城窟行》;⑧阮瑀及其《驾出北郭门行》、《咏史》(燕丹喜勇士);⑨徐干及其《室思》。

应用:①曹丕诗歌的艺术特点;②蔡琰五言《悲愤诗》的内容及艺术特点。

第二章　正始诗歌

一、学习目的与要求

本章的重点内容是阮籍、嵇康的诗歌。学习要求:①深入理解正始政局和思潮对其时诗歌创作的影响;②重点掌握阮籍诗歌的创作成就;③切实把握嵇康诗歌的特色。

二、考核知识点与考核要求

识记:正始诗歌的时间断限。

(一)正始时代与诗歌创作

应用:①政治时局对正始诗歌创作的影响;②玄学思潮对正始诗歌创作的影响。

(二)阮籍与嵇康

理解:①阮籍的生平与思想性格;②嵇康的生平与思想性格。

应用:①阮籍《咏怀》诗的艺术成就;②嵇康诗歌的艺术特色。

第三章　两晋诗歌

一、学习目的与要求

本章的重点内容是太康诗歌、左思诗歌。学习要求:①切实了解两晋诗歌创作概况及其发展大势;②理解和把握两晋诗歌创作与当时社会发展、思想文化的密切关系;③重点掌握陆机、左思的诗歌创作;④切实把握东晋游仙诗、玄言诗的创作状况及其代表作家作品。

二、考核知识点与考核要求

(一)太康诗风的总体倾向

识记:①陆机生平;②潘岳生平。

理解:潘岳《悼亡诗》的特点。

应用:①太康诗风的成因;②太康诗歌内容的特点;③太康诗歌艺术形式特点;④陆机诗歌的代表作及其特点。

(二)刚健诗人左思与刘琨

理解:左思的生平和思想性格。

应用:①左思《咏史》诗的思想和艺术成就;②刘琨经历及其思想转变;③刘琨诗歌的特色。

(三)游仙诗与玄言诗

识记:①郭璞生平;②孙绰《答许询》。

理解:①游仙诗;②玄言诗。

应用:①游仙诗溯源及其两种创作倾向;②郭璞《游仙诗》的内容及其艺术特点;③玄言诗产生的原因及其发生发展过程;④玄言诗内容与形式特点及其文学贡献。

第四章 田园、隐逸诗人之宗陶渊明

一、学习目的与要求

本章的重点内容是陶渊明的诗歌。学习要求:①深入理解陶渊明的思想性格、人生境界与其诗歌创作的关系;②重点掌握陶渊明诗歌艺术成就及其文学贡献;③切实把握陶渊明散文和辞赋创作成绩。

二、考核知识点与考核要求

(一)陶渊明的生平

理解:陶渊明的生平经历。

应用:陶渊明的思想、性格及其人生境界。

(二)陶渊明的诗歌成就

应用:①陶渊明田园诗的情思内涵;②陶渊明田园诗的艺术境界;③陶渊明对中国文学史的贡献。

(三)陶渊明的散文和辞赋

识记:①陶渊明散文作品;②陶渊明辞赋。

应用:①《桃花源记》的思想艺术特点;②《归去来兮辞》的思想魅力;③《闲情赋》的艺术特点。

第五章 南北朝诗歌

一、学习目的与要求

本章的重点内容是元嘉诗歌、永明体诗歌、宫体诗、庾信诗歌和南北朝乐府民歌。学习要求:①切实了解南北朝诗歌创作概况和南朝诗歌发展走向;②深入理解南朝诗歌发展的生态环境;③重点掌握谢灵运、鲍照、谢朓、庾信的诗歌创作;④重点掌握南北朝乐府民歌创作以及南北民歌不同的风格。

二、考核知识点与考核要求

识记:南北朝诗歌创作大势。

(一)元嘉诗坛

识记:①元嘉诗歌的时间断限;②鲍照生平。

理解:①山水诗;②谢灵运生平际遇与其山水诗创作。

应用:①元嘉诗风新变及其原因;②元嘉诗歌创作新特点;③谢灵运山水诗的艺术成就;④鲍照诗歌的内容和艺术成就。

(二)永明诗

识记:①永明文学的时间断限;②谢朓生平。

理解:永明体。

应用:①永明诗歌的发展创造及其原因;②永明声律说及其在诗歌史上的地位;③永明诗歌的创作方向及其背景;④谢朓诗歌的艺术成就。

(三)梁陈诗歌的多元化发展

理解:宫体诗。

应用:①梁陈诗歌创作的三种类型;②宫体诗发生发展的三个阶段;③宫体诗的创作特点。

(四)北朝诗歌及庾信

识记:①"北地三才";②庾信生平;③"徐庾体"。

理解:①北朝思想文化、地理环境与其诗歌特色;②王褒诗歌。

应用:①由"北地三才"的诗歌创作看南方诗风对北朝诗人的影响;②庾信入北前后诗风的变化。

(五)南北朝乐府民歌

识记:①南朝民歌及其保存;②吴歌;③西曲;④北朝乐府民歌及其保存。

理解:①南朝民歌的主要内容及其产生原因;②北朝民歌风格及其产生原因;③北朝民歌的主要内容。

应用:①南朝民歌的艺术特点;②《西洲曲》艺术特点;③北朝民歌的艺术特点;④《木兰诗》艺术特点。

第六章　魏晋南北朝散文和辞赋

一、学习目的与要求

本章的重点内容是建安时期、两晋时期、南朝时期的散文和辞赋。学习要求:①切实了解魏晋南北朝时期散文和辞赋创作的概况;②深入理解南朝散文和辞赋发展演变的生态环境;③重点掌握建安散文辞赋、正始辞赋、两晋大赋、南朝骈文的创作。

二、考核知识点与考核要求

理解:①魏晋南北朝文创作大势;②魏晋南北朝赋创作大势。

(一)建安时期

理解:建安赋作繁荣的原因。

应用:①建安散文创作新变及其创作特点;②曹操散文的特点;③曹丕、曹植散文的特点;④《登楼赋》的艺术特点;⑤《洛神赋》的艺术成就;⑥建安辞赋的创作特点。

(二)正始时期

理解:①阮籍《大人先生传》的艺术特点;②嵇康《与山巨源绝交书》的艺术特点。

应用:正始时期辞赋创作风貌的新变及其成因。

(三)两晋时期

识记:①两晋大赋的主要作家作品;②山水赋。

理解:①两晋散文创作大势;②潘岳《哀永逝文》;③陆机《演连珠》、《豪士赋序》;④两晋赋坛大势。

应用:①两晋赋作题材的开拓及其背景;②左思《三都赋》的特点;③潘岳《悼亡赋》的特点;④陆机抒情小赋的创作成就;⑤晋代愤世嫉俗赋作的特点;⑥两晋赋作的艺术成就。

(四)南朝时期

识记:①南朝骈文的代表作家作品;②南朝骈赋的代表作家作品。

理解:①骈文;②骈赋;③鲍照《芜城赋》的特点;④江淹《恨赋》、《别赋》的特点。

应用:①骈文的文体特征;②南朝骈赋的形式特征及内容特点;③南朝骈文的发展、成熟历程。

(五)北朝时期

识记:①《水经注》概况;②《洛阳伽蓝记》概况。

理解:北朝赋的一般特色。

应用:①《水经注》山水散文的特点;②《洛阳伽蓝记》散文的特点;③庾信赋的特点。

第七章　魏晋南北朝小说

一、学习目的与要求

本章的重点内容是志怪小说和志人小说。学习要求:①切实了解魏晋南北朝小说创作概况;②深入理解此一时期小说创作繁荣的原因;③重点掌握《搜神记》、《世说新语》。

二、考核知识点与考核要求

(一)小说创作的繁荣

理解:①志怪小说繁荣的原因;②志人小说繁荣的原因。

(二)志怪小说

识记:①《博物志》;②《异苑》;③《幽明录》;④《续齐谐记》;⑤《拾遗记》。

理解:干宝的生平。

应用:《搜神记》的思想内容和艺术特点。

(三)志人小说

识记:①《笑林》;②《郭子》;③《西京杂记》。

理解:刘义庆的生平。

应用:《世说新语》的思想内容和艺术特点。

第四编　隋唐五代文学

第一章　南北文学合流与初唐诗歌

一、学习目的与要求

本章的重点内容是初唐诗歌。学习要求:①深入理解隋代文学的过渡性质;②切实把握初唐诗坛的创作概况;③深入理解初唐诗坛五律的定型;④重点掌握"初唐四杰"、陈子昂、张若虚的诗歌创作。

二、考核知识点与考核要求

(一)隋代文学

识记:①隋代文学作者的两个组成部分:北齐、北周旧臣和由梁、陈入隋的文人;②卢思道《从军行》;③薛道衡《昔昔盐》;④隋炀帝《春江花月夜》二首其一;⑤无名氏《送别》。

应用:隋代文学的过渡性质。

(二)贞观诗坛与"初唐四杰"

识记:①李世民《辽东山夜临秋》;②虞世南《蝉》;③上官仪《入朝洛堤步月》;④王绩《野望》;⑤"初唐四杰"及其代表诗作。

理解:①上官体;②王绩的诗境。

应用:①上官体的创新和局限;②"初唐四杰"诗歌创作的不同个性特点。

(三)杜审言与"沈宋"

识记:"文章四友"。

理解:①杜审言《和晋陵陆丞早春游望》;②宋之问《度大庾岭》;③沈佺期《遥同杜员外审言过岭》。

应用:"沈宋"的诗歌创作与五言律的定型。

(四)陈子昂与张若虚等

识记:①陈子昂的生平;②"吴中四士"。

理解:①陈子昂《感遇三十八首》(其二)和《登幽州台歌》;②刘希夷《代悲白头翁》。

应用:①陈子昂诗歌的特点;②张若虚《春江花月夜》的艺术成就。

第二章　盛唐的诗人们

一、学习目的与要求

本章的重点内容是盛唐诗歌流派。学习要求:①切实把握盛唐时期诗歌创作整体成就及其诗歌流派,体会诗歌中表现出来的盛唐精神;②重点掌握王维、孟浩然、高适、岑参、王昌龄的诗歌创作。

二、考核知识点与考核要求

识记:盛唐诗风形成的标志。

(一)王维、孟浩然等山水诗人

识记:①王维的生平;②孟浩然的生平;③山水田园诗派;④“王孟”。

理解:①王维《山居秋暝》、《辛夷坞》;②孟浩然《过故人庄》、《临洞庭湖赠张丞相》、《夏日南亭怀辛大》、《宿建德江》;③裴迪《华子冈》;④储光羲《钓鱼湾》;⑤刘昚虚《暮秋扬子江寄孟浩然》;⑥张子容《泛水嘉江日暮回舟》;⑦常建《题破山寺后禅院》。

应用:①王维山水田园诗歌的艺术表现特征;②禅宗影响与王维诗歌的空静之美;③孟浩然山水田园诗的艺术表现特征;④王维、孟浩然山水田园诗的不同艺术特征。

(二)王翰、王昌龄、崔颢等豪侠诗人

识记:王昌龄的生平思想。

理解:①王翰《凉州词二首》(其一);②王昌龄《从军行七首》(其二)、《出塞二首》(其一)、《长信秋词五首》(其三);③崔颢《黄鹤楼》;④李颀《听董大弹胡笳声兼寄语弄房给事》、《别梁锽》;⑤祖咏《望蓟门》。

应用:王昌龄七绝边塞诗的特点。

(三)高适、岑参等边塞诗人

识记:“高岑”。

理解:①高适的生平经历与诗歌创作;②高适《燕歌行》、《塞下曲》、《塞上听吹笛》;③岑参的生平经历与诗歌创作;④岑参《走马川行奉送出师西征》、《天山雪歌送萧治归京》、《逢入京使》。

应用:①高适边塞诗的表现特点;②岑参边塞诗的表现特点;③高适、岑参边塞诗的不同艺术特征。

第三章　李白

一、学习目的与要求

本章均为重点内容。学习要求:①体会李白的思想性格与其诗歌创作的关系;②重点掌握李白各体诗歌创作的独特个性和艺术成就;③理解李白对后世文学的影响。

二、考核知识点与考核要求

(一)李白及其各体诗作

理解:李白的生平际遇、思想性格与其诗歌创作。

应用:①李白乐府诗的创新意识体现;②李白歌行体诗的独特艺术个性;③李白绝句的艺术特色;④李白乐府、歌行的艺术特征及其对唐代歌行的贡献。

(二)李白诗歌的艺术成就及影响

应用:①李白诗歌对后世文学的影响;②李白诗歌的艺术成就。

第四章　杜甫

一、学习目的与要求

本章均为重点内容。学习要求:①体会杜甫的思想性格与其诗歌创作的关系;②重点掌握杜诗的诗史性质、律诗的创作成就,及其沉郁顿挫的艺术风格、集大成的文学成就;③理解杜甫对后世文学的影响。

二、考核知识点与考核要求

(一)杜甫及其诗歌的诗史性质

理解:①杜甫的生平际遇、思想性格与其诗歌创作;②杜甫的新题乐府。

应用:①杜诗的写实手法;②杜诗的诗史性质。

(二)杜甫的律诗

理解:"拗体"律诗。

应用:①杜甫绝句的艺术特点;②杜甫律诗创作成就。

(三)杜诗的艺术风格及对后世的影响

理解:沉郁顿挫。

应用:①杜诗沉郁顿挫的艺术风格;②杜诗集大成的体现;③杜诗对后世文学的影响。

第五章　大历诗坛

一、学习目的与要求

本章的重点内容是韦应物、刘长卿、顾况、李益的诗歌。学习要求:①全面了解大历诗坛的社会背景及其诗歌创作的基本风貌;②重点掌握韦应物、刘长卿、顾况、李益及"大历十才子"的诗歌创作。

二、考核知识点与考核要求

理解:①大历诗风的过渡性质;②大历诗歌共同的艺术面貌。

(一)韦应物与刘长卿

理解:①韦应物诗歌创作分前后期;②刘长卿的心态与其诗歌创作。

应用:①韦应物后期诗歌的艺术特色;②刘长卿诗歌的艺术特色。

(二)大历十才子

识记:"大历十才子"。

理解:"大历十才子"齐名的原因。

应用:"大历十才子"诗歌的艺术特色。

(三)顾况与李益

理解:①顾况诗歌的主要体裁和风格;②李益的七绝边塞诗最著名。

应用:①顾况诗歌的特点及其对元白、韩孟诗派的影响;②李益诗风的两重性。

第六章　中唐诗歌

一、学习目的与要求

本章的重点内容是中唐诗歌流派。学习要求:①切实把握中唐时期诗歌创作整体成就及其诗歌流派;②深刻理解中唐诗歌的创新之处,理解中唐诗坛是唐诗发展的第二个高峰;③重点掌握白居易、元稹、韩愈、孟郊、李贺、刘禹锡、柳宗元的诗歌创作。

二、考核知识点与考核要求

理解:诗到元和体变新。

(一)元白诗派

识记:白居易的生平。白居易诗歌的分类。元稹的生平。

理解:白居易的诗歌创作主张。“元和体”。张籍、王建的乐府诗歌。

应用:①白居易讽谕诗与闲适诗、感伤诗、杂律诗的不同特点;②元稹讽谕诗与艳情诗、悼亡诗的不同特点。

(二)韩孟诗派

识记:①韩愈的生平;②孟郊的生平;③李贺的生平。

理解:①韩孟诗派诗歌创作的基本倾向;②“苦吟”;③“长吉体”。

应用:①韩愈诗歌的艺术特征;②孟郊诗歌的艺术特征;③李贺诗歌的艺术特征。

(三)刘禹锡与柳宗元

识记:①刘禹锡的生平;②柳宗元的生平。

应用:①刘禹锡的诗歌创作成就;②柳宗元诗歌的独到特色。

第七章　李商隐与晚唐诗歌

一、学习目的与要求

本章的重点内容是李商隐诗歌。学习要求:①全面把握晚唐诗坛的整体创作概况;②重点掌握李商隐诗歌的艺术成就;③准确把握杜牧与许浑、贾岛与姚合及其他晚唐诗人的诗歌创作。

二、考核知识点与考核要求

理解:晚唐诗歌的艺术特征。

(一)李商隐

识记:李商隐的生平。

理解:①李商隐的政治诗;②李商隐的无题诗。

应用:①李商隐无题诗朦胧美的主要体现;②李商隐诗歌的艺术特色。

(二)杜牧与许浑

识记:①杜牧的生平;②“小李杜”。

理解:①“二十八字史论”;②许浑《金陵怀古》。

应用:杜牧怀古咏史诗的特点。

(三)贾岛与姚合

识记:贾岛、姚合是晚唐著名“苦吟”诗人。

理解:“武功体”。

应用:①贾岛诗歌的情思内涵和艺术特点;②姚合诗歌的情思内涵和艺术特点。

(四)皮日休、陆龟蒙、司空图等

理解:①皮日休诗歌创作概况;②晚唐其他写实诗人聂夷中、杜荀鹤、罗隐及其代表作;③陆龟蒙及司空图诗歌创作概况。

第八章 唐代散文

一、学习目的与要求

本章的重点内容是中唐古文。学习要求:①了解和把握唐代古文运动的起因;②准确掌握韩、柳的古文理论主张;③重点掌握韩愈、柳宗元散文创作的成就;④了解晚唐讽刺小品文的主要作家作品。

二、考核知识点与考核要求

识记:唐代散文发展大势。

(一)古文运动

应用:①唐代古文运动的起因;②韩、柳的古文理论主张。

(二)韩、柳散文

应用:①韩愈各体古文的创作成就;②柳宗元文学散文的艺术风格。

(三)晚唐的讽刺小品文

理解:古文运动的衰落。

应用:晚唐讽刺小品文的主要作家作品。

第九章 唐传奇与俗讲、变文

一、学习目的与要求

本章的重点内容是唐代传奇小说。学习要求:①切实把握唐传奇的发展历程及各时期的代表作家作品;②重点掌握唐传奇的艺术成就及其影响;③准确了解唐代的俗讲和变文。

二、考核知识点与考核要求

(一)唐代传奇小说

理解:①唐传奇;②唐传奇与六朝志怪的区别。

应用:①唐传奇的发轫期及其代表作家作品;②唐传奇的繁盛期及其代表作家作品;③唐传奇的衰落期及其代表作家作品;④唐传奇的艺术成就及其影响。

(二)唐代的俗讲与变文

理解:①俗讲;②变文。

应用:①俗讲的内容及其特点;②变文的题材内容及其特征。

第十章 唐五代词

一、学习目的与要求

本章的重点内容是晚唐五代词。学习要求:①深入理解词的起源问题,了解早期文人词创作;②重点掌握温庭筠、韦庄及花间词派的创作特色;③重点掌握冯延巳、李煜等南唐词人的创作特色。

二、考核知识点与考核要求

识记:①“曲子词”;②词与近体诗在体制上的明显区别。

(一)词的起源

识记:“诗余”。

理解:①关于词的起源;②词与音乐的密切关系;③敦煌曲子词;④早期文人词。

应用:敦煌曲子词与早期文人词的不同特色。

(二)温庭筠及花间词派

识记:①温庭筠的生平;②韦庄的生平;③“温韦”。

理解:①《花间集》;②花间词派;③“词为艳科”。

应用:①温庭筠词作的艺术特点;②韦庄词作的艺术特点;③温、韦词艺术表现的异同;④花间派词风及其对后世词的影响。

(三)李煜及南唐词人

识记:①冯延巳的生平;②李煜的生平。

理解:李璟词的情思内涵和艺术特点。

应用:①南唐词与西蜀词的主要区别;②冯延巳词作的艺术特点;③李煜前期词与后期词不同的艺术风格。

Ⅳ　关于大纲的说明与考核实施要求

一、自学考试大纲的目的和作用

课程自学考试大纲是根据专业自学考试计划的要求，结合自学考试的特点而确定的。其目的是对个人自学、社会助学和课程考试命题进行指导和规定。

课程自学考试大纲明确了课程学习的内容以及深广度，规定了课程自学考试的范围和标准。因此，它是编写自学考试教材和辅导书的依据，是社会助学组织进行自学辅导的依据，是自学者学习教材、掌握课程内容知识范围和程度的依据，也是进行自学考试命题的依据。

二、课程自学考试大纲与教材的关系

课程自学考试大纲是进行学习和考核的依据，教材是学习掌握课程知识的基本内容与范围，教材的内容是大纲所规定的课程知识和内容的扩展与发挥。课程内容在教材中可以体现一定的深度或难度，但在大纲中对考核的要求一定要适当。

大纲与教材所体现的课程内容应基本一致；大纲里面的课程内容和考核知识点，教材里一般也要有。反过来，教材里有的内容，大纲里就不一定体现。（注：如果教材是推荐选用的，其中有的内容与大纲要求不一致的地方，应以大纲规定为准。）

三、关于自学教材

本课程考试全国统一命题所使用的教材是：《中国古代文学史（一）》，全国高等教育自学考试指导委员会组编，陈洪、张峰屹主编，北京大学出版社，2011 年版。

四、关于自学要求和自学方法的指导

本大纲的课程基本要求是依据专业考试计划和专业培养目标而确定的。课程基本要求还明确了课程的基本内容，以及对基本内容掌握的程度。基本要求中的知识点构成了课程内容的主体部分。因此，课程基本内容掌握程度、课程考核知识点是高等教育自学考试考核的主要内容。

为有效地指导个人自学和社会助学，本大纲已指明了课程的重点或难点，在章节的基本要求中一般也指明了章节内容的重点或难点。

本课程共 7 学分。

根据成人自学考试的学习特点和考试要求，自学者须注意以下几点：

1. 认真阅读本大纲，明确考核内容范围和考核目标，了解试题题型。

2. 依照本大纲所规定的考核点，结合指定教材每章后的思考题，认真学习钻研教材，防止偏离教材的倾向。

3. “文学史”课程的学习与“作品选”课程有所不同，更注重联系、比较、分析、综合能力。考生应理清脉络，把握实质精神，切忌单纯死记硬背。

五、对社会助学的要求

1. 社会助学者应根据本大纲规定的考试内容和考核目标,认真钻研指定教材,对考生作准确、严谨的辅导。

2. 按照本课程的学习要求,围绕教材进行辅导,防止偏离教材的倾向。

3. 指导考生按考试目标和考试题型做一定程度的练习,以适应考试。

4. 建议助学辅导时间:40 学时。

六、关于考试命题的若干规定

(一)本课程的考试命题,应根据本大纲规定的考试内容来确定考试范围,试题的内容和材料均须取自指定统编教材《中国古代文学史(一)》和《中国古代文学作品选(一)》。

(二)所有试题的考核目标,均应以本大纲所规定的能力层次要求为限度。

(三)组配试卷,应掌握好试题的内容覆盖面、能力层次和难易度。每种比例规定均可有 3 分以内的浮动幅度。各种具体比例为:

1. 文学史各阶段的比例:每份试卷必须覆盖先秦至隋唐五代各个阶段,其分数比例一般为:先秦 25%,秦汉 20%,魏晋南北朝 20%,隋唐五代 35%。

2. 不同能力层次的比例一般为:识记 20%,理解 30%,应用 50%。

3. 不同难易度的比例一般为:易 20%,较易 30%,较难 30%,难 20%。

(特别说明:试题的难易程度与能力层次有一定的联系,但二者并不是完全等同的。并且,在各个能力层次中,对于不同的考生都存在着不同的难度。)

4. 主观性试题与客观性试题比例:由于本课程重在考察应考者对文学史现象的综合把握能力,因此主观性试题的比重应大于客观性试题。一般为:主观性试题 60%,客观性试题 40%。

(四)本课程命题较合适的题型有:单项选择题、多项选择题、解释题、简答题、论述题。各种题型的具体样式,参看本大纲"[附录]题型举例"。

(五)本课程采取闭卷考试方式,考试时间为 150 分钟。试题量应以中等水平的自学应考者能在规定时间内答完全部试题为度。

附录:题型举例

一、单项选择题(在每小题列出的四个备选项中只有一个是符合题目要求的,请将其代码填写在题后的括号内。错选、多选或未选均无分)

1. 汉代“四家《诗》”中属于古文经学的是【 】

A. 齐诗　　B. 鲁诗

C. 韩诗　　D. 毛诗

2. 杜甫诗歌的基本风格是【 】

A. 峭健俊爽　　B. 沉郁顿挫

C. 正大高华　　D. 清奇僻苦

二、多项选择题(在每小题列出的五个备选项中至少有两个是符合题目要求的,请将其代码填写在题后的括号内。错选、多选、少选或未选均无分)

1.《墨子》的写作特色有【 】

A. 形象化的说理　B. 奇幻诡谲的想象　C. 语句上的韵散结合

D. 质朴无华,造句遣词口语化　E. 由小及大,连类比譬,逐层推理

2. 晚唐诗歌创作的审美取向有【 】

A. 以哀怨悱恻为美 B. 以悲凉萧瑟为美 C. 以情思淡泊为美

D. 以幽艳细腻为美 E. 以低沉伤感为美

三、解释题

1.《吴越春秋》　　2. 古文运动

四、简答题

1. 简述《九歌》的艺术特色。

2. 简述陈子昂在唐诗发展过程中所起的作用。

五、论述题

1. 试论曹操诗歌创作的艺术成就。

2. 试论唐传奇的小说艺术成就。

后　记

《中国古代文学史(一)自学考试大纲》是根据全国高等教育自学考试汉语言文学专业(本科)考试计划的要求,由文史类专业委员会组织编写。2011 年 3 月全国考委文史类专业委员会对本大纲组织审稿。

参加《中国古代文学史(一)自学考试大纲》编写的有:南开大学陈洪教授、张峰屹教授、赵季教授、查洪德教授、孙克强教授,山东大学孙学堂教授,北京大学柳春蕊副教授。

中国社会科学院文学研究所胡明研究员担任主审,华东师范大学谭帆教授、南开大学陶慕宁教授、中国社会科学院文学研究所张国星研究员参加审稿并提出改进意见。

大纲编审人员付出了辛勤劳动,特此表示感谢。

全国高等教育自学考试指导委员会
文史类专业委员会
2011 年 6 月

全国高等教育自学考试指定教材
汉语言文学专业(本科段)

中国古代文学史(一)

全国高等教育自学考试指导委员会　组编

前　言

中国古代文学是各类大学所有中文本科专业必修的核心课程，它的教学内容主要包括两大部分：一部分是中华民族（以汉族为主）几千年来留存下来的经典文学作品；一部分是对这几千年文学发展变化之线索的梳理、描述，以及对于其中规律性问题的初步总结。

与20世纪相比，中文专业的课程结构发生了很大的变化。由于"知识爆炸"和社会生活转型提出的新的人才需求的影响，过去的传统课程在内容与课时方面都不可避免地要进行较大幅度的调整。"中国古代文学"无疑是首当其冲的调整目标。但是，无论怎样调整，这门课程都是中文本科专业课程体系中的核心，学好这门课程是这一专业的学生的最基本专业素质所在。

一　学习古代文学的当代意义

对于当代的大学生来讲，中国古代文学的学习至少具有如下四个方面的意义：

首先，古代文学不同于一般历史文化，它同时具有向度相悖的双重价值——知识考古的文献价值与文艺鉴赏的当下价值。作为特定的文化现象，它属于历史；作为鲜活的审美对象，它又属于当下。无论是屈子"路漫漫其修远兮，吾将上下而求索"的执著、陶令"暧暧远人村，依依墟里烟"的淡远、义山"沧海月明珠有泪，蓝田日暖玉生烟"的怅惘、易安"帘卷西风，人比黄花瘦"的凄清，还是《水浒传》的叱咤风云、《红楼梦》的华林冷雾，都以其隽永的艺术韵味激起一代又一代读者心底的回响。这种古典之美，具有不可复制的品性，又具有超越时空的艺术魅力。

同时，一个伟大民族三千余年的文学发展演变，好比那蜿蜒数千里的长江、黄河：有时江流宛转绕芳甸，有时砯厓转石万壑雷，有时泥沙俱下，有时静影沉璧——气象万千又源流相续。这一丰富复杂的历程，蕴涵着"文学"这一精神现象的无穷的信息。诸如文学之于语言、文学之于音乐、文学之于宗教、文学之于政治，方方面面的互动关联；又如文学体式的兴替、文学题材的嬗变、文学流派的形成、文学风格的消长，反反复复的生动呈现：这些都是我们认识、研究"文学"的最好的标本。他山之石尚且可以攻玉，更何况同一文化系统之中血脉相连的精神遗产呢！

另外，在那漫长的历史进程中，我们的祖辈既以坚韧卓绝的力量创建起这个庞大民族生存的物质环境,又以灵动饱满的精神孕育出这个文明民族灿烂的文化世界。伴随着人类史上这一罕见的连绵不断的"创世纪"壮举,这块土地上的先民们欢乐于斯、歌哭于斯、沉思于斯、慨叹于斯,他们的情感结晶为文学与艺术,文学与艺术也成为他们心灵轨迹的最忠实、最生动的记录。学习中国古代文学的过程,无异于一次"全息"的寻根之旅,是对何谓"中华文明"、何谓"传统文化"的更直观的认识、了解,也是对"我们是谁"、"我们从哪里来"的解析。无疑,这对于当下构建我们每个人的精神家园,乃至建立我们共同的心灵栖息之所,都是一个必不可少的奠基之礼。

还有一点,时常被人们不经意地忽略,但涉及民族文化的根基的,就是在母语的健康维护、良性发展的文化生态建设中,古代文学作品所具有的巨大的不可替代的作用。在全球化的浪潮中,面对强势的外来文化的冲击,母语的地位与价值正遭遇着前所未有的挑战;而迅疾而来的新媒体对年轻一代自我表达方式的影响,也使"经典母语"的未来蒙上了阴影。众所周知,母语是一个民族认同与凝聚的第一要素,而语言的魅力呈现首先是在经典的文学文本之中。在这个意义上,让更多的青年一代的精英受到古典文学的陶冶,其意义之长远是如何估计也不过分的。

二　中国古代文学的基本品性

在世界各民族的文学之林中,中国古代文学具有哪些较为明显的特征呢?约略言之,以下五个方面呈现出色彩鲜明的个性:

1. "杂文学"的观念与"大文学"的实践

这里的"杂"是相对于"纯"的描述性话语。因为自"新文化运动"以来,我国文化界逐渐接受了西方的"文学四体"观念,即"文学"的主要成分为诗歌、散文、小说、戏剧。这一观念的明晰过程,对于文学的发展与文学理论的体系化都是具有促进意义的。但是,过于明晰的概念也有其弊端。首先就是与日益丰富复杂的社会文化生活脱节,其次就是在回眸文学历程的时候难免有削足适履的尴尬。实际上,中国古代文学的核心确与"文学四体"基本吻合,但是它的边缘却又更加富于弹性。特别是在"美文"——即"好的文章"——与"文学"之间,很难作出泾渭分明的区别,而且假如硬要作出这种区别,其积极意义何在也是可疑的。因为在僵硬的"纯文艺散文"的手术刀下,脍炙人口千年的《左传》、《史记》以及韩、柳、欧、苏的名篇将全部从文学史上消失,这无疑是胶柱而鼓瑟、舍本以逐末的蠢招。所以,认识中国古代文学要尊重历史的本真,要把今人的观念与古人的观念参照互补,把那些在应用之外别有审美价值的文本适度地纳入视野,对古代文学观念之"杂"、作品范围之"大"予以正面的关注。

2. 绵远而发达的诗歌传统

中国古代文学的林苑中,虽说各种文体异彩纷呈,但最为繁茂的还要数诗歌。中国古代的诗歌——特别是抒情诗,肇端于初民,始结集于《诗经》,其后两千五百余年,名家大家迭出，各种体式繁兴，不仅留下了一笔异常丰厚的文学遗产，而且直接影响了我们这个民族的历史发展（例如人才选拔制度、文化价值判断等），直接影响了民族文化的其他领域甚至民族性格的形成。

3. 士大夫的雅文学与民众的俗文学各有成就，并形成了交融互补的局面

一般而言，中国古代的散文基本是士大夫的一统天下；诗歌则雅俗并兴，而雅为主导；戏剧以品位与影响论，当为雅俗两分的局面；小说文言与白话双峰对峙，但总体成就则以白话通俗之作占优。从发展的角度看，中唐以前，雅文学占据绝对主流位置；中唐以后，通俗文学日益张大其军，渐成分庭抗礼之势；而到了清中叶，《儒林外史》、《红楼梦》则已冶雅俗为一炉，达到了古代叙事文学的巅峰。

4. 重“情”的传统

早在西晋——鲁迅称之为“文学自觉”的时代，文学家陆机就明确提出了“诗缘情”的见解，此后的近两千年间，尽管有具体诠释上的不同，而这一界定本身几乎成为有成就的诗人共同信奉的圭臬。并且，对作品中的情感、真情的重视，逐渐溢出了诗歌写作的范围，散文、戏曲、小说的创作与评论也把这一元素放到了很重要的位置，甚至是至高无上的位置，如伟大的戏剧家汤显祖就有“情不知所起，一往而深，生者可以死，死者可以生”的极端之词。亲情、爱情、友情、侠情、豪情与家国之情，都在文学作品中得到了生动的表现与优美的升华，从而丰富了中国人的精神世界，也增强了民族的凝聚力。

5. 深切的人文关怀

中国文学发轫之初，就有了“诗言志”的观念。孔夫子更把诗歌的功能细化为“兴、观、群、怨”。而屈大夫则以自己不朽的诗篇为后来者树立了“长太息以掩涕兮，哀民生之多艰”的榜样。其后的文学发展，虽有千回百折、千姿百态，但对于社会人生的歌吟、表现，始终是中国文学的主流；而这方面的杰作，无论是诗歌、散文，还是小说、戏曲，都是中国文学屹立于世界文学之林的最挺拔的脊梁。

三　学习古代文学的基本途径

中国古代文学如同层峦叠嶂、云生霞蔚的昆仑，或是烟波浩渺、鱼跃龙腾的沧溟，其“无尽藏”绝非这一门课程所能穷尽。这一本薄薄的教材，充其量是一份路线图抑或航海手册。但是使用好这一入门的图册，却是将来“直挂云帆”、“万里寻仙”的必要准备。

使用这一图册，首要一点是读懂读透作品。作品是学习的基础，准确把握其文字是最根本的要求。郢书燕说、想当然耳，都是学习古代文学的大敌。努力恢复当时的语境，养成严谨的文献意识，才能找到正确的航线、路径。

基础扎实了，进一步的要求是增强文学的领悟能力，以求对作品自有会心之妙；同时更上层楼，开阔视野，从历史的关联、断裂处，寻绎存亡兴替的线索，进而找到打开学术殿堂大门的锁钥。

孟子讲,读前贤之书,要能够“尚友古人”,也就是说通过前贤的文字进入他们的精神世界。文学类课程既是学术的,又是心灵的,所以学习的另一重境界应该是在精神、心灵上的理解、契合,如同韩愈读李杜诗篇的感受:“精诚忽交通,百怪入我肠”,或是龚自珍自陈的大欢喜心境:“万一禅关砉然破,美人如玉剑如虹。”

第一编　先秦文学

绪　言　先秦文学发展概况

初民的口头文学由于没有文字即时记录,今天已无法了解其全貌,文学史上所谓先秦,事实上一般是指殷、周到秦统一这一历史时期。并且,殷商史料也极匮乏,对先秦文学史比较详细的描述,乃是从西周初年(约公元前11世纪初)开始的。

见于后世零星记载的初民口头文学,主要是上古歌谣和神话传说。散见于古籍中的一些上古歌谣,除极少几首外,大多可能经过后人的加工甚至伪造。真正可信的,是甲骨卜辞中那些合乐可唱的文字和《周易》中类似歌谣的筮辞。在这些古朴的文字中,可以约略感受到初民生活的风貌。上古的神话传说,今天也仅存零散片断,并且有不少作品经过了后人的加工,失去了本然的面貌。流传下来的神话传说,主要保存在《山海经》、《楚辞》、《淮南子》及其他古籍中。其中比较完整的是创世、自然灾害和战争神话。这些作品,熔铸着浓烈的情感,具有鲜明的形象和丰富的想象力,成为我国文学发展的基石。

距今三千多年以前的殷商时期,我国产生了最初的文字——甲骨文。甲骨文字多是占卜的记录(也有极少的记事文字),所以又称之为甲骨卜辞。它们一般都非常简短,形式古朴单一。例如:“戊午卜,贞今日王其田宫。不遘大风?其遘大风?”(《卜辞通纂》四〇六)“癸丑卜,贞今岁受年,弘吉。才(在)八月,佳(唯)王八祀。”(《殷契粹编》八九六)与甲骨卜辞性质比较接近的,是后来的《周易》筮辞(卦辞和爻辞)。它也是记录占卜之事,但表现形式较之甲骨卜辞已有很大进步。例如:“明夷于飞,垂其翼;君子于行,三日不食。”(《明夷》初九)“困于石,据于蒺藜,入于其宫,不见其妻。”(《困》六三)比较可知,《周易》此种筮辞较之甲骨卜辞不仅更叶韵流畅,且具有形象性。

此外,早期文字还有殷、周的铭文,也极古朴。

甲骨卜辞、《易》卦爻辞、铜器铭文,体现着我国早期书面文字的基本风貌。

进入春秋战国,随着社会历史的发展和文化的进步,文学也走进了空前繁荣的时期。这个时期主要的文学样式,是诗歌和散文。

《诗经》是我国第一部诗歌总集,它收录了自西周初年到春秋中叶的305篇诗歌。这些诗歌,内容非常广泛,感情真挚,艺术表现富有美感,风格自然纯朴。《诗经》所开创的“比兴”艺术手法和用韵规律,成为后世诗歌创作的圭臬。

距《诗经》两三百年之后,南方楚国又诞生了一种新的诗体,就是屈原、宋玉等人创作的楚辞。楚辞在几个方面都洋溢着清新的气息:它的体裁是新鲜的;它带有浓厚的地域文化色彩;它的奇幻不羁的表现风格与《诗经》极不相同;同时它也标志着诗歌史上大规模个人署名创作的开始。但同时,在作家的思想渊源上,在诗歌的体式上,都可看出楚辞与

《诗经》的某些联系。

从《诗经》到《楚辞》,可以看出先秦诗歌发展演进的轨迹。各具特色的艺术风格和巨大成就,使它们毫无疑义地成为我国诗歌史上最早耸立的两座高峰,给后世文学的发展提供着永久的滋养。

西周后期到秦统一,产生了不少散文作品,一般分为历史散文和诸子散文两类。

我国第一部散文集是历史散文《尚书》,它是西周(包括西周)以前史料的汇编,行文古拙,语言艰涩,显示了初期散文的风貌。

《尚书》之后,从春秋末到战国初、中期,散文创作迅速发展。这一时期,大抵是先后结集的散文集有《春秋》、《左传》、《国语》等历史散文,和《论语》、《老子》、《墨子》等诸子散文。

《春秋》是鲁国的编年史,文字十分简短。《左传》则是与《春秋》相配合的编年史,情韵并美,是先秦最具文学色彩的历史散文。《国语》是我国第一部国别史,依照国别有选择地记载了自周穆王到鲁悼公(约前1000—前440)共五百多年的史事,文学价值不如《左传》。

《论语》是记录孔子及其弟子言行的语录体散文集,《老子》是道家始祖老子的语录集,《墨子》是记录墨家学派创始人墨翟及墨家各派思想的著作。这三种著作,文学价值都不是很大。

战国中后期,是先秦散文创作的高峰期。历史散文有《战国策》,诸子散文有《孟子》、《庄子》、《荀子》、《韩非子》等。

《战国策》也是一部国别史,主要记载战国时期纵横家的言谈、事迹。其史学价值似逊于《左传》,但具有鲜明独特的文学特色,在文学史上产生了重大影响。

《孟子》七篇在文学表现上有不少可称道之处,它行文的纵横之气、善于运用比喻和寓言说理的特色,令人印象深刻。《庄子》是一部文学色彩浓郁的哲理散文集。它基本是由一个个寓言串接构成的,它把极其深刻的思想融入一个个想象奇幻、形象可感的寓言故事之中,这就使它具有了鲜明的文学特征,成为先秦诸子散文中最优秀的文学作品。从文体构成看,《孟子》、《庄子》虽然仍有许多对话,但已经基本摆脱了以前诸子散文的语录体,或长篇大论说理畅达,或描写叙述一气呵成,结构也比较完整了。

先秦说理文发展到战国后期已经成熟,《荀子》和《韩非子》就是杰出代表。但是,议论说理并不是文学上的成就,它们的主要文学成就乃在于:荀子创作的《赋篇》,对汉赋的体制特征有一定影响;韩非子创作了大量寓言,在使寓言演变为一种独立文体的进程中,功不可没。

先秦散文从产生到发达,经过了漫长的时日,出现了不少在各方面都具有开拓意义的优秀作品。清人章学诚说:“盖至战国而文章之变尽,至战国而著述之事专,至战国而后世之文体备”,“后世之文,其体皆备于战国”。(《文史通义·诗教上》)从文学的角度看,历史散文中的《左传》、《战国策》,诸子散文中的《庄子》及《孟子》、《韩非子》,是最值得注意的。

第一章　上古传说文学

第一节　初民的歌谣

我国是一个诗的国度，诗歌的历史源远流长。"歌咏所兴，宜自生民始也"（沈约《宋书·谢灵运传论》），在人类的童年时期，还没有文字，没有丰富的文学艺术种类及表现手段，歌唱和舞蹈便是初民天然的表现和抒情方式。我国古籍中多有对原始歌舞的记载，如："昔葛天氏之乐，三人操牛尾，投足以歌八阕"（《吕氏春秋·古乐》）；"古越俗祭防风神，奏防风古乐，截竹长三尺，吹之如嗥，三人披发而舞"（纬书《河图玉版》）；"（舜）即帝位……击石拊石，百兽率舞"（《宋书·符瑞志》）。这些记载虽然都在文字形成以后，但展现了初民生活的踪影，体现着初民载歌载舞的情状。

不难想到，在文字产生之前的漫长时期，原始歌舞的数量必然是巨大的。只是这大量的原始歌谣在当时只能口头流传，无法用文字记录下来。今天所看到的原始歌谣，都是后人辑录的。不过，这些辑佚所得的原始歌谣，真伪很难论定。在目前的情况下，只能依靠切实的考古资料（主要是甲骨卜辞）和信实可据的典籍比较考核，清理出一些歌咏初民特有生活情状、风调简朴的古歌。它们即使不是原本的面貌，大约也应相去不远。例如：

> 癸卯卜，今日雨。其自西来雨？其自东来雨？其自北来雨？其自南来雨？（《卜辞通纂》三七五）
>
> 己巳卜，贞。（今）岁商受（年），王占曰吉。东土受年？南土受年？西土受年？北土受年？（《殷契粹编》第九〇七片）
>
> 贲如，皤如，白马，翰如。匪寇，婚媾。（《易·贲》六四）
>
> 突如，其来如，焚如，死如，弃如。（《易·离》九四）
>
> 女承筐，无实；士刲羊，无血。（《易·归妹》上六）
>
> 鹤鸣在阴，其子和之。我有好爵，吾与尔靡之。（《易·中孚》九二）

或求雨，或祈年，是甲骨卜辞的重要内容，表现着初民的心态和愿望。上举这类卜辞比较完整，语句平实，声韵谐调，可以见出原始古歌的风貌。《周易》筮辞中这些句段，展示了婚嫁、战争、劳动、友情等丰富的生活，并且流畅叶韵，有节奏感，也可以看到原始歌谣的影像。而尤应注意的，是它们古朴的形式，恰在甲骨卜辞与其后的《诗经》之间，呈现为过渡状态,或可透露出原始歌谣演进发展的某些信息。

至于后世典籍所保存或搜集的原始歌谣,只有极少几首,因其风貌古朴,或可视为原始歌谣的存留。例如相传为黄帝时的《弹歌》:“断竹,续竹,飞土,逐宍。”(《吴越春秋·勾践阴谋外传》)从它那古朴的二言形式和它所表现的原始狩猎生活情状看,可能是一首远古流传下来的歌谣。再如相传为伊耆氏(即传说中的神农氏,一说指尧)的《蜡辞》:“土反其宅,水归其壑,昆虫毋作,草木归其泽!”(《礼记·郊特牲》)这是蜡祭时的祝词,它以“咒语”的形式,表达了初民企图控制或征服自然灾害的愿望。相信语言可以控制自然力,相信自然世界可以随主观意志而改变,正是初民的精神状态。

第二节　上古神话传说

一　神话释义

一般地说,神话就是关于神的故事。但是,若对它的内涵和性质进一步作出界定,则有不同的看法。根据学者的普遍认识,神话具有下述几个基本特性:(1)神话都是想象或幻想的;(2)神话是远古人类对所观察或经历的自然界或社会现象的解释和说明,只是它经过了“幻想”的加工,成为了想象中的“神化”了的现实生活;(3)神话反映着远古人类解释自然(或社会)并征服自然(或社会)的愿望;(4)神话只能产生在史前的远古时代,它是人类还没有能力对自然现象和社会现象作出符合实际的解释之时代的产物。

神话和传说有紧密联系,又有明显区别。一般说来,神话的产生要比传说早;神话是传说的故事原型,传说是神话的社会历史化;神话具有明显的非理性的神异色彩,而传说则内含着人间的行为准则。比如关于羿的故事,最早是把羿描绘成以弓箭射落太阳的神奇的英雄:“羿射九日,落为沃焦。”(《庄子·秋水》成玄英疏引《山海经》)显然,这是神话。随着它的流传,这则神话增添了新的内涵。如《孟子·离娄下》说:“逄蒙学射于羿,尽羿之道,思天下惟羿为愈己,于是杀羿。”批评羿的弟子逄蒙的卑劣行为。《淮南子·览冥训》说:“羿请不死之药于西王母,姮娥窃以奔月,怅然有丧,无以续之。”讥刺姮娥的自私忘义。这样固然使羿的故事更加丰富了,同时也使这则神话融入了文明时代的伦理观念,加入了道德评判。于是,后来的故事就演变成了传说而不再是神话。但是,这样的区分只具有理论上的意义,在实际的存在形态上,每一个神话系统中往往都是神话和传说交织并存的,这是神话流传过程中必然会产生的现象。

二　我国神话系统

我国的神话大都未能完整保留下来,存留下来的只有一些片段,散见于《楚辞》、《山海经》、《淮南子》及其他一些古籍中。但是仅从这些零散的资料，也可看出远古神话的丰富多彩。根据神话存留的具体情形，从主题的角度，主要可以分为创世神话、自然灾害神话和战争神话三类。

（一）创世神话

创世神话主要包括初民对天地开辟和人类诞生的解释。

关于开天辟地，流传最广的莫过于盘古的故事：

> 天地混沌如鸡子，盘古生其中。万八千岁，天地开辟，阳清为天，阴浊为地。盘古在其中，一日九变，神于天，圣于地。天日高一丈，地日厚一丈，盘古日长一丈，如此万八千岁。天数极高，地数极深，盘古极长。后乃有三皇。（《艺文类聚》卷一引徐整《三五历纪》）

> 首生盘古，垂死化身：气成风云，声为雷霆，左眼为日，右眼为月，四肢五体为四极五岳，血液为江河，筋脉为地里，肌肉为田土，发髭为星辰，皮毛为草木，齿骨为金石，精髓为珠玉，汗流为雨泽，身之诸虫，因风所感，化为黎甿。（《绎史》卷一引徐整《五运历年纪》）

世界各地都有“宇宙卵”的神话，认为宇宙是由卵化生的。《三五历纪》所载盘古开天地的神话，就是初民由“卵生”这一日常生活中习见的生命现象，推想天地的由来，带有浓厚的原始思维色彩。《五运历年纪》记录的故事，说明盘古不仅分开了天与地，还贡献出自己的身躯，为世界创造了万事万物。同类的说法，还见于其他典籍，如南朝任昉《述异记》卷上：“昔盘古氏之死也，头为四岳，目为日月，脂膏为江海，毛发为草木。秦汉间俗说：盘古氏头为东岳，腹为中岳，左臂为南岳，右臂为北岳，足为西岳。先儒说：盘古氏泣为江河，气为风，声为雷，目瞳为电。古说：盘古氏喜为晴，怒为阴。吴楚间说：盘古氏夫妻，阴阳之始也。”这一“垂死化身”的神话传说，解释了自然万物的由来，体现着初民“天人合一”宇宙观的初始形态，所以它也必然十分古老。

天地既已开辟，自然万物既已诞生，世界上就只缺少人类了。我国神话对人类由来的解释，是女娲造人：

> 俗说天地初开辟，未有人民，女娲抟黄土为人，剧务力不暇供，乃引绳絙泥中，举以为人。故富贵贤知者，黄土人也；贫贱凡庸者，引絙人也。（《绎史》卷三引《风俗通》）

这则记载，显然经过了后人的加工，人分等级贵贱，是进入阶级社会才产生的观念。但是，其中包含着初民对于人类自身由来的解释。女娲造人的神话相当古老，《楚辞·天问》就说：“女娲有体，孰制匠之？”意思是，女娲造了人，那么女娲自己又是谁造的呢？《山海经·大荒西经》也说：“有神十人，名曰女娲之肠，化为神，处栗广之野，横道而处。”郭璞注：“女娲，古神女而帝者，人面蛇身，一日中七十变。其腹化为此神。”这是说，女娲不但造人，也造了神。因为女娲有造人的功绩，后世便尊之为人类的始祖。

(二)自然灾害神话

自然灾害神话表现了原始人类遭受自然灾害的经历,以及他们战胜自然灾害的愿望和伟力。例如:

往古之时,四极废,九州裂;天不兼覆,地不周载;火爁炎而不灭,水浩洋而不息;猛兽食颛民,鸷鸟攫老弱。于是女娲炼五色石以补苍天,断鳌足以立四极,杀黑龙以济冀州,积芦灰以止淫水。苍天补,四极正,淫水涸,冀州平,狡虫死,颛民生。(《淮南子·览冥训》)

逮至尧之时,十日并出,焦禾稼,杀草木,而民无所食。猰貐、凿齿、九婴、大风、封豨、修蛇皆为民害。尧乃使羿诛凿齿于畴华之野,杀九婴于凶水之上,缴大风于青丘之泽,上射十日而下杀猰貐,断修蛇于洞庭,禽封豨于桑林。万民皆喜,置尧以为天子。(《淮南子·本经训》)

洪水滔天。鲧窃帝之息壤以堙洪水,不待帝命。帝令祝融杀鲧于羽郊。鲧复生禹。帝乃命禹卒布土以定九州。(《山海经·海内经》)

女娲除了造人,还有炼五色石以补苍天的功绩,《淮南子·览冥训》记载的这则故事神话气息浓厚,较少后人的加工。《列子·汤问》篇也有记载:"天地亦物也。物有不足,故昔者女娲氏炼五色石以补其阙,断鳌之足以立四极。"女娲炼石补天的故事想象杳渺,深闳瑰丽,极富神话特征。

关于羿的神话传说比较丰富。如说羿的身份,《山海经·海内经》说:"帝俊赐羿彤弓素矰,以扶下国。羿是始去恤下地之百艰。"这是说羿是奉旨佑民的天神。而《管子·形势解》则说:"羿,古之善射者也,调和其弓矢而坚守之。其操弓也,审其高下,有必中之道,故能多发而多中。"这又说羿是远古时的一位善射者。再如前述羿和妻子嫦娥以及徒弟逄蒙的那些传说,都使羿的故事更加多姿。羿的神话中最光彩照人的是他为民除害的功绩,《淮南子·本经训》所载的这则故事,记录了羿战胜大旱之灾和凶恶野兽的重大功勋。这大概是初民在经过了许多旱灾及其他自然灾害之后,幻想着能有一位本领超群的英雄人物出来,彻底战胜那些危及生存的自然灾祸。后羿射日的神话,又见于《楚辞·天问》:"羿焉彃日?乌焉解羽?"说明它同样是十分古老的。

鲧、禹治水的故事,表现鲧、禹父子两代前仆后继勇斗洪水,为民排忧解难。很神奇的是,这里说禹是他的父亲鲧生出的。《全上古三代文》卷十五辑《归藏·启筮》也说:"鲧殛死,三岁不腐,副之以吴刀,是用出禹。"这是关于禹的出生的一种说法。禹的出生还有两种说法,一见于《楚辞·天问》:"何勤子屠母,而死分竟地?"王逸注:"言禹腷剥母背而生,其母之身,分散竟地。"这是说禹是崩裂母背而生,他的母亲因之全身碎裂委地。一见于《世本》、《吴越春秋》、《蜀王本纪》等典籍,是说禹的母亲吞食神异之物而生禹。如《世本·帝系篇》说:"禹母修已,吞神珠如薏苡,胸坼生禹。"《吴越春秋·越王无余外传》:"鲧娶于有莘氏之女,名曰女嬉,年壮未孳。嬉于砥山得薏苡而吞之,意若为人所感,因而妊孕，剖胁而产高密。”关于禹的出生，具体说法各异，而神异则一。

禹治洪水的神话，更加丰富多彩。《楚辞·天问》洪兴祖补注引《淮南子》：“禹治鸿水，通轩辕山，化为熊。谓涂山氏曰：‘欲饷，闻鼓声乃来。’禹跳石，误中鼓。涂山氏往，见禹方作熊，惭而去。至嵩高山下，化为石，方生启。禹曰：‘归我子！’石破北方而启生。”这一段颇富人伦情味的神话故事，是禹治洪水中的优美插曲，它在禹化为熊艰苦治水的神异故事上涂抹了一层戏剧色彩。当然还有惊心动魄的战斗故事，那就是禹同共工的战争。《淮南子·本经训》记载：“舜之时，共工振滔洪水，以薄空桑。龙门未开，吕梁未发，江淮通流，四海溟涬，民皆上丘陵，赴树木。”这是说共工发动洪水，残害百姓。《山海经·大荒北经》记录了禹和共工之臣相繇的战争：“共工臣名曰相繇，九首蛇身自环，食于九土。其所歍所尼，即为源泽。不辛乃苦，百兽莫能处。禹堙洪水，杀相繇。其血腥臭，不可生谷。其地多水，不可居也。禹堙之，三仞三沮。乃以为池，群帝是因以为台，在昆仑之北。”这场战争最终以为民除害的禹的胜利而结束，其中显然包含了初民惩恶扬善和战胜自然灾害的愿望。

至于为人熟知的“精卫填海”和“夸父逐日”的神话，一精美一豪壮，富于象征意义，同样表现了初民与自然灾害抗争的坚强斗志和征服自然的强烈愿望。

（三）战争神话

远古战争神话中，最精彩的就是有关黄帝的故事：

> 蚩尤作兵伐黄帝，黄帝乃令应龙攻之冀州之野。应龙畜水，蚩尤请风伯雨师纵大风雨。黄帝乃下天女曰魃。雨止，遂杀蚩尤。（《山海经·大荒北经》）

> 黄帝与蚩尤战于涿鹿之野。蚩尤作大雾弥三日，军人皆惑。黄帝乃令风后法斗机作指南车，以别四方，遂擒蚩尤。（《太平御览》卷一五引《志林》）

黄帝的神话流传多而且广，但是经过了后人的许多加工而变形。其中保留较为完好的，是黄帝战蚩尤的故事。这个故事大约是对曾经发生过的一场部落战争的神化的记述，其中一些情节可能有后人的加工。黄帝的挑战者蚩尤，是恶势力的代表。《初学记》卷九引《归藏·启筮》：“蚩尤出自羊水，八肱八趾。”纬书《龙鱼河图》：“蚩尤兄弟八十一人，并兽身人语，铜头铁额，食沙石子。造立兵仗，刀戟大弩，威震天下。”看来蚩尤是一个强大尚武而且野蛮跋扈的部族首领，他进攻黄帝的部族，乃是一种扩张行为。因此，他的形象被描绘得怪奇丑恶，他最终被黄帝杀死。这里反映着初民对部族英雄的由衷赞美和惩恶扬善的愿望。

三　我国神话的精神内涵及其影响

与世界各地的神话一样，我国神话也鲜活地体现着初民的原始思维特征——通过神幻的想象，把不同类不同质的事物毫无理性和逻辑地联系起来。列维—布留尔在其名著

《原始思维》中,提出一个著名的结论:在原始思维里,人和物之间存在着一种“原逻辑”的“互渗”关系。“客体、存在物、现象能够以我们不可思议的方式同时是它们自身,又是其它什么东西。它们也以差不多同样不可思议的方式发出和接受那些在它们之外被感觉的、继续留在它们里面的神秘的力量、能力、性质、作用。”他举例说,野物、鱼类或水果的丰收,正常的季节代序,降雨周期等,在初民看来,都与由专人举行的一定仪式有联系,或者与某位拥有专门的神秘力量的神圣人物的生存和安宁有联系。又如一个人在狩猎或战争中是幸运还是倒霉,会与他的妻子吃不吃这种或那种食物有关。这种在今天看来毫无理性和逻辑的联想、“互渗”,正是原始思维的基本特征。在我国的神话中,那些涉及人与自然的故事,例如盘古开天辟地、身体化为万物,女娲用黄土造人、炼五色石以补苍天,后羿以弓箭射落九日,禹化身为熊以治水以及与水神共工的战争等等,就体现着原始思维的特征。正由于此,神话那神奇的故事,那古拙又幽渺奇丽的美,是后世不可能重现的。

除了思维特征之外,我国神话在精神实质上还具有以下几个主要特征:

第一,不论是以战胜自然力为主的神话,还是以战胜人间罪恶为主的神话,都紧紧地围绕着人的生存这个主题。女娲补天、羿射九日、禹治洪水、精卫填海、夸父逐日,是为了摆脱和战胜自然灾害的困扰;禹杀相繇、黄帝战蚩尤,是为了清除人间凶恶势力,不让他们再危害人的正常生存;就是女娲造人、禹同涂山氏之女的爱情和婚姻的故事,也同样贯穿着人生的意义。不管神话的想象多么离奇,贯彻始终的总是人生的主题。

第二,神话中的英雄人物都充满着激扬的斗志、神异的能力和英雄气概。神话英雄面对巨大的自然灾害,总是主动积极地以神奇无比的力量和对策去征服自然力,改变不利于人类生存的状况,女娲补天、羿射九日、禹治洪水以及精卫填海等就是如此;面对危及生存的残暴敌人,总是奋起迎击,从容获胜,禹杀相繇、黄帝战蚩尤即是例证。这说明,在我国古代神话中,饱含着对人生的积极进取、昂扬向上的精神。

第三,不论是哪一类神话,都熔铸着浓烈的情感,塑造了鲜明的形象,表现出丰富的想象力。初民把对英雄人物的热爱和对自然灾害及人间凶恶势力的憎恨,通过奇异的想象进行虚幻的加工夸饰,形象鲜明地体现在了神话之中。情感、形象和想象,正是使神话具备文学特性的三个关键因素。这三个因素,也是后世一切文学作品最根本的因素。正缘乎此,神话与其他原始艺术一起,成为文学艺术发展的奠基石。

我国神话对后世文学发展产生了极大影响,主要是以下两个方面:

第一,神话的艺术规则为后世文学的发展提示了方向。一方面,神话所开创的为人生的主题,事实上成为了我国数千年文学发展的主流和传统。而这一传统的形成,包含着由神话积淀的重要因素。另一方面,神话富于情感、形象和想象的特征,无疑引导了后世文学审美理想的发展走向。

第二,丰富多彩的神话作品,成为后世文学创作取之不尽、用之不竭的题材源泉。从最早的文学总集《诗经》到近现代的文学创作,从诗歌散文到戏曲小说,无不得到神话的滋养。例证不胜枚举,其荦荦大者,如屈原的楚辞,庄子的散文,李白、李贺、苏轼等的诗歌,都使用了许多神话资料。神话对后世小说、戏曲的影响更大,战国时期的《穆天子传》

就是以神话为素材的，魏晋时期的志怪小说其实就是有神话特点的故事，唐传奇如李朝威的《柳毅》，明清小说如《西游记》、《封神演义》、《镜花缘》，元明戏曲如《柳毅传书》、《张生煮海》等，无不与神话有着难解难分的血肉联系。即便到了现代，人所熟知的鲁迅的《故事新编》，也是对神话故事或改编或径用而创作的小说。

【本章习题指要】

1. 上古歌谣的一般状貌。
2. 什么是神话？我国神话主要有哪些类型？其基本特征如何？
3. 如何理解神话对后世文学发展的影响？

第二章 《诗 经》

《诗经》是我国第一部诗歌总集,收录了从西周初年到春秋中叶(公元前11世纪—前6世纪中)五个多世纪的诗歌共305篇。包括《国风》160篇,《小雅》74篇,《大雅》31篇,《颂》40篇。《小雅》中另有6篇“笙诗”,有目无辞,不在305之数。

关于《诗经》的收集,汉代学者有“采诗”的说法。如刘歆说:“三代、周、秦,轩车使者、遒人使者以岁八月巡路,求代语、僮谣、歌戏。”(《与扬雄书》,《全汉文》卷四〇)班固也说:“孟春之月,群居者将散,行人振木铎徇于路以采诗,献之大师,比其音律,以闻于天子。”(《汉书·食货志》)这说明,上古有自上而下的诗歌采集制度。《诗经》的收集还有“献诗”的渠道:“故天子听政,使公卿至于列士献诗,瞽献曲,史献书,师箴,瞍赋,矇诵,百工谏,庶人传语,近臣尽规,亲戚补察,瞽史教诲,耆艾修之,而后王斟酌焉。”(《国语·周语上》召公语)“献诗”的说法比较早,产生于先秦时期。所献之诗,或有公卿列士所自作,这在《诗经》中可以找到内证,如“家父作诵,以究王讻”(《小雅·节南山》)、“吉甫作颂,其诗孔硕,其风肆好,以赠申伯”(《大雅·崧高》)。看来,采诗和献诗都是汇集《诗经》作品的重要渠道。

关于《诗经》的编订,汉代有“孔子删诗”的说法。司马迁首发此说:“古者诗三千余篇,及至孔子,去其重,取可施于礼义,上采契、后稷,中述殷、周之盛,至幽、厉之缺始于衽席……(成)三百五篇,孔子皆弦歌之,以求合韶、武、雅、颂之音。”(《史记·孔子世家》)王充也说:“《诗经》旧时亦数千篇,孔子删去复重,正而存三百篇。”(《论衡·正说》)实际上,这个说法是不准确的。《左传·襄公二十九年》记载吴公子季札在鲁国观周乐,所奏各国的诗歌及雅、颂,其编排次序大体与今传《诗经》相同。而这一年孔子只有8岁,当然不可能删订《诗经》。今人一般认为,《诗经》的编订,应是经过周王朝乐官们的筛选、整理和加工,逐步编订的。经手者非一人,完成也非一时。

今传《诗经》分为风、雅、颂三类编辑,这大概是久已有之的分类法。其分类的依据及其各自的含义,一般认为是所用音乐的不同。南宋郑樵就说:“风土之音曰风,朝廷之音曰雅,宗庙之音曰颂。”(《通志·昆虫草木略》)“风”,是各地不同的音乐;“雅”是正声,是王朝京畿地区的音乐;“颂”是宗庙祭祀用的舞曲。今人普遍赞同这个看法。

先秦时,《诗经》本称《诗》或《诗三百》、《三百篇》,到汉代被尊为经典,始称《诗经》。汉代首先传授《诗经》的,有鲁人申培、齐人辕固、燕人韩婴、赵人毛苌四家,分别称为鲁诗、齐诗、韩诗、毛诗。齐、鲁、韩三家《诗》于魏晋到北宋期间相继亡佚,只有《毛诗》流传到今天。

第一节 《诗经》的社会人生内涵

班固曾评论《诗经》道:“男女有不得其所者,因相与歌咏,各言其伤。”(《汉书·食货志》)何休也说:“饥者歌其食,劳者歌其事。”(《春秋公羊传解诂》卷一六)指出了《诗经》作品与实际的社会人生的亲密联系。《诗经》的确为后人展示了一幅广阔丰富的社会生活画卷。

一 婚恋诗

《诗经》里有不少作品,歌咏美丽多姿的爱情,抒发恋爱、婚姻生活的甜蜜和苦恼,有的作品还折射出某些相关的社会问题。

《诗经》有一部分作品,抒发恋爱和相思的甜蜜。周制:仲春之月,令会男女,奔者不禁。《郑风·溱洧》就是写春光明媚之日,青年男女相聚游玩,互赠信物,表达爱慕之情:“溱与洧,方涣涣兮。士与女,方秉蕑兮。女曰:‘观乎?’士曰:‘既且。’‘且往观乎!’洧之外,洵訏且乐。维士与女,伊其相谑,赠之以勺药。”诗以两条水边春和景明、众多青年男女相约游嬉的热烈场面为背景,特写一对恋人的亲密对话,温馨美好,情味悠长。《陈风·月出》描写月下美人的绰约风姿,反复咏唱爱慕、渴念之情。境界极为明净,纯洁而又有些朦胧,使得彻骨的相思竟也不觉痛苦,反倒有了“衣带渐宽终不悔”的纯真和一往情深。《周南·关雎》,《邶风·静女》,《召南》的《摽有梅》和《野有死麕》,《郑风》的《狡童》和《褰裳》等,都是这一类诗。它们的抒情或温婉含蓄,或大胆爽直,表现了青年男女恋爱时光的甜蜜情感。

《诗经》也表现了恋爱的曲折和苦恼。比如《郑风·将仲子》,写女子与心上人倾心相爱,但是又惧怕父母、哥哥的反对和别人的风言风语,陷入了两难的痛苦境地。《鄘风·柏舟》表现了同样的遭遇:“泛彼柏舟,在彼中河。髧彼两髦,实维我仪,之死矢靡它。母也天只!不谅人只!”这个女子的恋爱遭到母亲的反对,她呼天唤地,以示抗争。而《鄘风·蝃蝀》则是写女子争取了婚恋的自主,却遭到舆论的谴责:“乃如之人也,怀(坏)昏姻也。大无信也,不知命也。”斥责这个女子不遵守父母之命、媒妁之言,不讲“信义”,破坏了婚恋的既定规则。这类诗歌反映的社会问题,是纯真爱情同礼教、社会舆论的矛盾。她们爱情的障碍,不是恋人之间的感情纠葛,而是外来的社会压力。

《诗经》也有写夫妇间深挚情爱的作品。例如《齐风·鸡鸣》,以夫妇对话形式,写清晨起床前的一个片段,妻子的催促、担心,丈夫的贪睡、托词,把夫妇情爱的深长表现得生动活泼。《郑风·女曰鸡鸣》与此诗异曲同工。而像《郑风·风雨》:“风雨凄凄,鸡鸣喈喈。既见君子,云胡不夷!风雨潇潇,鸡鸣胶胶。既见君子,云胡不瘳!风雨如晦,鸡鸣不已。既见君子,云胡不喜!”更是以淳朴的歌唱,把夫妇久别重逢的喜悦,写得如醇厚的陈酿,耐人品味。《唐风·葛生》是一首缠绵悱恻的悼亡诗,它描写墓地的荒凉,写装殓用具的新鲜,反复咏叹"予美亡此,谁与独处"的悲痛和孤凄感。其最后两章重章叠唱:"夏之日,冬之夜,百岁之后,归于其居。冬之夜,夏之日,百岁之后,归于其室。"把爱人故去之后自己难挨的孤苦生涯展示出来,深情绵邈,感人至深,堪称悼亡诗之祖。

《诗经》还有几篇"弃妇诗",如《邶风》的《日月》、《终风》、《谷风》,《卫风·氓》,《王风·中谷有蓷》等。这类诗歌,写妻子被丈夫无情抛弃,折射了比较深刻的社会问题。以其中最知名的《谷风》和《氓》二首为例,它们都描述了女子对丈夫忠贞不贰、辛勤持家、任劳任怨,却终遭无情遗弃的悲凄境遇,反映了当时女性社会地位的卑下、附庸的情状。

二　抒发多种人生感慨的诗

人生不易,会遭遇许多无奈和困境。《诗经》的一些作品,展示了多种人生的困窘,抒发了深沉的感慨。

《小雅·巷伯》描述的是无端遭人谗害的人生境遇,具有一定的普遍意义。诗的前半以比兴手法写谗人者巧舌如簧,苟且害人;后半则直抒愤怨,直言警告和诅咒,情感激切浓烈,痛快淋漓。《小雅》的《巧言》、《何人斯》,也是这类作品。

《魏风·园有桃》表达了"士"的人生悲哀。诗人自甘淡泊,不求闻达,却被人指斥为行止骄慢、不正常:"园有桃,其实之殽。心之忧矣,我歌且谣。不知我者,谓我'士也骄'。彼人是哉?子曰何其?心之忧矣,其谁知之!其谁知之,盖亦勿思!"诗作抒发了他的人生理想不被常人理解的苦恼。唐代诗人韩愈《感春四首》其四有云:"今者无端读书史,智慧只足劳精神","乾愁漫解坐自累,与众异趣谁相亲"。智识洞明使精神劳顿倦怠,志趣不同流俗故而孤独寂寞,士人的人生境遇大多如此,真是千古同此悲慨!

《王风·黍离》,前人或以为东周大夫悲叹西周沦亡之作(《毛诗序》),或以为是"感伤时事"、"忧周室之将陨"(清人崔述《读风偶识》),总之将其解释为悲叹家国沦亡的作品。今人余冠英则说:"从诗的本身体味,只见出这是一个流浪人诉忧之辞,是否有关周室播迁的事却很难说。"(《诗经选》)的确如此。诗以深沉忧伤的笔调,抒写作者内心无可告诉的悲哀,艺术表现水平很高。它用"苗"、"穗"、"实"的意象变化,暗示时间的流程。随着时间的延绵,作者内心的感受也由"摇摇"到"如醉"再到"如噎",悲痛的程度不断加深,凄怆缠绵,忧伤不已。像《园有桃》、《黍离》这样的诗,深度抒发"心之忧矣,其谁知之"、"知我者谓我心忧,不知我者谓我何求"的忧伤,人生况味之感非常浓烈。

《桧风·隰有苌楚》从另一个侧面抒发了深刻的人生哲理。诗人以拟人化手法与苌楚对话,抒发人不如物的感慨:"隰有苌楚,猗傩其枝。夭之沃沃,乐子之无知。隰有苌楚,猗傩其华。夭之沃沃,乐子之无家。隰有苌楚,猗傩其实。夭之沃沃,乐子之无室。"人何以不如物呢?因为苌楚"无知"、"无家"、"无室"。从某种意义上说,人生痛苦的根源,无外乎身内身外的牵累。自身的牵累集中表现为人有知识能力,身外的牵累最真切地体现在有家室羁绊。有知识,就会有观察、思考、判断;有家室,就要为它奔波操劳。而最为关键的，是有了思考判断、有了家室牵挂，就必然产生种种欲望，欲望不能满足就会产生痛苦。这首诗便是以对苌楚的羡慕，比衬隐托出人有欲望，所以多有生存之苦闷这样一种人生的宿命。

三 政治讽谕诗

《诗经》有许多作品写到人们对政治人物或政治现象的感受，其情感倾向大抵有讥刺和赞美二端。

《邶风·新台》是一首揭露宫闱丑行的诗，讽刺卫宣公霸占儿子的新娘。诗歌用癞蛤蟆的形象，把对卫宣公的憎恶感情与新娘的悲伤和无奈表现得明快生动。《鄘风·墙有茨》也是这类诗歌："墙有茨，不可扫也。中冓之言，不可道也。所可道也？言之丑也。"卫宣公与其后母私通，生子名伋；伋娶齐女宣姜为妻，宣姜又被他劫夺；卫宣公死后，他的庶长子顽又与宣姜私通。诗人避实就虚，反复咏唱他们的秽行"不可道"、"不可详"、"不可读"，把卫国宫廷的秽闻更加鲜明地反托出来，极富表现力。《鄘风·君子偕老》，《齐风》的《南山》、《敝笱》和《陈风·株林》等，都是揭露宫廷丑闻的诗作。

《诗经》有不少诗篇描写当时繁重的劳役给人民带来的苦难，抒发愤怨情绪。《魏风·陟岵》写征夫远在他乡艰辛服役，思念亲人不已，于是设想家中的父母、哥哥如何牵挂他，叮嘱他保重身体，盼望他早日回家。《邶风·击鼓》写新婚的征夫被征调南方作战，万分危艰，他回想起当初与妻子的誓约："死生契阔，与子成说。执子之手，与子偕老"，心痛不已。《王风·君子于役》抒写徭役使夫妻生离的痛苦："君子于役，不知其期。曷至哉？鸡栖于埘，日之夕矣，羊牛下来。君子于役，如之何勿思！"《唐风·鸨羽》控诉繁重的徭役非但破坏了人民的正常生活，甚至不能自养："肃肃鸨行，集于苞桑。王事靡盬，不能艺稻粱，父母何尝？悠悠苍天！曷其有常？"《豳风·东山》直接描述了征夫对兵役的痛苦体验："我东曰归，我心西悲。制彼裳衣，勿士行枚。蜎蜎者蠋，烝在桑野。敦彼独宿，亦在车下。"《小雅·采薇》则直言心痛："王事靡盬，不遑启处。忧心孔疚，我行不来。"抱怨徭役没完没了，担心从此回不了家。这些诗篇，揭露繁重的徭役使百姓骨肉生离，不得安定和生息，让人们看到繁重徭役所造成的种种不人道的人生悲剧。

《大雅·瞻卬》是周大夫凡伯刺周幽王的诗，写幽王宠幸褒姒，黜退贤良，导致邦乱民困，直刺最高统治者，揭露了最高政权集团的腐败黑暗，表达了深沉的忧国忧民之情。《小雅》的《十月之交》、《雨无正》、《小旻》，《大雅》的《民劳》、《板》、《荡》、《抑》等，都是这类作品。

《诗经》还有不少颂美统治者的作品。《召南·甘棠》一诗唱道："蔽芾甘棠，勿翦勿伐，召伯所茇。蔽芾甘棠，勿翦勿败，召伯所憩。蔽芾甘棠，勿翦勿拜，召伯所说。"据《史记·燕召公世家》记载："召公之治西方，甚得兆民和。召公巡行乡邑，有棠树，决狱政事其下。自侯伯庶人各得其所，无失职者。召公卒，而民人思召公之政，怀甘棠不敢伐，歌咏之，作《甘棠》之诗。"此诗的特点是，人民歌颂、怀念召公，并没有罗列他的勤政爱民的业绩,而是反复抒发对棠树的爱护之情,由物及人,形象又婉曲地表达了对召公的怀念和爱戴。此外,《鄘风·定之方中》歌颂卫文公从漕邑迁到楚丘,重建卫国的业绩,《卫风·淇奥》赞美卫武公德美才俊,都是这类诗歌。而《大雅》和《颂》之中,颂美的诗篇就更多了。

四 史诗及其他

《诗经》有一些诗篇,记载了民族的历史,歌颂祖先的功勋。

《大雅》中的《生民》、《公刘》、《绵》、《皇矣》、《大明》,是周人的五篇著名史诗,它们叙述了自始祖后稷出世直到武王灭商的一些史迹和传说。《生民》主要描述了周始祖后稷神异的出生和天生的种植五谷的能力,以及他率民定居邰地的历史。《公刘》叙述周人远祖公刘带领周民从邰地迁居豳地,开荒辟地、造屋定居的历史。《绵》主要叙述周文王的祖父古公亶父率民由豳迁岐,开地建房,创业兴国的事迹。末二章写到周文王能够继承祖业,平定夷狄,使周邦日益强盛。《皇矣》先是叙述太王(古公亶父)开辟岐山周原,击退异族昆夷;再说王季(文王父)继祖德业并传位给文王;然后着重记述了文王伐密、伐崇的胜利。《大明》先是叙述王季与太任结婚生文王、文王与太姒结婚生武王,之后叙述武王伐纣灭商的事迹。五篇史诗蝉联而下,大致可以看出周人发展、兴旺的史迹。此外,如《鄘风·定之方中》,《小雅》的《出车》、《六月》、《采芑》,《大雅》的《文王》、《江汉》、《常武》,《商颂·长发》等,也具有史诗性质。

《诗经》还有农事诗,从不同角度表现了周人农业生产活动的情状,如《豳风·七月》、《周南·芣苢》、《魏风·十亩之间》,《小雅》的《信南山》、《甫田》、《大田》,《周颂》的《载芟》、《良耜》等。以《七月》最为著名。这首诗叙说农夫一年四季无休无止地辛苦劳作。全诗八章,大体依照春耕、蚕桑、收割、打猎、修缮房屋和年关祭祀的次第,按月歌唱,平铺直叙一年四季适应不同节候的各种劳作,也反映了农夫在衣、食、住等方面的情况,有较大的史料价值。农事诗中艺术水平较高的当属《芣苢》和《十亩之间》,两首诗都是劳动者唱和的歌谣。前者是妇女在采集车前子时的歌唱,后者是劳动之后人们呼朋唤伴踏歌归去的情景。两首诗具有共同的特点:以简练浅白的词语反复咏唱,各章之间只是更换了几个近义词,而能够引发丰富的联想,情韵悠长。清人方玉润评赏《芣苢》:“读者试平心静气,涵咏此诗,恍听田家妇女,三三五五,于平原绣野、风和日丽中群歌互答,余音袅袅,若远若近,忽断忽续,不知其情之何以移而神之何以旷。”(《诗经原始》卷之一)而《十亩之间》的诗境与《芣苢》极其相似:劳动收工之后,采桑女三三五五相约回家,边走边唱,田歌互答,洋溢着轻松愉快之情。

农事诗而外,《诗经》还有一些反映周人礼俗、观念的诗。如《齐风·南山》叙说婚姻礼俗:“……取妻如之何?必告父母。……取妻如之何?匪媒不得”;《周南·螽斯》祝福他人多子多孙,反映了周人希望繁衍、多子多福的观念;《小雅·斯干》反映出周人重男轻女的思想观念;等等。

《诗经》(主要是二《雅》)还有不少诗叙写贵族的生活,或描写其聚会宴饮,歌颂祝福;或歌咏兄弟朋友的情谊;也有的诗表现父子、夫妻矛盾。内容比较丰富,风格大都典正华贵而缺乏艺术感染力。

第二节 《诗经》的文学成就

《诗经》是距今三千年前后诗歌创作的结集。在情思内涵上,它那纯真的情思以及折射出来的上古生活状貌,总能引起后人对诚朴的遐思;在艺术表现上,它那朴实的语言,比较稳定一致的诗章结构,以及惯用的赋比兴的表现手法、自然天成的韵律等,在当时无不具有开拓意义,而在今天看来,就显得比较古拙。《诗经》在整体上呈现出来的这种古朴的美,是后世无法重复的,因而弥足珍贵。

一 抒情与写实的统一

《诗经》的作品基本是抒情诗和叙事诗,而以抒情诗占多数。质实率真的抒情和情感化的叙事,形成了抒情与写实的统一。

首先,抒情诗所抒发的情感是真实的。像《魏风》的《伐檀》、《硕鼠》一类对分配不平等、不劳而获现象表示不满的诗,《陟岵》、《鸨羽》一类对繁重徭役予以控诉的诗,《新台》、《墙有茨》一类讥讽统治者德行污秽的诗,都是作为下层民众所能感受的事情,是他们的所见、所闻或亲历,是他们的思想和情感取向。而如批评尹太师祸乱邦国、任人唯亲、涂炭百姓的《小雅·节南山》,讥刺周幽王昏庸无道、大臣进谗误国的《十月之交》、《雨无正》等,则只能出自高官显吏之手。这说明,《诗经》表现不同阶层作者的不同视角、不同经历的各种生活感受,都是真实的。《诗经》的婚恋诗,或是表达青年男女的恋情,或是抒发夫妇之间的挚爱,或是表现婚恋生活的种种不如意,我口唱我心,绝无矫情造作。至于那些人生感慨的作品,则更是作者最深刻的人生感受的真切表达。

其次,抒发情感的方式是坦率直白的。表达相思,就直说“求之不得,寤寐思服。悠哉悠哉,辗转反侧”(《周南·关雎》),“惟子之故,使我不能餐兮”(《郑风·狡童》)。抒发爱恋,则径言“投我以木瓜,报之以琼琚。匪报也,永以为好也”(《卫风·木瓜》),“有女怀春,吉士诱之”(《召南·野有死麕》)。有了情感摩擦,就直抒胸臆:“子不我思,岂无他人,狂童之狂也且”(《郑风·褰裳》),“无我恶兮,不寁故也”(《郑风·遵大路》)。爱情遇到阻碍,则呼天唤地:“母也天只!不谅人只!”(《柏舟》)抒发夫妻间的相思,便直言“愿言思伯,甘心首疾”(《卫风·伯兮》),“君子于役,如之何勿思”(《王风·君子于役》)。那些抒发社会人生感受的诗也如此,《秦风·黄鸟》表达民众对秦穆公殉葬子车氏三子的愤慨,反复咏唱:“彼苍者天!歼我良人”;《邶风·北门》径说遭遇的不平:“王事适我,政事一埤益我。我入自外,室人交遍谪我”;《小雅·巷伯》对进谗言者痛恨至极,愤言诅咒:“取彼谮人,投畀豺虎!豺虎不食,投畀有北;有北不受,投畀有昊”;《节南山》指责尹太师为政不端,直呼其名:“赫赫师尹,不平谓何”。总之,《诗经》的抒情就是这样坦言以陈,毫无掩饰。

再次,叙事性的诗作中也饱含着作者的真挚感情。如《七月》,按照月令顺序,叙述农夫一年四季辛勤繁忙地劳作,但是其中不时穿插如“无衣无褐,何以卒岁”、“女心伤悲,殆及公子同归”这样的诗句,哀叹农夫穷困微贱的生存状况;又在衣、食、住方面对比贵族和农夫的悬殊差距。虽是平实的叙事,内里却涌动着一股浓郁的不平之气。再如《大雅》的史诗,在叙述周人的历史中,也熔铸着对先祖的崇敬和赞美。《生民》对后稷的神化记述,《公刘》每章都以“笃公刘”起唱,着力刻画他身先士卒、为民操劳的形象,虽然没有《颂》诗那样的直接颂扬,但崇敬和赞美之情已经洋溢其中。

二　赋、比、兴的表现手法

赋、比、兴与风、雅、颂原本合称为“六诗”(《周礼·春官·大师》)或“六义”(《毛诗大序》)。唐人孔颖达加以区别,认为“风、雅、颂者,诗篇之异体;赋、比、兴者,诗文之异辞耳”(《毛诗正义》卷一),依体用关系,把赋、比、兴从“六诗”或“六义”中剥离出来,认定为《诗经》的艺术表现方式。这一认识得到后人的普遍认同。

赋、比、兴含义,历来解释不一,其中南宋人的两种说法值得注意。一个是朱熹的解释:“赋者,敷陈其事而直言之也。比者,以彼物比此物也。兴者,先言他物以引起所咏之词也。”(《诗集传》卷一)另一个是李仲蒙的解释:“叙物以言情谓之赋,情尽物者也;索物以托情谓之比,情附物者也;触物以起情谓之兴,物动情者也。”(南宋胡寅《斐然集》卷一八《致李叔易》引)朱熹的说法比较平实恰切,为后世普遍接受,但它对诗歌传达情感的特点未予重视。李仲蒙从情、物关系的角度解说,突出了诗歌的情感特征,可以弥补朱说的不足。

赋是《诗经》中运用最多的表现手法。它可以是直接叙事,也可以是直接的刻画描写,还可以是直言其志或直抒胸臆。直接叙事的诗,如大部分《颂》诗,《大雅》中的史诗,《小雅》中的宴饮诗,以及《国风》中的《七月》、《谷风》、《氓》、《定之方中》等等。这类作品,往往在叙事中熔铸着浓厚的情感。直接刻画描写的诗,如《国风》中的《芣苢》、《羔羊》、《溱洧》、《卢令》、《猗嗟》、《十亩之间》等。这些诗作,没有刻意修饰,只是平实客观地描写场面或人物,而情感自然见出。直言其志和直抒胸臆的诗就更多,前面所分析的人生感慨诗、政治讽谕诗、婚恋诗中的大多数,都是例证。

比,一般说就是比喻。如《卫风·硕人》:“手如柔荑,肤如凝脂,领如蝤蛴,齿如瓠犀,螓首蛾眉”,接连以六个比喻描摹卫庄公夫人庄姜的美丽。这样的“比”,基本是修辞意义上的手法,是《诗经》用“比”最常见的一种情形。另一种情形是整首诗用“比”,如《魏风·硕鼠》和《豳风·鸱鸮》。前者借用大老鼠比喻不劳而获、脑满肠肥的贵族;后者是一首禽言诗,描写遭受鸱鸮劫掠而痛失鸟子的母鸟,借以比喻曾经痛苦磨难、忧心忡忡的人。它们都是用借喻手法塑造完整艺术形象的例子。同样是使用借喻,《小雅·鹤鸣》则是用一系列的物象作比,而不是塑造完整的形象:“鹤鸣于九皋,声闻于野。鱼潜在渊,或在于渚。乐彼之园,爰有树檀,其下维萚。它山之石,可以为错。”鸣于九皋的鹤、深潜在渊的鱼、园中高大的檀树等,都是比喻人才的可贵。

“兴”比较复杂,历来众说纷纭。大体说来,兴就是起兴或发端,一般处在一首诗或一章诗的开头位置。就其与诗歌情思的关系来看,基本有相关和不相关两种情形。它与诗歌情思相关时,一般会起到烘托氛围或与诗歌意义发生某种联系的作用;与诗歌情思没有意义相关时,其作用则往往是起韵。意义相关的例子,如《溱洧》,全诗两章,分别以“溱与洧,方涣涣兮”、“溱与洧,浏其清兮”起兴,描绘青年恋人群游嬉戏的背景,烘托美好温馨的气氛。而当“兴”与诗歌情思发生某种意义联系时,它的作用就和“比”相近了。《关雎》的起兴句“关关雎鸠,在河之洲”,以此伏彼起的水鸟的和鸣,比喻青年男女的求偶。《周南·桃夭》首章的起兴句“桃之夭夭,灼灼其华”,以盛开的鲜艳桃花象征美丽的新娘,同时也渲染了出嫁的热烈气氛。这一类“兴”,都和“比”难以截然区分。“兴”与诗歌情思不相关的例子,如《唐风·山有枢》,是一首讥刺守财奴的诗:“山有枢,隰有榆。子有衣裳,弗曳弗娄。子有车马,弗驰弗驱。宛其死矣,他人是愉。”起句“山有枢,隰有榆”与下面的内容没有任何意义关联,其作用只在起韵。《秦风》的《黄鸟》、《晨风》等,也是如此。

赋、比、兴在理论上虽然可以区分明确,但在实际运用中往往交互重叠,这是要充分注意的。

三 四言诗的典范

四言诗在诗歌发展史上具有划时代意义。根据现存史料,比《诗经》更为古老的远古歌谣,往往采用二言的句式。例如相传黄帝时期的歌谣《弹歌》:“断竹,续竹。飞土,逐宍”;《周易·贲·六四》:“贲如,皤如,白马,翰如。匪寇,婚媾”。二言歌谣节奏感很强但是单一,也不利于思想情感的充分表达。随着初民思想能力、语言能力的丰富和发展,歌谣的句式趋向复杂,就势所必然。把二言诗的两句叠加起来成为一句,是最自然的发展趋向,四言诗由此诞生。与二言相比,四言诗表达功能极大地增强了,节奏也有了变化,更具音乐性,于是,成为了春秋至汉代八九个世纪的主要诗歌样式。《诗经》就是其典范。

据统计,《诗经》中纯是四言的诗章有140篇,四言间杂二、三、五、六、七、八言的诗章有159篇,通篇不用四言的只有6篇(参见许德政《〈诗经〉三题》,《文学评论丛刊》第七辑)。这说明:《诗经》是以四言为基本句式,同时又参差变化,比较灵活,间杂二言句到八言句。如:“鱼丽于罶,鲿鲨。……鱼丽于罶,鲂鳢”(《小雅·鱼丽》),“江有渚,之子归,不我与;不我与,其后也处”(《召南·江有汜》),“谁谓雀无角,何以穿我屋?谁谓汝无家,何以速我狱”(《召南·行露》),“我姑酌彼金罍……我姑酌彼兕觥”(《周南·卷耳》),“我有旨酒,以燕乐嘉宾之心”(《小雅·鹿鸣》),“不狩不猎,胡瞻尔庭有县貆兮”(《魏风·伐檀》)。这种以四言为主又不拘四言、长短参差的句法,带有明显的民歌风味。

《诗经》的四言诗节奏鲜明,音韵谐洽,有天然的音乐美感。明人陈第《读诗拙言》说:“毛《诗》之韵,不可一律齐也。盖触物以摅思,本情以敷辞。从容音节之中,宛转宫商之外。如清汉浮云,随风聚散,蒙山流水,依坎推移,斯其所以妙也。……总之,毛《诗》之韵,动乎天机,不费雕刻,难与后世同日论矣。"《诗经》时代的作者,并不知晓音韵的规律,其歌唱的声韵谐调,乃是出于天籁自然。但是,其中似也有规律可循,后人多有总结,以清人顾炎武的说法最受推重:

古诗用韵之法,大约有三:首句次句连用韵,隔第三句而于第四句用韵者,《关雎》之首章是也。……一起即隔句用韵者,《卷耳》之首章是也。……自首至末句句用韵者,若《考槃》、《清人》、《还》、《著》、《十亩之间》、《月出》、《素冠》诸篇,又如《卷耳》之二章、三章、四章,《车攻》之一章、二章、三章、七章,《长发》之一章、二章、三章、四章、五章是也。……自是而变,则转韵矣。转韵之始,亦有连用、隔用之别,而错综变化,不可以一体拘。……此皆诗之变格,然亦莫非出于自然,非有意为之也。(《日知录》卷二一《古诗用韵之法》)

他总结了《诗经》用韵的三个基本模式,也指出模式之外灵活多变的情况。《诗经》用韵的一些规律,实际上成为后代诗歌音韵的圭臬。

四　章法结构和语言的特点

重章复沓,是《诗经》的基本章法结构。据统计,《诗经》中不分章的作品只有34篇(《周颂》的全部和《商颂》的《那》、《烈祖》、《玄鸟》),其余271篇都分章。分为三章的最多,有110篇以上,其中重章者有近70%;分为两章的约40篇,绝大多数重章,不重章者仅有两三篇;其余分为多章的也不时出现重章。

所谓重章,并不是把完全相同的字句再罗列一遍,而是改变或替换一些字词后的复唱。这就产生了两种情况。一是字词虽变而意义相同。例如:"参差荇菜,左右采之。窈窕淑女,琴瑟友之。/参差荇菜,左右芼之。窈窕淑女,钟鼓乐之。"(《关雎》最后两章)"式微式微,胡不归?微君之故,胡为乎中露?/式微式微,胡不归?微君之躬,胡为乎泥中?"(《邶风·式微》)《诗经》中这类同义复沓的重章之歌较多,其回环往复的咏唱,加强了抒情效果。第二种情况是改变字词后使诗章间形成意义上的层递关系。如《黍离》,其第二、第三章分别把第一章的"苗"、"摇摇"改为"穗"、"如醉"和"实"、"如噎"。改换这两个字词,固然也有换韵的作用,但是作物从出"苗"到长"穗"再到结"实",乃是一段较长的时间流程;随着时间的流逝,诗人的忧伤程度愈来愈重。清人方玉润云:"三章只换六字,而一往情深,低徊无限"(《诗经原始》卷之五),就是指它层递深入的表现特点。《王风·采葛》也是如此,随着"一日不见,如三月兮"到"三秋"再到"三岁"的夸张抒发,相思之情层递转深,越来越浓烈。这类重章就不是简单的复唱,而是在意义或情思上有所添加。应当指出的是,重章复沓的章法是民歌的一般特点,它还带有诗歌发展初期的较为粗放的痕迹。

《诗经》的语言表现很有特色。一是质朴畅达。《风》、《雅》、《颂》各部分的语言风格虽然不同,也有少数篇章比较古奥(一般在《大雅》、《颂》之中),但整体看来大都明白晓畅,与之前的远古歌谣和之后的楚辞都不同。二是词汇丰富。据清人陈奂《诗毛氏传疏》统计,有关建筑的名称82种,草名104种,虫名23种,鸟名35种,马名28种。而据今人吴厚炎《〈诗经〉草木汇考》统计,仅草木即有近140种。三是双声叠韵的联绵词和叠字的大量运用。如“窈窕”、“参差”、“辗转”、“崔嵬”、“窈纠”、“夭绍”、“栗烈”、“拮据”、“漂摇”以及“关关”、“喓喓”、“雝雝”、“喈喈”、“呦呦”、“晰晰”、“煌煌”、“晔晔”、“杲杲”等等,不但增加了诗歌的韵律美,更细腻地传达出诗人曲折细微的情感和物象的活泼情状。

【本章习题指要】

1. 了解有关《诗经》及其来源、分类和流传的知识。
2.《诗经》主要的社会人生内涵。
3.《诗经》的主要文学成就。
4. 理解赋、比、兴的含义及其文学表现意义。

第三章　先秦散文

自从三四千年以前的殷商时期产生文字开始，我国就有了文字记载的历史。今天所能看到的殷商、西周的文献，除甲骨卜辞外，还有《尚书》、《逸周书》等典籍和少量的铜器铭文。

随着思想文化的繁荣，春秋战国时期是我国散文发展的第一个兴盛时期，历史散文、诸子散文纷纷面世。先秦散文繁盛的原因，有经济的、政治的、文化的多方因素。从经济方面说，春秋尤其是春秋末年以后，农业经济快速发展，同时带动了手工业、商业的发达，各诸侯国的经济实力迅速增强。从政治方面说，春秋以后，王朝日益衰微，周天子实际上已逐渐失去了对诸侯的控制力。一些实力强大的诸侯，纷纷兴兵争霸，蚕食兼并，先后出现了"春秋五霸"和"战国七雄"。从文化方面说，"天子失官，学在四夷"（《左传·昭公十七年》引孔子语），王官贵族垄断文化的权力丧失，"私学"纷纷兴起，因而诞生了平民士人群体。经济发展，令贪婪与物欲横流；国富兵强，使掠夺和征战不止；"无耻者富，多信（言）者显"（《庄子·盗跖》）。"圣王不作，诸侯放恣，处士横议"（《孟子·滕文公下》），一些有社会责任感的读书人，纷纷出谋划策，贡献思想，游说著述，聚徒讲学，希图解决种种不良的社会问题。而那些野心勃勃的诸侯，也愿意听取士人的说辞，以借鉴或采用。"百家争鸣"的文化环境，促成了诸子散文的繁荣。另有一些士人，或撰作史著，或编纂历史文献，为当权者提供政治借鉴。上古向有著史的传统，周王朝及诸侯国均置有史官，有大史、小史、左史、右史等多种官职。今存的《尚书》、《春秋》，就记载有殷商、西周、春秋时期的史料。至战国，社会空前繁荣富强，又空前动荡混乱，更加需要认真总结历史，汲取史鉴。于是出现了《左传》、《战国策》等历史著作，从而也形成了历史散文的繁荣局面。

第一节　《左传》、《战国策》等历史散文

一　《尚书》、《春秋》等早期历史散文简介

我国古代第一部历史文集是《尚书》，它以记言为主。《汉书·艺文志》说，《尚书》原有 100 篇，孔子编纂并为之作序。汉初，有今、古文不同的传本。今文《尚书》29 篇，是经师伏生所传。古文《尚书》在汉武帝时出现，比今文《尚书》多出 16 篇，这 16 篇后来亡逸

了。西晋永嘉之乱后，今文《尚书》散亡。今存于《十三经注疏》的《古文尚书》有58篇，其中的33篇与汉代传本文字大抵相同（只有少数篇章的分合、定名不同），另外25篇是东晋人的伪作。清人孙星衍作《尚书今古文注疏》，广泛汲取前人考订成果，摒弃25篇伪作，将篇目重新厘定为29卷，大抵恢复了汉代《尚书》传本的面貌。《尚书》所记基本是誓、命、训、诰一类的言辞。文字古奥迂涩，只有少数文字比较形象、朗畅。

《逸周书》，本名《周书》，《汉书·艺文志》著录有71篇，颜师古注引刘向说："周时诰、誓、号令也，盖孔子所论百篇之余也。"东晋郭璞注《尔雅》引用它时始称《逸周书》，唐人李善注《文选》也沿用此称，可知《逸周书》向来被视为《尚书》的余篇或逸篇。今存60篇（其中4篇残），另外11篇唯存篇目。《逸周书》的文字表现与《尚书》颇不相同，倒是和春秋战国的史家之文接近。可能是春秋战国时人根据史料重新编撰的，非一时一人之作。

铭文，是铸刻于青铜器上的文字。商代已有十分简略的铭文，但是到周代才有较大发展。周代的铭文，多是记述战功、赏赐或者讼断等。一般都较简短，仅几十字；个别的较长，如《散氏盘铭》300余字，《毛公鼎铭》449字。铭文文体与《尚书》相像，多为散文。但也有个别韵文，如《虢季子白盘铭》。

《春秋》是鲁国的编年史，经过了孔子的修订。它以类似今天新闻标题的形式，非常简括地记录了鲁国及周王朝、其他诸侯国的历史事件，始于鲁隐公元年（前722），终于鲁哀公十四年（前481）。孔子修订《春秋》颇有深意，他以谨严的书法和微言大义，暗寓褒贬，表达尊王攘夷、正名定分、维护统一等思想。语言准确而简明，与《尚书》的佶屈聱牙不同。

二　《左传》的叙事、写人和辞令艺术（附：《国语》简介）

《左传》全称《春秋左氏传》，又名《左氏春秋》、《古文春秋左氏传》等，是配合《春秋》的编年史，所记史事止于鲁哀公二十七年（前468），比《春秋》多出13年。它与《春秋公羊传》、《春秋穀梁传》都是阐述《春秋》经的"传"，合称"《春秋》三传"。《左传》的作者，《史记·十二诸侯年表》和《汉书·艺文志》都说是左丘明，《汉书》还说左丘明是鲁国的太史，但都语焉不详，疑点很多，后世颇有争议。《左传》在哀公二十七年的最后，附有智伯被灭、韩魏赵三家分晋的简略记录，此事发生在公元前453年，已经进入战国。那么，《左传》的作者应当是战国初年或稍后熟知历史掌故的人。

《左传》记事详赡生动，"情韵并美，文采照耀"（刘大櫆《论文偶记》二二），是先秦时期最具文学色彩的历史散文。

（一）《左传》的叙事艺术

《左传》叙事的文学色彩主要表现在两个方面：一是富有文学表现力的剪裁功夫，二是采用全知叙事视角。

文学性的剪裁，是指在保证真实叙述历史事件的基础上，通过史料的取舍、叙述的详略,使历史事件故事化、情节化。例如宣公二年的《郑败宋师获华元》,记载宋、郑两国间的一次战事,开头只以极简练的文字交代了时间、地点和结局,而后则以大部分篇幅细写战事前后的几件趣事:狂狡如何反遭俘虏,羊斟如何挟私报复——这样的记录,不但反映出宋军战败的某些因素,更增加了文章的故事性和趣味性。而华元逃回宋国后,与筑城役人的对歌斗口,也非常有趣。役人善意的讥笑,机趣盎然;华元则穷于应对,拙相毕现。再如隐公元年的《郑伯克段于鄢》,记叙春秋初期郑国王室内部兄弟、母子之间一场争夺王位的残酷斗争。叙事跨度自哥哥郑庄公出生起,到弟弟共叔段兵败逃亡、庄公母子和好止。《左传》作者仅用五百余字,就把事件的起因、发展、结局和尾声叙述得明白生动,把几个主要人物的性格刻画得鲜明突出,令人难忘。写起因,只叙述"庄公寤生,惊姜氏"这个饶有趣味的细节,表明了母子矛盾产生以及导致兄弟矛盾的缘由,也集中体现了母亲姜氏性格的乖戾昏聩。叙发展,一方面明写弟弟共叔段肆无忌惮地进行领土和军事扩张,突出其愚蠢狂妄的性格,另一方面穿插大臣祭仲、公子吕对事态的忧虑和焦急,暗衬庄公的貌似怯懦实则阴险忌刻、工于心计,在事件的叙述上也造成了悬念,增强了故事性。写正面交战,仅三言两语就交代了战争的爆发和结局,因为这是必须交代又不易形成情节性、无助于人物性格塑造的部分,所以用笔极其经济。续尾声,又引入颍考叔的机趣和智慧,描写一个"隧而相见"、母子虚假和好的富有漫画意味的余波,同时极传神地写出庄公母子性格的虚伪。作者把一个严酷复杂的历史事件,写得简洁生动,趣味横生,人物性格鲜明,简直可以当做剧本来读。

采用全知叙事视角,既保证了历史事件叙述的真实和亲切,也便于引入一些细节描写和人物语言,从而增强事件的故事性和意趣,避免缺乏情趣与形象的枯燥乏味的流水账式的史事记述。

《左传》以擅长叙写战争著称,它记叙了春秋时期千余场大大小小的战役,千姿百态,几乎每战不同。它往往注重对双方战前谋划的叙述。如僖公二十八年《晋楚城濮之战》,楚国北犯宋国,宋求救于晋国;晋出于本国利益的考虑,也不愿楚人北扩,欲与楚作战,但是担心齐国、秦国不予支持。于是采取外交战略,令宋人以重赂向齐、秦求救,同时出兵进攻楚人友邦曹国、卫国,并把曹、卫领土分割给宋。齐、秦受宋赂,必然出面请求楚人停止进攻宋国;而楚国见宋人无端占有友邦土地,则一定更要坚决进兵。如此,齐、秦则会因为楚人不给面子而支持晋与楚交战。《左传》作者注意记叙这样错综复杂的战前外交策略,在战争叙述中添加了曲折的故事意味。

如果说纵横捭阖的外交活动还可以从史料中获知,那么展现生动鲜活的战斗场面就不是作者能亲历亲闻的了。但《左传》作者写战争场面,却一如亲历。如《晋楚城濮之战》的一段:

> 己巳,晋师陈于莘北。胥臣以下军之佐当陈、蔡。子玉以若敖之六卒将中军,曰:"今日必无晋矣。"子西将左,子上将右。胥臣蒙马以虎皮,先犯陈、蔡,陈、蔡奔,楚右师溃。狐毛设二旆而退之,栾枝使舆曳柴而伪遁,楚师驰之。原轸、郤溱以中军公族横击之,狐毛、狐偃以上军夹攻子西,楚左师溃。楚师败绩。

两军的阵势、将帅，各路兵马的战况，如在目前。而且还有变化波折，一路直进取胜，一路佯退而夹击。文字虽短，却参差起伏，场面生动如画。

《左传》叙事，运用了许多细节描写和人物言语，同样是以全知视角观照的结果。如宣公十二年《晋楚邲之战》写晋军仓促应战的混乱状态："（楚）遂疾进师，车驰卒奔，乘晋军。（晋帅）桓子不知所为，鼓于军中曰：'先济者有赏！'中军、下军争舟，舟中之指可掬也。"面对楚军的突然进攻，晋帅竟"不知所为"；军士争相渡河，自相攻残，砍落到船里的手指"可掬"，仓皇之态毕现。再如写晋军败退："晋人或以广队不能进，楚人惎之脱扃。少进，马还。又惎之拔旆投衡，乃出。顾曰：'吾不如大国之数奔也。'"这个细节，把晋军的慌乱狼狈，楚军的从容清闲，以及晋军斗口的可笑，表现得惟妙惟肖。《左传》往往以寥寥数笔描绘细节的风神，情味十分浓厚。人物言语描写的例子，如宣公二年《晋灵公不君》："宣子（赵盾）骤谏，公患之，使鉏麑贼之。晨往，寝门辟矣，盛服将朝。尚早，坐而假寐。麑退，叹而言曰：'不忘恭敬，民之主也。贼民之主，不忠；弃君之命，不信。有一于此，不如死也。'触槐而死。"鉏麑此一段内心独白，按常理应是无人知晓的。但"全知"的作者还是把它写了出来，成为"晋灵公不君"事件叙述的一个小高潮，具有传奇色彩。

（二）《左传》的写人艺术

《左传》在叙写历史事件时注重刻画人物，许多人物形象都性格鲜明。如不卑王侯、善驭战机的平民曹刿（庄公十年《曹刿论战》），机智勇敢、与敌人从容周旋的郑商人弦高（僖公三十二、三十三年《秦晋殽之战》），忠心耿直、性情暴躁的先轸（同上），不卑不亢、英毅不屈的知罃（成公三年《知罃对楚王问》），为政贤明的郑子产（襄公三十一年《郑子产相国》），爱民机智的晏婴（昭公三年《景公欲更晏子之宅》），阴险狠毒、狡诈虚伪的郑庄公（隐公元年《郑伯克段于鄢》），残暴昏庸、沉溺玩乐的晋灵公（宣公二年《晋灵公不君》）等等，都生动鲜活。

《左传》在体例上虽不是以人物传记的形式记录历史，但由于它的人物描写十分成功，奠定了史传文学写人的基本艺术规则，并对后世史传文学、叙事文学产生了深广影响。这规则的主要方面，一是以言语、行为表现人物的性格特征，二是把人物置入矛盾冲突的环境中塑造。如僖公三十二、三十三年的《秦晋殽之战》中，晋国俘获了秦国的三个将帅，晋襄公接受了母亲文嬴（秦穆公女）的请求，释放了三帅。晋元帅先轸大怒："曰：'武夫力而拘诸原，妇人暂而免诸国。隳军实而长寇仇，亡无日矣。'不顾而唾。"描述先轸的话语和一个动作，既表现了他的深谋远虑，也写出了他耿直暴躁的性格。再如宣公二年《晋灵公不君》写晋灵公聚敛民脂民膏用以雕梁画栋，弹射台下的人，观看他们躲避弹丸的仓皇之态以取乐，仅仅因为厨师没有把熊掌煮熟就杀了他，并且公然令人在朝堂前拉尸首出去，晋灵公的残暴寡德，便昭然若揭了。对于大臣赵盾的极力劝谏，晋灵公非但不听，反而两次设计要杀赵盾，他的骄恣专横，也就呼之欲出了。这是以人物的行为来表现人物性格的例子。又如襄公二十五年《晏子不死君难》，写晏婴面对崔杼弑君的危急事件，处乱不惊，在错综危险的前途中选择了最合适的行为方式，这是在激烈冲突的环境中展示人物性格的例子。

《左传》运用上述写人手法,不仅写出人物某一方面突出的性格特点,而且注意刻画人物性格的多个侧面;有的甚至能够写出性格的发展。典型的例子如僖公二十三、二十四年的《晋公子重耳之亡》,叙述重耳历经19年的流亡生涯,最终成长为一位心胸宽阔、胆识俱备、沉稳老练、深谋远虑的政治家。重耳的性格是多侧面的,从中明显可以看出其性格的发展变化。开始流亡时,重耳只是一个胸无大志、贪图安逸享乐的贵公子。所以当他流亡到齐国,"齐桓公妻之",又赠送他80匹马,他便想要安居下来,无所图谋了。妻子姜氏和随从流亡的舅父子犯设计用酒灌醉他,挟持他离开齐国,他醒来后还十分恼怒,"以戈逐子犯"。但是到了流亡的后期,经历了种种磨难的重耳已经成熟起来,当楚成王热情款待并一再追问他返回晋国嗣位后将怎样报答楚国时,他的回答就机智沉着、有礼有节、不卑不亢,极具外交风度。在流亡的最后一个国家秦国,重耳不计荣辱以图谋大事,向怀嬴负荆请罪,赢得秦穆公的武力援助,终于回国登上晋国国君的大位。而回国后,在对待寺人披、竖头须、介之推的事件上,无不表现出重耳心胸开阔、深谋远虑的政治家性格。

总的来看,《左传》虽然奠定了史传文学(乃至叙事文学)塑造人物的基本艺术规则,但是它的写人还不十分成熟,类型化人物明显多于性格化人物,这与它产生的时代的文学表现水平以及它的体例等等都有关系。史传文学中人物塑造得比较成熟,还要等到《史记》。

(三)《左传》的辞令艺术

春秋时期战乱频仍,诸侯国之间纵横捭阖的外交活动也十分频繁,理富文美的外交辞令就成为《左传》最耀眼的部分之一。如僖公十五年《晋秦韩之战》写阴饴甥对答秦穆公,既承认晋国曾有负于秦,又表明晋国上下同仇敌忾、绝不屈服;既表现了晋人对晋惠公被俘的忧戚,更阐明了秦国应该释放惠公的道理。深入对方内心,把握其心理,言辞端正委婉,不卑不亢,道理充分,分寸恰当,使对方不能不折服。再如僖公二十六年《展喜犒师》记展喜对齐侯:

> 齐侯未入境,展喜从之,曰:"寡君闻君亲举玉趾,将辱于敝邑,使下臣犒执事。"齐侯曰:"鲁人恐乎?"对曰:"小人恐矣,君子则否。"齐侯曰:"室如悬罄,野无青草,何恃而不恐?"对曰:"恃先王之命。昔周公、大公,股肱周室,夹辅成王。成王劳之,而赐之盟,曰:'世世子孙,无相害也。'载在盟府,大师职之。(齐)桓公是以纠合诸侯,而谋其不协,弥缝其阙,而匡救其灾,昭旧职也。及君即位,诸侯之望曰:'其率桓之功。'我敝邑用不敢保聚,曰:'岂其嗣世九年,而弃命废职?其若先君何?'君必不然。恃此以不恐。"齐侯乃还。

展喜不是义正词严地批评齐孝公的入侵,而是引经据典,说明齐、鲁两国自建国起,就有互不侵害的盟约。齐先君桓公还坚守盟约,所以鲁国不相信齐孝公会侵犯自己。这番话,礼节俱备,绵里藏针,令齐孝公无言以对,未曾交战先输一招,他只好撤兵。他如僖公四年《齐伐楚盟于召陵》中楚使者与管仲的对话、屈完对齐桓公问,僖公三十年《烛之武退秦师》中烛之武说秦穆公，成公三年《知罃对楚王问》，成公十三年《吕相绝秦》的绝秦书等，都是理由充足，言辞婉转伶俐的辞令。

《国语》是我国现存的第一部国别史。全书21卷，分别记载周王朝及鲁、齐、晋、郑、楚、吴、越各国的史实。起于周穆王，止于鲁悼公（约前1000—前440）。以记言为主，故称《国语》。它不是完整系统地叙述历史，而是有选择地记录一些事件，如《齐语》主要写管仲辅佐齐桓公之事，《晋语》重点叙述晋公子重耳的经历，《吴语》、《越语》着重记载吴越争霸的史实等。它的作者，相传也是左丘明。因为《左传》是传《春秋》的，二书作者又被认为是一个人，所以后人又称《左传》为《春秋内传》，称《国语》为《春秋外传》（首见韦昭《国语解·叙》）。其实这种称呼并不确切，《国语》记事始于西周穆王，其不传《春秋》甚明。至于它的作者，隋唐以后，有许多人提出异议，认为它与《左传》不是同一个人所为。看来，与《左传》一样，《国语》的作者也不可确考，应当也是战国初期熟悉历史掌故的史家。《国语》的文学价值远不及《左传》，整体风貌质朴平实。不过，其各篇文字风格也不尽相同，"周、鲁多平衍，晋、楚多尖颖，吴、越多姿放"（崔述《洙泗考信录·余录》），因此也有人认为《国语》并非出于一人之手。

三　《战国策》铺排纵恣的文学特色

《战国策》杂记东周、西周及秦、齐、楚、赵、魏、韩、燕、宋、卫、中山各国之事，记事年代起于战国初年，止于秦灭六国，约有240年（前460—前220）。它大量描写当时谋臣策士纵横捭阖的斗争及其策谋或说辞，所记以战国时纵横家的事迹、言论为多。《战国策》原本"错乱相糅莒"，又有多种名称，经西汉刘向整理编订，成33篇，定为现名。它的作者已难以确考，一般认为它并非一人一时所著，大约是战国、秦汉期间的人纂集各国史料编辑而成的。就史学价值而言，《战国策》因其有不少"增饰非实"之辞，似不如《左传》、《国语》更加信实可靠；但从文学角度观之，自有其独到的特色。

《战国策》多记纵横家言，"纵横之学，本于古者行人之官。观春秋之辞命，列国大夫，聘问诸侯，出使专对，盖欲文其言以达旨而已。至战国而抵掌揣摩，腾说以取富贵，其辞敷张而扬厉，变其本而加恢奇焉，不可谓非行人辞命之极也"（清人章学诚《文史通义·诗教上》），因此形成了以下三个方面显著的表现特征。

（一）铺张辩丽，夸饰恣肆的风格

《左传》的行人辞令，往往是外交活动的一个组成部分，所以多注意合乎礼节和言语的优雅巧妙。《战国策》多记叙纵横家的游说之辞，其主要目的是要听者信服自己的说法，所以往往大肆敷张道理，营造气势，因此造就了铺张辩丽、夸饰恣肆的风格。如《苏秦始将连横》（《秦策》一）中苏秦游说秦惠王的那段说辞，逐层铺排，先说秦国的地理优势，铺叙西、北、南、东四方；次说秦国国富兵强，分说田、民、战车、兵士、沃野、蓄积诸项；最后以"称帝"的前景撼动对方，而历数君王、士民、车骑、兵法各种有利条件。排比夸饰，气势丰

沛。语词排偶,辩丽宏富。再如《苏秦为赵合从说齐宣王》(《齐策》一)的一段:

> 齐南有太山,东有琅邪,西有清河,北有渤海,此所谓四塞之国也。齐地方二千里,带甲数十万,粟如丘山。齐车之良,五家之兵,疾如锥矢,战如雷电,解如风雨,即有军役,未尝倍太山、绝清河、涉渤海也。临淄之中七万户,臣窃度之,下户三男子,三七二十一万,不待发于远县,而临淄之卒,固以二十一万矣。临淄甚富而实,其民无不吹竽、鼓瑟、击筑、弹琴、斗鸡、走犬、六博、蹹踘者;临淄之途,车毂击,人肩摩,连衽成帷,举袂成幕,挥汗成雨;家敦而富,志高而扬。夫以大王之贤与齐之强,天下不能当。今乃西面事秦,窃为大王羞之。

苏秦起初主张连横,受秦挫后才力行约纵。约纵,就要使齐、楚等大国敢于主盟以与秦相抗衡。苏秦游说的目的,就是要激起齐宣王的野心和信心。因此,他的说辞,从地势、军备、人力和富庶等方面,全面敷赞齐国的强大,横铺纵叙,夸张渲染。尤其说临淄城繁华的一段,极尽夸饰之能事,俨然有临淄繁华天下无匹之势。

《战国策》中此类铺排恣肆的文字很多,如张仪说秦王(《秦策》一)、司马错论伐蜀(同上)、张仪说楚王(《楚策》一)、苏秦说赵王(《赵策》二)等等。这些游语说辞,对后来辞赋的产生和发展有很大影响。

(二)把握对方心理,循循善诱,以情理服人

《韩非子·说难》有云:"凡说之难,在知所说之心,可以吾说当之。"刘向《战国策书录》也说:"战国之时,君德浅薄,为之谋策者,不得不因势而为资,据时而为画。……皆高才秀士,度时君之所能行,出奇策异智,转危为安,运亡为存,亦可喜,皆可观。"例如《触龙说赵太后》(《赵策》四),赵遭秦侵,求救于齐国,齐要求赵太后送她的小儿子长安君到齐做人质,才肯出兵救助。太后不允,拒绝了许多大臣的劝谏,并宣称:"有复言令长安君为质者,老妇必唾其面!"在此种情形下,触龙请见,太后自然心有怒气。但是见面后,触龙先以问安的家常话开场,全不及长安君之事。接着说起自己最疼爱小儿子舒祺,想在未死之前把他托付给太后,让他进王宫做卫士。这样,话题自然而然转到老人心疼孩子上来。触龙继续说,我觉得您在儿子长安君和女儿燕后之间,更疼爱女儿。赵太后自然不会认同。谈话至此,赵太后已不知不觉进了触龙的圈套。于是,触龙便以"父母之爱子,则为之计深远"为纲领,忆述燕后出嫁时赵太后的正确态度,以顺其心;再分说真的爱子就应该让儿子为国建功以利于他以后即位监国的道理。这就使赵太后心悦诚服,答应送长安君到齐国为质。触龙的这番说辞,就是抓住赵太后的心理,顺应其情,导引其理,迂曲委婉,一步步走向自己所要达成的目的。再如《齐策》一的《邹忌讽齐威王纳谏》,目的是让齐威王能够广泛听取国人对朝政的各种意见。若直言其意,恐怕齐王不易接受。邹忌就先讲发生在自己身边的一件事:妻子、侍妾、客人都夸赞自己比城北的徐公漂亮,而自知其实不如。然后他对齐威王说:"臣诚知不如徐公美。臣之妻私臣,臣之妾畏臣,臣之客欲有求于臣,皆以美于徐公。今齐地方千里,百二十城。宫妇左右,莫不私王;朝廷之臣,莫不畏

王;四境之内,莫不有求于王:由此观之,王之蔽甚矣。”以关于自身的日常生活事件入手劝谏,自然导入,既不会使对方产生反感,又能明白达意,婉转生动,具有说服力。

(三)引譬设喻,善用寓言

战国之时,“世主之能识议论者寡”(《吕氏春秋·遇合》),策士游说必须浅显易懂,明白晓畅。于是,说辞中经常运用比喻和寓言,就成为《战国策》的一个重要特点。如《庄辛说楚襄王》(《楚策》四),为了说明戒惕忧患、励精图治则强国,贪图享乐、亲近奸佞则亡国的道理,庄辛先以虫、鸟为喻,从蜻蛉到黄雀再到黄鹄,由小及大,指出它们“自以为无患,与人无争”而自得其乐、放松戒惕,终遭祸难;再由物及人,以蔡侯被楚王诱杀的史实为喻,批评楚襄王“左州侯,右夏侯”、终日“驰骋乎云梦之中,而不以天下国家为事”:使用一连串的比喻,使事理明晰透辟。

使用寓言说事,也是《战国策》常用的手法。如《齐策》三的《孟尝君将入秦》,齐国许多大臣反复陈说秦为虎狼之国,孟尝君不可涉险到秦国去,而孟尝君均不听信。恰好苏秦来齐,他给孟尝君讲了一个寓言故事:

> 今者臣来,过于淄上,有土偶人与桃梗相与语。桃梗谓土偶人曰:“子,西岸之土也,挺子以为人,至岁八月,降雨下,淄水至,则汝残矣。”土偶曰:“不然。吾西岸之土也,吾残则复西岸耳。今子,东国之桃梗也,刻削子以为人,降雨下,淄水至,流子而去,则子漂漂者将何如耳?”

苏秦以“东国之桃梗”远赴西岸遇难不归的寓言,表达孟尝君不应远离本土以赴虎狼之穴的意思。寓言达意,浅白明了。孟尝君果然取消了赴秦计划。

《战国策》中这类巧妙比喻和寓言故事极多,仅为人熟知者,比喻如“狡兔三窟”、“唇亡齿寒”、“驱群羊攻猛虎”、“抱薪救火”、“危于累卵”、“轻于鸿毛,重于丘山”等等,寓言如“狐假虎威”、“鹬蚌相争”、“画蛇添足”、“南辕北辙”、“惊弓之鸟”等等,这些比喻和寓言的使用,不仅令事理明白如画,也使文章形象生动,饶有趣味而富于文采。

第二节 《庄子》、《孟子》等诸子散文

《汉书·艺文志》著录先秦诸子有九流十家,其中最具影响力的是儒、墨、道、法四家。这四家的代表作,大约可分为三个发展阶段:春秋末至战国初,有《论语》、《老子》和《墨子》。《论语》多为简短的语录,《老子》篇幅短仄,但都辞约义富,有些语句、篇章形象生动;《墨子》始渐有论说文的基本规模,但质朴无文,同时也还有语录体的篇章。战国中期,有《孟子》和《庄子》。它们开始摆脱语录体,往往是长篇大论,说理畅达,文辞富赡,是说理文的进一步发展;很多篇章形象生动,比喻、寓言迭出,行文波澜起伏,有比较浓厚的文学色彩。战国后期,有《荀子》和《韩非子》。它们论题集中,逻辑严密,说理透彻,文辞

富丽,是先秦说理文的高峰。总起来看,这些散文作品,繁简不一,文体有别,风格也各具特色。其发展趋向,是由简而繁,由疏而密,理性和逻辑不断增强。而就文学色彩来看,《孟子》、《韩非子》,尤其是《庄子》应受到更多重视。

一 《论语》、《老子》、《墨子》简介

《论语》是以记录孔子言行为主,兼记其弟子言行的语录体论集。《汉书・艺文志》说:"《论语》者,孔子应答弟子时人及弟子相与言而接闻于夫子之语也。当时弟子各有所记。夫子既卒,门人相与辑而论纂,故谓之《论语》。"说明《论语》并非出自一时一人之手。《论语》中说到曾子将死,距孔子之后已几十年,则《论语》编纂成书最早也当在春秋战国之际。到汉代,《论语》出现了三种不同的本子:《齐论语》、《鲁论语》和《古论语》。《齐论语》出自齐国学者,有22篇;《鲁论语》出自鲁国学者,有20篇;《古论语》出自孔子故宅夹壁中,有21篇。后来《齐论语》、《古论语》都亡佚了,今天看到的是《鲁论语》。

《论语》通过记载孔子及其弟子的言行来展示孔子的思想。从文字表现来看,除那些照录孔子言谈的章节外,有的章节还能够通过人物的言谈举止表现其形象和性格。《乡党》篇详细记录了孔子在不同情形下的不同言谈举止,如说他在本乡人面前,"恂恂如也,似不能言者";在宗庙朝廷,"便便言,唯谨尔";上朝时,"与下大夫言,侃侃如也;与上大夫言,訚訚如也";说他在国君面前,"踧踖如也,与与如也";在外国宾客面前,"色勃如也,足躩如也";进入朝廷的门,"鞠躬如也,如不容"。如此,一个知礼守分的孔子形象就展现在读者面前。再如《先进》篇的《子路、曾皙、冉有、公西华侍坐章》,子路的坦白直率,冉有、公西华的谨慎谦逊,曾皙的潇洒不羁,都在各人的言谈举止中鲜明地体现出来。《论语》中像这样以简练语言活画人物形象的文字,还有如《微子》篇的长沮、桀溺、荷蓧丈人,《宪问》篇的荷蒉人、石门阍者等,他们都是与世无争的隐者,《论语》不但以寥寥数语点化他们的形象,且与孔子的性格形成鲜明对照。

《老子》五千言,据说是老子所作。但老子究竟是谁?《老子》一书成于何时?至今尚有争议。一般认为,老子的生活年代与孔子同时而稍早。据《史记》本传记载,孔子曾向他问礼;同样的说法又见于《礼记・曾子问》,《庄子》之《天地》、《天道》、《天运》、《田子方》和《知北游》各篇,以及《吕氏春秋・当染》。看来孔子曾问学于老子的说法,在先秦比较流行。关于《老子》其书,梁启超等人认为写成于战国末期,而更多学者则论定产生于《庄子》之前,即不晚于战国中期,是老子的后学所记,其中基本保存了老子的思想。

《老子》是道家学派的开山著作,篇幅简短,文学价值并不甚高,有两点可注意:一是形象化的说理。《老子》往往通过可感知的有形事物,比譬说明抽象的道理。例如:"上善若水。水善利万物而不争,处众人之所恶,故几于道。"(八章)"三十辐共一毂,当其无,有车之用;埏埴以为器,当其无,有器之用;凿户牖以为室,当其无,有室之用:故有之以为利,无之以为用。"(十一章)这两段文字,以鲜明浅近的形象,来比喻说明虚玄抽象的道和无的思想。二是语句上的韵散结合。《老子》的语句简短而比较整齐,有的整章用韵,有的韵

散相间,例如:“五色令人目盲;五音令人耳聋;五味令人口爽;驰骋田猎令人心发狂;难得之货令人行妨。”(十二章)“善为士者不武;善战者不怒;善胜敌者不与;善用人者为之下。是谓不争之德,是谓用人之力,是谓配天古之极。”(六十八章)这一点较之先秦其他子书,特色更为鲜明。

墨子名翟,是墨家学派创始人。墨家在先秦时期影响很大,与儒家并称“显学”。但是,关于墨子生平事迹的史料,今存极少。他的生活年代,大致在孔子之后,孟子之前。《汉书·艺文志》著录《墨子》71篇,今存53篇,保存了墨子以及墨家各派的基本思想。《墨子》的作者,一般认为是墨子的弟子。

《墨子》文章的特点之一,是由小及大,连类比譬,逐层推理。典型的例子如《非攻》上篇,反对侵凌性的不义战争,却从“入人园圃窃其桃李”说起,指出一般人和执政者都会因为行窃者“亏人自利”,而予以谴责和惩罚;然后渐次胪述对于“攘人犬豕鸡豚”、“入人栏厩取人马牛”、“杀不辜人”的行为,“天下之君子,皆知而非之,谓之不义”;最后推出“攻国”这样最大的不义行为却不受谴责的反常现象,以说明其“非攻”思想。如此层层推演,使文章逻辑严密,说服力强。同时,由于它运用具体可感的事例,以此例彼,例证之间就成为相互比喻的关系,使文章带有一定的形象性。《墨子》文章的第二个特点,是质朴无华,造句遣词口语化。《韩非子·外储说左上》曾为墨子辩护说:“墨子之说,传先王之道、论圣人之言以宣告人。若辩其辞,则恐人怀其文、忘其用,直以文害用也。……故其言多不辩。”这个辩护恰好说明了《墨子》行文素朴质实的特点。从文学的观点看来,《墨子》文章重理性轻感性,追求质实不讲文采,文学价值并不大。

二 《孟子》的雄辩风采

孟子(前372?—前289?),名轲,邹(今山东邹城)人。《史记·孟子荀卿列传》说,孟子是孔子的孙子子思的再传弟子,曾游说齐宣王、梁惠王以及滕、鲁、宋等国,不为所用,于是“与万章之徒序《诗》、《书》,述仲尼之意,作《孟子》七篇”。而《汉书·艺文志》著录《孟子》11篇,所多出的4篇,被称为《外书》。东汉赵岐注《孟子》,以《外书》为伪托而不注,此4篇遂渐亡佚。孟子主张行“王道”,施“仁政”,是对孔子思想正统的承袭和发展,所以后世往往以孟子为“亚圣”,“孔孟”并称。他们开拓的儒家思想传统,对后世产生了巨大而深远的影响。

《孟子》文章给人最深刻的印象,首先是它的雄辩色彩。孟子的雄辩,并非简单的义正词严、理直气壮,而是具有独到特点。这特点,一是把握对方心理,循循善诱,引导对方不知不觉地投入到自己设置的机彀中来,使对方心悦诚服;二是气势丰沛,是非鲜明,一旦对方被纳入自己设置的机彀,便铺张扬厉,纵横恣肆,步步紧逼,不给对方辩驳的机会。这两个特点在文中相互配合,便构成了孟子的雄辩。例如《有为神农之言者许行章》(《滕文公上》),说楚人陈相兄弟本学儒术,见到农家学者许行,就转而信奉农家思想,并批评滕君不能“与民并耕而食,饔飧而治”,算不得贤君。孟子不露声色,由农家这一基本思想和行为标准从容问难。孟子的提问,全是生活中常识性的问题,因而就巧妙地规定了对方的必然回答。步步引导,层层追问,令对方不得不说出“百工之事,固不可耕且为”的结论,自己否定了自己。这体现了《孟子》善设机巧、诱人入彀的特点。一旦对方落入圈套,便接以气势磅礴的长篇大论:从尧、舜、禹、后稷治国的史实,陈相兄弟的为学态度和农家思想的不合时用三个方面横排纵铺,淋漓尽致地批驳了农家思想的错误以及陈相兄弟弃儒学农的糊涂选择。宏论雄辩,不容置疑。这又体现了《孟子》文章气势充盈、铺张纵恣的特点。再如《梁惠王上》的《齐桓晋文之事章》,孟子抓住齐宣王想要称霸天下的心理,教之以王道:“保民而王,莫之能御也。”孟子首先用齐宣王在祭祀时以羊易牛的实事,指出他有“不忍”之心,并说有此心就足以行王道,使齐宣王感到“心有戚戚焉”,在心理上与齐宣王拉近了距离。接着,孟子进一步指出,齐宣王之未行王道,不是“不能”,而是“不为”,引起了齐宣王渴望了解“不为者与不能者之形”的兴趣。孟子遂得以阐明“老吾老,以及人之老;幼吾幼,以及人之幼;天下可运于掌”的“推恩”的思想。这体现了《孟子》善于把握对方心理、循循善诱的特点。而后,孟子又采取预设必然答案而追问的办法,逼出齐宣王欲以武力争霸天下的真实想法,从而指出以战争谋求称霸天下,犹如缘木求鱼,必然失败。进而洋洋洒洒,铺排纵恣,鲜明透彻地阐述了他的王道理想。这又是《孟子》气盛恣肆特点的体现。

《孟子》文章的第二个特点,是善于以典型事例、比喻和寓言说理。典型事例,如《齐桓晋文之事章》齐宣王以羊易牛的事实。这个事例,既证实了齐宣王具有“不忍”之心,以便投合进而导引其心理,使游说能够按自己设计的路线进行下去,也十分明白浅显地说明了仁爱保民、人人可为的道理。比喻的例子更多,后汉赵岐《孟子注·题辞》即说,《孟子》“长于比喻,辞不迫切,而意以独至”。如为了说明“不能”与“不为”,以“挟太山以超北海”、“为长者折枝”为喻(《齐桓晋文之事章》);为了说明应当学习高明的道术,以“出于幽谷,迁于乔木”为喻(《有为神农之言者许行章》);为了说明舍生取义的道理,以舍鱼而取熊掌为喻(《告子上·鱼我所欲也章》)等等。这些明白恰切的比喻,使抽象的道理显而易见,也使文章形象生动。使用寓言说理的例子,如“五十步笑百步”(《梁惠王上》),“揠苗助长”(《公孙丑上》),“齐人乞墦”(《离娄下》),“楚人学齐语”(《滕文公下》),“弈秋诲弈”(《告子上》)等。这些寓言,本身就写得精彩生动,形象传神。如“齐人乞墦”,不长的篇幅,却把齐人的夸口、无耻和得意扬扬揭露无余,也活画出其妻妾怀疑、羞愧的心态和哭骂的形貌,实现了对“求富贵利达者”的辛辣讽刺,具有很强的戏剧性。

三 《庄子》:深邃思想和美妙艺术表现的融合

庄子(前360?—前280?),名周,战国中期宋国蒙(今河南商丘市东北)人。《史记·老庄申韩列传》说,庄子“与梁惠王、齐宣王同时”,也就是与孟子同时而稍后。曾经做过漆园小吏,生活穷苦(参见《庄子》之《山木》《外物》《列御寇》诸篇)。楚威王曾以重金迎聘他为相,被他拒绝(参见《秋水》)。

《汉书·艺文志》著录《庄子》52篇，今存33篇。其损佚情况，据唐人陆德明《经典释文》，至少到西晋时52篇尚存。但由于它"言多诡诞，或似《山海经》，或类《占梦书》，故注者以意去取"，遂有佚篇。"其《内篇》众家并同，自余或有《外》而无《杂》。惟子玄(郭象)所注，特会庄生之旨，故为世所贵。"现在通行的《庄子》就是郭象注本，包括《内篇》7，《外篇》15，《杂篇》11。一般认为，《内篇》为庄子自作，《外篇》和《杂篇》则基本是其弟子和后学所作。

《庄子·寓言》自道其书"寓言十九，重言十七，卮言日出，和以天倪"。重言是"借重之言"，即引用名人的话以证明己意，但《庄子》引用的名人言语，基本都是虚构的。卮言指心想笔随、变幻写意的语言，就是表情达意不受真凭实据的拘限。因此，《庄子》所谓重言、卮言，实质上也都是寓言。司马迁即说："其著书十余万言，大抵率寓言也"，"皆空语无事实"(《史记·老庄申韩列传》)。《庄子》是道家思想的代表作，全书又是由一个接一个的寓言组成，这就形成了它鲜明的基本特征：深邃的思想和美妙艺术表现的融合。闻一多曾云："读《庄子》，本分不出哪是思想的美，哪是文字的美。那思想与文字、外型与本质的极端的调和，那种不可捉摸的浑圆的机体，便是文章家的极致；只那一点，便足注定庄子在文学中的地位。"(《古典新义·庄子》)庄学的思想本身便具有浓郁的诗性，它那天纵自然、无拘无束的神奇而智慧的表达，又与其思想形合神契。

《庄子》的寓言，"以谬悠之说，荒唐之言，无端崖之辞"(《庄子·天下》)，描述了众多形色奇谲、异彩纷呈的艺术形象，寄寓了惊世发聩的深刻思想和沉重情感。以下几点最具文学色彩：

(一)异彩纷呈的故事

《庄子》以寓言说理，自然就讲述了众多的精彩故事。如《逍遥游》，基本就是由鲲鹏恢宏的南迁，蜩、学鸠、斥鴳等的嗤笑，以及尧与许由、肩吾与连叔、惠子与庄子的对话故事构成全文的。又如：

> 狙公赋芧，曰："朝三而暮四。"众狙皆怒。(狙公)曰："然则朝四而暮三。"众狙皆悦。(《齐物论》)

> 黄帝游乎赤水之北，登乎昆仑之丘而南望，还归，遗其玄珠。使知索之而不得，使离朱索之而不得，使吃诟索之而不得也。乃使象罔，象罔得之。黄帝曰："异哉！象罔乃可以得之乎？"(《天地》)

> 庄子钓于濮水，楚王使大夫二人往先焉，曰："愿以境内累矣。"庄子持竿不顾，曰："吾闻楚有神龟，死已三千岁矣，王巾笥而藏之庙堂之上。此龟者，宁其死为留骨而贵乎？宁其生而曳尾于涂中乎？"二大夫曰："宁生而曳尾涂中。"庄子曰："往矣！吾将曳尾于涂中。"(《秋水》)

《庄子》中此类寓言故事俯拾皆是，如庄周梦蝶、庖丁解牛、螳臂当车、伯乐治马、轮扁斫轮、西施病心、濠梁观鱼、妻死鼓盆、痀偻承蜩、梓庆削鐻、蛮触之争、舐痔结驷……都为人所熟知。这些故事的情境和内涵,往往远离人们的日常生活经验,故而神奇杳渺,引人入胜。《庄子》用众多的寓言故事说明道理,行文中充满了故事情节,使说理足具形象性和趣味性。

(二)奇幻谲诡的想象

《庄子》异彩纷呈的故事,是建立在奇幻谲诡的想象之上的。《庄子》的想象,奇幻,夸张,出人意表,变化莫测。如《逍遥游》写鲲鹏南迁,鲲可以自由变幻体貌,由鸟而鱼;鲲、鹏体形之巨大不可拟想;它的飞行,惊天动地,气势恢宏。这样的想象,堪称奇丽、夸张而壮观。再如:

> 南海之帝为倏,北海之帝为忽,中央之帝为浑沌。倏与忽时相与遇于浑沌之地,浑沌待之甚善。倏与忽谋报浑沌之德,曰:"人皆有七窍以视听食息,此独无有,尝试凿之。"日凿一窍,七日而浑沌死。(《应帝王》)
>
> 任公子为大钩巨缁,五十犗以为饵,蹲乎会稽,投竿东海。旦旦而钓,期年不得鱼。已而大鱼食之,牵巨钩,錎没而下,骛扬而奋鬐,白波若山,海水震荡,声侔鬼神,惮赫千里。任公子得若鱼,离而腊之。自制河以东,苍梧以北,莫不厌若鱼者。(《外物》)

倏、忽、浑沌的寓言,想象自然之帝的杳冥故事,神奇幽远,意所难及。任公子钓大鱼,虽有世俗的影子,但是夸张离奇,常人凡思难以捉摸。《庄子》的想象就是这样,神思迭出,离奇多姿,令人想所不及;移步换形,应接不暇。

(三)空灵飘忽的文风

《庄子》的每一个故事本身都形象生动,想象奇幻飘逸,不受常情常理的拘限;而全篇又是由一个个这样的寓言故事连缀而成,故事之间往往是跳跃式的承接,这就造成它结构、行文的空灵飘逸。例如《逍遥游》,从鲲鹏变化而南徙,到蜩与学鸠的抢榆枋而止,转到小知大知、小年大年的比较,忽又回溯历史,讲许由不受天下,接以莫须有的肩吾与连叔的对话和宋人资章甫适诸越的故事,倏而又回到现实,写庄子和惠施的辩论。如此轻灵的转徙变化,使它的行文飘忽不羁。再加上它每一处变化,迎面而来的都是新颖奇异的故事或睿智幽默的思辨,更增强了行文灵动飘逸的色彩。再如《秋水》,连续写了七则寓言故事:河伯与北海若对话,夔、蚿、蛇、风相怜,孔子游于匡,公孙龙问魏牟,庄周却楚王聘,庄周往见惠子,庄周与惠子在濠梁上观鱼。七则寓言联翩而出,移步换形,犹如风行水上一样轻灵、自然、飘逸。这样的结构和行文特点,都是建立在"意出尘外,怪生笔端"(刘熙载《艺概·文概》语)的想象力之上的。清人林云铭《庄子因》评论《逍遥游》道:"忽而叙事,忽而引证,忽而譬喻,忽而议论,以为断而非断,以为续而非续,以为复而非复,只见云气空蒙,往反纸上,顷刻之间,顿成异观。"有助于对《庄子》空灵飘忽文风的理解。

(四)谐趣和讥刺横生

读《庄子》,常有会心契意之感。这往往是由于《庄子》文章谐趣和讥刺摇曳横生。如《逍遥游》中蜩与学鸠对大鹏南迁行为的不理解、惠子与庄子关于大瓠的争辩,都趣味盎然。《庄子》的谐趣、讥刺,往往连珠并玉,难分彼此。如:

惠子相梁,庄子往见之。或谓惠子曰:"庄子来,欲代子相。"于是惠子恐,搜于国中三日三夜。庄子往见之,曰:"南方有鸟,其名为鹓雏,子知之乎?夫鹓雏,发于南海而飞于北海,非梧桐不止,非练实不食,非醴泉不饮。于是鸱得腐鼠,鹓雏过之,仰而视之曰:'嚇!'今子欲以子之梁国而嚇我邪?"(《秋水》)

有国于蜗之左角者,曰触氏。有国于蜗之右角者,曰蛮氏。时相与争地而战,伏尸数万,逐北,旬有五日而后反。(《则阳》)

宋人有曹商者,为宋王使秦,其往也,得车数乘。王说之,益车百乘。反于宋,见庄子,曰:"夫处穷闾厄巷,困窘织屦,槁项黄馘者,商之所短也;一悟万乘之主,而从车百乘者,商之所长也。"庄子曰:"秦王有病召医,破痈溃痤者,得车一乘;舐痔者,得车五乘。所治愈下,得车愈多。子岂治其痔邪?何得车之多也!子行矣!"(《列御寇》)

"鸱得腐鼠"讥刺惠施怕人与他争夺相位的俗态,而鸱得腐鼠而嚇鹓雏的喻象则谐谑有趣。"触蛮之争"批判执政者为了争夺土地而发动战争,造成灾祸,而他们所争夺的,只不过是比蜗牛角更加渺小的利益。为了这样的蝇头小利而干戈流血,真是可笑、卑微、无意义极了!"舐痔结驷"是对那些以人格为代价,换取功名利禄的无耻之徒的辛辣讽刺,造境用语犀利尖刻,令人大快朵颐。实际上,因为庄子"以天下为沉浊,不可与庄语"(《天下》),所以《庄子》的寓言多数都带有谐谑和讽刺的意味。

(五)精湛传神的文笔

《庄子》不以写人物为务,但凡涉及人物描写,往往用很少笔墨,就写出了人物鲜明的形神特征。例如:"藐姑射之山,有神人居焉,肌肤若冰雪,淖约若处子。不食五谷,吸风饮露。乘云气,御飞龙,而游乎四海之外。"(《逍遥游》)描写神人,就其体貌、饮食、行止略加点染,便呈现出神人冰心玉壶般纯净清洁的境界和飘飘仙风。再如:"支离疏者,颐隐于脐,肩高于顶,会撮指天,五管在上,两髀为胁。"(《人间世》)以区区 20 个字,一个畸形丑陋的虚构人物即如目睹。《庄子》刻画这些形象,大都举重若轻,以短语传神。

《庄子》中光怪陆离的艺术形象,一般都是以"写意"笔法出之。不过,《庄子》也很擅长细腻逼真的"工笔"。如:

夫大块噫气,其名为风。是唯无作,作则万窍怒呺。而独不闻之翏翏乎?山林之畏佳,大木百围之窍穴,似鼻,似口,似耳,似枅,似圈,似臼,似洼者,似污者;激者,謞者,叱者,吸者,叫者,譹者,宎者,咬者。前者唱于而随者唱喁。泠风则小和,飘风则大和,厉风济则众窍为虚。而独不见之调调,之刁刁乎?(《齐物论》)

这真是把风写绝了:它说风是大地的呼吸,构想已奇;它写大地万物的形形色色的孔穴,写风之千变万化的声音,无不穷形尽相,动与静、色与声,惟妙惟肖,极尽描摹之能事。再如:

(坎井之蛙)谓东海之鳖曰:"吾乐与!出跳梁乎井干之上,入休乎缺甃之崖;赴水则接腋持颐,蹶泥则没足灭跗;还视虷蟹与科斗,莫吾能若也。且夫擅一壑之水,而跨跱坎井之乐,此亦至矣!"(《秋水》)

这段文字,写浅井之蛙的习性,把它的动、它的静,在水中、在泥里的各种情态,都刻画得栩栩如生。

《庄子》中这样的描写还有不少,无论鸟、兽、虫、鱼、山水、草木,时而细致描摹,时而夸张虚拟,真实与虚构交错,传神和拟形并存。

四 《荀子》和《韩非子》

荀子(前313?—前238?),名况,战国后期赵国人,是先秦最后一位儒家大师。据《史记》本传,他曾游学于齐稷下,"三为祭酒";后适楚依春申君,为兰陵令。春申君死,荀子遂废居家中,著书而后卒。荀子和孟子都是先秦儒学的代表人物,但他们的思想不太一致,孟子重仁政,倡王道,荀子则隆礼重法。荀子对儒家学说的薪火相传贡献极大,许多儒家经典都是经他而传下来的。《汉书·艺文志》著录《孙卿子》(即《荀子》)33篇,今存32篇,多为荀子自著。

先秦说理散文发展到荀子,已经成熟。论题集中,逻辑严密,说理透辟。而从文学的观点看,《荀子》的价值不是很大,有两点可注意:

第一,长于比喻,但少用寓言。《荀子》中比喻丰富多彩,层出不穷。例如《劝学》,前半篇几乎是由一个接一个的比喻组成,仅录其一段:

君子曰:学不可以已。青,取之于蓝,而青于蓝;冰,水为之,而寒于水。木直中绳,輮以为轮,其曲中规;虽有槁暴,不复挺者,輮使之然也。故木受绳则直,金就砺则利,君子博学而日参省乎己,则知明而行无过矣。

这段文字,除去前后两句论点,论证部分都是层层排列的比喻。由此可见其善用比喻之一斑。

《荀子》中寓言极少,仅有"蒙鸠为巢"(《劝学》)、"浮阳之鱼"(《荣辱》)、"处女遇盗"(《富国》)、"涓蜀梁"(《解蔽》)、"曾子食鱼"(《大略》)、"欹器"(《宥坐》)等少数几篇,大都极简短,类于比喻。这是它与其他诸子散文不同的地方。

第二,创作赋和诗。《荀子·赋篇》存有《礼》、《知》、《云》、《蚕》、《箴》五篇赋作和《佹诗》二章。《汉书·艺文志》说:"大儒孙卿及楚臣屈原,离谗忧国,皆作赋以风。"可知汉代人即把荀、屈当做赋的始祖。但屈原并不以“赋”名篇，以“赋”名篇的，在先秦只有荀子。荀子五赋是说理的文赋，既不抒情，也无诗样的体式，文学价值不高。如《箴》赋：

有物于此，生于山阜，处于室堂；无知无巧，善治衣裳；不盗不窃，穿窬而行；日夜合离，以成文章；以能合从，又善连衡；下覆百姓，上饰帝王；功业甚博，不见贤良；时用则存，不用则亡。臣愚不识，敢请之王。王曰：此夫始生钜其成功小者邪？长其尾而锐其剽者邪？头铦达而尾赵缭者邪？一往一来，结尾以为事；无羽无翼，反复甚极；尾生而事起，尾遭而事已；簪以为父，管以为母；既以缝表，又以连里；夫是之谓箴理。

除了以四言为主、铿锵叶韵的句式外，就基本没有文学特色可言了。但是，荀子的《赋篇》在赋的发展史上确有其影响和贡献。西汉的一些咏物言理小赋跟它就很相像，它的问答形式也为汉代赋家普遍采用。

荀子的《佹诗》二章，大抵是整齐合韵的四言体，也是缺乏文采的议论和说理。《荀子》中还有《成相篇》，是以民间歌谣的通俗形式，宣传其政治观念。虽然明白流畅，但缺乏情感，质木无文。

韩非（前280？—前233），战国末韩国公子。《史记·老庄申韩列传》说，韩非“喜刑名法术之学”，“与李斯俱事荀卿，斯自以为不如非”。韩非著书十余万言，秦始皇看到《五蠹》、《孤愤》，慨叹“得见此人与之游，死不恨矣”！遂急起攻韩。韩王派韩非使秦，但因李斯、姚贾的妒忌谗害，韩非死于秦狱中。《汉书·艺文志》著录《韩子》55篇，今存。大抵是韩非自著，但也有后学或他人之作羼入。韩非的说理文，明切犀利，冷峻峭拔，而极善分析，条理严密，议论透彻，在先秦说理文中自成一格。

韩非散文最具文学色彩的是它的寓言。《韩非子》是先秦诸子著作中使用寓言最多的，共有三百多则，载于内外《储说》、《说林》上下以及《喻老》、《十过》和其他一些篇章。尤其内外《储说》、《说林》上下，前面冠以简短的经文，其后则全由独立成篇的寓言连缀而成，成为“寓言群”。

韩非寓言的一贯特征是，往往采用历史故事的形式阐明思想。例如：

昔秦伯嫁其女于晋公子，为之饰装，从衣文之媵七十人。至晋，晋人爱其妾而贱公女。此可谓善嫁妾，而未可谓善嫁女也。楚人有卖其珠于郑者，为木兰之柜，薰以桂椒，缀以珠玉，饰以玫瑰，辑以羽翠。郑人买其椟而还其珠。此可谓善卖椟矣，未可谓善鬻珠也。今世之谈也，皆道辩说文辞之言；人主览其文，而忘有用。（《外储说左上》）

宋人有酤酒者，升概甚平，遇客甚谨，为酒甚美，县帜甚高，然而不售。酒酸。怪其故，问其所知闾长者杨倩。倩曰：“汝狗猛耶？”曰：“狗猛则酒何故而不售？”曰：“人畏焉！或令孺子怀钱，挈壶瓮而往酤，而狗迓而龁之，此酒所以酸而不售也。”夫国亦有狗。有道之士，怀其术，而欲以明万乘之主，大臣为猛狗，迎而龁之。此人主之所以蔽胁，而有道之士所以不用也。（《外储说右上》）

这些寓言,都通俗浅白,形象可感。先讲一个(或不止一个)故事,之后摆出寓意,比较明确。但是由于韩非寓言大多采用历史故事的形式(尽管有的也是虚构),表现手法又比较单调,较之《庄子》寓言的想象富奇、飞动飘逸,显得沉闷而缺少姿彩。

【本章习题指要】

1. 了解先秦散文发展的基本面貌和主要作家作品情况。
2. 结合具体作品,理解并说明《左传》的文学特征。
3. 结合具体作品,理解并说明《战国策》的文学特色。
4.《孟子》文章的主要特点。
5. 闻一多为什么说《庄子》是"文章家的极致"?《庄子》的文学色彩体现在哪些方面?
6.《韩非子》寓言的特点。

第四章　屈原和楚辞

第一节　屈原和楚辞

一　屈原及其楚辞创作

屈原（前340？—前278？），名平，楚国贵族。据《史记·屈原列传》，屈原曾“为楚怀王左徒”，“博闻强志，明于治乱，娴于辞令。入则与（怀）王图议国事，以出号令；出则接遇宾客，应对诸侯。王甚任之”。屈原生活在战国后期诸侯国争斗最为激烈的时代。诸国之中，秦、楚、齐的实力最为强大，而秦、楚争霸是斗争的焦点。纵横家苏秦所谓“从合则楚王，横成则秦帝”（《战国策·楚策》一），比较准确地概括了当时的形势。楚国其实遇到了很好的机遇。屈原出身贵族，与楚王同姓，有优厚的文化教养，也有高远的政治理想和为之奋斗献身的精神。他希望辅佐楚王，使祖国富强，进而统一天下，实现唐虞三代的大治局面。在具体策略上，屈原主张内修法度，联齐抗秦，与上官大夫、靳尚、子兰辈亲秦派形成对立。而楚怀王昏聩无能，既无主张，又易于听信谗言。屈原因为受命起草宪令，不对上官大夫泄露其内容，而遭其谗害，怀王居然相信上官而疏远屈原。主张连横的纵横家张仪前来替秦国游说，并许以六百里土地，怀王又听信张仪的诱诈之辞，与齐国断交。这时，由于受张仪的贿赂，加之平时政争的积怨，上官、靳尚、子兰及怀王夫人郑袖等一齐谗毁屈原，屈原可能于此时被怀王放逐。当怀王发现受骗，愤然兴兵与秦交战，齐国坐视不助，楚遂屡战屡败。怀王只得重新起用屈原出使齐国，恢复邦交。后来怀王再次受骗入秦，被拘至死，其子顷襄王即位，任命弟弟子兰为令尹。子兰又在襄王面前谗害屈原，屈原遂被迁放江南，长期流亡，最终自沉汨罗江而死。

屈原的作品，《史记·屈原列传》提到名目或著录全文的有《离骚》、《天问》、《招魂》、《哀郢》和《怀沙》五篇。《汉书·艺文志》著录“屈原赋二十五篇”，当是刘向所辑《楚辞》中屈原作品的总数，但未列篇名。王逸《楚辞章句》中，屈原的作品计有：《离骚》、《九歌》（11篇）、《天问》、《九章》（9篇）、《远游》、《卜居》、《渔父》，共25篇，合乎《汉志》之数。王逸据以作注的，正是刘向辑本，这些篇目应是刘向编定的。但是，王逸把《招魂》列入宋玉名下；又表示《大招》一篇的作者不能确定。可见汉代学者对屈原作品之篇数、篇目的意见已不一致。今人比较一致的看法大体是：《离骚》、《天问》、《九章》是屈原自作；《九歌》是屈原根据楚国民间祭神歌曲加工润色而成;《招魂》,王逸虽以为宋玉作,但《史记》明确说是屈原的作品,司马迁还读过它,当属于屈原无疑。至于《远游》、《卜居》、《渔父》,多数学者都考订为后人拟作,似可以排除在屈原作品之外;还有《大招》,显然是模仿《招魂》之作,而辞采相差甚远,可以认定不是屈原的作品。总之,根据多数学者的意见,可以确定为屈原作品的有:《离骚》、《天问》、《九歌》(11 篇)、《九章》(9 篇)、《招魂》,共 23 篇。

二　楚辞的渊源及其文体特点

楚辞是屈原等人开创的一种新诗体,而"楚辞"这个名称到西汉时始出现。《史记·酷吏列传》:"(朱)买臣以楚辞与(严)助俱幸。"《汉书·朱买臣传》:"严助贵幸,荐买臣。召见,说《春秋》,言楚辞,帝甚说之。"这里所谓"楚辞",当是专指先秦屈原、宋玉等人的作品。成帝时,刘向编集屈、宋等人的作品,又把西汉贾谊等人的骚体辞章收录进来,辑为 16 卷,命名"《楚辞》"。至东汉安帝、顺帝之际,王逸加入自己的一篇作品,成 17 卷,并为全书作注,名为《楚辞章句》,流传至今。

宋人黄伯思说:"盖屈、宋诸骚,皆书楚语,作楚声,纪楚地,名楚物,故可谓之楚辞。"(《东观余论》卷下《校定楚辞序》)这表明,楚辞与楚文化关系密切。可从以下几方面来看:

首先,楚辞的产生与楚声、楚歌有直接联系。春秋时期,楚国地方音乐就已闻名。《左传·成公九年》载,楚人钟仪遭晋人虏囚,令其奏乐,他便"操南音",晋人称赞其"乐操土风,不忘旧也"。战国时楚国的地方音乐,如《劳商》、《涉江》、《采菱》、《九辩》、《九歌》、《薤露》、《阳春》、《白雪》等乐曲,在楚辞作品中都曾提到,甚或就以曲目名篇。楚辞是否可歌,不得而知。但《隋书·经籍志》集部《楚辞》载:"隋时有释道骞,善读之,能为楚声,音韵清切。至今传《楚辞》者,皆祖骞公之音。"由此可知,楚辞即使不能歌唱,也要用楚声来诵读。并且,楚辞许多诗篇都有"乱"辞(或"倡"、"少歌"),它们本都是乐曲的组成部分,这更直接表明楚辞与楚乐有着亲密关系。楚国民歌,如散见于古文献的《孺子歌》、《子文歌》、《楚人歌》、《越人歌》、《徐人歌》等,它们的歌词,一般是在单句末尾(或句中)加一"兮"字,句式灵活多样,自如流畅。例如:"沧浪之水清兮,可以濯我缨。沧浪之水浊兮,可以濯我足。"(《孺子歌》)"延陵季子兮不忘故,脱千金之剑兮带丘墓。"(《徐人歌》)这种句式结构,成为楚辞的主要句法形式。

其次,楚辞的产生与楚国民间"巫歌"关系紧密。楚地一向巫风盛行,"信巫鬼,重淫祀"(《汉书·地理志》),"夫(人)人作享,家为巫史"(《国语·楚语下》)。王逸《楚辞章句·九歌序》也说:"昔楚国南郢之邑,沅湘之间,其俗信鬼而好祠。其祠,必作歌乐鼓舞以乐诸神。"这种宗教的歌舞,对楚辞有几个方面的直接影响:其一,屈原所创作的《九歌》,就是在民间祭神乐歌的基础上加工而成的;《招魂》也是根据民间招魂词的写法而创作。其二,祭神仪式中,巫师装扮成不同的神祇,载歌载舞,边唱边说,就像戏剧一样。这样神秘浪漫而具有故事性的歌舞,对楚辞的构思和表现都有影响。比如《离骚》写巫咸降神,《招魂》写巫阳下招的情节，就明显受到巫歌的启示。其三，最重要的，是民间祭神巫歌，富有神奇的想象或幻想，孕育着丰富的神话故事，这些都成为楚辞的养料和特征。如《九歌》中的神鬼，《离骚》中的天界，《招魂》中的地狱，以及《天问》中的玄思等等，都能找到巫风的痕迹。

再次，楚辞充满楚地风物的描写，使用道地的楚地方言，自不待言。

以上种种，说明楚辞确实与楚文化关系密切，带有浓厚的地域色彩。同时也应看到，楚辞的产生还受到北方文化的影响。春秋战国时期，楚国国力不断强盛，与北方诸国的战争和外交活动日益频繁。与此同时，南北的思想文化也相互浸润，中原先进的制度、思想文化渐为楚文化所汲取。此外，战国时期北方纵横家铺叙华辞的风气，当也对楚辞有不小影响。《文心雕龙·时序》说："屈平联藻于日月，宋玉交彩于风云。观其艳说，则笼罩《雅》、《颂》。故知炜烨之奇意，出乎纵横之诡俗也。"鲁迅《汉文学史纲要》也指出，楚辞的"形式文采之所以异者……游说之风浸盛，纵横之士，欲以唇吻奏功，遂竞为美辞，以动人主。……余波流衍，渐及文苑，繁辞华句，固已非《诗》之朴质之体式所能载矣"。

要之，楚辞既源于楚国固有文化传统，由此造就了它浓厚的地域特色，也接受了北方文化的影响，在其思想和形制上都烙下了鲜明印记。楚辞是在南北文化交流的新的时代环境下，诞生于楚国的、地域特色鲜明的新诗体。

汉代人往往又把楚辞称为"赋"。实际上，把楚辞和赋等而视之是不确切的。它们不仅体式不同，性质也有很大差别。从体式说，楚辞依"兮"而咏，语句参差错落，长短不拘；赋则很少虚字，句式铺排偕偶，比较整齐。从性质说，楚辞以抒情、议论、描绘为主，主观抒发意味特别浓重；赋（尤其是典型的汉大赋）则以客观的咏物、铺排摹画为主，缺少主观情感的抒发。晚清刘熙载说"楚辞尚神理，汉赋尚事实"（《艺概·赋概》），大抵是不错的。

楚辞的文体，有自己鲜明独特的特点。就体式而言，楚辞有两种：一种是类于《诗经》而有所改造的样式，如《天问》、《橘颂》，前者基本是四言体而少用虚字，后者也是四言体而单句句尾用"兮"字。这种样式受《诗经》影响很大，其内容和行文虽有楚风楚韵，但不是典型的楚辞体。另一种就是以《离骚》、《九歌》等为代表的典型样式。一般说楚辞或"骚体"，都是指后一种样式。典型的楚辞体，在诗风、体式、语言上均具有某些共同特点：

从诗风言，想象富奇，铺排夸饰，是楚辞的共同特征。屈原的作品充满奇幻不拘的想象，抒发真情层进反复（如《离骚》），描摹事物层叠敷张（如《招魂》）；而宋玉的作品在铺叙描摹方面似更进一步。

从体式言，楚辞较之《诗经》，篇幅极大增长，句式也由四言为主变为长短不拘，参差错落。这就使抒情达意更为透辟淋漓，扩展了表现的能量。

就语言说，楚辞多用楚语楚声，多写楚地风物。另外，"兮"字、"些"字作为虚词叹语，极其频繁地写入楚辞，成为楚辞的一个鲜明标志。

第二节 “轹古切今,惊采绝艳”的《离骚》

一 《离骚》题义及其创作时间

“离骚”二字是什么意思?《史记·屈原列传》:“离骚者,犹离忧也。”班固《离骚赞序》:“离,犹遭也;骚,忧也。明己遭忧作辞也。”王逸《楚辞章句·离骚经序》:“离,别也;骚,愁也。”司马迁之所谓“离忧”,可能兼有“遭遇忧愁”和“离愁别绪”二义。班固、王逸是分而言之。其后历代学者的解释虽各有其深入细致处,但大抵未脱汉人“遭忧”或“别愁”的义域。近人游国恩则认为,“离骚”即楚国古曲“劳商”,“劳商”与“离骚”双声通转,是“一事而异名”(《离骚纂义》)。他还根据扬雄曾模仿《九章》作《畔牢愁》,认为:“‘牢’‘愁’为叠韵字,韦昭解为‘牢骚’。……‘牢愁’、‘牢骚’和‘离骚’三个名词在音韵上是双声叠韵的关系,可以互相通转。那么‘离骚’二字可能又有牢骚不平的意思。”所以,“《离骚》可能本是楚国一种歌曲的名称,其意义则与‘牢骚’二字相同”(《楚辞论文集》)。这个说法,从音乐和意义两方面揭示《离骚》题义,较前人显然更为深入;但在释义方面,似不如马、班之说更为古直而切合作品旨意。

关于《离骚》的创作时间,汉代人的说法含混不明,《史记·屈原列传》也颇多疑问,加之史料缺乏,确考《离骚》写作时间比较困难。但有一点基本可以确定,即《离骚》当作于屈原被流放时,这在作品里可以明显看出。屈原一生可能被放逐了两次,一次在楚怀王时,流放汉北。另一次在顷襄王时,流放江南。根据《离骚》中反复出现的“老冉冉其将至”、“恐年岁之不吾与”等诗句,可知此时屈原已近于老年;又据《离骚》中“沅湘”、“苍梧”、“九疑”等地名及其求索路线,可知当作于江南;再看《离骚》中像“忳郁邑余侘傺兮,吾独穷困乎此时也。宁溘死以流亡兮,余不忍为此态也”、“国无人莫我知兮,又何怀乎故都?既莫足与为美政兮,吾将从彭咸之所居”这样的诗句,当知此时屈原已到了非常绝望的境地。屈原大约生于楚宣王末年(前340年前后),至顷襄王(前298年即位)初年再被流放时,屈原年近50,合乎诗作“老冉冉其将至”之意;顷襄王流放屈原于江南,合乎诗作中出现的江南地名和求索路线;屈原这次被放后,再没有返回朝廷,一直到死,这也符合作品中所表现的诗人心境。如此看来,《离骚》可能作于屈原被流放江南之时,即作于顷襄王初年。

二 《离骚》永恒的精神价值

《离骚》是屈原自叙生平的长篇抒情诗,他的情感和思想都熔铸在其中。因此,评价《离骚》与评价屈原是不能分开的。西汉淮南王刘安曾作《离骚传》,以为“《国风》好色而不淫，《小雅》怨诽而不乱，若《离骚》者，可谓兼之。蝉蜕浊秽之中，浮游尘埃之外，皭然泥而不滓。推此志，虽与日月争光可也”（班固《离骚序》引）。《史记·屈原列传》照录这段话，并且说：“上称帝喾，下道齐桓，中述汤武，以刺世事。明道德之广崇，治乱之条贯，靡不毕见。”这些评价，兼屈原之高尚人格和政治理想而言，是比较恰切的。《离骚》中，屈原的峻洁人格，与他的“美政”理想、爱国感情、疾恶如仇的批判精神、追求理想九死不悔的坚韧品质，纠结一处，水乳交融。

（一）“美政”理想和深沉的爱国情感

战国后期，诸侯争霸更加激烈，天下一统已成不可阻挡之趋势，各国都濒临生死存亡的关头。当时虽号称“七雄”，实际上只有秦、齐、楚三国实力最强，有可能问鼎中原，而尤以秦、楚两国为最。屈原正是洞察这一形势，提出了他的“美政”理想，衷心希望祖国独立强盛、兴旺发达。他向往“前圣”治国君明臣贤、君臣和谐的境界：“彼尧舜之耿介兮，既遵道而得路”，“汤禹俨而祗敬兮，周论道而莫差”，“汤禹严而求合兮，挚咎繇而能调”；他指出若要实现“美政”，执政者应具备美好的德行：“皇天无私阿兮，览民德焉错辅。夫惟圣哲以茂行兮，苟得用此下土”；他还融合儒、法，提出“举贤而授能兮，循绳墨而不颇”的具体治国方略。

屈原的治国思想，无非是要“存君兴国”（《史记·屈原列传》），使祖国强盛。但是，楚怀王昏庸无能，在他的周围，聚集着上官、靳尚、子椒以及儿子子兰、王后郑袖等一批误国奸佞。怀王虽曾一度任用屈原，但听信谗言，疏远甚至放逐了这个真正为楚国富强尽心尽力的臣子。“正道直行，竭忠尽智以事其君”的屈原，却于怀王、襄王两朝屡遭排挤打击，“信而见疑，忠而被谤”（《史记·屈原列传》），他愤怒却又无奈：“怨灵修之浩荡兮，终不察夫民心。众女嫉余之蛾眉兮，谣诼谓余以善淫。固时俗之工巧兮，偭规矩而改错。背绳墨以追曲兮，竞周容以为度。忳郁邑余侘傺兮，吾独穷困乎此时也。”

然而，遭际的不平并没有销蚀屈原深厚的爱国情感：“岂余身之惮殃兮，恐皇舆之败绩”，“余固知謇謇之为患兮，忍而不能舍也。指九天以为正兮，夫唯灵修之故也。”祖国的独立和强盛，始终是屈原最为关心的事。在那个时代，诸侯争霸急需强国人才，并且当时的人才自由流动频繁，朝秦暮楚的士人不止一个，楚材晋用的情况也非止一端。楚国既然不容屈原，他满可以另谋用武之地。但是，尽管屈原也有过“将远逝以自疏”的想法，当他“临睨夫旧乡”之时，强烈的爱国感情还是促使他“蜷局顾而不行”，最终决定“既莫足与为美政兮，吾将从彭咸之所居”，以死殉国，集中、鲜明地体现着屈原深厚真挚的爱国情感。这是《离骚》最令人感佩的主题之一。

（二）追求理想九死不悔的坚韧品格和疾恶如仇的批判精神

对于“美政”理想，屈原求索不已，九死不悔；对于奸佞群小，他痛加指斥，无情抨击。这是《离骚》的又一个主要内容。

屈原出色的政治才能遭到庸臣奸佞的嫉恨，所提出“举贤授能，循绳墨不颇”的政治措施又侵害了贵族大臣的利益。他们群起而攻,迫害屈原。而怀王、襄王又都昏聩不明。在这样的境遇下,屈原仍不放弃他的政治理想而苦苦追求:“路曼曼其修远兮,吾将上下而求索。”《离骚》写他上天下地寻求出路,就是他追求理想实现的形象描述。他反复抒怀:“亦余心之所善兮,虽九死其犹未悔”,“民生各有所乐兮,余独好修以为常。虽体解吾犹未变兮,岂余心之可惩”,“阽余身而危死兮,览余初其犹未悔”,正是他坚定地追寻理想、九死不悔精神的表白。

在坚定不移地追求光明理想的同时,屈原直接揭批黑暗、指斥奸佞。他怨责楚王的昏聩和无信:“荃不察余之中情兮,反信谗而齌怒”;“初既与余成言兮,后悔遁而有他。余既不难夫离别兮,伤灵修之数化”。对于那些害人利己、贪佞误国的群小,他更是愤词厉句予以痛斥:“众皆竞进以贪婪兮,凭不厌乎求索。羌内恕己以量人兮,各兴心而嫉妒”;“世溷浊而嫉贤兮,好蔽美而称恶”;“椒专佞以慢慆兮,榝又欲充夫佩帏。既干进而务入兮,又何芳之能祗?”屈原对理想热烈追求,对群小严厉斥责,这种爱憎鲜明的精神品格,给人留下了难忘的印象。

三 《离骚》的艺术表现成就

(一)浓烈的激情和奇幻的想象

张正明《楚文化史》说,楚人崇巫淫祀,喜好幻想,“楚人的精神生活散发着浓烈的神秘气息。对于自己生活在其中的世界,他们感到又熟悉又陌生,又亲近又疏远。天与地之间,神鬼与人之间,山川与人之间,乃至禽兽与人之间,都有某种奇特的联系,似乎不难洞悉,而又不可思议”(上海人民出版社 1987 年版)。《离骚》所表现的社会内容,所抒发的浓烈情感,直接根源于屈原的现实人生,而它的艺术表现则是想象自由驰骋,完全摆脱了现实生活的固有逻辑,而进入奇幻神异的想象境界。

《离骚》前半回顾往事,追忆身世、理想和遭际,基本是实写,但像“纷吾既有此内美兮,又重之以修能。扈江离与辟芷兮,纫秋兰以为佩”、“朝饮木兰之坠露兮,夕餐秋菊之落英”、“制芰荷以为衣兮,集芙蓉以为裳”这样的诗句,以比兴手法铺叙夸饰自己的美好品质,已具奇异想象的特色。后半部分写对未来道路的探索,则更是把火一样浓烈的激情、忠贞深沉的爱国情感,通过奔腾飘逸、上天入地的想象,淋漓尽致地喷发出来。例如对重华陈辞之后,上天下地寻求遇合的那段诗章,朝发苍梧,夕至县圃,令羲和驾车,望舒前驱,飞廉合后,鸾皇、雷师、凤鸟随从左右,上下求索以追求理想。而上天无门,下地无女,终以失望了结。强烈的抒情与奇幻的想象相结合,营造恢弘、恣肆、杳渺的诗境,更深沉地展示了诗人理想幻灭的心路历程。再如当诗人彻底绝望,决定“将远逝以自疏”的那段文字,把将要远逝而又不忍离去的复杂心绪,全借壮丽的想象、非人间所有的境界表现出来。火一般的激情、深厚的故国情怀,经过这样壮丽奇幻的描写,更显得真挚执著,美丽感人。

(二)峻洁纯美、独立不屈的抒情主人公形象

《离骚》是屈原自叙生平的抒情诗,高贵的出身,崇高的理想,峻洁纯美、独立不屈的人格,及其异常浓烈的真挚情感,构成了抒情主人公超凡脱俗的完美形象。诗写屈原本是古帝颛顼的后裔,又于寅年寅月寅日出生,身世高贵而出生奇异。“纷吾既有此内美兮,又重之以修能。扈江离与辟芷兮,纫秋兰以为佩……”非凡的才能,美好的品质,高尚的志趣,又使出身高贵奇异的诗人近于纯美。但还不止于此,他还有雄伟的志向和高远的理想:“乘骐骥以驰骋兮,来吾道夫先路”、“忽奔走以先后兮,及前王之踵武”。

具备如此之多美好的品质,已经凸显诗人超越流俗的高洁形象,然而这只是资质的描述,抒情主人公的光辉人格,更多地体现在他追求理想坚贞不屈的思想行为之中。他一心报国,却不断地被谗害、被疏放,但是诗人非但没有放弃理想,反而更加注意自己美好品质的修养:“不吾知其亦已兮,苟余情其信芳。高余冠之岌岌兮,长余佩之陆离。芳与泽其杂糅兮,唯昭质其犹未亏。……佩缤纷其繁饰兮,芳菲菲其弥章。民生各有所乐兮,余独好修以为常。虽体解吾犹未变兮,岂余心之可惩。”屡遭迫害打击,而九死未悔;忠贞爱国反受其难,却初衷不改;理想终于破灭,便以死殉国。《离骚》塑造这样一个峻洁纯美、独立不屈的抒情主人公形象,具有象征的意味,表现了这篇抒情长诗的精神实质。

(三)比兴手法的拓展

《诗经》所开创的比、兴手法,为屈原所继承并作出了很大的拓展。王逸《楚辞章句》说:“《离骚》之文,依《诗》取兴,引类譬谕:故善鸟香草以配忠贞,恶禽臭物以比谗佞,灵修美人以媲于君,宓妃佚女以譬贤臣,虬龙鸾凤以托君子,飘风云霓以为小人。”指出《离骚》博比广譬的特点。但是《离骚》对比兴的开拓,还不仅仅是它运用了较《诗经》更其丰富的喻象,也不仅仅因为它把《诗经》片断的比兴发展成为长篇诗歌中比兴的连续使用,更在于它把《诗经》那种喻象、喻体各自独立的单纯比喻合二为一,熔铸成浑融的艺术境界,使之具有了象征的意义。试比较:

《诗经》:关关雎鸠,在河之洲;窈窕淑女,君子好逑。(《关雎》)
桃之夭夭,灼灼其华;之子于归,宜其室家。(《桃夭》)
相鼠有皮,人而无仪;人而无仪,不死何为?(《相鼠》)

《离骚》:余既滋兰之九畹兮,又树蕙之百亩。畦留夷与揭车兮,杂杜衡与芳芷。冀枝叶之峻茂兮,愿竢时乎吾将刈。虽萎绝其亦何伤兮,哀众芳之芜秽。

《诗经》的比兴,喻象、喻体独立分明,雎鸠之与君子淑女,桃花之与出嫁新娘,老鼠之与无仪之人,都出现在诗中,构成单一的比喻关系。《离骚》则不同。试看这段引文,把培植香草与栽培贤才完全融为一体,香草的“萎绝”、“芜秽”也就是所培养人才的摧毁和变质。喻象和喻体难分彼此,培植香草的情境与培养人才的旨归形成并存的双重视野,因而也就

具有了象征意义。司马迁所谓“其称文小而其指极大,举类迩而见义远”(《史记·屈原列传》),即指出《离骚》的这个特点。《离骚》在《诗经》基础上拓展的寄情于物、托物抒情的表现手法,形成了我国文学中香草美人的托寓传统,影响极为深远。

(四)结构和语言方面的特点

《离骚》是我国古代篇幅最长的抒情诗,全诗373句,2490字。乍看上去,它从历史到现实,从人间到仙界,从自然到社会,天风海雨,纷至沓来,加之以反复的诉说,复沓的抒情,显得端绪纷繁。但是恰如清末刘熙载所说:“《离骚》东一句,西一句,天上一句,地下一句,极开阖抑扬之变,而其中自有不变者存。”(《艺概·赋概》)这不变者,就是诗人忠贞不渝的故国情结和追求崇高理想九死不悔的精神,全诗都围绕这个中心谋篇布局。诗作前半部分回顾历史,后半部分是对理想之实现的追索。前半主要是实写,后半大体是虚写。前后两个部分,一虚一实,回环往复,抒情写志通彻淋漓。后半部分多重奇幻境界的描述,又使诗章跌宕起伏,艺术境界层进层新,使思想情感得到了尽情挥洒。

在形式和语言方面,屈原既采用了民歌的形式,也汲取了散文的笔法,表现了一种句式长短不拘、韵句散语相间的新的文学形式。同时,他开始构创长篇巨制。这样的表现形式,有利于容纳更为丰富的内容,也便于奔腾澎湃之激情的尽情抒发。《离骚》后半表现诗人的情思活动,往往设为主客问答,铺排描写,这个形制特点对后来汉赋的形成产生了很大影响。《离骚》的语言丰富多姿,草木鸟兽纷至沓来,双声叠韵比比皆是,它们既丰富了诗歌的境界,也增强了诗歌的艺术表现力。诗人还吸收方言入诗,“若‘些’、‘只’、‘羌’、‘谇’、‘謇’、‘纷’、‘侘傺’者,楚语也”(宋人黄伯思《东观余论》卷下《校定楚辞序》)。这类用语,增强了楚辞的地域特色。

第三节　屈原的其他作品

《离骚》而外,屈原的作品还有《九歌》、《九章》、《天问》和《招魂》,它们的创作风格各不相同,体现了屈原杰出的创作才能。

一　清新幽渺的《九歌》

《九歌》包括《东皇太一》、《云中君》、《湘君》、《湘夫人》、《大司命》、《少司命》、《东君》、《河伯》、《山鬼》、《国殇》、《礼魂》,共11篇作品。这是一组祭神的歌曲,除《礼魂》为组曲通用的送神曲外,每首歌曲都主祭一神。王逸《楚辞章句》说:“《九歌》者,屈原之所作也。昔楚国南郢之邑,沅湘之间,其俗信鬼而好祠。其祠,必作歌乐鼓舞以乐诸神。屈原放逐,窜伏其域,怀忧苦毒,愁思沸郁。出见俗人祭祀之礼,歌舞之乐,其词鄙陋。因作《九歌》之曲,上陈事神之敬,下见己之冤结,托之以风谏。故其文意不同,章句杂错,而广异义焉。"这是说,《九歌》是屈原被逐江南时在民间祭神歌舞的基础上加工创作的;祭神的同时,也寄托着屈原的身世之感和规讽之意。

《九歌》所祭之神包括主司天、地、人的各路神灵。屈原在这些作品中既写出了神的灵异,更写出了神的"人性",神性和人性统一在一起。他写神的灵异,如:"灵偃蹇兮姣服,芳菲菲兮满堂"(《东皇太一》),"浴兰汤兮沐芳,华采衣兮若英。灵连蜷兮既留,烂昭昭兮未央"(《云中君》),"令沅湘兮无波,使江水兮安流"(《湘君》),"广开兮天门,纷吾乘兮玄云。令飘风兮先驱,使涷雨兮洒尘"(《大司命》)。描写神的灵光四射,缥缈高远,法力超凡。同时,屈原把神灵人格化了。他笔下的神灵,感情与凡人完全相同。例如,《湘君》、《湘夫人》表现湘水之神相互爱慕追求却终于不遇的波折变化的心境;《山鬼》写山神与相爱之人约会,而所爱之人爽约,从而着力刻写山神等候所爱之人而不得的思念、怨恨、犹疑、伤感等复杂情绪;《少司命》表达神人之间才结相知、顷刻别离的悲愁。抒写神与神之间、神与人之间的恋爱故事,使祭神歌曲带有浓浓的人间情味。同时,这些本应美好的爱情故事,结果却总不能如愿,或不得相见,或才聚即离,寄托着屈原君臣难以遇合的悲怨。

《九歌》独特的题材,造成了它与屈原其他作品不同的风格。叙写神灵的活动和神灵的情感,描绘神灵所在的环境和气氛,本就是一种清新幽渺的境界。再加上他侧重于描摹神灵之相思、人鬼的空恋,这就使奇异深浓的情感,凄清幽渺的境界,以及曼妙清新的描写结合在一起,造就了奇特瑰丽、色彩斑斓的艺术境界。例如《山鬼》:

> 若有人兮山之阿,被薜荔兮带女罗。既含睇兮又宜笑,子慕予兮善窈窕。乘赤豹兮从文狸,辛夷车兮结桂旗。被石兰兮带杜衡,折芳馨兮遗所思。余处幽篁兮终不见天,路险难兮独后来。表独立兮山之上,云容容兮而在下。杳冥冥兮羌昼晦,东风飘兮神灵雨。留灵修兮憺忘归,岁既晏兮孰华予。采三秀兮于山间,石磊磊兮葛蔓蔓。怨公子兮怅忘归,君思我兮不得闲。山中人兮芳杜若,饮石泉兮荫松柏。君思我兮然疑作。雷填填兮雨冥冥,猨啾啾兮狖夜鸣。风飒飒兮木萧萧,思公子兮徒离忧。

写山神等待约会的恋人,因恋人爽约而悲伤不已。它写女神的体貌,丰神秀韵,窈窕曼妙;写女神的行止,奇异轻盈,足具仙风;写女神的情感,深切纯洁,幽独怅惘。而这一切都烘托在"冥冥"、"飘雨"、"猿鸣"、"风飒飒"、"木萧萧"这样凄凉萧瑟的山间环境之中。整个诗篇清新凄艳,深情幽渺,体现着《九歌》的基本风格。

二　平实素朴的《九章》

《九章》包括《惜诵》、《涉江》、《哀郢》、《抽思》、《怀沙》、《思美人》、《惜往日》、《橘颂》和《悲回风》九篇诗歌。《九章》之名,最早见于西汉刘向《九叹》:"叹《离骚》以扬意兮,犹未殚于《九章》。"一般认为,这个名称可能是刘向编辑《楚辞》时所加。王逸《楚辞章句》说:"《九章》者,屈原之所作也。屈原放于江南之野,思君念国,忧心罔极,故复作《九章》。"依此,则《九章》作于屈原被放逐江南时。今人的看法有所不同,认为《九章》并非一时一地之作。至于其各篇的写作时间及前后顺序,则说法不一。比较一致的观点是:《橘颂》最早,当作于屈原仕途得意之时;《惜诵》、《抽思》、《思美人》次之,可能写在屈原被怀王疏远之后;《涉江》、《哀郢》、《悲回风》、《惜往日》、《怀沙》最晚,作于屈原被放江南时。

《九章》这组诗歌,就其主题而言,大抵与《离骚》相同(唯《橘颂》例外);所不同者,是它的艺术表现。《离骚》把激越澎湃的情感和奇幻的想象夸饰融合起来,浓墨重彩,波澜壮阔;《九章》则直抒胸臆,让奔放的激情直接倾泻,文笔较为朴素。例如:

> 望北山而流涕兮,临流水而太息。望孟夏之短夜兮,何晦明之若岁!惟郢路之辽远兮,魂一夕而九逝。曾不知路之曲直兮,南指月与列星;愿径逝而未得兮,魂识路之营营。(《抽思》)

> 曼余目以流观兮,冀壹反之何时!鸟飞反故乡兮,狐死必首丘。信非吾罪而弃逐兮,何日夜而忘之!(《哀郢》)

这些诗句,纯用白描,直接抒写诗人流浪外地,孤苦忧愤而思念郢都的心绪,平实素朴。即使是描写景物的句子,也不似《离骚》的奇幻壮丽及《九歌》的飘逸幽渺。如:

> 登大坟以远望兮,聊以舒吾忧心。哀州土之平乐兮,悲江介之遗风。(《哀郢》)

> 入溆浦余儃佪兮,迷不知吾所如。深林杳以冥冥兮,乃猿狖之所居。山峻高以蔽日兮,下幽晦以多雨。霰雪纷其无垠兮,云霏霏而承宇。(《涉江》)

《哀郢》写长江两岸的风物,《涉江》写沅水上游的山崇岭峻、林深气象,只是以情感物,文笔平实凝重,没有夸饰想象,不着浓墨重彩。

《九章》平实素朴的艺术表现,体现着屈原创作的另一种风格。

三 《天问》、《招魂》简介

《天问》是屈原作品中最为奇特的诗歌。共有370余句,1500多字,是仅次于《离骚》的长诗。此诗的奇特,在于它针对自然现象、神话传说和远古历史、社会现实等,一口气提出了170多个问题,体现了诗人的见识广博、思想深刻以及勇于怀疑和批判的精神。关于《天问》的写作年代和创作动机,王逸说:"屈原放逐,忧心愁悴。彷徨山泽,经历陵陆。嗟号昊旻,仰天叹息。见楚有先王之庙及公卿祠堂,图画天地山川神灵,琦玮谲诡,及古贤圣怪物行事。周流罢倦,休息其下,仰见图画,因书其壁,呵而问之,以渫愤懑,舒泻愁思。"(《楚辞章句》)这里说《天问》作于屈原被放逐之时及其创作动机,详细明确,应有所据。今人一般认为,《天问》应作于屈原被楚怀王放逐于汉北之时。从文学的观点看,《天问》远不如屈原的其他作品,但是它保存了许多神话传说和远古史料,有较大的史料价值。

《招魂》,一般认为是屈原替楚怀王"招魂"的作品,有较高的艺术成就。它的特色,主要是以下两个方面:

第一，结构精密。诗作写“巫阳下招”，先从“四方”统招，次由东、南、西、北四个方位分招，次从上天、幽都一上一下分招；把魂灵招来之后，先引他进入郢都的修门，再引他回到故居；然后便大篇幅逐层铺叙故居的华美富足和无比快乐，以示故居值得永驻。这样结构精严，依据方位和事物层层铺叙渲染的表现方式，对汉赋影响甚巨。

第二，长于铺排描摹。例如它写四方的恐怖：

魂兮归来！东方不可以托些！长人千仞，惟魂是索些。十日代出，流金铄石些。彼皆习之，魂往必释些。归来兮！不可以托些！

魂兮归来！南方不可以止些！雕题黑齿，得人肉以祀，以其骨为醢些。蝮蛇蓁蓁，封狐千里些。雄虺九首，往来倏忽，吞人以益其心些。归来兮！不可以久淫些！

这是节选其东、南两个方位的招魂。含义很简单，就是说四方都很可怕，请魂灵回到故居来。但是它罗列了多少可怕的事物！并且，还描绘出可怕的形象：索魂的巨人身高千仞，十个太阳交替而出竟能流金铄石，食人的土著，纠结的毒蛇，健走的大狐，九头的巨蟒……想象夸张，新奇怪异；描摹事物，穷形尽相。这些“谲怪之谈”，与《离骚》有着共同的特色。

第四节　宋　玉

《史记·屈原列传》说：“屈原既死之后，楚有宋玉、唐勒、景差之徒者，皆好辞而以赋见称。”而《汉书·艺文志》仅著录“宋玉赋十六篇”、“唐勒赋四篇”。王逸《楚辞章句》则只收录宋玉《九辩》、《招魂》二篇（而《招魂》应为屈原作），《大招》一篇的作者又不能确定究为屈原还是景差，唐勒作品则未有收录。可见，屈原以后的楚辞作家，其创作的详细情况，到汉代已不能了了。唐勒、景差作品既已不存，无从评介，这里只介绍宋玉。

说到宋玉，疑不能明的事也是很多的。关于他的生平事迹，史料极少，又多有抵牾，难以详考。目前可确知的仅是：他是屈原之后的一位楚辞作家，曾在楚襄王朝为官，职位不高，生活困窘。宋玉的作品，《汉书·艺文志》说有16篇。但王逸《楚辞章句》只录2篇（可信者唯《九辩》）。此外，《文选》录有《风赋》、《高唐赋》、《神女赋》、《登徒子好色赋》、《对楚王问》；《古文苑》有《笛赋》、《大言赋》、《小言赋》、《讽赋》、《钓赋》、《舞赋》；南宋陈仁子《文选补遗》有《微咏赋》；明人所辑《宋玉集》又有《高唐对》、《郢中对》。合计恰有16篇。以前，在署名宋玉的传世作品中，学者们普遍认定唯有《九辩》可信。近年一些学者扩大了认定范围，大体一致的意见是：除《九辩》外，《文选》所收录的5篇也基本可信。

《九辩》是宋玉的代表作之一，关于它的题义和写作目的，王逸说：“辩者，变也，谓陈道德以变说君也。九者，阳之数，道之纲纪也。……宋玉者，屈原弟子也。闵惜其师忠而放逐，故作《九辩》以述其志。”这个说法被后世学者舍弃。因为《九辩》、《九歌》等，本是上古乐曲之名。《山海经·大荒西经》记载，《九辩》、《九歌》乃是夏启得自于天上的乐曲。《离骚》即说：“启《九辩》与《九歌》兮，夏康娱以自纵。”《天问》也说：“启棘宾商，《九辩》《九歌》。”这自然是神话传说，不过认定它们是乐曲则无错。清人王夫之《楚辞通释》具体解释道：“‘辩’犹‘遍’也，一阕谓之一遍。盖亦效夏启《九辩》之名，绍古体为新裁，可以被之管弦。”因此，《九辩》其实就是由多个乐章组成的乐曲。再从创意看，《九辩》也不是“闵惜其师”，而是自悲生平之作：“坎廪兮，贫士失职而志不平。廓落兮，羁旅而无友生。惆怅兮，而私自怜”，“悲忧穷戚兮独处廓，有美一人兮心不绎。去乡离家兮徕远客，超逍遥兮今焉薄！”如此深切地悲叹穷困潦倒的诗句，若没有切身感受，难以吟诵得出。

《九辩》的思想境界不及《离骚》，尽管它也有自标高节的咏叹：“独耿介而不随兮，愿慕先圣之遗教。处浊世而显荣兮，非余心之所乐。与其无义而有名兮，宁穷处而守高。食不媮而为饱兮，衣不苟而为温。窃慕诗人之遗风兮，愿托志乎素餐。”尽管它也批判谗佞群小、揭露政局的黑暗：“岂不郁陶而思君兮？君之门以九重。猛犬狺狺而迎吠兮，关梁闭而不通。”“何时俗之工巧兮，背绳墨而改错！却骐骥而不乘兮，策驽骀而取路。”但是宋玉缺少屈原那种激切的情思和追求理想九死不悔的精神。面对不平际遇，他采取退守保身的态度：“愿衔枚而无言兮，尝被君之渥洽”，“愿赐不肖之躯而别离兮，放游志乎云中”；甚至有阿谀之嫌：“赖皇天之厚德兮，还及君之无恙。”

然而从艺术表现看，《九辩》不失为楚辞中的精品。首先，它长于铺排描摹，并在描绘中创造较为圆融的意境。例如开头这段广为传诵的文字：

> 悲哉，秋之为气也！萧瑟兮，草木摇落而变衰。憭慄兮，若在远行。登山临水兮，送将归。泬寥兮，天高而气清。寂寥兮，收潦而水清。憯悽增欷兮，薄寒之中人。怆怳懭悢兮，去故而就新。坎廪兮，贫士失职而志不平。廓落兮，羁旅而无友生。惆怅兮，而私自怜。燕翩翩其辞归兮，蝉寂漠而无声。雁廱廱而南游兮，鹍鸡啁哳而悲鸣。独申旦而不寐兮，哀蟋蟀之宵征。时亹亹而过中兮，蹇淹留而无成。

渲染秋气之肃杀萧瑟，先言草木衰落、山空水瘦、天高气清，已点染出秋之凄伤氛围；继以燕雁南归、蜩蝉寂迹、鹍鸡悲鸣、蟋蟀夜吟的具象描写，使秋之景与秋之魂俱现，遂成为千古吟秋的绝唱。“萧瑟兮”、“憭慄兮”、“泬寥兮”、“寂寥兮”，加重了境界的凄凉；“憯悽增欷兮”、“怆怳懭悢兮”、“坎廪兮”、“廓落兮”、“惆怅兮”，极状身世际遇的悲哀。

其次，是细致入微的刻画描写。如：

> 叶菸邑而无色兮，枝烦挐而交横；颜淫溢而将罢兮，柯仿佛而萎黄；萷櫹槮之可哀兮，形销铄而瘀伤。

写落木之枝萎叶衰，从叶片到枝干，由形态到色彩，都刻画得细微真切。

再次，《九辩》的造语用词也很可称道。韵散相间，长短不拘，参差错落，抑扬变化。这样的句法固然是对屈原的继承，但运用似较屈原更为圆熟。而双声叠韵字和重叠词的大量使用，更增强了诗歌的文字美和韵律美。例如：

> 乘精气之抟抟兮，骛诸神之湛湛。骖白霓之习习兮，历群灵之丰丰。左朱雀之茇茇兮，右苍龙之躣躣。属雷师之阗阗兮，通飞廉之衙衙。前轾辌之锵锵兮，后辎乘之

从从。载云旗之委蛇兮，扈屯骑之容容。计专专之不可化兮，愿遂推而为臧。

14句中竟连续使用了12对叠字，行文朗畅，韵律、节奏极其优美。

【本章习题指要】

1. 与楚辞起源密切相关的因素主要有哪些？楚辞文体有哪些鲜明特点？

2.《离骚》的精神内涵。

3.《离骚》的艺术表现成就。

4.《九歌》的艺术表现特色。

5.《九辩》的艺术表现特色。

第二编　秦汉文学

绪　言　秦汉文学发展概况

秦代短暂，又施行高压政治和禁锢文化的措施，文学成就甚小。可以提及者，是完成于秦统一之前的《吕氏春秋》一书，和散文家李斯一人（《汉书·艺文志》著录有“秦时杂赋九篇”，《史记·秦始皇本纪》说秦始皇三十六年曾命博士作《仙真人诗》，今均不传）。《吕氏春秋》是秦相吕不韦组织其门客集体编纂的，它的文学价值，主要是创作了大量生动有趣的寓言故事。秦代散文，多出于李斯。李斯的奏议文，承继先秦纵横家散文的风调，大肆铺陈排比。他的刻石文，称颂秦王朝的功勋，形制比较独特，也具有纵横铺排的特色。

西汉王朝建立之初，汲取秦鉴，在政治经济上采取轻刑减赋、休养生息政策的同时，在思想文化方面取消言禁，鼓励士人追思秦亡的教训，为新生王朝的政权建设出谋划策，由此促成了汉初政论散文的兴盛。陆贾、贾山、贾谊、晁错、邹阳等，围绕着秦何以失天下、汉何以治天下这两个问题，展开论证。其中贾谊和晁错的文章最具代表性。

从文学角度看，汉初创作的主要成就在辞赋。据《汉书·艺文志》，汉初的辞赋作品有一百几十篇之多，可惜大部分已经失传，今天能够看到的仅十余篇。这十余篇辞赋的作者，包括贾谊、枚乘以及严忌、邹阳、刘安、淮南小山、公孙乘、公孙诡、路乔如、羊胜等人，贾谊和枚乘是其代表。贾谊的辞赋作品，抒情述志，情感浓郁，体格句式与先秦楚辞相似。到了枚乘，辞赋的内容和形式都发生了很大变化：不是抒发作者对社会人生的真情实感，而是代之以某种实用的目的；在表现形式上铺排描摹，夸饰渲染，遣词造句繁难华丽，以主客问答来结构全篇。这些新的特点，标志着一种新的文体——汉赋的正式诞生。

汉武帝执政的半个世纪，是西汉文学发展的中期。这一时期的文学成就主要体现在辞赋、历史散文和乐府诗歌上。

据《汉书·艺文志》，这一时期的辞赋创作极为兴盛，作品至少应有三四百篇。可惜绝大部分已经失传，今天仅能看到其中的 17 篇，包括赋体和骚体两类。赋体如司马相如《天子游猎赋》等，骚体如汉武帝刘彻《李夫人赋》等。司马相如是这一时期最大的赋家。

这一时期历史散文的巨大成就是《史记》的诞生。司马迁以历史人物为中心，全面记载了自传闻时代到汉武帝时期的重要史事，开创了纪传体通史的范例。《史记》具有重大的文学价值，它的很多人物传记，剪裁布局精妙，用多种出色的艺术表现手段展示鲜明的人物性格，成为文学史上史传散文的典范，对后代叙事文学的发展产生了巨大而深远的影响。

汉武帝时期还有不少乐府诗歌，包括帝臣文人的创作和民歌两部分。其中民歌的文学价值较高。另外，西汉的乐府诗歌中，有一些以五言句为主的作品，这在中国诗歌体式的演变过程中,是特别应予注意的。

汉昭帝初年以后,是西汉文化和文学发展的后期。这个时期儒学的大盛,对散文创作产生了重要影响。还是在武帝时期,《春秋》公羊学大师董仲舒就开拓了"天人感应"的新的儒学体系,在天与人(主要是君主)之间建立了一种对应的逻辑关系,提出法天顺天的思想。这个思想,贯穿于西汉后期政论文的写作之中。以刘向为代表的许多朝臣,他们的奏疏文的显著特色,就是频繁地引经据典,以灾异论政。这批政论文的文学价值很小。文学史应当注意的,倒是另一些或饶有兴味,或情真意切的散文作品,如刘向的《新序》、《说苑》,司马迁的《报任安书》,杨恽的《报孙会宗书》等。

西汉后期的辞赋,仍然有赋体和骚体两类。扬雄的大赋模仿司马相如,但在题材的开拓和集中、表现方式的含蓄委婉等方面有所发展。赋体还有体制比较短小的作品,如王褒《洞箫赋》,扬雄《解嘲》、《逐贫赋》等。其中的《洞箫赋》,把人、箫融合以抒发情思,尤其值得注意。骚体作品有刘歆《遂初赋》、班婕妤《自悼赋》等。《遂初赋》是汉代"纪行赋"的开山之作,《自悼赋》刻画了作者在不同境遇下心态的变化和细腻感受,艺术表现水平比较高。

公元25年,刘秀推翻王莽的新朝,建立东汉王朝。东汉时期政治文化的一个重要现象,是谶纬与政治的结合。谶纬之学起自西汉。刘秀起兵夺天下,得力于符谶之处甚多;即位后,更是迷信和提倡谶纬,致使东汉一代的政治文化弥漫着图谶之风,尤以东汉前期为甚。这种浮妄的政治文化,反激出一批士人的怀疑和批判精神,桓谭、郑兴、尹敏、王充、张衡等,作文著述,力排虚妄。尤其以王充的《论衡》为代表。王充等人论辩散文的价值主要体现在思想文化上,以文学的眼光看,价值不是很大。

相比较而言,东汉前期最具文学价值的是历史散文和辞赋的创作。历史散文的主要成就是班固的《汉书》,它叙事平实稳健,组织严谨,但是没有《史记》那样深浓的情感,行文也不像《史记》那样挥洒自如。总的看来,《汉书》的史学价值大于文学价值。

东汉前期的辞赋,也有骚体和赋体两类。骚体如班彪《北征赋》、冯衍《显志赋》、班固《幽通赋》、张衡《思玄赋》等,或纪行以发感慨,或述志以见情怀,抒情意味浓厚。赋体的名作有班固《两都赋》、张衡《二京赋》,鸿篇巨制,铺张扬厉,是当时"京都赋"的杰出代表。

东汉前期的文人诗歌,从艺术上看多不足道,但班固的《咏史》和应亨的《赠四王冠诗》,是现存最早的完整的文人五言诗。在诗歌发展史上,这是应当提及的。

东汉后期,宦官、外戚交替专权,政治腐败,社会贫困混乱。这种社会政治环境,对此一时期的文学有重要影响。东汉后期的文学比前期丰富,成就更大,主要体现在政论散文、赋、诗歌和历史散文的创作上。

这一时期的政论散文,主要是社会、政治批判的文章,代表作家作品有王符《潜夫论》、崔寔《政论》、仲长统《昌言》等。切实深刻,情感激愤,是它们的一般特点。

东汉后期的赋,发生了从大赋到抒情小赋的重要转变。在这一转变中,张衡是承前启后的关键人物。他的《二京赋》,是汉代大赋的绝响;他的《归田赋》,又是东汉抒情小赋的开山之作。张衡之后,重要的抒情小赋作家还有赵壹、祢衡等。

东汉后期,诗歌也有了长足发展,文人五言诗成熟起来。今存无主名的《古诗十九首》,就是东汉文人五言诗的代表作。另外,汉代的乐府民歌今存约四十首,大多是东汉的作品。

东汉后期还产生了《汉纪》、《吴越春秋》和《越绝书》等历史散文集。其中《吴越春秋》文学意味比较浓厚,对后代的传奇小说有一定影响。

第一章　秦汉政论及抒情、叙事文

秦代散文作家可提及的只有李斯一人。他的作品，主要还是受到战国纵横家文风的影响。进入两汉，散文文风发生了很大变化。两汉的散文，除《史记》、《汉书》等史传散文（下章详述）外，还有大量的政论文及抒情、叙事文。汉代政论文的主流文风，是切中时事，朴厚无华。同时，不同时期有所变化。大体说来，由西汉初期贾谊等的情感浓重、文气纵横，变而为西汉中后期刘向等的平实沉稳、引经据典；再变而为东汉前期王充等的崇实诚、斥虚妄、通达深刻；再变而为东汉后期王符、仲长统等的抨击时弊、愤世嫉俗，文风几经迁转。文章的行文造语也在东汉后期向着骈俪方向发展。两汉时期数量不多的抒情、叙事、杂论散文，往往情感浓郁，饶有文采。

第一节　秦代散文和李斯

秦始皇统一中国以前，秦国文学可以提及的是《吕氏春秋》。它是秦相吕不韦组织其门客集体编撰的，成书时间在公元前 239 年前后。《吕氏春秋》向来被视为杂家著作，而以道、儒、法、阴阳家的思想成分更多些。

《吕氏春秋》的文章比较短小，以事实说理，平实畅达，不求华丽。从文学的角度看，它的最大成就，是创作了近三百则丰富多彩的寓言故事。其组成和规模，与《韩非子》的内外《储说》相近。它在阐述某个道理或思想时，往往采用一组寓言故事，从不同侧面予以说明。例如《察今》，连续编写了“循表夜涉”、“刻舟求剑”、“引婴儿投江”三个寓言故事，分别侧重于“时”、“地”、“人”不同的方面，全面表达因时制宜、因地制宜、因人制宜的变法思想，既充分阐释了思想，也使行文形象生动，趣味四溢。

《吕氏春秋》而外，留存下来的秦代散文，只有一部分奏议和刻石文。奏议以李斯所作较具文学色彩，刻石文也多出于李斯之手。李斯（？—前 208），楚国上蔡（今属河南）人。曾随荀子学习帝王之术。秦庄襄王三年（前 247）入秦。秦统一后，为丞相。设立郡县，统一文字和度量衡，下令焚书而倡导“以吏为师”。秦始皇卒后不久，遭赵高诬陷入狱，被腰斩于咸阳之市。

李斯入秦十年（前 237），因韩人郑国为秦修建灌渠事，秦大臣提议驱逐所有外来客卿。李斯也在被逐之列。于是他上书秦始皇，指陈逐客的错误。这篇《上书谏逐客》（又称《谏逐客书》），以逐客不利于秦的统一为中心，首先铺叙历史上客卿辅助秦国并使之国富兵强的事实，以明客卿不曾有负于秦；其次胪述秦始皇看重外国的玩好之物，却轻视客卿的事实，论定其重物轻人的错误；最后分析纳客和逐客的利害关系，指出逐客非但不利于秦的统一大业，还会使秦国趋于危亡。文章罗列众多事实，极力铺陈，如：

> 今陛下致昆山之玉，有随、和之宝，垂明月之珠，服太阿之剑，乘纤离之马，建翠凤之旗，树灵鼍之鼓。此数宝者，秦不生一焉，而陛下说之，何也？必秦国之所生然后可，则是夜光之璧不饰朝廷，犀、象之器不为玩好，郑、卫之女不充后宫，而骏良駃騠不实外厩，江南金锡不为用，西蜀丹青不为采。所以饰后宫、充下陈、娱心意、悦耳目者，必出于秦然后可，则是宛珠之簪、傅玑之珥、阿缟之衣、锦绣之饰不进于前，而随俗雅化、佳冶窈窕赵女不立于侧也。夫击瓮叩缶，弹筝搏髀，而歌呼呜呜快耳者，真秦之声也。《郑》、《卫》、《桑间》、《韶》、《虞》、《武》、《象》者，异国之乐也。今弃击瓮叩缶而就《郑》、《卫》，退弹筝而取《韶》、《虞》，若是者何也？快意当前，适观而已矣。今取人则不然。不问可否，不论曲直，非秦者去，为客者逐。然则是所重者，在乎色、乐、珠、玉，而所轻者，在乎民人也。此非所以跨海内、制诸侯之术也。

这段文字，大肆铺排秦王喜好外国珍宝、玩好、美色、音乐的事实，敷陈谐偶，颇具纵横家法。然后提出秦王逐客的政令，举重若轻，使重物与轻人形成鲜明对比，事理昭彰。

秦刻石文今存7篇，都是“刻石颂秦德”（《史记·秦始皇本纪》）之作。其形式，四言为句，三句为韵（只有《琅邪台刻石》是二句为韵），比较独特。往往铺叙颂夸，气度宏伟，韵律谐和。或许是限于刻石体制，文采显得不足。《文心雕龙·封禅》评说秦刻石文：“法家辞气，体乏弘润。然疏而能壮，亦彼时之绝采也。”诚然。

第二节　贾谊、晁错与西汉初期散文

从刘邦称帝到汉景帝末年，是西汉王朝政治、文化发展的初期。王朝初建，吸取秦亡的教训，一方面，革除秦朝的严刑峻法、繁重赋役，实行休养生息政策；另一方面，取消言禁书禁，鼓励士人反思秦亡教训，为新朝的政权建设出谋划策。这个时期的散文，主要是与治国有关的政论，或反思秦鉴，或针对现实问题而发，行文质实畅达。同时，受战国策士影响，大多又具有纵横家的遗风。

在汉初众多的政论散文家中，贾谊和晁错最具代表性。他们的文章，切近现实，长于分析和对策，情感浓郁，纵横驰骋，成为“大汉鸿文”的标志。

贾谊（前200—前168），洛阳人。曾受学于李斯弟子河南守吴公，能诵《诗》《书》，善属文，颇通百家之书。因吴公举荐，文帝召为博士，擢太中大夫。贾谊年轻气盛，对政权建设多有建议，遭到老臣嫉恨。文帝三年（前177），被贬为长沙王太傅。四年后，奉召回京，拜梁怀王太傅。

《汉书·艺文志》儒家类著录贾谊文58篇。今存贾谊《新书》，篇目足58之数（其中2

篇仅存篇名),其中有不少文字与《汉书·贾谊传》所载《治安策》(一名《陈政事疏》)相近,所以有学者认为《治安策》是班固采摘《新书》中"切于世事者"拼凑而成。也有学者看法恰好相反,怀疑原本《新书》散佚,今存者乃是后人割裂《汉书》本传所载贾谊文,各标篇名,编纂而成。

贾谊在汉初思想家中忧患意识最为深浓,他的文章指出了藩国之忧、匈奴之患、政治秩序混乱、经济失本无序等一系列重大问题。往往据实设论,理直气壮,深情恳切。如《治安策》开头即说:

> 臣窃惟事势,可为痛哭者一,可为流涕者二,可为长太息者六。若其他背理而伤道者,难遍以疏举。进言者皆曰天下已安已治矣,臣独以为未也。曰安且治者,非愚则谀,皆非事实知治乱之体者也。夫抱火厝之积薪之下而寝其上,火未及燃,因谓之安;方今之势,何以异此!本末舛逆,首尾衡决,国制抢攘,非甚有纪,胡可谓治!陛下何不壹令臣得熟数之于前,因陈治安之策,试详择焉!

以下则列举各方面事实,分析论证,提出措施。仅从这里举出的一段文字,已可见出贾谊文章气势犀利、情感激扬、切直晓畅的特点。

《论积贮疏》是贾谊散文中的名篇,作者首先说明蓄积的重要,继而指出当世生聚者少而靡费者多、蓄积严重不足的堪忧状况,最后提出劝农的对策。文章写得紧凑严密,说理透辟,不容置辩,不事含蓄。同时,作者忧国忧民的强烈情感融贯其中,体现着贾谊文章气盛而情浓的特点。

贾谊文章的另一个特点,是具有铺排渲染的战国纵横家遗风。《过秦论》是贾谊最负盛名的史论散文。它深刻分析秦亡原因,归结为"仁义不施"。文章纵论自秦孝公到子婴一百五十余年间秦国由强盛走向衰亡的历史,重点铺夸孝公、惠王、武王、秦始皇执政时期秦国的强大和秦始皇、秦二世的残暴寡仁,以充分说明"才能不及中人"的陈涉所以能够"率罢散之卒,将数百之众"奋起攻秦而"天下云集响应"的原因。文章铺饰排比,渲染淋漓,深得先秦纵横家说辞之风神。

晁错(?—前154),颍川(今河南禹州)人,与贾谊同时而稍后。曾随张恢学申、商刑名之术。文帝时,以才学擢为太常掌故,被派往齐国向伏生学习《尚书》。景帝时官至御史大夫。因力主削藩,得罪诸侯大臣。七国乱起,景帝为缓解矛盾,腰斩晁错于市。《汉书·艺文志》法家类著录晁错文31篇,其中,载于《汉书》本传的《上书言兵事》(或称《言兵事疏》)、《言守边备塞、劝农力本当世急务二事》(或称《守边劝农疏》)、《贤良文学对策》,和载于《汉书·食货志上》的《说文帝令民入粟受爵》(即《论贵粟疏》),是晁错政论散文的代表。

晁错的散文,切实中肯,质实朴厚,擅长分析,往往能提出切实可行的建设性的具体对策。如《论贵粟疏》,论述轻赋役以劝农功、贵粟而贱金玉对于国家发展的意义。他首先说明务农、贵粟对于国泰民安至关重要,再列举事实指出当世农民疲于赋役又不得温饱,而商贾却坐收巨利的现状,最后提出"以粟为赏罚"的劝农、贵粟的具体对策。文章以事实为根据,准确地剖析时弊,通过对常理、人情的细致分析提炼结论。再如《上书言兵事》,首先一一讲述“得地形”、“卒服习”、“器用利”的用兵要领,继而详细分析“中国”与匈奴军备、能力之长短优劣,最后提出切实的对策,中肯可行。

与贾谊相似,晁错散文也具有战国策士的纵横风气。如《上书言兵事》论“得地形”:

> 兵法曰:丈五之沟,渐车之水,山林积石,经川丘阜,草木所在,此步兵之地也,车骑二不当一。土山丘陵,曼衍相属,平原广野,此车骑之地,步兵十不当一。平陵相远,川谷居间,仰高临下,此弓弩之地也,短兵百不当一。两陈相近,平地浅草,可前可后,此长戟之地也,剑楯三不当一。萑苇竹萧,草木蒙茏,支叶茂接,此矛铤之地也,长戟二不当一。曲道相伏,险厄相薄,此剑楯之地也,弓弩三不当一。

辞藻谐偶,句式铺排,层层比较。《论贵粟疏》也有类似的说理方式,如“……畜积未及者,何也?地有遗利,民有余力,生谷之土未尽垦,山泽之利未尽出也,游食之民未尽归农也”,“贫,生于不足;不足,生于不农;不农,则不地著;不地著,则离乡轻家,民如鸟兽”,“夫寒之于衣,不待轻暖;饥之于食,不待甘旨。饥寒至身,不顾廉耻”,都是排比铺叙、驰骋纵横的例子。

第三节　董仲舒、刘向与西汉中后期散文

从汉武帝即位到西汉末年,是西汉政治、文化发展的中后期。武帝初年确立“罢黜百家,独尊儒术”的政策,提倡在政治运作中“以儒术缘饰吏事”,经学开始与政治联姻;到西汉后期,经学更成为言政论事的依据。政治、文化新的发展趋势,使这一时期的政论散文创作,在总体倾向上出现了言必称经、以阴阳灾异论政议事的新特点。文风转向平实沉稳,极少感情波澜。此外,司马迁、杨恽的个别散文以及桓宽编纂的《盐铁论》,或叙写个人情志和社会生活感受,情感浓郁,或直接议论政事而不轻言经籍灾异,与这一时期散文创作的主流不甚相同。相形之下,司马迁、杨恽的散文更具文学价值。

一　引经据典、以灾异论政:西汉中后期政论散文的主流新趋向

董仲舒和刘向,是西汉中后期政论散文最具代表性的作家。

董仲舒,广川(今属河北)人,生卒年不详,主要活动于景、武时期。《春秋》公羊学派大师,景帝时任博士。武帝时先后出任江都王刘非、胶西王刘端的国相,其间一度入狱被贬。晚年居家著述,年老以寿终。董仲舒在汉世“为群儒首”,对推尊儒术尤其是今文经术贡献甚大。他主要的散文作品,除《春秋繁露》外,《汉书》本传还载有他作于武帝初年的《天人三策》。其文章的特点是,推衍《春秋》天人相感、阴阳灾异思想,逻辑严密,引经

据典,冷静沉稳,完全没有了西汉初期散文的纵横排宕之气。董仲舒的阴阳灾异思想和文风的变化,都对西汉中后期的散文创作产生了很大影响。

刘向(前77—前6),字子政,初名更生,沛(今江苏徐州)人。西汉著名的经学家和目录学家。历官谏大夫、光禄大夫、中垒校尉等。一生曾三度入狱,仕途坎坷。他的政论文,继承董仲舒而在引经据典方面有所发展。如元帝永光元年(前43)的《条灾异封事》,广引《诗经》、《周易》、《论语》等经典,推衍《春秋》灾异之旨,谏议黜奸进贤,论证了以人和致天和的思想。再如《极谏用外戚封事》谏议罢黜外戚王氏,《谏营昌陵疏》主张薄葬,都具有广征经典的显著特征。刘向奏疏文的共同特点是:结构严整,逻辑清晰,往往先以正论开篇,继之以反证,然后总结观点,最后落脚在所针对的时事之上。

成帝初年始,刘向受命校理群书,为一些典籍写了叙录,其中最著名的是《战国策叙录》。它简要介绍了该书的编校、名称等情况之后,重点描述春秋战国时期的风云变化以及纵横家应运而生等历史情状。情感浓郁,气势纵横。例如:

> 仲尼既没之后,田氏取齐,六卿分晋。道德大废,上下失序。至秦孝公,捐礼让而贵战争,弃仁义而用诈谲,苟以取强而已矣。夫篡盗之人,列为侯王;诈谲之国,兴立为强。是以转相放效,后生师之,遂相吞灭,并大兼小。暴师经岁,流血满野。父子不相亲,兄弟不相安,夫妇离散,莫保其命。湣然道德绝矣。

这篇叙录,还指出了《战国策》得以产生的某些时代特点:“战国之时,君德浅薄,为之谋策者,不得不因势而为资,据时而为政。故其谋扶急持倾,为一切之权,虽不可以临教化,兵革救急之势也。皆高才秀士,度时君之所能行,出奇策异智,转危为安,运亡为存,亦可喜,皆可观。”

刘向的奏疏文大都引经据典,切实平妥,《战国策叙录》则文气盛壮,颇具纵横之风,是一篇情文俱佳的好文章。

《新序》10卷和《说苑》20卷,在刘向散文中最具文学价值。两书都是采集群书中的逸闻琐事编撰而成,寓含劝诫训教之意,其中很多篇章类于后来的志人小说。例如:

> 齐大饥,黔敖为食于路,以待饿者而食之。有饿者蒙袂接屦,贸贸然来。黔敖左奉食,右执饮,曰:“嗟!来食!”饿者扬其目而视之曰:“予唯不食嗟来之食,以至于此也!”(黔敖)从而谢焉。(饿者)终不食而死。(《新序·节士》)

> 师经鼓琴,魏文侯起舞,赋曰:“使我言而无见违。”师经援琴而撞文侯,不中,中旒溃之。文侯顾谓左右曰:“为人臣而撞其君,其罪如何?”左右曰:“罪当烹。”提师经下堂一等。师经曰:“臣可得一言而死乎?”文侯曰:“可。”师经曰:“昔尧、舜之为君也,唯恐言而人不违;桀、纣之为君也,唯恐言而人违之。臣撞桀、纣,非撞吾君也。”文侯曰:“释之,是寡人之过也。悬琴于城门,以为寡人符;不补旒,以为寡人戒。”(《说苑·君道》)

像这样的篇章,以简短笔墨,描写人物言行,传达其形貌和精神,主要是继承了《左传》的写人笔法；但是由于它不再穿插于历史叙述之中，而成为独立的故事，就具有了更多的文学意味。这类故事，对后来的文言小说（尤其是志人小说）有不小的影响。

二　西汉中后期情真意切的叙事、抒情文

司马迁的《报任安书》和杨恽的《报孙会宗书》，均为叙写个人怀抱之作，以其真挚浓烈的感情撼人心魄。

《报任安书》是司马迁写完《史记》之后给朋友的回信，信中抒写他无辜而遭腐刑的不幸和内心的痛苦愤懑，说明自己忍受耻辱以实现著史理想的夙愿。叙写生动，情感真挚深沉，感人至深。例如写受刑之后的心境："仆以口语遇遭此祸，重为乡党戮笑，污辱先人，亦何面目复上父母之丘墓乎？虽累百世，垢弥甚耳！是以肠一日而九回，居则忽忽若有所亡，出则不知所如往。每念斯耻，汗未尝不发背沾衣也。"哀愤悲苦，难以已已，令人心悸颜动。又如说在皇权专制下一介文儒卑微的命运："仆之先人非有剖符丹书之功，文史星历近乎卜祝之间，固主上所戏弄，倡优畜之，流俗之所轻也。假令仆伏法受诛，若九牛亡一毛，与蝼蚁何异？而世又不与能死节者比，特以为智穷罪极，不能自免，卒就死耳。何也？素所自树立使然。"这就不仅是悲愤的，更是清醒而冷峻的。

《报孙会宗书》是杨恽给友人的回信。杨恽是司马迁外孙，官中郎将。为人轻财好义、廉洁无私却又褊狭尖刻，得罪太仆戴长乐而遭谗入狱，罢为庶人。于是家居置产业，起室宅，以财娱乐。其友人安定太守孙会宗来信，以"大臣废退，当阖门惶惧，为可怜之意，不当治产业，通宾客，有称誉"相劝，杨恽遂复此信，对自己"遭遇变故，横被口语，身幽北阙，妻子满狱"的遭际愤愤不平，婉转而深沉地表达了退隐的决心。信中那段脍炙人口的描写，在当时非常罕见："田家作苦，岁时伏蜡，亨羊炰羔，斗酒自劳。家本秦也，能为秦声。妇，赵女也，雅善鼓瑟。奴婢歌者数人，酒后耳热，仰天拊缶，而呼乌乌。其诗曰：'田彼南山，芜秽不治。种一顷豆，落而为萁。人生行乐耳，须富贵何时！'是日也，拂衣而喜，奋袖低卬，顿足起舞，诚淫荒无度，不知其不可也。"以自然流丽的文笔摹画回归田园的悠然自适，而其中又深含苦中作乐的无奈和怨愤。

桓宽编纂的《盐铁论》虽是政论，但不滥说灾异，不频引经典，而往往以史为鉴，直切时事和政策，与当时的主体文风不同。全书采用对话体，诘难辩驳，简洁犀利，行文质直平实，但是缺少汉初政论文的丰沛气势。

第四节　东汉散文的演变

公元25年，刘汉王朝经历了约二十年的混乱动荡之后，重归一统。西汉末年兴起的图谶之学，曾有力辅助刘秀建立东汉王朝。刘秀起兵之前，卜者王况制造了"荆楚当兴，李氏为辅"的谶语（《汉书·王莽传下》），刘秀的同乡李通把这个谶语改为"刘氏复起，李氏

为辅”,助刘秀起兵。后来刘秀即皇帝位,也是听了“刘秀发兵捕不道,卯金修德为天子”的符谶后决定的(《后汉书·光武帝纪》)。中兴后,刘秀“宣布图谶于天下”,继续借助图谶巩固政权。东汉前期浮妄的政治文化环境,反激出一批士人的怀疑和批判精神,桓谭、王充等作文追求真实,力排虚妄。东汉后期,宦官、外戚交替专权,社会腐败。一些士人清议时政,发愤指弊,他们的文章往往有着求实的鲜明倾向,富于激情和文采,王符、仲长统就是代表。此外如冯衍、朱穆等,或抒写个人情事,或批评时俗浇薄,情真而辞切。

一　疾虚妄、崇实诚:东汉前期散文

桓谭,字君山,沛国相(今属安徽)人,活动于东、西汉之交。博学多通。历官掌乐大夫、太中大夫、议郎给事中。光武时因屡言图谶之非,贬出为六安郡丞,卒于赴任途中。桓谭著《新论》29篇,赋、诔、书、奏26篇,多佚。保存最完整的是载于《后汉书》本传的《陈时政疏》和《抑谶重赏疏》。前者述说用贤纳言、赏罚公正、重农抑商之旨,无多新意;后者则表现了鲜明的反图谶迷信思想:

> 凡人情忽于见事而贵于异闻,观先王之所记述,咸以仁义正道为本,非有奇怪虚诞之事。盖天道性命,圣人所难言也。……今诸巧慧小才伎数之人,增益图书,矫称谶记,以欺惑贪邪,诖误人主,焉可不抑远之哉!臣谭伏闻陛下穷折方士黄白之术,甚为明矣;而乃欲听纳谶记,又何误也!其事虽有时合,譬犹卜数只偶之类。陛下宜垂明德,发圣意,屏群小之曲说,述《五经》之正义,略雷同之俗语,详通人之雅谋。

这篇文字,行文朴实无华,不唯开东汉士人抨击虚妄之先河,也透露出文风趋向质实切直的消息。

王充(27—100?),字仲任,会稽上虞(今浙江绍兴)人。少年至京师受业太学,师从班彪。好博览,会通百家。曾为州县小吏,晚年退居著述。《论衡》是他最重要的作品,今存85篇(其中一篇有目无文)。全书以“疾虚妄”为宗旨,对汉世以来的阴阳灾异、河洛图谶以及今文经学学风、俗儒品格等给予有力的批驳,实际上也包含着对东汉神学政治的批判。

王充在《论衡》的《对作》、《自纪》、《艺增》、《超奇》、《佚文》等篇中,提出疾虚妄而立实诚、反华伪而倡实用、斥模拟而贵独创、排晦涩而申通俗等写作主张。他自己的文章,就是这些主张的较好实践。如《艺增篇》批评世俗中言过其实的现象:

> 世俗所患,患言事增其实。著文垂辞,辞出溢其真;称美过其善,进恶没其罪。何则?俗人好奇,不奇,言不用也。故誉人不增其美,则闻者不快其意;毁人不益其恶,则听者不惬于心。闻一增以为十,见百益以为千,使夫纯朴之事,十剖百判;审然之语,千反万畔。

勇于忤俗逆流而昭彰事实,行文明白畅达。这是王充散文的一般特点。

王充虽然崇实尚用,倡导通俗,却并不反对把文章写得漂亮。“华而不实”和“实而不华”都是他反对的（见《书解篇》），他甚至还说过“文辞美恶，足以观才”（《佚文篇》）的话。他在崇实的同时，也主张独创，并不反对文辞的各具特色，他说：

> 饰貌以强类者失形，调辞以务似者失情。百夫之子，不同父母，殊类而生，不必相似，各以所禀，自为佳好。文必有与合然后称善，是则代匠斫不伤手，然后称工巧也。文士之务，各有所从，或调辞以巧文，或辩伪以实事。必谋虑有合，文辞相袭，是则五帝不异事，三王不殊业也。美色不同面，皆佳于目；悲音不共声，皆快于耳。酒醴异气，饮之皆醉；百谷殊味，食之皆饱。谓文当与前合，是则舜眉当复八采，禹目当复重瞳。（《自纪篇》）

这段文字，不仅表述了他崇贵独创的主张，本身也写得流畅生动，句式谐偶，比喻迭出。可见他并非不注重文辞。当然，“口则务在明言，笔则务在露文”（《自纪篇》）是王充的追求，他要把“疾虚妄”的思想说明说透，必须“喻深以浅”、“喻难以易”（同上），所以他的文章有时也写得烦冗累赘。明人胡应麟就说他的文章“猥冗尔沓”（《少室山房笔丛》卷二八《九流绪论·中》），四库馆臣也说他“反复诘难，颇伤辞费”（《四库全书总目提要》）。

二　切中时弊、情感浓郁：东汉后期散文

王符，字节信，安定临泾（今甘肃镇原）人。主要活动于和、安至桓、灵时期。少好学，有志操，与马融、张衡等交游。性情耿介，不同流俗，故不得仕进。“志意蕴愤，乃隐居著书三十余篇，以讥当时失得。不欲章显其名，故号曰《潜夫论》。其指讦时短，讨谪物情，足以观见当时风政。”（《后汉书》本传）王符的文章，往往切中时弊，富于情感。如云：

> 国以贤兴，以谄衰；君以忠安，以佞危。此古今之常论，而时所共知也。然衰国危君，继踵不绝者，岂时无忠信正直之士哉，诚苦其道不得行耳。夫十步之间，必有茂草；十室之邑，必有忠信。是故乱殷有三仁，小卫多君子。今以大汉之广土，士民之繁庶，朝廷之清明，上下之修正，而官无善吏，位无良臣。此岂时之无贤，谅由取之乖实。夫志道者少与，逐俗者多俦，是以朋党用私，背实趋华。其贡士者，不复依其质干，准其才行，但虚造声誉，妄生羽毛。略计所举，岁且二百。览察其状，则德侔颜、冉；详核厥能，则鲜及中人，皆总务升官，自相推达。夫士者贵其用也，不必求备。故四友虽美，能不相兼；三仁齐致，事不一节。高祖佐命，出自亡秦；光武得士，亦资暴莽。况太平之时，而云无士乎！（《实贡篇》）

直言朝廷用人“名实不相副，求贡不相称”（《考绩篇》）的现实，分析其原因，深刻而准确。明白畅达，铿锵简练，作者的愤激之情溢于言表。清人汪继培《潜夫论序》说，王符“闵俗陵替，发愤增叹……独当大道，托之空言，斯贾生所为太息，次公（桓宽）以之略观者已”。

仲长统（180—220），字公理，山阳高平（今山东邹城）人。少好学，博涉书记，富于文辞。性情倜傥，敢于直言，时人谓之“狂生”。每有州郡征召，则称疾不就。后曾参曹操军事。他“每论说古今及时俗行事，恒发愤叹息。因著论名曰《昌言》，凡三十四篇，十余万

言”(《后汉书》本传)。《昌言》今已不存,清人严可均《全后汉文》辑得万余字,仅得其十分之一。

《昌言》和东汉末年的许多著作一样,思想比较庞杂,也比较活跃,而总的倾向是崇尚实用,讦直深刻,充满变革的思想。作者反对宦官、外戚干政,反对社会不公。如《理乱篇》,揭露汉代世风败坏,智巧奸诈的小人高官厚禄,而正道直行的君子则穷苦困窘。作者在历史反思的基础上指出,无论治世乱世,君子的命运都不免困厄。而不能任用君子,则是人主最根本的错误。《昌言》的文风较为质朴,而富于论辩色彩,往往言辞激烈。如他抨击当时不好的士风说:

> 天下士有三俗:选士而论族姓阀阅,一俗;交游趋富贵之门,二俗;畏服不接于贵尊,三俗。天下之士有三可贱:慕名而不知实,一可贱;不敢正是非于富贵,二可贱;向盛背衰,三可贱。(《全后汉文》卷八九)

因为仲长统也受到老庄思想的影响,有的文章也写得潇洒美丽,如《乐志论》写自己理想的生活:

> 蹰躇畦苑,游戏平林,濯清水,追凉风,钓游鲤,弋高鸿。讽于舞雩之下,咏归高堂之上。安神闺房,思老氏之玄虚;呼吸精和,求至人之仿佛。……消摇一世之上,睥睨天地之间。不受当时之责,永保性命之期。如是,则可以陵霄汉,出宇宙之外矣。(《后汉书·仲长统传》)

三 东汉其他散文

东汉时期,除经世致用的政论文外,还有少量文章或叙写个人情事,或讥刺世俗浇薄,情感浓厚。以冯衍、朱穆成就较高。

冯衍,字敬通,京兆杜陵(今西安附近)人,活动于两汉之际。幼有奇才,博通群书。曾被大将军鲍永举为立汉将军、狼孟长。刘秀即位,忌恨当年招冯衍不及时而至,黜衍。冯衍因与外戚交结,官司隶从事。刘秀惩治外戚,冯衍遭牵连,罢官归家。年老家贫,卒于家。著述50篇。他的《与妇弟任武达书》是一封休妻信,胪诉其继室任氏“既无妇道,又无母仪”的种种恶行,排偶铺陈,情感愤切。如云:

> 五年已来,日甚岁剧,以白为黑,以非为是。造作端末,妄生首尾,无罪无辜,谗口嗷嗷。乱非降天,生自妇人。……醉饱过差,辄为桀纣。房中调戏,布散海外。张目抵掌,以有为无。痛彻仓天,毒流五脏,愁令人不赖生,忿令人不顾祸。入门著床,继嗣不育。纺绩织纴,了无女工。……哀怜姜、豹(均冯衍前妻之子),当为奴婢。恻恻焦心,事事腐肠。讻讻籍籍,不可听闻。暴虐此婢(指其家中唯一的奴婢),不死如发,半年之间,脓血横流。……(《后汉书·冯衍传》注引《冯衍集》)

《后汉书·冯衍传》说,任氏“悍忌,不得畜媵妾,儿女常自操井臼”,致使冯衍“坎廪于时"。冯衍此书也说："衍以室家纷然之故，捐弃衣冠，侧身山野，绝交游之路，杜仕宦之门，阖门不出，心专耕耘，以求衣食，何敢有功名之路哉！"任氏又虐待其前妻之子，视之如奴婢，还曾在冯豹夜里睡觉时，"欲行毒害，豹逃走得免"。凡此种种，令冯衍异常激愤而决绝："不去此妇，则家不宁；不去此妇，则家不清；不去此妇，则事不成。"

冯衍此文，虽是诉说家事，但是足具真情实感，表达方式铺叙排偶，与当时往往据图谶以谈说的虚妄之文很不相同。

朱穆（100—163），字公叔，南阳宛（今河南南阳）人。幼有孝称，醉心读书，或"亡失衣冠，颠坠坑岸"而不自知。举孝廉，历官侍御史、冀州刺史、尚书等。曾坐事入狱，释归乡里闲居。性情刚直，为官不得意，"愤懑发疽"而卒。著有论、策、奏、书、诗、赋等20篇，以《崇厚论》、《绝交论》等杂论著名。《崇厚论》乃是"感时浇薄，慕尚敦笃"之作。其中有云：

> 夫俗之薄也，有自来矣。故仲尼叹曰："大道之行也，而丘不与焉。"盖伤之也。夫道者，以天下为一，在彼犹在己也。故行违于道则愧生于心，非畏义也；事违于理则负结于意，非惮礼也。故率性而行谓之道，得其天性谓之德。德性失然后贵仁义，是以仁义起而道德迁，礼法兴而淳朴散。故道德以仁义为薄，淳朴以礼法为贼也。夫中世之所敦，已为上世之所薄，况又薄于此乎！（《全后汉文》卷二八）

在这里，朱穆批评的矛头指向了在儒家仁义、礼法遮掩下的伪善的社会时俗，他的"崇厚"，是要隆崇道家的"道德"。

《绝交论》也是"矫时之作"，如云：

> 世之务交游也久矣，不敦于业，不忌于君，犯礼以追之，背公以从之。其愈者，则孺子之爱也；其甚者，则求蔽过窃誉，以赡其私。利进义退，公轻私重，居劳于听也。或于道而求其私，赡矣。是故遂往不反，而莫敢止焉。是川渎并决，而莫敢之塞；游豮蹂稼，而莫之禁也。（《全后汉文》卷二八）

世人的交游，无不是蝇营狗苟、假公济私，所以他主张"绝交"。

朱穆的这两篇散文，针对时俗而发，于阐明道理之中，蕴藏深沉的情感。文风朴实无华，辞不迫切而深刻达意，没有汉末文章骈俪化的倾向。

【本章习题指要】

1. 把握秦汉散文的发展脉络和演变轨迹，了解各个发展段落的不同特点。
2. 以《上疏谏逐客》为例，理解并说明李斯散文的主要特点。
3. 贾谊、晁错的散文各有什么特点？
4.《新序》《说苑》的文学价值。
5. 东汉后期散文的一般特征。

第二章　司马迁与两汉史传散文

第一节　司马迁及其《史记》

司马迁（前145或前135—前87？），字子长，夏阳龙门（今陕西韩城）人，出身于史官世家。西汉时，他的父亲司马谈仍为太史令，至望继《春秋》而著史，未能如愿，憾恨而卒。司马谈是一位博辨学者，其学术思想的博通兼容而倾向道家（见其《论六家要指》），及其撰著史书的夙愿，都对司马迁产生了重大影响。

家世渊源，个人的政治际遇，对司马迁写作《史记》都有很大影响。史官世家的出身，对司马迁的人生道路影响最大，鲜明地表现在两个方面：第一，家族浓厚的文化气氛，使他从小就得到优良的文化熏染，并培养了深厚的文化素养和坚定的著史志向。第二，"司马氏世典周史"的家族荣誉，令司马迁甚感自豪，激发出强烈的著史愿望，成为他实现人生价值的最有力支柱。乃至后来他遭受腐刑，忍受羞辱和无限痛苦，著史的愿望成为他活下去的唯一精神支撑："所以隐忍苟活，幽于粪土之中而不辞者，恨私心有所不尽，鄙陋没世而文彩不表于后世也。"（《报任少卿书》）

为了著史，司马迁曾有目的地漫游各地，实地考察历史遗迹。"二十而南游江、淮，上会稽，探禹穴，窥九疑，浮于沅、湘；北涉汶、泗，讲业齐、鲁之都，观孔子之遗风，乡射邹、峄；厄困鄱、薛、彭城，过梁、楚以归。"又"奉使西征巴、蜀以南，南略邛、笮、昆明"（《史记·太史公自序》）。他还曾"西至空桐，北过涿鹿，东渐于海"（《五帝本纪》），"行观蒙恬所为秦筑长城亭障"（《蒙恬列传》），足迹几乎遍及全国。每到一处，他必去访问古迹，收集史料，聆听当地父老讲述历史事件，了解其山川物产、社会风俗。

汉武帝元封年间，司马迁继任太史令，便"䌷史记石室金匮之书"，阅读、整理史料，开始了写作《史记》的工作。

对司马迁写作《史记》发生较大影响的另一个因素是"李陵事件"。天汉三年（前98），李陵以不足5000兵出击匈奴，鏖战十余日，兵败被迫投降，震惊朝野。司马迁为李陵辩护，以为李陵战功赫赫，足以表率天下；他的降敌，实出无奈，他必然伺机报效汉朝。武帝大怒，囚禁司马迁并施以腐刑。这个不幸遭遇，使他屈辱愤怨至极，痛苦不堪，也激发了他"发愤著书"的决心。

总之，从司马迁的出身、经历及其思想心态来看，他写作《史记》有内外不同的动因。基于家族荣誉感而激发出来的强烈的著史愿望，是他著述《史记》的内因，是最根本的动力;“李陵事件”所激发的“发愤”心态,是他著述《史记》的外因,这个遭遇使他对历史本质的认识更为深刻。

《史记》是一部“究天人之际,通古今之变”的规模宏大的通史。司马迁参照前代多种史著,创造了“纪传体通史”这种新的体例。《史记》之前的史书,或以编年记述(如《春秋》、《左传》),或分国别记事(如《国语》、《战国策》),或以记言为主,或以记事为主,总是显得单调疏散,事件之间、人物之间不能很好地协调配合、融会贯通。司马迁则在前人基础上,开创了以本纪、表、书、世家、列传五种体例写通史的范例。五种体例相互配合,构成有机的整体。本纪,记述历代帝王的兴衰沿革,是全书的纲领;表,依年月摘记大事;书,载录文化、经济、制度;世家,记载王侯各国状况;列传,记述古今特殊人物或集团。其中,本纪、世家、列传是核心部分,它们以本纪为中心,世家、列传依次分布在外围,犹如“二十八宿环北拱,三十辐共一毂,运行无穷”(《史记·太史公自序》);而表、书则分别从不同的方面形成对核心的补充。司马迁开创的著史体例,一直影响着我国两千年的历史著述。历代史著,体例或有些微变化,但总未超出司马迁的五种体例和基本格局。

第二节　《史记》人物传记的文学成就

司马迁著史,受到他父亲司马谈的重要影响,思想开放多元,也由于他写《史记》乃是“私作”,容易贯注自己的史学思想,所以表现出较多新的理念。人物传记是《史记》的核心内容。《史记》之前的史著如《左传》、《国语》、《战国策》,它们所记载的人物,往往是在政治、军事、外交或者名望上显赫的人物,偶尔涉及个别小人物(如《左传》庄公十年的平民曹刿、僖公三十三年的商人弦高),但着墨不多。《史记》则除了帝王将相、皇亲国戚、大臣贵族、官吏佞幸之外,也把学者、医生、农民、商人、隐士、刺客、侠士,甚至倡优、卜者、方士、星相等各类人物,写入正史传记,共写了四千多个人物,极大地拓展了史载人物的阶层和范围。正如梁启超说:“《史记》以社会全体为史的中枢,故不失为国民的历史。”(《中国历史研究法·过去之中国史学界》)

《史记》采用了全新的体例。以往的史书以叙事(编年或国别)为记述手段,《史记》则变为以人物活动为记述视角,以人物贯串事件,把人物描写和事件叙述有机地结合在一起。从文学的角度看,这便更具文学色彩。

在《史记》记述的四千多个人物中,有众多言行举止鲜明的形象,其中相当一部分是性格化人物。这些人物的成功塑造,首先得力于其以人物传记为核心、为基本叙述视角的新体例,同时,也是司马迁极富魅力的表现手法之必然结果。《史记》的叙事、写人手法,继承先秦历史散文尤其是《左传》的优良传统,追求叙事的故事情节化,注重塑造性格化人物,并在此两点上有所创新,更加成熟,这是《史记》最重要的文学成就。为了使人物的性格鲜明突出,司马迁采用了一些极富表现力的写作手法,如以人物的言行表现其性格、在特定环境下展示人物性格、以人物之间的对比衬托显现性格、以传神的细节凸现人物性格等。这些手法,或是新创,或是在既有写作经验的基础上运用得更加完善,终成叙事文学的典范。

一　精巧的剪裁和安排

《史记》人物传记是以人物为核心,贯串事件。这就要求它既要保证历史事件叙述的完整和真实,又要展示历史人物在事件中悲欢离合的命运和鲜明性格。如何做到呢?

司马迁的第一个办法是,通过精湛的剪裁功夫来实现上述目的。例如《李将军列传》,记叙李广一生战功盖世却备受压抑的经历,主要表现李广一代名将的风采及其遭遇的坎坷。司马迁在李广"与匈奴大小七十余战"中,选取四个战役构成全文的骨架,从不同侧面描述李广的性格和遭际:上郡之战,突出李广的"善射"本领和临危不惧、从容镇定的大将风度;雁门之战,显示李广的机智和应变才能;右北平之战,凸显李广的胆识和神威;从卫青袭击单于之战,则重点叙述李广遭遇的坎坷。四个战役展示了李广一生的主要经历,表现了他的主要性格特征。与此同时,司马迁在全文的主体内容之间,还精心穿插了一些其他事件:对比李广与程不识不同的带兵方法,写出他治军宽缓仁爱而得力的特点;杀霸陵尉,表现了李广负能使气的性格;"得赏赐辄分其麾下,饮食与士共之",则表现了李广的疏财爱士;与才能不及中人却封侯拜相的李蔡的对比,揭示了统治者的奖掖不公和李广遭际坎坷的原因;与望气者王朔的对话,又体现了李广对自身偃蹇命运的愤郁不平。这些描述,又在李广的主要经历和主要性格之外增添了丰厚的血肉。精心选择和安排的主要事件和典型细节相互配合,既鲜明又完整地表现了李广思想性格、生平际遇的特点和全貌。

再如《廉颇蔺相如列传》刻画蔺相如的性格,也是只选取了三个富于表现力的事件:"完璧归赵"重点写其机智勇敢,"渑池之会"主要写其维护国家尊严,"廉蔺交欢"则显现他先公后私的精神境界。三个事件是蔺相如一生中最重要的事情,同时也有力地表现了蔺相如智勇双全、大公无私的多方面的品格。又如《项羽本纪》的基调是展示项羽短暂的、辉煌而悲壮的生命历程,突出他撼天动地的英雄气概。同时,描画了项羽性格的许多个侧面:既是一个叱咤风云的英雄(如他揭竿而起,率领天下英雄兴兵灭秦),又有儿女情长(如与虞姬悲歌死别);既仁爱恻隐(如经常思虑百姓的疾苦),又残暴无情(如坑杀俘虏,纵火咸阳);既义重如山(如与部下同甘共苦,财物分享),又吝啬小气(如刻好的官印迟迟不发给得到分封的功臣);有时果毅决断(如杀宋义而自立),有时又优柔寡断(如鸿门宴不忍杀掉刘邦)。钱锺书曾说,项羽多侧面的性格"皆若相反相违,而既具在羽一人之身,有似两手分书、一喉异曲,则又莫不同条共贯,科以心学性理,犁然有当。《史记》写人物性格,无复综如此者"(《管锥编》第一册)。司马迁精心选材,通过多种材料详略互异的穿插描述,使项羽这个人物丰满生动,个性鲜明。

《史记》人物传记选用安排材料的另一个重要方法,是在本人的传记中表现这个人物主要的经历和性格特征,以突出其主要特点,而其他的一些事件和性格特点则置入别人的传记中去描述。这个方法被称为"互见法"。

例如,《高祖本纪》主要写刘邦起义、征战、开国的经历,写他的知人善任,雄才大略,以及得天下后仁爱保民、稳固政权的政绩等等,正面表现一代开国帝王的风采。而刘邦性格中狡诈、阴刻、残忍、无赖的一面,则在其他人物的传记中表现。《项羽本纪》不仅通过范增之口写刘邦"贪于财货,好美姬",并且展示了他的无情和无赖:比如楚汉彭城之战中,刘邦大败而逃,"道逢得孝惠、鲁元,乃载行。楚骑追汉王,汉王急,推堕孝惠、鲁元车下。滕公常下收载之,如是者三"。再如成皋之战,项羽以杀死刘邦之父相威胁,逼迫其投降。刘邦则说:"吾与项羽俱北面受命怀王,曰'约为兄弟',吾翁即若翁,必欲烹而翁,则幸分我一杯羹。"此外,《萧相国世家》还写了刘邦如何猜忌功臣,《淮阴侯列传》记述他不断以阴谋手段削夺韩信兵权,以及诛杀功臣的阴刻残忍。通过本传和其他人物传记的补充叙描,刘邦完整的经历及其多侧面的性格特征就充分地表现了出来。

再如,魏公子信陵君无忌"不耻下交","名冠诸侯",以礼贤下士著称。《史记·魏公子列传》载:

> 魏有隐士曰侯嬴,年七十,家贫,为大梁夷门监者。公子闻之,往请,欲厚遗之。不肯受,曰:"臣修身洁行数十年,终不以监门困故而受公子财。"公子于是乃置酒,大会宾客。坐定,公子从车骑,虚左,自迎夷门侯生。侯生摄敝衣冠,直上载公子上坐,不让,欲以观公子。公子执辔愈恭。侯生又谓公子曰:"臣有客在市屠中,愿枉车骑过之。"公子引车入市。侯生下见其客朱亥,俾倪,故久立与其客语,微察公子。公子颜色愈和。当是时,魏将相宗室宾客满堂,待公子举酒。市人皆观公子执辔,从骑皆窃骂侯生。侯生视公子色终不变,乃谢客就车。至家,公子引侯生坐上坐,遍赞宾客。宾客皆惊。酒酣,公子起,为寿侯生前。侯生因谓公子曰:"今日嬴之羞公子,亦足矣!嬴乃夷门抱关者也,而公子亲枉车骑,自迎嬴于众人广坐之中。不宜有所过,今公子故过之。然嬴欲就公子之名,故久立公子车骑市中,过客以观公子。公子愈恭。市人皆以嬴为小人,而以公子为长者,能下士也。"于是罢酒,侯生遂为上客。

在这里,司马迁着力渲染魏公子无忌自卑身份与夷门监者侯嬴交游。同篇中还写了他如何与市中屠者朱亥交游,如何"从博徒、卖浆者游",鲜明地突出了他礼贤下士的性格特点。但是,这位仁厚爱士的公子,也有名不副实的行为。在《范雎蔡泽列传》里,司马迁记叙了他因为惧怕秦国,而不敢收留被秦国追捕的魏齐,对赵相虞卿为了救助朋友而抛弃相位的义行也并不赞同。这样的记载,展示了信陵君性格的另一个侧面。

《史记》"互见法"的使用,既使人物的主要经历完整,主要性格特征鲜明突出,又展现了人物丰富的人生经历和多侧面的性格,使事件和人物均有血有肉,完整活泼。

二　刻画人物性格的几种经典手法

(一)以个性化语言表现人物性格

了解一个人的品性,基本途径是听其言、观其行,文学作品写人物性格也是如此。在我国,这个文学表现手法是史传奠定的。早在《左传》,以言行来表现人物性格,运用已比较自如。到《史记》,则更是如此——人物的性格无不是通过其如何说、怎样做来展现的。"怎样做"的例证比比皆是,这里只说说《史记》个性化人物语言的运用。

清人吴见思评《魏其武安侯列传》,"写醉语、怒语、对簿语、忙语、闲语,句句不同"(《史记论文》)。实际上,《史记》许多篇章中的人物语言描写,都能见出人物的性格特点和神情风貌。如那些耳熟能详的例子:"彼可取而代也"(《项羽本纪》),率直大胆,可以想见项羽的强悍卤直;"大丈夫当如此也"(《高祖本纪》),委婉曲折,写出了刘邦的阴鸷刻深;"伙颐!涉之为王沉沉者"(《陈涉世家》),质朴无忌,传达出乡民初见王宫的艳羡和惊讶;"臣口不能言,然臣期期知其不可!陛下虽欲废太子,臣期期不奉诏"(《张丞相列传》),写周昌口吃,急怒交加的神情,表现他刚直的性格。

《史记》的人物对话,也有不少能够传达人物性格者,如:

> 陆生至,尉佗魋结箕倨见陆生。陆生因进说他曰……于是尉他乃蹶然起坐,谢陆生曰:"居蛮夷中久,殊失礼义。"因问陆生曰:"我孰与萧何、曹参、韩信贤?"陆生曰:"王似贤。"复曰:"我孰与皇帝贤?"陆生曰:"皇帝起丰沛,讨暴秦,诛强楚,为天下兴利除害,继五帝三皇之业,统理中国。中国之人以亿计,地方万里,居天下之膏腴,人众车轝,万物殷富,政由一家,自天地剖泮,未始有也。今王众不过数十万,皆蛮夷,崎岖山海间,譬若汉一郡,王何乃比于汉?"尉他大笑曰:"吾不起中国,故王此;使吾居中国,何渠不若汉?"(《郦生陆贾列传》)

这一段对话,把尉他的傲气和豪气、陆贾的不卑不亢和使臣气节都表现了出来。再如:

> 汉七年,高祖从平城过赵。赵王(张敖)朝夕袒韝蔽,自上食,礼甚卑,有子婿礼。高祖箕踞詈,甚慢易之。赵相贯高、赵午等,年六十余,故张耳客也。生平为气。乃怒曰:"吾王,孱王也!"说王曰:"夫天下豪杰并起,能者先立。今王事高祖甚恭,而高祖无礼,请为王杀之。"张敖啮其指出血,曰:"君何言之误!且先人亡国,赖高祖得复国,德流子孙,秋毫皆高祖力也。愿君无复出口!"贯高、赵午等十余人皆相谓曰:"乃吾等非也,吾王长者,不倍德。且吾等义不辱,今怨高祖辱我王,故欲杀之,何乃污王为乎?令事成,归王;事败,独身坐耳。"(《张耳陈馀列传》)

张敖的忠君厚朴,贯高、赵午等人的义愤慷慨,都从对话中显露出来。

(二)人物之间的对比衬托

司马迁善于使用对比衬托的方法,突出人物的性格特点。有不同篇章人物之间的对比,也有一篇之内人物之间的对比;有主要人物之间的对比,也有主次要人物间的比衬。例如:在《高祖本纪》和《项羽本纪》中,世故老成、狡诈机智的刘邦,与气盛直率、好勇斗狠的项羽,形成鲜明对比,对待同样的事情,他们的做法往往不同。如对待有功的部将,刘邦会毫不吝惜封地授印以激励之,项羽则往往刻好了官印却迟迟舍不得交给部下。两个人都有过战败使自己和亲人陷入危险境地的经历,刘邦为了自己逃命,可以把亲生儿女舍弃给敌人;项羽面对虞姬却依依难舍。两个人先后都入驻秦都咸阳,刘邦听从张良、樊哙的谏议,不入秦宫室,封存其资财府库,与地方父老约法三章,约束兵士,秋毫无犯;项羽则屠杀烧掠,得其财宝、美女而东归。有人劝说项羽称霸关中,项羽不听,却因人家嘲笑他"沐猴而冠"而杀之……这样,刘邦的宏图大略,项羽的识见短浅,便如画而出。

《魏公子列传》的魏公子无忌,《平原君列传》的赵公子赵胜,都是战国时期喜好延揽宾客的名公子,但是他们对待士的态度却很不相同。无忌"仁而下士,士无贤不肖,皆谦而礼交之,不敢以其富贵骄士";赵胜虽然也"喜宾客",却并不能做到彻底的谦下恭敬。无忌可以为得到"夷门监者"而亲自驾车骑恭迎,赵胜有时却"爱色而贱士"。无忌为了解救赵国危难,矫命夺取兵权而救赵,因此滞留赵国多年。其间,无忌得以与久闻大名的赵国处士毛公、薛公交游,赵胜听得此事后却颇有微词,以为无忌"妄从博徒、卖浆者游",也是一个"妄人"。这样的对比叙写,使同类人物的不同性格昭然呈现。

除重要人物之间的对比外,《史记》还往往描写一些次要人物,形成对主要人物的比衬。如《项羽本纪》中老谋深算而坚忍的范增与简单直率又鲁莽的项羽,《高祖本纪》中经常从容不迫的张良与时时窘迫凄皇的刘邦,《孔子世家》中的出世隐者长沮、桀溺、接舆与热心救世的孔子,《孟荀列传》中那些阿世苟合的说客与坚守理想的孟、荀,《信陵君列传》中恃才阴鸷的侯嬴与仁厚重义的信陵君,《李将军列传》中"为人在下中"却封侯拜相的李蔡与战功赫赫却世路困窘的李广,都形成了鲜明有力的对比衬托,从而突出了人物各自的性格和命运。

(三)在特定环境中凸显人物性情

描写紧张激烈的环境和场面,把人物置入尖锐的矛盾冲突之中去塑造,是司马迁写人的又一特点。《项羽本纪》的"鸿门宴",是一篇脍炙人口的文字。与宴双方,一方是暴躁耿直的项羽和阴鸷刻深的范增,以及无所知悉的项庄和充当和事佬的项伯;一方是奸诈圆滑的刘邦和老谋深算的张良,还有貌似鲁莽却颇有机算的樊哙。一方拥兵自重,一方势单力孤。这样,"鸿门宴"就成为一场斗力与斗智的激烈角逐。刘邦一方想要胜利,就必须转斗力为斗智,化不利为有利。这场交锋,刘邦一方虽处于明显劣势,而各人都头脑清醒,团结一致;项羽一方虽处于明显优势,却是除范增外,都糊涂懵懂,心思各异。宴会开始,项羽剑拔弩张,气势夺人,而刘邦战战兢兢,卑言恭行,加之以项伯的调和,终于取得了项羽的信任。但是,一波未平,一波又起。范增屡次暗示,让项羽杀掉刘邦,令刘邦一方心惊胆战。而项羽却满腹妇人之仁,下不了决心,刘邦暂时免除危险。范增一计不成,再施一计,叫项庄舞剑助酒,伺机杀死刘邦。形势急迫,张良赶快去叫樊哙进来,使千钧一发的局势得以缓解。最终使刘邦借机逃脱。在这场力与智的交战中,项羽的优柔寡断、范增的阴鸷远见、刘邦的智诈狡猾、张良的善于谋划、樊哙的勇猛机智,以及项伯的温和憨愚,都在紧张激烈的矛盾冲突中得到鲜明的表现。

再如《魏其武安侯列传》中灌夫使酒骂座的场面描写:

> 夏,丞相(武安侯田蚡)取燕王女为夫人,有太后诏,召列侯宗室皆往贺。魏其侯

> (窦婴)过灌夫,欲与俱。夫谢曰:"夫数以酒失得过丞相,丞相今者又与夫有郄。"魏其曰:"事已解。"强与俱。饮酒酣,武安起为寿,坐皆避席伏。已,魏其侯为寿,独故人避席耳,余半膝席。灌夫不悦。起,行酒至武安,武安膝席曰:"不能满觞。"夫怒,因嘻笑曰:"将军贵人也,属之!"时武安不肯。行酒次至临汝侯(灌贤),临汝侯方与程不识耳语,又不避席。夫无所发怒,乃骂临汝侯曰:"生平毁程不识不直一钱,今日长者为寿,乃效女儿呫嗫耳语!"武安谓灌夫曰:"程、李(广)俱东、西宫卫尉,今众辱程将军,仲孺独不为李将军地乎!"灌夫曰:"今日斩头陷匈(胸),何知程、李乎!"坐乃起更衣,稍稍去。魏其侯去,麾灌夫出。武安遂怒曰:"此吾骄灌夫罪。"乃令骑留灌夫。灌夫欲出不得。籍福(当时往来豪门的著名食客)起为谢,案灌夫项令谢。夫愈怒,不肯谢。武安乃麾骑缚夫置传舍,召长史曰:"今日召宗室,有诏。"劾灌夫骂坐不敬,系居室。

一个本应欢快热闹的场面,由于贵族间宿怨的爆发,而引起激烈冲突。田蚡的矜持傲慢,窦婴的顾虑碍面,灌夫的耿直不阿,其他官僚、食客的趋炎附势,都在冲突中暴露出来。

(四)以细节描写和心理描写凸显人物某方面的精神风貌

司马迁写人物,除选取具有代表性的重大事件外,还注意以富于表现力的细节刻画人物性格的特征。例如,《项羽本纪》写霸王悲歌别姬,《高祖本纪》写刘邦被项羽射中后谎称"卤中吾指",《陈涉世家》写陈涉辍耕慨叹,《留侯世家》写张良替圯上老父纳履,《陈丞相世家》写陈平为乡人均分社肉,《李斯列传》写李斯见厕鼠、仓鼠而叹息,《淮阴侯列传》写韩信忍受胯下之辱等等,都十分传神地揭示出人物精神风貌的某些特征。清人章学诚说:"陈平佐汉,志见社肉;李斯亡秦,兆端厕鼠。推微知著,固相士之玄机;搜间传神,亦文家之妙用也。"(《文史通义》卷五《古文十弊》)好的细节描写,对传达人物性格的某些本质特征,能够起到点睛传神的作用。如《李将军列传》写雁门之战后李广丢官家居时的几个生活片断:杀霸陵尉的细节,令人看到李广于机智勇猛之外,还有负能使气的一面;射石没镞的细节,则凸显李广射艺的精湛和临敌时的威猛。

再如《酷吏列传》写张汤讯鼠:

> 其父为长安丞,出,汤为儿,守舍。还,而鼠盗肉。其父怒,笞汤。汤掘窟,得盗鼠及余肉,劾鼠掠治,传爰书,讯鞫论报。并取鼠与肉,具狱磔堂下。其父见之,视其文辞如老狱吏,大惊,遂使书狱。

这个细节,表现出张汤从小就熟悉治狱,具备残忍的特性。

又如《万石张叔列传》的一个细节:

> (石)建为郎中令,书奏事。事下,建读之,曰:"误!书'马'字,与尾当五。今乃四,不足一。上谴死矣!"甚惶恐。……万石君少子庆,为太仆,御出,上问车中几马,庆以策数马毕,举手曰:"六马。"

石奋和他的四个儿子都官俸二千石，世称“万石君”。石家父子以为官谨慎著称。这个细节，非常出神地显现了石家父子如履薄冰的拘谨性格。

《史记》也常常以简单的心理描写来揭示人物的性格特征。它或是通过人物独白，或是以他人的语言，或是由作者直接点拨，披露人物的内心世界。

用独白写心理以揭示人物性格的例子，如《李斯列传》写李斯年少为小吏时，见厕所中的老鼠吃食不洁，又惧怕人、犬，而粮仓中的老鼠则饱食终日，又无人、犬之忧，于是感慨：“人之贤不肖，譬如鼠矣，在所自处耳。”当李斯功名盛极，权倾朝野，他又慨叹：“嗟乎！吾闻之荀卿曰：‘物禁太盛。’夫斯乃上蔡布衣，闾巷之黔首。上不知其驽下，遂擢至此。当今人臣之位，无居臣上者，可谓富贵极矣。物极则衰，吾未知所税驾也。”秦始皇死，李斯被胡亥和赵高所逼迫，同意废长立幼时，乃垂泪叹道：“嗟乎！独遭乱世，既以不能死，安托命哉！”后来李斯被赵高陷害，临死之际，他对儿子悲叹道：“吾欲与若复牵黄犬，俱出上蔡东门，逐狡兔，岂可得乎！”从这几段内心独白，甚至可以看到李斯一生思想情感的发展脉络，集中表现了李斯的精神品格。

以他人的语言揭示人物心理的例子，如《吕太后本纪》：

> 孝惠帝崩。发丧，太后哭，泣不下。留侯子张辟强为侍中，年十五，谓丞相曰：“太后独有孝惠，今崩，哭不悲。君知其解乎？”丞相曰：“何解？”辟强曰：“帝毋（无）壮子，太后畏君等。君今请拜吕台、吕产、吕禄为将，将兵居南北军，及诸吕皆入宫，居中用事。如此，则太后心安，君等幸得脱祸矣。”丞相乃如辟强计，太后说（悦），其哭乃哀。

吕后的心理状态及其微妙变化，通过张辟强之口得以表达。

由作者在叙述与描写中直接点拨人物心理的例子，如《司马相如列传》写司马相如奏琴挑逗卓文君，文君“心悦而好之，恐不得当也”，写出了卓文君倾心司马相如又忧虑担心的复杂心态。又如《吕太后本纪》写：“太后欲侯诸吕，乃先封高祖之功臣、郎中令（冯）无择为博城侯。……太后欲王吕氏，先立孝惠后宫子强为淮阳王……”《史记评林》引明人凌约言说，此“皆太史公揣摩吕后本意，欲假公以济私也”。

《史记》不只是一部具有开创意义的历史巨著，更以其人物传记的卓越文学成就，成为文学史上史传散文的典范，对后世文学尤其是叙事文学的发展产生了巨大而深远的影响。它的价值，恰如鲁迅所说，是“史家之绝唱，无韵之《离骚》”。

第三节　班固和《汉书》

一　班固及其《汉书》

《史记》取得了空前巨大的成就，又因为它的记载只截止到汉武帝，司马迁之后，就有不少人续补它(参见唐人刘知幾《史通》卷一二《古今正史》),“然多鄙俗,不足以踵继其书”。班固之父班彪“乃继采前史遗事,傍贯异闻,作《后传》数十篇”(《后汉书·班彪列传》)。《后传》虽仍是续补《史记》,未独立成书,但它成为班固撰写《汉书》的主要依据之一。

班固(32—92),字孟坚,扶风安陵(今陕西咸阳)人。聪慧好学,博贯载籍,凡九流百家之言,无不穷究。父死后,班固以为《后传》所续前史不详,于是潜精研思,开始了撰写独立史著的工作。有人上书汉明帝,控告他私改国史,班固遂被捕入狱。其弟班超上书为之辩白,明帝因而阅读了班固的草稿,非常赞许,召班固为兰台令史,即令其与陈宗、尹敏、孟异共同撰成《世祖本纪》。不久,擢升班固为郎,典校秘书,并诏令他继续修史。从明帝永平中受诏著史,到章帝建初中,班固用二十多年时间,写成了《汉书》的大部分。其“八表”和《天文志》,由班固的妹妹班昭和学者马续补作(见《后汉书·列女传·曹世叔妻》)。建初四年(79)十一月,章帝效仿西汉宣帝于石渠阁论儒家五经故事,诏令将、大夫、博士、议郎、郎官及诸生、诸儒聚集白虎观,讨论五经同异。班固当时为玄武司马,受命撰集论议之言,写成《白虎通德论》。和帝永元初,班固随大将军窦宪出征匈奴,军败,班固受牵连,下狱死,享年61岁。所著除《汉书》、《白虎通德论》外,尚有政论、诗、赋、诔、颂等41篇。有辑本《班兰台集》17卷。

《汉书》是我国第一部断代史,起自高祖元年(前206),止于王莽地皇四年(23)。其体例,基本继承《史记》,只是改“书”为“志”,又取消“世家”并入“传”。全书100篇,包括12本纪、8表、10志、70传。

二 《汉书》的文学价值

总体看来,《汉书》没有《史记》那样深浓的情感,行文也不像《史记》那样富于变化、挥洒自如,但是,《汉书》叙事平实稳健,文章组织严谨,语言典雅凝练,不失为史传文的典范。即使从文学角度说,《汉书》也有不少人物传记,能够在短幅片段之中摹声绘形,传达人物的神貌和性格。如《陈万年传》的一个细节:

> 万年尝病,命咸(陈万年子)教戒于床下。语至夜半,咸睡,头触屏风。万年大怒,欲杖之,曰:“乃公教戒汝,汝反睡,不听吾言,何也?”咸叩头谢曰:“具晓所言,大要教咸谄也。”万年乃不复言。

史载陈万年“善事人,赂遗外戚许、史,倾家自尽”。这个细节,通过其子之口指出他谄媚的性格,就更加真实而趣味十足。尤其陈万年听了儿子的回答,“乃不复言”,更是平中见奇的点睛之笔。再如《盖宽饶传》的一个片段:

> 平恩侯许伯入第,丞相、御史、将军、中二千石皆贺,宽饶不行。许伯请之,乃往。从西阶上,东乡特坐。许伯自酌曰:“盖君后至。”宽饶曰:“无多酌我,我乃酒狂。”丞相魏侯笑曰:“次公醒而狂,何必酒也。”坐者皆属目卑下之。酒酣,乐作,长信少府檀长卿起舞,为沐猴与狗斗。坐皆大笑。宽饶不说,仰视屋而叹曰:“美哉!然富贵无

常,忽则易人,此如传舍,所阅多矣。惟谨慎为得久,君侯可不戒哉!”因起趋出。

这一小段精彩的场面描述,鲜明地摹写出盖宽饶正直耿介的性格,也刻画了公卿的失仪和丑态。

《汉书》最负盛名的人物描写,是《李广苏建传》中对李陵、苏武的精细刻画。

“李陵传”写李陵兵败而降,在匈奴为官。昭帝即位,与李陵交好的霍光、上官桀辅政,即派李陵故人任立政出使匈奴,伺机招回李陵。任立政与李陵相见的叙描,表现人物的神情和微妙心理,非常细腻:

> 立政等至,单于置酒赐汉使者,李陵、卫律皆侍坐。立政等见陵,未得私语,即目视陵,而数数自循其刀环,握其足,阴谕之,言可还归汉也。
>
> 后陵、律持牛酒劳汉使,博饮,两人皆胡服椎结(髻)。立政大言曰:“汉已大赦,中国安乐,主上富于春秋,霍子孟、上官少叔用事。”以此言微动之。陵墨不应,孰视而自循其发,答曰:“吾已胡服矣!”有顷,律起更衣,立政曰:“咄,少卿良苦!霍子孟、上官少叔谢女。”陵曰:“霍与上官无恙乎?”立政曰:“请少卿来归故乡,毋忧富贵。”陵字立政曰:“少公,归易耳,恐再辱,奈何!”语未卒,卫律还,颇闻余语,曰:“李少卿贤者,不独居一国。范蠡遍游天下,由余去戎入秦。今何语之亲也!”因罢去。立政随谓陵曰:“亦有意乎?”陵曰:“丈夫不能再辱。”

两次相见,第一次因为单于设宴,双方不得交谈私事,任立政只能以眼神和动作暗示。第二次相见,老朋友本可以一叙衷情,但中间又插进个卫律(亦汉将降匈奴者),于是,立政婉言侧敲,李陵忧心忡忡。班固把这个场面写得曲曲折折,回旋起伏,极能传神达意。“苏武传”中李陵置酒为苏武送别的描写,也刻画了李陵曲折复杂的心境:

> 于是李陵置酒,贺武曰:“今足下还归,扬名于匈奴,功显于汉室,虽古竹帛所载,丹青所画,何以过子卿!陵虽驽怯,令汉且贳陵罪,全其老母,使得奋大辱之积志,庶几乎曹柯之盟,此陵宿昔之所不忘也。收族陵家,为世大戮,陵尚复何顾乎?已矣!令子卿知吾心耳。异域之人,一别长绝!”陵起舞,歌曰:“径万里兮度沙幕(漠),为君将兮奋匈奴。路穷绝兮矢刃摧,士众灭兮名已隤。老母已死,虽欲报恩将安归!”陵泣下数行,因与武绝。

对苏武的赞佩和羡慕,对汉朝的依恋和怨恨,孤处异域的无奈和凄凉,有国难归的悲哀痛愤,千结百念,汩汩流出。

“苏武传”塑造了忠贞不渝的爱国者苏武的光辉形象。武帝天汉元年(前100),苏武奉命出使匈奴。因匈奴缑王欲劫持单于的母亲以降汉,趁机联络苏武的副使张胜谋划此事,计划败露,苏武受到牵连。匈奴威逼、利诱苏武投降,但苏武始终坚贞不屈,于是被残酷监禁:

> 乃幽武置大窖中,绝不饮食。天雨雪,武卧啮雪与旃毛并咽之。数日不死,匈奴以为神。乃徙武北海上无人处,使牧羝(公羊),羝乳乃得归。……武既至海上,廪食

> 不至,掘野鼠去草实而食之。杖汉节牧羊,卧起操持,节旄尽落。

这样具体细微的描写,表现了苏武大义凛然、决不屈服匈奴的爱国精神。

尤其是李陵受单于之命劝降苏武的一段文字,更在比较中突现了苏武光辉的品格。李陵联系自己的身世及汉朝现状设言,语辞恳切,真诚动人:"人生如朝露,何久自苦如此!陵始降时,忽忽如狂,自痛负汉,加以老母系保宫。子卿不欲降,何以过陵?且陛下春秋高,法令亡常,大臣亡罪夷灭者数十家,安危不可知,子卿尚复谁为乎?"苏武却丝毫不为所动,他说:

> 今得杀身自效,虽蒙斧钺汤镬,诚甘乐之。臣事君,犹子事父也,子为父死亡所恨。……王必欲降武,请毕今日之欢,效死于前!

这段叙写,表现各自的思想品格和深层心态,非常细腻传神。

总之,《汉书》叙事翔实平妥,笔法谨严,是一部信实可据的优秀史著。它的人物传记,有不少生动的描摹和细腻传神的刻画,在文学史上也有较高地位。

第四节　东汉其他历史散文

东汉时期,《汉书》而外,还出现了一些杂史类的历史散文,以赵晔《吴越春秋》和袁康《越绝书》最为知名(《越绝书》的作者,一般认为是袁康及吴平,但是有争议。参见陈桥驿《点校本〈越绝书〉序》,载乐祖谋点校本《越绝书》)。两部杂史都记载春秋末年吴越争霸的历史,内容有很多相同。它们在写作上有一些共同特点:记录基本史实而外,还虚构了一些荒诞离奇的故事,也采用了不少神话和民间传说,与后世的传奇小说相近。二者也有不同之处,如《吴越春秋》前后连贯成篇,《越绝书》各篇相对独立;《吴越春秋》集中记述吴越争霸的故事,《越绝书》还有地理、占气等专篇。从文学角度来看,《吴越春秋》似较《越绝书》更具文学性。

《吴越春秋》的前5卷,记叙吴国历史。它的一个主要内容,是伍子胥去楚奔吴和破楚报仇之事。其中穿插了伍子胥渡江遇渔父、乞食击绵女以及死后显灵等传说故事和荒诞情节。如渡江遇渔父:

> 至江,江中有渔父乘船从下方溯水而上。子胥呼之,谓曰:"渔父渡我!"如是者再。渔父欲渡之,适会旁有人窥之,因而歌曰:"日月昭昭乎侵已驰,与子期乎芦之漪。"子胥即止芦之漪。渔父又歌曰:"日已夕兮,予心忧悲。月已驰兮,何不渡为?事急兮,当奈何?"子胥入船,渔父知其意也,乃渡之千浔之津。子胥既渡,渔父乃视之,有其饥色。乃谓曰:"子俟我此树下,为子取饷。"渔父去后,子胥疑之,乃潜身于深苇之中。有顷,父来,持麦饭、鲍鱼羹、盎浆,求之树下,不见,因歌而呼之曰:"芦中人,芦中人,岂非穷士乎?"如是至再,子胥乃出芦中而应。渔父曰:"吾见子有饥色,为子取饷,子何嫌哉?"子胥曰:"性命属天,今属丈人,岂敢有嫌哉?"二人饮食毕,

欲去，胥乃解百金之剑，以与渔者，曰："此吾前君之剑，中有七星，价直百金，以此相答。"渔父曰："吾闻楚之法令，得伍胥者赐粟五万石，爵执圭。岂图取百金之剑乎?"遂辞不受，谓子胥曰："子急去，勿留！且为楚所得。"子胥曰："请丈人姓字。"渔父曰："今日凶凶，两贼相逢。吾所谓渡楚贼也。两贼相得，得形于默。何用姓字为？子为芦中人，吾为渔丈人，富贵莫相忘也。"子胥曰："诺。"既去，诫渔父曰："掩子之盎浆，无令其露。"渔父诺。子胥行数步，顾视渔者，已覆船自沉于江水之中矣。

这段文字，情节曲折生动，扣人心弦。同时，伍子胥急于逃难而机警多疑，渔父从容优雅又极重信义，两相比照，使人物形象生动鲜明，非常富于小说的特征。

《吴越春秋》的后5卷，记叙越国历史。主要写越王勾践卧薪尝胆、发愤图强以灭吴雪耻的故事。其中一些情节，极能撼动人心，如描写勾践入臣吴国后韬光养晦，口尝吴王屎尿：

越王坐石室，召范蠡曰："吴王疾，三月不愈……惟公卜焉。"范蠡曰："吴王不死，明矣。到己巳日，当瘳。惟大王留意。"越王曰："孤所以穷而不死者，赖公之策耳。中复犹豫，岂孤之志哉！可与不可，惟公图之!"范蠡曰："臣窃见吴王真非人也，数言成、汤之义，而不行之。愿大王请求问疾，得见，因求其粪而尝之，观其颜色，当拜贺焉，言其不死，以瘳起日期之。既言信后，则大王何忧?"越王明日谓太宰嚭曰："囚臣欲一见问疾。"太宰嚭即入言于吴王。王召而见之。适遇吴王之便，太宰嚭奉溲、恶(大便)以出，逢户中。越王因拜，请尝大王之溲，以决吉凶。即以手取其便与恶而尝之，因入曰："下囚臣勾践，贺于大王。王之疾，至己巳日有瘳。至三月壬甲，病愈。"吴王曰："何以知之?"越王曰："下臣尝事师闻粪者，顺谷味，逆时气者死，顺时气者生。今者臣窃尝大王之粪，其恶味苦且楚酸。是味也，应春夏之气。臣以是知之。"吴王大悦，曰："仁人也。"乃赦越王，得离其石室，去就其宫室。……其后，吴王如越王期日疾愈，心念其忠，临政之后，大纵酒于文台。吴王出令曰："今日为越王陈北面之坐，群臣以客礼事之。"

为了使吴王相信自己甘心臣服从而放松对自己的戒备，勾践竟然甘愿去寻求和忍受如此屈辱！再如写勾践被释放回国后，"冬常抱冰，夏还握火。愁心苦志，悬胆于户，出入尝之，不绝于口。中夜潜泣，泣而复啸"，这些描写，极曲折生动，深刻传达人物的心神风貌，形象而感人。

《吴越春秋》在记录历史中加入虚构和传说，编写曲折生动、扣人心弦的故事；刻画人物手法的细腻传神；以及忠正耿介的伍子胥、深谋远虑的范蠡、忍辱图强的勾践等成功的人物形象，都在不同方面对后世创作历史演义、人物传奇类叙事文学作品，产生了深远影响。

【本章习题指要】

1. 了解《史记》的体例。

2. 翔实把握《史记》的文学成就。
3. 了解有关《汉书》的基本知识。
4.《汉书》的文学成就主要体现在什么地方?
5.《吴越春秋》的文学特征。

第三章 两汉辞赋

汉代的辞赋类作品，从其内容和表现形式看，存在两种类型：一种以抒情述志为主，体式基本与先秦的楚辞相同，如贾谊《吊屈原赋》、蔡邕《述行赋》之类，这类作品一般被称为"骚体赋"。另一种以状物摹绘为主，铺排夸饰，文辞富丽，如司马相如《天子游猎赋》、张衡《二京赋》等，这类作品是一般所说的"大赋"或"汉赋"的典型。到东汉中后期，汉赋出现了一种句法类于大赋但篇幅比较短小，铺叙摹绘的成分减少而抒情成分极大增加的赋作，如张衡《归田赋》、赵壹《刺世疾邪赋》等，这类作品一般被称为"抒情小赋"，是汉赋发展的新趋向。整个汉代辞赋创作，就是沿着这两条线索发展：一是"骚体赋"时时出现，延续不断；二是讲究铺夸描摹的赋体文学的兴起、发达和演变。

从表现形式看，赋是一种特殊的文体。它非诗非文，而又具有诗、文的不少特点，是诗、文的综合体。关于赋的源起，《文心雕龙·诠赋》说它"受命于诗人，拓宇于楚辞"，"荀况《礼》、《智》，宋玉《风》、《钓》……盖别诗之原始，命赋之厥初也"。清人章学诚更进一步指出："古之赋家者流，原本《诗》、《骚》，出入战国诸子。"（《校雠通义》卷三《汉志诗赋第十五》）这说明，《诗经》、楚辞、先秦散文，都是孕育赋的源泉。"赋"作为文体名称，最早见于荀子《赋篇》。荀赋咏物寓意，篇幅短小。其铺陈写物和问答结构，对汉赋产生了一定影响。

第一节 西汉初期辞赋创作的发展趋向

《汉书·艺文志》著录西汉初期辞赋 166 篇，可惜大都失传了。现在仅存贾谊 5 篇（残一），枚乘 3 篇，严忌、刘安、淮南小山各 1 篇，以及载录于《西京杂记》的梁孝王群僚赋作：邹阳 2 篇，公孙乘、路乔如、公孙诡、羊胜各 1 篇。这 17 篇作品，有骚体，也有赋体。从创作趋向看，它们呈现为从浓情质实到失情华丽、由骚体到赋体的发展。贾谊和枚乘的作品代表了这一发展过程的前后两端，其他作家则大抵呈现为过渡状态。

贾谊的辞赋，今存有《吊屈原赋》、《鹏鸟赋》、《旱云赋》、《惜誓》以及《虡赋》的残句，都是骚体，前三篇是其代表作。

抒情述志、情感浓郁，是贾谊骚体赋内涵上的重要特色，这一点与楚辞有明显的承继关系，而与后来的大赋有别。《吊屈原赋》借凭吊屈原发抒自己政途受挫、怀才不遇的幽愤："恭承嘉惠兮，俟罪长沙。仄（侧）闻屈原兮，自湛汨罗。造托湘流兮，敬吊先生。遭世罔极兮,乃陨厥身。乌呼哀哉兮,逢时不祥!鸾凤伏窜兮,鸱鸮翱翔。阘茸尊显兮,谗谀得志;贤圣逆曳兮,方正倒植。……嗟苦先生,独离(罹)此咎兮!"借屈原之酒杯,浇自己之块垒。《鹏鸟赋》则是幽愤无奈而后的豁达:"万物变化兮,固无休息。斡流而迁兮,或推而还。……忽然为人兮,何足控抟;化为异物兮,又何足患!小智自私兮,贱彼贵我;达人大观兮,物无不可。……释智遗形兮,超然自丧;寥廓忽荒兮,与道翱翔。……其生兮若浮,其死兮若休;澹乎若深渊之静,泛乎若不系之舟。不以生故自宝兮,养空而浮;德人无累,知命不忧。"发挥庄子齐同生死之想,表达乐天知命的生命姿态。然而,幽愤而后豁达,豁达的根底仍是对遭遇不平的怨愤。《旱云赋》还表现了他忧国忧民的深切怀抱:"农夫重拱而无聊兮,释其锄耨而下泪。忧疆畔之遇害兮,痛皇天之靡惠。"并把矛头直指政治的败坏:"怀怨心而不能已兮,窃托咎于在位。……何操行之不得兮,政治失中而违节。"由一己怀才不遇的忧愤,扩展到对国家、人民的忧患。

从艺术表现看,贾谊《吊屈原赋》、《鹏鸟赋》都直抒胸臆,议论多于形象。明人王世贞《艺苑卮言》说贾谊"以文为赋"、"率直而少致",指出了贾谊骚体赋的一般特征。不过,贾谊有时也善于写景状物,文采可观。如《旱云赋》:

> 遥望白云之蓬勃兮,滃澹澹而妄(无)止。运清浊之澒洞兮,正重沓而并起。嵬隆崇以崔巍兮,时仿佛而有似。屈卷轮而中天兮,象虎惊与龙骇。相抟据而俱兴兮,妄倚俪而时有。遂积聚而给(合)沓兮,相纷薄而慷慨。若飞翔之纵横兮,扬波怒而澎濞。正帷布而雷动兮,相击冲而碎破。或窈窕而四塞兮,诚若雨而不坠。

描摹云气涌起、波动连绵、隆聚舒卷、雷动云破之状,细腻又形象。再如其写旱:"隆盛暑而无聊兮,煎砂石而烂渭。汤风至而含热兮,群生闷满而愁愦。畎亩枯槁而失泽兮,壤石相聚而为害。"夸饰旱况及其灾害,足具表现力。

以辞、赋摹形状物,先秦已有之。如荀子《云》、《蚕》、《箴》诸赋,以及传为宋玉所作《风》、《笛》、《钓》、《舞》诸赋。但荀赋状物喻理,味同嚼蜡;"宋赋"夸饰描摹,伤于轻浮。贾谊则避免了这些毛病。他的《旱云赋》,描摹云气和大旱的情状,也很出色,但他不以描绘为目的,也不是借物喻理,而是落在了生活的实处:"阴阳分而不相得兮,更惟贪邪而狼戾。……怀怨心而不能已兮,窃托咎于在位。"描摹物象是为了表达对政治民生的感愤,发挥了作品抒情述志、批判现实的功用。

《西京杂记》卷四载有"梁孝王忘忧馆时豪七赋",即枚乘《柳赋》,路乔如《鹤赋》,公孙诡《文鹿赋》,邹阳《酒赋》、《几赋》,公孙乘《月赋》,羊胜《屏风赋》。这些作品显示,汉初的辞赋创作发生了明显变化:在创作倾向上,它们完全脱离了贾谊抒情言志的优良传统,而走向游戏文字和阿谀颂德;在表现手法上,已经显露出铺排描摹的迹象,仅举一例:

> 忘忧之馆,垂条之木。枝逶迟而含紫,叶萋萋而吐绿。出入风云,去来羽族。既上下而好音,亦黄衣而绛足。蜩螗厉响,蜘蛛吐丝。阶草漠漠,白日迟迟。于嗟细柳,流乱轻丝。君王渊穆其度,御群英而玩之……(《柳赋》)

枚乘(?—前141),字叔,淮阴人。先后追随吴王、梁孝王为客。他对辞赋的发展作出了开拓性贡献。《汉志》著录其赋作 9 篇,今仅存《七发》、《梁王菟园赋》和《柳赋》,另有《临灞池远诀赋》、《笙赋》存目(见于《文选》李善注)。这篇《柳赋》,表达对梁孝王的感恩和自己无所助益的愧歉,内涵一无可取。要注意的是,它对柳之情态、柳与其他自然物象的关系、柳与人之亲合的逐一描绘,都细腻精致,已具大赋之形貌。在形制上,也已经完全不是贾谊那样的骚体,而转为比较整齐的韵文。其《菟园赋》可能是残篇,错舛亦多,但也显露敷陈排比气象:描绘梁孝王菟园,依山、竹、溪、鸟、游人、采桑女的次第,逐层展述,夸饰闳丽;而其逞辞效才、类同文字游戏的作风,也已具大赋基质。

自然,无论内容还是形制,标志着枚乘开创大赋的典范作品是《七发》。它虚拟楚太子患病,吴客探视,指出其病因是"久耽安乐,日夜无极"、"纵耳目之欲,恣支体之安",并表示此病可以"要言妙道"治愈。以下,便设置听琴、饮食、跑马、游览、田猎、观涛以及"方术之士"的妙理高论七个方面,层层铺叙,启发楚太子,最终令他"霍然病已"。这篇作品,有以下几个鲜明特征:

第一,铺叙描摹,夸饰渲染。例如"曲江观涛"摹写江涛的汹涌澎湃:

> 其始起也,洪淋淋焉,若白鹭之下翔。其少进也,浩浩溰溰,如素车白马帷盖之张。其波涌而云乱,扰扰焉如三军之腾装。其旁作而奔起也,飘飘焉如轻车之勒兵。六驾蛟龙,附从太白。纯(屯)驰浩蜺,前后骆驿。颙颙卬卬,椐椐强强,莘莘将将。壁垒重坚,沓杂似军行。訇隐匈礚,轧盘涌裔,原不可当。观其两傍,则滂渤怫郁,暗漠感突,上击下律。有似勇壮之卒,突怒而无畏;蹈壁冲津,穷曲随隈,逾岸出追;遇者死,当者坏。

铺排夸饰,排比譬喻,富丽细致。整个作品除"方术之士"一节,其余各节无不具备这个特色,这就形成全文层层铺叙夸饰的整体特征。

第二,与"梁孝王忘忧馆时豪七赋"一样,《七发》完全失去了作者自我的真情实感。整篇作品不见抒情的语句,没有作者的喜怒哀乐。与贾谊情感浓郁的辞赋相比,这是一个根本性的转变。

第三,在遣词造句方面,也不同于贾谊的质朴无华,而是走向了繁难和华丽。

第四,以主客(吴客与楚太子)问答的形式结构全篇。

这些特点,标志着大赋这种全新的文体正式登上了汉代文坛。

第二节　司马相如、扬雄与汉大赋的勃兴

一　司马相如赋的创作特征

司马相如(前 179? —前 117),字长卿,蜀郡成都人。少好读书,学击剑。景帝时为武

骑常侍。因景帝不好辞赋,相如告病免官,往从梁孝王,与枚乘、邹阳、严忌等交游,此时创作了《子虚赋》。后归蜀,依好友临邛令王吉。临邛富商卓王孙新寡女儿卓文君夜奔相如,两人以卖酒为生。武帝即位,喜好辞赋,读《子虚赋》而叹"不得与此人同时"。相如同乡狗监杨得意趁机举荐,相如因得武帝召见,续作《上林赋》。武帝十分赞赏,擢相如为郎。后来两次奉命出使巴蜀,作《谕巴蜀檄》、《难蜀父老》。跟随武帝期间,相如还写了《哀秦二世赋》、《大人赋》等。后因病免官,退居茂陵卒。遗留《封禅书》上奏武帝。《汉书·艺文志》著录司马相如赋作 29 篇,今存有载录于《史记》《汉书》本传的《子虚赋》、《上林赋》、《哀秦二世赋》、《大人赋》,以及收录在《文选》的《长门赋》和收录在《古文苑》的《美人赋》,共 6 篇。此外,还有《梨赋》(见《文选》左思《魏都赋》刘逵注)、《鱼葅赋》(见《北堂书钞》卷一四六)、《梓桐山赋》(见《玉篇》石部"碭"字注),仅存残句或篇名。

《子虚赋》和《上林赋》是司马相如的代表作,虽有二名,实为一篇,统称《天子游猎赋》(见《史记》《汉书》本传)。《史记》《汉书》本传都说:"相如以'子虚',虚言也,为楚称;'乌有先生'者,乌有此事也,为齐难;'无是公'者,无是人也,明天子之义。故空藉此三人为辞,以推天子、诸侯之苑囿。其卒章归之于节俭,因以风谏。"从创作意图看,《天子游猎赋》是要讽谏的,乌有先生斥责子虚"不称楚王之德厚,而盛推云梦以为骄,奢言淫乐,而显侈靡",亡是公说天子于"酒中乐酣"之际,"芒然而思,似若有亡,曰:'嗟乎! 此大奢侈'",确有扶正倡俭的含义。但这一讽谏之意在整个作品中并不突出。它基本是以繁辞丽句对诸侯、天子的苑囿铺排夸饰,读者眩目于东西南北、前后高下、山水石林、野兽美女、狩猎宴饮、宫殿物产等等的层层铺排夸饰,注意于它的繁辞丽句,至于篇末点缀的些许讽谏之语,早已被华丽的摹绘淹没了。况且,作品的讽谏之意,有时是采取反言正出的曲折笔法写就,并非直言相谏(如说天子自省"此大奢侈"),这便使讽谏往往成了颂扬,冲淡了讽谏意图。因此,《天子游猎赋》存在着创作意图和客观效果的反差,讽谏意义比较淡弱。扬雄曾深刻揭橥大赋讽谏的实质:"雄以为赋者,将以风(讽)也。必推类而言,极丽靡之辞,闳侈巨衍,竞于使人不能加也。既乃归之于正,然览者已过矣。……由是言之,赋劝而不止,明矣。"(《汉书·扬雄传》)

《天子游猎赋》除采用问难的结构、整齐排偶的句式这些典型的大赋格式外,还有以下几个特征:

(一)丧失了真情实感

在《天子游猎赋》中,找不到充满激情的作者的影子,看不到作者对社会人生的切身感受,感觉不到作者的喜怒哀乐。像贾谊骚体赋那样深重的感情,在《天子游猎赋》中已经全无踪影。全篇之中再也不见抒情的句子,有的只是繁多的铺叙和夸张的描写,以及"曲终奏雅",贴上一段议论的句子。失去了真情实感,它所剩余的东西,就只有华丽的表现形式和令人眩目的繁难语言了。晚清刘熙载《艺概·赋概》说:"赋别于诗者:诗,辞情少而声情多;赋,声情少而辞情多。皇甫士安《三都赋序》云:'昔之为文者,非苟尚辞而已。'正见赋之尚辞,不待言也。"指出了大赋情寡辞繁的特征。

（二）空间的极度排比

《天子游猎赋》有繁复的空间排比：不只是方位的排比，也包括段落的排比、句子的排比和辞藻的排比。大赋之前的楚辞也讲究空间排比，如《离骚》，徘徊故地抒愤，南就重华陈词，上登九天漫游，朝苍梧夕县圃以远征，抒写其“上下求索”的历程，就是空间的排比；再如《招魂》，从东、南、西、北、天上、幽都六个方位招魂，也是空间的排比。司马相如在此基础上，极度发展了这一表现方式：第一，片面使用空间排比。《离骚》在空间排比中经常穿插以时间的脉络，把往昔的明君暗主、治世乱世和现实社会生活的强烈感受融入诗境，加重了作品抒情言志的分量。《天子游猎赋》则不然，它没有时间的纵向穿插，唯任空间的繁细铺排。第二，使空间的排比发展到了极限。例如写云梦的那段铺叙：

> 云梦者，方九百里，其中有山焉。其山则盘纡岪郁，隆崇嵂崒，岑崟参差，日月蔽亏，交错纠纷，上干青云；罢池陂陁，下属江河。其土则丹青赭垩，雌黄白坿，锡碧金银，众色炫耀，照烂龙鳞。其石则赤玉玫瑰，琳瑉昆吾，瑊玏玄厉，碝石碔砆。其东则有蕙圃，蘅兰芷若，芎藭菖蒲，江蓠蘪芜，诸柘巴苴。其南则有平原广泽，登降陁靡，案衍坛曼，缘以大江，限以巫山。其高燥则生葴菥苞荔，薛莎青薠；其埤湿则生藏莨蒹葭，东蘠雕胡，莲藕觚卢，菴闾轩于，众物居之，不可胜图。其西则有涌泉清池，激水推移，外发芙蓉菱华，内隐巨石白沙。其中则有神龟蛟鼍，瑇瑁鳖鼋。其北则有阴林其树，楩楠豫章，桂椒木兰，檗离朱杨，樝梨梬栗，橘柚芬芳。其上则有赤猿蠷蝚，鹓雏孔鸾，腾远射干。其下则有白虎玄豹，蟃蜒貙豻。

仅仅二百六十余字，却条分缕析地写出了东、南（又分高、埤）、西（又分外、内、中）、北（又分上、下）四个方位以及山、土、石和其中的水流、花圃、草木、沙石、动物、果品等众多物类，几乎是句句排比、辞辞排比。再如写上林，仅依其水、山、广大、宫殿、物产、田猎、宴饮的顺序平列铺叙。

空间的极度排比，使本来已经丧失了真情实感的作品所呈现出的显著特色，就是逞才和游戏文字。

（三）以直接而单纯的铺叙摹绘为主要表现手法

繁细的铺叙、夸张的摹绘，是《天子游猎赋》最主要的表现手法。以宫殿苑猎、山水品物为主要描摹对象，“拟诸形容，言务纤密”，“写物图貌，蔚似雕画”。这种“繁类以成艳”（均见《文心雕龙·诠赋》）的描述，是《天子游猎赋》给人印象最直接、最深刻的东西。

（四）遣词用语更加繁难僻涩

大赋之前的楚辞，造语用词已非常丰富多姿，尤其用以引譬的丽木香草、神祇仙怪等，令人应接不暇。与楚辞相比，《天子游猎赋》遣词用语更加繁富，而且由繁富走向了僻涩，或假借同音字，或使用方言俚语，或径造新字（参见简宗梧《汉赋玮字源流考》，载《汉赋源流与价值之商榷》,台北文史哲出版社,1980年),极尽用字新僻之能事,以至后世文家无能望其项背。

《天子游猎赋》的上述特点,表明它的根本特色不在抒情述志,而在于逞竞才学和炫耀文字。前人对司马相如的评论,如《汉书·艺文志》说“竞为侈丽闳衍之词”,《文心雕龙·诠赋》说“逐末之俦,蔑弃其本,虽读千赋,愈惑体要。遂使繁华损枝,膏腴害骨,无贵风轨,莫益劝戒”,刘熙载《艺概·赋概》说“贾生之赋志胜才,相如之赋才胜志”等,均已指出此点。实际上,不止司马相如,也不止《天子游猎赋》,汉代所有大赋作家、作品,无不具有逞才炫耀性质,只是程度有所不同而已。汉大赋的这一鲜明特色,使这一文体在某种意义上,摆脱了有汉以来实用文风的束缚,曲折而执著地实现了文学表现自身的长足发展。

司马相如也有抒情述志的赋作,即《长门赋》、《美人赋》、《哀秦二世赋》,篇幅都很短小。其中《长门赋》写得最好,借陈皇后废贬长门之事,抒发相如自己的悲凉感受。“伊予志之慢愚兮,怀真悫之欢心。愿赐问而自进兮,得尚君之玉音”,喻相如初仕时的热望;“夫何一佳人兮,步逍遥以自虞。魂逾佚而不反兮,形枯槁而独居”,“白鹤嗷以哀号兮,孤雌跱于枯杨。日黄昏而望绝兮,怅独托于空堂”,陈皇后长门孤守,相如废居茂陵,正是同样感慨,齐等凄凉!《长门赋》的艺术水平很高。首先,它把陈皇后的遭际与自己的悲凉巧妙融合在一起,抓住两者最相似又最典型感人的身世境遇,共抒悲郁孤愤之情。其次,抒情手法纯熟。先以简短语句总抒困境和感受,继之以情景交融的婉曲抒发。写宫室、庭院、幄帷、玩好之华丽、精美、富赡,正反衬出人的困顿孤凄;写钟声宏巨单调,猿吟啸而鹤悲鸣,又加深了悲凉感。而“忽寝寐而梦想兮,魄若君之在傍。惕悟觉而无见兮,魂迋迋若有亡”,把人的神情恍惚、希望又绝望的内心感受,在梦、觉变幻中挖掘极深;“众鸡鸣而愁予兮,起视月之精光。……望中庭之蔼蔼兮,若季秋之降霜”,这有情之景的描写,融以梦、觉之恍惚凄苦,深刻抒发了“夜曼曼其若岁兮,怀郁郁其不可再更”的无以复加的痛愤。《长门赋》在情景交融的情感抒发方面,艺术表现已相当圆熟。

二　扬雄对大赋创作的拓展

扬雄(前53—18),字子云,蜀郡成都人。少而好学,博览群书。为人简易佚荡,清静无为,不慕富贵,喜好深思。四十多岁前,一直居蜀。成帝中至京师,得召见,除为郎。历仕成、哀、平、新莽四朝,王莽时始迁太中大夫。扬雄年轻时喜好辞赋,初入京师,便接连上奏《甘泉赋》、《河东赋》、《校猎赋》(又称《羽猎赋》)、《长杨赋》。此外,扬雄的赋作还有《蜀都赋》、《太玄赋》、《逐贫赋》、《酒赋》、《解嘲》、《解难》等。其中《蜀都》、《甘泉》、《河东》、《校猎》、《长杨》五篇大赋,是扬雄辞赋的代表作。

这五篇大赋,铺排夸丽的风格,以及其体式组构,基本模仿相如赋,但是在谋篇运思上有了新的拓展,主要表现在以下三个方面:

(一)拓展了大赋的题材领域

司马相如的《天子游猎赋》,夸饰苑囿,模范山水,描绘宫殿,排比物产,烘染田猎,这些题材为扬雄的《校猎赋》、《长杨赋》所继承。同时，扬雄又开拓了新的摹写领域，一是写祭祀，如《甘泉》、《河东》二赋；二是把笔触从京师移到了外郡，从苑囿、田猎转而描摹都市、郡邑的繁华，如《蜀都赋》。后一题材领域，对后汉“京都赋”有一定影响。

（二）进一步加强了大赋“劝百讽一”的“劝”的色彩

比较而言，司马相如的大赋，还有一些比较明显的语句表述其讽谏意义。如《子虚赋》结尾，借乌有先生之口说：“问楚地之有无者，愿闻大国之风烈、先生（一作王）之余论也。今足下不称楚王之德厚，而盛推云梦以为骄，奢言淫乐，而显侈靡，窃为足下不取也。必若所言，固非楚国之美也。有而言之，是章君之恶也；无而言之，是害足下之信也。”到了扬雄，则几乎全无讽谏了。《蜀都赋》通篇铺排夸饰蜀郡山水之雄伟，物产之丰饶。《甘泉赋》全篇描摹甘泉宫的壮伟华丽，恍如神仙之所居，令人难以体会班固所谓“以微戒斋肃之事”的意图。《河东赋》在歌颂了五帝三皇的美德后，继而颂美“函夏之大汉”，认为五帝三皇时代“曾何足与此功”！文中也有汉世应踵武五帝三皇“高踪”之意，但在极力煊染颂美大汉盛世的氛围之中，班固所谓“临川羡鱼不如归而结网”的讽谏意义，其实是不易觉察的。《校猎赋》以大部分篇幅摹绘田猎场面，进而赞叹汉世优于“唐虞、大夏、成周”的“崇哉乎德”，而曲终奏雅，以“上犹谦让而未俞”一句，转带出天子更加致力于广施仁政的举措。它是以理想帝王的样子来叙写现实帝王的仁政，以期指示当今帝王应当遵循的为政之道的。这样的“曲笔”，只能使帝王对自己的行为感到十分满足，达不到讽谏目的。《长杨赋》也是如此，它借翰林主人之口宣讲高祖灭暴秦、文帝施仁政、武帝建事功的伟业，而“今朝廷纯仁，遵道显义”；今上之校猎，乃是“平不肆险，安不忘危”的练兵备战。并且，成帝仍“恐后世迷于一时之事，常以此取国家之大务，淫荒田猎”，所以又采取了许多爱民利民的仁政措施。这番叙写，同样是欲讽反颂。扬雄的大赋，在欲谏反劝的道路上，比司马相如走得更远。

（三）艺术表现上有了新的变化

首先是篇幅相对缩短，描摹对象集中。司马相如的《天子游猎赋》，苑囿、湖泊、山水、宫阙、物产、宴饮等无所不写，不止描摹田猎一端。虽琳琅满目，但分散无统。扬雄则不同，《蜀都赋》专写蜀都山水的雄伟、物产的丰饶，《甘泉》、《河东》二赋专写天子祭祀，《校猎》、《长杨》二赋专写天子田猎，比较集中。扬雄曾说“辞人之赋丽以淫，诗人之赋丽以则”，他的大赋在构思、取材上确实是讲究规范的。其次是“以美为讽”的思想表达方式。他并不直接指责成帝的错误，也不直言自己的真正思想，而往往有意曲解帝王的行为（如《长杨赋》把游玩田猎说成是练兵备战），或者把帝王描摹成他理想的模样（如《校猎赋》写成帝广施仁政），以此来婉转地表达他的思想。司马相如《上林赋》结尾也使用“曲笔”，但扬雄比他使用得更充分些。

第三节 西汉中后期的其他辞赋创作

西汉中后期,除鸿篇巨制、铺张扬厉的大赋之外,尚有不少体制比较短小的抒情、说理、咏物类辞赋作品。其骚体如汉武帝刘彻《李夫人赋》、刘歆《遂初赋》等,赋体如东方朔《答客难》、王褒《洞箫赋》等。这些辞赋,情感浓郁,体貌清爽,与繁难堆砌的大赋不同。

一 西汉中后期的骚体赋

一代雄主汉武帝,也是极善诗赋的出色作家。其《李夫人赋》,是一篇情思浓烈的怀人之作。李夫人妙丽善舞,深得武帝宠爱。不幸早卒,武帝悲伤不已,便图画她的形象置于甘泉宫中,又写了这篇赋来哀悼她。《李夫人赋》浓注思念之情,真挚而深切,艺术表现水平也很高:

> 美连娟以修嫮兮,命樔绝而不长。饰新宫以延贮(伫)兮,泯不归乎故乡。惨郁郁其芜秽兮,隐处幽而怀伤。释舆马于山椒兮,奄修夜之不阳。秋气憯以凄戾兮,桂枝落而销亡。神茕茕以遥思兮,精浮游而出疆。托沈阴以圹久兮,惜蕃华之未央。念穷极之不还兮,惟幼眇之相羊。函荾荴以俟风兮,芳杂袭以弥章。的容与以猗靡兮,缥飘姚虖愈庄。燕淫衍而抚楹兮,连流视而娥扬。既激感而心逐兮,包红颜而弗明。驩接狎以离别兮,宵寤梦之芒芒。忽迁化而不反兮,魄放逸以飞扬。何灵魂之纷纷兮,哀裴回以踌躇。势路日以远兮,遂荒忽而辞去。超兮西征,屑兮不见。浸淫敞克(恍),寂兮无音。思若流波,怛兮在心。

他设想李夫人离去之后幽独的情境,回忆往日的欢宴,直抒“怛兮在心”的痛切思念,蝉联而出,十分深透地表达了作者“呜呼哀哉,想魂灵兮”的真悫情感。尤其是他欲写己之思人,却远画对方孤处荒草坟茔的情境,这一笔法,成为后世作家创作同类作品经常使用的手法(参见钱锺书《管锥编·毛诗正义》论《魏风·陟岵》)。

刘歆(前50?—23),字子骏,刘向少子,西汉后期著名学者。他的《遂初赋》是西汉后期值得注意的一篇辞作。据赋前小序,刘歆受到排挤被贬为五原太守,上任途中,“经历故晋之域,感今思古,遂作斯赋,以叹征事而寄己意”。赋作先是交代“守五原之烽燧”的旅行目的,继之以征史而论;又由古及今,发抒愤郁不平,而接以悲哀之景的摹绘;最后表达“守信保己,比老彭兮”的道家思想。其史论部分,重点叙说晋人自毁公族以至亡国的史实,这就使创作紧紧围绕着自己的遭际而展开,整个作品都是作者自己的所遇、所感、所思,具有了浓烈的情感和鲜明自我色彩。

《遂初赋》比较注意抒情手法的变化,有继承贾谊以来借古抒情者,如:“虽韫宝而求贾兮,嗟千载其焉合?昔仲尼之淑圣兮,竟隘穷乎蔡陈;彼屈原之贞专兮,卒放沉于湘渊;

何方直之难容兮，柳下黜而三辱；蘧瑗抑而再奔兮，岂材知之不足？扬蛾眉而见妒兮，固丑女之情也；曲木恶直绳兮，亦小人之诚也。”还有借景抒情：

> 野萧条以寥廓兮，陵谷错以盘纡。飘寂寥以荒昒兮，沙埃起而杳冥。回风育其飘忽兮，回飐飐之泠泠。薄涸冻之凝滞兮，茀溪谷之清凉。漂积雪之皑皑兮，涉凝露之隆霜。扬雹霰之复陆兮，慨原泉之凌阴。激流澌之漻泪兮，窥九渊之潜淋。飒楱怆以惨怛兮，慽风漻以洌寒。兽望浪以穴竄兮，鸟胁翼之浚浚。山萧瑟以鹍鸣兮，树木坏而哇吟。地坼裂而愤忽急兮，石捌破之岳岳。天烈烈以厉高兮，廖琫窗以枭窂。雁邕邕以迟迟兮，野鹳鸣而嘈嘈。望亭隧之皦皦兮，飞旗帜之翩翩。回百里之无家兮，路修远之绵绵。

肃杀衰败的景象与作者遭逐而凄凉的心境合而为一。哀景悲情，相合相契。另外，《遂初赋》是汉代“纪行赋”的开山之作，后汉班彪、班昭、蔡邕等，都有此类作品。

班固的祖姑班婕妤，成帝时被选入宫。成帝宠爱赵飞燕，班婕妤渐遭冷落，终因赵氏谮其“挟媚道，祝诅后宫，詈及主上”而失宠。“婕妤恐久见危，求共养太后长信宫，上许焉。婕妤退处东宫，作赋自伤悼。”（《汉书·外戚传》）婕妤作《自悼赋》，抒写自己从入宫到被废黜过程中的心态变化和感受，深刻而细腻，十分感人。如其写得宠时的心态：

> 每寤寐而累息兮，申佩离以自思。陈女图以镜监兮，顾女史而问《诗》。悲晨妇之作戒兮，哀褒、阎之为邮；美皇、英之女虞兮，荣任、姒之母周。虽愚陋其靡及兮，敢舍心而忘兹？历年岁而悼惧兮，闵蕃华之不滋。

把勤勉自修、忧衰惧弃的心态，刻画得非常充分。再如写废黜之后的感受：

> 潜玄宫兮幽以清，应门闭兮禁闼扃。华殿尘兮玉阶苔，中庭萋兮绿草生。广室阴兮帷幄暗，房栊虚兮风泠泠。感帷裳兮发红罗，纷綷縩兮纨素声。神眇眇兮密靓处，君不御兮谁为荣？……惟人生兮一世，忽一过兮若浮。已独享兮高明，处生民兮极休。勉虞精兮极乐，与福禄兮无期。

孤居冷宫的凄凉、无聊、思君、怨君，以及百般无奈之后自我安慰的情愫，都得到了极好表现。

二　西汉中后期的抒情、咏物短赋

骚体赋而外，还有一些篇幅比较短小，或抒情或咏物的赋体作品。

东方朔以文武通才、“可以为天子大臣”的自信应征，却被闲置为郎，以俳优豢养，久不得重用，十分苦闷。在《答客难》中，他直接抒写“魁然无徒，廓然独居”的强烈的孤愤无助感，而这种感受乃是起于“绥之则安，动之则苦；尊之则为将，卑之则为虏；抗之则在青云之上，抑之则在深泉之下；用之则为虎，不用则为鼠”的不平的现实。这便使作品在貌似冷静的理性之下，深藏着浓浓的情感。

他的《非有先生论》,专就士人之忠谏往往被帝王视为“诽谤”的现状设言,揭露“辅弼之臣瓦解,而邪谄之人并进”的荒唐政局。在这种现实下,正直士人的处境非常艰难:

卑身贱体,说色微辞,愉愉呴呴,终无益于主上之治,则志士仁人不忍为也;将俨然作矜严之色,深言直谏,上以拂主之邪,下以损百姓之害,则忤于邪主之心,历于衰世之法。故养寿命之士,莫肯进也。

由此完全可以体察到作者悲怨已极的感情。不难看出,在理性洞明之下蕴藏着深厚沉重的悲怨之情,是东方朔赋作的重要特点。

司马迁的《悲士不遇赋》,与东方朔冰体炭心的表现风格不同,它把士不遇时的孤愤,直接而浓烈地喷发出来:

悲夫!士生之不辰,愧顾影而独存!恒克己而复礼,惧志行之无闻。谅才韪而世戾,将逮死而长勤。虽有形而不彰,徒有能而不陈。何穷达之易惑,信美恶之难分。时悠悠而荡荡,将遂屈而不伸。

天风海雨,扑面而来。“使公于公者,彼我同矣;私于私者,自相悲兮!”这就不只是抒发一己的悲哀,而把整个时代士人相似的际遇、共同的感愤,一股脑儿倾泻出来。

孔臧的《杨柳赋》、《蓼虫赋》,是西汉中期比较优秀的咏物小赋。与汉初的咏物小赋(如“梁孝王忘忧馆时豪七赋”)相比,形制虽近,但它们是咏物以托志,与汉初小赋在咏物之后续以廉价的颂美之辞绝不相同。例如《蓼虫赋》:

季夏既望,暑往凉还。逍遥讽诵,遂历东园。周旋览观,憩于南蕃。睹兹茂蓼,结葩吐荣。猗那随风,绿叶紫茎。爰有蠕虫,厥状似螟。群聚其间,食之以生。于是悟物托事,推况乎人。幼长斯蓼,莫或知辛。膏梁(粱)之子,岂曰不人?惟非德义,不以为家。安逸无心,如禽兽何?逸必致骄,骄必致亡。匪唯辛苦,乃丁大殃。

由寄生于蓼木之上的蠕虫而感慨“膏粱之子”的寄生生活。《杨柳赋》写杨树虽被“伐之原野,树之中塘”而“应风悲吟”,但当它生长到“绿叶累叠,郁茂翳沈”之时,却毫不保留地为人们提供“多阴可凉”。作者由此体会到“物有可贵”的道理。孔臧的咏物小赋非徒咏物,且及人事情理,既摆脱了汉初小赋的阿谀、颂扬,也没有大赋的瑰玮冷僻,艺术表现有所进展。

咏物赋到王褒,有了重大发展。王褒,字子渊,生卒年不详。宣帝后期因益州刺史王襄举荐,得召见,充作文学侍臣。常常随从宣帝出猎游幸,所到之处,辄受命作赋以颂美。后擢为谏大夫。宣帝末,奉使益州,死于途中。《汉书·艺文志》著录有“王褒赋十六篇”,今仅存《洞箫赋》及《甘泉赋》残篇。另外,《楚辞》中还收有其辞作《九怀》。

代表作《洞箫赋》是王褒以箫自况、抒发情思的作品:“原夫箫干之所生兮,于江南之丘墟。……徒观其旁山侧兮,则岖嵚岿崎。倚巇迤𡾰,诚可悲乎,其不安也。弥望傥莽,联延旷旷,又足乐乎,其敞闲也。”作为箫之原料的竹,生长于江南的崇山峻岭之中,不安于偏远闭塞的环境,又为所生之地的雄阔莽荡而自喜,正是作为蜀人的王褒尚未出仕时的环境和心绪;"托身躯于后土兮,经万载而不迁。吸至精之滋熙兮,禀苍色之润坚",竹子滋润于天地之精华而品质美坚,是作者对自身美质的象喻;"孤雌寡鹤,娱优乎其下兮。……秋蜩不食,抱朴而长吟兮",是作者怀才不遇心情的表白;"幸得谥为洞箫兮,蒙圣主之渥恩",暗寓他得到了宣帝的召纳;"于是乃使夫性昧之宕冥,生不睹天地之体势,暗于白黑之貌形。愤伊郁而酷䣱,愍眸子之丧精。寡所舒其思虑兮,专发愤乎音声","竹子"得"圣主"所用,本指望能"因天性之自然"而发挥其才智,没想到经过一番加工,却变成了自己不愿变成的样子。"眸子丧精",已不能"睹天地之体势";"寡所舒其思虑",而只配"专发愤乎音声"了,这正是王褒入仕后不被重用,只作为文学侍臣"辄为歌颂"之处境和心境的绝好写照。赋作的后半部分,写音乐的教化作用及音乐准则,纯为儒家言,表达了王褒的政教理想。

《洞箫赋》在写作上有值得重视的贡献。首先,较之以前的咏物小赋,它在艺术表现上有了质的飞跃。如枚乘、孔臧都写过歌咏杨柳的赋,枚乘单纯描摹柳的婀娜多姿,孔臧虽有所寄托,但是所咏之物与情思之间的象喻关系比较浅露直接,融会不足。《洞箫赋》则不同,作者以箫自况,把自己的遭际和情感完全融入箫的描述之中。其次,全文只描写乐器和音乐,从乐器的制作,到乐声的摹画,到乐用的阐述,完整而集中。枚乘《七发》曾有对音乐的描绘,但只是全篇的一个小部分,王褒则开创了全文写音乐的先河。当然,《洞箫赋》仍存有大赋遣词造句铺夸佶屈的风气,但是它咏物自况,融注作者浓烈的情感,其精神实质和创作倾向,与大赋有了本质的区别。

第四节　东汉辞赋的发展演变

东汉时期,辞赋创作仍然有骚体和赋体两种类型。骚体的代表,如班彪《北征赋》、班固《幽通赋》、张衡《思玄赋》、蔡邕《述行赋》等。这些作品,或纪行以发感慨,或述志以见情怀,抒情意味浓厚。东汉的赋体创作则呈现明显变化。初期赋家继承司马相如、扬雄的赋风,以京都为题材,创作铺张扬厉的大赋,班固《两都赋》、张衡《二京赋》是其代表。到中期以后,赋体创作向着贴近现实人生、篇幅短小和抒情言志的方向发展,张衡《归田赋》、赵壹《刺世疾邪赋》、祢衡《鹦鹉赋》等,是这类抒情小赋的代表。

一　东汉的骚体赋创作

班彪,字叔皮。两汉之交,战乱不定,班彪由长安避难凉州(今属甘肃),途经安定(今宁夏固原),写下了情感浓郁沉重的《北征赋》。这篇辞作,模仿前汉刘歆《遂初赋》的痕迹非常明显。记述行程,感古伤时,摹绘悲凉景物,以及安穷乐道思想的表白,其结构,其笔法,甚至情思所钟,都与刘歆的作品相似。

冯衍《显志赋》,是他免官回归故里后所作,叙写"时俗险厄"的悲愤及其家门不幸的愁思,表达他隐居高蹈的志愿。这篇辞作受屈原影响较大,如反复铺写其愤郁不平,周流广阔时空以抒发情思,尤其以象征手法表现自己志行高洁:

伏朱楼而四望兮,采三秀之华英。纂前修之夸节兮,曜往昔之光勋。披绮季之丽服兮,扬屈原之灵芬。高吾冠之岌岌兮,长吾佩之洋洋。饮六醴之清液兮,食五芝之茂英。

明显可见屈原作品的痕迹。不过,《显志赋》所表达的出世思想倾向,与屈原有本质区别;遣词用语,也没有屈原那样宏丽富赡。班固《幽通赋》和张衡《思玄赋》,也都是这类表现作者对社会、人生的感受和思考的骚赋。

蔡邕(132—192),字伯喈,陈留圉(今河南开封)人。学问渊博,精通经史、音律,擅长书法,工于辞章。《述行赋》是其辞赋的代表。《后汉书·蔡邕传》说:"桓帝时,中常侍徐璜、左悺等五侯擅恣,闻邕善鼓琴,遂白天子,敕陈留太守督促发遣。邕不得已,行到偃师,称疾而归。"据赋序,此事发生在桓帝延熹二年(159)秋,蔡邕"心愤此事,遂托所过,述而成赋"。作品记叙途中所见,又借古讽今,抒发郁愤不平之情,批评的矛头直指最高统治集团:"皇家赫而天居兮,万方徂而星集。贵宠煽以弥炽兮,佥守利而不戢。前车覆而未远兮,后车驱而竞及。穷变巧于台榭兮,民露处而寝湿。消嘉谷于禽兽兮,下糠秕而无粒。弘宽裕于便辟兮,纠忠谏其骎急。"这篇骚赋,前半吊古,后半伤今,层次清晰而意图明确。

在艺术表现方面,《述行赋》把沿途所见史迹所引发的感慨,与一路上的景物气候融会交织,把古事与今情相互交织,抒发浓重的家国忧患,极具表现力。尤其景物气候的描写,非常出色。例如:

寻修轨以增举兮,邈悠悠之未央。山风汩以飙涌兮,气懆懆而厉凉。云郁术而四塞兮,雨濛濛而渐唐(塘)。仆夫疲而劬瘁兮,我马虺隤以玄黄。格莽丘而税驾兮,阴曀曀而不阳。

写征途遥远、云阴气凉、秋雨连绵,借以烘托悲凉气氛,抒发愤郁的心绪。

二　东汉赋体创作的演变

东汉赋体文学的创作轨迹,呈现为由大赋向抒情小赋的演变。

刘秀定都洛阳,引起了朝臣"都洛"还是"都雍(长安)"的争议。这一争议影响到赋的创作,产生了一些"京都赋"类作品。杜笃《论都赋》,最早以赋的形式表达他返都长安的主张,是京都赋的开端。与班固同时的傅毅、崔骃也各有京都赋作(均残)。其中成就最高、影响巨大的,是班固的《两都赋》。

《两都赋序》述其创作起因和宗旨:"臣窃见海内清平,朝廷无事,京师修宫室,浚城隍,起苑囿,以备制度。西土耆老,咸怀怨思,冀上之眷顾,而盛称长安旧制,有陋洛邑之议。故臣作《两都赋》,以极众人之所眩曜,折以今之法度。"这篇赋,以"西都宾"和"东都主人"相互夸耀辩难来结构全篇,描摹西都的巨丽形胜,铺叙东都的礼乐制度之美,两相比较，表达了班固尊崇礼义制度而排斥形胜奢华的思想。

《两都赋》在汉赋发展过程中，有些新的内涵。在题材和内容上，不再以苑囿田猎、宫殿景观、山川物产之类为主，而着重写京都，尤其是铺叙京都观念。这一点使它不仅和司马相如的《天子游猎赋》不同，也与扬雄的《蜀都赋》区别开来。在谋篇布局上，它摆脱了西汉大赋通篇铺叙摹画而"曲终奏雅"的模式，极大加强了讽谕劝导的篇幅。其《东都赋》部分，全篇都是劝讽，避免了西汉大赋"劝百讽一"、"劝而不止"的弊端，明确地表达了作者的思想。当然，《两都赋》主客辩难、抑客扬主的基本结构，描摹夸饰的基本笔法（尤其《西都赋》部分），以及鸿篇巨制的规模，都还难脱司马相如的影响。

东汉中叶的张衡，在赋史上是承前启后的作家。张衡（78—139），字平子，南阳西鄂（今河南南阳）人。少善属文，入京师观太学，通贯五经六艺，精于天文、阴阳、历算。安帝时征拜郎中，迁为太史令。为人从容淡静，不好交接俗人。后出任河间相，三年后征拜尚书，卒于官。《二京赋》是张衡著名的大赋作品，《后汉书》本传说："时天下承平日久，自王侯以下，莫不逾侈。衡乃拟班固《两都》，作《二京赋》，因以讽谏。精思傅会，十年乃成。"《二京赋》假设"凭虚公子"与"安处先生"辩难，凭虚公子敷赞西京长安繁盛富丽，宫廷和都市生活富足奢华，而安处先生则批评西京生活奢侈，歌颂东京崇德尚礼、奢俭得当。它的谋篇立意，大抵模仿班固《两都赋》；有所不同者，除描绘苑囿、田猎、宫室等外，还把商贾、游侠、辩士以及街市、百戏等市井万象写入赋中，展示了一幅都市生活全景图。这是以前大赋作品中没有的。《二京赋》的规模、容量和篇幅都超过前人，铺陈胪列，细致描绘，更加不厌其烦，成为汉代京都赋的极致。

张衡的《二京赋》，可以说是汉代大赋的绝响；其《归田赋》，又是东汉抒情小赋的开山之作：

> 游都邑以永久，无明略以佐时。徒临川以羡鱼，俟河清乎未期。感蔡子之慷慨，从唐生以决疑。谅天道之微昧，追渔父以同嬉。超埃尘以遐逝，与世事乎长辞。
>
> 于是仲春令月，时和气清。原隰郁茂，百草滋荣。王雎鼓翼，鸧鹒哀鸣。交颈颉颃，关关嘤嘤。於焉逍遥，聊以娱情。尔乃龙吟方泽，虎啸山丘。仰飞纤缴，俯钓长流。触矢而毙，贪饵吞钩。落云间之逸禽，悬渊沈之鲂鰡。
>
> 于时曜灵俄景，系以望舒。极般游之至乐，虽日夕而忘劬。感老氏之遗诫，将回驾乎蓬庐。弹五弦之妙指，咏周孔之图书。挥翰墨以奋藻，陈三皇之轨模。苟纵心于物外，安知荣辱之所如？

赋作先写入世的感慨和厌倦，表达作者"超埃尘以遐逝，与世事乎长辞"的出世愿望，接着就拟想回归山水田园后悠然逍遥、自得其乐的生活。《归田赋》全篇只有 40 句，形制短小；语句清丽流畅，绝无夸饰堆砌；抒写自己的怀抱和情志，个性鲜明。这些特点，都标志着汉赋创作倾向的重大转变。

张衡之后，比较重要的抒情小赋作家，还有赵壹和祢衡。

赵壹，字元叔，汉阳西县（今甘肃天水）人。生卒年不详，主要活动于后汉末年。灵帝光和元年(178),以郡举计吏入京师,甚得司徒袁逢、河南尹羊陟器重。名动京师,士大夫仰慕其风采。后免官回乡,“州郡争致礼命,十辟公府,并不就。终于家”。赵壹为人恃才倨傲,“屡抵罪,几至死,友人救得免”。(均见《后汉书·文苑列传》)于是作《穷鸟赋》云:

有一穷鸟,戢翼原野。罼网加上,机阱在下。前见苍隼,后见驱者。缴弹张右,羿子彀左。飞丸激矢,交集于我。思飞不得,欲鸣不可。举头畏触,摇足恐堕。内独怖急,乍冰乍火。

以“穷鸟”隐喻身陷困厄的自己,也反映着东汉末年士人共同的生存困境。

赵壹又写了一篇《刺世疾邪赋》,宣泄愤怨更深沉激烈。他说:“春秋时祸败之始,战国愈复增其荼毒。秦汉无以相逾越,乃更加其怨酷。宁计生民之命？唯利己而自足。”把春秋至秦汉统治者争夺私利、不顾民众死活的政治实质揭露无遗。他描述汉末的现状:

于兹迄今,情伪万方。佞谄日炽,刚克消亡。舐痔结驷,正色徒行。妪㛦名势,抚拍豪强。偃蹇反俗,立致咎殃。捷慑逐物,日富月昌。浑然同惑,孰温孰凉。邪夫显进,直士幽藏。

造成这种是非颠倒、贤佞倒置的混乱局面的原因,赵壹认为是“执政之匪贤”:“女谒掩其视听兮,近习秉其威权。所好则钻皮出其毛羽,所恶则洗垢求其瘢痕。”因此,直士贤达的命运就窘迫难堪了:

虽欲竭诚而尽忠,路绝崄而靡缘。九重既不可启,又群吠之狺狺。安危亡于旦夕,肆嗜欲于目前。奚异涉海之失舵,积薪而待燃。荣纳由于闪揄,孰知辨其蚩妍。故法禁屈挠于势族,恩泽不逮于单门。

如此深重的不平和孤愤,令他发出了“宁饥寒于尧舜之荒岁兮,不饱暖于当今之丰年”的惊世浩叹!《刺世疾邪赋》激烈地抨击时政,直抒愤激情感,毫不掩饰,在汉赋中实为罕见。

祢衡的《鹦鹉赋》同样表现士人困厄无奈的主题,而表现方式与《刺世疾邪赋》不同。祢衡(173—198),字正平,平原郡(今山东德州)人。少有才辩,尚气刚傲,好矫时慢物。献帝建安初游许都,与孔融、杨休友善。曹操召见,不肯往。曹操因其才名,未能杀之,而遣送刘表。刘表不容,转送江夏太守黄祖,竟为黄祖所杀。祢衡在江夏时,客有献鹦鹉者,请祢衡为赋。衡因为赋,笔不停辍,文不加点,一气呵成。《鹦鹉赋》通篇描述鹦鹉资质的美好及其身被罗网、诀别亲族而被人囚笼赏玩的悲哀。如云:

于是羡芳声之远畅,伟灵表之可嘉。命虞人于陇坻,诏伯益于流沙。跨昆仑而播弋,冠云霓而张罗。虽网维之备设,终一目之所加。且其容止闲暇,守植安停。逼之不惧,抚之不惊。宁顺从以远害,不违迕以丧生。故献全者受赏,而伤肌者被刑。

尔乃归穷委命,离群丧侣。闭以雕笼,翦其翅羽。流飘万里,崎岖重阻。逾岷越障,载罹寒暑。女辞家而适人,臣出身而事主。彼贤哲之逢患,犹栖迟以羁旅。矧禽鸟之微物,能驯扰以安处。眷西路而长怀,望故乡而延伫。忖陋体之腥臊,亦何劳于鼎俎。

嗟禄命之衰薄,奚遭时之险巇？岂言语以阶乱,将不密以致危？痛母子之永隔,哀伉俪之生离。匪余年之足惜,慜众雏之无知。

不难看出,祢衡处处写鹦鹉,实际上处处写自己,抒发他身困尘网、任人摆弄的悲哀。他以反讽手法,赞赏鹦鹉"顺从以远害"、"驯扰以安处",实是自己困厄无奈的委婉表白。正言曲说,更加重了悲哀的浓度。这篇抒情小赋,通篇比喻象征,抒情深沉浓郁,艺术水平颇高。

【本章习题指要】

1. 了解汉代辞赋发展演变的基本脉络和作家作品情况。
2. 贾谊、枚乘的辞赋各有何特点？比较二人的创作,把握汉初辞赋创作的发展趋向。
3. 以司马相如《天子游猎赋》为例,掌握汉大赋的主要艺术特色。
4. 扬雄的大赋有何特点和发展变化？
5. 张衡在赋史上的作用和地位。
6. 概括东汉后期抒情小赋的创作特点。

第四章　两汉诗歌

第一节　五言诗的兴起和成熟

五言诗是我国古典诗歌的重要形式，它的形成，经过了长时期的酝酿。

《诗经》少数诗章已出现片断或全章五言的诗句，如《卫风·木瓜》："投我以木瓜，报之以琼琚。匪报也，永以为好也。"《小雅·北山》："或燕燕居息，或尽瘁事国，或息偃在床，或不已于行。"这只是四言诗中偶尔出现的五言片段，自然不能看做五言诗的起源。

春秋末到战国期间，民歌中也偶见五言者，如楚国民歌《孺子歌》："沧浪之水清兮，可以濯我缨。沧浪之水浊兮，可以濯我足。"秦始皇时的民歌："生男慎勿举，生女哺用脯。不见长城下，尸骸相支拄。"前者单句还带有语气词，后者已是完整的五言。

西汉时期的一些歌谣和乐府诗歌，五言的成分很大。如："北方有佳人，绝世而独立。一顾倾人城，再顾倾人国。宁不知倾城与倾国，佳人难再得。"（李延年《李夫人歌》，载《汉书·外戚传》）"邪径败良田，谗口害善人。桂树华不实，黄雀巢其颠。古（故）为人所羡，今为人所怜。"（《汉书·五行志》载成帝时民谣）这些诗歌，严格说还不是完整的五言诗（成帝民谣虽全为五言，但似不完整），但五言的比重加大了，成为全诗的主体句式。这标示着五言这种诗歌形式正在西汉酝酿，将要脱颖而出了。

到东汉，乐府诗歌里就出现了成熟的五言诗，如《陌上桑》、《十五从军征》、《上山采蘼芜》、《长歌行》等。

根据现存资料，有作者可考且信实的五言诗，最早是东汉前期应亨和班固的作品：

> 济济四令弟，妙年践二九。令月惟吉日，成服加元首。人咸饰其容，鲜能离尘垢。虽无兕觥爵，杯醮传旨酒。（应亨《赠四王冠诗》）

> 三王德弥薄，惟后用肉刑。太仓令有罪，就逮长安城。自恨身无子，困急独茕茕。小女痛父言，死者不可生。上书诣阙下，思古歌鸡鸣。忧心摧折裂，晨风扬激声。圣汉孝文帝，恻然感至情。百男何愦愦，不如一缇萦。（班固《咏史》）

应亨是东汉明帝时人，生平不详，他的诗是四个王姓妻弟行加冠礼时的贺词。班固的诗是歌咏孝女缇萦自请为婢以赎父罪的故事。这两首诗，从体制看，是完整的五言了；只是它们的艺术表现平实呆板，质木无文，远未成熟。

班固之后，文人五言诗渐渐增多，如张衡《同声歌》、秦嘉《赠妇诗》三首、郦炎《见志诗》二首、辛延年《羽林郎》、宋子侯《董娇娆》、赵壹《刺世疾邪赋》篇末附诗二首等。其中，张衡和秦嘉的作品，标志着文人五言诗渐趋成熟。

《同声歌》以新婚女子的口吻，表达她愿与丈夫永结情好的志愿。比兴含蓄，词采绮丽。如云："思为莞蒻席，在下蔽匡床。愿为罗衾帱，在上卫风霜。"情感也很真挚。《赠妇诗》三首，是秦嘉奉役离家，未能与妻子徐淑面别，而写给妻子的诗。摹形达意，缠绵婉转，情思醇厚深挚。如云：

省书情凄怆，临食不能饭。独坐空房中，谁与相劝勉？长夜不能眠，伏枕独展转。忧来如循环，匪席不可卷。（其一）

既得结大义，欢乐苦不足。念当远别离，思面叙款曲。河广无舟梁，道近隔丘陆。临路怀惆怅，中驾正踯躅。浮云起高山，悲风激深谷。良马不回鞍，轻车不转毂。针药可屡进，愁思难为数。（其二）

顾看空室中，仿佛想姿形。一别怀万恨，起坐为不宁。何用叙我心，遗思致款诚。宝钗好耀首，明镜可鉴形。芳香去垢秽，素琴有清声。（其三）

情感细腻深致，表现含蓄委婉，情味隽永，艺术表现已相当圆熟。

第二节 《古诗十九首》及其他五言古诗

东汉的文人五言诗，除少量可知作者（见上述）外，更多的则不能确知作者，包括《古诗十九首》和其他一些古诗。这些作品艺术表现更加圆熟，代表着汉代五言诗的最高成就。

一 《古诗十九首》及其情思内涵

《古诗十九首》最早见于《文选》，编者把这些亡失主名的五言诗汇集起来，冠以此名。关于《古诗十九首》的作者和时代，前人有所推测，如说其中有枚乘、傅毅、曹植、王粲等人的创作，都不可信。今人综合考察《古诗十九首》纯熟的艺术技巧及其情感倾向、所折射的社会生活情状，一般认为，它不是一时一人之作；它产生的年代，应当在东汉顺帝末到献帝前，即140—190年之间（其他代表性的看法，如刘大杰《中国文学发展史》认为当产生于汉献帝时；李炳海《〈古诗十九首〉写作年代考》认为最迟不晚于桓帝时，文载《东北师范大学学报》1987年第1期）。

东汉末年，社会动荡，政治混乱，下层文士漂泊蹉跎，游宦无门："贤才抑不用，远投荆南沙"（郦炎《见志诗（二）》），"文籍虽满腹，不如一囊钱"、"被褐怀金玉，兰蕙化为刍"（赵壹《刺世疾邪赋》附诗）。《古诗十九首》就产生于这样的时代，表述着同类的境遇和感受。这十九首诗歌，基本是游子思妇之辞。具体而言，离情别绪、人生的失意和无常之感，是《古

诗十九首》基本的情思内涵。清人陈祚明《采菽堂古诗选》说:

> 《十九首》所以为千古至文者,以能言人同有之情也。人情莫不思得志,而得志者有几?虽处富贵,慊慊犹有不足,况贫贱乎?志不可得而年命如流,谁不感慨?人情于所爱,莫不欲终身相守,然谁不有别离?以我之怀思,猜彼之见弃,亦其常也。夫终身相守者,不知有愁,亦复不知其乐;乍一别离,则此愁难已。逐臣弃妻与朋友阔绝,皆同此旨。故《十九首》唯此二意,而低回反复,人人读之皆若伤我心者。此诗所以为性情之物,而同有之情,人人各具,则人人本自有诗也。

这是相当准确的评论。它指出《古诗十九首》所表达的情感,是人生共有的体验和感受。因而能够超越时空的界限,无时无处不引起人们普遍的共鸣。

《古诗十九首》的离情别绪,表现为思乡和怀人。长久漂泊他乡,又无所成就,游子的思乡深情令他们寝寐难安:

> 明月何皎皎,照我罗床帏。忧愁不能寐,揽衣起徘徊。客行虽云乐,不如早旋归。出户独彷徨,愁思当告谁。引领还入房,泪下沾裳衣。(《明月何皎皎》)

月圆之夜,游子难以入睡。屋里屋外徘徊彷徨,思乡的清泪潸然下落。月圆反衬亲人不能团聚,写月圆的情境表达思乡情感,是我国古代诗歌一个典型情境。这一情境,便是这首古诗开创的。

思乡的根底,是思念家乡的亲人。《古诗十九首》把思亲的情感聚焦在妻子身上。如《涉江采芙蓉》:"涉江采芙蓉,兰泽多芳草。采之欲遗谁?所思在远道。还顾望旧乡,长路漫浩浩。同心而离居,忧伤以终老。"感慨"同心而离居,忧伤以终老",这真是一个震撼人心的生命境遇!它的背后,隐含着多少人生的艰辛和无奈!作者先是描述采摘象征纯洁美好的芙蓉以寄送相思的雅丽缠绵的诗境,结尾以此精警之语点化,这怀人的情感,就美好延绵又深刻丰富了。

《古诗十九首》还从思妇的角度,抒发她们的闺思和愁怨,展示她们婉曲复杂的心态。这些作品,可能大多并非真正出于思妇之手,而是游子文士琢磨思妇的心态创作的。对游子的深切思念和真挚爱恋,是这些诗歌的核心,《迢迢牵牛星》尤可称道:

> 迢迢牵牛星,皎皎河汉女。纤纤擢素手,札札弄机杼。终日不成章,泣涕零如雨。河汉清且浅,相去复几许?盈盈一水间,脉脉不得语。

诗的表面全是写牛郎织女,却无一处不是写思妇自己的情事。终日心神不宁、悲叹流泪,是织女,也是她自己,可以想见她思念游子的深切和痛楚。

思妇的歌唱同时也表现了她们复杂微妙的心理,如《行行重行行》"相去日已远,衣带日已缓。浮云蔽白日,游子不顾反",对游子长久不归多少有些怨责和无奈。《冉冉孤生竹》担心自己年老色衰:"思君令人老,轩车来何迟。伤彼蕙兰花,含英扬光辉。过时而不采,将随秋草萎。"而《青青河畔草》写思妇在春光明媚之时,感到寂寞难奈:"荡子行不归,空床难独守。"

《古诗十九首》另一个重要主题，是表现游子士人对生存状态的感受及其人生的某些观念。有功业迟滞的焦灼和失意："盛衰各有时，立身苦不早"(《回车驾言迈》)，"何不策高足，先据要路津。无为守穷贱，轗轲长苦辛"(《今日良宴会》)；有世态炎凉的深刻感受："昔我同门友，高举振六翮。不念携手好，弃我如遗迹"(《明月皎夜光》)；更感受到了人生短暂、飘忽如寄："人生天地间，忽如远行客"(《青青陵上柏》)，"人生寄一世，奄忽若飙尘"(《今日良宴会》)，"浩浩阴阳移，年命如朝露。人生忽如寄，寿无金石固"(《驱车上东门》)。

游宦的挫折，人生的失意，使游子们面对现实，审时度势，重新认识人生的价值。他们想要摆脱虚名的困缚："良无磐石固，虚名复何益。"(《明月皎夜光》)想要甩掉一切人生的包袱去自由生活："荡涤放情志，何为自结束。"(《东城高且长》)同时，他们也不相信成仙、永生之类的事情："万岁更相送，贤圣莫能度。服食求神仙，多为药所误。不如饮美酒，被服纨与素。"(《驱车上东门》)他们开始执著于现实人生，看重当前生活的快乐："斗酒相娱乐，聊厚不为薄。驱车策驽马，游戏宛与洛。"(《青青陵上柏》)"生年不满百，常怀千岁忧。昼短苦夜长，何不秉烛游？为乐当及时，何能待来兹。愚者爱惜费，但为后世嗤。"(《生年不满百》)有的文士甚至放浪形骸，去拈花惹草："燕赵多佳人，美者颜如玉。……思为双飞燕，衔泥巢君屋。"(《东城高且长》)

当然，《古诗十九首》的作者们并不是玩物丧志。他们离乡背井，漂泊游宦，本是要追求功名，令社会认可自己的价值。但是，经历了种种挫折和失落之后，他们对人生有了新的认识。在种种人生的价值取向当中，他们更看重生存的价值。这种思想观念的产生是被迫无奈的，也可能是情感化的。但是它折射出深广的社会内涵，又具有广泛的包容性，富于人生的哲理。

二 《古诗十九首》的艺术表现特征

《文心雕龙·明诗》说《古诗十九首》："观其结体散文，直而不野；婉转附物，怊怅切情，实五言之冠冕也。"概括了《古诗十九首》的基本特色。具体而言，《古诗十九首》的艺术表现特征主要有以下几点：

(一)意蕴多义：言有尽而意无穷的表现风格

涵泳不尽，意味无穷，是《古诗十九首》最鲜明的特点。如《行行重行行》：

> 行行重行行，与君生别离。相去万余里，各在天一涯。道路阻且长，会面安可知？胡马依北风，越鸟巢南枝。相去日已远，衣带日已缓。浮云蔽白日，游子不顾反。思君令人老，岁月忽已晚。弃捐勿复道，努力加餐饭。

从字面看去，这诗的意思似乎很明白，就是思妇想念远方的游子。但是细加品味，它的含义，它的情感，却异常丰厚。首先，如果把"游子不顾反"一句的"游子"，理解为游子自称，则此诗也可以看做是游子之辞。而游子想念妻子与思妇想念游子，其感情内涵是不尽相同的,可以产生不同的体会。并且,一旦作游子自称理解,全诗的题旨还可能有完全不同的解释,超出夫妇思念的范围。其次,离别之情,是"人所同有之情",不论是游子、思妇甚或处于其他离别的情境,都会自觉不自觉地联系自身的经历,去感受、联想甚至补充这诗的情感内涵。再次,诗句看似明白实际上却含蕴不尽,它的每一句,都可以作更为丰富的体会(参见叶嘉莹《迦陵论诗丛稿·一组易懂而难解的好诗》)。这些涵容很大的抒情特点,为读者留下了自由联想的广阔天地。

宋人吕本中《童蒙诗训》评论《古诗十九首》"思深远而有余意,言有尽而意无穷",指出了《古诗十九首》的上述风格特征。从艺术表现说,它怎样形成了这个特征呢?陈祚明说得好:"言情能尽者,非尽言之为尽也。尽言之则一览无遗,惟含蓄不尽,故反言之,乃足使人思。……《十九首》善言情,惟是不使情为径直之物,而必取其宛曲者以写之,故言不尽而情则无不尽。"(《采菽堂古诗选》)具体而言,一是《古诗十九首》抒写的情感具有普遍性,容易引起读者的联想和共鸣;二是它没有把所表达的情感写得十分具体,也没有在字句上追求淋漓穷尽的表述,而是采取含蓄的表达方式;三是往往使用比兴手法。这些因素,都为读者留下了作多种领会的可能,从而造成它"言有尽而意无穷"的特色。例如《庭中有奇树》:

> 庭中有奇树,绿叶发华滋。攀条折其荣,将以遗所思。馨香盈怀袖,路远莫致之。此物何足贵,但感别经时。

很明显,这诗是写久别之感。但是它没有明确说出感情的具体内涵,更不曾力图详尽喷发内心的强烈感受,只是很含蓄地写作者想要借寄送树花来寄送相思之情。而后以"物"的不足贵,衬托出"情"的厚重。言浅而情深,明白又不确定,抒情含蓄委婉。唯其如此,才给读者留有想象甚至添加情思的余地,造成它涵泳不尽的艺术效果。《古诗十九首》大都具有这样的表现特点。

(二)浅近自然、不假雕饰而富于表现力

清人温蕙《读书一间钞》说:"《古诗十九首》,发于天籁,本乎人情。"从情感说,《古诗十九首》感情醇真诚挚,没有矫揉造作;从艺术表现说,它的写境用语似乎信手拈来,没有错彩镂金式的加工,而是出水芙蓉般的自然诗境。如《回车驾言迈》:

> 回车驾言迈,悠悠涉长道。四顾何茫茫,东风摇百草。所遇无故物,焉得不速老!盛衰各有时,立身苦不早。人生非金石,岂能长寿考?奄忽随物化,荣名以为宝。

它直抒时光流逝而功名不成的焦灼,感叹人生不永,非常真诚。前四句景物描写,随意摭取沿路所见,没有着力选择的痕迹。而荒凉的景象,灰暗的色调,春秋代序的季节变化,与作者焦虑、凄凉的心境相互比衬,谐调一致,极真实又极自然。

再如《涉江采芙蓉》,写游子思乡思亲的感情(如果把"还顾"二句解为思妇代游子设辞,则此诗也可以理解为思妇想念远方的游子)。游子来到江泽采摘芙蓉,遥望故乡,思念亲人,伤感不已。感情极其纯真,没有丝毫杂质。由采摘芙蓉到寄送相思,到路途遥远阻隔的无奈,到引领遥望不见故乡,再到同心离居、忧伤终老的伤感,情思和诗意连贯而

下，自然而然，毫无隔碍或造作。

《古诗十九首》遣词用语非常浅近明白，“平平道出，且无用工字面，若秀才对朋友说家常话”（明人谢榛《四溟诗话》卷三），却又极擅传情达意，意味隽永。随意举几个例子：

> 客从远方来，遗我一书札。上言长相思，下言久离别。置书怀袖中，三岁字不灭。（《孟冬寒气至》）

> 生年不满百，常怀千岁忧。昼短苦夜长，何不秉烛游。（《生年不满百》）

这些诗句，无论叙述、描写还是议论，全都明白如话，而细加体味，又无不含蕴丰富，表现了多层次的真挚情感。同时，《古诗十九首》语言虽浅近，但不乏精警凝练。如“相去日已远，衣带日已缓”（《行行重行行》），写相思令人憔悴；“此物何足贵，但感别经时”（《庭中有奇树》），写恩爱相守重于一切；“以胶投漆中，谁能别离此”（《客从远方来》），写爱情的坚贞；以及“人生天地间，忽如远行客”（《青青陵上柏》）、“人生寄一世，奄忽若飙尘”（《今日良宴会》）、“浩浩阴阳移，年命如朝露”（《驱车上东门》），写人生无常的悲慨等，都感人肺腑，发人深思。

（三）情思与景物、情境的融合

《古诗十九首》所描写的景物或情境与情思非常切合，往往能够形成情景交融、浑然圆融的艺术境界。例如《去者日已疏》：

> 去者日已疏，来者日已亲。出郭门直视，但见丘与坟。古墓犁为田，松柏摧为薪。白杨多悲风，萧萧愁杀人。思还故里闾，欲归道无因。

抒发时光蹉跎的悲慨和孤凄的思乡情感。以白描手法，写出门所见的景象：荒凉的丘墓，悲鸣的白杨，肃杀的秋气，还有古墓成田、松柏为薪的变化。这一景象与作者孤苦悲凉的情思完全吻合。再如《明月何皎皎》，也是纯以白描手法，写游子深夜徘徊，难以入睡的情境。在皎洁的月光笼罩下，他先是在空房中徘徊，又走出屋外彷徨，再回到空房中来，不觉泪下，打湿了衣裳。这个情境，与游子羁旅的愁思相互包涵，水乳交融。

《古诗十九首》描写情景交融的艺术境界，也得力于比兴手法的运用。如“胡马依北风，越鸟巢南枝”，写游子应当（或盼望）回归故乡；“冉冉孤生竹，结根泰山阿。与君为新婚，菟丝附女萝”，写游子思妇的结婚；“伤彼蕙兰花，含英扬光辉。过时而不采，将随秋草萎”，写新妇的美丽及其迟暮之忧等，都把外在的物象和内心的情思熔铸在一起，天衣无缝。也有通篇使用比兴的例子，如《迢迢牵牛星》，全篇都是写牛郎织女的传说，却把现实生活中游子思妇的离别情感融会了进去。每一句都不涉及自己的情事，其实处处又都是写自己的感受。

《古诗十九首》也有以象征手法创造圆融艺术境界的作品，如《西北有高楼》：

> 西北有高楼，上与浮云齐。交疏结绮窗，阿阁三重阶。上有弦歌声，音响一何悲。谁能为此曲，无乃杞梁妻。清商随风发，中曲正徘徊。一弹再三叹，慷慨有余哀。不惜歌者苦，但伤知音稀。愿为双鸿鹄，奋翅起高飞。

诗写楼的高美,曲的悲凉,人的孤独,其实正是作者自身及其生存状态的象征。它所描写的景象,不同于《古诗十九首》其他诗歌的白描,而是夸饰、“设计”的景象,是内心情思的幻化景象,因而就具有象征的意味。清人贺贻孙《诗筏》说:“《西北有高楼》一篇,皆想象之词。阿阁之上,忽闻弦歌,凭空摹拟,幻甚。”方东树也说:“言知音难遇,而造境创言,虚者实证之。意象、笔势、文法极奇。”(《昭昧詹言》卷二)说到了关键处。

三　东汉末年其他五言古诗

《古诗十九首》以外,《文选》、《玉台新咏》等总集中还收录了不少无主名的五言古诗。例如所谓“苏李诗”:

> 嘉会难再遇,三载为千秋。临河濯长缨,念子怅悠悠。远望悲风至,对酒不能酬。行人怀往路,何以慰我愁?独有盈觞酒,与子结绸缪。(《文选》旧题《李少卿与苏武诗》其二)

> 结发为夫妻,恩爱两不疑。欢娱在今夕,嬿婉及良时。征夫怀往路,起视夜何其?参辰皆已没,去去从此辞。行役在战场,相见未有期。握手一长叹,泪为生别滋。努力爱春华,莫忘欢乐时。生当复来归,死当长相思。(《文选》旧题《苏子卿诗》其三)

《文选》收录的“苏李诗”7首(李陵3,苏武4),其实并不是苏武、李陵的作品,古今学者多有考论(参见《太平御览》卷五八六引颜延之《庭诰》、梁启超《中国之美文及其历史》以及刘跃进《中古文学文献学》等),它们应当也是汉末人所作。这是其中的两首,写朋友、夫妻的离别,情感沉郁,叙事、写景浅近自然,与《古诗十九首》十分相似。

除“苏李诗”外,汉末还有其他一些五言古诗。如:

> 悲与亲友别,气结不能言。赠子以自爱,道远会见难。人生无几时,颠沛在其间。念子弃我去,新心有所欢。结志青云上,何时复来还。(《玉台新咏》卷一)

> 新树兰蕙葩,杂用杜蘅草。终朝采其华,日暮不盈抱。采之欲遗谁?所思在远道。馨香易销歇,繁华会枯槁。怅望欲何言,临风送怀抱。(《先秦汉魏晋南北朝诗》之《汉诗》卷一二)

这些诗歌的情感内涵和艺术风格,与《古诗十九首》大体相近,也应当是同时代的作品。

第三节　两汉乐府民歌

一　乐府释义及汉乐府概况

“乐府”,本是上古掌管音乐的行政机关。设置长官管理音乐之事,古已有之。西汉的乐官有太乐令和乐府令，分别掌管雅乐和民间俗乐；至于掌管民乐的乐府衙署究竟何时设置，尚无定论，但至迟不晚于武帝时。西汉末年，哀帝罢黜乐府，保留其部分职能合并入太乐机关。东汉掌管音乐的机构，分为太予乐署和黄门鼓吹署，大致相当于西汉的太乐机关和乐府衙署。到晋、宋之际，人们把乐府演唱的歌诗也称之为乐府，于是，乐府又成为诗体的名称(参见萧涤非《汉魏六朝乐府文学史》，人民文学出版社 1984 年版)。

关于汉代乐府机关的职能，《汉书・礼乐志》说：

> 至武帝定郊祀之礼……乃立乐府，采诗夜诵。有赵、代、秦、楚之讴。以李延年为协律都尉。多举司马相如等数十人造为诗赋，略论律吕，以合八音之调，作十九章之歌。(即今存之《郊祀歌》)

由此可知，乐府有采集民间歌诗、组织文人创作、负责演唱等职责。它所演唱的乐府诗歌，包括民歌和贵族、文人的创作。

乐府机关汇集了大量的民歌和贵族、文人创作，如何分类编排呢？据现存史料，较早给汉乐府分类的是东汉末年的蔡邕，他分为四类：大予乐、周颂雅乐、黄门鼓吹和短箫铙歌(见《续汉书・礼仪志》注引蔡邕《礼乐志》)。其后，多有学者为乐府歌诗分类，而以南宋郭茂倩《乐府诗集》最受推重。郭氏基本依据音乐的不同，分乐府诗为 12 类：郊庙歌辞、燕射歌辞、鼓吹曲辞、横吹曲辞、相和歌辞、清商曲辞、舞曲歌辞、琴曲歌辞、杂曲歌辞、近代曲辞、杂歌谣辞、新乐府辞。郭氏分类比较系统，繁简适当，后人研究乐府多遵从这个分类。

汉代乐府诗歌原本数量不少，仅西汉时期，《汉书・艺文志》即著录 28 家 314 篇(其中 138 篇为民歌)；东汉乐府史籍不载，已难晓其详，当也不在少数。这些诗歌，大多已失传，今仅存约百篇(其中民歌有四十首左右)，主要保存在《乐府诗集》的郊庙歌辞、鼓吹曲辞、相和歌辞、杂曲歌辞、杂歌谣辞几类中。《乐府诗集》中有题名或标明“古辞”的，一般就是汉代乐府。

汉乐府中贵族、文人的诗歌，多是歌功颂德之作，风格典雅古奥而缺乏生气，文学价值不高。汉乐府的精华是民歌，它们大多保存在相和歌辞里。

二 汉乐府民歌的文学价值

汉代乐府民歌的创作精神，与《诗经》的周民歌一脉相承，“感于哀乐，缘事而发”(《汉书・艺文志》)，情感真挚浓郁，风格平实朴直。同时，在具体的题材内涵和表现手法上，又有不同于周民歌的新变。

(一)题材的承变

与《诗经》民歌一样，汉乐府民歌继续咏唱那些与百姓生活息息相关、感受深刻的生活内容。

有讥刺达官显贵的诗,如《鸡鸣》、《相逢行》、《长安有狭斜行》等。它们描写贵族的显贵、浮夸和奢侈,颇具漫画意味。如《鸡鸣》:“兄弟四五人,皆为侍中郎。五日一时来,观者满路傍。黄金络马头,颎颎何煌煌。桃生露井上,李树生桃傍。虫来啮桃根,李树代桃僵。树木身相代,兄弟还相忘。”讥刺西汉末年贵戚王氏五侯,不仅写出了王氏兄弟鼻息干虹蜺的狂傲,还揭出他们兄弟亲情的冷漠。

有反映人民厌倦战争的诗,如《古歌》写戍边将士深切难耐的思乡之情;《战城南》悼念阵亡的将士,把野死不归的凄凉和壮烈的豪情熔铸在一起,涌动着沉重的悲凉感;《十五从军征》写一个老兵被迫征战一生,年老终于可以回家了,但是已经家破人亡!只剩他孤苦伶仃,无依无靠,晚景凄凉!以独特视角,揭露了战争的惨无人道。与《诗经》的同类诗歌相比,汉民歌显得更加悲凉。

当然还有爱情、婚姻的歌唱。像《江南》、《有所思》、《上邪》这些脍炙人口的爱情诗,或柔美含蓄,或浓烈直率,就像爱情本身,纯洁美丽。《艳歌何尝行》采用比兴手法,把夫妇生死相依的真挚情感表现得异常深刻:“飞来双白鹄,乃从西北来。十十五五,罗列成行。妻卒被病,行不能相随。五里一返顾,六里一徘徊。吾欲衔汝去,口噤不能开。吾欲负汝去,毛羽何摧颓。乐哉新相知,忧来生别离。踌躇顾群侣,泪下不自知。念与君别离,气结不能言。各各重自爱,道远归还难。妾当守空房,闭门下重关。若生当相见,亡者会重泉。今日乐相乐,延年万岁期。”

与《诗经》一样,汉乐府的婚恋诗也反映了相关的社会问题。如众所周知的《陌上桑》,写采桑女秦罗敷以夸饰夫婿的地位和英姿,巧妙拒绝太守的公开调戏;《上山采蘼芜》记述被休弃的妻子与故夫的对话:“上山采蘼芜,下山逢故夫。长跪问故夫:‘新人复何如?’‘新人虽言好,未若故人姝。颜色类相似,手爪不相如。’‘新人从门入,故人从阁去。’‘新人工织缣,故人工织素。织缣日一匹,织素五丈余。将缣来比素,新人不如故。’”反映出女子在婚姻生活中地位的卑下。

汉乐府民歌还有周民歌中鲜见的题材,即倾诉生活艰难困顿和漂泊流荡的诗。《东门行》、《妇病行》、《孤儿行》等,极写生存的艰难。如《东门行》写一个贫民,因生活困苦之极打算铤而走险,妻子劝阻他,他却义无反顾:

> 出东门,不顾归。来入门,怅欲悲。盎中无斗米储,还视架上无悬衣。拔剑东门去,舍中儿母牵衣啼:“他家但愿富贵,贱妾与君共餔糜。上用仓浪天故,下当用此黄口儿。今非!”“咄!行!吾去为迟!白发时下难久居!”

此诗揭示了民众被迫无奈,走上反抗道路的情状。《妇病行》写丈夫丧妻,自己带着两三个幼儿艰难度日,穷困潦倒,不禁对孩子感慨:我们也要随你母亲去了!《孤儿行》写孤儿备受兄嫂虐待,痛不欲生:“居生不乐,不如早去,下从地下黄泉。”

《艳歌行》和《悲歌》,是漂泊异乡者的悲吟。前者倾诉:“翩翩堂前燕,冬藏夏来见。兄弟两三人,流宕在他县。故衣谁当补,新衣谁当绽?”以比兴手法,抒发其悲苦无助的情思。后者唱道:

悲歌可以当泣，远望可以当归。思念故乡，郁郁累累。欲归家无人，欲渡河无船。心思不能言，肠中车轮转。

不仅发抒思乡之情，更道出孤苦伶仃和无可寄托、无处诉说的悲哀。

此外，汉乐府民歌中还有表达人生哲理的作品。如《长歌行》："青青园中葵，朝露待日晞。阳春布德泽，万物生光辉。常恐秋节至，焜黄华叶衰。百川东到海，何时复西归。少壮不努力，老大徒伤悲！"指出生命和时光的可贵，鼓励人们珍惜。而《薤露》和《蒿里》，更深刻抒发了对生命终结的悲哀：

薤上露，何易晞！露晞明朝更复落，人死一去何时归！(《薤露》)

蒿里谁家地？聚敛魂魄无贤愚。鬼伯一何相催促，人命不得少踟蹰。(《蒿里》)

生命的短暂犹如朝露，但露有再生，生命却不能复归。生命既已终结，生前的贤愚臧否，又何足道！这种人生体验有些大彻大悟的味道，但是非常悲凉。

总之，汉乐府民歌抒写民众切身的情事，情深意真，这是对《诗经》民歌创作精神的继承。同时，汉乐府民歌在诉说生存的艰难困顿以及披露战争的残酷等方面，较之周代民歌，似乎更加悲凉厚重。

(二)艺术表现手法的演变

第一，与周民歌相比，汉乐府民歌叙事成分增多，许多民歌都有情节，有的还描写了人物的形象。

在叙述和抒情中插入情节，如《东门行》写贫民男子与妻子的争论过程，《妇病行》写鳏夫向亲友求乞，《孤儿行》写瓜车翻覆、孤儿的哀告，《战城南》写"我"与乌鸦的对话等等。这些情节对诗歌思想情感的表达起到了很好的作用。有的情节，具有偶然性或理想化倾向。如《上山采蘼芜》，写弃妇与故夫山脚相遇，就是偶然事件；但是如果没有这一偶遇，就没有弃妇在被弃之后仍须向故夫跪诉的情节发生，也就不能在更深的层次揭示妇女地位的卑下。《陌上桑》写秦罗敷与太守的对话，就是理想化情节；但只有在这样的情节和结局中，才能充分体现秦罗敷的智慧。情节设置的偶然性和理想化，表明汉乐府民歌在真实叙事抒情的同时，也不乏灵动的虚构和想象。

有的民歌还着意于人物的描写。如《孤儿行》：

孤儿生，孤儿遇生，命独当苦。父母在时，乘坚车，驾驷马。父母已去，兄嫂令我行贾。南到九江，东到齐与鲁。腊月来归，不敢自言苦。头多虮虱，面目多尘。大兄言办饭，大嫂言视马。上高堂，行取殿下堂，孤儿泪下如雨。使我朝行汲，暮得水来归。手为错，足下无菲。怆怆履霜，中多蒺藜；拔断蒺藜肠月中，怆欲悲。泪下渫渫，清涕累累。冬无复襦，夏无单衣。居生不乐，不如早去，下从地下黄泉。春气动，草萌芽，三月蚕桑，六月收瓜。将是瓜车，来到还家。瓜车反覆，助我者少，啗瓜者多。"愿还我蒂！兄与嫂严，独且急归，当兴校计。"

乱曰:里中一何譊譊!愿欲寄尺书,将与地下父母:兄嫂难与久居。

通过父母在世时"乘坚车,驾驷马"与父母死后种种不幸遭遇的对比,通过兄嫂对孤儿苛刻的待遇,通过"行贾"、"汲水"、"收瓜"四季不停的劳作以及"头多虮虱,面目多尘"、"冬无复襦,夏无单衣"的描写,表现备受欺凌的孤儿形象。汉乐府民歌写人物最为成功的,当属《陌上桑》。它写秦罗敷的美貌,先是以衣饰装扮衬托:"头上倭堕髻,耳中明月珠。缃绮为下裙,紫绮为上襦。"接着以他人见到罗敷的反应从侧面烘托:"行者见罗敷,下担捋髭须。少年见罗敷,脱帽著帩头。耕者忘其犁,锄者忘其锄。来归相怨怒,但坐观罗敷。"始终没有直接、正面的描写,而罗敷之美呼之欲出。

第二,汉乐府民歌抒情真挚浓郁,有直抒胸臆的作品,如《有所思》、《东门行》、《孤儿行》等;同时也善于以比兴、叙描的手法抒情。

《上邪》罗列五种不可能发生的自然现象,《艳歌行》之"翩翩堂前燕,冬藏夏来见",《悲歌》、《古歌》之"心思不能言,肠中车轮转",《长歌行》之"青青园中葵,朝露待日晞"等等,都是比兴的例证。有的诗篇还通篇使用比兴,例如禽言诗《乌生》,通篇写乌鸦不得安生的经历及其所见所感,其实处处都在写人间情事。通篇使用比兴的诗作,还有《江南》、《枯鱼过河泣》等。

在叙述和描写中抒情的例子,如《战城南》:"战城南,死郭北,野死不葬乌可食。为我谓乌:'且为客豪!野死谅不葬,腐肉安能去子逃?'"客观描写战场的情状,而涌动着浓重的悲凉之感。《妇病行》则在琐细的叙述中,埋藏着难以道说的凄苦。《十五从军征》在这个方面最为出色,写老兵向乡人问询家中情况,写他到家后的所见、所为,全诗都是叙述和描写,处处充满了孤苦和悲凄:

十五从军征,八十始得归。道逢乡里人:"家中有阿谁?""遥望是君家,松柏冢累累。"兔从狗窦入,雉从梁上飞。中庭生旅谷,井上生旅葵。舂谷持作饭,采葵持作羹。羹饭一时熟,不知贻阿谁。出门东向看,泪落沾我衣。

第三,形式和语言方面的特点。汉乐府民歌在句式上突破了《诗经》以四言为主的格局,变为以杂言和五言为主。杂言长短不拘,表现灵活;五言虽只比《诗经》增加了一个字,但音节单双配合,节奏、韵律富于变化,又增加了表现的容量。从发展趋势看,汉乐府民歌由杂言渐趋五言,对五言诗的最后定型产生了重要作用。同时,汉乐府民歌也不再有重章,与《诗经》相比,在诗歌的结构上有所发展。

汉乐府民歌的语言质朴浅白,往往使用对话和口语。如:

秦氏家有游遨荡子,工用睢阳强,苏合弹。左手持强弹两丸,出入乌东西。唶我!一丸即发中乌身,乌死魂魄飞扬上天。(《乌生》)

作为诗的语言,看起来似笨拙滞涩,似顺口溜,浅平直白,但富于表现力。

【本章习题指要】

1. 掌握有关五言诗起源的知识。
2. 了解《古诗十九首》的作者、时代情况，掌握它的情思内涵。
3.《古诗十九首》的艺术表现成就。
4. 了解乐府的名义、分类以及汉代乐府诗歌的保存情况。
5. 汉乐府民歌的文学价值。

第三编　魏晋南北朝文学

绪　言　魏晋南北朝文学发展概况

魏晋南北朝时期是文学自觉的时代。与两汉时期相比，此时期不论是在传统的诗、文、赋方面，还是在新兴的小说、文学理论方面，都有突破性发展，取得了巨大成就，呈现出繁荣的景象，为唐代文学高潮的出现奠定了良好的基础。

诗歌方面，建安时代动荡战乱的血与火燃烧着诗人的热情，他们感情浓烈，慷慨悲歌。诗歌，不再是经学的附庸，不再是政治的奴婢，而是诗人充满个性和情感的心声。慷慨沉雄的曹操，华丽壮大的曹植，婉娟婉约的曹丕，以及各具面目的建安七子和女诗人蔡琰，虽然风格各不相同，但都饱含激情地拨动着各自的心弦，共同演奏出慷慨悲凉的宏大乐章，在中国诗歌史上形成了第一次文人诗歌创作高潮。正始时期黑暗的政治恐怖，使诗歌失去了建安时代鲜活明快的特色，代之以沉痛委曲、隐蔽曲折的风格；此时期玄风大昌，又使诗歌带有深邃的哲理化倾向和老庄的清逸玄远之美：代表诗人是阮籍和嵇康。两晋诗歌，太康、元康年间的创作主流是以陆机、潘岳为代表的繁缛诗风，缛旨星稠，繁文绮合。但西晋的左思与刘琨却舍弃追求华美与技巧，注重内心真情实感的抒发，形成一种不事雕饰、慷慨悲歌的刚健诗风。两晋之交，郭璞的游仙诗以其坎壈咏怀的内容和彪炳可玩的形式健步诗坛。东晋以来，理过其辞、淡乎寡味的玄言诗笼罩天下。给玄言诗画上句号的，是杰出的田园诗人陶渊明。他不但开创了文人诗歌创作的新领域——田园诗，而且以其平和淡泊的境界韵味和纯净无华的诗歌语言成为中国田园、隐逸诗人之宗，沾溉了无数后代诗人。南北朝时期，诗歌新变迭出，在南朝，山水诗、永明体、宫体诗轮番登上诗坛，谢灵运、鲍照、谢朓等大诗人交相辉映；在北朝，有集南北诗风之大成的诗人庾信：他们都为中国诗歌的发展作出了巨大贡献。南北朝乐府民歌则各以其清新芊丽和刚健激越的不同风格展现着异彩。

散文方面，建安时期的思想解放，使散文创作打破了汉代中后期以来重复敷衍经义的僵化局面，在内容上真情流露，在形式上注重文采，甚至开始了骈偶化倾向。正始时期，玄风大昌，善谈名理成为散文的重要内容。但文学价值更高的却是嵇、阮讥刺和抨击黑暗政治和虚伪名教的文章。两晋散文，更加注重讲究形式技巧，而且文章诸体皆备，不乏情文兼善之作，潘岳的哀诔之文、陆机辞藻用事对偶兼工的准骈文，均属上乘。南朝骈文是中国散文史上一道靓丽的风景，对偶工整精巧，用典绵密妥帖，辞藻华丽绮焕，声律和谐精严，为中国散文开辟了一个新的领域。北朝散文以散体单行为主，但亦融合骈偶成分入文，出现了《水经注》、《洛阳伽蓝记》等优秀作品。

赋作方面，建安赋作承汉末抒情小赋的遗风，抒情性进一步加强，尤其在对偶工整和辞藻富丽方面,达到了新的高度,成为汉赋向南北朝骈赋转化的开端。曹植的《洛神赋》是最杰出的篇章。正始赋作,由于政治的压力,情绪低沉抑郁,表现委婉曲折,又由于哲理思辨兴趣较浓,部分赋作具有清新绵邈的特点。两晋时期,不但西晋有左思《三都赋》这样的大赋复兴,东晋还有山水赋的出现。在形式上则注意"其会意也尚巧,其遣言也贵妍,暨音声之迭代,若五色之相宣",为南朝骈赋的出现奠定了基础。南朝骈赋美轮美奂,鲍照的《芜城赋》,江淹的《恨赋》、《别赋》堪称精绝。北朝庾信的《哀江南赋》感情悲凉凄怆,形式精整典重,是南北赋风完美结合的典范。

小说方面,杂谈神仙鬼怪的志怪小说和记述人物言行片段的志人小说在本时期出现,作品众多,内容丰富,其中志怪小说的代表《搜神记》和志人小说的代表《世说新语》还取得了很高的成就,对后代的文学艺术产生了深远的影响。

第一章　建安诗歌

建安诗坛，上起汉献帝建安元年（196），下迄魏明帝太和六年（232），即汉末魏初时期的诗歌。这一时期是中国文学史上五言诗兴盛、七言诗奠基的阶段。此时期作家众多，诗作丰富，在中国诗歌史上第一次掀起了文人诗歌的创作高潮，并形成了被称为"建安风骨"的时代风格。

建安时代，连年战乱，经济萧条，人口剧减，民生凋敝。汉末的动乱现实一方面给建功立业提供了可能，激发士人们积极进取的强烈愿望，一方面又是人命危浅、朝不虑夕，给士人带来岁月不居、人生无常的深沉叹息，因此形成慷慨任气，以悲凉为美的风尚。在思想方面，这时期由于儒学的传统地位发生动摇，士人从经学桎梏中解脱出来，发现了自我，重感情欲望，重个性表现。所以在文学方面一改汉代诗学是经学附庸的传统，而转向非功利的抒情。诗歌创作完全是抒一己之情怀，有强烈的主观色彩，叙事为浓烈抒情所掩盖，写景的目的也是为了抒情，写得感情浓烈，反映了社会的动乱残破，表达了对人民苦难的同情。在形式上已达到五言诗的成熟境地，追求辞采华美但又不假雕饰，情之所至色彩缤纷。这一时期的代表诗人是曹氏父子（曹操、曹丕、曹植）、建安七子（孔融、陈琳、王粲、徐干、阮瑀、应玚、刘桢）和女诗人蔡琰。而尤以曹操、曹植成就为最高。

第一节　首开风气的曹操

曹操（155—220），字孟德，沛国谯（今安徽亳州市）人，是中国历史上著名的政治家、军事家和文学家。他出身于官高望低的宦官家庭，其父夏侯嵩为宦官曹腾养子，因改姓曹。曹操曾参与镇压黄巾，讨伐董卓，又与其他军阀逐鹿中原，后迎汉献帝都许（今河南许昌），从此挟天子以令诸侯，逐一击败对手，统一北方。

曹操是一个注重实际的人，他知道乱世用儒学不能及时奏效，所以用刑名法术之学。他精通音乐、书法、围棋，为人简易，不重威仪。史称他"好音乐，倡优在侧，常日以达夕。被服轻绡，身自佩小鞶囊，以盛手巾细物。时或冠帢帽以见宾客。每与人谈论，戏弄言诵，尽无所隐，及欢悦大笑，至以头没杯案中，肴膳皆沾污巾帻"（《三国志·魏书·武帝纪》裴松之注引《曹瞒传》）。动乱板荡的时局，戎马倥偬的经历，统一天下的雄心，交织在他的诗歌中，形成了他古直悲凉、慷慨沉雄的艺术风格。而且他以挟天子令诸侯的地位，爱好提倡诗歌创作，遂使建安诗坛人才之蔚茂，一时彬彬。

曹操诗歌创作的一大成就,是开创了文人"拟乐府"诗歌创作的全盛局面。"乐府自东汉以来,文士始多仿制,然大都不过一二篇,其风未盛也。乐府既不采诗,民歌来源,根本断绝。而魏武以相王之尊,雅爱诗章……文人乐府,斯为极盛。"(萧涤非《汉魏六朝乐府文学史》)究其原因,缘于曹操喜爱并精通乐府音乐,《魏书》说太祖"登高必赋,及造新诗,被之管弦,皆成乐章"。曹操今传诗作皆为乐府诗,而且是"以乐府题叙汉末事"(王士禛《古诗选·五言诗凡例》),他多用乐府旧题,叙汉末实事,也有少数自拟新题之作,如《对酒》等。借古题以写新事的,如《薤露》、《蒿里》,乐府旧辞皆为挽歌,曹操却用其悲凉苦恨之调,创作《薤露行》、《蒿里行》,以写汉末动乱,前者叙董卓焚烧洛京而迁民西入关之事,后者写诸侯起兵伐董卓而内讧事,生动地再现了当时民生凋敝的苦难现实,被评为"汉末实录,真诗史也"(《古诗归》卷七):

> 关东有义士,兴兵讨群凶。初期会盟津,乃心在咸阳。军合力不齐,踌躇而雁行。势利使人争,嗣还自相戕。淮南弟称号,刻玺于北方。铠甲生虮虱,万姓以死亡。白骨露于野,千里无鸡鸣。生民百遗一,念之断人肠。(《蒿里行》)

自曹操首开以乐府古题自作诗的风气之后,建安诗人遂风起仿效。而且启发了后人,如杜甫"即事名篇"的新题乐府、白居易的"新乐府"等,都是沿着曹操直面现实人生的写实方向发展起来的。

其次,曹操的诗有一种悲凉沉雄的独特艺术风格。他的诗特别能表现出他的个性,有政治领袖人物的宏大气魄,本色质朴但抒情浓郁,表现了他高远的志向、坚定的信心、卓越的毅力和雄伟的气势,悲歌慷慨,气韵沉雄。代表作品是《短歌行》:"对酒当歌,人生几何?譬如朝露,去日苦多。慨当以慷,忧思难忘。何以解忧,唯有杜康。青青子衿,悠悠我心。但为君故,沉吟至今。呦呦鹿鸣,食野之苹。我有嘉宾,鼓瑟吹笙。明明如月,何时可掇?忧从中来,不可断绝。越陌度阡,枉用相存。契阔谈讌,心念旧恩。月明星稀,乌鹊南飞。绕树三匝,何枝可依?山不厌高,水不厌深。周公吐哺,天下归心。"后人评此诗云:"此叹流光易逝,欲得贤才以早建王业之诗。"(张玉穀《古诗赏析》卷八)又如《步出夏门行》:"东临碣石,以观沧海。水何澹澹,山岛竦峙。树木丛生,百草丰茂。秋风萧瑟,洪波涌起。日月之行,若出其中。星汉灿烂,若出其里。幸甚至哉,歌以咏志。"这是我国文学史上第一首纯然描写自然景物的山水诗。此诗作于建安十二年(207)北征乌桓时,是时袁绍已破,冀州已平,乌桓又定,诗人的巨大政治抱负正在一步步实现,对前途充满信心,诗人此时的心境乐观坚定、宽广雄阔,移情入景,故能成此气象宏伟之作。加之作者不事雕琢,纯用白描,大处落笔,所以也显得气度恢宏,慷慨沉雄。

总之,曹操的诗大都写得高远阔大,语言质朴,气势雄伟,有君临天下之气度与坚若磐石般的信心和意志,能激发起读者积极向上的奋进精神。

第二节　建安之杰曹植

曹植(192—232),字子建,曹操子,曹丕弟。他从小被曹操所喜爱,操欲立其为太子,后未果,因此曹植受到曹丕嫉恨。曹丕代汉以后,开始对曹植进行排挤迫害。魏明帝曹叡即位后,仍对曹植加以猜忌和监视。曹植虽身为藩王,却生活得很不得意,终于在忧愤中死去。

史称曹植聪颖过人,“年十岁余,诵读诗论及辞赋数十万言。善属文”(《三国志·陈思王植传》),自言“生乎乱,长乎军,又数承教于武皇帝,伏见行师用兵之要”,在军事上也有一定的才能与信心。但是,他的个性却是为人过于真率,不护细行,被认为“任性而行,不自雕励,饮酒不节”。超凡的才华与不羁的性格,使他一方面有建功立业的雄心壮志,另一方面却因恃才傲物而饱受压抑,这两个方面在他的作品中都充分表现了出来。

以建安二十五年(220)曹操死为界,曹植的诗歌创作明显地分为前后两期。

前期多抒发其远大理想和宏伟抱负。如《白马篇》:

> 白马饰金羁,连翩西北驰。借问谁家子,幽并游侠儿。少小去乡邑,扬声沙漠垂。宿昔秉良弓,楛矢何参差。控弦破左的,右发摧月支。仰手接飞猱,俯身散马蹄。狡捷过猴猿,勇剽若豹螭。边城多警急,虏骑数迁移。羽檄从北来,厉马登高堤。长驱蹈匈奴,左顾凌鲜卑。弃身锋刃端,性命安可怀?父母且不顾,何言子与妻。名编壮士籍,不得中顾私。捐躯赴国难,视死忽如归。

通过写一个青年英雄的机智勇敢、英勇卫国的精神,来表现自己对壮烈事业和战斗生活的憧憬,气势豪放而情绪昂扬。全诗塑造了一个武艺高强的爱国勇士形象,颂扬了他视死如归的献身精神,也寄托了诗人自己建功立业的豪情壮志。诗歌字里行间迸发着慷慨激昂的炽烈热情,洋溢着高迈不凡的蓬勃朝气,是曹植前期诗歌的代表作品。他前期的作品,在抒写志向与抱负的同时,也常常弥漫着战乱环境所赋予的悲凉慷慨情思和人生无常的叹息,如《送应氏》。即使他前期的宴游诗,也时带一种苍凉意味。

曹植后期的作品则多是表现自己壮志难酬、备受压抑的郁愤心情,典型代表作是《赠白马王彪》,诗序中明言“任城王薨。至七月,与白马王还国。后有司以二王归蕃,道路宜异宿止,意毒恨之。盖以大别在数日,是用自剖,与王辞焉,愤而成篇”。当时曹植的好友丁仪、丁廙兄弟都已被曹丕杀掉,曹植又被贬爵并受到监视。诸侯到京城“会节气”时,曹彰不明不白地暴死,回藩路上又不许曹植、曹彪兄弟同行。面对一连串的打击,曹植写下了这首诗。全诗充满了悲苦之辞、愤慨之音,笼罩着悲愤抑郁的气氛。“秋风发微凉,寒蝉鸣我侧。原野何萧条,白日忽西匿。归鸟赴乔林,翩翩厉羽翼。孤兽走索群,衔草不遑食”,是用凄惨的环境烘托自己危苦的际遇。“鸱枭鸣衡轭,豺狼当路衢,苍蝇间白里,谗巧令亲疏”,是用比喻的手法指斥谗佞鄙毒的小人包围蛊惑曹丕陷害诸王,也微言讥刺了曹丕对诸弟的迫害。“奈何念同生,一往形不归。孤魂翔故域,灵柩寄京师”,是沉痛哀悼弟弟曹彰的被害。"变故在斯须,百年谁能持?离别永无会,执手将何时",是永别弟弟曹彪的无尽悲伤和为之担忧。"人生处一世,去若朝露晞。年在桑榆间,影响不能追。自顾非金石,咄唶令心悲",是对自己事业无成、生命将逝的深沉悲哀。"心悲动我神,弃置莫复陈。丈夫志四海,万里犹比邻。恩爱苟不亏,在远分日亲。何必同衾帱,然后展殷勤。忧思成疾疢,无乃儿女仁",虽有故作达观以安慰兄弟之意,但也能看出曹植哀而不伤、悲凉高迈的精神。曹植后期诗作如《野田黄雀行》、《吁嗟篇》都是这种沉重压抑下的慷慨悲歌。诗人在文帝、明帝两朝多次被贬和迁徙封地,"十一年中而三迁都",备受排挤,漂泊无定,骨肉手足不通,生活凄怆悲凉。诗人通过转蓬流转无根、惊悚不安的描绘,表达了自己内心凄楚悲怆的感情。

曹植是建安诗坛最杰出的诗人。他的五言诗创作在文学史上有很高的地位和成就,他的作品,今存九十多首,是建安诗人中最多的。他的诗歌内容丰富充实,举凡军旅政事、宴游送别、咏史游仙、赠答酬酢、抒情述志,无不发之于诗。他的作品之中,既有采桑美女、名都少年,也有征夫思妇、壮士仙人;有立业之志,也有忧生之叹;有秋兰长坂、朱华绿池,也有震雷时雨、高树悲风。曹植用他的诗笔描绘了广阔的社会人生,表达了自己丰富的思想和感情。

曹植的诗歌被誉为"骨气奇高,词采华茂,情兼雅怨,体被文质"(钟嵘《诗品》)。他的诗既内容充实丰富,多慷慨悲愤之气,在艺术表现上又生动形象,注意辞藻华美、对仗工整和音韵流畅,形成了华丽绮焕且浑厚雄健的独特艺术风格,即所谓华丽壮大,达到了建安诗歌的最高峰。

曹植诗歌"壮大",是指他诗歌雄健豪放的特点。这一方面由于他生活在战争年代,成长于戎马倥偬之中,加之作为政治家军事家的曹操对他言传身教、潜移默化的影响熏陶,和他个人远大的政治抱负与杰出才能,使他的胸襟气宇较为宽广。因此即使在后期受到猜忌压抑,发自胸臆的也是一种英雄失路的慷慨悲凉之气,而非小儿女恩怨尔汝的细语呻吟。正如他在诗中所说的,"丈夫志四海,万里犹比邻。恩爱苟不亏,在远分日亲"。另一方面在艺术表现上,由于他多选择广大的意象、大幅度的动作和巨大的数目,如"伊洛广且深"、"修坂造云日"、"长驱蹈匈奴"、"厉马登高堤"、"万里犹比邻"、"美酒斗十千"等,也使他的诗歌有一种豪放壮大之美。

曹植诗歌语言华美主要表现在浓烈的感情色彩和鲜明的声色上。胡应麟评之为:"子建《名都》、《白马》、《美女》诸篇,辞极赡丽,然句颇尚工,语多致饰,视东西京乐府天然古质,殊自不同。"(《诗薮·内编》卷二)即指曹植在文人有意为诗方面,有一个大跨度的质的飞跃:

> 美女妖且闲,采桑歧路间。柔条纷冉冉,落叶何翩翩。攘袖见素手,皓腕约金环。头上金爵钗,腰佩翠琅玕。明珠交玉体,珊瑚间木难。罗衣何飘飘,轻裾随风还。顾盼遗光彩,长啸气若兰。行徒用息驾,休者以忘餐。借问女安居,乃在城南端。青楼临大路,高门结重关。容华耀朝日,谁不希令颜?媒氏何所营?玉帛不时安。佳人慕高义,求贤良独难。众人徒嗷嗷,安知彼所观?盛年处房室,中夜起长叹。(《美女篇》)

辞采缤纷，形象鲜明，较之汉诗的古朴，已是截然不同了。其他的例子，如“高念翼皇家，远怀柔九州。抚剑而雷音，猛气纵横浮”（《鰕䱇篇》），表现忧国壮士的一腔豪情；“岸岩若崩缺，湖水何汹汹。蚌蛤被滨涯，光彩如锦虹。高彼凌云霄，浮气象螭龙”（《盘石篇》），生动再现了大海的宏阔气象；“石榴植前庭，绿叶摇缥青。丹华灼烈烈，璀彩有光荣”（《弃妇诗》），描绘了榴花似火、绿叶摇青的美景：均为声色鲜丽的精彩之句。

曹植诗歌艺术成就还表现为注重对称回环之美，注意语言锤炼方面。其诗作中不仅出现律句，还出现了律联。“秋兰被长坂，朱华冒绿池”（《公宴》），“凝霜依玉除，清风飘飞阁”（《赠丁仪》），均是对偶工整、声韵对称和谐的精工之句。“惊风飘白日，忽然归西山”（《赠徐干》）写时光易逝，用“惊”、“飘”、“忽然”、“归”数字，令人警醒，可见其锤炼功夫。

曹植还善于起调，工于发端，往往在全篇之首用一警策之语，振起全诗。《野田黄雀行》开头两句：“高树多悲风，海水扬其波”，用惊风险浪的情景和画面预示了环境的险恶，对全诗的悲怆情调起到强烈的烘托作用。又如《杂诗六首》其一的“高台多悲风，朝日照北林”，亦同此义。

曹植的诗歌艺术对后世影响很大，博得极高的评价，被谢灵运誉为“天下才共有一石，曹子建独得八斗”。钟嵘也说他的诗“粲溢古今，卓尔不群”，认为他兼曹操、曹丕之长，而各避其短，“魏诗至子建始盛。武帝雄才而失之粗，子桓雅秀而伤于弱，风雅当家，诗人本色，当推此君”（成书倬《多岁堂古诗存》卷三）。对曹植来说，这些褒奖是当之无愧的。

第三节　其他建安诗人

曹丕（187—226），字子桓，曹操次子。建安十六年（211）25 岁时为五官中郎将、副丞相，31 岁被立为魏太子，34 岁代汉自立。在位七年去世。他基本生活在曹操的护翼之下，经历不如曹操丰富。但曹丕博学多识，感情敏锐而细腻，对人生苦短有特别强烈的凄怆感受，诗作中更倾向于对个体感情的体会与抒发。

曹丕对七言诗的发展有重大的贡献。他的《燕歌行》二首，不仅为乐府产生一新体制，且为中国诗学开一新纪元。前此的七言，或为杂言诗中之部分句子，或如张衡《四愁诗》首句夹有“兮”字，至曹丕始形成纯粹的七言诗：“秋风萧瑟天气凉，草木摇落露为霜，群燕辞归雁南翔。念君客游思断肠，慊慊思归恋故乡，君何淹留寄他方？贱妾茕茕守空房，忧来思君不敢忘，不觉泪下沾衣裳。援琴鸣弦发清商，短歌微吟不能长。明月皎皎照我床，星汉西流夜未央。牵牛织女遥相望，尔独何辜限河梁！”但还是逐句押韵形式，韵脚尚嫌单调繁促，后经南朝鲍照改为隔句押韵后，为唐代歌行体的兴盛打下了基础。

曹丕诗歌语言绮丽工练，抒情深婉细腻，形成一种娫娟婉约的纤丽清新风格，尤善写游子思妇的思乡怀远之情。《燕歌行》即是代表。全诗清词丽句，情思婉转，缠绵动人，既吸收了乐府民歌清新真挚的特点，又加之以个人艺术化的藻饰，准确成功地表现了一个思妇在漫漫长夜中牵念夫君的无限情意。

曹丕的一些述怀之作,则写得清峻悲凉,如《善哉行》:"飞鸟翻翔舞,悲鸣举北林。乐极哀情来,寥亮摧肝心。"又如《杂诗》:"漫漫秋夜长,烈烈北风凉。展转不能寐,披衣起彷徨。彷徨忽已久,白露沾我裳。俯视清水波,仰看明月光。天汉回西流,三五正纵横。草虫鸣何悲,孤雁独南翔。郁郁多悲思,绵绵思故乡。愿飞安得翼,欲济河无梁。向风长叹息,断绝我中肠。"追求悲凉之美是建安诗人的共同倾向,在曹丕的这类诗中也明显体现出来。

曹丕在《典论·论文》中说:"今之文人,鲁国孔融文举、广陵陈琳孔璋、山阳王粲仲宣,北海徐干伟长、陈留阮瑀元瑜、汝南应玚德琏、东平刘桢公干,斯七子者,于学无所遗,于辞无所假,咸以自骋骥騄于千里,仰齐足而并驰。"此说较为公允,建安时代除三曹外,七子和女诗人蔡琰文学成就比其他人高。

建安七子的年龄虽不一样,但其个人的生活道路和文学创作都可以约略分为两个不同时期。前期处在汉末动乱之中,目睹生民忧患,个人生活也颠沛不安。所以前期的作品往往反映动乱的社会现实,抒发忧国忧民的情怀。在后期,七子先后归附曹操,除孔融后来被杀外,其他都仕途顺利,生活平稳,是曹氏父子的近臣。所以后期作品往往表达对曹氏政权的拥护,表现自己建功立业的抱负,通过游宴、赠答的形式表示出来。

七子之中,文学成就并不完全一致,每个人在不同文体方面的优长不尽相同,而且各有自己的特点。孔融的成就主要在于散文,诗歌成就最高者为王粲、刘桢,王粲的赋也写得很好。徐干诗文兼善。陈琳、阮瑀在章表书记方面的成就比其诗歌创作要高。应玚现存诗作只有数首,难以对其成就作出确切的判断。

王粲(177—217),字仲宣,山阳高平(今属山东)人。少有才名,17岁被召授黄门侍郎,时李、郭作乱,乃不就官,往荆州依刘表。王粲虽才学显著、博物多识,刘表却因他容貌不佳、行为通脱而不重用。建安十三年(208)归附曹操。辟为丞相掾,赐爵关内侯,官至魏国侍中。参与兴造典章制度。建安二十二年(217)卒。

王粲是七子中诗、赋最佳者。《文心雕龙·才略》说:"仲宣溢才,捷而能密,文多兼善,辞少瑕累,摘其诗、赋,则七子之冠冕乎?"王粲前期诗作的内容,因经历战乱,在荆州期间又郁郁不得志,抱负难以施展,所以多是抒发志士怀才不遇之悲愤,与反映战争离乱引起的凄怆之情,代表作有《七哀诗》三首。其二云:"荆蛮非我乡,何为久滞淫?方舟溯大江,日暮愁我心。山岗有余映,岩阿增重阴。狐狸驰赴穴,飞鸟翔故林。流波激清响,猴猿临岸吟。迅风拂裳袂,白露沾衣襟。独夜不能寐,摄衣起抚琴。丝桐感人情,为我发悲音。羁旅无终极,忧思壮难任。"久客思归的乡愁与壮志难酬的苦闷交织在一起,深切沉痛,溢于言表。后期则因北方统一,事业有成,更多表达建功立业的雄心壮志,代表作为《从军诗》五首。其三云:"从军征遐路,讨彼东南夷。方舟顺广川,薄暮未安坻。白日半西山,桑梓有余晖。蟋蟀夹岸鸣,孤鸟翩翩飞。征夫心多怀,恻怆令吾悲。下船登高防,草露沾我衣。回身赴床寝,此愁当告谁?身服干戈事,岂得念所私!即戎有受命,兹理不可违。"战争生活艰苦而危险,但诗人的精神却坚定而昂扬,焕发着积极进取的时代精神。

王粲诗歌的艺术特点在于抒情深切,慷慨悲凉,文辞秀美,局面阔大。其中抒情深切不但指“客子多悲伤，泪下不可收”（《从军诗》其五），“悟彼《下泉》人，喟然伤心肝”（《七哀诗》）一类情语凄婉动人，而且指诗中景物描写都渗透着诗人浓郁的感情色彩。《从军诗》其五中，“四望无烟火，但见林与丘。城郭生榛棘，蹊径无所由”，流露出诗人对战火蹂躏破碎河山的伤感，而“鸡鸣达四境，黍稷盈原畴。馆宅充廛里，女士满庄馗”，则通过对谯郡人民安定太平乐土的描绘，表现了诗人热烈欣喜的激情。尤可注意者，王粲诗取景开阔宏大，具有豪放之美。“方舟溯大江，日暮愁我心”，直接启发了谢朓写出“大江流日夜，客心悲未央”的名句；“风飙扬尘起，白日忽已冥”，则把风云突变、狂风骤起、飞沙走石、天昏地暗的景象写得震撼人心。

刘桢（？—217），字公干，东平宁阳（今属山东）人。其父少有清才，以文学见贵。刘桢辞旨巧妙而性格褊急刚正。史称，“太子尝请诸文学，酒酣坐欢，命夫人甄氏出拜。坐中众人咸伏，而桢独平视。太祖闻之，乃收桢，减死输作”（《三国志·王粲传》裴松之注引《典略》），后降为吏。他的诗被钟嵘称为“仗气爱奇，动多振绝，真骨凌霜，高风跨俗。但气过其文，雕润恨少。然自陈思以下，桢称独步”（《诗品》）。他的诗如其人，诗中充满磊落不平之气，文辞不事雕琢，“不拘对属”，而“气格自高”（皎然《诗式》）。《赠从弟》三首是其代表作。其二云：“亭亭山上松，瑟瑟谷中风。风声一何盛，松枝一何劲。冰霜正惨凄，终岁常端正。岂不罹凝寒，松柏有本性。”以松柏之本性喻志士之节操，写得虎虎有生气。言语简洁，不用典故，“一何劲”三字写出松树刚劲挺拔的迎风傲露之高骨，气势雄壮逼人。无怪乎刘勰评之为“言壮而情骇”（《文心雕龙·体性》），而元好问喻之为“虎生风”（《论诗三十首》其二）。但刘桢的诗也有轻妙秀丽的另一面，如：“细柳夹道生，方塘含清源。轻叶随风转，飞鸟何翻翻。”（《赠徐干》）

陈琳（？—217），字孔璋，广陵射阳（今属江苏）人。灵帝末年任大将军何进主簿，反对召董卓入京，后去冀州袁绍幕中，曾作《为袁绍檄豫州文》，诋斥曹操。袁绍败，操爱其才而不咎。军国书檄，多出其手。陈琳诗歌代表作为《饮马长城窟行》：“饮马长城窟，水寒伤马骨。往谓长城吏：‘慎莫稽留太原卒。’‘官作自有程，举筑谐汝声。’‘男儿宁当格斗死，何能怫郁筑长城。’长城何连连，连连三千里。边城多健少，内舍多寡妇。作书与内舍：‘便嫁莫留住。善事新姑嫜，时时念我故夫子。’报书往边地：‘君今出语一何鄙。’‘身在祸难中，何为稽留他家子？生男慎莫举，生女哺用脯。君独不见长城下，死人骸骨相撑拄。’‘结发行事君，慊慊心意关。明知边地苦，贱妾何能久自全？’”全诗吸收乐府民歌之写实精神，用精彩的对话，表现了劳动人民的苦难，沉痛悲切。陈琳的抒情诗也能兼悲凉之音与秀美之辞。前者如“高会时不娱，羁客难为心。殷怀从中发，悲感激清音”（《游览诗》其一），后者如“嘉木凋绿叶，芳草纤红荣”（同上其二），“玄鹤浮清泉，绮树焕青蕤”（《宴会诗》）。

阮瑀（？—212），字符瑜，陈留尉氏（今河南开封）人。少学于蔡邕，精于音乐，善于鼓琴，为曹操掌书记，文甚遒健。他的乐府诗《驾出北郭门行》，写孤儿受后母虐待，显然受汉乐府民歌《孤儿行》的影响。但易杂言为整齐的五言，诗中借孤儿之言生动描绘了其苦状，感人泣下：“驾出北郭门，马樊不肯驰。下车步踟蹰，仰折枯杨枝。顾闻丘林中，嗷嗷有悲啼。借问啼者出:‘何为乃如斯?’‘亲母舍我殁,后母憎孤儿。饥寒无衣食,举动鞭捶施。骨消肌肉尽,体若枯树皮。藏我空室中,父还不能知。上冢察故处,存亡永别离。亲母何可见?泪下声正嘶。弃我于此间,穷厄岂有赀?’传告后代人,以此为明规。”阮瑀还有咏史诗二首传世,写荆轲一篇云:“燕丹养勇士,荆轲为上宾。图尽擢匕首,长驱西入秦。素车驾白马,相送易水津。渐离击筑歌,悲声感路人。举坐同咨嗟,叹气若青云。”壮怀激烈,高亢悲凉。他的咏史诗,改变了班固咏史“质木无文”的面貌,开启了后世左思咏史的先声。

徐干(170—217),字伟长,北海剧(今山东昌乐县西)人。少年勤学,不慕荣名而潜心典籍,曾为五官将文学,著有《中论》20篇。他体弱多病,恬淡寡欲,发之于诗,抒情婉曲,辞气平和,被曹丕称为“怀文抱质”、“彬彬君子”(《与吴质书》)。其代表作《室思》,拟写思妇怀人之绪,缠绵悱恻,其三章云:“浮云何洋洋,愿因通我辞。飘飘不可寄,徙倚徒相思。人离皆复会,君独无返期。自君之出矣,明镜暗不治。思君如流水,何有穷已时。”后人评为“语气特低婉”,“婉笃有十九首风骨”(钟惺《古诗归》)。

孔融和应玚,今各传诗数首。孔融的《离合郡姓名诗》,是一种类似字谜的文字游戏,另外的《六言诗》、《临终诗》亦无特色。应玚存诗6首,多为公宴之诗,其《斗鸡》中有“二部分曹伍,群鸡焕以陈。双距解长绁,飞踊超敌伦。芥羽张金距,连战何缤纷。从朝至日夕,胜负尚未分”之句,颇生动,余无足观。

蔡琰(生卒年不详),字文姬,陈留圉(今河南杞县)人。汉末著名学者蔡邕之女。《后汉书·列女传》称她“博学有才辩,又妙于音律。适河东卫仲道。夫亡无子,归宁于家。兴平中,天下乱,文姬为胡骑所获,没于南匈奴左贤王。在胡中十二年,生二子。曹操素与邕善,痛其无嗣,乃遣使者以金璧赎之,而重嫁于(董)祀”。今传蔡琰诗三首。五言、骚体《悲愤诗》各一首,载《后汉书·列女传》;《胡笳十八拍》一首,载朱熹《楚辞后语》并郭茂倩《乐府诗集》。苏东坡认为五言《悲愤诗》为伪作,后人又有认为其他二首为伪作的。目前学术界基本认定五言为蔡琰作,其他尚无定论。

五言《悲愤诗》深刻真实地反映了汉末苦难动乱的年代,艺术地再现了诗人惨痛的人生经历。全诗长540字。开头写董卓之乱,诗人及难民被掳后的非人遭遇。之后主要写在匈奴时想念父母,被赎归时又不忍割舍孩子的肝肠寸断的巨大痛苦,尤其是别子一段,通过孩子的童稚口吻、观者的欷歔呜咽、同辈的绝望哀鸣,写出一幅目不忍睹的惨景:

> 邂逅徼时愿,骨肉来迎己。己得自解免,当复弃儿子。天属缀人心,念别无会期。存亡永乖隔,不忍与之辞。儿前抱我颈,问我“欲何之?人言母当去,岂复有还时?阿母常仁恻,今何更不慈?我尚未成人,奈何不顾思”!见此崩五内,恍惚生狂痴。号泣手抚摸,当发复回疑。兼有同时辈,相送告别离。慕我独得归,哀叫声摧裂。马为立踟蹰,车为不转辙。观者皆歔欷,行路亦呜咽。

蔡琰的五言《悲愤诗》在艺术上获得了极大成功。首先,它是一位女诗人在亲身经历基础上创作的长篇叙事诗,其感情描写、心理活动的刻画真实、细腻、复杂、微妙,在诗歌史上实属罕见。其次,能够注意细节的描绘、气氛的渲染,对烘托主题起到了良好作用。另外,全诗叙事与抒情融为一体,字字血泪,真实生动,深切地反映了汉末动乱年代给人们带来的深重苦难,有史诗般的效果。后人如杜甫的《北征》等诗均受其影响。

【本章习题指要】

1. “建安风骨”的成因。
2. 曹操诗歌的艺术特色。
3. 曹植诗歌的艺术成就。
4. 建安其他诗人的创作概况。

第二章　正始诗歌

正始诗歌，实际是指自魏明帝青龙元年(233)至魏元帝咸熙元年(264)这段时期的诗歌。因为随着建安诗人曹植于魏明帝太和六年(232)去世，建安诗歌的时代宣告结束。而新一代诗人阮籍、嵇康相继出现，标志着诗歌创作进入一个新的阶段。此时玄风大昌，诗人的人生理想、生活方式和审美趣味，都比建安有了重大的变化，诗歌创作的面貌也大不相同了。《文心雕龙・明诗》说："正始明道，诗杂仙心，何晏之徒，率多浮浅。唯嵇志清峻，阮旨遥深，故能标焉。"颇得其要。

第一节　正始时代与诗歌创作

正始时期的政治时局是影响士人心态及他们的诗歌创作的重要因素之一。自魏明帝曹叡去世，继位的齐王曹芳只有8岁，明帝托孤宗室曹爽和重臣司马懿辅政，曹氏、司马氏的明争暗斗从此就开始了。曹爽重用少年名士何晏、邓飏、毕轨、丁谧等人，清谈玄理，变更旧章。但司马懿是河内温县大族，最有谋略而且功名显赫，终于在正始十年(249)发动政变，一网打尽曹爽及其集团，其中名士如何晏、丁谧、李胜、毕轨皆夷三族，史称天下名士去其半，并改元嘉平。自此之后，司马氏为了进一步巩固权势，除在军事上诛灭毌丘俭、诸葛诞等敌对势力外，在政治上则大杀名士。正元元年(254)，杀掉政治上对立的名士夏侯玄、李丰和许允等。景元四年(263)，杀嵇康。"天下多故，名士少有全者。"(《晋书・阮籍传》)在这极端黑暗的政治恐怖下，士人建功立业的理想归于破灭，发之于诗，建安诗歌中昂扬的气概没有了，代之以如履薄冰的忧生之嗟，如何晏《言志诗》："鸿鹄比翼游，群飞戏太清。常畏失网罗，忧祸一旦并。岂若集五湖，从流唼浮萍。逍遥放志意，何为怵惕惊。"其中的"网罗"、"忧祸"、"怵惕惊"，已暴露出当时名士心惊肉跳的恐惧心理。另一名士夏侯玄，在司马懿死后许允向他说此后无忧时，他却忧心忡忡地说："士宗，卿何不见事乎？此人犹能以通家年少遇我，子元、子上不吾容也。"(《资治通鉴・魏纪八・正元元年》)另外，司马氏政权一方面用残酷的血腥手段大肆杀戮士人，一方面却又标榜"名教"，维护自己所劫夺到手的权力，更显现出其虚伪卑鄙。因此，正始士人心中更加鄙弃名教，充满了对黑暗现实的不满，但又不能直接表达出来，所以在诗歌创作上，一方面用韬晦曲折的方式批判名教中人的虚伪龌龊，完全失去了建安诗歌鲜活明快的特色，代之以沉痛委曲的风格；另一方面，由于对现实社会的失望，转而追求一种理想中的人生境界。而且由于玄风的影响，诗歌创作中，常常表现一种老庄人生理想的倾向。

这个时期的玄学思潮对正始士人心态及诗歌创作影响更为重大。正始诗人，往往都是崇尚老庄的士人，他们大倡玄风，建立玄学理论，开始了一个思想史上的新时代。谈玄一时蔚成风气，对圣人有情无情、本末有无、养生、言意关系等命题的理论探讨，达到了高度的理论思维水平和高度的思辨性。士人们有一种很强的理论兴趣，其精神生活的重要内容就是沉浸于玄思之中，这些玄思妙解给他们带来巨大的快乐。建安诗人在悲歌慷慨的抒情中得到感情满足，而正始士人则在玄思妙想中领悟人生。玄学的基础是老庄思想，因而正始诗人在追求自然、心与道冥的同时，把老庄的人生理想自然而然地带入到诗中来，有的在诗中创造一个庄子逍遥游式的理想境界，诗人可以徜徉乎其中，神游于无何有之乡，作为解脱现实苦闷的精神慰藉："夏后乘灵舆，夸父为邓林。存亡从变化，日月有浮沉。凤凰鸣参差，伶伦发其音。王子好箫管，世世相追寻。"（阮籍《咏怀》第22首）有的把这个理想境界人间化："淡淡流水，沦胥而逝。泛泛柏舟，载浮载滞。微啸清风，鼓楫容裔。放棹投竿，优游卒岁。"（嵇康《酒会诗》其二）这种境界进入诗歌创作，就为在文学中表现人与自然的亲和感，表现人对自然美的追求开拓了一条广阔的道路，把人对自然的态度引向审美的层次，成为后世山水诗的思想滥觞。

玄风对正始诗人的另一影响，就是文学创作的哲理化倾向。正始时代士人普遍存在着巨大的理论热情，理论的色彩浸染到生活的各个方面，同样也影响到文学。建安诗人已发现了文学的感情特质，所以抒情梗概多气。而正始诗人则在更深的层次上对人生作哲理的思索和哲学的观照，从诗歌的抒情向诗歌的哲思发展，在诗歌中注重表现哲理。"不见可欲，使心不乱。譬彼造化，抗无崖畔"（郭遐叔《赠嵇康诗》），是直接引用老庄理论。"潜龙尚泥蟠，神龟隐其灵。庶保吾子言，养贞以全生"（阮侃《答嵇康诗》），则用《周易》、《庄子》之典。嵇康和阮籍写出了很完整的哲理诗。尤其是阮籍的诗，哲思与抒情，与意象暗示纠结在一起，表现出深沉的思想意蕴，抒发了个人的情怀，表现了老庄的旨趣，无疑是后来玄言诗的滥觞，也对后来咏怀诗的议论化倾向产生了巨大的影响。

诚如刘勰所言，正始诗坛率多浮浅，何晏等人存诗极少，真正代表正始诗歌成就的是阮籍和嵇康。

第二节　阮籍和嵇康

一　阮　籍

阮籍（210—263），字嗣宗，陈留尉氏（今河南开封）人，阮瑀之子。史称其"容貌瑰杰，志气宏放，傲然独得，任性不羁，而喜怒不形于色"。"博览群籍，尤好庄老。嗜酒能啸，善弹琴。当其得意，忽忘形骸，时人多谓之痴。""本有济世志，属魏晋之际，天下多故，名士少有全者,籍由是不与世事,遂酣饮为常。文帝初欲为武帝求婚于籍,籍醉六十日,不得言而止。钟会数以时事问之,欲因其可否而致之罪,皆以酣醉获免。""籍虽不拘礼教,然发言玄远,口不臧否人物。性至孝。""能属文,初不留思。作《咏怀》诗八十余篇,为世所重。"(《晋书·阮籍传》)阮籍的一生是在矛盾和苦闷中挣扎的一生。他本有心用世,以才高自居,并登广武战场,慨叹"时无英雄,使竖子成名"!这种用心在诗歌中也有表现:"炎光延万里,洪川荡湍濑。弯弓挂扶桑,长剑倚天外。泰山成砥砺,黄河为裳带。视彼庄周子,荣枯何足赖。捐身弃中野,乌鸢作患害。岂若雄杰士,功名从此大。"(《咏怀》第38首)"壮士何慷慨,志欲威八荒。驱车远行役,受命念自忘。良弓挟乌号,明甲有精光。临难不顾生,身死魂飞扬。岂为全躯士?效命争战场。忠为百世荣,义使令名彰。垂声谢后世,气节故有常。"(《咏怀》第39首)都写得慷慨昂扬。但是这类诗他写得太少了。魏代汉、晋代魏政治斗争的黑暗卑鄙使他十分鄙薄当道,司马氏的大杀名士又使他十分恐惧,所以阮籍采取了不积极合作又不坚决斗争的依违避就的态度。在生活上,他纵酒佯狂,任性而行;在政治上,他十分谨慎,口不臧否人物;在思想上,他倾心玄学,崇尚老庄,追求理想中的美好境界;在感情上,他痛恨虚伪的名教中人,感叹人生的悲哀和沉重。凡此种种发之于诗,构成了他诗歌独具的特色。

阮籍诗歌的成就主要在于82首五言《咏怀》诗。它们非一时一地之作,既有统一的文学特征,又各具特点。《咏怀》诗取得了巨大的艺术成就。

首先,《咏怀》诗有一种意蕴深沉之美。因为阮籍是用深刻的哲理思索观照人生,所以他与建安诗人感性地抒发人生苦短不同,他把人生的悲哀挖掘得更全面、更深入,因而也就更沉痛;同时由于玄学思潮的影响,也就写得更深邃。他不是简单地慨叹人生短促,而是同时体会到道之无穷。而且,在圣人有情无情的玄学命题论争中,显然阮籍是持圣人有情之论,与王弼的观点是一致的,从阮籍的恸哭兵家少女,常作青白眼也可看出来。所以他认为明君圣人面对人世短促亦无可奈何。第32首说:"朝阳不再盛,白日忽西幽。去此若俯仰,如何似九秋?人生若尘露,天道邈悠悠。齐景升丘山,涕泗纷交流。孔圣临长川,惜逝忽若浮。去者余不及,来者吾不留。愿登太华山,上与松子游。渔父知世患,乘流泛轻舟。"欲以求仙解脱生命苦短的悲哀,然神仙之事信邪非邪渺茫难辨,"人言愿延年,延年欲焉之?黄鹄呼子安,千秋未可期。独坐山岩中,恻怆怀所思"(第55首)。他认为不但自然规律使人生早早凋落,世事无常社会险恶也给人以重重忧患。这是他在这个问题上的思索比前人更为深刻之处。正始时代黑暗恐怖的政治现实和《庄子》的理论对他的熏陶,都在他的心灵上留下深深的烙印,如第6首:"昔闻东陵瓜,近在青门外。连畛距阡陌,子母相钩带。五色曜朝日,嘉宾四面会。膏火自煎熬,多财为患害。布衣可终身,宠禄岂足赖?"膏火自煎,漆木招割,多财累身,都是《庄子》中常见的命题。

而且,不但外在的自然、社会对人施以压迫,人心理中自身的矛盾、苦闷、焦虑也在戕害着人的灵魂和生命,如第33首:"一日复一夕,一夕复一朝。颜色改平常,精神自损消。胸中怀汤火,变化故相招。万事无穷极,知谋苦不饶。但恐须臾间,魂气随风飘。终身履薄冰,谁知我心焦。"再进一步说,如此众多的人生悲哀,往往却不能与人诉说和宣泄,而且不被他人所理解，思想的先行者便又增添了一种人生的孤独感。知音也稀，莫与诉说，寂寞的悲哀啮噬着诗人的心灵，第17首即表达了这种生命孤独的思绪："独坐空堂上，谁可与欢者？出门临永路，不见行车马。登高望九州，悠悠分旷野。孤鸟西北飞，离兽东南下。日暮思亲友，晤言用自写。"在生活中，阮籍这种孤独寂寞的悲哀表现为"穷途恸哭"，史载他"时率意独驾，不由径路，车迹所穷，辄恸哭而反"（《晋书》本传）。在诗歌中，他用一种空旷落寞的意象来表现这种人生的孤独。在家中，空堂之上，无可与欢；到门外，长路空衢，不见车马；登高临远，眺望九州，茫茫旷野之中，唯见孤鸟离兽。然而"鸟兽不可与同群"，那么，在这孤凄黯淡的黄昏里，能理解我宽慰我与我思想相通相契的"亲友"在哪里呢？这种意象并非实有的具体的物象，而是阮籍胸中寂寞孤独的心象，他把这种心象用象征的艺术手法渲染描绘出来，创造出空旷落寞的意象和氛围。阮籍用这样的艺术方法，把人生的悲哀写得无比沉痛无限悲慨，但并不是如李善所理解的对个人命运的"忧生之嗟"，而是理性思索后对普遍人生悲剧的阐发，所以何焯认为"籍之忧思所谓有甚于生者"（《义门读书记》卷四六）。陈沆认为："阮公凭临广武，啸傲苏门，远迹曹爽，洁身懿师。其诗愤怀禅代，凭吊古人，盖仁人志士之发愤焉，岂直忧生之嗟而已哉？"（《诗比兴笺》卷二）他已超越了个人生死，面对的是广大人生，所谓"情伤一时，心存百代"（黄节《阮步兵咏怀诗注·自叙》），所以显得忧愤深广。

钟嵘《诗品》谓其"《咏怀》之作，可以陶性灵，发幽思。言在耳目之内，情寄八荒之表，洋洋乎会于风雅。使人忘其鄙近，自致远大。颇多感慨之词，厥旨渊放，归趣难求"，正是有见于阮籍的诗"旨"深远，意蕴深邃。在艺术表现方式上，阮籍用典颇多，多用比兴、象征烘托意象、渲染气氛，来表达自己的深切情思，所以也显得意蕴深沉。这还不仅只是由于"常恐罹谤遇祸"，"而文多隐蔽"（李善《文选》卷二三《咏怀》诗注），更深层的原因，在于阮籍对正始玄风中言意之辨的深切理解和运用，深谙得意忘象之旨，在于对《庄子》中那些用象征、寓言等形象表达哲理的方式的一种服膺和实践，还在于他用高度的艺术观照和体验去面对人生。试看他的《咏怀》第1首：

> 夜中不能寐，起坐弹鸣琴。薄帷鉴明月，清风吹我襟。孤鸿号外野，翔鸟鸣北林。徘徊将何见，忧思独伤心。

写不眠的诗人在清风明月中弹琴徘徊，除了孤鸿哀号翔鸟悲鸣一无所见，这种凄清悲冷的景象气氛，并非如有的评论者所臆测的是比喻"贤臣在外"、"权臣在近"，"则谓晋文王也"，而是对历史社会的深广忧愤，对人生悲剧的无限悲哀，是无与言说的孤独痛苦的传神写照，是无法指实为任何具体事件人物的。所以刘勰说："阮旨遥深。"（《文心雕龙·明诗》）沈德潜也说："阮公《咏怀》，反复零乱，兴寄无端，和愉哀怨，杂集于中，令读者莫求归趣。此其为阮公之诗也，必求之时事以实之，则凿矣。"（《古诗源》卷六）

其次，阮籍的诗还有一种清逸玄远之美，被人称为"玄远"（《晋书》本传），"响逸而调远"（刘勰《文心雕龙·体性》）。这是因为，阮籍的诗歌中常常出现一个清虚空灵的庄子式的理想世界。阮籍生存在依违避就、进退失据的矛盾挣扎之中，残酷的现实使他苦闷，他除了在生活上饮酒狂放之外,在精神上寻求解脱的方式就是越名教而任自然。由于玄学老庄的影响,他就只有在理想中向往一个自由翱翔的无何有之乡,一个心境澄明与道合一的人生境界。在这个境界里,他可以无所系念,不受约束,可以自由驰神运想,做到与道冥合。这是他唯一的精神支柱和心灵依托,这是一种"清思":"夫清虚寥廓,则神物来集,飘摇恍忽,则洞幽贯冥;冰心玉质,则皎洁思存;恬淡无欲,则泰志适情。"(《清思赋》)在他的诗中,这个境界常常被比成逍遥游的大鹏:"鸿鹄相随飞,飞飞适荒裔。双翮临长风,须臾万里逝。朝餐琅玕实,夕宿丹山际。抗身青云中,网罗孰能制?岂与乡曲士,携手共言誓!"(第43首)有时被表现为玄鹤:"云间有玄鹤,抗志扬哀声。一飞冲青天,旷世不再鸣。岂与鹑鷃游,连翩戏中庭?"(第21首)有时则被描绘成神女般的佳人:"西方有佳人,皎若白日光。被服纤罗衣,左右佩双璜。修容耀姿美,顺风振微芳。登高眺所思,举袂当朝阳。寄颜云霄间,挥袖凌虚翔。飘飖恍忽中,流眄顾我傍。悦怿未交接,晤言用感伤。"(第19首)这种境界虽然在人间并不可能存在,却是诗人精神自由驰骋,摆脱世俗束缚的一片寥廓天地。这种玄远朗澈的境界,这种富于神话色彩的瑰丽想象,再出之以清丽流畅的语言,使读者获得一种清逸玄远之美的感受。

阮籍的《咏怀》诗,融哲理、情思与意象为一炉,意蕴深沉,清逸玄远,不但成为正始时代诗歌的高峰,而且创造了抒情组诗的新形式,开后代左思《咏史》组诗、陶渊明《饮酒》组诗的先河,被后人给予"忧时悯乱,兴寄无端,而骏放之致,沉挚之词,诚足以睥睨八荒,牢笼万有"(沈德潜《古诗源》卷六)的极高评价,是当之无愧的。

二 嵇 康

嵇康(223—262),字叔夜,谯郡铚县(今属安徽)人。史称嵇康"早孤,有奇才,远迈不群,身长七尺八寸,美词气,有风仪,而土木形骸,不自藻饰,人以为龙章凤姿。天质自然,恬静寡欲,含垢匿瑕,宽简有大量。学不师受,博览无不该通。长好老、庄。与魏宗室婚,拜中散大夫。常修养性服食之事,弹琴咏诗,自足于怀","善谈理,又能属文,其高情远趣,率然玄远"。(均见《晋书》本传)为晋文帝所杀。

嵇康的文学成就主要在散文。他的诗歌在正始诗坛虽不如阮籍,但也是一人之下,众人之上,自有特色。

首先,嵇康在他的诗中创造了一个诗化了的人生理想境界。如:

> 息徒兰圃,秣马华山。流磻平皋,垂纶长川。目送归鸿,手挥五弦。俯仰自得,游心太玄。嘉彼钓叟,得鱼忘筌。郢人逝矣,谁与尽言。(《兄秀才公穆入军赠诗》其十五)
>
> 淡淡流水,沦胥而逝。泛泛柏舟,载浮载滞。微啸清风,鼓楫容裔。放棹投竿,优游卒岁。(《酒会诗》其二)

弹琴微啸,垂钓鼓楫,在美丽的大自然中,优游容与,怡然自得。嵇康屡屡称颂的这种了无挂碍的境界,受玄学及庄子精神影响甚深。嵇康主张"越名教而任自然"(《释私论》)。老子的自然无为，庄子的游心于道，嵇康都吸收了。更可贵的是，嵇康把庄子游道的方式心斋坐忘改造成了一种充满闲适生活情趣的人间化的世界。嵇康追求一种自由自在，与自然相亲，心与道冥的理想人生。这种理想人生摆脱世俗的系累和礼法的约束，又有起码的物质生活必需，有素朴的亲情慰藉。嵇康在这种生活里，才能得到精神自由，才有他自己真实的存在。庄子的纯哲理的人生境界，从此变成了具体的真实的人生，从此以其真实可感如诗如画，正式进入了文学领域。嵇康第一个把庄子诗化了。他的诗具有一种清远的境界。

其次，嵇康的部分诗歌中还有一种峻切之语。由于他"刚肠疾恶，轻肆直言，遇事便发"的性格，与"非汤武而薄周孔"(《与山巨源绝交书》)的思想倾向，所以在一部分诗中对险恶的世道人心发出一种愤激的批判，锋芒犀利。"耻佞直言，与祸相逢。变故万端，俾吉作凶"(《秋胡行》其二)，是指斥世俗浇薄，正直招祸；"鸟尽良弓藏，谋极身心危。吉凶虽在己，世路多崄巇"(《兄秀才公穆入军赠诗》)，是愤愤于世路艰险，功高不赏；"详观凌世务，屯险多忧虞。施报更相市，大道匿不舒。夷路值枳棘，安步将焉如？权智相倾夺，名位不可居"(《答二郭》其三)，是抨击施报相市，权智相倾。这种充满愤激感情的语言，有很激切的批判力量，所以钟嵘《诗品》说他"过为峻切，讦直露才"。

另外，嵇康还能脱开《诗经》，在四言诗中另辟蹊径。《诗经》的古朴写实之风，在嵇康诗中不见了，而出之为清远之意境、隽秀之语言，别具一格。《诗经》四言体式，在汉代本已式微。曹操的四言诗，古直苍凉，可谓四言中兴。嵇康的四言诗，继曹操之后为四言顶峰，情调高远，语言流畅，表现了作者很强的语言功力。后人评其四言诗说："叔夜诗实开晋人之先，四言中饶隽语，以全不似《三百篇》，故佳"(陈祚明《采菽堂古诗选》卷八)，正确指出了其四言诗的地位。

正始其他诗人还有应璩、何晏等。应璩有《百一诗》"讥切时事"(《文选》卷二一《百一诗》李善注)，然说理浅近，并无玄理。何晏仅存《言志诗》三首，且非全篇，"率多浮浅"。其成就与嵇、阮是无法比拟的。

【本章习题指要】

1. 时代思潮对正始诗歌的影响。
2. 阮籍《咏怀诗》的艺术成就。
3. 嵇康诗歌的创作特色。

第三章　两晋诗歌

晋代诗歌的风貌，大致可分为三部分。西晋太康、元康年间的创作以繁缛为主，但西晋还有以左思、刘琨为代表的刚健诗风。两晋之交有郭璞的游仙诗，东晋则是玄言诗的天下。

第一节　太康诗风的总体倾向

一　太康诗歌内容形式特点

晋武帝司马炎于公元265年代魏称帝，280年平吴，统一中国，改元太康。此后二十年左右比较安定，史称“民和俗静，家给人足”（《晋书·武帝纪》）。时局稳定，经济发展，诗人们生活在比较安稳舒适的环境中。因此，建安时代的慷慨悲歌和建功立业的博大胸怀从诗歌中消失了，正始时代的忧生之嗟与对政治恐怖的愤激不见了，代之以另一种平庸写实的内容。而且，由于司马氏政权既保护帮他们弑曹篡位的贾充等人，又提倡名教以维护自己的新政权，还要拉拢名士群体来增加道义舆论方面的支持，就造成了“政失其本”，而“士无特操”的局面。此时士人群体的普遍心态是求实逐利，表现为爱财与奢侈；求名自适，表现为清谈与纵欲。而且此时的清谈不重于玄理的创立和义理之是非，而重于声调之美和喻示之妙等审美价值。由于入世太深，他们虽有飘逸的神采、美丽的容颜，风神姿态潇洒风流，但他们的内心世界，却非常世俗平庸，着眼于物欲与感官，而没有任何理想色彩。这种士人心态发之于诗，便是抛弃了建安诗歌的梗概多气与正始诗歌的深邃哲思，转而向结藻清英、流韵绮靡的形式技巧方面发展，形成了“采缛于正始，力柔于建安”（《文心雕龙·明诗》），“缛旨星稠，繁文绮合”（《宋书·谢灵运传论》）的太康诗风。

太康诗风在内容上的特点之一是“儿女情多，风云气少”（《诗品》卷中），没有胸怀天下的巨大抱负，没有面对历史的深沉思索，转而在儿女之情中表现绮丽情思。晋初傅玄的乐府诗《明月篇》、《秋兰篇》、《历九秋篇》，设想女子怀人之心态，已真切细腻：“皎皎明月光，灼灼朝日晖。昔为春蚕丝，今为秋女衣。丹唇列素齿，翠彩发蛾眉。娇子多好言，欢合易为姿。玉颜盛有时，秀色随年衰。常恐新间旧，变故兴细微。浮萍本无根，非水将何依。忧喜更相接，乐极还自悲。”（《明月篇》）“秋兰映玉池，池水清且芳。芙蓉随风发，中有双鸳

鸯。双鱼自踊跃，两鸟时回翔。君其历九秋，与妾同衣裳。”(《秋兰篇》)

张华诗绮情更加浓重，直接表现男女之情，缠绵婉转，情思脉脉。如其《情诗》其二：“明月曜清景，昽光照玄墀。幽人守静夜，回身入空帷。束带俟将朝，廓落晨星稀。寐假交精爽，觌我佳人姿：巧笑媚欢靥，联娟眸与眉。寤言增长叹，凄然心独悲。”到了太康诗人潘岳，则把它推向了顶峰。潘岳的《悼亡诗》，写得婉转凄恻，悲不自胜，在感情深度与艺术魅力方面，都超过了傅、张。

太康诗风内容特点之二是拟古模仿，缺乏现实内容。由于太康诗人缺乏直面人生的激情，所以在诗歌内容上只得求助于古人。《诗经》、乐府、《古诗十九首》，都是他们拟古的对象。在以旧翻新的模拟中，驰骋文采，逞示文华。傅玄的《艳歌行》模仿乐府古辞《陌上桑》，《怨歌行朝时篇》模仿汉乐府《怨歌行》，不胜枚举。至陆机，则达到拟古的高峰。“古诗十九首”，他拟作12首。他的乐府，也极多拟作。他的《短歌行》简直就是曹操原诗的翻版，但不及原诗厚重苍凉：“置酒高堂，悲歌临觞。人寿几何，逝如朝霜。时无重至，华不再扬。蘋以春晖，兰以秋芳。来日苦短，去日苦长。今我不乐，蟋蟀在房。乐以会兴，悲以别章。岂曰无感，忧为子忘。我酒既旨，我肴既臧。短歌有咏，长夜无荒。”其他如《日出东南隅行》仿汉乐府《陌上桑》，《门有车马客行》仿曹植和张华。这些拟作比比皆是，虽在思想内容上无足可观，但在艺术描写上却更加细腻，正好说明太康诗人缺乏理想激情，而更重显示文华。

太康诗风在艺术形式上的特点，则是“缛旨星稠，繁文绮合”。一是追求文字华美与辞藻华丽。张溥称傅玄“新温婉丽”(《傅鹑觚集》题辞)，《晋书》称张华“辞藻温丽”，陆机“弘丽妍赡”，潘岳“辞藻绝丽”(皆见本传)，潘尼“文采高丽”(《诗品》卷中)，皆指出辞藻华丽之特点。二是追求新的技巧，注意俳偶，以陆机为代表。他的五言诗大多以对句占主要篇幅。三是描写更加细腻。往往古人一句写总体，而太康诗人则进行具体细微之描绘，即“析文以为妙”也。

二　陆机与潘岳

太康诗风的代表诗人为陆机与潘岳。

陆机(261—303)，字士衡，吴郡吴县(今江苏苏州)人。祖父陆逊是东吴名将。陆机少有异才，文章冠世。太康末，与弟陆云入洛，受到张华赏识。曾为平原内史，世称陆平原。太安二年(303)，为成都王司马颖率兵讨伐长沙王乂，兵败，被颖杀害。

陆机的赋胜于诗。其《文赋》是中国文学理论史上的名篇。就诗歌而言，他是太康诗人中存诗最多的，今存107首。陆机的诗歌语言的华丽排偶是最明显的。他在《文赋》中就认为作诗应追求“炳若缛绣，凄若繁弦”的艺术效果。他常常变古诗之古朴为华美。古诗：“涉江采芙蓉，兰泽多芳草。”陆拟诗：“上山采琼蕊，穷谷饶芳兰。”他也常常变原诗之简括为细腻。曹操《苦寒行》：“树木何萧瑟，北风声正悲。”陆诗扩为：“阴云兴岩侧，悲风鸣树端。不睹白日景，但闻寒鸟喧。”增加了阴云翻腾、白日匿影、寒鸟喧鸣的描写，比曹诗描绘细致多了,但也失去了曹诗的古直悲凉之致。就诗歌内容来说,陆机拟古之作很多,也有许多酬酢之词,因而被认为“造情既浅,抒响不高”(陈祚明《采菽堂古诗选》卷一〇)。但他毕竟是一位“天才秀逸”的诗人,因此有些诗作也能写得情感深沉动人,如其《赴洛道中作》二首:

总辔登长路,呜咽辞密亲。借问子何之,世网婴我身。永叹遵北渚,遗思结南津。行行遂已远,野途旷无人。山泽纷纡余,林薄杳阡眠。虎啸深谷底,鸡鸣高树巅。哀风中夜流,孤兽更我前。悲情触物感,沉思郁缠绵。伫立望故乡,顾影凄自怜。

远游越山川,山川修且广。振策陟崇丘,案辔遵平莽。夕息抱影寐,朝徂衔思往。顿辔倚嵩岩,侧听悲风响。清露坠素辉,明月一何朗。抚枕不能寐,振衣独长想。

这两首诗是陆机27岁由吴入洛时途中所作。陆机虽然后来为人“好游权门,与贾谧亲善,以进趣获讥”(《晋书》本传),但此时身为亡国之臣,辞别亲人,羁旅入宦,瞻念前途,“世网”难测,吉凶未卜,其心情之矛盾复杂可以想见。“总辔登长路,呜咽辞密亲。借问子何之,世网婴我身。永叹遵北渚,遗思结南津”,“悲情触物感,沉思郁缠绵”,“抚枕不能寐,振衣独长想”,这些句子中所流露出的忧虑疑思,真实地抒发了诗人离乡的孤独和对未来洛中生活的莫测,真切感人。二诗中用对句只占五分之二,没有平时深芜呆板之病。语言流畅,有些字用得十分精警恰切,如“抱”、“衔”等字就生动地凸现出诗人形单影只、忧心忡忡的特定心情。另外,二诗通过对外界景物的描写,映衬出诗人此时的心境,如第二首所写的野途、山泽、虎啸、鸡鸣、哀风、孤兽,景物凄惨萧森,成为诗人心中不安与疑虑的外现,起到了很好的烘托作用。

潘岳(247—300),字安仁,荥阳中牟(今属河南)人。《晋书》本传说他“性轻躁,趋世利,与石崇等谄事贾谧。每候其出,与崇辄望尘而拜”。后被孙秀诬为谋乱,被诛,夷三族。但他又“美姿仪,辞藻绝丽,善为哀诔之文”。他的诗歌在追求辞藻绮丽方面与陆机相同,被誉为“烂若舒锦”(《世说新语·文学》),但他却不像陆机那样深芜,语言较为浅净和畅,所以孙绰说:“潘文浅而净,陆文深而芜。”(同上)另外,潘岳的悼亡诗赋写得最好。他虽然不是一个情操高尚的人,但却是一个极重感情的人。他的儿女之情,他对妻子的爱,是建立在女色的美的吸引之上的,是一种带有人的本性的强烈的男女之爱,很少道德成分。这种发自本性的男女相悦,也是很真挚的,不能简单地谓之“心画心声总失真”(元好问《论诗三十首》其六)。潘岳的《悼亡诗》三首,也因此获得极高评价,以至“悼亡”一词,从此专用为“悼妻”之用。三首中,第一首写人亡一载,仿佛如在;第二首写深夜独眠,望妻真来而不能,悲从中发不能已;第三首写徘徊亡妻墓地,流连不忍离去,均婉转凄恻,黯然神伤。《悼亡诗》其一更是千古名篇:

荏苒冬春谢,寒暑忽流易。之子归穷泉,重壤永幽隔。私怀谁克从,淹留亦何益?僶俛归朝命,回心反初役。望庐思其人,入室想所历。帏屏无仿佛,翰墨有余迹。流芳未及歇,遗挂犹在壁。怅恍如或存,回惶忡惊惕。如彼翰林鸟,双栖一朝只。如彼游川鱼,比目中路析。春风缘隙来,晨霤承檐滴。寝息何时忘?沉忧日盈积。庶几有时衰，庄缶当可击。

“望庐思其人”八句，写帏屏之间斯人已去，而余香犹存，墨迹依旧，一种物是人非，不忍卒睹的怆然若失与怵惕惊惶，表达得淋漓尽致。所以陈祚明谓之曰：“安仁情深之子，每一涉笔，淋漓倾注，宛转侧折，旁写曲诉，刺刺不能自休。”（《采菽堂古诗选》卷一一）是很有见地的。

第二节　刚健诗人左思与刘琨

西晋诗坛的主潮是太康诗风，但也有少数诗人舍弃追求华美与技巧，注重内心真实感情的抒发，形成一种不事雕饰、慷慨悲歌的刚健诗风，这是对建安诗歌精神的继承与发展。其代表诗人即左思与刘琨。

一　左　思

左思（250？—305？），字太冲，齐国临淄（今山东淄博）人。出身寒微，家世儒学。他貌寝口讷，不好交游，因妹左芬入宫，移家京师。构思十年，成《三都赋》，一时洛阳纸贵。晚年移家冀州数年，以疾终。

左思今存诗14首，艺术成就很高，诗风独树一帜，可谓西晋诗坛第一人。正如沈德潜所说：“太冲胸次高旷，而笔力又复雄迈，陶冶汉魏，自制伟词，故是一代作手。岂潘、陆辈所能比埒！”（《古诗源》卷七）其《咏史》八首为代表作。

首先，左思的诗歌有一种建功立业、功成身退的阔大胸怀。左思家世儒学，他的立身之道主要是儒家的入世思想，这就与受玄风熏染的其他诗人不同。他出身寒微，但因妹左芬为晋武帝修仪，使他觉得有了施展抱负的机遇。东吴未平，国家未统一，又使他觉得有用武之地。因此，他的诗中充满了坚定的自信与慷慨的抱负，试看他的《咏史》其一和其三：“弱冠弄柔翰，卓荦观群书。著论准《过秦》，作赋拟《子虚》。边城苦鸣镝，羽檄飞京都。虽非甲胄士，畴昔览穰苴。长啸激清风，志若无东吴。铅刀贵一割，梦想骋良图。左眄澄江湘，右盼定羌胡。功成不受爵，长揖归田庐。”“吾希段干木，偃息藩魏君。吾慕鲁仲连，谈笑却秦军。当世贵不羁，遭难能解纷。功成耻受赏，高节卓不群。临组不肯绁，对珪宁肯分？连玺曜前庭，比之犹浮云。”没有刻意的雕饰与艳丽的辞藻，全部思想感情喷薄而出，大气磅礴，所以被称为胸次高旷、笔力雄迈。

其次，左思的诗歌充满着一种悲愤不平之气。出身寒庶之家的左思，在京师官场有过一段经历之后，深知门阀制度的黑暗与不公，豪门世族可以坐致公卿，享尽荣华，而寒庶之士却备受冷落压制，有志难逞。所以他的诗歌对门阀制度的批判极其强烈，对贫士失志极为愤慨，一股磊落不平之气迸发于诗中。《咏史》其二以比兴手法表达了这种感情：

郁郁涧底松,离离山上苗。以彼径寸茎,荫此百尺条。世胄蹑高位,英俊沉下僚。
地势使之然,由来非一朝。金张藉旧业,七叶珥汉貂。冯公岂不伟,白首不见招。

前四句以百尺涧底松喻才秀人微的寒庶英杰,以寸径山上苗比荫厚势重的世家大族子弟,生动形象;末四句借史实抒发内心感慨,愤愤于世道的不公,惊警凝练而又感情充沛。《咏史》其八则为寒门秀士而悲慨万分:"习习笼中鸟,举翮触四隅。落落穷巷士,抱影守空庐。出门无通路,枳棘塞中途。计策弃不收,块若枯池鱼。外望无寸禄,内顾无斗储。亲戚还相蔑,朋友日夜疏。"他们在门阀制度的压制下,外无寸禄,内无斗储,进身无阶,备受轻蔑,就如同无法奋飞的笼中囚鸟和濒死无助的枯池涸鱼。既然建功无门,左思在另一部分诗中表现了遗世归隐的超脱思想:"被褐出阊阖,高步追许由。振衣千仞岗,濯足万里流。"(《咏史》其五)"何必丝与竹,山水有清音。何事待啸歌,灌木自悲吟。秋菊兼糇粮,幽兰间重襟。踌躇足力烦,聊欲投吾簪。"(《招隐诗》其一)这是门阀制度压抑人才的悲剧的折射方式,是披褐怀玉的英杰之才发出的一份无可奈何的自解自宽之辞。但即使这样内容的诗,左思也是写得气象阔大,笔力雄健。

左思的诗歌继承了建安诗歌的风骨,被誉为"文典以怨","左思风力"(《诗品》卷上、卷中),就是指他的诗引用历史典故以抒时愤,刚健有力。另外,他的咏史诗,一改班固创为《咏史》时的质木无文,也不像王粲、阮瑀的《咏史诗》那样就史实而抒感慨评论,而是融入自己的身世之感,感情激烈深切,借古人之事,抒个人怀抱,使咏史诗有了新的飞跃。

左思还有一首别具一格的《娇女诗》,写小女儿情态,真切细腻,表现出左思对现实生活细致入微的观察能力和细节描写的非凡才能,李商隐的《娇儿诗》当受其启发和影响。

二 刘 琨

刘琨(271—318),字越石,中山魏昌(今河北无极)人。史称他"少负壮志,有纵横之才,善交胜己,而颇浮夸"。年轻时"以文才降节事谧",参与贾谧"二十四友"之列,"素豪奢,嗜声色"。(《晋书》本传)光熙元年(306)出为并州刺史,抗击匈奴汉国刘渊军队,父母均被匈奴部刘聪杀害。国难家仇,激起了他的报国壮志。他曾在《答卢谌书》中说到自己的思想转变:"昔在少壮,未尝检括。远慕老庄之齐物,近嘉阮生之放旷。""自顷辀张,困于逆乱,国破家亡,亲友凋残。负杖行吟,则百忧俱至;块然独坐,则哀愤两集。""然后知聃周之为虚诞,嗣宗之为妄作也。"在动乱面前,玄谈不能解决问题,慷慨报国的情怀使他奋身于戎马疆场。后因兵败于石勒,投幽川刺史段匹磾,共扶晋室。后被段杀害,时年48岁。

刘琨今存诗4首,其中《扶风歌》与《重赠卢谌》最为优秀。《扶风歌》当写于任并州太守北上抗敌之时。当时"并土饥荒,百姓随(司马)腾南下,余户不满二万,贼寇纵横,道路断塞。琨募得千余人,转斗至晋阳"(《晋书》本传)。在艰苦卓绝的战斗生活中,刘琨用血泪写下了他的坚强意志和悲慨意绪:"朝发广莫门,暮宿丹水山。左手弯繁弱,右手挥龙渊。顾瞻望宫阙,俯仰御飞轩。据鞍长叹息,泪下如流泉。系马长松下,发鞍高岳头。烈烈悲风起，泠泠涧水流。挥手长相谢，哽咽不能言。浮云为我结，归鸟为我旋。去家日已远，安知存与亡？慷慨穷林中，抱膝独摧藏。麋鹿游我前，猿猴戏我侧。资粮既乏尽，薇蕨安可食？揽辔命徒侣，吟啸绝岩中。君子道微矣，夫子固有穷。惟昔李骞期，寄在匈奴庭。忠信反获罪，汉武不见明。我欲竟此曲，此曲悲且长。弃置勿重陈，重陈令心伤。”国家动乱，民生凋残，引起他无限悲凉。但壮士报国奋身御敌，又激起他的刚强意志。故刘琨诗有刚健雄放之情致。《重赠卢谌》则写于被段匹磾囚禁时。诗中用了六个典故，激励卢谌。末段写出英雄末路的悲凉慷慨：“握中有悬璧，本自荆山璆。惟彼太公望，昔在渭滨叟。邓生何感激，千里来相求。白登幸曲逆，鸿门赖留侯。重耳任五贤，小白相射钩。苟能隆二伯，安问党与仇？中夜抚枕叹，想与数子游。吾衰久矣夫！何其不梦周？谁云圣达节，知命故不忧？宣尼悲获麟，西狩涕孔丘。功业未及见，夕阳忽西流。时哉不我与，去乎若云浮。朱实陨劲风，繁英落素秋。狭路倾华盖，骇驷摧双辀。何意百炼钢，化为绕指柔！”沈德潜评之曰：“越石英雄失路，万绪悲凉。”（《古诗源》卷八）但是，刘琨的诗即使是写失败时的意绪，也是壮美的，同样有“清刚之气”、“清拔之气”（《诗品》序、卷中），绝不同于太康之绮靡，而有建安之风气。元好问有见于此，叹为“可惜并州刘越石，不教横槊建安中”（《论诗三十首》其二），即是看出刘琨诗继承建安风骨的特点。

第三节　游仙诗与玄言诗

永嘉南渡，时局及士风又为之一变，诗歌亦随之变化。先有郭璞游仙诗，继有孙、许玄言诗，均不同于潘岳、陆机之华丽绮靡，亦不同于左思、刘琨之刚健多风。

一　郭璞及其游仙诗

永嘉之乱，中原残破。《晋书·食货志》言：“至于永嘉，丧乱弥甚。雍州以东，人多饥乏，更相鬻卖，奔迸流移，不可胜数。幽、并、司、冀、秦、雍六州大蝗，草木及牛马毛皆尽。又大疾疫，兼以饥馑。百姓又为贼寇所杀，流尸满河，白骨蔽野。刘曜之逼，朝廷议欲迁都仓垣。人多相食，饥疫总至，百官流亡者十八九。”“怀帝为刘曜所围，王师累败，府帑既竭，百官饥甚。比屋不见火烟，饥人自相啖食。”大批士人此时南渡江表，“时海内大乱，独江东差安，中国士民避乱者多南渡江”（《资治通鉴·晋纪九》）。渡江之初，东晋诗坛的重要诗人和诗歌现象是郭璞和他的《游仙诗》。

郭璞（276—324），河东闻喜（今山西闻喜）人。知识渊博，精通文字训诂，曾注《周易》、《尔雅》、《山海经》等。尤善卜筮。晋惠帝、怀帝之际，移家避乱渡江。历任参军、著作郎、尚书郎。后被王敦辟为记室参军，因劝阻王敦谋反，被杀。

郭璞诗、赋兼善。《晋书·郭璞传》说他的“辞赋为中兴之冠”。他的诗歌代表作是《游仙诗》。

游仙诗的渊源可以上溯到先秦。在《离骚》中,当屈原对现实不满时就幻想神游天界。而《远游》中更有直接的语言表述,如:“悲时俗之迫厄兮,愿轻举而远游”,“闻赤松之清尘兮,愿承风乎遗则”。而以“游仙”为诗名,则始于曹植《游仙诗》。

游仙诗内容向有两种不同倾向,一种纯写求仙长生之意,如汉乐府《长歌行》:“仙人骑白鹿,发短耳何长。导我上太华,揽芝获赤幢。来到主人门,奉药一玉箱。主人服此药,身体日康强。发白复更黑,延年寿命长。”此正如李善所说:“凡游仙之篇,皆所以滓秽尘网,锱铢缨绂,餐霞倒景,饵玉玄都。”(《文选》卷二一注)另一种则是愤世嫉俗之言,即朱干《乐府正义》所说的“游仙诸诗嫌九州之局促,思假道于天衢。大抵骚人才士不得志于时,借此以写胸中之牢落”,并非以游仙为主旨,而是有所寄托。如曹植《游仙诗》:“人生不满百,戚戚少欢娱。意欲奋六翮,排雾凌紫虚。蝉脱同松乔,翻迹登鼎湖。翱翔九天上,骋辔远行游。东观扶桑曜,西临弱水流。北极登玄渚,南翔陟丹丘。”这是不满于人生戚戚的抒愤之作。

郭璞的游仙诗兼具上述两种内容。一类是“坎壈咏怀,非列仙之趣也”(《诗品》卷中)。他身处乱世,博学多才却屈沉下僚,史称其“又自以才高位卑,乃著《客傲》”(《晋书·郭璞传》),又目睹两晋之际的残破,感慨才志之士坎坷际遇,故将对现实的失望不满用隐逸或游仙的方式表达出来。《游仙诗》其一即其代表:

> 京华游侠窟,山林隐遁栖。朱门何足荣,未若托蓬莱。临源挹清波,陵冈掇丹荑。灵溪可潜盘,安事登云梯。漆园有傲吏,莱氏有逸妻。进则保龙见,退为触藩羝。高蹈风尘外,长揖谢夷齐。

此诗主旨乃在于否定京华、朱门之仕宦之途,而高唱漆园、莱妻的隐遁之举。虽有游仙之名,实则是借遗世之志发泄对现实社会不满。又如《游仙诗》其二中“蹇修时不存,要之将谁使”,其五中“圭璋虽特达,明月难暗投”之语显然与屈原怀才不遇、左思磊落不平同一机杼。

郭璞游仙诗的另一类内容,则是承继传统求仙长生之主题,以高蹈轻举、服食采药为主旨。这主要是由郭璞特殊的个性特点决定的。《晋书·郭璞传》说他“好古文奇字,妙于阴阳算历”,又从奇人郭公受奇术,“攘灾转祸,通致无方”,耽好精研博异之书《山海经》等,加之“性轻易,不修威仪”。这种种性格上的浪漫因素导致了郭璞在抒发对现实不满时,采取游仙的方式,创造出一个浪漫的神仙境界,来表达一种超脱尘世的情绪和态度,而不像左思用咏史的方式,非常写实地表达自己的愤慨。如《游仙诗》其六:“杂县寓鲁门,风暖将为灾。吞舟涌海底,高浪驾蓬莱。神仙排云出,但见金银台。陵阳挹丹溜,容成挥玉杯。姮娥扬妙音,洪崖颔其颐。升降随长烟,飘飖戏九垓。奇龄迈五龙,千岁方婴孩。燕昭无灵气,汉武非仙才。”此诗用浪漫奇幻的想象把诸多仙人事迹串联于诗中,通过写陵阳子明服食石脂,嫦娥食不死药,以及对众仙人自由长寿的描写,表现了对神仙世界的向往和追求。所以刘勰说郭璞的“仙诗亦飘飘而凌云矣”(《文心雕龙·才略》)。

郭璞的游仙诗感情真实,坎壈咏怀,与东晋辞意夷泰的诗风殊非同道。刘熙载说:

“《游仙诗》假栖遁之言，而激烈悲愤，自在言外。”（《艺概·诗概》）《游仙诗》中如“临川哀年迈，抚心独悲咤”，“悲来恻丹心，零泪缘缨流”，“遐邈冥茫中，俯视令人哀”，其感慨深广，溢于言表。另外，郭诗情采斐然，描写形象生动，色泽丰富，也与平典似道德论之玄言诗风大异其趣。如“风生梁栋间，云出窗户里”，“翡翠戏兰苕，容色更相鲜。绿萝结高林，蒙笼盖一山”，“朱霞升东山，朝日何晃朗”，“琼林笼藻映，碧树疏英翘。丹泉漂朱沫，黑水鼓玄涛”，都写得鲜丽生动，被称为“始变永嘉平淡之体，故称中兴第一”（《诗品》卷中）。

二　玄言诗

江东由于注意农业生产，经济逐渐发展。《晋书·食货志》：“元帝为晋王，课督农功，诏二千石长吏以入谷多少为殿最。”“其后频年麦虽有旱蝗，而为益犹多。”经过明、成二帝到孝武帝末年时，已是“天下无事，时和年丰，百姓乐业，谷帛殷阜，几乎家给人足矣”。此时东晋既无收复北方之力，又无北人南侵之忧，朝野上下晏然，偏安心态占主流，加之江南山明水秀，云蒸霞蔚，士人遂怡情山水，流连胜景，培养出很细腻的山水审美意识和更强的山水审美情趣。另一方面，偏安的局面有利于东晋士人追求平静与安宁的心境，他们摆脱了中朝士人对物欲与感官的强烈追求，转而走向更加广阔的内心世界，去寻求精神的慰藉。他们清谈玄言佛理，诗乐书画往还，高雅脱俗、优游闲适而又情韵无穷，创造了一种新的文化模式。其基本格调更切近于老庄的泯于自然和佛教的虚心静照，也更适合于偏安于山明水秀之江南一隅的心境。这种高雅的情趣格调一直贯穿于中国古代士人文化之中，影响至为深远。

总之，偏安的心态，中朝玄谈的流风遗韵，以及新形成的高雅脱俗的情调和流连山水的审美情趣，加之佛教般若空观的影响，使玄言诗在东晋诗坛占据了主流地位。

玄言诗的发生与发展有一个较长的过程。其发端自魏正始时代已开始，其时由于玄风影响，嵇、阮等人诗中已有玄言成分，如阮籍诗“阴阳有变化，谁云沉不浮”（《咏怀》第28首）、“膏火自煎熬，多财为患害”（同上第6首），嵇康诗“含道独往，弃智遗身。寂乎无累，何求于人”（《兄秀才公穆入军赠诗》第17首）、“遗物弃鄙累，逍遥游太和”（《答二郭》其二）、“冲静得自然，荣华安足为”（《述志诗》其一），但这些诗仍以抒情为主，玄理不是诗歌的主要成分。西晋著名玄学家不善作诗，而诗人又以工丽涂泽为能事，故只有少数诗人以玄言入诗，如“守精味玄妙，逍遥无为墟”（张华《游仙诗》其一），“玄寂令神王，是以守至冲”（石崇《答曹嘉诗》）等。可见，上述诗作并非永嘉以后形成的典型的玄言诗，因而只能视为广义的玄言诗。西晋末至“永嘉时，贵黄老，稍尚虚谈。于时篇什，理过其辞，淡乎寡味。爰及江表，微波尚传，孙绰、许询、桓、庾诸公诗，皆平典似《道德论》，建安风力尽矣”（《诗品》序）。东晋中期是玄言诗的成熟和高潮期。东晋末叶，“仲文始革孙、许之风，叔源大变太元之气”（《宋书·谢灵运传论》）。殷仲文和谢混的诗已变得以抒情写景为主，玄言成分仅余残烬，玄言诗已经式微了。

玄言诗的特点在内容上是以谈论老庄玄理为主,少数兼及佛理的表述。《文心雕龙·时序》说:"自中朝贵玄,江左称盛,因谈余气,流成文体。是以世极迍邅,而辞意夷泰。诗必柱下之旨归,赋乃漆园之义疏。"檀道鸾《续晋阳秋》说:"至过江,佛理尤盛。""询及太原孙绰转相祖尚,又加以三世之辞,而诗骚之体尽矣。"(《世说新语·文学》注引)在表达上则是抽象玄虚,淡乎寡味,与汉魏西晋以来抒情绘景的写实倾向背道而驰,纯以韵语敷述玄理,背离了艺术表现的形象、情感等原则。沈约曾评述玄言诗的这个特点,说:"有晋中兴,玄风独振。为学穷于柱下,博物止乎七篇,驰骋文辞,义单乎此。自建武暨乎义熙,历载将百:虽缀响联辞,波属云委;莫不寄言上德,托意玄珠。遒丽之辞,无闻焉耳。"(《宋书·谢灵运传论》)东晋玄言诗的代表作家为孙绰、许询。许询的玄言诗今不传,孙绰有《答许询》:

> 遗荣荣在,外身身全。卓哉先师,修德就闲。散以玄风,涤以清川。或步崇基,或恬蒙园。道足匈怀,神栖浩然。

诗中引《老子》"外其身而身存",《庄子》"天下无道则修德就闲",满篇是"道"、"神"、"玄风"、"蒙园"等玄学词语,确乎"平典似《道德论》"。

值得注意的是孙绰还有另一类作品,即由面对山水而领悟玄理,因此在诗中就不仅清言玄胜,同时还描绘了山水景物,如《秋日诗》:

> 萧瑟仲秋月,飙唳风云高。山居感时变,远客兴长谣。疏林积凉风,虚岫结凝霄。湛露洒庭林,密叶辞荣条。抚菌悲先落,攀松羡后凋。垂纶在林野,交情远市朝。澹然古怀心,濠上岂伊遥。

此诗旨归仍不离老庄无为逍遥之玄理,也有《庄子》中朝菌、濠上之语,然而却非纯粹抽象地空谈玄虚,而是生动地描绘了万木萧疏、秋风萧瑟的山林景色,抒发出要远市朝而近自然的心情。这种创作倾向也集中表现在了兰亭雅集的诗歌中。兰亭诗人中,尽多玄言诗人,但他们的诗作却多由写景而抒发自己对人生宇宙的感受,虽不脱道家主旨,却也用清新的语言描绘了自然风物之美,表现了恬淡清虚的审美情趣。这种不同于前代的东晋特有诗风,不但直接影响了陶渊明诗平淡自然之风格,而且对后代文人诗歌中冲淡自然、旷达闲适风格的影响至为深远。而且,玄言诗人对山水的体悟与描写,也为晋宋之际山水诗的成熟和发展奠定了审美心理和创作方面的基础。这也可算是玄言诗诸多弊端之外的两点积极贡献。

【本章习题指要】

1. 太康诗风的特点及其成因。
2. 左思《咏史》诗的艺术成就。
3. 游仙诗渊源及郭璞《游仙诗》的创作特点。
4. 东晋玄言诗的渊源及其创作的一般特征。

第四章　田园、隐逸诗人之宗陶渊明

陶渊明是中国文学史上杰出的诗人，他把田园生活的题材带进了诗歌中，开拓了一个全新的表现领域，使田园诗在唐宋以还成为诗歌重要描写内容。而且，他创造了中国诗歌意境中一种新的美的类型，一种韵味极为淳厚而又朴实无华的冲淡之美，而“开千古平淡之宗”（《诗薮·内篇》卷二），从而在文学史上奠定了其不朽的地位。

第一节　陶渊明的生平

陶渊明（365—427），字元亮。《宋书·陶潜传》：“陶潜，字渊明，或云渊明字元亮。”号五柳先生，私谥靖节，浔阳柴桑（今江西九江）人。据《宋书》《晋书》陶潜传载，渊明为晋成帝时大司马陶侃曾孙，祖父陶茂曾任武昌太守，至陶渊明时家道衰落，家境贫寒。渊明少有高趣，博学，善属文，好读书，不求甚解，每有会意，欣然忘食。他性情任真，脱颖不羁，嗜酒，闲静少言，不慕荣利，常著诗文自娱以示己志，不计得失。晋孝武帝太元十八年（393）起为江州祭酒，然不堪忍受吏府拘束，也不愿做小小吏职，不久便辞职而归。后州府又召为主簿，他辞谢不就。安帝隆安四年（400）至五年，曾一度在荆州为吏。元兴三年（404）复为镇军参军，在刘裕幕府任职。义熙元年（405）再为建威将军参军，三月赴建康就任。同年八月，改为彭泽令，不久辞官归田。从此退隐不仕，安身立命于田园。宋文帝元嘉四年（427）卒，时年63岁。史臣赞其：“厚秩招累，修名顺欲。确乎群士，超然绝俗。”（《晋书·陶潜传》）陶渊明是晋宋时代著名的大诗人、辞赋散文家，所著诗文一并流传于世，有集八卷。

少年的陶渊明，好学不拘。一方面“少年罕人事，游好在六经”（《饮酒》其十六），一方面“学非称师，文取旨达”（颜延之《陶征士诔》序）。而且天性闲静，热爱自然，“少学琴书，偶爱闲静，开卷有得，便欣然忘食。见树木交荫，时鸟变声，亦复欢然有喜”（《与子俨等书》）。稍长，也曾有大济苍生之心，“忆我少壮时，无乐自欣豫。猛志逸四海，骞翮思远翥”（《杂诗》其五）。这多半是出于对曾祖陶侃事功的景仰和自豪。陶侃是东晋开国功臣，官至大司马、都督八州军事，封长沙郡公。家风素谨，尚道义，重名节。渊明曾在《命子诗》中崇敬地赞美道：“桓桓长沙，伊勋伊德。天子畴我，专征南国。”但是，他思想上的更主要一面，是受魏晋以来名士传统的影响，尤其东晋士人清虚恬淡心态的影响，而形成了不慕荣利、忘怀得失的人生态度。他尝撰《五柳先生传》以自况：

先生不知何许人也,亦不详其姓字。宅边有五柳树,因以为号焉。闲静少言,不慕荣利。好读书,不求甚解,每有会意,便欣然忘食。性嗜酒,家贫不能常得。亲旧知其如此,或置酒而招之。造饮辄尽,期在必醉。既醉而退,曾不吝情去留。环堵萧然,不蔽风日,短褐穿结,箪瓢屡空,晏如也。常著文章自娱,颇示己志。忘怀得失,以此自终。

赞曰:黔娄有言,不戚戚于贫贱,不汲汲于富贵。其言兹若人之俦乎?衔觞赋诗,以乐其志,无怀氏之民欤?葛天氏之民欤?

"其自序如此,时人谓之实录"(《宋书·隐逸传》)。

由于渊明思想上的两个方面交互起作用,就造成了他在29岁至41岁当中屡仕屡隐,内心的矛盾斗争见之于其行事。渊明29岁时,"亲老家贫,起为州祭酒,不堪吏职,少日,自解归"(萧统《陶渊明传》)。为生计贫困而出仕,却又因厌恶官场而辞归。当吏职生涯与他的素志相忤逆的时候,他就毫不留恋地选择了后者。在开始做镇军参军时,他似乎有一丝兴奋,"时来苟冥会,宛辔憩通衢。投策命晨装,暂与园田疏"(《始作镇军参军经曲阿作》)。这可能是建立事功的思想在起作用,或传统的风云际会的情志被撩拨起来。但是,就在这种情绪产生的同时,他思想的主流方面又出现了:

眇眇孤舟逝,绵绵归思纡。我行岂不遥,登降千里余。目倦川涂异,心念山泽居。望云惭高鸟,临水愧游鱼。真想初在襟,谁谓行迹拘。聊且凭化迁,终返班生庐。(同上)

他时时念兹在兹的,仍是山泽居和班生庐,他深深向往的,还是飞鸟游鱼般的自由自在。至于出仕,只是不违背"真想"的不拘形迹的随运顺化而已。如果不太受拘束,还可聊以为之,但并非真心追求仕禄。如果真的是大违初衷,则断不可为,而宁肯抱贫退隐。这就是"不戚戚于贫贱,不汲汲于富贵"。果然,在他任彭泽令也即最后一次出仕时,这个矛盾爆发了。萧统《陶渊明传》称:

执事者闻之,以为彭泽令。不以家累自随,送一力给其子,书曰:"汝旦夕之费,自给为难。今遣此力,助汝薪水之劳。此亦人子也,可善遇之。"公田悉令吏种秫,曰:"吾常得醉于酒,足矣。"妻子固请种粳,乃使二顷五十亩种秫,五十亩种粳。岁终,会郡遣督邮至县,吏请曰:"应束带见之。"渊明叹曰:"我岂能为五斗米折腰向乡里小儿。"即日解绶去职,赋《归去来》。征著作郎,不就。

这样,陶渊明就在41岁那年,彻底结束了时宦时隐的阶段,开始了他一往不回的田园生活。

渊明在挂冠甫始,就在《归去来兮辞》中想象了田园生活的自由美好。归耕后,他心情愉快,夙愿得酬,其欣喜溢于言表。他躬耕垄亩,身自稼穑,虽然早出晚归,披星戴月,但心情舒畅,内心充实。他和淳朴的农民相往还,闲暇则饮酒赋诗,登临山水,自由自在,无拘无束。虽然也有困厄,如失火、歉收,甚至疾病、断炊,但他都以一种委运任化的洒落态度泰然处之，安贫乐道，心境澄明，真正做到了与自然泯合为一，同时也创造出了平淡自然而又韵味深厚的田园诗歌，垂范后昆。

陶渊明达到了一种物我一体、心与道冥的人生境界。他领悟到大自然的不息生机是自己生命的最好安归之所，完全融入自然。在他的心目中，大自然的一切都生生不息，自乐自得地存在，一切都那么和谐美好。如其《读山海经》其一：

> 孟夏草木长，绕屋树扶疏。众鸟欣有托，吾亦爱吾庐。既耕亦以种，时还读我书。穷巷隔深辙，颇回故人车。欢然酌春酒，摘我园中蔬。微雨从东来，好风与之俱。泛览周王传，流观山海图。俯仰终宇宙，不乐复何如。

他没有用语言赞美自然，而自然的大美却从心里流溢出来。因为他不是像中朝名士那样占有山水以为生活点缀，也不像江左名士那样有距离地欣赏自然，而是把自己化入自然，成为其中的一员，心境与物境完全泯为一体。这种玄学思潮所追求的最高境界，玄学家没有达到，陶渊明却达到了。为何？就在于单纯持玄学人生观不能解决好个人与群体的矛盾关系，没有化解矛盾纠结的世俗情节的力量。所以，面对现实人生中的种种困扰：岁月苦短，际遇难逢，贫困疾病，灾祸患难……人们便会陷入烦苦怨愤和悲哀痛苦之中，而不能真正做到委运任化，也就不能达到与自然泯一。

陶渊明却做到了。面对人生的苦患，他除了以老庄无为的玄学人生观去对待，更重要的，是靠儒家的思想力量，是儒家一片仁心与安于贫穷的道德准则。对世界的不公正不合理的不满，他没有化为牢骚，而是对人生充满着一种仁民爱物的胸怀。《桃花源记》中淳朴和睦、安居乐业的社会理想，即显现了他的这种胸怀。面对贫穷，他以儒家安贫乐道的精神处之，有箪食瓢饮不改其乐的高尚情怀和宁静心境，如《咏贫士》其四："安贫守贱者，自古有黔娄。好爵吾不萦，厚馈吾不酬。一旦寿命尽，蔽服仍不周。岂不知其极，非道故无忧。从来将千载，未复见斯俦。朝与仁义生，夕死复何求。"

另外，佛家般若思想也影响了陶渊明。般若思想认为世间一切皆如梦幻、镜花水月，原为幻象本非实有。那么一念心寂万境皆虚，一切世界种种相既虚幻不实，则不如意事之烦恼也自行消解。陶诗中也流露出痕迹："人生似幻化，终当归空无。"（《归园田居》其四）"吾生梦幻间，何事绁尘羁。"（《饮酒》其八）"纵浪大化中，不喜亦不惧。应尽便须尽，无复独多虑。"（《形影神》）这样，陶渊明就摆脱了人间世俗的种种羁绊烦扰，在精神上真正达到了委运任化、与自然泯一的境界，并由此而创造出了格高千古的优秀诗篇。

第二节　陶渊明的诗歌成就

陶渊明在中国文学史上的一大贡献，就是开创了文人诗歌创作的新领域——田园诗。在陶渊明之前，山水题材已进入到诗歌当中。曹操的《观沧海》，以及西晋的金谷宴集、兰亭修禊等诗，都有对山水的描写，但都是从观赏自然的角度写出的。其原因就在于他们只是登临游赏而兴吟咏,或助兴己怀,或借以悟道,而不能真正地生活于其中,与自己的观赏对象融为一体。陶渊明的田园诗则迥异于此。他写的田园风物、稼穑生活,都是他生活于其中的不可或缺的需要,他已与它们完全融合为一。他不是田园生活的旁观者和欣赏者,而是其中的一员。所以,他不是泛咏山林,而是亲切自然地描绘出田园风光,写出它的恬美意境和朴茂生气,代表作是《归园田居》其一:

> 少无适俗韵,性本爱丘山。误落尘网中,一去三十年。羁鸟恋旧林,池鱼思故渊。开荒南野际,守拙归园田。方宅十余亩,草屋八九间。榆柳荫后园,桃李罗堂前。暧暧远人村,依依墟里烟。狗吠深巷中,鸡鸣桑树巅。户庭无杂尘,虚室有余闲。久在樊笼里,复得返自然。

诗人对田园生活的赞美并未直接说出,而是通过对草屋茅舍、榆柳桃李、远村炊烟、鸡鸣狗吠的白描,流露出对田园风物的由衷喜爱和深切依恋。读者亦可体味出诗人那纯净的心地和平静的心境,与简朴恬静的田园风光交融为一了。正如后人所评:"地几亩,屋几间,树几株,花几种,远村近烟何色,鸡鸣狗吠何处,琐屑详数,语俗而意雅。恰见去忙就闲,一一欣快。极平常之景,各生趣味。"(黄文焕《陶诗析义》卷二)就是看出了诗人对自己身处其中的田家生活的喜悦。

陶渊明的田园诗还真实地描写了自己的躬耕生活,对劳动的艰辛诗人却表现出平静乐观的心态,躬耕之志始终不渝。"即从作息勤厉中,写景观物,讨出一段快乐。高人性情,细民职业,不作二义看,惟真旷远人知之。"(钟惺《古诗归》卷九)这在陶渊明之前是没有的,但此后却成为诗文创作的一个重要题材,陶诗的开创之功是唯一的关键。宁肯力耕而不肯同流合污,成为高洁士人人格的理想和楷模。《庚戌岁九月中于西田获早稻》写出了诗人的人生观:"人生归有道,衣食固其端。孰是都不营,而以求自安。开春理常业,岁功聊可观。晨出肆微勤,日入负耒还。山中饶霜露,风气亦先寒。田家岂不苦,弗获辞此难。四体诚乃疲,庶无异患干。盥濯息檐下,斗酒散襟颜。遥遥沮溺心,千载乃相关。但愿长如此,躬耕非所叹。"诗人认为只有通过劳动才能获得人生基本所需的衣食,虽然田家劳作辛苦,四体诚疲,但可免掉"异患"带来的心理精神负担,劳作后盥洗小酌,亦堪欣慰。所以,在陶渊明的笔下,劳动是艺术化了的很有诗意的行为:"种豆南山下,草盛豆苗稀。晨兴理荒秽,带月荷锄归。道狭草木长,夕露沾我衣。衣沾不足惜,但使愿无违。"(《归园田居》其三)皓月当空,劳作一天的诗人荷锄归来,乡村小路旁野露沾湿了诗人的衣裳。但诗人的心情是愉快的,因为诗人力耕自食的理想得以如愿,一种怡然自得之状呼之欲出。

另外,陶渊明的田园诗中还记叙了他与农夫野老、素心挚友的往还,如《移居》二首:"昔欲居南村,非为卜其宅。闻多素心人,乐与数晨夕。怀此颇有年,今日从兹役。弊庐何必广,取足蔽床席。邻曲时时来,抗言谈在昔。奇文共欣赏,疑义相与析。"(其一)"春秋多佳日,登高赋新诗。过门更相呼,有酒斟酌之。农务各自归,闲暇辄相思。相思则披衣,言笑无厌时。此理将不胜,何为忽去兹。衣食当须纪,力耕不吾欺。"(其二)与素心淳朴之人的交往,使诗人得到极大快慰。他们谈论的,没有世俗官场的争名逐利、钩心斗角,而是农事家常，“时复墟曲中，披草共来往。相见无杂言，但道桑麻长”（《归园田居》其二）。他们所来往的，不是出于功利的金玉奇珍，浊酒一杯足矣，“日入相与归，壶浆劳近邻”（《癸卯岁始春怀古田舍》其二），“得欢当作乐，斗酒聚彼邻”（《杂诗》其一）。这些与浇薄的世俗不啻天渊。

陶渊明在中国文学史上的另一贡献，就是创造了情味极浓的冲淡之美。建安诗歌为中国文学带来一种慷慨悲凉的美，西晋诗人为中国文学带来绮丽之美，而陶渊明则开拓了一个以冲淡为美的天地。他诗作的境界韵味，是一种平和淡泊，于世事无所争，无所求，心与自然泯一的人生境界的自然流露，表现为宁静平淡的境界，是一种新的意境美的类型。苏轼在《与苏辙书》中说：“吾于诗人，无所甚好，独好渊明之诗。渊明作诗不多，然其诗质而实绮，癯而实腴，自曹、刘、鲍、谢、李、杜诸人，皆莫及也。”（《东坡续集》卷三）是说他诗歌的平淡不是淡而无味，而是意味隽永，也就是平淡自然却韵味淳厚。“语淡而味腴，和粹之气，悠然流露，最耐玩味。”（伍涵芬《读书乐趣》）陶渊明有平和淡泊的人生境界，自然流露于诗，因之其诗才具有平淡自然之美。最能代表渊明冲淡之美的诗，莫过于《饮酒》其五：

结庐在人境，而无车马喧。问君何能尔，心远地自偏。采菊东篱下，悠然见南山。山气日夕佳，飞鸟相与还。此中有真意，欲辩已忘言。

这首诗之所以千古激动人心，就在于他创造出一个宁静平和的精神境界。人、山川、空气、飞鸟，原本只是一和谐之整体，原本无须区分。“悠然”见者，盖无可无不可，非有意为之，乃无意间之相遇。在此物我泯一的境界中，人生之种种真谛实已寓含其中，然亦不须说，不必说，已经尽在意中。忘言者，正在不言中也。这样一个精神境界，留给人的是一种无尽的向往，这就是韵味。而美的感受正在这无尽的向往、这韵味中。

形成陶诗平淡自然之美的原因，一在于诗人心境的平和散淡，二在于诗人语言的平易质朴。就前者说，渊明自言“纵浪大化中，不喜亦不惧”（《形影神》），“人亦有言，称心易足。挥兹一觞，陶然自乐”（《时运》）。由于他委运任化，顺乎自然，不汲汲于富贵，不戚戚于贫贱，所以在诗歌创作中情绪平和，没有激烈的情绪变化，没有巨大的感情起伏，远离了在政治上建立事功的强烈追求或怀才不遇的无限悲慨，而于田园生活日用之中自得其乐，就同他佩服的曾点一样，“乐其日用之常，初无舍己为人之意，而胸次悠然，直与天地万物上下同流。各得其所之妙，隐然自见于言外”（朱熹《论语集注》卷六）。且由此多写田家生活中日用之景之物，如数家珍，娓娓道来，令人觉其亲切平和：

秉耒欢时务，解颜劝农人。平畴交远风，良苗亦怀新。（《癸卯岁始春怀古田舍》其二）

清晨闻叩门，倒裳往自开。问子为谁欤，田父有好怀。（《饮酒》其九）

山涧清且浅，可以濯吾足。漉我新熟酒，只鸡招近局。日入室中暗，荆薪代明烛。（《归园田居》其五）

超越了世俗的功利计较，与天地自然泯而为一，陶然忘机，怡然自适，流露于诗中自会有平淡自然之格调。

就诗歌语言说,陶诗的特点是质朴无华,不加雕饰,极尽语言纯净之美。钟嵘说陶诗“文体省净,殆无长语”(《诗品》卷中),指出陶诗语言简洁纯净。他不用夸张的铺排和绮艳的色彩,不用刻意雕琢的对仗和深僻的典故,他诗句的魅力,在于全是性情中自然流出的言语,在于内在的感情力量。他向往的是闲适淡泊的人生,他要表达的情怀,是一片纯真心地,而非矫饰的感情世界,所以他选择的只能是这种纯净的去尽华饰的语言。但是,陶诗的语言又不是未经加工锤炼的粗糙平俗的民间口头语言,而是语言巨匠剥落浮华后高度凝练所能达到的更高境界和水平。试看他的《闲情赋》,写得多么绮丽多姿,说明他不是不会使用华美的辞藻和细腻的绘声绘色。但他的审美趣向不在于此,所以他在诗文创作中洗尽铅华,以质素自然语创造出情味极浓的冲淡之美的艺术境界。写雪,“倾耳无希声,在目皓已洁”(《癸卯岁十二月中作与从弟敬远》),不用“撒盐”“飘絮”之类的精巧比喻,只平平常常的十个字,就写出了雪落无声的轻柔意态。写风,“有风自南,翼彼新苗”,不用“青蘋”“惠风”之类的典故,只一“翼”字,便将南风微拂新苗摇曳之态写得和煦暖人。至于“采菊东篱下,悠然见南山,山气日夕佳,飞鸟相与还”的名句,如同口语,但其无心中而心与物会、物我两融之境,宛如目前。山花人鸟,偶然相对,一片化机,天真自具。所以,陶诗语言是不露斧凿却高度艺术化的传神之笔,是诗歌大师语言功力炉火纯青的极致化境,非寻常辈可比拟。元好问说陶诗“一语天然万古新,豪华落尽见真淳”(《论诗三十首》其四),殆非虚誉。

陶渊明诗歌的艺术成就主要在于田园诗的创作和冲淡之美境界的创作。但对于一位杰出诗人来说,他的诗歌创作还有丰富的多样性。正如鲁迅所说的,陶渊明并非浑身“静穆”,也还有“精卫衔微木,将以填沧海。刑天舞干戚,猛志故常在”(《读山海经》其十)之类的“金刚怒目”式(《题未定草》六、七)。如《咏荆轲》就是一例:

> 燕丹善养士,志在报强嬴。招集百夫良,岁暮得荆卿。君子死知己,提剑出燕京。素骥鸣广陌,慷慨送我行。雄发指危冠,猛气冲长缨。饮饯易水上,四座列群英。渐离击悲筑,宋意唱高声。萧萧哀风逝,淡淡寒波生。商音更流涕,羽奏壮士惊。心知去不归,且有后世名。登车何时顾,飞盖入秦庭。凌厉越万里,逶迤过千城。图穷事自至,豪主正怔营。惜哉剑术疏,奇功遂不成。其人虽已没,千载有余情。

写得慷慨激昂,豪情迸溢,表现了诗人豪迈诗风的一面。另外,陶诗亦有磊落不平的悲愤之句,“日月掷人去,有志不获骋。念此怀悲凄,终晓不能静”(《杂诗》其二);亦有忍饥抱寒的愁苦之音,“夏日抱长饥,寒夜无被眠。造夕思鸡鸣,及晨愿乌迁”(《怨诗楚调示庞主簿邓治中》)。沈德潜说陶诗“有忧勤语,有自任语,有知足语,有悲愤语,有乐天安命语,有物我同得语”(《说诗晬语》上),正是看到了陶诗丰富多样的特点。

第三节　陶渊明的散文和辞赋

陶渊明今传散文 4 篇:《五柳先生传》、《桃花源记》、《晋故征西大将军长史孟府君传》、《与子俨等书》,以前二者成就为最高。《五柳先生传》(见本章第一节)是一篇带自叙传性质的散文,文笔简洁省净,全文共百余字,却传神入化地写出一个高洁脱俗、安贫乐道的隐者,既属夫子自道,而又寄托了作者的人生态度和人生理想。《桃花源记》则通过描写一个美好的世外桃源,表达了作者的社会理想,也从而对现实社会的黑暗进行了反讽。

作者向往一个和平、安定、康乐、富足的社会环境:"土地平旷,屋舍俨然,有良田美池桑竹之属。阡陌交通,鸡犬相闻。"向往民风淳朴的人际关系:"其中往来种作,男女衣着,悉如外人;黄发垂髫,并怡然自乐。"这种没有压迫剥削的平等制度,和乐恬静、纯朴敦厚的美好风俗,自给自足、丰衣足食的和平生活,成为后代人世世追求呼唤的人间乐土。在写法上,以纪实手法写虚构故事,颇具奇趣。在语言上,自然简洁而极生动,"芳草鲜美,落英缤纷","土地平旷,屋舍俨然",均有以少胜多之妙。

渊明今存辞赋3篇:《归去来兮辞》、《感士不遇赋》、《闲情赋》。《归去来兮辞》作于彭泽挂冠之时,全篇流溢着诗人摆脱官场返归田园的欣喜之情,行文亦随之流畅轻快,如行云流水,一气呵成:

> 归去来兮,田园将芜胡不归?既自以心为形役,奚惆怅而独悲!悟已往之不谏,知来者之可追。实迷途其未远,觉今是而昨非。
>
> 舟遥遥以轻飏,风飘飘而吹衣。问征夫以前路,恨晨光之熹微。乃瞻衡宇,载欣载奔。僮仆欢迎,稚子侯门。三径就荒,松菊犹存。携幼入室,有酒盈樽。引壶觞以自酌,眄庭柯以怡颜。倚南窗以寄傲,审容膝之易安。园日涉以成趣,门虽设而常关。策扶老以流憩,时矫首而遐观。云无心以出岫,鸟倦飞而知还。景翳翳以将入,抚孤松而盘桓。
>
> 归去来兮,请息交以绝游!世与我而相违,复驾言兮焉求?悦亲戚之情话,乐琴书以消忧。农人告余以春及,将有事于西畴。或命巾车,或棹孤舟。既窈窕以寻壑,亦崎岖而经丘。木欣欣以向荣,泉涓涓而始流。善万物之得时,感吾生之行休。
>
> 已矣乎,寓形宇内复几时,曷不委心任去留。胡为乎遑遑兮欲何之?富贵非吾愿,帝乡不可期。怀良辰以孤往,或植杖而耘耔。登东皋以舒啸,临清流以赋诗。聊乘化以归尽,乐乎天命复奚疑!

本篇首段写辞官之喜,"归去来兮",是一声自由的召唤,又是归返自然的欢呼。接一反问,"田园将芜胡不归",强化了归去的决心。继之痛悔以前口腹自役的仕宦之路,末写轻松愉快地踏上归程。中间两段则欣快地想象着即将重新开始的田园生活,不但有怡人的风景,而且有温暖的感情。末段则以议论的方式表达了自己乐天顺化的人生态度。摆脱官场世俗的羁绊,返归田园与自然,以求得内心的宁静与恬适,成为后世文人脱离世事矛盾纠缠,返归精神家园的一条共同道路,千百年来有无数文人高唱"归去来"而归隐田园,显示了《归去来兮辞》无限的思想及艺术魅力。

另两篇赋,则又一次显示陶渊明创作的丰富多样性。《感士不遇赋》是传统题材,自董仲舒《士不遇赋》以来,代有继作。渊明此赋亦是感叹才志之士往往不遇,自古而然。此文感慨悲愤,情绪强烈,与渊明大多作品的平淡风格不侔。尤可注意的是《闲情赋》,其中写到曾对意中女子的深切思念,极为细腻,譬喻妙切,辞采绮丽:

> 愿在衣而为领,承华首之余芳;悲罗襟之宵离,怨秋夜之未央。愿在裳而为带,束窈窕之纤身;嗟温凉之异气,或脱故而服新。愿在发而为泽,刷玄鬓于颓肩;悲佳人之屡沐,从白水以枯煎。愿在眉而为黛,随瞻视以闲扬;悲脂粉之尚鲜,或取毁于华妆。愿在莞而为席,安弱体于三秋;悲文茵之代御,方经年而见求。愿在丝而为履,附素足以周旋;悲行止之有节,空委弃于床前。愿在昼而为影,常依形而西东;悲高树之多荫,慨有时而不同。愿在夜而为烛,照玉容于两楹;悲扶桑之舒光,奄灭景而藏明。愿在竹而为扇,含凄飙于柔握;悲白露之晨零,顾襟袖以绵邈。愿在木而为桐,作膝上之鸣琴;悲乐极以哀来,终推我而辍音。

十愿十悲,角度各个不同,然无不巧妙妥帖地传达出作者热烈缠绵的情思,与陶渊明淡泊的人生境界迥异。但这也说明陶渊明曾经有过大胆热烈的爱情,并具有写作抒发这种爱情的美妙文字的能力。而且,也说明了他的平淡自然之语言实在是"豪华落尽"后的"真淳"。

陶渊明还有韵文5篇。其中《扇上画赞》、《咏史述》均为题咏;余为祭文,其中《自祭文》较有特色,表现了作者归耕不悔的心情,"勤靡余劳,心有常闲",田作虽苦,而心常适然。末尾说到生死观念,"人生实难,死如之何",表现出对死亡的达观态度。

【本章习题指要】

1. 陶渊明的思想性格。
2. 陶渊明田园诗的思想内涵。
3. 陶渊明田园诗的艺术成就及其对诗歌史的贡献。
4. 陶渊明散文和辞赋创作概况。

第五章　南北朝诗歌

自刘裕代晋，宋、齐、梁、陈四代史称南朝。南朝诗歌承魏晋诗歌之风，因时递变，踵事增华，日渐繁荣。其总趋势是沿着重艺术特质、重抒情以至重娱乐的方向发展，尤其重视诗歌艺术形式技巧的追求。与此同时的北方政权称北朝，包括北魏、东魏、西魏、北齐、北周。北朝诗歌则直接承继汉诗之风，重政教、尚写实、崇朴野。南北朝民歌则分别以清新活泼和刚健激越显示出各自的风采。

第一节　元嘉诗坛

一　元嘉诗歌新变

南朝诗歌发展主潮，可以大略分为三个阶段：刘宋时代的元嘉诗歌，齐至梁初的永明新体诗歌，梁中期至陈末的宫体诗。

元嘉是刘宋文帝的年号，共 30 年。但元嘉诗歌却不仅限于此，而是包括上起晋宋之交的谢灵运，下迄大明、泰始之交的鲍照。对比东晋玄言诗而言，元嘉诗风的主要变化就是以情思代替玄理，由哲思回到感情上来。在艺术表现上也由淡乎寡味，变为注意对诗歌艺术形式技巧的探讨。正如刘勰所说："宋初文咏，体有因革。庄老告退，而山水方滋。俪采百字之偶，争价一句之奇。情必极貌以写物，辞必穷力而追新。"（《文心雕龙·明诗》）这种现象，与当时的文学环境和士人心态的转变有密切关系。一是刘宋时代玄学在思想领域中已不占主要地位，而是儒、玄、佛并存，甚至在政权领域内儒学已占主流。由此影响到士人心态，使他们从玄虚思索中回到现实中来，表现在诗歌创作上就是从玄理思索渐渐转向感慨人生。二是刘宋皇室出身寒微，即位后用寒门掌机要权柄，世族文人虽门第高贵但已无实权，遂生人世多艰之感慨，而淡忘了玄思。庶族士人进入政权的同时也进入文坛，重抒情代替重玄思的文学思潮便逐步发展起来了。三是朝野上下普遍爱好欣赏自然山水。隐者游栖佳山秀水，世族则营造巨大庄园，或依山傍流，或聚石引水。他们的主要兴趣已不是从山水中体味玄理，而在于山水游乐。上述种种原因，导致元嘉诗歌出现新的特点。

首先，山水题材大量进入诗歌创作，并且改变了东晋诗歌以山水作为玄思载体的倾向,把山水作为审美的对象,非常写实地模山范水,正式奠定了中国山水文学的根基。谢灵运的山水诗是最突出的代表。其次,诗歌创作由东晋的哲理化改变为重抒情,抒发了强烈的感慨。此时大量拟古,拟《古诗十九首》,拟乐府,都是对于东晋玄言诗玄理化的反拨。尤可注意的是鲍照,他直抒胸臆,抒情浓烈,完全遗弃了玄理。复次,元嘉诗歌出现了对不同创作个性的追求。汉魏诗人虽各有艺术个性,但像元嘉诗人艺术追求差距这么大则没有过。以"元嘉三大家"为例,谢灵运追求的是清水芙蓉之美,颜延之则追求典丽华赡之美。鲍照明确地知道他们艺术个性的巨大差别,他曾说颜延之:"谢五言如初发芙蓉,自然可爱;君诗若铺锦列绣,亦雕缋满眼。"(《南史·颜延之传》)但他自己却追求一种热烈明畅的浓艳之美,被称为"发唱惊挺,操调险急,雕藻淫艳,倾炫心魂"(《南齐书·文学传论》)。另外,元嘉诗歌的新变还表现为对诗歌形式的有意探讨,不但有各种体式的诗体创作,如乐府、四言、五言、七言、杂言,而且注意对仗,出现大量对句甚至全诗皆对者。对于用典使事更是格外追求,以至被钟嵘评为:"颜延、谢庄,尤为繁密,于时化之。故大明泰始中,文章殆同书抄。"(《诗品·序》)对于声律,范晔、谢庄都曾有过研究,范晔曾说自己"性别宫商,识清浞","观古今文人,多不全了此处,纵有会此者,不必从根本中来",只不过未见其详细而已。元嘉诗人主要有谢灵运、鲍照、颜延之、谢惠连、谢庄等,而以谢灵运、鲍照成就为最高。

二 谢灵运与山水诗

先秦的文学作品如《诗》、骚中就出现了自然山水,然而多是用作比兴的材料或作为人事的背景而存在,并不是作为诗人或读者的独立审美客体。曹操的《观沧海》是第一首比较完整的山水诗,然而并未在建安诗坛蔚成风气,这自然与当时的动乱时局和北方客观自然环境及诗人的审美倾向、水平等主观限制有关。东晋偏安江左,莺飞草长,杏花春雨的明山秀水,从客观自然环境上提供了条件。玄言诗人借山水以体玄悟道,不但培养了对山水的细腻感受,也因此在诗中描写到了山水风物。但山水在诗中还是作为道的载体出现,依附于玄理,并非作为审美的对象。是谢灵运,改变了山水在诗中的地位。他认真地创作了一大批以山水为审美对象的诗歌,奠定了中国山水诗写实的雏形。从此,山水诗正式成为诗歌创作中的一个重要领域。

谢灵运(385—433),小字客儿。祖父是东晋名臣谢玄。灵运18岁袭封康乐公。刘裕代晋,降公为侯,召为散骑常侍,转太子右卫率。永初三年(422),灵运38岁时,出为永嘉太守,翌年辞官,隐居会稽始宁别墅。元嘉三年(426),复召还京为侍中。五年(428),称疾请假东归始宁。七年(430)入京,后出为临川太守。元嘉九年(432),以聚部众反叛罪,徙广州。十年(433),被杀,时年49岁。灵运出生于世家大族,有政治雄心,且博学多才。但刘宋政权用寒门掌实权,灵运一生不得舒其志,因此寄情山水以排遣。《宋书》本传称他为永嘉太守时,"郡有名山水,灵运素所爱好,出守既不得志,遂肆意游遨,遍历诸县,动逾旬朔,民间听讼,不复关怀。所至辄为诗咏,以致其意焉"。在始宁时,"修营别业,傍山带江,尽幽居之美。与隐士王弘之、孔淳之等纵放为娱,有终焉之志。每有一诗至都邑,贵贱莫不竞写,宿昔之间,士庶皆遍”。“凿山浚湖,功役无已。寻山陟岭,必造幽峻,岩嶂千重,莫不备尽。”任临川内史时,“在郡游放,不异永嘉”。优越的物质条件、高度的艺术素养和漫游山水的体验相辅相成,使谢灵运成为诗歌史上第一位有成就的山水诗人。他今传百余首诗作中,一半以上有山水描写,且以他当时的声望,带动当时的诗人也都创作了不少山水诗。

谢灵运山水诗的第一个特点,就是创造了一种山水诗的结构模式。在一首诗中,往往是先叙述登游缘起或路线,接着是具体描写局部景物,最后是议论或感慨。如《石壁精舍还湖中作》:

> 昏旦变气候,山水含清晖。清晖能娱人,游子憺忘归。出谷日尚早,入舟阳已微。林壑敛暝色,云霞收夕霏。芰荷迭映蔚,蒲稗相因依。披拂趋南径,愉悦偃东扉。虑澹物自轻,意惬理无违。寄言摄生客,试用此道推。

“昏旦”以下六句为叙述游览历程。“林壑”六句是集中具体描写景物部分,这往往是全诗的中心。“澹物”四句是结尾的议论部分。第三部分被称为“玄言尾巴”,是玄言诗向山水诗转变时期的难以避免的印记。第一、二部分却是灵运的创造,而且在其很多诗篇中出现,如:

> 羁心积秋晨,晨积展游眺。孤客赏逝湍,徒旅苦奔峭。石浅水潺湲,日落山照曜。荒林纷沃若,哀禽相叫啸。(《七里濑》)

> 江南倦历览,江北旷周旋。怀新道转迥,寻异景不延。乱流趋孤屿,孤屿媚中川。云日相辉映,空水共澄鲜。(《登江中孤屿》)

> 裹粮仗轻策,怀迟上幽室。行源径转远,距陆情未毕。澹潋结寒姿,团栾润霜质。涧委水屡迷,林迥岩愈密。(《登永嘉绿嶂山》)

均为前四句叙述登临缘起,后接局部景色描绘。叙述部分在写法上常常是流动的,从大处落笔,记行程、时间和空间,在行进中变换,并非写一个固定的画面。这一模式奠定了中国山水诗的写实倾向的雏形。后代山水游历的诗,往往都采用一种随行程而变化的叙述描写。不止写一个确定的空间,不是站在一个静止的画面前,而是边行边赏,忽而写山,忽而写水,忽而写远,忽而写近,景观不断变换。

谢灵运山水诗的第二个特点,就是在其局部景物描写中,通过细腻的观察与把握和非常具体的画面,表现出某一景观的情思韵味,朝着景物与情思交融的方向发展。这一点对后世山水诗具有更为深远的影响,开后世山水诗意境创造之端倪。如“白云抱幽石,绿筱媚清涟”(《过始宁墅》),清水涟漪,竹影掩映,山石清幽,白云缭绕。用一“抱”字,一“媚”字,把人引入宁静明瑟的美的境界,而且表现出诗人在这个境界中的感觉情思:大自然这清幽明净的美,是如此和谐一体,水云竹石,仿佛有生命跃动,两情依依,完全排除了功利与理性的判断,进入了审美的层次。又如他的名句“池塘生春草,园柳变鸣禽”(《登池上楼》),被誉为“池塘春草谢家春,万古千秋五字新”(元好问《论诗三十首》其二十九),就在于它传达出诗人心中一种难以言喻的对生命的惊喜。灵运到永嘉太守任不久就病倒了,自冬至春缠绵病榻。久病的抑郁,仕途的失意,人生的失望,使他心境暗淡。忽然面对透着春之讯息的大自然,一线蓬勃生机,便震撼了这寂寞的郁郁心境,给了生的惊喜:春又来了,青青春草,绿绿园柳,仿佛鸣禽都有一种异于往日的歌唱。这是生命之惊喜,生之希望对于心灵的震撼,但也是一种美的震撼。这悄悄到来的初春的生机之美,给予了心灵以慰藉和滋润,心与物融为了一体。谢灵运山水诗中对景物的局部描写,往往有这种效果。

谢灵运山水诗的第三个特点,是对山水景物的声、光、色都有生动的描绘。钟嵘说他“尚巧似”(《诗品》卷上),刘勰说宋初诗风是“情必极貌以写物”(《文心雕龙·明诗》),都能切中肯綮,灵运不但诗文兼善,而且工于书画,曾于浙西甘露寺画壁画六壁,张彦远《历代名画记》卷二有载。因此他能注意到诗中描写之画面的色彩和谐与明暗对比。“山桃发红萼,野蕨渐紫苞”(《酬从弟惠连》)是暖色基调,“野旷沙岸净,天高秋月明”(《初去郡》)是冷色基调,色彩统一和谐。“晓霜枫叶丹,夕曛岚气阴”(《晚出西射堂》),雪白的早霜衬托着丹红的枫叶,落日的余晖映照着黯淡的岚气,色彩明暗均呈对比,使画面显得斑斓多姿。写声音也能曲尽其妙。“清宵飏浮烟,空林响法鼓”(《过瞿溪石室饭僧》),明月清宵,空林静谧,法鼓之声隐隐而来,仿佛在薄雾中飘过,山林之静寂更突显出来。“鸟鸣识夜栖,木落知风发。异音同致听,殊响俱清越”(《石门岩上宿》),空山静夜,鸟鸣更幽,秋风穿林,落叶萧萧,写出了大自然的一片天籁。沈德潜在《古诗源》卷一〇中评谢灵运的山水诗说:“经营惨淡,钩深索隐,而一归自然”,“谢诗追琢而返于自然”,“刘勰《明诗》篇曰:‘庄老告退,而山水方滋’,见游山水诗以康乐为最”,就是看出了灵运精心追求山水诗的艺术技巧。但灵运诗有许多能不落雕琢痕迹,而写出景物的韵味情思,这大概是汤惠休说“谢诗如出水芙蓉”(《诗品》卷中)的原因吧。

谢灵运的山水诗终究还是山水诗发展初级阶段的产物,尚未达到构造完整意境的阶段,还处于有佳句而无佳篇的层次。除前面已说到“玄言尾巴”的问题外,灵运的一些诗运用典故成句过多,而造成节奏冗缓、堆垛芜累之病,所以被评为“颇以繁富为累”(《诗品》卷上),“虽存巧绮,终致迂回”,“疏慢阐缓”(《南齐书·文学传论》),这些评价不无道理。另外,谢灵运还有其他一些拟古诗、乐府诗、公宴、酬酢之诗,其成就不能与他的山水诗相比,故此从略。

三　鲍照及其乐府诗

鲍照(?—466),字明远,东海(郡治在今山东郯城)人。他出身寒微,但饱负才学。元嘉十六年(439),因向临川王刘义庆贡诗言志被赏识,擢为国侍郎。二十一年(444)刘义庆死,遂去职。二十九年(452)随始兴王刘浚至瓜步,不久离去。后任永安令、海虞令。一度为太子博士兼中书舍人。出为秣陵令、永嘉令。后任临海王刘子顼前军参军。子顼反明帝兵败,鲍照亦为乱军所杀。鲍照是一位出身寒族而具有浓烈感情的诗人。他的社会经历和地位，使他的诗较少宫廷色彩，而更多地带着慷慨悲凉的气质。鲍照诗今存约二百首，主要是乐府和五言古诗，而以其中的八十多篇乐府诗成就最高，《拟行路难》18 首则是他乐府中的代表作。

鲍照诗歌内容丰富。由于他"才秀人微"(《诗品》卷中)，更能深刻地认识到门阀制度的黑暗与不公，对高门世族压抑人才愤慨不平，所以他的许多诗作是对这种社会现象的不满与抨击。如《拟行路难》其四及其六，一种备受压抑后的愤激之气痛快淋漓地宣泄迸发于诗中：

> 泻水置平地，各自东西南北流。人生亦有命，安能行叹复坐愁。酌酒以自宽，举杯断绝歌路难。心非木石岂无感，吞声踯躅不敢言。(其四)

> 对案不能食，拔剑击柱长叹息。丈夫生世会几时？安能蹀躞垂羽翼。弃置罢官去，还家自休息。朝出与亲辞，暮还在亲侧。弄儿床前戏，看妇机中织。自古圣贤尽贫贱，何况我辈孤且直。(其六)

鲍照诗歌的另一类内容则是边塞征戍题材之作。有的描写了边塞的艰苦及将士卫国的决心，如《代出自蓟北门行》：

> 羽檄起边亭，烽火入咸阳。征骑屯广武，分兵救朔方。严秋筋竿劲，虏阵精且强。天子按剑怒，使者遥相望。雁行缘石径，鱼贯渡飞梁。箫鼓流汉思，旌甲被胡霜。疾风冲塞起，沙砾自飘扬。马毛缩如猬，角弓不可张。时危见臣节，世乱识忠良。投躯报明主，身死为国殇。

有的写征人思乡不得归的痛苦，如《拟行路难》十四：

> 君不见少壮从军去，白首流离不得还。故乡窅窅日夜隔，音尘断绝阻河关。朔风萧条白云飞，胡笳哀急边气寒。听此愁人兮奈何，登山远望得留颜。将死胡马迹，能见妻子难。男儿生世轗轲欲何道？绵忧摧抑起长叹。

另外，鲍照还有妇女题材的诗，如写相思的《拟行路难》其三：

> 璇闺玉墀上椒阁，文窗绣户垂罗幕。中有一人字金兰，被服纤罗采芳藿。春燕差池风散梅，开帏对景弄春爵。含歌揽涕恒抱愁，人生几时得为乐？宁作野中之双凫，不愿云间之别鹤。

写得细腻绮丽，代表了鲍照诗歌风格的另一侧面。

总之，鲍照诗歌能广阔地反映现实生活，有的表现了对士族门阀制度的不满与抨击，如上举《拟行路难》其四、其六；有的揭露了钻营富贵的官宦为私利日夜奔走的丑态，如《代放歌行》、《代结客少年场行》；有的表现了广大人民在赋役战乱之下的不幸与痛苦，如《代东武吟》、《拟古》其六；有的则描写了边塞风光，表达了卫国壮志，如《代出自蓟北门行》、《代陈思王白马篇》；另外还有表达游子思妇别离相思的诗篇和山水诗等。

鲍照诗歌的艺术成就，在南朝诗人中可谓最高。首先，他的乐府诗有抒情浓烈、气势流畅之美。他把惯用比兴、善叙他人他事的乐府诗,发展为一种直接抒写自己感情、叙说自己遭遇的诗体,把浓烈的抒情与构辞的美丽融为一体,来表现自己的澎湃情怀。其抒情特色是外露、强烈、流畅而节奏急速,常常是一种感情突然爆发,发则滔滔不绝。如乐府《白纻舞》古辞盛称舞者之美,宜及时行乐。鲍照的《代白纻曲》二首,却并不着眼于舞者姿色的描写,而把感情的抒发集中在及时行乐上,发人生短促之慨,仿佛脱口而出:

> 朱唇动,素腕举,洛阳少年邯郸女。古称《渌水》今《白纻》,催弦急管为君舞。穷秋九月荷叶黄,北风驱雁天雨霜,夜长酒多乐未央。

> 春风澹荡侠思多,天气净绿气妍和。桃含红萼兰紫芽,朝日灼烁发园华。卷幌结帏罗玉筵,齐讴秦吹卢女弦,千金顾笑买芳年。

上首写秋日舞《白纻》,秋已将尽,时光流逝,北风驱雁与天雨霜,均状此时光流逝之急速。而对此急速流逝之时光,正须尽情纵乐。下首写春日舞《白纻》,极写春之美好。侠思,就是丽思,状面对春光之种种美好心绪,极写华年须纵乐之意。其主题并无新意,然因其一气呵成,流利顺畅,故情思浓烈动人。鲍照乐府大抵如是。其《拟行路难》18 首备言世路艰难及离别悲伤之意,均感慨深沉,其中的议论,全是现实人生之体验与感触,全是情绪化的,是情之抒发而非理之阐述,而且一气贯注,流畅自然。王夫之评《拟行路难》谓:"一以天才天韵,吹宕而成,独唱千秋。""盖七言长句,迅发如临济禅,更不通人拟议。"(《古诗评选》卷一)萧子显说鲍照"发唱惊挺,操调险急",亦是指他的诗歌豪迈奔放,音调激昂,风格陡峭急劲而言。

其次,鲍照诗歌语言亦自有特色。他注重锤炼字句,辞采瑰丽,有震撼人心的效果,所以被称为"雕藻淫艳,倾炫心魂"。如前所举《拟行路难》其三,又如其一:

> 奉君金卮之美酒,玳瑁玉匣之雕琴。七彩芙蓉之羽帐,九华蒲萄之锦衾。红颜零落岁将暮,寒光宛转时欲沉。愿君裁悲且减思,听我抵节《行路》吟。不见柏梁铜雀上,宁闻古时清吹音?

金卮美酒、玉匣雕琴、芙蓉羽帐、葡萄锦衾,真是华丽多姿,琳琅满目。红颜零落,寒光宛转,亦极工丽。钟嵘说他"善制形状写物之词","贵尚巧似",诚然。鲍照还注意吸收民间口语,也使得他的诗歌如自口出而平易流畅。如《拟行路难》其十八"诸君莫叹贫,富贵不由人","穷途运命委皇天","莫惜床头百个钱",其六的"还家自休息",其十四的"能见妻子难"等。他还注意运用奇特大胆的想象和比喻,使诗句十分警拔,如"马毛缩如猬,角弓不可张"(《代出自蓟北门行》),"日中朝市满,车马若川流"(《代结客少年场行》)等。

另外,鲍照对于七言诗的发展作出了巨大贡献。鲍照的《拟行路难》是以七言为主的杂言。前此的杂言是以四言或五言为主,七言为辅。曹丕《燕歌行》为纯七言,但每句用韵,且一韵到底,韵脚过密,读来拘束繁促,且须过多地找寻韵字,不利创作。鲍照加以大胆变革,改逐句押韵为隔句押韵,而且创造性地自由换韵,使诗歌节奏铿锵顿挫,更便于表达奔放恣肆的感情。如《拟行路难》其十五:

君不见柏梁台，今日丘墟生草莱。君不见阿房宫，寒云泽雉栖其中。歌妓舞女今谁在？高坟垒垒满山隅。长袖纷纷徒竞世，非我昔时千金躯。随酒逐乐任意去，莫令含叹下黄垆。

鲍照的大胆革新与积极创作，使七言诗体大大发展，直接影响到唐代七言歌行的创作。李白的歌行豪迈奔放，抒情浓烈，显然是受到鲍照诗风的沾溉。杜甫也称赞"清新庾开府，俊逸鲍参军"，可见其影响之巨。

第二节　永明诗

一　永明声律说

永明是南朝齐武帝萧赜的年号(483—493)，永明文学却是指上自刘宋泰始二年(466)，下至梁武帝天监十二年(513)这一时期的文学活动，而以齐永明年间为中心。永明时期诗歌的主要发展倾向，仍然是重文学特质的发扬，重个人情怀的抒发，而且逐渐由情怀抒发转向重娱乐；同时创造了一种清新的美的理想，为后代所宗仰；更重要的，是在诗歌形式上的探索。永明诗歌之所以取得这样的发展创造，与当时的文学环境关系甚巨。一是皇室的爱好和提倡，创造了良好的气氛。宋、齐皇室均出身庶族，起于行伍，虽握有重权，但在文化上并无地位，难与文化修养很高的名门士族抗衡。这种潜在的文化自卑心理，促使他们读书重文，爱好诗赋，追求文雅。史称："宋世祖好文章，士大夫悉以文章相尚，无以专经为业者。"(《资治通鉴·齐纪二》)齐高帝萧道成"博涉经史，善属文"(《南齐书·高帝纪》)。齐武帝亦颇好文学，诸子亦然，"文惠太子之在东宫，沈约之徒以文才见引"(《梁书·范岫传》)。随王"子隆在荆州，好辞赋，数集僚友，朓以文才尤被赏爱"(《南齐书·谢朓传》)。最大的文人聚集之地是竟陵王萧子良的西邸，他招文学之士萧衍、沈约、谢朓、王融、萧琛、范云、任昉、陆倕于门下，众人皆一时文士之俊，号"竟陵八友"。著名文人王僧孺、刘绘、周颙、范缜、柳恽等人亦游门下。他们形成文人团体的创作活动，西邸成为永明文学的中心。二是文人集团的良好风气。他们切磋文义，唱和酬赠，共同研究，共同提高。文学前辈奖掖后进，如沈约之于谢朓、王筠，便是显例。而且这些文人集团有着较为一致的文学主张，能够影响文坛风气的转变。讲求声律的新体诗永明体，就是西邸文人集团推动的。《南史·陆厥传》称：

时盛为文章，吴兴沈约、陈郡谢朓、琅琊王融以气类相推毂，汝南周颙善识声韵。约等文皆用宫商，将平上去入四声，以此制韵……世呼为"永明体"。

"永明体"又称新体诗，是从诗歌声律高度提出的一个概念，是五言诗从声律比较自由的古体诗走向格律严整的近体诗之间的过渡阶段，其理论支持便是永明声律说。永明声律说的出现,是中国诗歌发展的必然要求。魏晋以后,诗文向着美文的方向进一步发展,至宋、齐,这种发展已逐步趋向成熟。美文应该具备的主要条件,如浓烈之抒情、词采之修饰、骈俪与用典等,均已齐备。进一步的发展,必然落到声律之美上来。古诗合乐,其节奏韵律之美由音乐体现。诗乐分离后,文字本身的节奏声调则是诗歌的匀称之美的关键。到谢灵运时,对偶方面已做到了节奏匀称整齐,但不能完全解决诗的乐感问题,这就需要解决声调和谐的问题。永明声律说即是讲求平上去入四声的对称与错综之美的声调搭配原则。汉语的声调,古人已注意到,司马相如说"一宫一商",陆机说"暨音声之迭代,若五色之相宣",但这只是指自然声调的和谐,还未达到人为声律的严格讲求。南北朝时期佛教大盛。佛经转读与文人对诗歌声律的研究相结合,所以发现了四声的规律。周颙作《四声切韵》,沈约作《四声谱》,并将四声之说应用到文学创作上,创为"四声八病"之说,诗文声律日益严格,声韵讲求日益精密,诗歌形式出现了新面目。清王闿运在《八代诗选》中将其称为"齐以后新体诗",亦是见出其声律较古诗严格之特点。四声为平上去入,各家均无异义。八病之说,各家解释不同,且有人认为沈约未提出过八病,还有待进一步讨论。按照日僧空海《文镜秘府论》西卷对"八病"之最早解释,其内容如下:

平头诗者,五言诗第一字不得与第六字同声,第二字不得与第七字同声。同声者,不得同平上去入四声,犯者名为犯平头。

上尾诗者,五言诗中,第五字不得与第十字同声,名为上尾。

蜂腰诗者,五言诗一句之中,第二字不得与第五字同声,言两头粗,中央细,似蜂腰也。

鹤膝诗者,五言诗第五字不得与第十五字同声,言两头细,中央粗,似鹤膝也,以其诗中央有病。

大韵诗者,五言诗若以"新"为韵,上九字中,更不得安"人"、"津"、"邻"、"身"、"陈"等字,既同其类,名犯大韵。

小韵诗,除韵以外,而有迭相犯者,名为犯小韵病也。

旁纽诗者,五言诗一句之中有"月"字,更不得安"鱼"、"元"、"阮"、"愿"等字,此即双声,双声即犯旁纽。

正纽者,五言诗"壬"、"衽"、"任"、"入"四字为一纽,一句之中,已有"壬"字,更不得安"衽"、"任"、"入"等字,如此之类,名为犯正纽之病也。

此解释是否准确,尚存异议。但大约可以看出,前四病是对五言诗声调搭配的要求,尤其注重句末重音,如二、五不同声,五、十不同声,五、十五不同声,这就积极地造成了诗歌抑扬顿挫、对称与错综相结合的声调和谐之美。后四病是对五言诗用字的韵母声母要求,即除联绵词外,尽量不用双声叠韵,更不能与韵脚同韵,这就消极地避免了形成"绕口令"式的后果。

永明声律说为齐梁诗歌的艺术形式提供了新的贡献,因为调理诗歌语言的声韵音调,使之具有谐美的音乐性,使诗人能有意识地掌握运用声律,增强艺术效果,具有非常积极的进步意义,为唐代近体诗的形成,奠定了理论和创作上的基础。但是,永明声律说声病规定得过于琐细,也会影响到内容的表达,所以永明诗人们也不能完全遵守,而必须到将四声概括为平仄的唐代,才能形成既具和谐之美又容易掌握的近体格律诗。

由于皇室重文学与文坛的切磋风尚,导致永明诗歌创作朝着装饰与消闲的方向发展。因为皇室本身只是追求风雅,并非把文学当做"经国大业"来重视。齐武帝常与臣下谈诗论文,但他却对儿子说:"及文章诗笔,乃是佳事。然世务弥为根本。可常记之。"(《南齐书·晋安王子懋传》)他还常说:"学士辈不堪经国,唯大读书耳。经国,一刘系宗足矣。沈约、王融数百人,于事何用!"(《南史·恩幸传》)既然皇室导向如此,文士们又鉴于皇室互相残杀至酷,唯恐涉及政治而罹祸,加之社会局面相对稳定,于是一种向装饰与消闲方向发展的创作方向便蔓延开来。表现在创作缘由方面,不是感慨抒情,而是应诏应令、侍宴奉和,如《侍太子九日宴玄圃诗》(王俭),《从武帝琅琊城讲武应诏诗》(王融),《奉和竟陵王同沈右率过刘先生墓诗》(谢朓),《咏雪应令诗》(沈约)等,不一而足。而且很多是联句或同咏,如谢朓、王融、虞炎、柳恽《同咏坐上所见一物》,分别咏帘、幔、席,《同咏乐器》,分别咏琴、篪、琵琶,都可见出其消闲性质。从诗歌题材上看,是大量咏物诗和游戏诗的创作。咏物之作,先秦时代已经出现,如《诗经·鸱鸮》、《楚辞·橘颂》,但都是借物兴怀,寄托甚深。而永明时代的咏物诗,则纯属描摹物象,并无寄托深意。所咏对象不仅是自然界之风、花、雪、月,而且很多是人工制品,如灯、烛、琴、镜之类,感情浓烈与否已无关紧要。这一发展趋向,很容易转向闺阁题材,如咏烛、帘、几、席、琵琶、画扇等物,多与妇人关联,由物而及妇人,实开宫体之先声。如许瑶之的《咏楠榴枕》"朝将云髻别,夜与蛾眉连",沈约的《咏领边绣》"丽色倘未歇,聊承云鬓垂",均与女性有关。游戏诗虽在汉末已出现了,如孔融的《离合郡姓名诗》,刘宋的鲍照也有《数名诗》和《字谜诗》,但都是偶一为之。但永明时代,此类诗则泛滥无归,药名、星名、州名、百姓名均可入诗,其中并无感情可言,纯为游戏文字。但是,由于帝王附庸风雅,文士共相切磋,此期诗歌在形式技巧方面却有极大进展。不仅如前述对声律的注重,而且在语言明快、描摹细致方面都大有拓展。沈约提出"易见事"、"易识字"、"易读诵"的三易原则,是诗坛普遍的倾向。此时的用典更加自然,而不似西晋元嘉之奥涩深僻,且吸收南朝乐府民歌之流丽明快风调,语言明白流畅,完全改变了古诗面貌,实现了由古体向近体演变的关键转折。

二　谢　朓

永明文学思想的发展并非只有视文学为装饰与消闲的一种倾向,它还交错着另一种倾向,这便是沿着重抒情、重文学的艺术特质这样一条线索发展下来的、对于清新明丽圆融的美的追求。

这时出现了一位在中国诗歌史上影响巨大的诗人谢朓,和一群才华洋溢的作者如江淹、王融等人,他们的艺术追求,可以说在中国文学思想史上别开生面且意义深远。

谢朓(464—499),字玄晖,陈郡阳夏(今河南太康)人。曾在随王萧子隆、竟陵王萧子良幕下。建武二年(495),出为宣城太守,因而有"谢宣城"之称。永元元年(499)因事下狱,死狱中,时年36岁。

谢朓出身于累世高华又富有文化素养的谢氏名门,与谢灵运并称"大小谢",文学修养极高。他感情丰富细腻,书卷气很浓。他性格单纯,没有世俗的卑俗之气。他有明确的诗歌思想,即追求一种清新明丽之美,他常说:"好诗圆美流转如弹丸。"(《南史·王筠传》)在创作实践上他真的做到了。他的诗,情思明净潇散,意象清新明丽,语言明白流畅,声韵流丽和谐。李白谓其诗"清发"(《宣州谢朓楼饯别校书叔云》),沈德潜评曰"清俊"(《古诗源》卷一二),黄子云评曰"清丽"(《野鸿诗的》),均指小谢诗的清新明丽之美而言。

从情思方面言,小谢因为感情单纯,所以因物色感发而或喜或悲时,较为明朗外露,较少百感交集、曲折丛深。在他的诗中,常常可以感受到一种纯净如竹露、如风荷、如月色、如流泉般的情思流动,如《观朝雨》:

> 朔风吹飞雨,萧条江上来。既洒百常观,复集九成台。空蒙如薄雾,散漫似轻埃。平明振衣坐,重门犹未开。耳目暂无扰,怀古信悠哉。戢翼希骧首,乘流畏曝鳃。动息无兼遂,歧路多徘徊。方同战胜者,去翦北山莱。

此诗写晨起观雨引发的一份归隐情思,心境在空蒙潇洒的朝雨中是何等的平静,一切都好像在潇潇雨雾中净化了。在这一片宁静的心境中,我们看到小谢在面对朝雨时的一种敞开怀抱与大自然融合的和谐心境。一切是那样自然、真实、亲切,让人不知不觉间也进入这样一种明净的心境中。即使写离忧哀伤的主题,情思也是纯净明秀,既非百结回环,亦非感慨深沉,如他的名作《晚登三山还望京邑》:

> 灞涘望长安,河阳视京县。白日丽飞甍,参差皆可见。余霞散成绮,澄江静如练。喧鸟覆春洲,杂英满芳甸。去矣方滞淫,怀哉罢欢宴。佳期怅何许,泪下如流霰。有情知望乡,谁能鬒不变。

此诗为小谢赴宣城守时离京所作。行至三山,回首瞻望京邑,触动起何日归来的思绪。王粲"南登灞陵岸,回首望长安",潘岳"引领望京室,南路在伐柯"的情思忽然来到心中,生出一种伤感,未离去而已生乡愁。此际当是百感交集之时,但他在诗里展现的却是一望中的明丽景色和面对这景色的一片眷恋情思。一望京华,笼罩在绚烂的晚霞之中,江水静静流过,江中洲渚,花草缤纷,归鸟喧闹,使人想起"暮春三月,江南草长,杂花生树,群莺乱飞"的名句来,神韵完全相同。这一片美好的景色,是如此使人留恋难舍,由离去而生出的愁思只是这眷恋的一声轻轻的叹息,虽诗语谓泪下如流霰,读来却并无凄凉之感。表现出小谢诗情思的明净清新。

小谢诗意象创造也清新明丽,大多落尽华饰,有一种天然韵味。尤其在山水描画方面,大谢在意象创造上颇多着意,较多客观刻画。而小谢诗中的意象,则带着更多心象的性质。他带着自己明净潇散而且充满灵秀的气质,去感知和欣赏景物,把景物提纯得与他的心绪一致起来,他把自己融入物色中,他要表现的,是自己的心境,又是自然的物色。因之,他创造的意象十分省净明快,如《之宣城出新浦向板桥》:

江路西南永,归流东北骛。天际识归舟,云中辨江树。旅思倦摇摇,孤游昔已屡。既欢怀禄情,复协沧洲趣。嚣尘自兹隔,赏心于此遇。虽无玄豹姿,终隐南山雾。

全诗12句,唯有2句写景,然意蕴无穷。赴宣城任走水路,舟摇摇以前行,而未达目的地,先想归期。何处是归期,但见天边水云相接处的一片帆影,和烟霭中的两岸树林。那天际中的一片帆影,或是他日之归舟。意象纯净极了。此种省净之意象的创造,乃是去掉繁枝赘叶,删汰烦冗之后的产物。唯有为此,才能使意象明快,形象轮廓完整,亦易于传神。王夫之说:"'天际识归舟,云中辨江树',隐然一含情凝眺之人,呼之欲出。"(《古诗评选》卷五)说的正是这意象的传神之处。李白《新林阻风寄友人》:"明发新林浦,空吟谢朓诗。"也是对此诗意象的赞美与敬佩。另外,小谢诗的意象色彩趋向于浅色调与暖色调,意象内涵多琴、鸿、竹、荷、月色、归舟等雅文化因素,也有助于清新明丽之构成。

小谢诗语言流畅明白,去除任何晦涩的文字与赘典,有的甚至完全接近口语,如"望山白云里,望水平原外"(《后斋迥望》),"前窗一丛竹,青翠独言奇,南条交北叶,新笋杂故枝。月光疏已密,风来起复垂"(《咏竹》)。但此种明白流畅,并非脱口而出,而是艺术上着意追求的结果,诚如刘克庄所言:"以谢宣城诗考之,如锦工机锦,玉人琢玉,极天下巧妙。穷极巧妙,然后能流转圆美。"(《江西诗派小序》)小谢也努力吸收南朝民歌的优长,一些五言四句的小诗也是明白如话,如"绿草蔓如丝,杂树红英发。无论君不归,君归芳已歇"(《王孙游》)。在声韵方面,小谢是新体诗的提倡者,其诗韵律和谐,自不待言。

谢朓的诗歌在齐梁诗坛首屈一指。他不但创造了一种明丽清新的诗歌格调,而且革除了以往山水诗中的玄思哲理,达到了情景交融的地步。因此他在当时就名满天下。梁武帝萧衍说:"三日不读谢诗,便觉口臭。"(《本事诗》)沈约说:"二百年来无此诗也。"(《南齐书·谢朓传》)唐代诗人李白、杜甫亦极为推崇小谢。李白说:"解道澄江净如练,令人长忆谢玄晖。"(《金陵城西楼月下吟》)杜甫说:"谢朓每诗堪讽诵。"(《寄岑嘉州》)说明谢朓诗对唐诗也有深远的影响。

与谢朓同时的沈约,历仕三朝,一代文宗。其主要成就在诗歌声律方面的贡献,在创作方面成就不如小谢,但有些诗也写得"工丽"、"清怨"(《诗品》卷中)。如《别范安成》:

生平少年日,分手易前期。及尔同衰暮,非复别离时。勿言一樽酒,明日难重持。梦中不识路,何以慰相思?

语言明白浅显,感情深挚真切。另一诗人王融亦"词美英净"(《诗品》卷下),如"花飞低不入,鸟散远时来"(《临京台》),"坐销芳草气,空度明月辉"(《古意》),也表现出永明诗歌追求浅显流丽的倾向。

第三节 梁陈诗歌的多元化发展

一 梁陈诗歌的三种类型

自梁迄陈,文学思想开始多元化发展的时期,诗歌创作亦呈现出多元化的面貌。大体说来,存在着三种不同的类型。第一类是重功利、主质朴的文学观,以裴子野为代表,如他的《答张贞成皋》:“匈奴时未灭,连年被甲兵。明君思将帅,方听鼓鼙声。吾生忝逸翮,抚剑起徂征。”文风质朴。

第二类是尚自然、主风力的诗歌思想,主要有齐末梁初的吴均、何逊和梁陈两代的阴铿等人。他们都是重自然、重真情的诗人,都持崇尚自然、追求真实抒发个人情怀的创作倾向。其特点是离开宫廷生活的圈子,继承汉魏古诗传统,表现行旅、离别、思乡、念友等情怀,写得感情细腻真挚,没有矫饰痕迹。但在表现形式上与汉魏古诗不同的是:古诗多直抒胸臆,写景只是一种抒情的借助物,点到为止,这点到的景物,往往足以引发感情向着浓烈的顶点发展,如岁暮之蛄蝼悲鸣、白杨悲风,如《明月何皎皎》、《冉冉孤生竹》之类,它的描写带一种重在传神的性质,而忽略细部描绘;而吴均等人的景物描写却是细腻的描摹,由此表现处于此景物中之心境。他们一改古诗那种高度概括地写感觉情思,变为写眼前景物。如吴均的《赠鲍春陵别》:

> 落叶思纷纷,蝉声犹可闻。水中千丈月,山上万重云。海鸿来倏去,林花合复分。所忧别离意,白露下沾裙。

落叶、蝉声、白露、水中月与山上云,显然都是别时景象,观察得很细微。但吴均的诗还受古诗那种直抒胸臆、写景只写轮廓而非具体描写方式的影响,所以被评为“文体清拔有古气,好事者或效之,谓为吴均体”(《梁书》本传),但到底还是比古诗发展了,开始注意写眼前所见了。到了何逊和阴铿,便把浓烈的质素的抒情融入眼前景物的细腻描写中。如何逊《临行与故游夜别》:

> 历稔共追随,一旦辞群匹。复如东注水,未有西归日。夜雨滴空阶,晓灯暗离室。相悲各罢酒,何时更促膝?

话别之夜,雨声淅沥,通宵别酒,已到将晓时分,而离情依依,欲别难别。这一份浓重的情思,全都融入了“夜雨滴空阶,晓灯暗离室”的境界里,虚写的情与实写的景完全一体了。写所见而所见之物皆含情,是何逊所长。“露湿寒塘草,月映清淮流”(《与胡兴安夜别》),“萧散烟雾晚,凄清江汉秋”(《还渡五洲》),都是著名的诗句。与何逊相比,阴铿更趋于华丽,但细微地写眼前所见,则十分相似,如《五洲夜发》:

夜江雾里阔，新月迥中明。溜船惟识火，惊凫但听声。劳者时歌榜，愁人数问更。

诗写夜发五洲之纪实，由于有雾，朦胧中反觉江面之宽阔，也由于有雾，近处朦胧，远处反觉月色之明亮。船隐雾中，船火移动才知其顺流而下；亦由江雾弥漫，只有从声响发觉眠凫之惊飞。将雾夜江行写得极为细腻。其他如"水随云渡黑，山带日归红"（《晚泊五洲》），"寒田获里静，野日烧中昏"（《和侯司空登楼望乡》），均以流丽之词语精细描写景物而被称道。

第三类是重娱乐、尚轻艳的文学观，是此时文学思想的主潮，其创作上的代表即宫体诗。

二　宫体诗

萧梁时代思想环境宽松，没有严格的思想禁区，有较为自由的思想活动空间。皇室生活闲适，社会风俗奢靡，这些都有利于宫体诗这种娱乐性质文学的发展。所谓宫体诗，是指一种讲求声律、对偶与辞采华美的轻艳丽靡之风，这种文风的形成有一个过程，大致可分为三个阶段。第一阶段是天监八年（509）以前，可视为宫体诗的先导阶段。此时期尚为永明文学时期，永明体在声律、对偶上已经为宫体诗准备了条件，永明文学重装饰、清闲、游戏的性质，已经不知不觉地向着明确的娱乐说的方向发展。沈约、谢朓等人虽然还不能算作宫体诗人，但他们的一些诗在题材与写法上与后来的宫体诗人并无二致，如谢朓的《夜听妓》：

琼闺钏响闻，瑶席芳尘满。要取洛阳人，共命江南管。情多舞态迟，意倾歌弄缓。知君密相亲，寸心传玉盌。（其一）

上客光四座，佳丽直千金。挂钗报缨绝，堕珥答琴心。蛾眉已共笑，清香复入襟。欢乐夜方静，翠帐垂沉沉。（其二）

这种诗可以毫无疑问地称之为艳诗，说明永明诗歌中已经孕育了宫体诗的最初形态。第二阶段是天监八年至中大通三年（531）萧纲为太子以后，徐陵成《玉台新咏》，是宫体诗的高峰期。天监八年，徐摛为晋安王萧纲侍读，其时萧纲7岁，开始写诗，深受徐摛影响，史称：

（萧纲）雅好题诗，其《序》云："余七岁有诗癖，长而不倦。"然伤于轻艳，当时号曰"宫体"。（《梁书·简文帝纪》）

（徐摛）属文好为新变，不拘旧体。……摛文体既别，春坊尽学之，"宫体"之号，自斯而起。（《梁书·徐摛传》）

初，太宗在藩，雅好文章士，时肩吾与东海徐摛、吴郡陆杲、彭城刘遵、刘孝仪、仪弟孝威同被接赏。及居东宫，又开文德省，置学士，肩吾子信、摛子陵、吴郡张长公、北地傅弘、东海鲍至等充其选。齐永明中，文士王融、谢朓、沈约文章始用四声以为新变。至是转拘声韵，弥尚丽靡。复逾于往时。（《梁书·庾肩吾传》）

什么是宫体诗,它的范围有多广,包括哪些诗人,学术界有不同看法,迄无定论。一般来说,所谓“宫体诗”,是指一种以写闺阁情怀为主要内容的重声律、词采丽靡轻艳的文风。它发端于齐梁之际,到萧纲及其周围文人时达到全盛。此时湘东王萧绎身边的文人也尽多宫体诗人,侯景乱后一度沉寂。第三阶段为宫体诗尾声期,以陈后主及其身边文士为主,波及隋及唐初。史称“后主生深宫之中,长妇人之手”,“礼宾诸公,唯寄情于文酒”,“偏尚淫丽之文”(《陈书·后主纪》)。江总善为诗文,“然伤于浮艳,故为后主所爱幸。多有侧篇,好事者相传讽玩,于今不绝。后主之世,总当权宰,不持政务,但日与后主游宴后庭,共陈暄、孔范、王瑳等十余人,当时谓之狎客”(《陈书·江总传》)。

宫体诗创作特点之一,表现为题材处理上的娱乐性质。主要是写妇女、男女之情、咏物、游宴登临、游戏。宫体诗人在写这些时带有明显的娱乐目的和消遣性质。妇女及男女情爱之诗早在《诗经》中就已出现,《古诗十九首》中也有描述,但那都是写一种难以割舍的深挚情怀和发自内心的深沉爱恋。宫体诗人在处理这方面题材时,却是用一种观赏的眼光去处理,要从这观赏中获得愉悦。因此他们着意写妇女姿色的艳美,写她们的娇态与媚态,写她们的香汗、娇靥、玉腕、钗鬟鬓影、薄衫细腰,而且常常带有挑逗的意味,把女子的姿色往性方面联系,给人一种性暗示,如:“唯余一两焰,才及解罗衣。”(纪少瑜《咏残灯》)“谁知日欲薄,含羞不自陈。”(萧纲《率尔为咏》)宫体诗人还常写妇女独寝的苦恼,如:“尘镜朝朝掩,寒衾夜夜空。若非新有悦,何事久西东?知人相忆否,泪尽梦啼中。”(萧绎《闺怨诗》)“如何嫁荡子,春夜守空床。不见青丝骑,徒劳红粉妆。”(刘孝绰《淇上人戏荡子妇示行事诗》)这实际上是一种男人眼中的妇女心态,是男人把妇女看做性伴侣和行乐对象时的虚拟代言,极力渲染妇女离不开男人和性事。更有甚者,还写同性恋:“揽绔轻红出,回头双鬓斜。嫩眼时含笑,玉手乍攀花。怀猜非后钓,密爱似前车。”(萧纲《娈童诗》)

宫体诗的另一特点则是对写实技巧的追求。诗文的写实技巧最初明显地表现于咏物与山水描写中,但在初期并不能做到细腻真切地刻画客观物象。从谢灵运开始的山水诗,才把客观对象的细腻刻画作为追求的技巧。宋、齐以后的咏物诗,才精微细致地进行了物象的客观描绘刻画。宫体诗人的咏物诗数量最大,几乎无物不咏,就其技巧而言并未突破其前辈。但他们有了一个巨大的发展,便是从咏物转向咏人,把女人当做物来描写,写她们的姿色形貌,完全从形似着眼,写得细致入微。如写女性的眉眼,种种情态无不毕具:“送态入频蛾”(萧纪《同萧长史看妓》)、“关情着媚眼”(萧纶《车中见美人》)、“脉脉正蛾眉”(刘邈《见人织聊为之咏》)、“含娇曖已合,离怨动方开。欲知密中意,浮光逐笑来”(刘孝绰《咏眼》)、“因风且一顾,扬袂隐双蛾。曲终情未已,含睇目增波”(何敬容《咏舞》)。又如:

> 梦笑开娇靥,眠鬟压落花。簟文生玉腕,香汗浸红纱。夫婿恒相伴,莫误是倡家。(萧纲《咏内人昼眠》)

细腻到连美人睡久印在玉腕上的席纹都写到了。可以看出,宫体诗人的写实技巧已达到了相当高的水平,词采美丽,构形惟妙惟肖。

宫体诗及尚娱乐、重写实的文学思潮是魏晋以来重抒情非功利的发展倾向的继续,是文学觉醒过程中的一种极端的表现。由于宫体诗人群落特定的生活内容与特定的环境气质，他们便把这抒情局促于窄小的天地之内，以娱乐的态度来写妇女来咏物。但就它的写实倾向与艺术成就（接受民歌的影响、重形似的描写、讲求声律之美等）言之，其实也是文学史上重艺术特质、非功利的文学思想发展过程中一个不可分割的环节。

第四节　北朝诗歌及庾信

一　北朝诗坛

北朝文学的发展是在与南朝完全不同的背景下进行的。北朝玄风完全消歇，经学发达，儒家思想占绝对地位，佛教兴盛多是宗教的狂热而非哲理的探讨，皇室成员多质木无文，生活情趣与南朝皇室迥异，加之北方雄浑粗犷的自然景观与杏花春雨的江南亦极不同。这种种因素，影响到北方士人在观念与心态上都较为传统，在文学思想上，则有追求重实用、尚真实、求朴野的倾向。《隋书·文学传序》曾论到南北文学不同的特征："江左宫商发越，贵于清绮；河朔词义贞刚，重乎气质。气质则理胜其词，清绮则文过其意。理深者便于时用，文华者宜于咏歌，此其南北词人得失之大较也。"表现在诗歌创作上就是真实地抒发情怀，不修饰，不造作，有北方人粗犷真率的风格。如：

问松林，松林经几冬。山川何如昔，风云与古同。（元勰《应制赋铜鞮山松》）

怜君忆君停欲死，天上人间无可比。走马海边射游鹿，偏坐石上弹雉子。昔时方伯愿三公，今日司徒羡刺史。（高昂《赠弟季式》）

秋潭渍晚菊，寒井落疏桐。举杯延故老，今闻歌大风。（宇文毓《过旧宫》）

这些诗都是随口而出，朴野真率，气魄壮大。

但是，南北双方的文化交流一直没有停止。在诗歌方面，南方影响北方更多一些。北方本土诗人的代表——"北地三才"诗风的变化即可说明。

温子升（495—547），字鹏举，是北魏文学成就最高者。今存诗10首。他的诗歌本来具有北方质真朴野之风：

少年多好事，揽辔向西都。相逢狭邪路，驻马诣当垆。（《白鼻騧》）

远游武威郡，遥望姑臧城。车马相交错，歌吹日纵横。（《凉州乐歌二首》其一）

但是，他亦学习南朝诗风，写出了很好的诗：

长安城中秋夜长，佳人锦石捣流黄。香杵纹砧知远近，传声递响何凄凉。七夕长河烂，中秋明月光。蠮螉塞边绝候雁，鸳鸯楼上望天狼。（《捣衣诗》）

素蝶向林飞,红花逐风散。花蝶俱不息,红素还相乱。芬芳共袭予,葳蕤从可玩。不慰行客心,遽动离居叹。(《咏花蝶》)

不论是抒情还是咏物,均婉转流丽,色彩缤纷,描写细致,有南朝之风。

邢劭(469—?),字子才。河间(今属河北)人,由魏入齐,官至中书令、国子祭酒。邢劭诗作慷慨悲凉,有魏晋之风,如《冬日伤志篇》:

昔时惰游士,任性少矜裁。朝驰玛瑙勒,夕衔熊耳杯。折花赠淇水,抚瑟望丛台。繁华夙昔改,衰病一时来。重以三冬月,愁云聚复开。天高日色浅,林劲鸟鸣哀。终风积檐宇,余雪满条枚。遨游昔宛洛,踟蹰今草莱。时事方去矣,抚己独怀哉。

然而,邢劭又非常佩服沈约,曾说:"沈侯文章用事,不使人觉,若胸臆语也。"(《颜氏家训·文章》)并向沈约的诗文学习,以至魏收说他"伊常于《沈约集》中作贼"(《北齐书·魏收传》)。他的一些诗,与永明小诗非常接近,如:

绮罗日减带,桃李无颜色。思君君未归,归来岂相识。(《思公子》)

以至他被称为"北间第一才士"(《北史》本传)。

魏收(506—572),字伯起,巨鹿下曲阳(今河北晋州)人。他的诗歌今存十余首,多为模仿南朝之作:

春风宛转入曲房,兼送小苑百花香。白马金鞍去未返,红妆玉箸下成行。(《挟琴歌》)

也偶有保持北方特色的作品:

述职无风政,复路阻山河。还思麾盖日,留谢此山阿。(《七月七日登舜山诗》)

二　庾信与王褒

真正体现南方清绮诗风与北方贞刚诗风融合的,是由南入北的诗人,其代表是庾信和王褒。他们原本生活在山清水秀的南方,感情细腻而纤弱,诗歌艺术技巧精致而辞藻美丽,诗风绮靡,一旦北来,北方山河的苍茫浑朴,北人性格的粗犷刚直,以及北方诗歌的壮大情思必然影响到他们,加之乡关之思、故国之恋、羁旅之愁与身世之感,使他们的诗歌减少了绮丽,变为清新与浑厚的统一,情思慷慨,风格苍劲,结合了南北诗歌的优点,"掇彼清音,简兹累句,各去所短,合其两长,则文质斌斌,尽善尽美矣"(《隋书·文学传序》)。

庾信(513—581),字子山。祖籍南阳新野(今属河南),祖上避永嘉之乱迁往南方。庾信早年仕梁,是重要宫体诗人之一。42 岁出使西魏,适江陵陷落,遂被留魏不返,仕西魏及北周,69 岁卒于长安。

庾信诗歌创作可以依 42 岁留魏为界,分为前后两期。前期多绮艳之作,辞藻华丽,用典俳偶均自然工巧,擅名于诗坛。《周书·庾信传》称:

时肩吾为梁太子中庶子，掌管记。东海徐摛为左卫率，摛子陵及信并为抄撰学士……文并绮艳，故世号为"徐庾体"焉。

前期代表诗作是《奉和山池》：

乐宫多暇豫，望苑暂回舆。鸣笳陵绝浪，飞盖历通渠。桂亭花未落，桐门叶半舒。荷风惊浴鸟，桥影聚行鱼。日落含山气，云归带雨余。

属对工整，用事自然，写景细腻新巧，格调清新靡丽。后期入北，虽因文才见赏，至骠骑大将军、开府仪同三司，但羁旅他乡，身仕异国，一种故国乡关之思时时涌现在诗中，就显得情绪深沉，诗风亦显苍凉，《拟咏怀》27 首就是代表。如《拟咏怀》其十一：

摇落秋为气，凄凉多怨情。啼枯湘水竹，哭坏杞梁城。天亡遭愤战，日蹙值愁兵。直虹朝映垒，长星夜落营。楚歌饶恨曲，南风多死声。眼前一杯酒，谁论身后名。

全诗悲怨地怀念了元帝江陵陷落，故国倾覆，君民罹难的惨剧，感情沉痛而真挚，与前期作品的轻绮判若天壤。但是对仗工整，用典虽密却极自然，反映出庾信高超的诗歌艺术技巧。全诗暗含多个典故：首联用宋玉《九辩》句，二联用舜二妃、杞梁妻事，三联用项羽"天亡我"及《诗经・召旻》句，四联用诸葛亮北伐死于营中事，五联用四面楚歌及《左传》襄公十八年师旷语，末联用张翰语。但读来却依旧流畅明白，并无滞涩之感。当然，北方山河辽阔苍茫，也会使诗人在对景兴怀时产生不同于南方的苍茫浑朴之感：

日晚荒城上，苍凉余落晖。都护楼兰返，将军疏勒归。马有风尘气，人多关塞衣。阵云平不动，秋蓬卷欲飞。闻道楼船战，今年不解围。(同上十七)

大漠秋风塞上，自然与杏花春雨江南不同。北方平原的寥廓霜天引起诗人一种壮大情思。南北诗风的优长在庾信的诗中结合起来，创造出技巧精工又格调苍劲的优秀作品，成为集南北诗歌之大成者。杜甫说："庾信文章老更成，凌云健笔意纵横。"(《戏为六绝句》)不但说出了庾信晚期诗风的特点，也证明了庾信诗歌对唐诗的巨大影响。

王褒(513—576)，字子渊。齐代王俭之孙。曾为梁元帝重臣。江陵失陷后入北，授车骑大将军、开府仪同三司。与庾信同以文才被知赏。他在南朝的作品接近谢朓，较为清新自然，如《山池落照》：

竹馆掩荆扉，池光晦晚晖。孤舟隐荷出，轻棹染苔归。浴禽时侣窜，惊羽忽单飞。

但是北方山河与乡关之思使他的诗风改变了，感情深挚而格调悲切：

秋风吹木叶，还似洞庭波。常山临代郡，亭障绕黄河。心悲异方乐，肠断陇头歌。薄暮临征马，失道北山阿。(《渡河北》)

他与庾信同为诗风北渐之重要诗人，但成就逊于庾信。

第五节　南北朝乐府民歌

一　南朝乐府民歌

南朝乐府民歌起东吴迄于陈，今传五百余首，大多辑入郭茂倩《乐府诗集》的《清商曲辞》中，少部分在《杂曲歌辞》、《杂歌谣辞》中。其中“吴歌”三百余首，“西曲”百余首，其他三十余首。吴歌主要产生于当时首都建业(今江苏南京)一带的江南地区，是南朝的经济政治文化中心。西曲则采自长江中游及汉水两岸的政治经济军事重镇荆、郢、樊、邓(今湖北江陵、襄阳、河南邓州)一带。“吴歌杂曲并出江南，东晋以来稍有增广。其始皆徒歌，既而被之管弦。盖自永嘉渡江之后，及下梁陈，咸都建业，吴声歌曲起于此也。”(《玉台新咏笺注》)“西曲歌出于荆、郢、樊、邓之间，而其声节送和与吴歌亦异，故其方俗而谓之西曲云。”(《乐府诗集》卷四七引《古今乐录》)

南朝民歌的内容绝大多数是表现男女之情。究其原因，一则是江南经济的发展和城市的繁荣，作者多为船户织女、贾客歌伎，二则是思想观念已脱离了两汉以来的经学道德规范，时代风气有利于民间情歌恋曲的发达。《南史·循吏传》说南朝风气是“凡百户之乡，有市之邑，歌谣舞蹈，触处成群”，“都邑之盛，士女昌逸，歌声舞节，袨服华妆，桃花渌水之间，秋月春风之下，无往非适”。加之南朝皇室和文人对文学娱乐性质的追求，因此在乐府采集民歌时也不像汉代乐府注重“观风俗，知厚薄”(《汉书·艺文志》)，而更注意搜集新声艳曲，以满足自己的好尚。“自晋迁江左，下逮隋唐，德泽浸微，风化不竞，去圣逾远，繁音日滋。艳曲兴于南朝，胡音生于北俗。哀淫靡曼之辞，迭作并起，流而忘反，以至夷陵。原其所由，盖不能制雅乐以相变，大抵多溺于郑卫，由是新声炽而雅音废矣。”(《乐府诗集·杂曲歌辞》)上层的导向如此，南朝乐府民歌中情歌占百分之九十也就自然而然了。

南朝民歌所反映的情恋内容极其广泛，角度多样。有写对爱情的坚贞不渝的，以吴歌中的《华山畿》最为激切。其来源为一悲怆的爱情传说：

> 《华山畿》者，宋少帝时《懊恼》一曲，亦变曲也。少帝时，南徐一士子，从华山畿往云阳。见客舍有女子年十八九，悦之无因，遂感心疾。……气欲绝，谓母曰：“葬时车载，从华山度。”母从其意。比至女门，牛不肯前，打拍不动。女曰：“且待须臾。”妆点沐浴，既而出，歌曰：“华山畿，君既为侬死，独活为谁施？欢若见怜时，棺木为侬开。”棺应声开，女遂入棺，家人叩打，无如之何，乃合葬，呼曰“神女冢”。(《乐府诗集》卷四六引《古今乐录》)

有的写欢会时的忘情及不舍离去的痛苦：“凉风开窗寝，斜月垂光照。中宵无人语，罗幌有双笑。”(《子夜四时歌·秋歌》)“月落天欲曙，能得几时眠？凄凄下床去，侬病不能言。”

(《懊侬歌》)有的发泄对负心郎的怨艾:“依作北辰星,千年无转移。欢行白日心,朝东还暮西。”(《子夜歌》)“我与欢相怜,约誓底言者。常叹负情人,郎今果成诈。”(《懊侬歌》)更多的是写相思之苦:或彻夜难眠痴想生幻,“夜长不得眠,明月何灼灼。想闻散唤声,虚应空中诺”(《子夜歌》);或凉秋之际记挂寒暖,“白露朝夕生,秋风凄长夜。忆郎须寒服,乘月捣白素”(《子夜四时歌·秋歌》);或分别经年愁生白发,“昔别春草绿,今还墀盈雪。谁知相思老,玄鬓白发生”(同上《冬歌》),均感情真挚单纯而情调浪漫热烈。

江南水乡山清水秀,江南女子感情细腻浪漫,性格巧慧锦心绣口,加上南朝乐府文人的润色,使南朝民歌有着鲜明的艺术特色。首先是格调鲜丽明快,不但再现了南方的自然风光之美,也表现出南朝女子的浪漫情怀:

光风流月初,新林锦花舒。情人戏春月,窈窕曳罗裾。(《子夜四时歌·春歌》)

青荷盖渌水,芙蓉葩红鲜。郎见欲采我,我心欲怀莲。(同上《夏歌》)

杂花生树,青荷绿山,一片明媚的江南风光;游戏春月,摇曳罗裙,江南少女的婀娜秀美撩乱人心。其次是语言上的清新流丽和多用双关比喻,来自于南方女子特有的俏巧聪慧:

欢欲见莲时,移湖安屋里。芙蓉绕床生,眠卧抱莲子。(《杨叛儿》)

移湖沼于屋中,想象大胆而奇妙;通篇以莲为比,实讲爱情之事;同音双关,“莲”通“怜”,“芙蓉”通“夫容”;多义双关,莲子之子通男子尊称之子。此外,南朝民歌形制多为五言四句,语短情长,不但被南朝文人所借鉴,对唐代绝句的形成也有重要影响。

南朝乐府民歌艺术水平最高者为收在《乐府诗集·杂曲歌辞》中的《西洲曲》:

忆梅下西洲,折梅寄江北。单衫杏子红,双鬓鸦雏色。西洲在何处?两桨桥头渡。日暮伯劳飞,风吹乌臼树。树下即门前,门中露翠钿。开门郎不至,出门采红莲。采莲南塘秋,莲花过人头。低头弄莲子,莲子清如水。置莲怀袖中,莲心彻底红。忆郎郎不至,仰首望飞鸿。鸿飞满西洲,望郎上青楼。楼高望不见,尽日栏杆头。栏杆十二曲,垂手明如玉。卷帘天自高,海水摇空绿。海水梦悠悠,君愁我亦愁。南风知我意,吹梦到西洲。

此诗160字,是南朝民歌中篇幅最长的,可能经过文人加工。诗写一女子怀人,情思缠绵,写景秀丽。语言清新明丽,采用“钩句”连接上下,一意贯通而又摇曳多姿。换韵造成回环婉转的效果。从内容到形式都堪称上乘。

二 北朝乐府民歌

北朝乐府民歌今存六十余首,多辑入《乐府诗集·梁鼓角横吹曲》中。《乐府诗集·横吹曲辞》说:“横吹曲,其始亦谓之鼓吹,马上奏之,盖军中之乐也。北狄诸国,皆马上作乐……有鼓角者为横吹,用之军中,马上所奏者是也。”“又《古今乐录》有《梁鼓角横吹曲》,多叙慕容垂及姚泓时战阵之事,其曲有《企喻》等歌三十六曲,乐府胡吹旧曲又有《隔谷》等歌三十曲,总六十六曲。”另有少数辑入《杂曲歌辞》和《杂歌谣辞》中。可见,所谓北朝民歌,实际还包括了十六国时代的作品。

北方大地幅员辽阔,土厚水深,自然景观雄浑苍茫,加之风沙霜雪,气候苦寒,培养了北方人民粗犷豪迈、坚忍顽强的性格。北朝又多少数民族,游牧生活,马背征战,也养成了粗豪强悍的气质。《鼓角横吹曲》又是马上军中之乐,其伴奏无丝竹清音,而是鼙鼓号角,“其乐器有棡鼓、金钲、大鼓、长鸣角、次鸣角、大角七种”(《乐府诗集》卷二一),自然格调刚健激越,有金戈铁马之气。

北朝民歌数量不及南朝民歌,但反映了社会生活的多个方面,不似南朝以情歌为主。一是北国风光在民歌中有所表现,如《陇头流水歌辞》就再现了西北高山的险峻:“西上陇坂,羊肠九回。山高谷深,不觉脚酸。”《敕勒川》则把辽阔广袤的草原风光生动地描绘出来。二是反映了北方民族的游牧生活和尚武精神,如《企喻歌》:“放马大泽中,草好马着膘。牌子铁裲裆,鉅鉾鸐尾条。”《折杨柳歌辞》:“健儿须快马,快马须健儿。跸跋黄尘下,然后别雄雌。”《琅琊王》:“新买五尺刀,悬着中梁柱。一日三摩娑,剧于十五女。”三是反映战争及其带来的苦难,如《陇上歌》:“骣骢父马铁锻鞍,七尺大刀奋如湍,丈八蛇矛左右盘,十荡十决无当前。”《企喻歌》:“男儿可怜虫,出门怀死忧。尸丧狭谷中,白骨无人收。”另外还有反映劳动人民痛苦生活的,如《幽州马客吟》:“快马常苦瘦,剿儿常苦贫。黄禾起羸马,有钱始作人。”《陇头歌辞》:“陇头流水,流离山下。念吾一身,飘然旷野。朝发欣城,暮宿陇头。寒不能语,卷舌入喉。”即使是反映爱情婚姻的民歌,也是快人直语,不似南朝之温柔缠绵:

> 驱羊入谷,自羊在前。老女不嫁,蹋地呼天。
>
> 摩挲郎须,看郎颜色。郎不念女,不可与力。(《地驱歌乐辞》)

男女对唱,也都显出游牧本色:

> 上马不捉鞭,反折杨柳枝。蹀坐吹长笛,愁杀行客儿。
>
> 腹中愁不乐,愿作郎马鞭。出入擐郎臂,蹀坐郎膝边。(《折杨柳歌辞》)

北朝民歌抒情真率直爽,语言质朴有力,格调苍劲豪迈,显示出北方民族独有的特色。最能代表其风格的,就是千古传唱的《敕勒川》:

> 敕勒川,阴山下。天似穹庐,笼盖四野。天苍苍,野茫茫,风吹草低见牛羊。

此曲本鲜卑族民歌。无边天空,无际旷野,其间风吹草伏,牛羊隐现,苍凉阔大动人心魄。此诗令人感受到一个民族粗犷豪迈的襟怀,他们对于家园的深情的眷恋,那种雄浑而又深远的情思。它朴野真率,没有任何人工技巧的追求,而纯然是一种情怀的袒露,是一个民族心灵的最深层的召唤。后人评曰:“慷慨悲歌绝不传,穹庐一曲本天然。中州万古英雄气,也到阴山敕勒川。”(元好问《论诗三十首》其七)就是看到北朝民歌“天然”的质朴和苍凉豪迈的“英雄气”。

北朝民歌中的叙事长诗《木兰诗》，写少女木兰女扮男装代父从军，转战 12 年，屡立战功后辞官回乡的故事，塑造了一位英勇善战而又机智活泼的巾帼英雄形象：

唧唧复唧唧，木兰当户织。不闻机杼声，唯闻女叹息。“问女何所思？问女何所忆？”“女亦无所思，女亦无所忆。昨夜见军帖，可汗大点兵。军书十二卷，卷卷有爷名。阿爷无大儿，木兰无长兄。愿为市鞍马，从此替爷征。”东市买骏马，西市买鞍鞯，南市买辔头，北市买长鞭。旦辞爷娘去，暮宿黄河边。不闻爷娘唤女声，但闻黄河流水鸣溅溅。旦辞黄河去，暮至黑山头。不闻爷娘唤女声，但闻燕山胡骑鸣啾啾。万里赴戎机，关山度若飞。朔气传金柝，寒光照铁衣。将军百战死，壮士十年归。归来见天子，天子坐明堂。策勋十二转，赏赐百千强。可汗问所欲，木兰不用尚书郎。愿借明驼千里足，送儿还故乡。爷娘闻女来，出郭相扶将。阿姊闻妹来，当户理红妆。小弟闻姊来，磨刀霍霍向猪羊。开我东阁门，坐我西阁床。脱我战时袍，着我旧时裳。当窗理云鬓，对镜贴花黄。出门看火伴，火伴皆惊惶。同行十二年，不知木兰是女郎。雄兔脚扑朔，雌兔眼迷离。双兔傍地走，安能辨我是雄雌！

此诗的创作时代与历史背景，学术界尚有不同观点，但并不影响其艺术价值。木兰的形象，既反映了北方女性的刚健特点，又是中国劳动妇女善良勤劳淳朴勇敢的象征，至今仍然有积极的影响。《木兰诗》是北朝民歌中的奇葩。它篇幅较长却又繁简得当，语言浅畅明快，顶真修辞运用巧妙，比喻恰切生动，铺排有致，且善于用对话表现人物性格，风格刚健清新，在艺术上取得了极大成功，与《西洲曲》一起被视为南北朝诗歌中的双璧。

【本章习题指要】

1. 谢灵运山水诗的艺术特征及其对诗歌史的贡献。
2. 鲍照乐府诗的艺术特色。
3. 谢朓诗歌的艺术特色。
4. 南朝宫体诗歌创作的一般特点。
5. 庾信诗歌的艺术特色。
6. 南北朝乐府民歌各自鲜明的特色。

第六章 魏晋南北朝散文和辞赋

在诗歌空前发展的同时，魏晋南北朝散文也同样取得了重大成就。建安魏晋时期，散文一改汉代散文的经学气息，打破桎梏，形成了重抒情、重文采的创作倾向，并为南朝骈文的成熟奠定了基础。经过南朝文人的努力，骈文在对偶、用事、辞采、声韵四个方面都已臻极致，为中国文学又创造出一种新的美文文体。北朝政权则在汉化以后的道路上迈进，创作出了像《水经注》、《洛阳伽蓝记》这样的散文名著。

魏晋南北朝时期，赋的创作也有了新的发展，出现了新的面貌，形成了承前启后、既沿又革的新局面。其大势为：建安赋作继承发扬汉末抒情小赋的成就，抒情更加深切，但赋的内容与描写对象更广阔地扩展到自然、社会与人生。在赋的艺术形式上则追求"诗赋欲丽"的创作原则，声色辞采更为美丽鲜明。两晋之赋，一方面有左思《三都赋》那样的鸿篇巨制，体现了统一时代的博大繁盛，成为汉代大赋的复兴返照，另一方面又有很多短篇小赋，或忧生叹乱，或怡情山水，反映了偏安江左的士人情怀。这些小赋，更加注意辞藻音韵，引言用事，进一步发展了赋的创作技巧。南朝辞赋题材渐趋狭窄，但感情更加细腻，形式更加尖巧，开唐代律赋的先声。北朝之赋则追随汉赋讽刺之义，文风质朴。同时，因南北交流，以及南朝赋家尤其是庾信的入北，北朝赋作出现了一批内容既充实，技巧又精熟的慷慨悲凉之作，给这个时期赋的创作画上了一个完美的句号。

第一节 建安时期

一 建安散文

汉末政局的动荡，以及随之而来的割据，使汉代一统天下的经学束缚被彻底打破。思想解放，多元并存的宽松局面使士人思想更加自由多彩。各行其是，择主而栖又使士人敢于放言无忌，直抒胸臆。此时文章风气亦为之一变。其一，在内容上不再是重复和敷衍经义，而是注重抒发情怀，言之有物。曹操的痛悼郭嘉（《与荀彧书追伤郭嘉》），曹丕的追忆旧游（《与吴质书》），曹植豪情万丈的上表自荐（《求自试表》），孔融气采飞扬的推毂友人（《荐祢衡表》），都是真情流露，袒布胸怀，衷于内心，而发于文章。其二，在形式上摆脱了经生式的引经说教、枯燥拘束，变为注重文采、渐求骈俪。这尤其体现在曹丕、曹植兄弟的文章中。曹植曾说:“君子之作也,俨乎若高山,勃乎若浮云,质素也如秋蓬,摛藻也如春葩。泛乎洋洋,光乎皜皜,与雅颂争流可也。”(《前录自序》)说明他十分注意文章的辞采。而曹丕的文章则排偶联翩,隽语迭出:

> 每念昔日南皮之游,诚不可忘。既妙思六经,逍遥百氏,弹棋间设,终以六博。高谈娱心,哀筝顺耳,驰骋北场,旅食南馆,浮甘瓜于清泉,沉朱李于寒水。白日既匿,继以朗月,同乘并载,以游后园。舆轮徐动,参从无声,清风夜起,悲笳微吟。乐往哀来,怆然伤怀。(《与吴质书》)

骈俪颇工,已启南朝骈文之端;文采斐然,是应用文字艺术化的先声。可以看出,文章自建安起,已经沿着重艺术特质的方向开始前进了。其三,在风格上,建安文章的作者都有很强的个性特点。曹操清峻通脱,曹丕隽丽流畅,曹植气盛辞华,孔融诙谐高妙,陈琳章表殊健,阮瑀书记翩翩,应玚和而不壮,刘桢壮而不密,都各有千秋,毫不雷同。当然,这与建安士人心态关系密切。时局给士人带来建功立业的机会,士人们又自视颇高,自信颇强,家家自谓握灵蛇之珠,咸以自骋骐騄于千里,造成了风格各异、异彩纷呈的局面。其中尤有特色者为曹操。

鲁迅说曹操是“改造文章的祖师”,有清峻的风格——就是文章要简约严明的意思,他还“力倡通脱。通脱即随便之意。此种提倡影响到文坛,便产生大量想说什么便说什么的文章”(《魏晋风度及文章与药及酒之关系》)。曹操主要的文章都是政治性应用性很强的令、表之类,但写起来却都能破除公文的虚语与旧格,挥洒自如,直抒胸臆。他的代表作为《让县自明本志令》,其自负与真率脱口而出:

> 今孤言此,若为自大,欲人言尽,故无讳耳。设使国家无有孤,不知当几人称帝,几人称王。或者人见孤强盛,又性不信天命之事,恐私心相评,言有不逊之志,妄相忖度,每用耿耿。……然欲孤便尔委捐所典兵众,以还执事,归就武平侯国,实不可也。何者?诚恐已离兵为人所祸也。既为子孙计,又己败则国家倾危,是以不能慕虚名而处实祸,此所不得为也。

分析天下大事如在指掌,洞悉政局切中肯綮。说明自己不肯放弃兵权时毫不含糊嘴软,既显示了一个大政治家的胸襟和睿智,也透露出一个权臣和奸雄的无所顾忌和霸气,充分体现了清峻通脱的风格特点。此外如《求贤令》云:“今天下得无有被褐怀玉而钓于渭滨者乎?又得无有盗嫂受金而未遇无知者乎?二三子其佐我明扬仄陋,唯才是举,吾得而用之。”《举贤勿拘品行令》云:“今天下得无有至德之人放在民间,及果勇不顾临敌力战,若文俗之吏高才异质,或堪为将守负污辱之名见笑之行,或不仁不孝而有治国用兵之术,其各举所知,勿有所遗。”均打破旧传统而放言不惮,此通脱之致波及文坛,实成为一种风气。而其清峻简洁平易之特点,则为曹操所独有。

曹丕曹植兄弟之文,注意辞采骈偶,则又领建安文坛另一风气。如曹丕《与繁钦书》中写歌女之状,极丽句佳藻之能:

素颜玄发,皓齿丹唇。详而问之,云善歌舞。于是振袂徐进,扬蛾微眺,芳声清激,逸足横集。众倡腾游,群宾失席。然后修容饰妆,改曲变度。激清角,扬白雪,接孤声,赴危节。于是商风振条,春鹰度吟,飞雾成霜。斯可谓声协钟石,气应风律,网罗韶濩,囊括郑卫者也。

曹植的《求自试表》,气势宏盛,但亦文辞瑰丽:

若使陛下出不世之诏,效臣锥刀之用,使得西属大将军,当一校之队;若东属大司马,统偏师之任。必乘危蹈险,骋舟奋骊,突刃触锋,为士卒先。虽未能擒权馘亮,庶将虏其雄率,歼其丑类,必效须臾之捷,以灭终身之愧。使名挂史笔,事列朝荣,虽分身蜀境,悬首吴阙,犹生之年也。

此种文风,领率文坛,使魏晋文章沿着重辞采的方向发展。

二 建安辞赋

西汉以润色鸿业,托意讽谏为目的大赋,随着汉王朝的衰退一同趋于式微。东汉中后叶以还,宦官、外戚轮流专权,政治黑暗混乱,抒情小赋兴盛起来。张衡、蔡邕、赵壹等人的作品就是代表。他们在赋中或欣然归隐(张衡《归田赋》),或愤世嫉俗(赵壹《刺世嫉邪赋》),或慨叹纪行(蔡邕《述行赋》),均体制短小,抒愤寄情,开辟了汉赋的新天地。

建安赋作家面对汉末动乱,耳闻目睹两京残破,天下板荡的时局,亲身体验战争乱离、戎马倥偬的艰苦,加之主观思想中的经学桎梏已彻底打破,客观形势上又有建功立业的机遇,而且还有当权执政者的提倡鼓励,"魏武以相王之尊,雅爱诗章;文帝以副君之重,妙善辞赋",于是他们继承汉末抒情小赋的优良传统,在赋的创作上驰骋才华,形成建安赋作情文并茂的特点。

纵观建安辞赋创作,以下几个特点最为突出。

首先,有一个自觉主动进行辞赋创作的作者群,他们积极创作,互相切磋,写出了大量赋作,而且进行理论探讨。建安时期赋作今传 18 家,作品 184 篇(刘知渐《建安文学编年史》附录《建安作家诗文总目》),又主要集中在三曹、七子等邺下文人集团中。而且他们经常共同创作同一题材或同一题目的作品。同时,他们还自觉地对赋作进行批评,如曹丕说"诗赋欲丽",这些无疑会推动赋作的发展。

其次,建安作家由于思想较为自由,其赋作的题材更为广泛。大自然的寒暑阴晴(《大暑赋》、《秋思赋》、《愁霖赋》、《喜霁赋》)、飞禽走兽(《孔雀赋》、《白鹤赋》、《愍骥赋》、《神龟赋》)、瓜果树木(《瓜赋》、《橘赋》、《柳赋》、《槐赋》、《桑赋》)、沧海长河(《沧海赋》、《灵河赋》),社会中的悲欢离合(《哀别赋》、《感婚赋》、《离思赋》、《慰情赋》)、穷通行藏(《悲命赋》、《遂志赋》、《厉志赋》、《玄畅赋》)、怜寡伤夭(《寡妇赋》、《伤夭赋》)、怀亲念友(《怀亲赋》、《念友赋》)、征战行役(《出征赋》、《述行赋》),以至登临游猎、弹棋投壶皆可入赋(《登台赋》、《校猎赋》、《弹棋赋》、《投壶赋》),广阔地反映了当时的社会风貌。

再次，建安赋作的抒情性进一步加强。与两汉大赋的义归讽谏不同，建安作家用赋来表达自己内心的细腻感受，抒写自己的浓烈情感。他们写赋，不是为了美刺，也不是向君主劝诫，而是真实深切地抒发自己的情怀。如曹丕的《悼夭赋·序》说："族弟文仲，亡时年十一。母氏伤其夭逝，追悼无已。予以宗族之爱，乃作斯赋。"赋云："气纡结以填胸，不知涕之纵横。时徘徊于旧处，睹灵衣之在床。感遗物之如故，痛尔身之独亡。愁端坐而无聊，心戚戚而不宁。步广厦而踟蹰，览萱草于中庭。悲风萧其夜起，秋气惨以厉情。仰瞻天而太息，闻别鸟之悲鸣。"这完全不是经生式的"兄宽弟忍，父慈子孝"的说教，而纯然是寒秋深夜睹物伤情，怀念幼弟而潸然泪下的一片真情。

建安赋作在艺术形式方面也有新的进展，成为汉赋向南北朝骈赋变化的开端。赋体的特点是讲求辞藻和形式工齐之美。汉大赋作者中，虽已有不少俳偶之句，却没有像魏晋六朝这样自觉追求和刻意锤炼。到了建安，尤其是后期之作，对偶工整和辞藻美丽已达到了一个新的高度。不但辞藻流利妍美，对仗工巧整齐，而且注意到韵律和谐，开启六朝美赋创作之风气。曹操也曾论述过赋的转韵问题。《文心雕龙·章句》言："昔魏武论赋，嫌于积韵，而善于贸代。"即不赞成一韵到底，而提倡适当转韵。可见当时人们已对赋作的韵律更加注意。

三　《登楼赋》与《洛神赋》

建安赋作家中，以王粲、曹植成就最高。"仲宣溢才，捷而能密，文多兼善，辞少瑕累，摘其诗赋，则七子之冠冕乎。"(《文心雕龙·才略》)"仲宣独自善于辞赋。"(曹丕《与吴质书》)他最著名的赋作《登楼赋》，是千古传诵的名篇。该赋是王粲流寓荆州之作。他于乱离之时，去国离乡，到荆州后又不被刘表重用，一腔失志不平之感，因登楼临睨满目疮痍而迸发，遂将满腹激情流之于赋：

> 登兹楼以四望兮，聊假日以销忧。览斯宇之所处兮，实显敞而寡酬。挟清漳之通浦兮，倚曲沮之长洲。背坟衍之广陆兮，临皋隰之沃流。北弥陶牧，西接昭丘。华实蔽野，黍稷盈畴。虽信美而非吾土兮，曾何足以少留。
>
> 遭纷浊而迁逝兮，漫逾纪以迄今。情眷眷而怀归兮，孰忧思之可任！凭轩槛以遥望兮，向北风而开襟。平原远而极目兮，蔽荆山之高岑。路逶迤而修迥兮，川既漾而济深。悲旧乡之壅隔兮，涕横坠而弗禁。昔尼父之在陈兮，有归欤之叹音。钟仪幽而楚奏兮，庄舄显而越吟。人情同于怀土兮，岂穷达而异心！
>
> 惟日月之逾迈兮，俟河清其未极。冀王道之一平兮，假高衢而骋力。惧匏瓜之徒悬兮，畏井渫之莫食。步栖迟以徙倚兮，白日忽其将匿。风萧瑟而并兴兮，天惨惨而无色。兽狂顾以求群兮，鸟相鸣而举翼。原野阒其无人兮，征夫行而未息。心凄怆以感发兮，意忉怛而憯恻。循阶除而下降兮，气交愤于胸臆。夜参半而不寐兮，怅盘桓以反侧。

此赋不但抒情浓切,而且在结构上也十分细密。首叙登楼所见,次抒怀乡之情,末申身世之惧,层次分明,气氛刻画生动。所以被评为"仲宣靡密,发篇必遒"(《文心雕龙·诠赋》),"摹写长途景况,令人肌骨寒冽"(宋长白《柳序诗话》卷七)。

曹植的赋作则另有自己的特色。正如他的诗一样,他的赋作也是"骨气奇高,辞采华茂"(《诗品》卷上),如《洛神赋》。

《洛神赋》叙写眷恋之情,辞采绚烂清泠而又臻于极致。它的意义,在于说明文学自觉到自己的特质之后,有如此巨大之表现力;在于标志着文辞之美,可以表现内心细腻情思至何种程度!其始写道路艰辛之后,憩息于泽畔芳草,而用"容与乎阳林,流眄乎洛川"写尽少年公子之一种潇洒风神,既描摹神态,又点染出气质情思。之后寥寥数语,似未见着墨痕迹,便已轻轻转入幻境,于是极写幻境中神女之美丽。虽设譬摹神,词语用极璀璨美艳,而在在皆抒发一己惊喜无可如何之爱慕情怀。洛神之美,乃此惊喜无可如何之爱慕者眼中之美,处处写彼之绰约丰姿,而实处处写己之惊喜爱恋情思。其写洛神感恋慕之情,报之以脉脉情思,是"徙倚彷徨。神光离合,乍阴乍阳。竦轻躯以鹤立,若将飞之来翔"。一种似有而无,若即若离的迷离惝恍的境界,真是写得如诗如画,而写此如诗如画之梦幻境界,亦仍然在于把自己内心一缕惊喜眷恋之热烈情思点染出来。这篇赋里所创造的许多美丽的意象,如"翩若惊鸿,婉若游龙","仿佛兮若轻云之蔽月,飘飖兮若流风之回雪","神光离合,乍阴乍阳","凌波微步,罗袜生尘"等等,深远地影响了后代文学的意象创造。在它们后面,形成了一些意象的历史系列。

第二节　正始时期

一　正始散文

正始时期,玄风大昌,波及文坛,便是谈玄的论文大量出现,善谈名理成为一大内容。何晏的《无名论》、《无为论》以骈句表达理论,阮籍的《达庄论》、《乐论》、《通易论》,嵇康的《养生论》、《声无哀乐论》等均是谈论玄学论题之作。其中虽不乏精辟之语,但在文学意义上,艺术价值更高的,则是另一部分作品,即针对司马氏黑暗政治恐怖和虚伪提倡名教进行讽刺和抨击的文章。这些文章,都是"师心以遣论"(《文心雕龙·才略》),或直言指斥,言辞激烈而掷地有声;或反语讥讽,嬉笑怒骂尽揶揄之能事。而堪为代表的,就是阮籍的《大人先生传》与嵇康的《与山巨源绝交书》。

《大人先生传》中,作者对那些虚伪的名教中人进行了绘声绘色的描写:"服有常色,貌有常则,言有常度,行有例程,立则磬折,拱若抱鼓,动静有节,趋步商羽,进退周旋,咸有规矩。"其目的是"奉事君上,牧养百姓,退营私家,育长妻子,卜吉而宅,虑乃亿祉,远祸近福,永坚固己"。针对这种规行矩步以谋私利的"君子",大人先生予以有力的驳斥:

往者，天尝在下，地尝在上，反复颠倒，未之安固，焉得不失度式而常之？天因地动，山陷川起，云散震坏，六合失理，汝又焉得择地而行，趋步商羽？往者群气争存，万物死虑，支体不从，身为泥土，根拔枝殊，咸失其所，汝又焉得束身修行，磬折抱鼓？李牧功而身死，伯宗忠而世绝，进求利以丧身，营爵赏而家灭，汝又焉得挟金玉万亿，只奉君上而全妻子乎？且汝独不见夫虱之处于裈中，逃乎深缝，匿乎坏絮，自以为吉宅也。行不敢离缝际，动不敢出裈裆，自以为得绳墨也。饥则啮人，自以为无穷食也。然炎丘火流，焦邑灭都，群虱死于裈中而不能出，汝君子之处区内，亦何异夫虱之处裈中乎？

酣畅淋漓，辞采瑰奇，骈散相间，譬喻警拔，具有震撼心魂的艺术效果。

《与山巨源绝交书》则是另一番风貌。他拒绝山涛的举荐，不肯与司马氏合作，却以幽默嘲讽出之：

又人伦有礼，朝廷有法，自惟至熟，有必不堪者七，甚不可者二。卧喜晚起，而当关呼之不置，一不堪也。抱琴行吟，弋钓草野，而吏卒守之，不得妄动，二不堪也。危坐一时，痹不得摇，性复多虱，把搔无已，而当裹以章服，揖拜上官，三不堪也。素不便书，又不喜作书，而人间多事，堆案盈几，不相酬答，则犯教伤义，欲自勉强，则不能久，四不堪也。不喜吊丧，而人道以此为重，已为未见恕者所怨，至欲见中伤者。虽瞿然自责，然性不可化，欲降心顺俗，则诡故不情，亦终不能获无咎无誉如此，五不堪也。不喜俗人，而当与之共事，或宾客盈坐，鸣声聒耳，嚣尘臭处，千变百伎，在人目前，六不堪也。心不耐烦，而官事鞅掌，机务缠其心，世故烦其虑，七不堪也。又每非汤武而薄周孔，在人间不止，此事会显，世教所不容，此甚不可一也。刚肠疾恶，轻肆直言，遇事便发，此甚不可二也。以促中小心之性，统此九患，不有外难，当有内病，宁可久处人间邪？

貌似平易之言，将其高洁不污之志尽显，且将官场之俗恶揭露得淋漓尽致。又如讽刺山涛的比喻妙谑迭出，“恐足下羞庖人之独割，引尸祝以自助，手荐鸾刀，漫之膻腥”，“不可自见好章甫，强越人以文冕也；已嗜臭腐，养鹓雏以死鼠也”，“岂可见黄门而称贞哉”等语，生动贴切，妙思入神，令人忍俊不禁，而作者之刚正襟怀与山涛之猥琐不堪跃然纸上。

嵇、阮的散文，既继承建安散文重抒情、重文采、重个性的特点，又有鲜明独特的现实内容，是散文在重艺术特质方向上发展的重要一环。

二　正始辞赋

魏晋之际的正始时期，由于政局和思想的变化，使此期的赋作失去了建安赋昂扬的意气和明亮的色彩，而另具特色。一方面，政治黑暗恐怖，给士人的精神造成极大压力，表现在赋的创作，其情绪低沉抑郁，其表现委婉曲折，最典型的是向秀的《思旧赋》：

将命适于远京兮，遂旋反而北徂。济黄河以泛舟兮，经山阳之旧居。瞻旷野之萧条兮,息余驾乎城隅。践二子之遗迹兮,历穷巷之空庐。叹《黍离》之湣周兮,悲《麦秀》于殷墟。惟古昔以怀今兮,心徘徊以踌躇。栋宇存而弗毁兮,形神逝其焉如。昔李斯之受罪兮,叹黄犬而长吟。悼嵇生之永辞兮,顾日影而弹琴。托运遇于领会兮,寄余命于寸阴。听鸣笛之慷慨兮,妙声绝而复寻。停驾言其将迈兮,遂援翰而写心。

向秀的好友嵇康、吕安被司马氏政权诬陷杀害,他违背素志应招入洛,途经山阳旧居,人琴俱亡,痛何如之!然而迫于政治高压,不敢明言,只能模糊言之。此赋通篇弥漫着悲哀低沉的情绪,欲言又止,吞声踟蹰,有一种婉转低回的风格。

另一方面,由于当时玄学思潮的影响,士人不但对于哲理思辨兴趣极浓,而且普遍向往一种渊默宁静的精神自由境界。表现在赋作中,就形成一种清虚绵渺的特点。可以阮籍的《清思赋》为例:

是以微妙无形,寂寞无声,然后乃可以睹窈窕而淑清。故白日丽光,则季后不步其容;钟鼓闾铪,则延子不扬其声。夫清虚寥廓,则神物来集;飘飖恍惚,则洞幽贯冥。冰心玉质,则激洁思存;恬淡无欲,则泰志适情。

第三节　两晋时期

一　两晋散文

与太康诗坛"采缛于正始,力柔于建安"相类,西晋文坛也是注重形式技巧的讲究,以繁缛绮丽为特征。其时文章诸体皆备,也不乏情文兼善之作。如李密《陈情表》,张载《剑阁铭》,陆机《吊魏武帝文》、《辨亡论》,潘岳《马汧督诔》、《哀永逝文》等,均为传世名篇。《文赋》中论到各种文体时,已从理论上注意到其各自不同的艺术特色:"碑披文以相质,诔缠绵而凄怆。铭博约而温润,箴顿挫而清壮。颂优游以彬蔚,论精微而朗畅。奏平彻以闲雅,说炜晔而谲狂。"东晋则受玄言诗影响,文采趋于平淡,然亦有王羲之《兰亭集序》,陶渊明《桃花源记》、《五柳先生传》等佳作问世。两晋散文成就较高者,仍为潘岳、陆机。

潘岳的哀诔之作最为优秀。正如他的《悼亡诗》、《悼亡赋》都以深情绵邈著称一样,他的悼亡之文也写得情深辞茂,做到了"缠绵而凄怆"。如他的《哀永逝文》写到为妻子送殡路上的感受:

思其人兮已灭,览余迹兮未夷。昔同涂兮今异世,忆旧欢兮增新悲。谓原隰兮无畔,谓川流兮无岸。望山兮寥廓,临水兮浩汗。视天日兮苍茫,面邑里兮萧散。匪外物兮或改,固欢哀兮情换。

哀痛摧心,河山为之变色,以我之悲情观物,物皆着我之色彩,真切生动地表达了作者的恸悼之情。

陆机才高学富，因此为文辞藻富赡，善于用典，又因他自觉追求文章形式之美，所以又工于骈偶。他的很多文章已接近成熟的骈文。惜当时四声之说未开，所以仅在声律上略欠一筹。他的《演连珠》50首，无论是辞藻、用事、对偶都十分精巧繁丽，如其三十二：

> 臣闻听极于音，不慕钧天之乐；身足于荫，无假垂天之云。是以蒲、密之黎，遗时雍之世；丰、沛之士，忘桓拨之君。

对仗颇工，用典频数，八句之中，连用七典，且多四六对句，几乎与南朝骈文一致，只是声调相对未谐。其《豪士赋序》一篇之中，对句占三分之二，用典占三分之一，洵为南朝骈文之前驱：

> 且夫政由宁氏，忠臣所为慷慨；祭则寡人，人主所不久堪。是以君奭鞅鞅，不悦公旦之举；高平师师，侧目博陆之势。而成王不遣嫌吝于怀，宣帝若负芒刺于背。非其然者欤？

总之，自建安以迄两晋，散文是沿着重艺术特质的方向发展，尤其在形式技巧方面的进步更为长足，为南朝骈文的成熟铺平了道路。

二　两晋辞赋

两晋时期的社会形势变化剧烈，西晋一度的短期统一与繁荣，八王之乱、五胡乱华的动荡与破坏，东晋偏安后的相对安定与发展，使社会思潮和士人心态也产生了相应变化。因此，与建安赋坛抒情小赋一统天下不同，两晋赋坛呈现出多样化的局面。在赋作体制上，虽然小赋仍占主流，但大赋也一度复兴，产生了脍炙人口的佳作。在题材上，除感伤赋、刺世赋之外，出现了山水赋。在艺术形式上，赋的语言在妍丽工整和使典用事方面进一步发展。

晋代大赋复兴不是偶然的。大赋的体制宏大，内容繁博，必需长时间进行结构的经营、资料的搜集、文字的缀属与推敲。西晋的统一，为大赋作者创造了良好的外部环境。汉代以来大赋创作的成就，也为晋代赋家提供了可供借鉴的经验。统一大业的完成，也激发起赋家创作大赋的热情。因此，鸿篇巨制的大赋就自然而然地产生了。左思《三都赋》，潘岳《籍田赋》、《西征赋》，成公绥《啸赋》、木华《海赋》等，均为篇制宏丽之作。与此相类，东晋偏安后，一部分赋家能在较为安定的条件下驰骋才华，也创作出如郭璞《江赋》、孙绰《游天台山赋》等大赋作品。

两晋赋作，在题材方面也比建安以来有所扩展。自晋惠帝即位起，杨氏贾氏两姓外戚互相残杀，八王之乱骨肉操戈，士人往往因所属政治集团不同而罹祸，内战又使社会乱离、民生凋敝。对社会国家兴亡盛衰的感叹与对个人家庭悲欢离合的忧虑，深深地困扰着赋家，由此产生了不少念乱忧生之作。这些作品感慨抒情更为深切，但也更为消沉，或凄婉沉痛，或故作达观，却缺乏了建安赋作慷慨悲凉的积极情绪。陆机《叹逝赋》、《感时赋》，潘岳《悼亡》、《闲居》诸赋,都是此类的代表作。另外,两晋门阀制度压抑人才,豪门世族则奢侈腐化,社会风气浇薄败坏,使一部分赋家创作了一些讥刺时弊的愤世之作,以嬉笑怒骂的讽刺形式,鞭辟入里地揭露了社会的丑恶现象。左思《白发》、王沉《释时》、鲁褒《钱神》诸赋是其代表。

尤为值得注意的是,在东晋时代,出现了山水赋。山水的描写在汉赋中虽然已有片断,但只是作为物产形胜的一部分来加以描绘,并非从作家主体的山水审美意识出发。魏晋以来老庄之风盛行,作家的山水审美意识已经具备,但当时处于文化中心的北方却因山水之美不足而未能提供成熟的客观条件。东晋偏安,江南秀丽山水与士人的自然审美意识相契合,山水赋合理地产生了,并且成为刘宋山水诗的先导,著名的是《江赋》、《游天台山赋》。如《江赋》中描写江上渔隐的一段,颇有山水自娱的潇洒风神:

> 于是芦人渔子,摈落江山,衣则羽褐,食惟蔬鲜。栫淀为涔,夹潨罗筌。筒洒连锋,罾罶比船。或挥轮于悬碕,或中濑而横旋。忽忘夕而宵归,咏《采菱》以扣舷。傲自足于一呕,寻风波以穷年。

除此之外,如庾阐、顾恺之都有很好的山水赋作,而且描写细腻,气韵生动:“若夫长风鼓怒,涌浪碎礚。扬波于万里之间,漂沫于扶桑之外。于是百川辐凑,四渎横通。回飓泱漭,耸散穹窿。映晓云而色暗,照落景而俱红。”(庾阐《海赋》)“临浙江以北眷,壮沧海之横流。水无涯而合岸,山孤映而若浮。”(顾恺之《观涛赋》)此时赋家面对自然山水已不是单纯客观地描绘,而是潜蕴着深深的悦怡与赞美了。

两晋赋作在艺术形式上也取得了很大成就。此时赋家已超越了曹丕“诗赋欲丽”的简括说法,进一步提出“其会意也尚巧,其遣言也贵妍,暨音声之迭代,若五色之相宣”(陆机《文赋》)。可以说两晋赋家在尚巧、贵妍及音声方面都作出了努力,主要表现在用事、辞藻和音律三个方面。用事又叫用典,即采取引用典故的手法,使文章简练且更有说服力量。如左思《白发赋》:“甘罗乘轸,子奇剖符。英英终贾,高论云衢。”16 个字连用四典,以年少得志的甘罗、子奇、终军、贾谊四人为例,反衬自己年届二毛而不得重用的激愤。又用“二老归周,周道肃清;四皓佐汉,汉德光明”两典故,说明德高年劭亦能定国安邦。用典绵密,对仗工整,可见晋代赋家在用典方面的刻意用心。又如成公绥《啸赋》,为衬托啸之美妙,连用八典:“于时绵驹结舌而丧精,王豹杜口而失色。虞公辍手而止歌,宁子检手而叹息。钟期弃琴而改听,孔父忘味而不食。百兽率舞而抃足,凤凰来仪而拊翼。乃知长啸之奇妙,盖亦音声之至极!”全赋不过 144 句,但引言用事多达五十余处,充分显示了晋赋在用典方面有了长足的发展。

辞藻方面,两晋赋家也是刻意求新。陆机就倡导“赋体物而浏亮”(《文赋》),后人也评晋代诗文“结藻清英,流韵绮靡”,“练情于诰策,振采于辞赋”(《文心雕龙·时序》),评说晋代赋家“烂若披锦,无处不善”(《世说新语·文学》),均指晋赋注意辞藻的流靡妍美和文字的瑰丽新巧。即使是探讨创作的说理之作《文赋》,也写得辞采妍丽:

> 其始也,皆收视反听,耽思傍讯。精骛八极,心游万仞。其致也,情曈昽而弥鲜,

物昭晰而互进。倾群言之沥液，漱六艺之芳润。浮天渊以安流，濯下泉而潜浸。于是沉辞怫悦，若游鱼衔钩而出重渊之深；浮藻联翩，若翰鸟缨缴而坠曾云之峻。收百世之阙文，采千载之遗韵。谢朝华于已披，启夕秀于未振。观古今于须臾，抚四海于一瞬。

又如东晋孙绰《游天台山赋》素以"赤城霞起以建标，瀑布飞流以界道"而著称，也是辞藻清隽丽语迭出：

被毛褐之森森，振金策之铃铃。披荒榛之蒙茏，陟峭崿之峥嵘。济楢溪而直进，落五界而迅征。跨穹隆之悬磴，临万丈之绝冥。……藉萋萋之纤草，荫落落之长松。觌翔鸾之裔裔，听鸣凤之嗈嗈。

在音律方面，晋赋家除已注意到音声迭代、五色相宣的韵律美的宏观追求，同时还注意到对一些具体作品音律的探讨：

桓宣武命袁彦伯作《北征赋》，既成，公与时贤共看，咸嗟叹之。时王珣在坐，云："恨少一句，得'写'字足韵，当佳。"袁即于坐揽笔益云："感不绝于余心，溯流风而独写。"公谓王曰："当今不得不以此事推袁。"（《世说新语·文学》）

这里实际在考论换韵的问题。赋之换韵，四句一转则嫌太快，故益以二句，方得从容。西晋赋家对赋作声律的研究，开南北朝赋声律谨严之先河，启发之功实不可没。

三　主要赋作家

西晋赋坛，成就卓著者有张华、左思、潘岳、陆机、陆云、傅玄、挚虞、成公绥等人，而成就最高者则为左思、潘岳、陆机。左思主要成就在《三都赋》。《晋书·左思传》称其"构思十年，门庭藩溷，皆着笔纸，偶得一句，即便疏之。自以所见不博，求为秘书郎"。又问蜀事于张载，访吴事于陆机。赋成之后，"豪贵之家竞相传写，洛阳为之纸贵"（同上）。《三都赋》取法班固《两都赋》与张衡《二京赋》，但后来居上，成为千古名篇。究其所以然，大端有三。一是其内容丰博，详尽细致地描写了蜀吴魏三国的山川城邑、鸟兽草木、风谣歌舞、重要人物。二是精心锤炼语言，辞藻壮丽，下笔琳琅。三是它一反汉大赋言过其实的弊端，以求实精神去创作，"其物土所出，可得披图而校；体国经制，可得按证而验"（皇甫谧《三都赋序》），所以成为京都大赋的典范作品。如写魏国疆域一段，魏地处中原，连接齐秦燕赵，域中有恒山、碣石山，有淇水、漳水、滏水，有煤矿（墨井），有盐池（山西的石盐），描写既雄伟而又不失真实。

潘岳是西晋赋坛最为突出的作家。因为他不但有《藉田赋》、《西征赋》那样的巨幅篇章，而且有文浅而净的抒情小赋，如《秋兴赋》、《闲居赋》等。在大赋中能够旁征博引，贯通古今，如《西征赋》通过自洛阳至长安途中所见所想，引述了自姜嫄后稷以来，降及三代，春秋战国，秦汉等上百个历史人物事件，感叹兴亡，褒贬是非，显示了宏富的学识和精工的笔法。在小赋中则能语言流利,点染景物以衬情思,生动感人,如《秋兴赋》:"月曈胧以含光兮,露凄清以凝冷。熠耀粲于阶闼兮,蟋蟀鸣乎轩屏。听离鸿之晨吟兮,望流火之余景。霄耿介而不寐兮,独展转于华省。"尤为人们称赞的是,潘岳的哀伤之赋写得最为成功。他的悼亡诗,独步百代,而他的《悼亡赋》也写得凄恻婉转,哀怨动人:

> 夕既昏兮朝既清,延尔族兮临后庭。入空室兮望灵座,帷飘飘兮灯荧荧。灯荧荧兮如故,帷飘飘兮若存。物未改兮人已化,馈生尘兮酒停樽。

人去室空,物是人非,睹物思人,痛何如之。作者在这里并未直抒心怀,而是通过描写由他带有沉痛悼念情绪的眼睛所看到的凄惨景象:孤灯荧荧,空帷飘飘,再没有人主中馈,再没有人奉酒樽。作者的深沉哀怨不就曲尽其情地表达出来了么?所以后世人评潘岳为"安仁情深之子,每一涉笔,淋漓倾注,宛转侧折,旁写曲诉,刺刺不能自休"(陈祚明《采菽堂古诗选》卷一一),就是看到了潘岳深于情又善于抒情的特点。

比较起来,陆机赋在艺术上略逊潘岳,但亦有独特成就。一是创为《文赋》,臧荣绪《晋书》称陆机"天才绮练,当时独绝,新声妙句,系踪张蔡。机妙解情理,心识文体,故作《文赋》"(《文选·文赋》李善注引)。此赋本是文学创作理论文章,但作者以精美的语言和鲜明的形象,描述了创作过程的规律性现象,并提出了许多文学理论主张,在我国古代文学理论批评史上有重大贡献。陆机另一成就是抒情小赋。由于陆机由吴入洛,又值中国多事之秋,政局动荡反复,兵燹战乱连绵,于是忧生念乱之情就成了陆机赋的主题。如《叹逝赋》所言:"悲夫!川阅水以成川,水滔滔而日度。世阅人而为世,人冉冉而行暮。人何世而弗新,世何人之能故。……虽不寤其可悲,心惆焉而自伤。亮造化之若兹,吾安取夫久长!"这是岁月不居、人生苦短的悲怅,宇宙无穷与人生有限的古老命题,在陆机赋中由于强烈的对比而突出了。另外,陆机赋在语言方面的技巧也有很大发展,善用叠字,更加毕肖地描摹物象的声音、色彩和气氛,如"鼓砰砰"、"箫嘈嘈"是象声的,"天悠悠"、"雾郁郁"是绘形的,"心懔懔"、"志眇眇"是传情的,虽流丽华美而又浅易明畅,加强了表现力。

愤世嫉俗、针砭时弊、发泄牢骚的赋作,自汉以来代有其作。西晋时期此类作品又有新的特点。一是针对性更强,切中当时社会门阀政治压抑人才的痼疾,直斥贵戚豪门的贪财奢侈,控诉贫苦之家的饥寒交迫。二是语言更加激烈尖锐,嬉笑怒骂,鞭辟入里。代表作如王沈《释时论》,指斥"上品无寒门,下品无世族"的黑暗门阀制:"公门有公,卿门有卿。指秃腐骨,不简蚩儜。多士丰于贵族,爵命不出闺庭。……贱有常辱,贵有常荣。肉食继踵于华屋,疏饭袭迹于耨耕。"鲁褒的《钱神论》则对社会上拜金主义的浇薄世俗予以抨击:"钱之为体,有乾坤之象。内则其方,外则其圆。其积如山,其流如川。……难朽象寿,不匮象道。故能长久,为世神宝。亲爱如兄、字曰孔方。失之则贫弱,得之则富强。无翼而飞,无足而走。解严毅之颜,开难发之口。钱多者处前,钱少者居后。处前者为君长,在后者为臣仆。……由是论之,可谓神物。无位而尊,无势而热。排朱门,入紫闼。钱之所在,危可使安,死可使活。钱之所去,贵可使贱,生可使杀。是故忿诤辩讼,非钱不胜;孤弱幽滞，非钱不拔。怨仇嫌恨，非钱不解；令问笑谈，非钱不发。洛中朱衣，当途之士，爱我家兄，皆无已已。"束皙的《贫家赋》则控诉了贫苦人民的困窘状态："稍煎蹙而穷迫，无衣褐以蔽身。还趋床而无被，手狂攘而妄牵。何长夜之难晓，心咨嗟以怨天。债家至而相敦，乃取东而偿西。行乞贷而无处，退顾影以自怜。炫卖业而难售，遂前至于饥年，煮黄当之草莱，作汪洋之羹饘。釜迟钝而难沸，薪郁绌而不然。至日中而不熟，心苦苦而饥悬。"无衣无食，借贷无门，读之令人酸鼻。

晋代山水赋的代表作家当推郭璞与孙绰。郭璞的游仙诗非常著名，在游仙诗中也有山水的描写，如"翡翠戏兰苕，容色更相鲜。绿萝结高林，蒙笼盖一山"。但其《江赋》由于文体适于写景体物，故成就更高。《晋书·郭璞传》称"璞著《江赋》，其辞甚伟，为世所称"，并称其"辞赋为中兴之冠"。其中写江水航运一段，把长江航运的气势写得盛大非凡，宏伟壮丽，一派运输繁忙景象如在目前。另一著名山水赋作品即孙绰的《游天台山赋》。作者并非采取旁观静态的描写，而是以记游的方式，详尽描绘了山中景物，成为后世山水游记和游山水诗之祖。赋中杂有释、道两教思想，也影响了以后如谢灵运的山水诗。

两晋诗赋的多样化倾向，丰富了赋体创作的内涵，但也存在着一定的缺点与局限。如潘岳抒情有时与本人真情相违，致有后人"高情千古《闲居赋》，争信安仁拜路尘"（元好问《论诗三十首》其六）之讥。还因魏晋玄风大倡，也影响到赋的创作，《文心雕龙·时序》说"自中朝贵玄，江左称盛，因谈余气，流成文体。是以世极迍邅，而辞意夷泰，诗必柱下之旨归，赋乃漆园之义疏"，正是看出了这一缺陷。

第四节　南朝时期

南北朝时期文坛上的重要现象就是骈文的出现和流行。骈文是一种具有均衡对称之美的文体，它实际上是广义的散文的一部分，但它与散体单行的狭义的散文相对比有明显区别。

骈文的主要特征有四：对偶、用典、声律、辞藻。如果一篇文章四点具备，就是成熟的骈文了。从文字上看，汉语的单字单音宜于从声形方面形成均衡相侔。汉语词性灵活，亦容易配成对偶。至于对偶为何在南朝特兴，盖因对偶本为回环之美，不似散体单行有直贯之势，而南朝士人以柔靡为尚，故以风行，"俪采百字之偶，价争一句之奇"（《文心雕龙·明诗》），遂成风尚。

再看用典。用典亦称用事、隶事。其本来作用是加强文章的说服力，"据事以类义，援古以证今"（《文心雕龙·事类》），后来又有以少总多的效果，即以一句古事古辞，引起读者的丰富联想。但南朝骈文作者以用事繁密为尚，则有矜博耀学、显示才华的心理。如著名的梁武帝与沈约、刘峻数典争胜的故事。此时大编类书，亦由此种心理驱使，而又推波助澜。

关于声律,是指骈文每联上下两句在声调上要相对,而不能相同。这当然首先基于汉语有四声之分。从陆机、范晔以来,文人已体会到声有高下低昂之分。所以齐梁声律说未开之前,行文亦多有声调相对者。齐梁四声说发明以后,平仄之分在理论上也尚未总结出来,但他们还是自发地以平声对上去入三声,只能说是一种实践中的体会,感觉到平仄相对会使文章有抑扬顿挫的声调之美。骈文不要求两句之间每字声调都平仄相对,只要求重音部分(如尾字、第二、第四字等)声调相对。虚字可以不对。

最后是辞藻。藻绘之美自建安就已开其端,西晋以来缛旨星稠,繁文绮合,又推进了一大步。至南朝更重文章的娱乐性质与辞采华美,讲究"错彩镂金,雕缋满眼",追求"绮縠纷披,宫徵靡曼",而使骈文的藻饰臻于极致。

刘宋时期可视为南朝骈文形成期。此时骈文四特征都已具备。对偶,俪采百字之偶;用事,大明泰始中文章殆同书抄;辞藻,铺锦列绣,错彩镂全;声律,别宫商,识清浊。此期骈文优秀作者为颜延之、鲍照和范晔。颜之骈文有《陶征士诔》,范晔《后汉书》的论赞全是骈文。最著名的是鲍照的《登大雷岸与妹书》,其中写庐山:

> 西南望庐山,又特惊异。基压江湖,峰与辰汉相连接。上常积云霞,雕锦缛。若华夕曜,岩泽气通,传明散彩,赫似绛天。左右青霭,表里紫霄。从岭而上,气尽金光,半山以下,纯为黛色。信可以神居帝郊,镇控湘汉者也。

把庐山绝壁临江、云霞变幻的情势写得尽态极妍,美不胜收。

齐梁以后,是南朝骈文的成熟期。此时声律说已发明,骈文更是进入了骈偶精工、用事绵密、声律严整、辞藻丽靡的阶段。自沈约、谢朓、王融、任昉、江淹以及萧衍父子们,几乎所有文人都能写骈文。其中名篇如孔稚珪的《北山移文》、吴均《与宋元思书》、陶弘景《答谢中书书》均为骈文写景佳作。这一时期即使理论著作文章,也多以骈文写成。刘峻的《辩命论》、《广绝交论》,典实充沛,词语精工。体大思精的文学理论名著《文心雕龙》,更是骈文空前绝后的杰作。此期还有梁代丘迟的《与陈伯之书》,义正词达,情文并茂。此文先责以大义,又晓以至理,又动以真情,以美丽的文辞描写故国如画的春天,娓娓道来,纸短情长,确能打动人心,终使陈伯之率八千叛军俯首归降。

骈文至徐陵、庾信,达到高峰。此时属对更工,几乎全篇骈偶,而后代骈文流行的四、六字隔句对也大幅度增加。用事不仅绵密,且更妥帖自然。声律上不仅平仄相对,而且上下联相粘,多能做到全篇平仄谐调。辞藻上更是"丽藻星铺,雕文锦缛"(李昶《答徐陵书》),美不胜收。尤其庾信入北后的《哀江南赋序》,不但在艺术形式上达到南朝骈文的巅峰,而且其故国乡关之思、身世之悲与兴亡之感都动人心魄:

> 日暮途远,人间何世!将军一去,大树飘零;壮士不还,寒风萧瑟。荆璧睨柱,受连城而见欺;载书横阶,捧珠盘而不定。钟仪君子,入就南冠之囚;季孙行人,留守河西之馆。申包胥之顿地,碎之以首;蔡威公之泪尽,加之以血。钓台移柳,非玉关之可望;华亭鹤唳,岂河桥之可闻!

语调悲凉激楚,活用甚至反用典故贴切入微,措辞字字凄怆,读之沉郁顿挫,确是达到了如杜甫所说“暮年诗赋动江关”(《咏怀古迹》)的程度。

南朝是骈赋成熟定型的时期。其表现形式是对偶精工、事典博赡、声韵和谐、藻饰华丽。对偶精工除了指赋中几乎全为对句,还指对偶的方式更加多样。《文心雕龙·丽辞》中就总结有言对、事对、反对、正对四类,实际还可细分为多种,如当句对、隔句对、双声对、叠韵对等等。典事博赡是指用典绵密,连篇累牍,如鲍照《舞鹤赋》云:“当是时也,燕姬色沮,巴童心耻。巾拂两停,丸剑双止。虽邯郸其敢伦,岂阳阿之能拟。入卫国而乘轩,出吴都而倾市。”除首句外,连用燕姬、巴童、邯郸倡、阳阿曲、卫懿公、吴阖闾六个典故,以衬托鹤舞之美。声韵和谐是指南朝骈赋不但注意押韵,到了梁陈时期还注意到了平仄相对,并基本做到除虚字、双音词中的首字可以不对外,其他音节都平仄互异,具有抑扬有致的音韵美效果。藻饰华丽是指注意字句雕炼,词语尖新,绮丽华美,绚烂多彩,如梁元帝《采莲赋》云:“紫茎兮文波,红莲兮芰荷。绿房兮翠盖,素实兮黄螺。于时妖童媛女,荡舟心许。鹢首徐回,兼传羽杯。棹将移而藻挂,船欲动而萍开。尔其纤腰束素,迁延移步。夏始春余,叶嫩花初。恐沾裳而浅笑,畏倾船而敛裾。故以水溅兰桡,芦侵罗襦。菊泽未反,梧台迥见。荇湿沾衫,菱长绕钏。泛柏舟而容与,歌采莲于江渚。”

南朝骈赋在内容上有其独特的时代特点。由于帝王士族文人的作者居多,加之他们的偏安心态和悠闲生活,因此造成此期骈赋内容比较狭窄,或为应命奉诏之作,或描写宫闱深闺物事,以体物抒情小赋为主流,取材纤细柔弱,形象绮丽艳冶,格调细巧尖新。但是,南朝也出现了少数感情深厚、气势流畅而又精工奇隽之作,成为千古流传的佳构,尤以鲍照《芜城赋》和江淹《恨赋》、《别赋》为翘楚。

鲍照《芜城赋》写广陵城的盛衰兴废之变:元嘉末年之前的广陵,一派繁华;两次兵燹屠城后的广陵,满目荒凉。面对如此昔盛今衰的巨变,作者发出了人世沧桑、世事无常的深沉感慨:“天道无常,吞恨者多!”全篇对比强烈,震撼人心;铺张扬厉,极力渲染;对仗工整,抑扬铿锵;辞藻绚烂,撩乱耳目:被评为“雕藻淫艳,倾炫心魂”(《南齐书·文学传论》),毫不为过。

江淹的《恨赋》与《别赋》,典型地表现出南朝骈赋的美文风采。前者写人世种种遗恨,后者写人生样样离别,都写得声情并茂。全篇以四六对句为主,骈对精整而又不失活泼流动,辞采绚丽而又情感深挚,用典精当而不冷僻,声韵严整而又和谐,如:“或有孤臣危涕,孽子坠心;迁客海上,流戍陇阴。此人但闻悲风汩起,血下沾衿;亦复含酸茹叹,销落湮沉。”(《恨赋》)“春草碧色,春水渌波,送君南浦,伤如之何!至乃秋露如珠,秋月如珪,明月白露,光阴往来。与子之别,思心徘徊。”(《别赋》)都是精雕细琢的千古名句。

南朝骈赋的精致化特点,直接为唐代律赋的产生奠定了坚实基础。在此基础之上,出现了唐代“限韵”、“限字”、“限句”的工整律赋,就是有渐而然的了。

第五节　北朝时期

魏孝文帝元宏迁都洛阳后，制定汉化政策，重视汉族文人，大力提倡文学创作。北朝文学，既接受着南方文学的影响，也保持着自己的特色。北朝散文沿着汉文化传统观念发展，尊崇儒学，维护礼教、纲常，偏重实用，其创作注重经世致用，而且文采斐然。北魏统治者好勒石纪功，北碑多为散体，大量的碑版促进了北朝散文的发展。北朝文人尊儒务实，仿古复古之风颇盛，作者虽然远远少于南朝，却产生了一些南北文化融合的具有独特风格的作品。北朝不像南朝那样以诗歌繁荣著称，而是以散文繁荣为特色，其优秀名著首推郦道元《水经注》、杨衒之《洛阳伽蓝记》。

一　郦道元及其《水经注》

郦道元，字善长(约446或472—527)，范阳涿县(今河北涿州)人。据《北史·郦道元传》载，其初袭父爵为永宁侯，再为御史中尉李彪汲引，任治书侍御史。李彪被仆射李冲弹劾，郦道元以属官受牵连而坐免。景明中，为冀州镇东府长史。任职三年，为政严酷，吏人畏惧，奸盗逃于他境。永平中，为鲁阳太守，上表立校劝学，魏宣武帝元洛诏曰："鲁阳本以蛮人不立大学，今可听之，以成良守文翁之化。"(《北史·郦道元传》)郦道元在郡任期间，山蛮慑于其威名，不敢为寇。延昌中，以东荆州刺史，如在冀州，威猛为政，后为河南尹。孝明帝正光五年(524)，奉命持节兼黄门侍郎赴北边筹处诸镇改州之事。孝昌元年(525)，奉诏节度诸军追讨反魏自立于彭州的叛将元法僧。孝昌二年(526)，为御史中尉，杀汝南王元悦亲信，并上疏参劾元悦而结怨。三年(527)，雍州刺史萧宝夤于关中谋反，元悦借故举郦道元为关右大使巡视雍州，在阴盘驿亭，郦道元被萧宝夤杀害。郦道元好学，历阅奇书，遍历北方，观察地理水道。撰写《水经注》40卷，《本志》13篇，又为《七聘》及诸文。

《水经》是一部记述水道的古书，据清人纪昀的考证，为三国时人作。郦道元《水经注》为《水经》注释，而成为一部系统而完整的学术著作。《水经》原载137条江河等经流，郦道元补充发挥，详注记述1252条支流。《水经注》全书约30万字，原书宋朝已有缺佚，今本仍作40卷，是经后人改编而成的。

郦道元《水经注》约成书于北魏延昌、正光间。它不仅是地理著作，也是系统而完整的学术著作，书中根据水道流程记述了河流两岸名胜古迹、风物景象，以及神话传说、历史事件等，文学价值较高，因而也是一部描绘山水风光的优秀散文著作。他博采汉魏至北朝许多山川风土和历史掌故文献，再运用自己随北魏帝巡幸长城、阴山的见闻，和为任冀州、鲁阳、东荆州等地太守及刺史时期对地理山川的访搜调查资料，熔铸成极具地理、历史、考古、水利等多学科兼而有之的重要文献。清代陈运溶《荆州记序》赞之曰："郦注精博，集六朝地志之大成。”郦道元《水经注》利用前人成果,融会贯通,而成为集大成之作,而且在山水散文方面有开创之功。

《水经注》的山水散文兼有叙事文和山水文的综合特点,记叙真实、语言准确,所描写的河流沿途的山形地貌、州郡城郭的沿革、方物特产的奇异,都千姿百态,独具特色。其中有不少是传诵不朽的鉴赏佳篇,如脍炙人口的《江水注》中描写巫峡一段便是古今赏赞不衰的名篇:

> 江水又东,径巫峡,杜宇所凿以通江水也……江水历峡,东径新崩滩……其间首尾百六十里,谓之巫峡,盖因山为名也。自三峡七百里中,两岸连山,略无缺处。重岩叠嶂,隐天蔽日,自非停午夜分,不见曦月。至于夏水襄陵,沿溯阻绝。或王命急宣,有时朝发白帝,暮到江陵,其间千二百里,虽乘奔御风,不以疾也。春冬之时,则素湍绿潭,回清倒影。绝巘多生怪柏,悬泉瀑布,飞漱其间,清荣峻茂,良多趣味。每至晴初霜旦,林寒涧肃,常有高猿长啸,属引凄异。空谷传响,哀转久绝。故渔者歌曰:“巴东三峡巫峡长,猿鸣三声泪沾裳!”

对巫峡的描写,境界优美,凄清幽深,神秘奇异,是甚为动人的传神之作。其中虽部分采用了刘宋时盛弘之《荆州记》的资料,然有所创新及润色,另出境界,而如出己手。又如《河水注》中描写三门峡景象:

> 河水翼岸夹山,巍峰峻举,群山叠秀,重岭干霄。郑玄案:“《地说》:河水东流,贯砥柱,触阏流。今世所谓砥柱者,盖乃阏流也。砥柱当在西河,未详也。”余案:郑玄所说非是,西河当无山以拟之。自砥柱以下,五户以上,其间百二十里,河中竦石杰出,势连襄陆,盖亦禹凿以通河,疑此阏流也。其山虽辟,尚梗湍流,激石云洄,澴波怒溢,合有十九滩。水流迅急,势同三峡,破害舟船,自古所患。

描写三门峡地理风光,砥柱位置,引用古书,作细致考证,不盲从前人之说,以自己的考察实证阐发独到见解。而对两岸实景的描绘颇生动精彩,如一幅险峻的山水风景画展现在读者眼前,令人既欣赏到三门峡地理奇险、惊骇的独特风光,而且有历史的厚重感。

《水经注》中另如孟门山、沮水、济水、巨洋水等注,也都是传诵的精彩之文。郦道元描绘山水真实逼真,刻画入微,客观描景,间有抒情,如《江水注》引用《宜都记》后写道:“目所亲历,未尝有也。既自欣得此奇观,山水有灵,亦当惊知己于千古矣!”此即客观绘景所引起的主观感慨,将写景抒情融合于篇中。此外,他还将评议、考证等夹于描写叙述之中,使《水经注》既具山水散文特点,又具考证严谨风格。将学和识运用于山水描写中,这是郦道元在散文上开拓的新领域,对后代散文创作仍具影响。

《水经注》对巫峡的描写影响了杜甫的诗歌创作,如杜甫“听猿实下三声泪”(《秋兴八首》之二)即有本于此。李白诗“三朝上黄牛,三暮行太迟,三朝又三暮,不觉鬓成丝”(《上三峡》),亦本于郦道元《江水注》中文字。柳宗元著名的《至小丘西小石潭记》“潭中鱼可百许头,皆若空游无所依”,亦出自《水经注》中《洧水注》“平潭清洁澄深,储视游鱼,类若乘空矣,所谓渊无潜鳞也”的描写。于此可见郦道元在山水风景描写艺术手法上对后世的影响之一斑。

二　杨衒之及其《洛阳伽蓝记》

杨衒之,生卒年不详。《广弘明集》卷六载:“杨衒之,北平人,元魏末为秘书监。见寺宇壮丽,捐费金碧,王公相竞侵渔百姓,乃撰《洛阳伽蓝记》,言不恤众庶也。”杨衒之主要著作今存有《洛阳伽蓝记》,此外,还有一篇名为《上东魏主启》的残文。

《洛阳伽蓝记》5卷,描述洛阳城内外五个区域40个大的佛寺建筑。其内容有北魏都城洛阳40年政治大事、交通、市井、民俗、传说、异闻,以及人物传记。《洛阳伽蓝记》记述了洛阳诸寺的兴废,杨衒之在序言中有曰:“京城表里,凡有一千余寺,今日寥廓,钟声罕闻,恐后世无传,故撰斯记。”通过杨衒之此书对洛阳佛寺盛衰的描写,可见当时都城的变迁和国家政治经济的今昔变化,此书具有历史意义和史料价值。

《洛阳伽蓝记》属历史笔记,也是写景状物的散文。书中主要是对佛寺的描写,有的篇章写得精致,如其名篇《永宁寺》写道:

> 中有九层浮图一所,架木为之,举高九十丈。有刹复高十丈,合去地一千尺。去京师百里,已遥见之。……刹上有金宝瓶,容二十五石。宝瓶下有承露金盘三十重,周匝皆垂金铎,复有铁锞四道,引刹向浮图。四角锞上亦有金铎,铎大小如一石瓮子。浮图有九级,角角皆悬金铎,合上下有一百二十铎。浮图有四面,面有三户六窗,户皆朱漆。扉上有五行金钉,其十二门二十四扇,合有五千四百枚。复有金环铺首,殚土木之功,穷造形之巧。佛事精妙,不可思议。绣柱金铺,骇人心目。至于高风永夜,宝铎和鸣,铿锵之声,闻及十余里。

此篇写佛寺中规模最大的永宁寺宝塔建筑结构及工艺,详尽而精细,其雄伟之状和金碧辉煌之工艺从篇中文字可想见,令人感慨当时佛教之盛和建筑艺术之高妙,作者自己即在文中赞叹道:“佛事精妙,不可思议。绣柱金铺,骇人心目。”永宁寺的构造形态和装饰工艺被描写得真实而细微,给读者展现了一个完整而精美的九级浮图形象。此篇除了给人以佛寺建筑艺术的美感外,还令人感受到佛法无边的巨大威力和人们对佛事的莫大虔诚及昔日国家之盛况。

杨衒之对永宁寺的赞美从下段文字可以见之:“时有西域沙门菩提达摩者,波斯国胡人也。起自荒裔,来游中土,见金盘炫目,光照云表,宝铎含风,响出天外,歌咏赞叹,实是神功。自云:年一百五十岁,历涉诸国,靡不周遍,而此寺精丽,阎浮所无也,极佛境界,亦未有此。口唱南无,合掌连日。”他借西域波斯僧达摩之赞叹夸耀永宁寺的伟大建筑艺术,于此可想见作者对永宁寺的壮美无比自豪。而他所写永宁寺的焚毁,则带着对繁华的失去和美的消亡的悲哀,如其记述:

> 永熙三年二月,浮图为火所烧。……火初从第八级中平旦大发,当时雷雨晦冥,杂下霰雪,百姓道俗,咸来观火,悲哀之声,振动京邑。时有三比丘赴火而死。火经三

月不灭。有火入地寻柱，周年犹有烟气。其年五月中，有人从东莱郡来，云：见浮图于海中，光明照耀，俨然如新，海上之民，咸皆见之。俄然雾起，浮图遂隐。至七月中，平阳王为侍中斛斯椿所使，奔于长安。十月而京师迁邺。

充满对故国王朝的盛衰之慨和对北魏极盛而衰的哀思。

杨衒之在佛寺建筑的描写外，记载了许多重大历史事件和历史人物及其事迹，著名篇章如《开善寺》写寿丘里（即王子坊），《景明寺》写邢子才为寺碑文，《凝玄寺》写闻义里敦煌人宋云宅等。记述史事和传记不仅是客观记述，还于篇中寓有作者的议论之意。对北魏几个王侯生活的穷奢极欲、豪侈淫逸表示出暴露批判态度。此外，《洛阳伽蓝记》还记载了不少志怪、佛教故事，也保存了一些社会经济和文化史料。

杨衒之《洛阳伽蓝记》是历史散文，具有极高的史料价值。语言多整齐的句法，时有四六骈句，散句兼用，风格典丽清拔。《四库全书总目提要》赞曰："其文秾丽秀逸，烦而不厌，可与郦道元《水经注》肩随。"《洛阳伽蓝记》的内容和艺术都代表着北朝文人风格特色，对后世散文、传记、小说之类文学体裁的发展具有相当的影响。

三　北朝赋

相对于南朝赋而言，北朝赋除后期的庾信外，总体创作水平与南朝有很大差距，但也有自己的特色。由于南北朝在文学发展阶段上不处于同一水平，且由于南北的政权对峙，自然环境不同，因此北朝赋受两汉魏晋赋影响更多一些，而受南朝赋影响较小。在题材方面或婉语讽谏，或体物写志，不离宫廷生活与王朝政治，赋风质朴。后期赋作题材有所扩展和深入，一些自抒情志的作品也出现了。赋风在总体上也保持着"河朔词义贞刚，重乎气质"的传统，不事雕琢，自然流丽，但并不淫放轻艳。

北朝赋最可注意的是由南入北作家的赋作，取南朝赋精工鲜丽之长，摒其绮靡柔弱之短，取北朝赋高亢悲凉之长，去其质朴无文之短，成就了像庾信这样的赋作大家，也留下了赋史上的千古绝唱《哀江南赋》。

庾信在南朝的赋作都是绮丽柔靡之作，如《春赋》："出丽华之金屋，下飞燕之兰宫。钗朵多而讶重，髻鬟高而畏风。眉将柳而争绿，面共桃而竞红。影来池里，花落衫中。苔始绿而藏鱼，麦才青而覆雉……"入北以后，身世之感，乡关之思，使他的赋作一改旧辙，虽然精工不减，格调却苍凉悠远。诚如杜甫所说，"庾信文章老更成，凌云健笔意纵横"（《戏为六绝句》），"庾信平生最萧瑟，暮年诗赋动江关"（《咏怀古迹》）。《哀江南赋》首叙个人家世际遇，又历述梁之兴亡，抒情咏史，烩于一炉，情深而辞工，用典密而切，音韵谐而畅。如写侯景之乱前梁朝的首都建康："于时朝野欢娱，池台钟鼓。里为冠盖，门成邹鲁。连茂苑于海陵，跨横塘于江浦。东门则鞭石成桥，南极则铸铜为柱。橘则园植万株，竹则家封千户。西赆浮玉，南琛没羽。吴歈越吟，荆艳楚舞。草木之遇阳春，鱼龙之逢风雨。"真是歌舞升平，一片繁华。而陷于乱军后的建康，则是："桂林颠覆，长洲麋鹿，溃溃沸腾，茫茫埮騃。天地离阻，神人惨酷。晋郑靡依，鲁卫不睦。竞动天关，争回地轴。探雀鷇而未饱,待熊蹯而讵熟。乃有车侧郭门,筋悬庙屋。鬼同曹社之谋,人有秦庭之哭。”兵燹乱离,满目疮痍,连用赵武灵王、楚成王、齐庄公、齐愍公四个典故,比喻梁武帝、简文帝之被害,充分显示了庾信的语言功力。

【本章习题指要】

1. 建安散文的新面貌。
2. 建安辞赋创作的特点。
3. 两晋赋作的形式技巧。
4. 骈文的形式特征以及南朝骈文的发展成熟过程。
5. 南朝骈赋的形式、内容特点。
6. 北朝散文的代表作及其内容形式特点。

第七章　魏晋南北朝小说

中国小说的起源，最早可追溯到上古时代的神话和传说，先秦两汉的史书和子书中的记人记事有浓厚的文学色彩，这对后代小说的创作具有很大的影响。魏晋南北朝时期佛教已广泛传播，又加巫师与方士的奇谈怪论，神仙鬼怪之说泛滥，志怪小说纷纷产生。魏晋南北朝时期士大夫言行放荡，崇尚清谈品评，把汉末的人物品评发展得更甚，进一步重仪容、重辞采，志人小说便相继产生。小说发展到魏晋南北朝，虽未完全脱离雏形，却也日渐兴盛，作品甚多，内容丰富，这是此前未曾有过的繁荣景象。

第一节　小说创作的繁荣

魏晋南北朝时期，小说的发展主要是由于当时的社会政治状况所决定的，而上古神话传说和先秦两汉史传文学、寓言故事也对其产生了影响。

中国古代小说的形成和发展比起诗文要缓慢。至汉代虽有“小说家”的名目，实与今日所讲的文学体裁之小说关系不大。据班固《汉书·艺文志》：

> 小说家者流，盖出于稗官。街谈巷语、道听涂说者之所造也。孔子曰：虽小道，必有可观者焉，致远恐泥，是以君子弗为也。然亦弗灭也，闾里小知者之所及，亦使缀而不忘，如或一言可采，此亦刍荛狂夫之议也。

班固将“小说家”的名目列入诸子十家内，而又在诸子类序中说：诸子十家，其可观者九家而已。可见他所谓可观者并不包括小说家。而到了魏晋南北朝，一种相对独立的具有文学性质的小说文体开始形成。这种雏形小说依描写对象的不同而分为“志怪”与“志人”两类。所谓“志怪”，即杂谈神仙鬼怪者；所谓“志人”，即记述人物言行片段者。鲁迅在《中国小说史略》中叙述了志怪小说兴盛之因：

> 中国本信巫，秦汉以来，神仙之说盛行，汉末又大畅巫风，而鬼道愈炽；会小乘佛教亦入中土，渐见流传。凡此，皆张皇鬼神，称道灵异，故自晋讫隋，特多鬼神志怪之书。其书有出于文人者，有出于教徒者。

此时期志怪小说多的原因，是受佛教中佛经故事的影响，和受巫和方士的影响。鲁迅在《中国小说史略》中说道：巫多说鬼，方士多谈炼金和求仙，秦汉以来，其风日盛，到六朝并没有止息，所以志怪之书特多。此外，六朝人志怪思想发达的原因是印度思想的输入，佛教大行,翻译的佛经很多,鬼神奇异之谈杂出,中印两国的鬼怪都合于小说里,使志怪小说发达起来。魏晋南北朝志怪小说现存有三十多种,较为著名的主要有张华《博物志》、托名曹丕《列异传》、陆氏《异林》、干宝《搜神记》、王嘉《拾遗记》、荀氏《灵鬼志》、刘义庆《幽明录》、刘敬叔《异苑》、东阳无疑《齐谐记》、吴均《续齐谐记》、陶潜《搜神后记》等。志怪小说中还有些保存了优秀民间故事,其内容价值颇高,如《李寄斩蛇》表现了人的崇高品质,《三王墓》反映了被压迫的百姓向统治者复仇雪恨,《韩凭夫妇》描写人民的纯真爱情。这些小说曲折地反映了社会现实,具有丰富的内容,多数有积极意义。而也有些是以宣扬佛教道教的因果报应为主,如刘义庆《宣验记》、王琰《冥祥记》、颜之推《冤魂志》等,是意义与价值都不太高的作品。志怪小说本来数量很多,但大多已散佚,今存干宝《搜神记》较为完整。

志人小说兴盛的原因是受士大夫阶层讲究名士风度,崇尚谈玄理而不谈政事,清议品评人物的影响。魏晋南北朝士族子弟为了取得声名仕进而学习名士的言谈举止,志人小说就是士族人物玄虚清谈和奇特举止的记录,而且文人学士以熟悉故事为学问,显示知识渊博,编撰小说便蔚然成风。魏晋南北朝出现的记录人物轶闻逸事的志人小说,著名的有郭颁《魏晋世语》、邯郸淳《笑林》、葛洪《西京杂记》、裴启《语林》、郭澄之《郭子》、沈约《俗说》、殷芸《小说》、阳玠松《解颐》、侯白《启颜录》等。这些著作除了《西京杂记》和《世说新语》外,都已散佚。志人小说的内容主要是记述一些名士言行,广泛地反映了士族阶层的生活面貌,暴露了一些豪门贵族荒淫腐朽行为和虚伪面目,以及赞扬反礼法精神,语言大多清俊简丽而表现力强。后来的笔记小说是在志人小说的基础上发展起来的。

志怪小说记述神仙方术、鬼魅妖怪、异域奇物,及佛法灵异,大多宣扬宗教鬼神思想,其中也有些民间故事和传说具有积极意义。志人小说记述社会轶闻逸事、人物言谈举止,反映出当时的士人心态和生活面貌,也反映出社会政治、社会风气的一个侧面。这些小说大批产生,形成繁荣景象,以至在魏晋南北朝文学中成为一种具有影响的体裁。

魏晋南北朝小说两大类,志怪小说以干宝《搜神记》为代表,志人小说以刘义庆《世说新语》为代表。

第二节　志怪小说

志怪小说起于魏晋,魏时的著作可考者极少。晋比较有代表性的是《博物志》和《搜神记》,南北朝较著名的是《异苑》、《幽明录》、《续齐谐记》、《拾遗记》。这些作品都对后世小说产生了一定的影响。

《博物志》10卷,是在《山海经》的系统上发展出来的,属博物的琐闻一类。分述山、水、物产、异人、乐考、异闻、史补等类,涉及的方面很广,而主要内容为宣扬神仙、方术。所述大部分为零星琐碎的杂记,故事很少,而且有些故事是从古书上抄的。其中的有些故事和传说被后人引作典故,因而较为有名。

《异苑》10 卷，大致完整，其中的神异鬼怪故事与魏晋志怪内容相近，故事没有多大新意。书中所记晋宋名人如陶侃、张华、温峤、郭澄之、谢灵运等的异闻，及一些古代传说，为后世文人和史书取材或引用。

《幽明录》30 卷，其内容有与《列异传》和《搜神记》等书相似的神怪故事，也有宣传佛教，和以前的志怪小说中所没有的攻击道教方术的内容。除此之外，也有一部分民间传说，记载了一些好故事，成为后来流传颇广的美丽传说。

《续齐谐记》1 卷，记述神怪之说，颇受到南北朝佛经影响，其中著名的阳羡鹅笼篇，述一书生变法的故事，甚为奇异。采用了印度《旧杂譬喻经》的情节。鲁迅论道："魏晋以来，渐译释典天竺故事亦流传世间，文人喜其颖异，于有意或无意中用之，遂蜕化为国有，如晋人荀氏作《灵鬼志》亦记道人入笼子中事，尚云来自外国，至吴均记，乃为中国之书生。"(《中国小说史略》)吴均《续齐谐记》虽卷数较少，但多有佳作，可谓六朝志怪小说的优秀之作。

《拾遗记》10 卷，所记大多为神话传说，属于杂史体志怪小说。记述古起庖牺，近至东晋，远至昆仑山。多言鬼怪，因果报应极少，而叙述人事和社会生活是此书的特点。文字比较清丽。

《搜神记》是志怪小说的代表作品，成就最高，是流传至今保存较为完整的一个本子，可以代表魏晋南北朝志怪小说的基本面貌，但今本并非原本面目，而是后人缀辑增益而成。

干宝(？—336)，字令升，新蔡(今河南新蔡)人。据《晋书・干宝传》载，其祖统曾任吴奋武将军、都亭侯，其父莹曾任丹阳丞。干宝少时勤学，博览群书，以其才器召为著作郎。后以平杜弢有功，赐关内侯。中书监王导荐其为史官，领国史。因家贫求补山阴令，迁始安太守。王导请为司徒右长史，迁散骑常侍。其所著《晋纪》，自宣帝迄于愍帝 53 年，共 20 卷奏之。其书简略，直而能婉，可称良史。干宝又撰《春秋左氏义外传》，注《周易》、《周官》共数十篇，及杂文集一并传于世。干宝好阴阳术数，撰集古今神祇灵异人物变化之事，成《搜神记》30 卷。

《搜神记》今本为四库总目著录的 20 卷本，主要辑录神仙鬼怪的故事，也有一些没有故事性的琐碎记载。此书颇受《山海经》、《穆天子传》两书的影响，如其在《搜神记序》所言：

> 今之所集，设有承于前者，则非余之罪也。若使采访近世之事，苟有虚错，愿与先贤前儒分其讥谤。及其著述，亦足以发明神道之不巫也。

这里，他说明了作此书的目的，是相信神仙鬼怪真有，而发明此义。

《搜神记》书中记录有民间传说，也采辑有史传及早出的志怪书中的材料。其中颇有价值的是一些古神话和民间传说，如《三王墓》：

> 楚干将莫邪为楚王作剑，三年乃成。王怒，欲杀之。剑有雌雄。其妻重身当产。夫语妻曰："吾为王作剑，三年乃成。王怒，往必杀我。汝若生子是男，大，告之曰：

'出户望南山,松生石上,剑在其背。'"于是即将雌剑往见楚王。王大怒,使相之。剑有二,一雄一雌,雌来雄不来。王怒,即杀之。

莫邪子名赤,比后壮,乃问其母曰:"吾父所在?"母曰:"汝父为楚王作剑,三年乃成。王怒,杀之。去时嘱我语汝:'子出户往(望)南山,松生石上,剑在其背。'"于是子出户南望,不见有山,但睹堂前松柱下石低之上。即以斧破其背,得剑,日夜思欲报楚王。

王梦见一儿眉间广尺,言欲报仇。王即购之千金。儿闻之亡去,入山行歌。客有逢者,谓:"子年少,何哭之甚悲耶?"曰:"吾干将莫邪子也,楚王杀吾父,吾欲报之。"客曰:"闻王购子头千金。将子头与剑来,为子报之。"儿曰:"幸甚!"即自刎,两手捧头及剑奉之,立僵。客曰:"不负子也。"于是尸乃仆。

客持头往见楚王,王大喜。客曰:"此乃勇士头也,当于汤镬煮之。"王如其言煮头,三日三夕不烂。头踔出汤中,踬目大怒。客曰:"此儿头不烂,愿王自往临视之,是必烂也。"王即临之。客以剑拟王,王头随堕汤中,客亦自拟己头,头复堕汤中。三首俱烂,不可识别。乃分其汤肉葬之,故通名三王墓。今在汝南北宜春县界。

故事在神秘、诡异的氛围中描写血亲复仇的过程,表现了人民群众反对残暴行为的共同愿望和顽强的反抗精神。鲁迅在《故事新编》中对此踵事增华,更渲染出骇目惊心的效果。又如《韩凭妻》:

宋康王舍人韩凭,娶妻何氏,美。康王夺之。凭怨,王囚之,论为城旦。妻密遗凭书,缪其辞曰:"其雨淫淫,河大水深,日出当心。"既而王得其书,以示左右;左右莫解其意。臣苏贺对曰:"其雨淫淫,言愁且思也;河大水深,不得往来也;日出当心,心有死志也。"俄而凭乃自杀。

其妻乃阴腐其衣。王与之登台,妻遂自投台;左右揽之,衣不中手而死。遗书于带曰:"王利其生,妾利其死,愿以尸骨,赐凭合葬。"

王怒,弗听,使里人埋之,冢相望也。王曰:"尔夫妇相爱不已,若能使冢合,则吾弗阻也。"宿昔之间,便有大梓木生于二冢之端,旬日而大盈抱。屈体相就,根交于下,枝错于上。又有鸳鸯雌雄各一,恒栖树上,晨夕不去,交颈悲鸣,音声感人。宋人哀之,遂号其木曰相思树。相思之名,起于此也。南人谓此禽即韩凭夫妇之精魂。

今睢阳有韩凭城。其歌谣至今犹存。

故事对宋康王的残暴进行了有力的鞭挞,对韩凭夫妇至死不渝的爱情用浪漫的幻想表示了支持和歌颂。又如《紫玉》,吴王的小女紫玉与书生韩重相恋,私订终身,吴王不许他们结婚,紫玉悲恨而死。后来韩重痛哭于墓前,紫玉魂显,与韩重在墓中结为夫妻。故事反映了封建制度和礼教摧残美好婚姻所造成的悲剧,赞扬了坚贞的爱情。这些故事各以不同的角度曲折地反映了社会现实,是很具社会意义的篇章。

《搜神记》的主要目的是宣扬鬼神真有,多记述神妖鬼怪、巫术、卜筮等,但其中也记有一些不怕鬼、捉鬼、杀鬼的故事，借此反映了人民对坏人坏事进行斗争的正义精神和智慧勇敢的性格。这些故事都具有好的思想内容和积极意义。

《搜神记》结构比较完整，描写较为生动，已初具短篇小说的规模，以《李寄斩蛇》为例：

> 东越闽中，有庸岭，高数十里。其西北隰中，有大蛇，长七八丈，大十余围，土俗常惧。东治都尉及属城长吏，多有死者。祭以牛羊，故不得祸。或与人梦，或下谕巫祝，欲得啖童女年十二三者。都尉、令、长并共患之。然气厉不息。共请求人家生婢子，兼有罪家女养之。至八月朝祭，送蛇穴口。蛇出，吞啮之。累年如此，已用九女。尔时预复募索，未得其女。将乐县李诞家，家有六女，无男。其小女名寄，应募欲行，父母不听。寄曰："父母无相，惟生六女，无有一男，虽有如无，女无缇萦济父母之功，既不能供养，徒费衣食，生无所益，不如早死。卖寄之身，可得少钱，以供父母，岂不善耶?"父母慈怜，终不听去。寄自潜行，不可禁止。寄乃告请好剑及咋蛇犬。至八月朝，便诣庙中坐。怀剑，将犬。先将数石米糍，用蜜麨灌之，以置穴口。蛇便出，头大如囷，目如二尺镜。闻糍香气，先啖食之。寄便放犬，犬就啮咋，寄从后斫得数创。疮痛急，蛇因踊出，至庭而死。寄入视穴，得其九女髑髅，悉举出，咤言曰："汝曹怯弱，为蛇所食，甚可哀愍。"于是寄乃缓步而归。越王闻之，聘寄女为后，拜其父为将乐令，母及姊皆有赏赐。自是东治无复妖邪之物。其歌谣至今存焉。

这个故事曲折而有悬念，将李寄小姑娘大义凛然的形象、勇敢机智的性格描写得极其鲜明。从这篇优秀之作，可略见《搜神记》语言朴素而又叙事生动的总体艺术风格。

魏晋南北朝志怪小说对后世的小说发展起了推动作用，不管在取材方面，还是在写作经验和技巧方面，都对唐传奇、宋笔记小说、宋元话本、戏曲、明清小说产生了很大的影响。

第三节　志人小说

志人小说在魏晋南北朝甚为流行，但今存数量不多，比较有代表性的是《笑林》、《西京杂记》、《语林》、《郭子》、《俗说》、《小说》、刘义庆《世说新语》等。这些著作除了《西京杂记》和《世说新语》外，都已散佚。但这些书孕育了后世小说的发展。

《笑林》3卷，记述短小的笑话。鲁迅《中国小说史略》论此书："《笑林》今佚，遗文存二十余事，举非违，显纰缪，实《世说》之一体，亦后来诽谐文字之权舆也。"所记民间笑话，具有机智辛辣风格。此书之后，出现不少继作，开后世诽谐文字之先河。

《郭子》3卷，记述魏晋名士言谈轶事。鲁迅《中国小说史略》说此书："审其遗文，亦与《语林》相类。"其中篇章纯记事实，绝少评论，文笔简洁隽永。

《西京杂记》6卷，内容庞杂，记述西汉人物轶事、宫廷制度、风俗习惯及怪异传说等，人物轶事虽只是一部分，而可观的佳作颇多，故事也很生动。

《世说新语》是志人小说的代表作品,是现存志人小说的最高成就,通过此书可以了解魏晋南北朝志人小说的大致面貌。

刘义庆(403—444),彭城(今江苏徐州)人。南朝宋宗室,宋武帝刘裕侄,长沙王刘道怜次子。据《宋书·刘义庆传》和《南史·刘义庆传》载,他虽官高位显,却"性简素,寡嗜欲,爱好文义……招聚文学之士,近远必至","撰《徐州先贤传》十卷……又拟班固《典引》为《典叙》","著《世说》十卷,撰《集林》二百卷,并行于世"。

《世说新语》全书上、中、下三卷,分36门(如《德行》、《言语》、《政事》、《文学》等门类)。主要记述汉末至东晋的士族阶层的逸闻轶事,特别详于士族人物的玄虚清谈。不少故事取用于《语林》、《郭子》。鲁迅《中国小说史略》评介道:

> 《世说新语》今本凡三十八篇,自《德行》至《仇隙》,以类相从,事起后汉,止于东晋,记言则玄远冷俊,记行则高简瑰奇,下至缪惑,亦资一笑。孝标作注,又征引浩博。或驳或申,映带本文,增其隽永,所用书四百余种,今又多不存,故世人尤珍重之。然《世说》文字,间或与裴郭二家所记相同,殆亦犹《幽明录》、《宣验记》然,乃纂辑旧文,非由自造:《宋书》言义庆才词不多,而招聚文学之士,远近必至,则诸书或成于众手,未可知也。

虽史载《世说新语》为刘义庆撰,但确如鲁迅所言,实由他和他门下的文人学士杂采众书编纂而成。

《世说新语》记述的都是零星琐碎的人物言行,而所涉范围却很广,从中可以了解魏晋士大夫的思想、生活和当时的社会现实。所记的政治人物如王导、周顗、庾亮、温峤、陶侃、桓温、谢安等的事迹,反映了东晋士族之间的互相关系及势力、地位变化情况,具有史料价值。又书中还有何晏、王弼为《老子》作注,向秀注《庄子》,殷浩读释氏的小品钻研禅理等事迹,留下了可贵的学术史料。

在内容方面,《世说新语》记述东汉魏晋名士文人的言行,而以晋代为主。从编者的思想情趣来看,已经摆脱了汉代经学观点的束缚,表现出多元化的特征。此书不仅仅对高尚廉洁的品德加以赞许,而且对诸如超凡脱俗的仪态容止、沉渊豁达的胸怀雅量、机智敏捷的言语应对都持一种欣赏的态度,甚至对简傲、忿狷、任诞等非常行为,也只对其极端部分予以否定。因此,《世说新语》多方面反映了魏晋士人的精神风貌。如《德行》篇写王恭送簟、庾亮不卖的卢、阮裕焚车等,都旨在歌颂其高风亮节:

> 王恭从会稽还,王大看之。见其坐六尺簟,因语恭:"卿东来,故应有此物,可以一领及我。"恭无言。大去后,即举所坐者送之。既无余席,便坐荐上。后大闻之甚惊,曰:"吾本谓卿多,故求耳。"对曰:"丈人不悉恭,恭作人无长物。"

> 庾公乘马有的卢,或语令卖去。庾云:"卖之必有买者,即当害其主。宁可不安己而移于他人哉?昔孙叔敖杀两头蛇以为后人,古之美谈,效之,不亦达乎!"

> 阮光禄在剡,曾有好车,借者无不给。有人葬母,意欲借而不敢言。阮后闻之,叹

曰:“吾有车而使人不敢借,何以为车?”遂焚之。

魏晋以来,特重人物仪容,在《世说新语》中亦反映出来,如《容止》篇:

稽康身长七尺八寸,风姿特秀。见者叹曰:“萧萧肃肃,爽朗清举。”或云:“肃肃如松下风,高而徐引。”山公曰:“嵇叔夜之为人也,岩岩若孤松之独立;其醉也,傀俄若玉山之将崩。”

王右军见杜弘治,叹曰:“面如凝脂,眼如点漆,此神仙中人。”时人有称王长史形者,蔡公曰:“恨诸人不见杜弘治耳!”

潘岳妙有姿容,好神情。少时挟弹出洛阳道,妇人遇者,莫不连手共萦之。左太冲绝丑,亦复效岳游遨,于是群妪齐共乱唾之,委顿而返。

《世说新语》还推崇士人的雅量,如嵇康于行刑之际的临危不惧、谢安淝水大胜后的冷静沉着等:

嵇中散临刑东市,神气不变,索琴弹之,奏《广陵散》。曲终曰:“袁孝尼尝请学此散,吾靳固不与,《广陵散》于今绝矣!”

谢公与人围棋,俄而谢玄淮上信至。看书竟,默然无言,徐向局。客问淮上利害,答曰:“小儿辈大破贼。”意色举止,不异于常。

顾和始为扬州从事,月旦当朝。未入,顷,停车州门外。周侯诣丞相历和车边,和觅虱夷然不动。周既过反还,指顾心曰:“此中何所有?”顾搏虱如故,徐应曰:“此中最是难测地。”周侯既入,语丞相曰:“卿州吏中有一令仆才。”

魏晋人士推重才情,故对精言妙语和机敏应对特加青睐,如《言语》:

过江诸人,每至美日,辄相邀新亭,藉卉饮宴。周侯中坐而叹曰:“风景不殊,正自有山河之异!”皆相视流泪。唯王丞相愀然变色曰:“当共戮力王室,克复神州,何至作楚囚相对!”

卫洗马初欲渡江,形神惨悴,语左右云:“见此芒芒,不觉百端交集。苟未免有情,亦复谁能遣此?”

陆机诣王武子,武子前置数斛羊酪,指以示陆曰:“卿江东何以敌此?”陆云:“有千里莼羹,但未下盐豉耳。”

竺法深在简文坐,刘伊问:“道人何以游朱门?”答曰:“君自见其朱门,贫道如游蓬户。”

魏晋风度中的放达乃至怪诞,在《世说新语》中也有充分的反映,如《任诞》:

王子猷居山阴,夜大雪,眠觉,开室,命酌酒,四望皎然。因起彷徨,咏左思《招隐诗》,忽忆戴安道。时戴在剡,即便夜乘小船就之。经宿方至,造门不前而返。人问其故,王曰:"吾本乘兴而行,兴尽而返,何必见戴?"

王孝伯言:名士不必须奇才,但使常得无事,痛饮酒,熟读《离骚》,便可称名士。

刘伶病酒,渴甚,从妇求酒。妇捐酒毁器,涕泣谏曰:"君饮太过,非摄生之道,必宜断之。"伶曰:"甚善!我不能自禁,唯当祝鬼神,自誓断之耳。便可具酒肉。"妇曰:"敬闻命。"供酒肉于神前,请伶祝誓。伶跪而祝曰:"天生刘伶,以酒为名。一饮一斛,五斗解醒。妇人之言,慎不可听。"便饮酒进肉,隗然已醉矣。

在艺术方面,《世说新语》最大的特点是语言精练,简约含蓄,隽永传神,既有典雅的词句,又有生动的口语,善于将语言写得逼似人物身份,而又富于哲理性,而且往往用一言一行即表现人物的肖像和精神面貌。如《俭啬》篇:"王戎有好李,卖之恐人得其种,恒钻其核。"极其简略的三句话,共16个字,王戎贪婪吝啬的本性就跃然纸上。"恒钻其核",四个字的动作,十分传神。又如《忿狷》篇描写王蓝田性急之事:

王蓝田性急。尝食鸡子,以箸刺之,不得,便大怒,举以掷地。鸡子于地圆转未止,仍下地以屐齿碾之,又不得,瞋甚,复于地取内入口中,啮破即吐之。王右军闻而大笑曰:"使安期有此性,犹当无一豪可论,况蓝田邪!"

以动作来刻画他的性格特征。更多的是以人物的简短语言来表现其精神风貌,如阮孚的"未知一生当着几量屐",王子猷的"何可一日无此君",均有以少胜多之妙。鲁迅说《世说新语》"记言则玄远冷俊,记行则高简瑰奇",堪称的论。

魏晋南北朝志人小说中,刘义庆《世说新语》成就最高,是记叙轶文隽语的笔记小说和小品文的先驱,后世模仿之作相继不断,对后世文学产生了深远影响。

【本章习题指要】

1. 魏晋南北朝小说创作繁荣的原因。
2. 志怪小说的思想艺术特点。
3.《世说新语》的思想内涵与艺术风格。

第四编　隋唐五代文学

绪　言　隋唐五代文学发展概况

公元581年隋朝建立,并于589年统一中国,结束了南北分裂的政治局面,但这一政权不到30年就被推翻。公元618年,李渊在长安建立了唐王朝。唐代是我国历史上最强大的朝代之一,政治、经济、文化全面发展,文学也空前繁荣。唐朝亡于公元907年,之后是数十年的五代十国时期。

统一的大帝国,在前朝文学的基础上,合南北文学之两长,出现了文学大繁荣。这是以国家统一、南北文化交融和社会经济发展为基础的,与思想的解放和文体的演进紧密相关。国力强大与中外文化的交流,使唐代政治较开明。科举制代替门阀制,改变了上层文人的成分;以诗赋取士促进了诗歌的发展。在唐代作诗实际上成了大多数读书人谋生的手段,因此一般文人普遍重视诗歌技巧的训练及诗歌形式的掌握,这对于诗歌创作的普及是很有用处的。唐代诗歌的繁荣,是离不开这个诗歌大普及的环境的。中唐后出现藩镇割据、朋党之争、宦官专权三大痼疾,对文学也有多种影响。

唐代统治者对不同的思想文化采取兼收并容的比较开明的态度,文禁较松,文人思想解放,为文学的发展创造了良好的环境和宽松的氛围。唐代以儒学为立国之本,提倡忠君爱民、建功立业,在制度构建、伦理确立、人才选拔和使用等方面,儒家思想居于主导地位;但佛、道同样受到承认和重视,不仅能够与儒家并存,并且从人生信仰、生活方式、审美情趣等方面对社会生活和文学创作产生了广泛的影响。在唐代作家中,很少有单独受到或儒或道或佛一家影响的。他们大多儒、释、道的思想都有,只是成分多少、或隐或显的问题。对于当时的知识分子来说,儒家的济世思想使他们渴求建功立业,昂扬向上,精神面貌充实而刚健,给唐文学带来了进取的精神;佛教的影响丰富了他们的心境表现;道教的影响则丰富了他们的想象。释、老思想虽有归隐山林的消极面,但也有助于诗人对自然的观察,把大自然充满生机的明静之美表现出来。对于唐文学的发展来说,它们都有积极的作用。

唐代南北统一,与西域南亚各国和周边民族交往频繁,加速了汉族文化和少数民族文化、中国传统文化和外来文化的融合,这对唐代的社会生活,从饮食、衣着等风俗习惯,到音乐舞蹈等艺术形式,直至社会风气与生活趣味都产生了多方面的影响,也包括对文学体裁、题材和风格的开拓。唐人恢宏的胸怀气度与对待不同文化的兼容心态,创造了有利于文化繁荣的环境。唐代文化艺术,包括史学、书法、绘画、建筑、雕塑、音乐、舞蹈等各个门类,都在继承、吸收和创新中取得了很大发展。它们与文学相互影响和借鉴,也促进了文学的繁荣。

唐代作者群远远超出魏晋时期以贵族文人为主的小圈子,文人们来自社会各个阶层,对社会、对人民的生活有比前代远为广泛深入的了解和认识。日渐强大的综合国力和比较宽松的创作氛围,以及士人比前代远为宽阔的人生道路,使唐代文人往往具有远大的抱负和强烈的进取精神。李白“天生我材必有用”的诗句,就突出表现了唐代文人那种充满自信的人生态度。即使在社会矛盾尖锐、诗人穷愁潦倒的时候,像杜甫那样的诗人,仍然写出了“安得广厦千万间,大庇天下寒士俱欢颜”的诗句,显示出唐代文人广阔的胸襟和恢宏的气度。唐代的风气,文人们多喜读书山林或漫游天下,经常进入藩镇幕府,游历边塞,还常因获罪流放岭南、谪居蛮荒,这样,名山大川、通都大邑、深山古寺、关河塞漠、穷乡僻壤无不进入他们的视野,成为他们写作的题材,极大地丰富了唐代文学的内容。此外就文学自身发展而言,从先秦到汉魏六朝,前辈作家在诗赋、散文、小说的创作方面积累了丰富的经验,其对不同题材领域的开拓、不同文体特征的探索,以及声律的运用、文学语言风格的创造、写作技巧的革新等,都为唐代文学发展提供了值得借鉴的作品。

诗歌成为唐代文学的代表样式。这一时期独具风格的著名诗人的数量超过了先秦到南北朝著名诗人的总和。唐诗吸收了它之前诗歌艺术的一切经验,更加发扬创造,达到了难以企及的高峰。唐诗内容之丰富、题材之广泛、流派之纷呈、风格之多样、诗体之完备,创造了诗歌史上的辉煌。

唐诗发展大体可分为四个时期:从唐高祖武德元年(618)到唐中宗景龙四年(710)的近百年,为初唐时期。这一时期主要是批判地继承六朝诗歌,即逐步摒弃六朝浮靡诗风,建立刚健有力的新诗风;冲破六朝的狭窄题材,使诗歌表现广阔的社会生活。代表诗人是“初唐四杰”和陈子昂。从唐睿宗景云二年(711)到唐代宗大历五年(770)约六十年,为盛唐时期。这一时期的诗歌经过近百年的发展达到繁荣的高峰,出现了以李白、杜甫、王维、孟浩然、高适、岑参等为代表的一批才华横溢而又风格各异的大诗人,代表了唐诗创作的最高成就。自唐代宗大历六年(771)至唐文宗大和元年(827),为中唐时期。这一时期的诗歌虽然已失去盛唐诗歌那种宏大的气魄和昂扬乐观的色彩,但诗歌的数量和流派均超过盛唐。以白居易、元稹、韩愈、孟郊、李贺等为代表的不同诗歌流派,从不同方面继承和发展了盛唐诗歌的思想特点或艺术特色,使诗歌创作出现新的高潮,被后人称为“中唐之再盛”。从唐文宗大和、开成之后到唐亡的七八十年间,为晚唐时期。晚唐诗风衰飒,但在艺术表现手法、技巧上仍有开拓创新。代表诗人是李商隐和杜牧,语言精致、表达感情细腻丰富是其突出特点。

唐代散文成就也很高。骈文在初唐仍居主导地位,王勃、骆宾王、陆贽等人的骈文已逐渐脱去六朝浮靡,文情并茂,体现出清新的风格。但文学发展不仅要求改变文风,而且要求革新文体,中唐时期,韩愈、柳宗元等人从当时的社会现实出发,提出“文以明道”等文学创作主张,倡导“古文运动”,极大地丰富了散体文的艺术表现能力,出现了传记、游记、寓言、杂说等不同的散文样式。“古文运动”虽借复古之名而实为革新,以其杰出的文学成就,结束了自六朝以来骈文占据文坛主导地位的局面,实现了文体、文风和文学语言的解放,把我国的散文发展推进到一个新的阶段。晚唐随着社会矛盾的进一步尖锐,古文渐趋衰落，罗隐、皮日休、陆龟蒙的小品文抨击、讽刺社会弊端，以笔锋精警犀利独树一帜。

传奇小说在吸收过去志怪小说与史传写法的基础上逐渐趋于成熟，标志着文言短篇小说创作的文体独立。中国的古小说在唐前分为“志人”、“志怪”两派，初唐时期的传奇，内容上与六朝志怪小说相去不远，艺术上也不够成熟，但已逐渐注意到形象的描绘与情节结构的完整。到了中唐，优秀的传奇作品空前增多，虽说有的还带有神怪色彩，但已更多志人的成分，以奇人奇事的叙说反映现实社会的世态人情。人物有血有肉，情节波澜起伏，文笔清新流畅，描写淋漓尽致，可以看出作者是在“有意为小说”。到了晚唐，文人们对传奇这种文学形式进一步重视，出现了大批传奇专集，但倾向于搜奇猎异，传讲志怪，现实的内容受到削弱，艺术成就反而不如中唐的作品。优秀的唐传奇小说，具有诗歌与散文结合、抒情与叙事结合的独特风格，既有美妙的意境和丰富的想象，又有现实的细致描写，标志着中国古代文言短篇小说趋于成熟。从此，古小说正式形成了自己的规模和特点，成为一种独立的文体样式。唐人传奇是文人创作的短篇小说，多取材于社会生活，人物形象生动，故事情节曲折，对后代的话本、拟话本、杂剧、南戏传奇等叙事文学都产生了广泛的影响。

另外，由于佛教在唐代的广泛影响，直接拓广了文学的体裁。俗讲与变文，就是这时出现的新文体。这种文体的主要特征，在便于讲唱，内容为佛经，而形式则与当时的民间说话一样，带着通俗文学的性质。

词也是唐代新兴的文学体裁，唐五代时通称曲子词。20 世纪初发现的敦煌卷子中保存了不少曲子词，作者多为无名氏，内容、语言都显示出民间风格，富于生活气息，最早的作于初唐武则天末年。中唐以后文人填词渐多，如白居易的《忆江南》、刘禹锡的《竹枝词》、张志和的《渔歌子》都是清新别致、脍炙人口的名作。词至晚唐五代趋于繁荣，晚唐词人以温庭筠、韦庄为代表，五代成就最高的词人有后唐李煜和冯延巳。在吸收民间曲子词的基础上，一些文人开始了词的写作，词才作为一种音乐文学，一种与诗面貌不同的抒情文体流行于世，并因《花间集》而形成婉约香软的风格，造成“诗庄词媚”的格局。词于晚唐五代已成为流行的音乐文学样式。

第一章　南北文学合流与初唐诗歌

永嘉南渡之后，北方士族为避战乱纷纷南迁，江南文化得以迅速发展，南朝文学成为中国文学发展的主流。当起于北方的隋、唐政权重新统一中国后，如何融合南北诗风，并在此基础上创造新的审美文化，就成为文学进一步发展所面临的首要问题。这个问题的解决，经历了从隋到初唐一百二十余年的漫长探索过程。

第一节　隋代文学

北周大定元年(581)，相国隋王杨坚受周禅即帝位，改元开皇，是为隋文帝。开皇九年(589)，隋师渡江入建康，南朝的最后一位皇帝陈后主投降，陈亡。中国在经历了近三百年的南北分裂后，重新统一。终隋一朝，南北文学的合流仅限于诗风的相互影响，呈现出明显的合而不同的过渡性质。

一　北齐、北周旧臣

隋统一全国后，融合南北文学之长，探索创造新文学。其中一股中坚力量就是北齐、北周的旧臣，如卢思道、杨素、薛道衡等。

卢思道(535—586)，字子行，范阳人，入隋曾任丞相。南朝歌行体的《从军行》是其代表作：

> 朔方烽火照甘泉，长安飞将出祁连。犀渠玉剑良家子，白马金羁侠少年。平明偃月屯右地，薄暮鱼丽逐左贤。谷中石虎经衔箭，山上金人曾祭天。天涯一去无穷已，蓟门迢递三千里。朝见马岭黄沙合，夕望龙城阵云起。庭中奇树已堪攀，塞外征人殊未返，白雪初下天山外，浮云直上五原间。关山万里不可越，谁能坐对芳菲月？流水本自断人肠，旧冰归来伤马骨。边庭节物与华异，冬霰秋霜春不歇。长风萧萧渡水来，归雁连连映天没。从军行，军行万里出龙庭，单于渭桥今已拜，将军何处觅功名？

与梁、陈文人的歌行体落笔常在“思妇”一边不同，此诗将描写的重心转到了“征夫”身上，以关塞苦寒生活为背景，抒写北地边塞生活的真实感受，笔力苍劲，体现了一种贞刚之美，这也正是北方诗人重气质的特长。

杨素（544—606），字处道，弘农华阴（今陕西）人，隋朝的开国重臣，官至尚书令、太子太师。他的《赠薛番州诗》十四章虽为思念友人薛道衡的述怀之作，但“词气宏拔，风韵秀上，亦为一时盛作”（《隋书·杨素传》）。其末章写得气质而调沉，直诉别离悲情，不加藻饰而感人至深，亦有一种真挚悲凉的情思和深雄雅健的气质：“衔悲向南浦，寒色黯沉沉。风起洞庭险，烟生云梦深。独飞时慕侣，寡和乍孤音。木落悲时暮，时暮感离心。离心多苦调，讵假雍门琴。”

薛道衡（540—609），字玄卿，河东汾阴人，官至内史侍郎，后转襄州总管、番州刺史。他在与杨素唱和时，写过朴实爽俊的《出塞》诗，也留下了“人归落雁后，思发在花前”（《人日思归》）等名句。其成名作《昔昔盐》虽也言及边塞征夫，但诗中所写乃南朝常见的闺怨题材，辞清句丽，委婉细腻，情调和趣味偏于齐梁风格，是北方文人学习南朝文学表现手法时诗风转变的代表：“垂柳覆金堤，蘼芜叶复齐。水溢芙蓉沼，花飞桃李蹊。采桑秦氏女，织锦窦家妻。关山别荡子，风月守空闺。恒敛千金笑，长垂双玉啼。盘龙随镜隐，彩凤逐帷低。飞魂同夜鹊，倦寝忆晨鸡。暗牖悬蛛网，空梁落燕泥。前年过代北，今岁往辽西。一去无消息，那能惜马蹄。”

二　杨广及其周围的南朝文士

在隋文帝时代，北、南两种诗风是同时并存的，甚至在同一作家的创作中体现出来，但到隋炀帝杨广即位以后，身边聚集了一批南朝文士，隋代文学就明显地向重文采的南朝诗风方面发展了。由梁、陈入隋的文人虞世基等将南朝诗风直接带入隋朝，在诗歌体式和表现形式方面，为北方作家提供了可资借鉴的方便。

隋炀帝杨广所作诗歌，大多带有齐梁艳曲余风，即位后所作的一些乐歌，也能称上清丽明快。如《春江花月夜二首》其一：“暮江平不动，春花满正开。流波将月去，潮水带星来。”动静结合，意境壮阔明朗，虽无精深隽永的情韵耐人寻味，然其白描语言清明而不淫丽绮靡。炀帝虽有文才，却没有政治才能，也缺乏文学远见，常以文才自负，以文学领袖自居，沿袭梁、陈贵族以诗自娱的生活方式，使诗歌创作转向咏物和咏宫廷琐事，很快使文学走向了贵族文学的末路。

虞世基（？—618），字懋世，会稽余姚（今浙江余姚）人，是南朝文士中较有名望的一位，曾写过《出塞二首》等较好的作品。隋炀帝即位后，他成为深受器重的文学侍从，所作应制诗《四时白纻歌》、《奉和望海诗》等，着意于词采的华美和对仗的工整，纯粹是为作诗而作诗。当时炀帝身边的许多文士，如王胄、庾自直、诸葛颖等，作诗亦复如此，甚为雕琢堆砌而了无生气，故鲜有可观之作留存。

相传作于隋炀帝大业末年的无名氏的《送别诗》，被沈德潜《古诗源》誉为“竟似盛唐人手笔”：“杨柳青青著地垂，杨花漫漫搅天飞。柳条折尽花飞尽，借问行人归不归？”确实，这首诗气象已似唐诗，音律和谐，格律是近体，宛然是一首成熟了的唐人七绝。诗歌以鲜明的暮春恼人景色起兴，写春天已尽，柳枝折尽而远行人仍未归来的怨恨。

总观隋朝,南北文学的合流仅限于诗风的相互影响,呈现出明显的合而不同的过渡性质。隋代末年《送别诗》的出现,则代表着思想和艺术均健康发展的诗歌新潮流,预示着南北诗风合流的新趋势和由齐、梁诗风向唐诗转变的广阔前景。

第二节　贞观诗坛与“初唐四杰”

在南北朝文学由对立走向融合的历史进程中,初唐的贞观时期是一个重要的发展阶段。

一　贞观诗坛与上官体

贞观年间,唐太宗李世民为文坛盟主,在他身边,聚集了一大批北方文人和南朝文士。贞观诗风的新变,则起于对六朝声律辞采的模仿和拾掇。

李世民的诗,常常壮大怀抱与华采并存,《辽东山夜临秋》即是一例:“烟生遥岸隐,月落半崖阴。连山惊鸟乱,隔岫断猿吟。”贞观十九年(645)他御驾亲征高丽,诗是到达辽东境内在大军中写的。此诗不但重视声律辞藻的运用,而且“惊鸟乱”及“断猿吟”还衬托出唐朝大军军声远播、鸟兽震骇的气氛。

虞世南(558—638),字伯施,虞世基之弟。太宗称其德行、忠直、博学、文词、书翰为五绝,十分器重他。其托物寓意的《蝉》诗,是唐人咏蝉诗中时代最早的一首,很为后世人称道:“垂緌饮清露,流响出疏桐。居高声自远,非是藉秋风。”由于作者地位、遭际、气质的不同,唐代文坛“咏蝉”诗三绝却呈现出殊异的面貌,构成富有个性特征的艺术形象。清施补华《岘佣说诗》云:“《三百篇》比兴为多,唐人犹得此意。同一咏蝉,虞世南‘居高声自远,端不藉秋风’,是清华人语;骆宾王‘露重飞难进,风多响易沉’,是患难人语;李商隐‘本以高难饱,徒劳恨费声’,是牢骚人语。比兴不同如此。”

上官仪(616?—664),字游韶,陕州陕(今河南陕县)人,贞观进士,官弘文馆学士、西台侍郎等职。诗多应制、奉和之作,婉媚工整,时称“上官体”。上官仪归纳六朝以来诗歌中对仗方法,提出“六对”、“八对”之说,对律诗的形成颇有影响。其《入朝洛堤步月》堪称佳作:

> 脉脉广川流,驱马历长洲。鹊飞山月曙,蝉噪野风秋。

写他在东都洛阳皇城外等候入宫朝见时的情怀,缘情体物,密附婉转而绮错成文。此诗音响清越,韵度飘扬,有天然媚美之致,体现了一种较为健康开朗的创作心态和雍容典雅的气度,成为代表当时宫廷诗人创作最高水平的典型范式,确属上官仪得意时的精心之作。寥寥20字,不只是“音韵清亮”,谐律上口,而且巧妙构思,善于用事,精心修辞,把当时的得意神气表现得相当突出,难怪那些有幸亲聆的官僚们“望之犹神仙焉”(刘悚《隋唐嘉话》)。上官仪对诗歌体制的创新,主要在体物图貌的细腻、精巧方面。他以高度纯熟的技巧,冲淡了齐梁诗风的浮艳雕琢;但诗的题材内容还局限于宫廷文学应制咏物的范围之内,缺乏慷慨激情和雄杰之气。由于宫廷诗人大多功成名就,志得意满,生活接触面也比较狭窄,所以诗歌的变革只能由处于社会中下层的一般士人来承担。

二　王绩与初唐四杰

王绩(589—644)是初唐士人中诗风较为独特的一位。他是隋朝大儒王通的弟弟,在隋、唐之际,曾三仕三隐。他心念仕途,却又自知难以显达,故归隐山林田园,以琴酒诗歌自娱。在当时,真正能反映社会中、下层一般士人的精神风貌和创作追求的,是王勃、杨炯、卢照邻和骆宾王,世称"初唐四杰"。他们的诗虽未脱绮靡余风影响,但已从宫廷走向市井和关山塞漠,题材拓宽了,感情浓烈壮大,形式多有创新,卢、骆之七言歌行,王、杨之五言律诗,尤为特出。

王绩自谓"此日长昏饮,非关养性灵。眼看人尽醉,何忍独为醒"(《过酒家五首》其二)。他的诗歌创作,是其冷眼旁观世事时化解心中不平的方式,创造出一种宁静淡泊而又朴厚疏野的诗歌境界。较早的合格的五言律诗《野望》是其代表作:

> 东皋薄暮望,徙倚欲何依。树树皆秋色,山山唯落晖。牧人驱犊返,猎马带禽归。相顾无相识,长歌怀采薇。

以平淡自然的话语表现自己的生活情感,写得相当真切,有一种不施脂粉的朴素美。诗当作于隋亡之后,写山野秋晚田家归来之景,闲逸中带有无所倚赖的苦闷和惘然。但这种平淡自然的隐逸诗风,是易代之际大都会有的,并不构成初唐诗发展的一个环节。

王勃(650—676?),字子安,绛州龙门(今山西河津)人。曾为沛王府侍读,因事被逐出府,遂南游巴蜀,补虢州参军,犯死罪,遇赦革职。上元二年(675)赴交趾省亲,返回时渡海溺水而卒。王勃省亲途经洪州(今江西南昌),参与阎都督宴会,作《滕王阁序》,末附诗云:"滕王高阁临江渚,佩玉鸣銮罢歌舞。画栋朝飞南浦云,珠帘暮卷西山雨。闲云潭影日悠悠,物换星移几度秋。阁中帝子今何在,槛外长江空自流。"诗概括序的内容,居高临远,思豪华散尽,唯余空阁冷落,江水自流,流丽婉转而寄慨遥深。尤其是在末联使用对偶句法之美,对唐诗的发展产生了深远影响。

卢照邻(634?—686?),字升子,自号幽忧子,幽州范阳(今河北涿州)人。曾为邓王府典签、益州新都尉,后离蜀入洛,咸亨三年(672)染风疾,后服药中毒而罹痼疾,不堪疾病折磨,投颍水而死。其七言歌行恣肆奔放而词采富赡。《长安古意》借对古都长安的描写,慨世道之变迁而伤一己之湮滞,感情充沛,力量雄厚:

> 长安大道连狭斜,青牛白马七香车。玉辇纵横过主第,金鞭络绎向侯家。龙衔宝盖承朝日,凤吐流苏带晚霞。百丈游丝争绕树,一群娇鸟共啼花。啼花戏蝶千门侧,碧树银台万种色。复道交窗作合欢,双阙连甍垂凤翼。梁家画阁中天起,汉帝金茎云

外直。楼前相望不相知,陌上相逢讵相识?借问吹箫向紫烟,曾经学舞度芳年。得成比目何辞死,愿作鸳鸯不羡仙。比目鸳鸯真可羡,双去双来君不见。生憎帐额绣孤鸾,好取门帘帖双燕。双燕双飞绕画梁,罗帏翠被郁金香。片片行云着蝉鬓,纤纤初月上鸦黄。鸦黄粉白车中出,含娇含态情非一。妖童宝马铁连钱,娼妇盘龙金屈膝。御史府中乌夜啼,廷尉门前雀欲栖。隐隐朱城临玉道,遥遥翠幰没金堤。挟弹飞鹰杜陵北,探丸借客渭桥西。俱邀侠客芙蓉剑,共宿娼家桃李蹊。娼家日暮紫罗裙,清歌一啭口氛氲。北堂夜夜人如月,南陌朝朝骑似云。南陌北堂连北里,五剧三条控三市。弱柳青槐拂地垂,佳气红尘暗天起。汉代金吾千骑来,翡翠屠苏鹦鹉杯。罗襦宝带为君解,燕歌赵舞为君开。别有豪华称将相,转日回天不相让。意气由来排灌夫,专权判不容萧相。专权意气本豪雄,青虬紫燕坐春风。自言歌舞长千载,自谓骄奢凌五公。节物风光不相待,桑田碧海须臾改。昔时金阶白玉堂,即今唯见青松在。寂寂寥寥扬子居,年年岁岁一床书。独有南山桂花发,飞来飞去袭人裾。

该诗在转意换景处多用连珠格,如"……好取门帘帖双燕。双燕……","……纤纤初月上鸦黄。鸦黄……";或前分后总、复沓层递句式,如"得成比目何辞死,愿作鸳鸯不羡仙。比目鸳鸯……","北堂夜夜人如月,南陌朝朝骑似云。南陌北堂……","意气由来排灌夫,专权判不容萧相。专权意气……",形成一气到底缠绵往复的旋律,成为七古发展史上里程碑式的杰作。

骆宾王(627?—684?),字观光,婺州义乌(今浙江义乌)人。显庆(656—661)时,为道王李元庆府属官,闲居齐鲁十余年后,授奉礼郎,因事被谪,从军西域,奉使入蜀,返京历任武功、明堂、长安主簿,迁侍御史,得罪入狱,《咏蝉》一诗正作于此时:

西陆蝉声唱,南冠客思深。不堪玄鬓影,来对白头吟。露重飞难进,风多响易沉。无人信高洁,谁为表予心?

此诗感情充沛,取譬明切,用典自然,语多双关,是咏物诗中的名作。

杨炯(650—693?),华州华阴(今陕西)人。10岁举神童。上元三年(676),应制举登科,授校书郎。五言律在宫廷诗人手里,多用于唱和和咏物,而到了王、杨时代,创作题材已从台阁移至江山与塞漠。边塞是当时士人幻想建功立业的用武之地,尽管"四杰"中的王、杨、卢都从未到过边塞,然而他们在诗中表现的立功边塞的志向和慷慨情怀,却显得十分强烈。这种激扬文字的书生意气,是构成其诗歌"骨气"的重要因素,也是"四杰"诗风与宫廷诗风迥然有异的内在原因。杨炯《从军行》即是代表:

烽火照西京,心中自不平。牙璋辞凤阙,铁骑绕龙城。雪暗凋旗画,风多杂鼓声。宁为百夫长,胜作一书生。

此诗写出书生投笔从戎、出塞参战的全过程。整齐的对仗(不仅句与句对,而且同一句中也对,如"牙璋"对"凤阙","铁骑"对"龙城"),使诗更有节奏和气势。杨炯是"四杰"中以五律见长的诗人,其现存的14首五言律,完全符合近体诗的粘式律,不能不说是对诗歌格律之美的一种有意的追求。在促成五言律的定型化方面,他与杜审言以及沈、宋等台阁诗人所起的作用是相同的。

第三节　杜审言与宋之问、沈佺期

唐高宗、武后时期,以主文辞为特点的进士科的勃兴,为一般士人中有文才的升迁创造了条件。与“四杰”同时或稍后的一批初唐著名诗人,如杜审言、李峤、宋之问、沈佺期等,都是由进士科及第而先后受到朝廷重用的士人作家。他们入朝做官时写的那些分题赋咏和寓值酬唱之类的“台阁体”诗,虽在内容上与以前的宫廷诗人的作品无太大差别,但在诗律和诗艺的研练方面却有很大进展,为唐代近体诗的定型作出了贡献。

一　杜审言与文章四友

杜审言、李峤、苏味道、崔融并称“文章四友”。

文章四友作诗以五律居多,故而对律诗发展定型有一定的贡献。但李、苏、崔三人所作之诗,大多平庸寡味,不值一提。四友中,以杜审言最有诗才。

杜审言(645？—708),字必简,祖籍襄阳,迁居巩县(今河南巩义)。杜甫祖父。咸亨元年(670)登进士第,现存杜审言的28首五言律,除一首失粘外,其余的完全符合近体诗的粘式律。他在五律方面的成就已超过了杨炯,使五言律的创作首先达到了较高的艺术水准。早年在江阴任职时写的《和晋陵陆丞早春游望》是杜审言最有名的五律:

> 独有宦游人,偏惊物候新。云霞出海曙,梅柳渡江春。淑气催黄鸟,晴光转绿蘋。忽闻歌古调,归思欲沾巾。

把江南早春清新秀美的景色写得极为真切,由此引起的浓厚的思乡之情,完全融入明秀的诗境中,显得极为高华雄浑。除了颔联的“云霞出海曙,梅柳渡江春”,生动地写出了春的气息,给人以华妙超然之感外,整首诗所体现出的丰满圆融之美,也颇具特色。

二　宋之问、沈佺期

律诗的定型,是由宋之问和沈佺期最后完成的。他们的生年晚于李峤和杜审言,因文才受到赏识而选入朝中做官,是武后时期有代表性的台阁诗人。

宋之问(约656—712),一名少连,字延清,汾州(今山西汾阳)人,一说虢州弘农(今河南灵宝)人。官至考工员外郎。睿宗时贬钦州。玄宗先天初,赐死。武后时期,沈宋曾经依附武后的两位男宠张昌宗和张易之,到中宗复位时,他们被流放到了岭南,仕途的失意使他们写出了较好的作品。如宋之问的五律《度大庾岭》:“度岭方辞国,停轺一望家。

魂随南翥鸟,泪尽北枝花。山雨初含霁,江云欲变霞。但令归有日,不敢恨长沙。”未到贬所而先想归期,一种含泪吞声的感怆情思表现得真切细腻,见不到任何着意文饰的痕迹,而诗律和对仗却十分工整。他的《渡汉江》亦复如此:“岭外音书断,经冬复历春。近乡情更怯,不敢问来人。”这是宋之问从泷州(今广东罗定)贬所逃归,途经汉江(指襄阳附近的一段汉水)时写的一首诗。

沈佺期(656?—716?),字云卿,相州内黄(今河南内黄)人。上元元年(674)进士及第,武则天朝,官至给事中。因谄事权贵张易之,神龙元年(705)流驩州(今越南荣市),景龙(707—710)初遇赦归,历官至中书舍人、太子少詹事。沈佺期被贬岭南时,心情十分沮丧。沈佺期类似“无题”的杂诗共三首,都写闺中怨情,流露出明显的反战情绪,其中第三首构思新颖精巧:“闻道黄龙戍,频年不解兵。可怜闺里月,长在汉家营。少妇今春意,良人昨夜情。谁能将旗鼓,一为取龙城。”一二联都是十字句,自然浑成;颈联对偶工巧,重在“情”、“意”二字上着力;末联以问句结束全篇,言短意长,饶有余味。又其《遥同杜员外审言过岭》:“天长地阔岭头分,去国离家见白云。洛浦风光何所似,崇山瘴疠不堪闻。南浮涨海人何处,北望衡阳雁几群。两地江山万余里,何时重谒圣明君。”全诗不用典故,句法都是平常的结构,正表达一种被贬谪却无可奈何的伤感心境,无意去修饰,却写得是有情有景,声律和谐流畅而蕴涵的感情非常深厚,是早期七言律诗的成熟之作,被后人称为初唐七律的样板。总之,经过杜、李、宋、沈等人的不懈努力,从武后至中宗景龙年间,唐代近体诗的各种声律体式已定型,并出现了一批较为成功的作品。

第四节 陈子昂与张若虚等

作为在武后时期才登上诗坛而崭露头角的诗人,陈子昂与沈、宋等人同属于受重视的新进庶族士人,有着相同的被起用的社会政治文化背景。然而,当馆阁诗人醉心于应制咏物、寻求诗律的新变时,陈子昂的诗歌创作却表现出明显的复古倾向,主张恢复古诗比兴言志的风雅传统。这使他的诗呈现出与当时朝中流行的馆阁体完全不同的精神风貌。陈子昂对风骨的追求,他提出的诗美理想,对于唐诗的变革具有关键性的意义,成为盛唐诗歌行将到来的序曲。与此同时,在诗歌意境的创造方面,张若虚和刘希夷的诗歌提供了成功的经验。

一 陈子昂

陈子昂是一位对唐诗发展有重大影响的诗人。唐高宗显庆四年(659),他出生于梓州射洪(今四川射洪)一个富有的庶族地主家庭,从小养成了豪家子弟任侠使气的性格。永淳元年(682)进士。他曾慷慨从军,因言事被降职,愤而解职还乡。回乡后,他被县令段简诬陷入狱,于久视元年(700)去世,年仅42岁。

复归风雅，是陈子昂振起一代诗风的起点，这集中体现在他创作的38首《感遇》诗里。这38首诗歌并非一时一地所作，但基本上都作于诗人入仕以后，其中很多都与作者的政治活动有直接的关系，具有强烈的政治倾向。如武后时期重用酷吏，大开告密之门，朝臣中往往有因一言失慎而被杀害者，以致人人自危。《感遇》其四："乐羊为魏将，食子殉军功。骨肉且相薄，他人安得忠？"就是指斥这种现象的。《感遇》其十二："呦呦南山鹿，罹罟以媒和。"则是用讽谕手法，表达对酷吏用诱鹿方式罗织冤狱的愤慨和忧虑。杜甫盛赞《感遇》组诗为"千古立忠义，感遇有遗篇"。"兰若生春夏"为其中第二首：

兰若生春夏，芊蔚何青青！幽独空林色，朱蕤冒紫茎。迟迟白日晚，袅袅秋风生。岁华尽摇落，芳意竟何成？

诗中以兰若自比，寄托了个人的身世之感。此诗全用比兴手法，诗的前半着力赞美兰若压倒群芳的风姿，实则是以其"幽独空林色"比喻自己出众的才华；后半以"白日晚"、"秋风生"写芳华逝去，寒光威迫，充满美人迟暮之感。"岁华"、"芳意"用语双关，借花草之凋零，悲叹自己的年华流逝、理想破灭，寓意凄婉，寄慨遥深。它以效古为革新，继承了阮籍《咏怀》的传统手法，托物感怀，寄意深远。和初唐诗坛上那些"采丽竞繁"、吟风弄月之作相比，它显得格外充实而清新。

为实现自己建功立业的理想，陈子昂再次从军。神功元年(697)，他随建安郡王武攸宜北征契丹，军次渔阳，他有感于从前此地曾有过的君臣际遇的往事，写了题为《蓟丘览古赠卢居士藏用》的组诗。他在这组诗的《燕昭王》里说："南登碣石馆，遥望黄金台。丘陵尽乔木，昭王安在哉？霸图怅已矣，驱马复归来。"慨叹时光流逝，古人的不朽功业已成陈迹，而往时的种种际遇难见于今世，有种抱负无法实现的悲愤。在写这组诗的同时，他写下了千古绝唱《登幽州台歌》："前不见古人，后不见来者。念天地之悠悠，独怆然而涕下。"在天地无穷而人生有限的悲歌中，回荡着目空一切的孤傲之气，形成反差强烈的情感跌宕。自悠悠天地而言，将与英雄业绩同其长久；而自己人生有限，一旦抱负落空，只能空留遗恨而已，于是产生了怆然涕下的巨大悲哀。这种一己的悲哀里，蕴涵着得风气之先的伟大孤独感，透露出英雄无用武之地、抚剑四顾茫茫而慷慨悲歌的豪侠气概。全诗苍劲奔放，富有感染力，呈现出一种质实清新之美。

二　张若虚和刘希夷

张若虚，扬州(今属江苏)人，曾官兖州兵曹。张若虚是初、盛唐之交的一位诗人，大致与陈子昂等人同时登上诗坛，与贺知章、张旭和包融齐名，被称为"吴中四士"。张若虚的诗仅存2首，但因《春江花月夜》而"孤篇横绝，竟为大家"(王闿运《湘绮楼论唐诗》)：

春江潮水连海平，海上明月共潮生。滟滟随波千万里，何处春江无月明。江流宛转绕芳甸，月照花林皆似霰。空里流霜不觉飞，汀上白沙看不见。江天一色无纤尘,皎皎空中孤月轮。江畔何人初见月?江月何年初照人?人生代代无穷已,江月年年望相似。不知江月待何人,但见长江送流水。白云一片去悠悠,青枫浦上不胜愁。谁家今夜扁舟子?何处相思明月楼?可怜楼上月徘徊,应照离人妆镜台。玉户帘中卷不去,捣衣砧上拂还来。此时相望不相闻,愿逐月华流照君。鸿雁长飞光不度,鱼龙潜跃水成文。昨夜闲潭梦落花,可怜春半不还家。江水流春去欲尽,江潭落月复西斜。斜月沉沉藏海雾,碣石潇湘无限路。不知乘月几人归,落月摇情满江树。

《春江花月夜》是一首长篇歌行,采用的是乐府旧题,但作者已赋予了它全新的内容,将画意、诗情与对宇宙奥秘和人生哲理的体察融为一体,创造出情景交融、玲珑透彻的诗境。李泽厚称它:"尽管悲伤,仍感轻快,虽然叹息,总是轻盈。"(《美的历程》)全诗描写春江花月夜幽美恬静之景,以此为背景,表现女子缠绵悱恻的离别相思之情,并把它和对宇宙人生的思索融为一体,构成奇妙迷人的艺术境界。全诗紧扣春、江、花、月、夜的背景来写,而又以月为主体。"月"是诗中情景兼融的突出意象,它像一条纽带,贯穿全诗,情意也随着月亮的升落而起伏曲折。此诗抒情气氛优美浓郁,语言清丽,笔触细腻,韵调流利婉转,为历代人们所传诵,被誉为"诗中的诗,顶峰上的顶峰"(闻一多《宫体诗的自赎》)。

刘希夷(651—680),汝州(今河南临汝)人。唐高宗、武后时期著名文学家。10岁应神童举及第,待制经文馆。高宗上元二年(675)登进士第,补秘书省校书郎。曾为盈川(今属浙江)县令,卒于任上。《代悲白头翁》是一首拟古乐府:

洛阳城东桃李花,飞来飞去落谁家。洛阳儿女惜颜色,坐见落花长叹息。今年花落颜色改,明年花开复谁在。已见松柏摧为薪,更闻桑田变成海。古人无复洛城东,今人还对落花风。年年岁岁花相似,岁岁年年人不同。寄言全盛红颜子,应怜半死白头翁。此翁白头真可怜,伊昔红颜美少年。公子王孙芳树下,清歌妙舞落花前。光禄池台开锦绣,将军楼阁画神仙。一朝卧病无相识,三春行乐在谁边。宛转蛾眉能几时,须臾鹤发乱如丝。但看古来歌舞地,惟有黄昏鸟雀悲。

从女子写到老翁,咏叹青春易逝、富贵无常。其构思独创,抒情宛转,语言优美,音韵和谐,艺术性较高,在初唐即受推崇,历来传为名篇。诗的前半写洛阳女子感伤落花,抒发人生短促、红颜易老的感慨;后半写白头老翁遭遇沦落,抒发世事变迁、富贵无常的感慨。全诗笼罩在一种消极感伤的情绪之中。

张若虚和刘希夷在诗歌意境创造上取得的进展,如将真切的生命体验融入美的兴象、诗情与画意相结合、浓烈的情思氛围、空明纯美的诗境,表明唐诗意境的创造已进入炉火纯青的阶段,为盛唐诗的到来作了艺术上的充分准备。兴象玲珑、不可凑泊的盛唐诗的随之出现,也就十分自然了。

【本章习题指要】

1. 隋代文学的过渡性质。

2. “初唐四杰”诗歌创作的特点。

3. 律诗定型在唐诗发展中的意义。

4. 陈子昂与张若虚等对唐诗发展的贡献。

第二章　盛唐的诗人们

唐开元、天宝年间，经济繁荣，国力强盛，涌现出大批禀受山川英灵之气而天赋极高的诗人。初唐以来讲究声律辞藻的近体，与抒写慷慨情怀的古体汇而为一，诗人作诗笔参造化，韵律与抒情相辅相成，气协律而出，情因韵而显，达到了声律风骨兼备的完美境界。这成为盛唐诗风形成的标志。开元十五年(727)前后，是盛唐诗风形成的关键时期。武后时兴起的重视文辞的进士科，至此进一步演变为"以诗赋取士"，而且乡贡入试者的比例大大超过了国子监生徒，为各地有才华的寒俊文士打开了入仕的希望之门。加之喜延纳才士的张说和张九龄先后为相，长安成为四方乡贡文士的聚散地。过去那种由宫廷侍从型文人集团主持诗坛的局面，为各种松散的才子型诗人群体间的争奇斗妍所取代；诗歌创作"既多兴象，复备风骨"，并形成不同的风格群体，创造出各种诗歌之美。

第一节　王维、孟浩然等山水田园诗人

王维和孟浩然在盛唐诗坛享有盛誉，影响很大。崔兴宗称王维为"当代诗匠"(《酬王维》诗序)，王士源说孟浩然的五言诗"天下称其尽美矣"(《孟浩然集序》)。当时，以王、孟为中心，还有一批诗风与他们相近的诗人，如裴迪、储光羲、刘昚虚、张子容、常建等。

一　王　维

王维(701—761)，字摩诘，祖籍太原祁(今山西祁县)，后家于蒲(今山西永济)。从15岁起，他游学长安数年，并于开元九年(721)擢进士第，释褐太乐丞，因事获罪，贬济州司仓参军。此后他开始了亦官亦隐的生涯，曾先后隐居淇上、嵩山和终南山，并在终南山筑辋川别业以隐居。安史乱起，至德元年(756)，叛军攻陷长安，他被迫接受伪职。次年两京收复时，他因此被定罪下狱；但旋即得到赦免，不仅官复原职，还逐步升迁，官至尚书右丞。不过王维晚年已无意于仕途荣辱，退朝之后，常焚香独坐，以禅诵为事，于上元二年(761)卒于辋川别业。王维诗兼擅各体，尤善山水田园诗，与孟浩然并为盛唐山水田园诗派的代表诗人。

王维早年对功名亦充满热情和向往，有一种积极进取的生活态度，如《少年行》七绝组诗，共4首，分写长安少年高楼豪饮、报国从军、勇猛杀敌、云台论功，是表现盛唐人豪迈

气概的游侠诗的代表作之一。第一首写少年游侠的日常生活:“新丰美酒斗十千,咸阳游侠多少年。相逢意气为君饮,系马高楼垂柳边。”诗人精心选择了高楼纵饮这一典型场景,从日常生活的描写中显示出少年游侠的精神风貌。王维笔下的少年游侠,具有相当浓厚的浪漫气息和理想化色彩。但这种理想化并不给人任何虚假之感,关键就在于诗中洋溢着浓郁的生活气息和诗人对这种生活的诗意感受。

真正奠定王维在唐诗史上大师地位的,是其抒写隐逸情怀的山水田园诗。王维精通音乐,又擅长绘画,在描写自然山水的诗里,创造出“诗中有画,画中有诗”的静逸明秀诗境,兴象玲珑而难以句诠。《山居秋暝》写秋山雨后晚景,清新明爽,闲静恬美,为历代传诵的名篇:

> 空山新雨后,天气晚来秋。明月松间照,清泉石上流。竹喧归浣女,莲动下渔舟。随意春芳歇,王孙自可留。

诗人在清新宁静而生机盎然的山水中,感受到万物生生不息的生之乐趣,精神升华到了空明无滞碍的境界,自然的美与心境的美完全融为一体,创造出如水月镜花般不可凑泊的纯美诗境,寄托着诗人高洁的情怀和对理想境界的追求。

《辋川集》是王维晚年隐居辋川别业时写的一组小诗,全是五绝,犹如一幅幅精美的绘画小品,从多方面描绘了辋川一带的风物。作者很善于从平凡的事物中发现美,不仅以细致的笔墨写出景物的鲜明形象,而且往往从景物中写出一种环境气氛和精神气质,将诗人自甘寂寞的山水情怀表露得极为透彻。《辛夷坞》是第18首:

> 木末芙蓉花,山中发红萼。涧户寂无人,纷纷开且落。

全诗由花开写到花落,而以一句环境描写“涧户寂无人”插入其中,前后境况迥异,由秀发转为零落。尽管画面上似乎不着痕迹,却能让人体会到一种对时代环境的寂寞感。“寂无人”,在常人看来,该是何等的孤独寂寞!而王维则不然,因他所欣赏的正是人在寂寞时方能细察到的隐含自然生机的空静之美。那自开自落的芙蓉花,所展示的正是自然造物生生不息的原生状态,不受人为因素的干扰,没有孤独,也没有惆怅,只有一片空灵的寂静,而美的意境就产生于对这自然永恒的空、静之美的感悟之中。

王维很早就归心于佛法,精研佛理,受当时流行的北宗禅的影响较大,晚年思想又接近南宗禅,撰写了《能禅师碑》。以禅入定、由定生慧的精神境界,是中国人接触佛教大乘教义后体悟到的一种心灵状态,对王维的艺术思维和观物方式影响极大。《山居即事》说:“寂寞掩柴扉,苍茫对落晖。”这是他独自隐居山中时的心态写照。由于生性好静而自甘寂寞,他能把独往独来的归隐生活写得很美,其《酬张少府》说:“晚年惟好静,万事不关心。自顾无长策,空知返旧林。松风吹解带,山月照弹琴。君问穷通理,渔歌入浦深。”无心于世事而归隐山林,与松风山月为伴,不仅没有丝毫不堪孤独的感觉,反而流露出自得和闲适。

二 孟浩然

孟浩然(689—740),襄州襄阳(今湖北襄阳)人,是盛唐诗人中终身不仕的一位作家。40岁以前,他隐居于距鹿门山不远的汉水之南,曾南游江、湘,北去幽州,一度寓寄洛阳,往游越中。开元十六年(728),他入长安应举,结交王维、张九龄等人,开始遍交诗坛群彦。次年赋诗秘省,以“微云淡河汉,疏雨滴梧桐”一联名动京师,却不幸落第。随后,他南下吴越,寄情山水。开元二十五年(737)入张九龄荆州幕,酬唱尤多。三年后不达而卒。

孟浩然终于布衣而名重一时,诗多写隐逸闲适生活,清雅明净,与王维同为盛唐山水田园诗之代表诗人,世称“王孟”。但由于生活环境和性格气质的不同,在诗的写法和艺术风格方面,孟浩然与王维是有区别的。他的山水田园诗,更贴近自己的生活,《过故人庄》即是一幅非常朴实的田园风景画:“故人具鸡黍,邀我至田家。绿树村边合,青山郭外斜。开轩面场圃,把酒话桑麻。待到重阳日,还来就菊花。”诚挚亲切的友情,典型农家生活场景,熔自然美、生活美、友情美于一炉。这种淡淡的平易近人的风格,与他描写的对象——朴实的农家田园和谐一致,表现了形式对内容的高度适应,恬淡亲切却又不是平浅枯燥。正如闻一多所说,“淡到看不见诗了,才是真正孟浩然的诗”(《唐诗杂论》)。

孟浩然与盛唐其他诗人一样,怀有济时用世的强烈愿望。《临洞庭湖赠张丞相》这首诗是赠张说的(一说赠张九龄):“八月湖水平,涵虚混太清。气蒸云梦泽,波撼岳阳城。欲济无舟楫,端居耻圣明。坐观垂钓者,徒有羡鱼情。”“临渊羡鱼”而坐观垂钓,把希望通过张说援引而一登仕途的心情表现得很迫切,有一种不甘寂寞的豪逸之气。外景正好衬托出诗人的广阔胸襟,尤其是“气蒸云梦泽,波撼岳阳城”一联,是非同凡响的盛唐之音,成为咏洞庭的名句。

孟浩然禀性孤高狷洁,虽始终抱有济时用世之志,却又不愿折腰屈从。张九龄可举荐王维,却无法举荐他。当他求仕无门,而且应举落第后,就高吟“不才明主弃,多病故人疏”(《岁暮归南山》),放弃仕宦而走向山水,以示不同流俗的清高。如其《夏日南亭怀辛大》:

> 山光忽西落,池月渐东上。散发乘夕凉,开轩卧闲敞。荷风送香气,竹露滴清响。欲取鸣琴弹,恨无知音赏。感此怀故人,中宵劳梦想。

写夏夜水亭纳凉的清爽闲适,同时又表达对友人的怀念,抒发自己独自乘凉时的感慨,一句“恨无知音赏”,表明了诗人清高自赏的寂寞心绪。诗在写法上融入了近体的音律美,中间六句的似对非对又具有素朴的形式美,以山水自适的情怀,融入池月清光、荷风暗香和竹露清响的兴象中,使人顿觉清旷爽朗。

孟浩然一生多次出游,而且偏爱水行,在乘舟漫游吴越水乡的过程中写了不少山水诗。遇景入咏时,他常从高远处落笔,自寂寞处低回,随意点染的景物与清淡的情思相融,形成平淡清远而意兴无穷的明秀诗境。《宿建德江》写日暮泊舟时的"客愁",寂寞惆怅的孤独心绪,因野旷天低、江清月近而愈显清远无际。自然平淡是孟浩然山水诗的风格特点。尽管他的诗中也有刻画细致、用字精审的工整偶句,如"天边树若荠,江畔舟如月"(《秋登兰山寄张五》)、"风鸣两岸叶,月照一孤舟"(《宿桐庐江寄广陵旧游》),但非有意于模山范水,只是一时兴到之语。观其全诗,妙在自然流走、冲淡闲远,不求工而自工。

三 以王、孟为中心的其他诗人

王维和孟浩然在盛唐诗坛享有盛誉,影响很大。当时,以王、孟为中心,还有一批诗风与他们相近的诗人,如裴迪、储光羲、刘眘虚、张子容、常建等。

裴迪(716? —?),长安(今陕西西安)人。早年隐终南山,与王维等交游。裴迪曾与王维一起隐居终南山,在生活情趣和创作风格方面受王维的影响很深。他的《辋川集二十首》就是两人的唱和之作。《华子冈》是其中的一篇:"落日松风起,还家草露晞。云光侵履迹,山翠拂人衣。"诗人以"还家"为线索,通过自己的所见所闻所感,把落日、松风、草露、云光、山翠这些分散的景物,有机地连缀成一幅有声有色、动静相宜的艺术画面,着墨不多,而极富神韵。

储光羲(706? —762?),润州延陵(今江苏丹阳)人。开元十四年(726)进士及第,生活经历较为曲折,曾任安宜等地县尉,不久辞官归乡,与王维等人隐居终南山多年,旋又出仕,在安史之乱中被叛军俘虏,接受伪职。后因此而被贬窜南方,卒于贬所。其《杂咏五首》的《钓鱼湾》:"垂钓绿湾春,春深杏花乱。潭清疑水浅,荷动知鱼散。日暮待情人,维舟绿杨岸。"由杏花春水和潭荷游鱼构成的明秀小景,融进诗人的敏锐感受和恬静心情,确有一种"格高调逸,趣远情深"(殷璠《河岳英灵集》)的韵味,是储光羲诗歌艺术中较为成功之作,在风格的自然淡远方面,与孟浩然的诗十分接近。储光羲写田园生活的代表作有《同王十三维偶然作十首》、《田家杂兴八首》、《田家即事》等,由于作者想表达的是返璞归真、养性怡情的思想,言玄理的成分较多,艺术上并不成功。

刘眘虚,字金乙,江东(今浙江)人。8岁能属文,上书得召见,拜童子郎,开元十一年(723)进士,调洛阳尉,迁夏县令。性高逸,不慕荣利,交游多山僧道侣,英年早逝。他和孟浩然交谊甚深,《暮秋扬子江寄孟浩然》即将绵长的思友之情,寄寓于水长天阔的遥望之中,诗境澄淡清远:"木叶纷纷下,东南日烟霜。林山相晚暮,天海空青苍。暝色况复久,秋声亦何长。孤舟兼微月,独夜仍越乡。寒笛对京口,故人在襄阳。咏思劳今夕,江汉遥相望。"作者在对越中扬子江暮秋的景色的描写中寄寓了滞留异乡的客愁和对故人孟浩然的深切思念。孟去世后,刘眘虚又有《寄江滔求孟六遗文》,词意恳挚。其诗题材、体制以及意境也与孟颇近似,而清微淡远之中有幽深拗峭之趣,则又于孟之外自辟蹊径,《阙题》诗即为一例:"道由白云尽,春与青溪长。时有落花至,远随流水香。闲门向山路,深柳读书堂。幽映每白日,清辉照衣裳。"

张子容,襄阳(今湖北襄阳)人,先天元年(712)登进士第,开元中谪为东城尉,也是孟浩然的好朋友。曾写有《除夜乐城逢孟浩然》、《送孟浩然归襄阳二首》等,较为成功的作品是《泛永嘉江日暮回舟》:“无云天欲暮,轻鹢大江清。归路烟中远,回舟月上行。傍潭窥竹暗,出屿见沙明。更值微风起,乘流丝管声。”写行舟江上时所见的景色,诗境清逸淡雅,与孟浩然的诗相似,但气味较薄而终逊一筹。

与王、孟诗风相近的诗人中,常建的创作成就最高。常建,开元十五年(727)进士及第,曾官盱眙县尉,仕途失意,放浪琴酒山水。他写归隐生活的山水田园作品,多孤高幽僻的隐逸风调,其灵慧秀雅和空明寂静,与王维诗十分相近。如其《题破山寺后禅院》:“清晨入古寺,初日照高林。竹径通幽处,禅房花木深。山光悦鸟性,潭影空人心。万籁此都寂,但余钟磬音。”把深山古寺的清幽和山光潭影的空明,写得极为真切,通于微妙至深的禅境。虽为律诗,但笔调近似古体,语言素朴。这种表里澄澈的明秀诗境,不仅使山水虚灵化了,也情致化了。如常建在《江上琴兴》一诗中所说:“江上调玉琴,一弦清一心。泠泠七弦遍,万木澄幽阴。能使江月白,又令江水深。始知梧桐枝,可以徽黄金。”清心澄虑,静观山水而生情,情具象而为景;景中有情,情中有景,交融互渗而构成晶莹美妙的诗境。

第二节 王翰、王昌龄、崔颢等豪侠诗人

与王维、孟浩然等山水诗人同时出现于盛唐诗坛的,有一群具有北方阳刚气质的豪侠型才士。他们较热衷于人世间的功名富贵,动辄以公侯卿相自许,非常自信和自负,颇有横绝一世、骏发踔厉的狂傲气概。尽管他们入仕后的境遇与所追求的人生理想反差甚大,颇多失意之感,但仍不失雄杰之气。他们的诗歌创作,具有豪爽俊丽而风骨凛然的共同风貌,创造出了清刚劲健之美。

一 王翰与王昌龄

王翰是盛唐豪侠诗人中进士及第较早的一位,并州晋阳(今山西太原)人,于睿宗景云元年(710)登进士第,“发言立意,自比王侯”(《旧唐书·王翰传》),为人狂傲而放纵。他入仕后生活放荡,日与才士豪侠游乐,纵酒蓄妓,因此而被贬为道州司马,卒于任上。王翰狂放不羁的行为心态,在盛唐士人中具有典型性,与赤裸裸地追求功名相关联的,是及时富贵行乐思想。

王翰在《古蛾眉怨》中说:“人生百年夜将半,对酒长歌莫长叹。情知白日不可私,一死一生何足算。”以放荡为风骨,在后人看来难免轻狂,但反映出当时士人特有的那种极其坦荡的心情和豪健的气格。王翰诗多一气流转的壮丽俊爽之语,代表作《凉州词二首》其一云:“葡萄美酒夜光杯,欲饮琵琶马上催。醉卧沙场君莫笑,古来征战几人回?”以豪饮旷达写征战,连珠丽辞中蕴涵着清刚顿挫之气,极为劲健。此诗以明快的语言、鲜明的

节奏，透露出奔放的情绪，给人以激动和向往，所以“作悲伤语读便浅，作谐谑语读便妙。在学人领悟”（施补华《岘佣说诗》）。王翰存诗不多，但仅此一首七绝，已足以名世。

当时真正以七绝闻名的诗人是王昌龄。王昌龄（698—756?），字少伯，京兆万年（今陕西西安）人，早年居灞上，曾北游河陇边地。开元十五年（727）登进士第，补秘书省校书郎。七年后中博学宏词科，为汜水尉。因“不护细行，屡见贬斥”（《旧唐书·王昌龄传》）。安史之乱时，他被亳州刺史闾丘晓杀害。王昌龄的边塞诗为后世传诵的均为七绝。

王昌龄性格豪爽，故七言长于五言；而思致缜密，讲究作法，又宜于短章而不宜长篇。为补反映复杂内容时短章的局限，他创作出了以相关联的多首七绝咏边事的连章组诗，即著名的《从军行七首》。《从军行》是乐府《相和歌辞·平调曲》旧题，为军旅苦辛之辞。其中第二首截取了边塞军旅生活的一个片断：

> 琵琶起舞换新声，总是关山离别情。撩乱边愁听不尽，高高秋月照长城。

通过写军中宴乐表现征戍者深沉、复杂的感情，用热烈喧闹的场面来反衬人物难以排遣的悲怆沉闷的心境，托之以高天秋月照长城的苍凉景色，苍凉中又弥漫一重壮阔的情思氛围。

因出身孤寒和受道教虚玄思想的影响，王昌龄身上有种一般豪侠之人缺乏的深沉，观察问题较为敏锐，带有透视历史的厚重感。他作诗不是全凭情气，也很讲究立意构思，其作品除豪爽俊丽之外，还有“绪密思清”的特点。他的《出塞二首》（其一）感慨边将无能，致使边地人民千百年来不得安宁和平：“秦时明月汉时关，万里长征人未还。但使龙城飞将在，不教胡马度阴山。”语言含蓄雄放而意境高远深沉，被明人李攀龙誉为唐人七绝压卷之作。该诗主调，是最末一句表现出来的卫国豪情，悲壮浑成，给人以大气磅礴之感，还隐含着对现实中将非其人的讽刺。如此丰富的内容和深厚的情感，压缩在短短四句诗中，意脉细密曲折而情气疏宕俊爽，堪称大手笔。

除早年出手不凡的边塞诗外，王昌龄后来创作的送别诗和以女性生活为题材的作品也很出色。由于他被贬后心境有所变化，与王维、孟浩然等山水诗人交往密切，相互影响，加之受南方自然风物的熏陶，晚年诗风偏于清逸明丽，但仍有一种清刚爽朗的基调。《长信秋词五首》是王昌龄写女性的成功之作。其中第三首唱道：“奉帚平明金殿开，且将团扇暂徘徊。玉颜不及寒鸦色，犹带昭阳日影来。”用冷峻之笔写姣好的容颜还不如空中飞过的寒鸦幸运，因为它们尚能从昭阳殿上飞过，君恩如日，它们的翅膀尚有机会沐浴一点光泽。这是一种生命无着的深沉的幽怨和无奈，是古代宫中多数女性不幸生活的写照，怨苦深沉而委婉含蓄，成为宫怨诗中的佳作。

二　崔颢、李颀、祖咏

盛唐豪侠型诗人创造的清刚劲健之美，基于北方士人的阳刚气质，但又带有南国的清虚情韵，是南北诗风交融的产物。这于王昌龄的作品里已有体现，在崔颢、李颀、祖咏等同类诗人的创作中,表现得更为明显。他们入仕前后,都有一段北走幽燕河陇、南游荆楚吴越的经历,这种南北漫游,往往成为其诗风形成或转折的重要契机。

崔颢(704—754),汴州(今河南开封)人,开元十一年(723)进士及第。天宝初,曾任太仆寺丞,改司勋员外郎。其《黄鹤楼》诗被严羽推为唐人七律之首:

> 昔人已乘黄鹤去,此地空余黄鹤楼。黄鹤一去不复返,白云千载空悠悠。晴川历历汉阳树,芳草萋萋鹦鹉洲。日暮乡关何处是,烟波江上使人愁。

诗的前半段抒发人去楼空的感慨,后半段落入深重的乡愁,所用事典"鹦鹉洲"是连接前后的关捩。相传此洲是汉末狂生祢衡被杀的葬身处,一代名士的风采早已被萋萋芳草湮没了;如今以祢衡为同调的诗人,也因狂放而名陷轻薄,而游历至此,怎能不顿生空茫之感,有不如归去之叹呢?这种亦古亦律、大巧若拙的结构体制,便于表现高唱入云的雄健气格,也使声谐句对的律句更显清拔隐秀,形成寄情高远的超妙诗境。李白登黄鹤楼,见此作而罢笔:"眼前有景道不得,崔颢题诗在上头。"(辛文房《唐才子传》)崔颢的乐府歌行(如《邯郸宫人怨》)、边塞诗(如《雁门胡人歌》)等均保持了豪爽俊丽的一贯风格。

李颀(690?—751?),颍阳(今河南登封)人,开元二十三年(735)进士及第,中年时曾任新乡尉,未满秩而去官,开始漫游南北。李颀信奉道教神仙之说,对南方风物中的幽奇景象和灵怪事物尤为倾心,使其作品在雄浑刚健中带有玄幽之气。如《听董大弹胡笳声兼寄语弄房给事》里,对弹奏胡笳的描写,用众多通神明的幽奇意象,形容胡笳声的酸楚哀怨("嘶酸雏雁失群夜,断绝胡儿恋母声"),言其能逐飞鸟、遏行云("空山百鸟散还合,万里浮云阴且晴"),灵感鬼神,悲动夷国("乌孙部落家乡远,逻娑沙尘哀怨生"),有一种震荡心神的强劲力量。《别梁锽》也是在此前后他所创作的颇负盛名的送别诗:

> 梁生倜傥心不羁,途穷气盖长安儿。回头转眄似雕鹗,有志飞鸣人岂知?虽云四十无禄位,曾与大军掌书记。抗辞请刃诛部曲,作色论兵犯二帅。一言不合龙额侯,击剑拂衣从此弃。朝朝饮酒黄公垆,脱帽露顶争叫呼。庭中犊鼻昔尝挂,怀里琅玕今在无。时人见子多落魄,共笑狂歌非远图。忽然遣跃紫骝马,还是昂藏一丈夫。洛阳城头晓霜白,层冰峨峨满川泽。但闻行路吟新诗,不叹举家无担石。莫言贫贱长可欺,覆篑成山当有时。莫言富贵长可托,木槿朝看暮还落。不见古时塞上翁,倚伏由来任天作。去去沧波勿复陈,五湖三江愁杀人。

把一代豪侠那种雄武坦荡、纵酒狂叫的形象,生动地描绘了出来。从中可以看到诗人自己的身影。

祖咏,洛阳人,开元十二年(724)登进士第,与王维有唱和。后因仕途失意,移居汝坟,为王翰的座上客。他也曾南游江南,北上蓟门,其成名作是应试时写的《终南望余雪》:"终南阴岭秀,积雪浮云端。林表明霁色,城中增暮寒。"以苍秀之笔,写出了终南山景色的清寒,诗仅四句,意尽而止。北上时创作的《望蓟门》是祖咏的代表作:"燕台一望客心惊,萧鼓喧喧汉将营。万里寒光生积雪,三边曙色动危旌。沙场烽火连胡月,海畔云山拥蓟城。少小虽非投笔吏,论功还欲请长缨。"写要塞蓟城的险要,令人望之心惊,却触动了诗人要立功塞上的豪情。调高语壮,气格雄健,不失为盛唐正声。

第三节　高适、岑参等边塞诗人

以边塞为题材的诗在唐代极为流行,盛唐时蔚为壮观。作为盛唐边塞诗的杰出代表,高适、岑参的诗歌在反映现实的深度方面超过同时的许多诗人,应时而生的追求不朽功名的高昂意气,与冷峻直面现实的悲慨相结合,使诗作蕴涵一种慷慨悲壮的美。

一　高　适

高适(704？—765),字达夫,郡望渤海蓨(今河北景县)。早年生活困顿,随父旅居岭南。开元中他曾入长安求仕,但毫无结果。后寓居宋中近十年,贫困落拓。天宝八载(749),他因人举荐,试举有道科中举,授封丘尉。三年后弃官入河西节度使哥舒翰幕府,掌书记。安史乱起后,他从玄宗至蜀,拜谏议大夫。自此官运亨通,代宗即位后,他入朝为刑部侍郎、转左散骑常侍,进封渤海县侯。官终左散骑常侍,世称高常侍。高适诗反映生活面较广,多写边塞生活,为唐代边塞诗派的代表作家,与岑参齐名,世称“高岑”。

在动辄自比王侯的盛唐诗人中,高适是唯一做到高官而封侯者。《旧唐书》本传说:“有唐以来,诗人之达者,唯适而已。”但他仕途畅达的最后十年作诗并不多,大部分作品是安史之乱以前写的。在高适早年的诗作里,颇多不遇的悲慨,其《宋中别周梁李三子》说:“曾是不得意,适来兼别离。如何一尊酒,翻作满堂悲。”高适是个非常自负、功名心极强的诗人,性情狂放不羁,好交结游侠。想通过立功边塞而封侯的理想和热情,促使他不畏艰险,两次北上蓟门。对边塞生活的实地体验和冷静观察,使他能在第一次北上归来后,于开元二十六年(738)创作出了极负盛名的边塞诗力作《燕歌行》:

> 汉家烟尘在东北,汉将辞家破残贼。男儿本自重横行,天子非常赐颜色。摐金伐鼓下榆关,旌旆逶迤碣石间。校尉羽书飞瀚海,单于猎火照狼山。山川萧条极边土,胡骑凭陵杂风雨。战士军前半死生,美人帐下犹歌舞。大漠穷秋塞草腓,孤城落日斗兵稀。身当恩遇常轻敌,边尽关山未解围。铁衣远戍辛勤久,玉箸应啼别离后。少妇城南欲断肠,征人蓟北空回首。边庭飘飖那可度,绝域苍茫无所有。杀气三时作阵云,寒声一夜传刁斗。相看白刃血纷纷,死节从来岂顾勋。君不见沙场征战苦,至今犹忆李将军。

诗中既有对男儿自当横行天下的英雄气概的表彰,也有对战争给征人家庭带来痛苦的深切同情;一方面是对战士浴血奋战而忘我的崇高精神的颂扬,另一方面则是对将领帐前歌舞作乐的不满。作者对当时边塞用兵而将非其人的情形是有看法的,亦不讳言征战的艰苦,但不失奋发激昂的高亢基调,苦难与崇高的对照,更增添了出塞征战的慷慨悲壮。除以沉雄气质和浑厚骨力取胜外,此诗用韵平仄相间,抑扬有节,是七言歌行中运用律句的典范之作。

高适的边塞诗,多数写于蓟北之行和入河西幕府期间,是据诗人亲临边塞的实际生活体验写成的。除七言歌行外,在表现形式上多采用长篇吟怀式的五言古诗,将作者个人的边塞见闻、观察思考和功名志向糅为一体,苍凉悲慨中带有理智的冷静,但基调是慷慨昂扬的。《塞下曲》作于从军哥舒翰幕府期间:“结束浮云骏,翩翩出从戎。且凭天子怒,复倚将军雄。万鼓雷殷地,千旗火生风。日轮驻霜戈,月魄悬雕弓。青海阵云匝,黑山兵气冲。战酣太白高,战罢旄头空。万里不惜死,一朝得成功。画图麒麟阁,入朝明光宫。大笑向文士,一经何足穷。古人昧此道,往往成老翁。”抒写出塞从军、征战立功的豪情,表达了热烈向往边功的慷慨志意,诗作显得壮大雄浑、骨气端翔。

高适作诗以质实的古体见长,律诗好的不多,但他写的一些与从军边塞相关的绝句,亦有气质沉雄、境界壮阔的特点。如《塞上闻笛》:“胡人羌笛戍楼间,楼上萧条明月闲。借问梅花何处落,风吹一夜满关山。”诗巧用语意双关,虚实之景交融,寓思委婉而意境阔远,若没有亲临边塞的生活体验,也是不容易写出来的。

二　岑　参

岑参(715? —770),祖籍南阳,出生于江陵(今湖北江陵)。他的曾祖父、伯祖父和堂伯父都曾做过宰相,父亲做过两任州刺史。但岑参幼年丧父,家道中衰,全靠自己刻苦学习,于天宝三载(744)登进士第,天宝八载(749)弃官从戎,首次出塞,赴龟兹(今新疆库车),入安西四镇节度使高仙芝幕府。两年后返回长安,与高适、杜甫等结交唱和。天宝十三载(754),他又再度出塞,赴庭州(今新疆吉木萨尔),入北庭都护府封常清幕中任职约三年。永泰元年(765)出为嘉州刺史,最后流寓成都,卒于客舍。

岑参也是个热衷于进取功名的诗人,有着强烈的入世精神。在以写边塞题材著称的盛唐诗人里,岑参是留存作品最多的。他前后两次出塞创作的边塞诗多达七十余首。尤其是后一次出塞,他写出了同类题材中最优秀的作品。这些作品充分体现了岑参长于写感觉印象的艺术才能和好奇的个性,他将西北荒漠的奇异风光与风物人情,用慷慨豪迈的语调和奇特的艺术手法,生动地表现出来,别具一种奇伟壮丽之美。如《走马川行奉送出师西征》:

> 君不见走马川行雪海边,平沙莽莽黄入天。轮台九月风夜吼,一川碎石大如斗,随风满地石乱走。匈奴草黄马正肥,金山西见烟尘飞,汉家大将西出师。将军金甲夜不脱,半夜行军戈相拨,风头如刀面如割。马毛带雪汗气蒸,五花连钱旋作冰,幕中草檄砚水凝。虏骑闻之应胆慑,料知短兵不敢接,车师西门伫献捷。

雪夜风吼、飞沙走石,这些边疆大漠中令人望而生畏的恶劣气候环境,在诗人印象中却成了衬托英雄气概的壮观景色,是一种值得欣赏的奇伟美景。如没有积极进取的精神和克服困难的勇气，是很难产生这种感觉的，只有盛唐诗人，才能有此开朗胸襟和此种艺术感受。除意奇语奇之外，全诗句句用韵，三句一转，节奏急促，声调激越，也体现出一种音乐的奇美。

在立功边塞的慷慨豪情的支配下，诗人印象中的军旅生活、边塞风物、异域风情，全都变得神奇瑰丽起来。诗人对此热情地加以歌颂，突破了以往征戍诗写边地苦寒和士卒劳苦的传统格局，极大地丰富、拓宽了边塞诗的描写题材和内容范围。艺术表现上，岑参的边塞诗借鉴了高适等人七言歌行纵横跌宕、舒卷自如的体势而加以创新，形式接近乐府，但完全不用乐府古题而自立新题；用韵十分灵活，有基本上一韵到底的（如《白雪歌送武判官归京》），也有两句换韵（如《轮台歌奉送封大夫出师西征》）的。《天山雪歌送萧治归京》极写雪景奇寒，末尾突现青松之枝，虽绝域送别而有奇俊激越之情，不仅意奇、语奇，还兼有调奇之美：

> 天山雪云常不开，千峰万岭雪崔嵬。北风夜卷赤亭口，一夜天山雪更厚。能兼汉月照银山，复逐胡风过铁关。交河城边飞鸟绝，轮台路上马蹄滑。晻霭寒氛万里凝，阑干阴崖千丈冰。将军狐裘卧不暖，都护宝刀冻欲断。正是天山雪下时，送君走马归京师。雪中何以赠君别，惟有青青松树枝。

岑参擅长的体裁是七言歌行和七言绝句，他以边塞生活为题的七绝也多佳作，如《逢入京使》：“故园东望路漫漫，双袖龙钟泪不干。马上相逢无纸笔，凭君传语报平安。”表达赴边塞时对家乡和亲友的思念，情真意切。虽只是用家常话写眼前景致，却道出人人胸臆中语，反映了诗人感情生活及诗风深沉细腻的一面，遂成为客中绝唱。杜甫在《寄彭州高三十五使君适虢州岑二十七长史参三十韵》中说：“高岑殊缓步，沈鲍得同行。意惬关飞动，篇终接混茫。”高、岑并称始于此。

三　王之涣与陶翰

与高适、岑参诗风相近的诗人有王之涣、陶翰等。

王之涣（688—742），字季凌，绛州（今山西绛县）人，曾寓居蓟门，故被称为蓟门人。他少有侠气，常击剑悲歌，后折节攻文，以门荫调补冀州衡水主簿。遭诬构拂衣去官，遍游大河南北，交谒名公。开元末复出仕，补文安郡文安县尉。开元中，他与高适、王昌龄交往唱和，三人齐名。王之涣仅存六首诗，有两首极为著名。一首是妇孺皆知的《登鹳雀楼》，另一首为《凉州词二首》其一：“黄河远上白云间，一片孤城万仞山。羌笛何须怨杨柳，春风不度玉门关。”写长河雄关和对边地的感慨，景色壮阔而寓意委婉深沉，于壮观中寓苍凉，慷慨雄放而气骨内敛，深情蕴藉，意沉调响。其沉雄浑厚处与高适诗相近。此诗当时即被配乐传唱，流传甚广，成为著名的“旗亭画壁”故事中的夺冠之作。

陶翰，润州丹阳（今江苏丹阳）人，开元十八年（730）登进士第，次年又登博学宏词科，授华阴丞。天宝中入朝任大理评事等，官至礼部员外郎。他作诗以五言为主，写有一些边塞诗,多古意苍劲的悲壮风格,如《出萧关怀古》中的“孤城当瀚海,落日照祁连。怆矣苦寒奏,怀哉式微篇。更悲秦楼月,夜夜出胡天”。《古塞下曲》用古调抒写身经百战的将士不获封赏的悲慨,明显带有受传统征戍诗影响的痕迹:“进军飞狐北,穷寇势将变。日落沙尘昏,背河更一战。骍马黄金勒,雕弓白羽箭,射杀左贤王,归奏未央殿。欲言塞下事,天子不召见。东出咸阳门,哀哀泪如霰。”未到过边塞的诗人写作边塞题材时常常如此。其作品的现实内涵和艺术创意,自然不能与高适、岑参等亲临沙场的诗人的作品相比,但在慷慨悲壮的诗歌风格方面,确有一些相近的地方。

【本章习题指要】

1. 王维、孟浩然的田园山水诗各有什么特点?
2. 王昌龄七绝的艺术特点。
3. 高适、岑参的边塞诗在内容和手法上有何不同?

第三章　李　白

李白是盛唐文化孕育出来的天才诗人，其非凡的自负和自信，狂傲的独立人格，豪放洒脱的气度和自由创造的浪漫情怀，充分体现了盛唐士人的时代性格和精神风貌。盛唐诗歌的气来、情来、神来，在李白的乐府歌行和绝句中，发挥得淋漓尽致。他的诗歌创作，充满了发兴无端的澎湃激情和神奇想象，既有气势浩瀚、变幻莫测的壮观奇景，又有标举风神情韵而自然天成的明丽意境，美不胜收。李白的魅力，就是盛唐的魅力。

第一节　李白及其各体诗作

一　李白其人

李白(701—762)，字太白，号青莲居士，祖籍陇西成纪(今甘肃秦安)，他的家世和出生地至今还是个谜。不知由于何种原因，李白先世谪居条支或碎叶，李白就出生在那里。大约在他5岁时，随家从碎叶迁居蜀之绵州昌隆县(今四川江油)。李白说自己"五岁诵六甲，十岁观百家"(《上安州裴长史书》)，"十五观奇书，作赋凌相如"(《赠张相镐》二首其二)，可知他早期曾受过很好的教育。李白从少年时代就深受道教的影响。蜀中是道教气氛浓郁的地方，环境对他的神仙道教信仰影响至大。他说"家本紫云山，道风未沦落"(《题嵩山逸人元丹丘山居》)；"十五游神仙，仙游未曾歇"(《感兴》八首其五)。大约在18岁时，他隐居大匡山读书，从赵蕤学纵横术。蜀中又是一个有着任侠风气的地方，侠士风概对李白也有影响。他自己就说："结发未识事，所交尽豪雄。……托身白刃里，杀人红尘中。"(《赠从兄襄阳少府皓》)他的青少年时期，就是在隐居与漫游、神仙道教信仰、任侠中度过的。

李白青少年时期在蜀地所写诗歌，留存很少，但像《访戴天山道士不遇》、《峨眉山月歌》等篇，已显示出突出的才华。李白约在二十五六岁时出蜀东游。在此后10年内，漫游了长江、黄河中下游的许多地方，并在安陆(今属湖北)与唐高宗时任宰相的许圉师的孙女结婚，因此居住安陆时间较长。后又徙家任城(今山东济宁)，与孔巢父等隐于徂徕山，号"竹溪六逸"。或者由于他的名声，或者还有人荐举，天宝元年(742)，李白奉召两入长安，他以为机会终于来临，在《南陵别儿童入京》诗中说："仰天大笑出门去，我辈岂是蓬蒿人。"他入京后供奉翰林，是其一生中最为得意的时期，但不久就为朝中权贵所谗毁，他在仕途上再次遭受打击,天宝三载(744)以“赐金放还”的名义被迫离开长安。

此后,李白沿黄河东下,在洛阳与杜甫相遇,结下了千古传颂的深厚友谊。两人同游梁、宋,在那里又遇高适,怀古登临,纵酒射猎。之后,他在齐州请北海高天师授道箓,再次举行入道仪式。这时他的思想是复杂的,既悲慨不平,对朝廷充满不满与失望的情绪,又关心国家命运、积极入世,希望建立功业的心情并没有消退。他寄家东鲁,南下吴越,北上蓟门,近十年的漫游,都带着这种复杂的心情。

安史乱起,李白怀着报国之心加入永王李璘的幕府,慷慨从军。而此时肃宗李亨已即位灵武,以叛乱罪讨伐李璘。李白也因反叛罪蒙冤入狱,长流夜郎。乾元二年(759),他在流放途中遇赦放回,流寓南方。上元二年(761)闻知李光弼出征东南,他又想从军报国,无奈半道病还,往当涂依县令李阳冰。于次年病逝于当涂,年62岁。

追求功名、漫游山水和求仙学道,伴随了李白的一生,他的思想抱负、生活情趣和性格气质在这些方面得到了不同侧面的表现。与一般盛唐诗人一样,李白是个功名心很强的人,有着“济苍生”、“安社稷”、建立功业的强烈愿望,但他不愿走科举入仕之路,又不愿从军边塞;而是寄希望于风云际会,始终幻想着“平交王侯”、“一匡天下”而“立抵卿相”,建立盖世功业之后功成身退,归隐江湖。儒家思想和道家、游侠本不相容,但李白却把这三者结合为“功成身退”的人生理想,道家和道教信仰给了他一种极强的自我解脱的能力,他的不少诗表现出人生如梦、及时行乐的思想,而其实是渴望任随自然、融入自然,在内心深处深藏着对于人生自由的向往。在他的人格里,有一种与自然的亲和力。山水漫游,企慕神仙,终极目的是要达到一种不受约束的逍遥的人生境界。他的狂傲不羁的性格,飘逸洒脱的气质,都来源于这样的思想基础。李白的过于理想化的人生设计,在现实人生中当然要不断遭致失败。这使他常常陷于悲愤、不平、失望之中。但由于他始终向往着这样的理想,他又始终保持着自负、自信和豁达、昂扬的精神风貌,最终他还是把盛唐士人的入世进取的精神高度地升华了,带进了一个理想化的境界。

二 李白的乐府

李白振起诗道的革新手段,就是继承汉魏乐府感于哀乐、缘事而发的优良传统和诗歌风骨,这主要体现在他大力拟作古乐府的创作实践中。

李白的乐府诗大量地沿用乐府古题,或用其本意,或翻出新意,能曲尽拟古之妙。

李白乐府诗的创新意识主要表现在两个方面:一方面是借古题写现实,具有鲜明的时代精神。《丁都护歌》是乐府旧题,是至为凄切之曲,李白以此题描绘纤夫拖船的劳苦情景,可谓是“未成曲调先有情”,对劳动人民的苦难命运寄予了深切的同情:“云阳上征去,两岸饶商贾。吴牛喘月时,拖船一何苦。水浊不可饮,壶浆半成土。一唱都护歌,心摧泪如雨。万人系盘石,无由达江浒。君看石芒砀,掩泪悲千古。”李白笔下的这首杰出诗篇,正是缘事而发之作,与《古风》诗一样,表达的是作者对现实生活的感受,具有深刻的寓意和寄托。

另一方面，李白用古题写己怀，因旧题乐府蕴涵的主题和曲名本事，在某一点引发了作者的感触和联想，便用它来抒写自己的情怀。此类诗因偏重于主观抒情，更能体现李白诗歌创作发兴无端、气势壮大的个性特色。其妙处常在可解与不可解之间，既可以说它有寄托，也可以说它只是抒写感慨，想落天外，奇之又奇。如《蜀道难》的古辞寓有功业难成之意，正是这一点，触动了李白初入长安追求功业未成时的悲愤。他用这一古题抒发自己的感叹，对于蜀道高峰绝壁、万壑转石的险难的渲染，也是诗人对于世道艰险的渲染。再如《将进酒》：

> 君不见黄河之水天上来，奔流到海不复回！君不见高堂明镜悲白发，朝如青丝暮成雪！人生得意须尽欢，莫使金樽空对月。天生我材必有用，千金散尽还复来。烹羊宰牛且为乐，会须一饮三百杯。岑夫子，丹丘生，将进酒，杯莫停。与君歌一曲，请君为我侧耳听：钟鼓馔玉不足贵，但愿长醉不愿醒。古来圣贤皆寂寞，惟有饮者留其名。陈王昔时宴平乐，斗酒十千恣欢谑。主人何为言少钱，径须沽取对君酌。五花马，千金裘，呼儿将出换美酒，与尔同销万古愁。

此诗乐府旧题，含有以饮酒放歌为言之意。李白由此引发，抒发“天生我材必有用”的豪壮气概，把借酒消愁写得激情澎湃，具有大河奔流的气势和力量，不仅把原曲的主题发挥到淋漓尽致，还充分展示出诗人狂放自信的人格风采。全篇大起大落，诗情忽翕忽张，节奏疾徐尽变，淋漓尽致地抒发了诗人的怀才不遇之情。

李白把自己的个性气质融入乐府诗的创作中，便形成了行云流水的抒情方式，有一种奔腾回旋的动感。这种动感，见之于字句音节时，常表现为句式的长短不齐和韵律的跌宕舒展。在杂言体的乐府中，还大量使用了散文化诗句，参差错落，形成一种极为奔放的语言风格。李白乐府的其他代表作，如《梁甫吟》和《行路难》等，大都也是以五、七言为主的杂言体。这种杂言体乐府，在体制和格调方面，与唐代盛行的歌行体几乎没有什么实质性的差别。李白的乐府诗创作，实已完成了从汉魏古体到唐体的根本性转变。

三　李白的歌行

李白歌行的创作成就比乐府高，但两者之间的界限不容易划清。一般将李白古诗中以歌、行、吟、谣等为题的纵情长歌，作为其歌行的代表作。

李白的歌行，完全打破诗歌创作的一切固有格式，空无依傍，笔法多变，达到了任随性情之所之而变幻莫测、摇曳多姿的神奇境界。如《玉壶吟》：

> 烈士击玉壶，壮心惜暮年。三杯拂剑舞秋月，忽然高咏涕泗涟。凤凰初下紫泥诏，谒帝称觞登御筵。揄扬九重万乘主，谑浪赤墀青琐贤。朝天数换飞龙马，敕赐珊瑚白玉鞭。世人不识东方朔，大隐金门是谪仙。西施宜笑复宜颦，丑女效之徒累身。君王虽爱蛾眉好，无奈宫中妒杀人。

此诗大约写于天宝三载（744）李白供奉翰林的后期，赐金还山的前夕，全诗充满着郁勃不平之气。抒情的意味很浓,诗人以主观情感和意向为轴心展开篇章,飞腾想象,虚实相间,笔势大开大合,有时顺流直下,有时大跨度跳跃,豪气纵横而不失之粗野,悲愤难平而不流于褊急,不同于一般的书愤之作。

又如《宣州谢朓楼饯别校书叔云》:

> 弃我去者,昨日之日不可留;乱我心者,今日之日多烦忧。长风万里送秋雁,对此可以酣高楼。蓬莱文章建安骨,中间小谢又清发。俱怀逸兴壮思飞,欲上青天览明月。抽刀断水水更流,举杯消愁愁更愁。人生在世不称意,明朝散发弄扁舟。

诗作于李白二入长安、被以"赐金放还"的名义废逐之后,高傲自负而不为世所容,一种难以抑制的悲愤之情如火山爆发。强烈的不平和愤懑并未减弱其不可一世、自命不凡的气概,反而是"抽刀断水水更流",悲感之极而以豪逸出之,更加慷慨激昂。他竟能将失意的哀感,也表现得如此淋漓酣恣,如此气势凌厉,悲中见豪,令人心醉神迷,又感到振奋。这是他超于常人之处。

再如《梦游天姥吟留别》:

> 海客谈瀛洲,烟涛微茫信难求。越人语天姥,云霓明灭或可睹。天姥连天向天横,势拔五岳掩赤城。天台四万八千丈,对此欲倒东南倾。我欲因之梦吴越,一夜飞度镜湖月。湖月照我影,送我至剡溪。谢公宿处今尚在,渌水荡漾清猿啼。脚着谢公屐,身登青云梯。半壁见海日,空中闻天鸡。千岩万转路不定,迷花倚石忽已暝。熊咆龙吟殷岩泉,栗深林兮惊层巅。云青青兮欲雨,水澹澹兮生烟。列缺霹雳,丘峦崩摧。洞天石扉,訇然中开。青冥浩荡不见底,日月照耀金银台。霓为衣兮风为马,云之君兮纷纷而来下。虎鼓瑟兮鸾回车,仙之人兮列如麻。忽魂悸以魄动,恍惊起而长嗟。惟觉时之枕席,失向来之烟霞。世间行乐亦如此,古来万事东流水。别君去兮何时还?且放白鹿青崖间,须行即骑访名山。安能摧眉折腰事权贵,使我不得开心颜!

似暴风急雨,骤起骤落,如行云流水,一泻千里,像是从胸中直接奔涌喷吐出来。不仅感情一气直下,而且还以句式的长短变化和音节的错落,来显示其回旋振荡的节奏旋律,造成诗的气势,突出诗的力度,呈现出豪迈飘逸的诗歌风貌。

李白独特的艺术个性,及其非凡的气魄和生命激情,在他的歌行中全都展露出来,充分体现了盛唐诗歌气来、情来而蓬勃向上的时代精神,具有壮大奇伟的阳刚之美。

四 李白的绝句

李白诗歌的美是多样的,除大气磅礴、雄奇浪漫的壮美风格外,还有自然明快的优美情韵,这主要体现在他那些随口而发、颇多神来之笔的绝句里。在李白的近体诗里,以绝句的艺术成就最高。例如:

峨眉山月半轮秋，影入平羌江水流。夜发清溪向三峡，思君不见下渝州。(《峨眉山月歌》)

杨花落尽子规啼，闻道龙标过五溪。我寄愁心与明月，随风直到夜郎西。(《闻王昌龄左迁龙标遥有此寄》)

《峨眉山月歌》是李白开元十二年(724)从峨眉山沿平羌江东下至渝州时所写，已经出现了李白日后诗中的那种浓烈、奔泻而出的感情，那种奔放的气势。《闻王昌龄左迁龙标遥有此寄》对王昌龄的遭贬寄予无限同情，是李白感情世界的瞬间呈现，其开朗的性格、率真的情感，全都灵光一闪地反映了出来，脱口即成绝唱。

李白的七绝，以山水诗和送别诗为多，也写得最出色。他有一种与天地自然融为一体的气质，以其天真纯朴的童心，与山水冥合。《望庐山瀑布》、《早发白帝城》、《黄鹤楼送孟浩然之广陵》之类的七绝佳作，在李白诗中不胜枚举。这些作品，多写诗人在大自然怀抱和日常生活中获得的审美感悟及片刻情思，属兴到神会、一挥而就的自然天成之作。那刹那的感觉，那无穷的余味，所表现的是自然的美和普遍的人性、人情，平易真切，极富生活情趣。

绝句体制短小，适于写一地景色、一时情调，可它离首即尾，易流于浅露，所以绝句贵在含蓄。但若刻意锤炼，又易流于斧凿，所以绝句又贵在自然天成。李白的五言绝句，能以简洁明快的语言，表达出无尽的情思，做到了既自然，又含蓄，这是绝句的最高境界。《独坐敬亭山》是一首写片刻超然意趣的佳作："众鸟高飞尽，孤云独去闲。相看两不厌，只有敬亭山。"一人独坐时的寂寞心情与寂静的山景忽然冥会，感受到与自然相亲近的温暖，人与山刹那间灵性相通、浑然一体了。诗人将这种心领神会的感受信口说出，仿佛毫不费力，但在相看两不厌的人与山的冥会中，似有未曾说出且不必说出的无限情思在其中。《劳劳亭》借春风有情来写离别之苦："天下伤心处，劳劳送客亭。春风知别苦，不遣柳条青。"说春风吹过而柳色未青，似乎有意不让人折柳枝送别。话语极为明白易晓，景物很简单，情思也只是灵心一闪的感悟，蕴涵却委曲深长。

李白绝句受乐府民歌的影响极为明显，在他159首绝句(五绝79首，七绝80首)里，拟乐府民歌的作品约45首，占了近三分之一。其中有很多脍炙人口之作，如《静夜思》、《秋浦歌》、《玉阶怨》、《越女词五首》等。在盛唐诗人中，王维、孟浩然长于五绝，王昌龄等七绝写得好，兼长五绝与七绝而并至极境的，只有李白一人，所以明人胡应麟说："太白五七言绝，字字神境，篇篇神物。"(《诗薮·内编》卷六)

第二节　李白诗歌的艺术成就及影响

在盛唐诗人中，李白是艺术个性非常鲜明的一位，体现在诗歌创造的各个方面，他的艺术成就也是多方面的。

一 强烈的主观色彩

李白的诗歌创作带有强烈的主观色彩,主要表现为侧重抒写豪迈气概和激昂情怀,很少对客观物象和具体事件做细致的描述。李白诗中经常有"我"在,呈现出他人无法模拟的个性特色。如:"我志在删述,垂辉映千春"(《古风》其一)、"我本不弃世,世人自弃我"(《赠蔡山人》)、"大道如青天,我独不得出"(《行路难》其二)、"我歌月徘徊,我舞影零乱"(《月下独酌》)。

李白作诗常以奔放的气势贯穿,讲究纵横驰骋,一气呵成,具有以气夺人的特点。如《上李邕》:"大鹏一日同风起,抟摇直上九万里。假令风歇时下来,犹能簸却沧溟水。"以大鹏自喻,并非庄子式的逍遥以自适的大鹏,而是奋飞以引起震动惊怪的大鹏。在这不凡的浩大气势里,体现的是自信与进取的志向和傲世独立的人格力量。李白诗之所以惊动千古者在此,正如他在《江上吟》诗中所说:"兴酣落笔摇五岳,诗成笑傲凌沧州。"洒脱不羁的气质、傲世独立的人格、易于触动而又暴发强烈的感情,形成了李白诗抒情方式的鲜明特点。它往往是喷发式的,一旦感情兴发,就毫无节制地奔涌而出,宛若天际的狂飚和喷溢的火山。如《鸣皋歌送岑征君》抒写对于政治黑暗、是非颠倒的愤慨:"鸡聚族以争食,凤孤飞而无邻。蝘蜓嘲龙,鱼目混珍。嫫母衣锦,西施负薪。若使巢由桎梏于轩冕兮,亦奚异于夔龙蹩躠于风尘。"悲愤不平,慷慨激昂。用抑扬顿挫的语调和节奏变换,追摹情绪冲动时情感喷发奔涌的起伏跌宕,让人直接感受到心灵的震撼。又如《答王十二寒夜独酌有怀》:

> 昨夜吴中雪,子猷佳兴发。万里浮云卷碧山,青天中道流孤月。孤月沧浪河汉清,北斗错落长庚明。怀余对酒夜霜白,玉床金井冰峥嵘。人生飘忽百年内,且须酣畅万古情。君不能狸膏金距学斗鸡,坐令鼻息吹虹霓。君不能学哥舒,横行青海夜带刀,西屠石堡取紫袍。吟诗作赋北窗里,万言不直一杯水。世人闻此皆掉头,有如东风射马耳。鱼目亦笑我,谓与明月同。骅骝拳局不能食,蹇驴得志鸣春风。《折杨》《黄华》合流俗,晋君听琴枉清角。巴人谁肯和《阳春》,楚地由来贱奇璞。黄金散尽交不成,白首为儒身被轻。一谈一笑失颜色,苍蝇贝锦喧谤声。曾参岂是杀人者?谗言三及慈母惊。与君论心握君手,荣辱于余亦何有!孔圣犹闻伤凤麟,董龙更是何鸡狗!一生傲岸苦不谐,恩疏媒劳志多乖。严陵高揖汉天子,何必长剑拄颐事玉阶。达亦不足贵,穷亦不足悲。韩信羞将绛灌比,祢衡耻逐屠沽儿。君不见李北海,英风豪气今何在?君不见裴尚书,土坟三尺蒿棘居!少年早欲五湖去,见此弥将钟鼎疏。

全诗以议论式的独白为主,刻画诗人的自我形象,一开始便如行云流水般把浓烈激越的情怀抒写出来,接着便是抑制不住的感情浪潮的喷发,这种情感表达方式,完全是李白式的。

二　想象的变幻莫测

李白诗歌的想象变幻莫测，往往发想无端，奇之又奇，带有一种随意生发的狂放精神。如："西岳峥嵘何壮哉！黄河如丝天际来。……巨灵咆哮擘两山，洪波喷流射东海。"(《西岳云台歌送丹丘子》)"黄河落天走东海，万里写入胸怀间。"(《赠裴十四》)"君不见高堂明镜悲白发，朝如青丝暮成雪。"(《将进酒》)"白发三千丈，缘愁似个长。"(《秋浦歌十七首》其十五)"猿声催白发，长短尽成丝。"(同上其四)"狂风吹我心，西挂咸阳树。"(《金乡送韦八之西京》)真是想落天外，匪夷所思。

李白奇特的想象，常有异乎寻常的衔接，随情思流动而变化万端。一个想象与紧接着的另一个想象之间，跳跃极大，意象的衔接组合也是大跨度的，离奇惝恍，纵横变幻，极尽才思敏捷之所能。如《长相思》：

> 长相思，在长安。络纬秋啼金井栏，微霜凄凄簟色寒。孤灯不明思欲绝，卷帷望月空长叹。美人如花隔云端，上有青冥之高天，下有渌水之波澜。天长路远魂飞苦，梦魂不到关山难。长相思，摧心肝。

三　意象类型与词语色调

与作诗的气魄宏大和想象力丰富相关联，李白诗中颇多吞吐山河、包孕日月的壮美意象。他对体积巨大的壮观事物似乎尤为倾心，大鹏、巨鱼、长鲸，以及大江、大河、沧海、雪山等，都是他喜欢吟咏的对象，李白将它们置于异常广阔的空间背景下加以描绘，构成雄奇壮伟的诗歌意象。如《庐山谣寄卢侍御虚舟》中的"登高壮观天地间，大江茫茫去不还。黄云万里动风色，白波九道流雪山"，雄奇壮美的意象组合，给人以一种崇高感。又如《渡荆门送别》："山随平野尽，江入大荒流。月下飞天镜，云生结海楼。"意象亦极为阔大壮观。

但是，李白诗里亦不乏清新明丽的优美意象，如："人行明镜中，鸟度屏风里。"(《清溪行》)"绿水净素月，月明白鹭飞。"(《秋浦歌》其十三)"竹色溪下绿，荷花镜里香。"(《别储邕之剡中》)"玉阶生白露，夜久侵罗袜。却下水晶帘，玲珑望秋月。"(《玉阶怨》)这些由清溪、明月、白鹭、竹色、白露等明净景物构成的清丽意象，极大地丰富了李白诗歌的艺术蕴涵。因此，李白诗的意象，便有壮美与优美两种类型。

李白在《望终南山寄紫阁隐者》一诗中说："有时白云起，天际自舒卷。心中与之然，托兴每不浅。"他对白色的透明体，有一种本能的喜欢，月的形象在李白诗中反复出现。在李白诗里，用得最多的色彩字是"白"，其次是金、青、黄、绿、紫等。他天性开朗，喜欢明丽的色调，不喜欢灰暗色。李白诗歌的语言风格，具有清新明快的特点，明丽爽朗是其词语的基本色调。他那些脱口而出、不加雕饰的诗，常呈现出透明纯净而又绚丽夺目的光彩,反映出其不肯苟同于世俗的高洁人格。

四 李白的地位与影响

李白是时代的骄子,一出现就震惊了诗坛,享有崇高的声誉和地位。他气挟风雷的诗歌创作及其天才大手笔,当时就征服了众多的读者,朝野上下,许为奇才。如苏颋说:“此子天才英丽,下笔不休。”(李白《上安州裴长史书》引)杜甫对李白更是推崇备至。他在《春日忆李白》中说:“白也诗无敌,飘然思不群。清新庾开府,俊逸鲍参军。”由衷地赞美李白诗歌创作的“飘然思不群”,认为他的诗具有“清新”、“俊逸”的风格特点,天下无人可比。杜甫在《寄李十二白二十韵》里又说:“昔年有狂客,号尔谪仙人。笔落惊风雨,诗成泣鬼神。声名从此大,汩没一朝伸。文采承殊渥,流传必绝伦。”指出李白诗歌有盖世绝伦的神奇艺术感染力,其巨大的声名将流传后世。他在《饮中八仙歌》中说:“李白一斗诗百篇,长安市上酒家眠。天子呼来不上船,自称臣是酒中仙。”对李白的纵恣天才赞叹不已。李白的同时人任华,说李白“新诗传在宫人口,佳句不离明主心”(《杂言寄李白》)。在中晚唐诗人眼中,李白、杜甫有着极高的地位。韩愈和李商隐,对李白都推崇不已。宋以后,杜甫地位极高,然论诗者,皆并称李、杜。

李白对后世的巨大影响,首先是他诗歌中所表现的人格力量和个性魅力。他那“天生我材必有用”的非凡自信,那“安能摧眉折腰事权贵”的独立人格,那“戏万乘若僚友,视俦列如草芥”的凛然风骨,那与自然合为冥一的潇洒风神,曾经吸引过无数士人。在中国古代封建社会个体人格意识受到正统思想压抑的文化传统中,李白狂放不受约束的纯真的个性风采,无疑有着巨大的魅力。他诗歌的豪放飘逸的风格、变化莫测的想象、清水芙蓉的美,对后来的诗人有很大的吸引力,苏轼、陆游等大家,都曾受到他的影响。由于他以才力写诗,凭气质写诗,他的诗风事实上是无法学习的。在中国诗歌史上,李白有不可替代的不朽地位。

【本章习题指要】

1. 李白的思想性格。
2. 李白乐府、歌行体诗歌的艺术特色。
3. 李白绝句的艺术特征。
4. 李白诗歌的艺术成就。

第四章　杜　甫

杜甫是唐代社会转折时期继往开来的伟大诗人,他的前半生是在唐王朝的鼎盛阶段度过的,深受盛唐文化的熏陶,在他身上可看到盛唐士人的狂放精神和开阔胸襟;可他的后半生历经战乱、四方漂泊,对普通百姓受苦受难的生活有着极真切的现实体验。这种特殊的经历,使他成为由盛唐过渡到中唐的一位集大成的诗人,享有"诗圣"的声誉,他的诗被称为"诗史"。在历经沧桑后,他的诗歌风格趋于沉郁顿挫,尤其在律诗创作上成就非凡。

第一节　杜甫及其诗歌的诗史性质

一　杜甫其人

杜甫(712—770),字子美,京兆杜陵(今陕西西安市西南)人。生于巩县,是晋朝名将杜预之后。祖父杜审言,初唐著名诗人。父亲杜闲曾为兖州司马和奉天县令。奉儒守素的家庭文化传统对他忠君恋阙、仁民爱物的思想有巨大影响。他7岁开始学诗,至20岁结束书斋生活,而后南下吴越,北游齐赵,进行了长达10年的"壮游"。此时正值盛唐"开元盛世",社会经济的繁荣和相对安定的政治局面,使杜甫的诗作充满了少年气盛的昂扬情调和自信。33岁时,他在洛阳遇到刚被"赐金放还"的李白,两人同游梁、宋,建立了千古传颂的友谊。遇高适,三人酣饮纵游,慷慨怀古。不久又北上齐鲁,过历下,登泰山,抒发"会当凌绝顶,一览众山小"(《望岳》)的情怀。和许多盛唐诗人一样,他有巨大抱负,自谓能立登要路,致君尧舜。那种胸怀天下的壮志,那种裘马轻狂的快意,在其诗作中展露无遗。"所向无空阔,真堪托死生。骁腾有如此,万里可横行。"(《房兵曹胡马诗》)这不是把自己比喻成驰骋千里的骏马吗?"痛饮狂歌空度日,飞扬跋扈为谁雄。"(《赠李白》)这开阔的心胸、雄伟的气魄,绝不亚于李白的豪气与浪漫。此时的杜甫,胸怀大济苍生的梦想,同盛唐众多的诗人一样,对前途充满了美好的憧憬。

但这幻想在天宝五载(746)到长安之后,便彻底破灭了。到长安的第二年,他参加了由李林甫操纵的一次考试,落入骗局。落第之后回到偃师,后来又来到长安,献赋上书,干谒赠诗,希求汲引,但都落空。十载长安,历尽辛酸,"卖药都市,寄食友朋"(《献三大礼赋表》)。于是他在《奉赠韦左丞丈二十二韵》中说:"纨绔不饿死,儒冠多误身。丈人试静听,贱子请具陈。甫昔少年日,早充观国宾。读书破万卷,下笔如有神。赋料扬雄敌,诗看子建亲。李邕求识面,王翰愿卜邻。自谓颇挺出,立登要路津。致君尧舜上,再使风俗淳。"穷困潦倒的杜甫,早已失去了往日的悠闲与昂扬,也更深切地体会到了处于社会下层的人养家糊口之不易。这十载长安,使杜甫历尽人生辛酸,他看到了生民疾苦,关心着国家安危。忠君恋阙,仁民爱物的情怀,在这颠沛辛酸的生活里不但未曾衰退,反而更加强烈了。直到天宝十四年(755)冬天,才获得一个看管兵甲器杖(右卫率府胄曹参军)的卑微官职,而此时杜甫已经43岁了。

安史乱起之后,杜甫落入叛军手中,被押解到陷落的长安。在陷落的长安,他写下了《春望》等忠君恋阙的千古名作。至德二年(757)四月,杜甫终于逃出了长安,冒着生命危险到达凤翔,被肃宗任命为左拾遗,可不久就因上疏申救房琯而触犯了肃宗。九月,长安收复,杜甫一家又来到长安,于第二年因房琯之事而坐贬华州司功参军。乾元二年(759),杜甫又在洛阳去华州的路上,目睹百姓家破人亡的惨剧。战乱的痛苦已经成了摆在他面前的赤裸裸的现实。

乾元二年秋,杜甫到了秦州以南的同谷县,于岁末抵达成都,开始了他晚年漂泊西南的生活。杜甫在成都有一段时间生活相对安定。后来因剑南兵马使徐知道反,成都混乱,他移家梓州,来往旁县,中间又曾在阆州小住。永泰元年(765)五月,离成都经渝州出峡,在云安短期养病之后,于次年春末迁居夔州(今四川奉节)。大历三年(768)春,他离夔州,漂泊江陵、公安、岳阳、潭州,大历五年(770)冬,死于自潭州赴岳州途中舟上,时年59岁。杜甫暮年穷困潦倒,疾病缠身,十分凄凉。

杜甫身上有较浓厚的儒家"忠君"思想,对社稷和人民的最终关切,是他"忠君"的核心内容。杜甫的思想受儒家影响较大,但他与道教、佛教中人也多有来往,未限于一宗一派。作为"诗圣",杜甫是中国传统知识分子心中的偶像,是儒家文化理想人格的化身,代表着当时的"社会良知"。杜甫不仅做了动荡时代苦难人生的代言人,而且以贴近现实有血有泪的歌吟,呈露出仁者襟怀,由此形成的杜诗风格的大、重、拙,是传统儒家人文精神的最高诗意所在。

二 杜诗的诗史性质

杜甫的诗歌真实地反映了安史之乱前后的时代动乱,是时代的一面镜子,素有"诗史"的美誉。这首先在于杜诗具有史的认识价值。常被人提到的重要的历史事件,在他的诗中都有反映。至德元年(756)唐军陈陶斜大败,继又败于青坂,杜甫有《悲陈陶》、《悲青坂》;收复两京,杜甫有《收京三首》、《喜闻官军已临贼境二十韵》;九节度兵围邺城,看来胜利在即,杜甫写了《洗兵马》,其中提到胜利的消息接踵而至,提到回纥军助战、在长安受到优待的事,提到平叛诸将的功业,反映了此一事件在当时造成的普遍心理。后来九节度兵败邺城,为补充兵员而沿途征兵,杜甫有"三吏"、"三别"。宦官市舶使吕太一反于广州,杜甫后来写了《自平》。杜甫的有些诗,还可补史之失载,如《三绝句》中写到的渝州、开州杀刺史的事,未见史书记载。从杜诗可见安史之乱后蜀中的混乱情形。而《忆昔》则描述了开元盛世的繁荣景象:"忆昔开元全盛日,小邑犹藏万家室。稻米流脂粟米白,公私仓廪俱丰实。九州道路无豺虎,远游不劳吉日出。齐纨鲁缟车班班,男耕女桑不相失。"这是常被史学家用来说明开元盛世社会风貌的一首诗,写时事,不始于杜甫,但是到了杜甫,才从如此广阔的视野并如此频繁地写时事。他的诗,提供了史的事实,可以证史,可以补史之不足。

杜诗的"诗史"性质,主要的还不在于它提供了史的事实。史实只提供事件,而杜诗则提供比事件更为广阔、更为具体,也更为生动的生活画面。史称玄宗后期沉湎声色,记载了不少事实,而在杜甫《自京赴奉先县咏怀五百字》中,我们才真切地感受到这沉湎声色的情景:"凌晨过骊山,御榻在嵽嵲。蚩尤塞寒空,蹴踏崖谷滑。瑶池气郁律,羽林相摩戛。君臣留欢娱,乐动殷胶葛。赐浴皆长缨,与宴非短褐。彤庭所分帛,本自寒女出。鞭挞其夫家,聚敛贡城阙。……况闻内金盘,尽在卫霍室。中堂有神仙,烟雾蒙玉质。煖客貂鼠裘,悲管逐清瑟。劝客驼蹄羹,霜橙压香橘。朱门酒肉臭,路有冻死骨。"这里描写的是具体的情景,连面临这情景时感觉到的氛围和情思都有了。

即使是从一个人、一个家庭写起的战争带给百姓的苦难,写他们的遭遇,写他们的内心的悲酸,仍然可以使读者感受到其时社会的某些心理状态。从认识历史的起初面貌说,这一类诗,也具有诗史的意义。如《无家别》:

> 寂寞天宝后,园庐但蒿藜。我里百余家,世乱各东西。存者无消息,死者为尘泥。贱子因阵败,归来寻旧蹊。久行见空巷,日瘦气惨凄。但对狐与狸,竖毛怒我啼。四邻何所有,一二老寡妻。宿鸟恋本枝,安辞且穷栖。方春独荷锄,日暮还灌畦。县吏知我至,召令习鼓鞞。虽从本州役,内顾无所携。近行止一身,远去终转迷。家乡既荡尽,远近理亦齐。永痛长病母,五年委沟谿。生我不得力,终身两酸嘶。人生无家别,何以为蒸黎。

写到故乡荒凉,老母病死,归来无家,不得不再次从军,反映出当时战区人民的共同遭遇,令人不忍卒读。他把战火中的人的内心世界,一一展开,令人千载之下,为之动情。《羌村三首》、《哀王孙》、《哀江头》、《北征》等诗,都是这种写法。

三　杜诗的写实手法

杜诗的诗史性质,决定了写实的写作手法。以时事入诗,直面社会现实,确实是杜诗很突出的特点。杜甫继承了《诗经》、《离骚》重兴寄的爱国忧民精神,又发展了两汉乐府民歌"写时事"的优良传统,创立了"即事名篇,无复依傍"的新乐府。

杜甫的乐府古体诗,除了效法汉魏古乐府取题的用意以"行"诗写时事外,还能自立新题,独创格调。如《兵车行》:

车辚辚,马萧萧,行人弓箭各在腰。耶娘妻子走相送,尘埃不见咸阳桥。牵衣顿足拦道哭,哭声直上干云霄。道旁过者问行人,行人但云点行频。或从十五北防河,便至四十西营田。去时里正与裹头,归来头白还戍边。边庭流血成海水,武皇开边意未已。君不闻汉家山东二百州,千村万落生荆杞。纵有健妇把锄犁,禾生陇亩无东西。况复秦兵耐苦战,被驱不异犬与鸡。长者虽有问,役夫敢伸恨?且如今年冬,未休关西卒。县官急索租,租税从何出?信知生男恶,反是生女好,生女犹得嫁比邻,生男埋没随百草。君不见青海头,古来白骨无人收。新鬼烦冤旧鬼哭,天阴雨湿声啾啾。

此诗作于杜甫困居长安期间,讽刺唐玄宗穷兵黩武而不顾百姓死活,不用《从军行》一类的乐府旧题,而是自创新题直接针砭时弊。在写法上,开头摹写送别惨状,是纪事;自“行人但云”以下为征夫的诉苦,为纪言,采用客观的纪实描写手法,叙述者完全站在同情人民疾苦的立场上。

杜诗的写实,既叙事件经过,又用力于细部描写。这些细部描写,或人或物或心情,精心刻画,从细微处见出真实,展开画面,把人引入某种氛围、某种境界。《北征》叙从凤翔行在往鄜州省家的一路所见,他写的都是不起眼的平常细事,但正是这些细小的描写,从一个视角展现了广阔的历史画面。也正是这些细小的描写,使杜诗的叙事方式有别于前此的叙事诗。它从概括描写走向写具体事件的片断,因写细节而更少概括描写常有的夸张,更多真实感。故事性被冲淡了,而生活色彩则得到极大的加强。

杜诗的写实还融入了强烈的抒情,以时事入诗却含有泪水和深情。这除了他能设身处地为老百姓着想外,还在于他本人就是普通百姓中的一员,只要真实地将自己的所见所闻和感受叙述出来,就成为了人民的代言人。《壮游》与《自京赴奉先县咏怀五百字》都是此类佳作。“诗史”首先是诗,人们读杜诗的兴味远远超过读史,就因为它充满了感情的形象画面,含有普通人的喜怒哀乐。如《赠卫八处士》:“人生不相见,动如参与商。今夕复何夕,共此灯烛光。少壮能几时,鬓发各已苍。访旧半为鬼,惊呼热中肠。”《哀江头》:“少陵野老吞声哭,春日潜行曲江曲。江头宫殿锁千门,细柳新蒲为谁绿!……明眸皓齿今何在,血污游魂归不得。清渭东流剑阁深,去住彼此无消息。”物是人非,不胜沧桑,这是战乱中逃难的人都会有的感受。

第二节 杜甫的律诗

一般说来,律诗具有格律字数的限制,要求写得精练和概括,故不适宜叙事而较适合抒情。杜甫把律诗的题材范围扩大到几乎与古体诗同样广阔的程度,在艺术上也取得了非凡的成就。

一 五律七律兼擅

杜甫对五律的把握,已到了非常纯熟、运用自如的程度,不但韵律精细,且诗境浑成而多变化,有意境壮阔忽转为凄凉的,也有气象巍峨忽转为情景细致婉约的,做到了不拘一格。如《月夜》:

今夜鄜州月,闺中只独看。遥怜小儿女,未解忆长安。香雾云鬟湿,清辉玉臂寒。何时倚虚幌,双照泪痕干。

本意是要表达自己对妻子深切的思念,但作者却用曲笔从妻子对自己的思念来写,让思念从彼岸飞来,愈见杜甫思念之深切。全诗以明月兴思情,同一轮明月寄寓着两地彼此的思念,思情的悠远绵长与月夜的朦胧相织相融,形成一种清丽深婉、寂寥苦思的凄清氛围,使读者不觉之间与之同悲共泣。

杜甫是七律的第一位大家,他创作了超过前人创作数量总和的七律。唐人的七言律,在盛唐诸家以兴趣情韵见长,到杜甫手中,境界始大,感慨始深,无论摹写物象,还是抒发性情,皆能摆去拘束,于尺幅之中,含有思飘云物、律惊鬼神的壮观景象。杜甫把律诗写得纵横恣肆,极尽变化之能事,合律而又看不出声律的束缚,对仗工整而又看不出对仗的痕迹。如《闻官军收河南河北》把一种骤然到来的狂喜心情,表现得淋漓尽致,用"忽传"、"初闻"、"却看"、"漫卷"这些动词,加强了突然性和随意性色彩;用"即从"、"便下"、"穿"、"向"等词,连接四个地名,造成风驰电掣的气势。表达的方式,仿佛散文一般,感慨流畅,连贯性、整体感极强,毫不受律体的束缚。杜甫七律创作的全盛期在入蜀以后,他在寓居夔州以后所作律诗,这方面的成就,更是达到炉火纯青的地步。《登高》是杜诗中最有名的一首七律:

风急天高猿啸哀,渚清沙白鸟飞回。无边落木萧萧下,不尽长江滚滚来。万里悲秋常作客,百年多病独登台。艰难苦恨繁霜鬓,潦倒新停浊酒杯。

八句皆对且一气贯注,悲怆而不消沉,胡应麟称其为古今七律第一。除了在思想内容、意象境界和情趣格调上有着全新的开拓外,杜诗具体的语言技巧和写作手法也较之前期有很大的提高,如起句富于创新,中二联写景往往以情间之,句中用典不露痕迹,体物贴切,善用双字叠字等。

二 以律诗写组诗

杜甫为扩大律诗的表现力,以组诗的形式,表现一些较难表现、较宽泛的内容。他的五律和七律都有这样的组诗。五律中的《秦州杂诗二十首》是一例,集中地表现了他在秦州时的心境。写于客居夔州时的《洞房》、《宿昔》、《能画》、《斗鸡》、《历历》、《洛阳》、《骊山》、《提封》,虽未标出总题目,但就内容言,也是组诗,八首诗前后照应,情思脉络连贯,而表现的范围是一首律诗难以表达的。

杜甫以律诗写组诗最为成功的是七律,如《咏怀古迹五首》、《诸将五首》,特别是《秋兴八首》,可以说是杜甫律诗中的登峰造极之作。这组诗写于滞留夔州时期。此时安史之乱虽已结束,而外族入侵,藩镇叛乱,战争仍然不断。挚友已先后离开人世,诗人自己仍漂泊沧江,且疾病缠身。山城秋色,引发他的故园之思和对于京华岁月的怀念,回顾一生,感悟哲理。八首诗就是在这一思想脉络上展开,一层深似一层:

> 玉露凋伤枫树林,巫山巫峡气萧森。江间波浪兼天涌,塞上风云接地阴。丛菊两开他日泪,孤舟一系故园心。寒衣处处催刀尺,白帝城高急暮砧。
>
> 夔府孤城落日斜,每依北斗望京华。听猿实下三声泪,奉使虚随八月槎。画省香炉违伏枕,山楼粉堞隐悲笳。请看石上藤萝月,已映洲前芦荻花。
>
> 千家山郭静朝晖,日日江楼坐翠微。信宿渔人还泛泛,清秋燕子故飞飞。匡衡抗疏功名薄,刘向传经心事违。同学少年多不贱,五陵衣马自轻肥。
>
> 闻道长安似奕棋,百年世事不胜悲。王侯第宅皆新主,文武衣冠异昔时。直北关山金鼓震,征西车马羽书驰。鱼龙寂寞秋江冷,故国平居有所思。
>
> 蓬莱宫阙对南山,承露金茎霄汉间。西望瑶池降王母,东来紫气满函关。云移雉尾开宫扇,日绕龙鳞识圣颜。一卧沧江惊岁晚,几回青琐点朝班。
>
> 瞿唐峡口曲江头,万里风烟接素秋。花萼夹城通御气,芙蓉小苑入边愁。珠帘绣柱围黄鹄,锦缆牙樯起白鸥。回首可怜歌舞地,秦中自古帝王州。
>
> 昆明池水汉时功,武帝旌旗在眼中。织女机丝虚夜月,石鲸鳞甲动秋风。波漂菰米沉云黑,露冷莲房坠粉红。关塞极天唯鸟道,江湖满地一渔翁。
>
> 昆吾御宿自逶迤,紫阁峰阴入渼陂。香稻啄余鹦鹉粒,碧梧栖老凤凰枝。佳人拾翠春相问,仙侣同舟晚更移。彩笔昔曾干气象,白头吟望苦低垂。

这一组诗,或即景含情,或直诉悲愤,或借古喻今,或欲说还休。八首只如一首,一次又一次地忆长安、感盛衰和伤沦落,反反复复,欲吐还吞,沉郁回环,悲慨深沉,极顿挫之致。

三 拗律与绝句

杜甫打破固定的律诗谱式,除了创为"连章体"的组诗外,还就律体的变格创为"拗体",晚年七律拗体更多。这种拗体与七律初期出现的某些不合律现象是不同的,它是成熟之后的通变,表现为变化中的完整。不过杜甫七律的拗句实无规律可循,有时是顺其自然而放弃声律规则,有时则是有意为之。能律则律,当拗则拗,体现了诗人造语贵新,同中求异的创作追求。

拗体在杜甫的绝句诗里出现较多,尤以七绝为甚。前人对杜诗七绝不太满意的原因之一，便是拗体太多而不中格律。杜甫写七绝是比较随便的，上自国家大事，下至日常生活，凡题材不足以构成长篇的，他多半用七绝来表达，如《戏为六绝句》是一种杂感式的谈艺论文的论诗诗，评古鉴今，开创了文学批评的新方式。

杜甫入蜀后所作的绝句多为描写当地风景和风俗人情的组诗，如《绝句漫兴》九首其一："眼见客愁愁不醒，无赖春色到江亭。即遣花开深造次，便觉莺语太丁宁。"《江畔独步寻花七绝句》也是此类佳作。与盛唐时期一般绝句不同的是，杜甫的绝句在声调上不是那么悠扬和谐，但章法、句法多变，刻画细致，能曲折达意，而且受民歌的影响，多杂有当时流行的口语(如《赠花卿》、《江南逢李龟年》)。杜甫的这类诗，既有联篇的吟唱，又有单篇的短章；既有常调，又有拗体，多一气呵成的真实之作，其妙处在于含意深婉。其声调拗峭、笔墨质实，且多议论，改变了盛唐绝句蕴藉含蓄的清丽格调，创立了一种与其沉郁顿挫风格一致的绝句新风貌。

第三节　杜诗的艺术风格及对后世的影响

一　杜诗的主要风格：沉郁顿挫

杜诗的主要风格特征是沉郁顿挫，沉郁顿挫风格的感情基调是悲慨。杜诗"沉郁"风格的形成，是安史之乱前后特定历史时期的产物，是时代社会心理在杜甫诗歌创作中的反映。入蜀后的十余年，是杜诗"沉郁"风格发展的顶峰。

杜甫在童年时代是很活泼的，青年时代则是裘马清狂，可中年以后，由于生活的折磨，使他变得沉郁了，晚年更是充满了悲伤的情绪。可他是一个极其有骨气的人，其郁积于心头的悲慨涌到嘴边的时候，往往又一口咽了下去，使感情的流程变得深沉浑厚起来，但感情的回环往复是在诗人的心中进行的，流露于笔端的是潜气内转的起伏顿挫，给人以波澜老成之感。如《咏怀古迹》五首其二："摇落深知宋玉悲，风流儒雅亦吾师。怅望千秋一洒泪，萧条异代不同时。江山故宅空文藻，云雨荒台岂梦思。最是楚宫俱泯灭，舟人指点到今疑。"写萧条异代的千秋洒泪，极为沉郁顿挫。《秋兴八首》也是此种风格的杰出代表作品。

杜诗沉郁顿挫的风格，是在十年困居长安期间形成的，而于杜甫晚年漂泊西南的诗歌创作中体现得尤为突出。一位心念国家安危和民生疾苦的诗人，动乱的时代，个人的坎坷遭遇，一有感触，则悲慨满怀。他的诗有一种深沉的忧思，无论是写民生疾苦、怀友思乡，还是写自己的穷愁潦倒，感情都是深沉阔大的。他的诗，蕴涵着一种厚积的感情力量，每欲喷薄而出时，他的仁者之心、他的儒家涵养所形成的中和处世的心态，便把这喷薄欲出的悲怆抑制住了，使它变得缓慢、深沉，变得低回起伏。长篇如此，短章也如此。沉郁，指其感情的悲慨壮大深厚；顿挫，指其感情的表达波浪起伏、反复低回。

二 杜诗的集大成

杜甫在《戏为六绝句》其六中说:“别裁伪体亲风雅,转益多师是吾师。”杜甫广泛地向前辈作家学习,总结文学在发展过程中积累起来的丰富的艺术经验,对诗的各种艺术形式及表现力作自觉的探讨与追求,成为中国诗史上集大成式的诗人。杜诗的集大成体现在三个方面:

一是虚心学习前人的经营,不薄今人爱古人。杜诗的叙事和写实,显然受到《诗经》和汉乐府的影响,其爱国忧民、坚持正义的精神,又是对屈原《离骚》的继承。具体表现为对以屈赋为代表的楚辞诗句语词的直接运用和点化上。在五言古诗写作中,他接受了王粲、曹植、陶渊明等诗人的影响。他的古诗多律句,正是由于学齐梁以来重偶句排比的缘故。在《戏为六绝句》评点古往今来的作家中,杜甫单单提出庾信和初唐四杰。杜甫能比较全面地认识到各个历史时期的作家作品都有自己的特色和成就,能兼取众人之长。

二是作诗兼备众体,风格多样化。杜甫擅长各种诗歌体裁,并能推陈出新。他的五言古诗穷极笔力,充分扩充境界,由十韵而拓展至五十韵(如《自京赴奉先县咏怀五百字》),又再拓展为七十韵的巨制(如《北征》)。至于五言排律,大或千言,次犹数百,皆前所未有。他的歌行之体,句法皆以散文笔法出之,有时一韵到底,转折不衰,有的更换用韵,愈转愈精。杜诗风格崇尚绮丽、清新,后来向沉郁、老成发展,形成沉郁顿挫的主导风格,还有萧散自然、平淡简易和含蓄委婉等诸多变化。如同是写夜景,《倦夜》的“重露成涓滴,稀星乍有无。暗飞萤自照,水宿鸟相呼”是以丽句写荒凉,迥异于他以雄浑悲壮以寄哀伤的《阁夜》“五更鼓角声悲壮,三峡星河影动摇”。

三是功力深厚,能自铸伟辞。杜甫在《江上值水如海势聊短述》中说:“为人性僻耽佳句,语不惊人死不休。老去诗篇浑漫与,春来花鸟莫深愁。”由于注重对于诗歌语言的锤炼,他的诗歌里往往有非常美丽或精警的句子,如“细雨鱼儿出,微风燕子斜”(《水槛遣心》),“落日照大旗,马鸣风萧萧”(《后出塞五首》),“来如雷霆收震怒,罢如江海凝清光”(《观公孙大娘弟子舞剑器行》),“春水船如天上坐,老年花似雾中看”(《小寒食舟中作》)。

三 杜诗的地位和影响

杜诗以高度的艺术水平表现了自己对祖国命运和人民疾苦的时刻关怀,不仅充分地反映了当时的社会现实和时代精神,而且一直哺育着历代爱国诗人。从古典诗歌艺术的发展来看,受其影响的诗人是非常多的,有学其写实精神的,有学其遣词造句的艺术技巧以求新变的。这样,不仅他作为儒家理想人格的化身受到推崇,杜诗也作为集大成的艺术范式受到膜拜。

从唐诗的发展看,杜甫是一位承先启后的人物。杜诗是唐诗发展的一个转折。由于杜诗兼备众体而又自铸伟辞,积累了极其丰富的艺术经验,也就为后来者的进一步发展提供了各种可能。中唐以后,白居易、元稹继承了杜甫缘事而发、写民生疾苦的一面,且受到杜甫五言排律夹叙夹议的影响;韩愈、孟郊、李贺则受到杜甫的奇崛、散文化和炼字的影响;炼字在晚唐更发展成苦吟一派;李商隐的七律得力于杜甫七律的组织严密而跳跃性极大的技法。他们都学杜甫的一枝一节,而开拓出新的诗派。

到了宋代,杜诗在长期接受过程中得到普遍认同,成为宋人作诗效法的最高典范——"诗圣"。王安石、苏轼和黄庭坚等宋代的大诗人都非常推崇杜甫。黄庭坚大力提倡杜甫夔州后的作品,具体而微地总结杜诗的艺术手法,将杜诗推尊为江西诗派的不二法门,学杜成了宋诗的一个标志,也奠定了杜甫在中国诗史上的崇高地位。

杜甫的更为重要的影响,是在思想情操方面。他的心系国家安危、同情民生疾苦的淳厚感情,为历代士人所崇仰,在士人人格的形成上,有不可估量的影响。南宋爱国将领文天祥兵败被俘,有《集杜诗》200 首,其序说:"凡吾意所欲言者,子美先为代言之。"这种影响,历久而不衰。

【本章习题指要】

1. 杜诗的"写实"体现在哪些方面?有何特点?
2. 如何理解杜诗的"沉郁顿挫"风格?
3. 为什么说杜诗"集大成"?

第五章　大历诗坛

大历年间是盛唐诗风向中唐诗风演变的过渡期。这一时期的诗人的青少年时期是在开元、天宝太平盛世中度过的，受过盛唐文化的熏陶；可安史之乱引发的近十年的空前战乱，使他们的心理状态产生了明显的变化，失去了盛唐士人的昂扬精神风貌。他们的诗表现出一种孤独寂寞的冷落心境，追求清雅高逸的情调，表现宁静淡泊的生活情趣，虽有风味而气骨顿衰，遂露出中唐面目。

第一节　韦应物与刘长卿

韦应物与刘长卿是大历至贞元年间活跃于诗坛上的诗人中的佼佼者，前者的部分诗歌还带有盛唐余韵，后者诗中多冷落寂寞情调。

一　韦应物

韦应物（737—790?），京兆万年（今陕西省西安市）人。其父銮、伯父鉴均为著名画家。韦应物早年曾任宫廷“三卫郎”，后担任滁州、江州、苏州刺史，故后人称他为“韦苏州”。

韦应物早年所写的一部分作品，继承了盛唐诗人关怀现实、追求理想的传统，不乏昂扬开朗的人生意气，如《寄畅当》：“寇贼起东山，英俊方未闲。闻君新应募，籍籍动京关。出身文翰场，高步不可攀。青袍未及解，白羽插腰间。昔为琼树枝，今有风霜颜。秋郊细柳道，走马一夕还。丈夫当为国，破敌如摧山。何必事州府，坐使鬓毛斑。”气势壮大，明显带有刚健明朗的盛唐余韵。韦应物的后期作品里，慷慨为国的昂扬意气消失了，代之而起的是看破世情的无奈和散淡，风格亦趋于闲淡简远。他向往隐逸的宁静，有意效法陶渊明的冲和平淡，成为他诗歌创作的主导倾向，如《寄全椒山中道士》：

> 今朝郡斋冷，忽念山中客。涧底束荆薪，归来煮白石。欲持一瓢酒，远慰风雨夕。落叶满空山，何处寻行迹。

将情谊深厚的真挚情感，出之以心平气和的恬淡之语，诗境明净雅洁而意味深长，被誉为“化工笔”（高步瀛《唐宋诗举要》）。韦应物的许多诗都有这种韵味，在宁静的诗境中，有一种冷落寂寞的情思氛围。如其《咏声》诗所云：“万物自生听，太空恒寂寥。还从静中起，却向静中消。”这种归结于静穆空寂的诗歌情调,表现出某种冷漠遁世的心理倾向,与其他大历诗人的创作是相同的。

韦应物的田园诗多作于出守地方州县时,将谢朓郡斋诗的表现方式和陶渊明的田园诗风相结合,为田园诗增添了一种新的境界。他并不是一味恬淡忘怀世事的人,其田园诗中有正视现实的新趋向。如《观田家》:“微雨众卉新,一雷惊蛰始。田家几日闲,耕种从此起。丁壮俱在野,场圃亦就理。归来景常晏,饮犊西涧水。饥劬不自苦,膏泽且为喜。仓廪无宿储,徭役犹未已。方惭不耕者,禄食出闾里。”将田家苦引入了田园牧歌,可以看做田园诗主旨至中唐开始大变前的一个信号。

二 刘长卿

刘长卿(726? —787?),字文房,先世宣州(今安徽宣城)人。由于家境较为贫寒,他早年矢志苦读,而命运多舛,应举十年不第,大概于天宝十一年(752)方登进士第,官终随州刺史。入仕后又因刚直犯上,负谤入狱,两遭谪贬,一生的大部分时光是在逆境中度过的。长期的抑郁寡欢,使他的诗歌于冷落寂寞的情调中,又平添了一些惆怅衰飒的心绪,显得凄清悲凉。如《重送裴郎中贬吉州》:

猿啼客散暮江头,人自伤心水自流。同作逐臣君更远,青山万里一孤舟。

时运不济的感伤和惆怅层层递进,人生失意的凄凉之感,融入黯淡萧瑟的景物描写中,尤显浓重深长。同病相怜,不胜愁别,伤感得不能再伤感,孤独得不能再孤独。一种由悲剧命运支配的孤寂惆怅的生存体验,与特定时代的衰败萧索景象相结合,汇聚成生不逢时的冷漠寂寥情调,在刘长卿诗里反复出现,以至于其诗歌意象的构成也带有某种类型化的倾向。

刘长卿的才智并不很出众,思锐而才窄,敏于感受,拙于叙述,其诗十首以上语意即显重复,可在当时和后代的影响却很大。他的五言诗写得最好,早年爱写篇幅较大的叙事性的五古五排,但意脉似不甚连贯。后来他用较短的五古和五律、五绝写离别与山水景物,颇多意象省净而极富意味的优秀之作。最为著名的是《逢雪宿芙蓉山主人》:“日暮苍山远,天寒白屋贫。柴门闻犬吠,风雪夜归人。”诗按照投宿的视角,由远及近,由大及小,动静相间,从中透露出山居荒寒之感,及旅人静夜之多思;文字省净优美而意境幽远,然而弥漫着一层难以言说的冷漠寂寥的情思,透露出浓重的衰飒索寞之气。

第二节 大历十才子

“十才子”之名,最初见于中唐诗人姚合编的《极玄集》,即李端、卢纶、吉中孚、韩翃、钱起、司空曙、苗发、崔峒、耿沣、夏侯审。他们的生平大都不详,因大历初年在长安参加重要的唱和活动而为世人所瞩目。

一 “十才子”齐名

“十才子”齐名的一个重要原因,在于主要创作倾向和诗风的相近。他们的生活态度,在钱起的《县中池竹言怀》一诗中表现得很典型,所谓“官小志已足,时清免负薪。卑栖且得地,荣耀不关身。自爱赏心处,丛篁流水滨”。他们不再像前辈盛唐诗人那样充满兼济理想,真正的兴趣也不在政事,而是集情趣于山水,寄心绪于景物。除了应酬唱和之作外,他们的诗主要写日常生活细事、自然风物和羁旅愁思,抒发寂寞清冷的孤独情怀,表现超然世外的隐逸风调。

他们的创作成就高低不一,所长亦各异。

钱起才能全面,其诗各体皆工,被公认为“十才子”之冠,与刘长卿并称“钱刘”。李端才思敏捷,善于作应酬的送行诗。卢纶曾到过边塞,其《塞下曲》云:“月黑雁飞高,单于夜遁逃。欲将轻骑逐,大雪满弓刀。”不乏昂扬气势,带有盛唐余韵。此外,十才子都有反映战乱生活的诗,虽是冷眼旁观的客观记录,有的也写得较为深刻。

钱起《送钟评事应宏词下第东归》、李端《听夜雨寄卢纶》、卢纶《与从弟瑾同下第后出关言别》、司空曙《江村即事》、韩翃《寒食》这一类作品,是“十才子”诗里较为优秀的成熟之作:

> 世事悠扬春梦里,年光寂寞旅愁中,劝君稍尽离筵酒,千里佳期难再同。(《送钟评事应宏词下第东归》)
>
> 暮雨萧条过凤城,霏霏飒飒重还轻。闻君此夜东林宿,听得荷池几度声。(《听夜雨寄卢纶》)
>
> 出关愁暮一沾裳,满野蓬生古战场。孤村树色昏残雨,远寺钟声带夕阳。(《与从弟瑾同下第后出关言别》)
>
> 钓罢归来不系船,江村月落正堪眠。纵然一夜风吹去,只在芦花浅水边。(《江村即事》)
>
> 春城无处不飞花,寒食东风御柳斜。日暮汉宫传蜡烛,轻烟散入五侯家。(《寒食》)

这类诗歌,在艺术表现上以谢朓为宗,讲究格律辞藻,追求清雅闲淡,工于白描写景,技巧趋于细腻雕琢,大都写得精致工整。“十才子”诗虽没有刘长卿诗那种浓重的孤独寂寞感,但总表现出一种冷落萧瑟的衰飒气象,是大历诗特有的情思韵味。

二 “十才子”诗歌的特色

“十才子”的诗歌并没有比前人提供更多的新东西,其清雅闲淡的艺术追求,则深受盛唐王、孟诗风的影响，有一脉相承的关系。然而，在与诗的风格情调和写作技巧密切相关的词语色彩和意象构成方面，大历诗歌也有自己鲜明的特色。

由于大历诗人多生不逢时之感，意气消沉，受其特定心境和意绪支配的诗歌的词语选择，往往带有凄清、寒冷、萧瑟乃至暗淡的色彩。类似秋风、落叶、夕照、寒雁等冷淡色调的词语，在大历诗人的作品中俯拾皆是。钱起《谷口书斋寄杨补阙》中的"竹怜新雨后，山爱夕阳时"，耿沣《晚夏即事临南居》中的"树色迎秋老，蝉声过雨稀"，卢纶《至德中途中书事却寄李倜》中的"路绕寒山人独去，月临秋水雁空惊"，暗淡清冷的词语色彩，使大历诗整体上给人以凄凉衰飒的风格印象。

与词语选择密切相关的是意象的运用。"十才子"更多地偏爱使用描述性意象，采用白描手法写诗，以求意象的创新。如钱起《湘灵鼓瑟》里的"曲终人不见，江上数峰青"；司空曙《喜外弟卢纶见寄》中的"雨中黄叶树，灯下白头人"；韩翃《酬程延秋夜即事见赠》里的"星河秋一雁，砧杵夜千家"；李端《过谷口元赞善所居》里的"重露湿苍苔，明灯照黄叶"。这些诗句，往往是从极细微处感受体认，再逼真地描绘出带有清幽韵味的小境界，其意象多由生活中常见的山峰、寒雨、落叶、灯影、苍苔等组成，刻画极为精致细巧。所以"十才子"诗的特点之一是描写逼真，如画工之用工笔勾勒。

在诗中运用具体的描述性意象，能保证作品的新鲜感，但要求诗人对客观世界有仔细的观察，细致入微地明辨物象，然后真切传神地写出来。故大历诗人的写景更多面向现实物色，甚至连日常生活中随处可见的蚁穴、蜂巢等细琐事物，也作为观察描写对象。他们的眼光能深入到盛唐诗人忽略的细微角落，发现一些前人没写过的琐细幽美的自然物象和生活小情趣，开辟出新的诗境。一味地采用白描手法作诗而偏重于描述性意象，也会使诗的境界流于浅近狭小。"大历十才子"的诗，虽善于运用细微清幽的自然意象，以一二联诗句就勾勒出"诗中有画"的优美境界，但往往构不成通篇浑融一气的意境，而且不少诗作过于讲究描写技巧而显雕琢，以致有佳句而无佳篇。

第三节　顾况与李益

在过渡时期的大历诗坛，顾况与李益也是有突出特点及贡献的诗人，他们对中晚唐诗产生了很大影响。

一　顾　况

顾况（727？—820？），字逋翁，苏州人。肃宗至德二载（757）进士，曾任著作郎，因作《海鸥咏》诗嘲讽权贵，贬饶州司户参军，后隐居茅山，自号华阳山人，又称华阳真逸。顾况留下来的诗中，乐府和古诗占多数。他的诗，无论古体还是今体，都受着江南民歌的明显影响，格调通俗明快，语言则有如白话。例如：

野人夜梦江南山,江南山深松桂闲。野人觉后长叹息,帖藓黏苔作山色。闭门无事任盈虚,终日敧眠观四如:一如白云飞出壁,二如飞雨岩前滴,三如腾虎欲咆哮,四如懒龙遭霹雳。崄峭嵌空潭洞寒,小儿两手扶栏干。(《苔藓山歌》)

江清白鸟斜,荡桨罥蘋花。听唱菱歌晚,回塘月照沙。(《江上》)

《苔藓山歌》写黏苔藓作山水,和小儿一起观看的那种乐趣,朴实而妙趣横生。顾况的绝句受民歌影响更为明显,如《江上》。但顾况的诗,又常常俗中有奇,有怪奇的想象、怪奇的比喻,而且充满狂放之气,如《悲歌》:

我欲升天天隔霄,我欲渡水水无桥。我欲上山山路险,我欲汲井井泉遥。越人翠被今何夕,独立沙边江草碧。紫燕西飞欲寄书,白云何处逢来客。

除想象过人之外,章法结构也纵横有致,出人意表。他的诗已预示了贞元元和间元白、韩孟两大诗派的共同特点。其通俗坦易的一面,影响了元白诗派;其纵横不羁的奇异一面,为韩孟诗派所承而变本加厉。

二 李 益

李益(748—827),字君虞,陇西姑臧(今甘肃省武威)人。大历四年(769)进士,约大历九年(774)起,他五次从军,大约贞元中入朝做官,官至礼部尚书。李益的诗较突出地表现了大历诗风格上的两重性,既有盛唐的余韵,也是中唐的先声。由于有十多年的军旅生活体验,他的边塞诗写得最多最好,其边塞诗内容比较丰富,主要抒写战士们久戍思归的怨望心情,情调感伤而不乏壮词。如:

回乐峰前沙似雪,受降城下月如霜。不知何处吹芦管,一夜征人尽望乡。(《夜上受降城闻笛》)

天山雪后海风寒,横笛偏吹《行路难》。碛里征人三十万,一时回向月明看。(《从军北征》)

李益诗各体皆工,尤以七绝为第一,所以他的边塞诗也以七绝最为著名而流传于世。《从军北征》、《夜上受降城闻笛》都是壮烈、慷慨之中带有伤感和悲凉的作品。李益在写景抒情时,注重在瞬间感受中捕捉诗意,已不像盛唐诗人那样着重总体感受的把握,而是偏于较精细深婉的心态描写,成功地表现了千百万士卒久戍思归的凄凉心境。二诗均将诗情、画意与音乐美熔于一炉,并通过画外声来加强其悲怆情绪,所以韵味尤为深远。李益还有一些写得质实明快的诗,如《江南曲》:"嫁得瞿塘贾,朝朝误妾期。早知潮有信,嫁与弄潮儿。"作为闺怨诗,所用的语言却平淡朴实,富有浓厚的民歌气息。

李益的诗,带有盛唐诗的一些特色,可以看做是盛唐诗艺术上的一种残留现象。而他诗中的感伤悲凉情调,应与大历时期的时代风貌有关。

【本章习题指要】

1. 韦应物山水诗的独特韵味。
2. 刘长卿诗歌的艺术特色。
3. “大历十才子”诗歌的共同特色。
4. 顾况和李益的诗歌各有什么特点？

第六章　中唐诗歌

从贞元中期到元和年间的中唐诗歌,是继盛唐开元、天宝之后的第二个诗歌创作高峰。诗到元和体变新,这个时期,名家辈出,流派分立,诗人们着力于新途径的开辟、新技法的探寻,创作出了大量极富创新意味的各体诗歌。

第一节　元白诗派

进入中唐,普通人的太平迷梦早已打破,诗人饱经乱离之苦,对时代有更深刻的认识,文学的态度也就一变而为严肃、认真、深沉,写实尚俗的文学便首先于这时代勃然兴起,文学创作由天上回到人间,由华丽归于平实。

一　白居易

白居易(772—846),字乐天,原籍太原,后迁居下邽(今陕西渭南),生于新郑(今河南新郑)。贞元十六年(800)进士及第,三年后中书判拔萃科,授秘书省校书郎。元和元年(806)应制举,次年为翰林学士。元和三年(808)至五年(810),授左拾遗、充翰林学士。在这一时期,白居易以极高的参政热情,"有阙必规,有违必谏"(《初授拾遗献书》)。元和五年,白居易改官京兆府户曹参军,仍充翰林学士。元和六年(811)四月至九年(814)冬,因母丧而回乡守制。生活环境的改变,使白居易有余暇对往昔的作为和整个人生进行认真的思考,他早就存在着的佛、道思想逐渐占了上风,对政治的热情开始减退。元和十年(815),白居易回朝任太子左赞善大夫,因宰相武元衡被盗杀而第一个上书请急捕贼,结果被加上越职言事以及一些莫须有的罪名,贬为江州(今江西九江)司马。元和十三年(818)底,白居易迁忠州刺史,元和十五年(820)穆宗继位后,被召回朝。长庆二年(822),出刺杭州,此后又任苏州刺史。白居易晚年无意仕进,加之身体多病,大和二年(828)他由秘书监转刑部侍郎时便下决心退休,第二年以太子宾客回到洛阳。自此到逝世,他一直闲居洛阳,与香山寺僧人结社,自号"香山居士"。会昌六年(846),年75卒。

白居易将自己的诗作分为四类:讽谕诗、闲适诗、感伤诗和杂律诗。在《与元九书》中,他回顾早年的创作情形说:"自登朝来,年齿渐长,阅事渐多,每与人言,多询时务;每读书史,多求理道,始知文章合为时而著,歌诗合为事而作。"他在此文中也明确指出:"仆志在兼济,行在独善。奉而始终之则为道,言而发明之则为诗。谓之讽谕诗,兼济之志也;谓之闲适诗,独善之义也。”可见白居易最为看重的是自己的讽谕诗。他的《秦中吟》10首、《新乐府》50首等便是在这一理论的指导下创作的。如《秦中吟》其十《买花》:

> 帝城春欲暮,喧喧车马度。共道牡丹时,相随买花去。贵贱无常价,酬直看花数。灼灼百朵红,戋戋五束素。上张幄幕庇,旁织笆篱护。水洒复泥封,移来色如故。家家习为俗,人人迷不悟。有一田舍翁,偶来买花处。低头独长叹,此叹无人谕。一丛深色花,十户中人赋。

通过对“京城贵游”买牡丹花的描写,借助“田舍翁”的低头“长叹”,尖锐地反映了当时剥削与被剥削、贫与富的社会矛盾。白居易在《新乐府序》中说:“总而言之,为君、为臣、为民、为物、为事而作,不为文而作也。”

实际上,感伤诗的代表作《长恨歌》和《琵琶行》是白居易写得最成功的作品。其艺术表现上的突出特点是抒情因素的强化。以《长恨歌》为例,与此前的叙事诗相比,这篇作品虽也用叙述、描写来表现事件,但把事件简到不能再简,只用一个中心事件和两三个主要人物来结构全篇,如颇具戏剧性的马嵬事变,作者寥寥数笔即将之带过,而在最便于抒情的人物心理描写和环境气氛渲染上,则泼墨如雨,务求尽情。关于《长恨歌》的主题,有爱情说,讽谕说和讽谕、爱情双重主题等多种说法。实际上应从较广阔的时代意义上去把握和理解其“长恨”主题所蕴涵的悲剧意蕴,即把李、杨的悲剧分别看做爱情悲剧、政治悲剧和时代悲剧,从而使爱情主题、政治讽刺主题和时代感伤主题,各有所依存,构成一个有内在联系的三重变奏的统一整体。

白居易的杂律诗中流传较广的是一些写山水风光和友情的作品,如《暮江吟》:“一道残阳铺水中,半江瑟瑟半江红。可怜九月初三夜,露似真珠月似弓。”写得自然流转,明丽圆熟。以谪贬江州为界,白居易的处世态度前后判若两人,闲适诗多创作于后一时期。白居易的闲适诗多写个人闲居独处时的生活感悟,本之于安分知足,济之以家给身闲,文之以觞咏弦歌,饰之以山水风月,受陶渊明、韦应物的影响较为明显,诗风浅近平淡。如《小池》二首其一:“昼倦前斋热,晚爱小池清。映林余景没,近水微凉生。坐把蒲葵扇,闲吟三两声。”表达知足常乐的心态,能引起淡邈悠远的想象和亲切的感应。又如《问刘十九》:“绿蚁新醅酒,红泥小火炉。晚来天欲雪,能饮一杯无?”本是邀请朋友前来小饮的劝酒词,既有所渲染又简练含蓄,有一种温厚柔和的情致,沁人心脾。

二 元 稹

元稹(779—831),字微之,河南河内(今河南省洛阳市)人,行九,世称元九。贞元十九年(803),与白居易同以书判拔萃科登第,元和元年(806)又与白居易一起以制科入等,授左拾遗,后转监察御史。因反对宦官及守旧官僚遭贬谪。继起任工部侍郎,并于长庆二年(822)升任宰相。因与裴度发生冲突,为相仅四个月即被罢为同州刺史。此后又任过浙东观察使、武昌军节度使等职,53 岁得暴疾卒于武昌任所。元稹首先注意到李绅的新题乐府并写下 12 首和诗,他大胆地借用古题或另拟新题来创作新乐府诗,在诗里谈社会问题,讽刺时政,如《织妇词》、《田家词》、《上阳白发人》等讽谕诗。但元稹有一部分新乐府诗在批判内容的广度和深度,以及人物刻画的生动性方面都不及白居易。

元稹的代表作是写于元和十三年(818)的《连昌宫词》。这是一首叙事长诗,通过连昌宫的兴废变迁,探索安史之乱前后唐代朝政治乱的因由。此诗将史实与传闻糅合在一起,辅之以想象、虚构,把一些与连昌宫中本无关联的人物、事件集中在连昌宫中展开描写,既渲染了诗的氛围,也使得诗情更加生动曲折。陈寅恪认为:"《连昌宫词》实深受白乐天、陈鸿《长恨歌》及《传》之影响,合并融化唐代小说之史才诗笔议论为一体而成。"(《元白诗笺证稿》第三章)

真正能代表元稹创作特色的是轻浅的艳情诗和写生离死别的悼亡诗。《离思》五首其四就堪为哀艳缠绵的绝唱:"曾经沧海难为水,除却巫山不是云。取次花丛懒回顾,半缘修道半缘君。"不但取譬甚高,抒情强烈,而且用笔极妙。元稹在妻子韦丛死后写了不少动人的悼亡诗,其中最为人称道的是《遣悲怀》三首。这三首诗全是对亡妻生前身后琐事的描摹,却寄寓着一种人生的至情,其中一些诗句尤其饱含哀思,动人肺腑。如云:"昔日戏言身后意,今朝都到眼前来"、"诚知此恨人人有,贫贱夫妻百事哀"、"惟将终夜长开眼,报答平生未展眉"。

元稹、白居易在相识之初,即有酬唱作品,两人在遭贬谪后仍酬唱不已,成为影响较大的文学现象。在元、白的唱酬诗中,元稹所呈露出来的诗人性格和感受要更亲切实在一些,如《闻乐天授江州司马》:"残灯无焰影幢幢,此夕闻君谪九江。垂死病中惊坐起,暗风吹雨入寒窗。"元、白在元和年间所写的"次韵相酬"、穷极声韵的长篇排律,以及杯酒光景间感叹自身遭遇的"小碎篇章",加上他们两人的艳体诗在内,统称为"元和体"。这些诗从内容到形式突破了诗歌的传统规范和传统模式,呈现出诗歌历史转折时期的写实尚俗特征。

三　张籍和王建

张籍、王建是中唐时期较早从事乐府诗创作的诗人,时号"张王"。

张籍(约 765—830),字文昌,祖居苏州,后移居和州(今安徽省和县)。贞元十五年(799)登进士第,官终国子司业。张籍以乐府诗出名,题材较为广泛,多为"俗人俗事",但挖掘甚深,往往由一人一事一语见出社会的缩影,如《野老歌》、《牧童词》等。《节妇吟寄东平李司空师道》本非写男女情爱的作品,但对复杂的女性情爱心理的揭示极为贴切传神:"君知妾有夫,赠妾双明珠。感君缠绵意,系在红罗襦。妾家高楼连苑起,良人执戟明光里。知君用心如日月,事夫誓拟同生死。还君明珠双泪垂,恨不相逢未嫁时。"张籍的近体诗,虽多为抒怀和酬赠之作,但带有写实倾向,且不乏新颖之作,如《秋思》:"洛阳城里见秋风,欲作家书意万重。复恐匆匆说不尽,行人临发又开封。"追求一种平易而意蕴深厚的风格，但写得朴实自然。

王建（766？—831？），字仲初，颍川（今河南省许昌市）人。出身寒微，初为官时年近50。曾任县丞、太府寺丞等小官、闲官，大和年间，官终陕州司马。王建的诗歌创作以乐府诗成就最高，题材广泛，爱憎强烈，如《田家行》云："麦收上场绢在轴，的知输得官家足。不望入口复上身，且免向城卖黄犊。田家衣食无厚薄，不见县门身即乐。"王建在创作中有以俗语、民歌入诗的倾向，一些小诗写得通俗流利而脍炙人口，如《新嫁娘词》三首其三："三日入厨下，洗手作羹汤。未谙姑食性，先遣小姑尝。"王建还写有反映宫女生活、以白描见长的《宫词》百首，其中不乏构思巧妙、清新可诵的篇章，影响较大。

第二节　韩孟诗派

韩孟诗派的活动时间在贞元、元和至长庆的三十多年中，对促成中唐诗歌创作的新变和繁荣有重大贡献。他们自负才高，且风格各不相同，但在尚怪奇、重主观这一基本倾向上却是一致的。

一　韩　愈

韩愈（768—824），字退之，河阳（今河南孟州）人，郡望昌黎，故后人多称韩昌黎。他三岁而孤，由嫂郑氏抚育成人。贞元八年（792）登进士第，先后任汴州观察推官、四门博士、监察御史等。贞元十九年（803）因上书言关中旱饥，触怒权要，被贬为阳山（今属广东）令。元和十四年（819）又因反对宪宗拜迎佛骨，被贬为潮州刺史。穆宗时，他任国子监祭酒、兵部侍郎，又转吏部侍郎。长庆四年（824）病逝。

"以文为诗"是韩愈诗歌的主要特点。如《山石》：

> 山石荦确行径微，黄昏到寺蝙蝠飞。升堂坐阶新雨足，芭蕉叶大支子肥。僧言古壁佛画好，以火来照所见稀。铺床拂席置羹饭，疏粝亦足饱我饥。夜深静卧百虫绝，清月出岭光入扉。天明独去无道路，出入高下穷烟霏。山红涧碧纷烂漫，时见松枥皆十围。当流赤足蹋涧石，水声激激风吹衣。人生如此自可乐，岂必局束为人鞿。嗟哉吾党二三子，安得至老不更归。

此诗汲取游记散文的叙事写法，按照游程的时间顺序，描述一路所见、所闻和所感，是七言古诗散文化的典范之作。此前，游记诗或截取景物的某一侧面，或择取情绪的某一重点，因景抒情。本篇则吸收散文铺叙的特点，详记游踪，声情摇曳，诗意盎然。本诗在后世很受重视，苏轼与友人游南溪，不但朗诵该诗，且依原韵作诗；元好问曾将其与秦观的《春雨》相比照，以证其气势风格之壮美。

为避免诗歌因散文化而流于平易油滑一途，韩愈在艺术上蓄意追求狠重、怪奇、险劲的境界,甚至走到以丑为美的地步,即将生活中的丑陋事物写入诗中。韩愈诗风向怪奇一路发展,大致始于贞元中后期,至元和中期已经定型。贞元、元和之际的阳山之贬,一方面是巨大的政治压力极大地加剧了韩愈的心理冲突,另一方面将荒僻险怪的南国景观推到诗人面前,二者交相作用,乃是造成韩愈诗风大变的重要条件。

韩愈也有写得富于神韵、近似盛唐人的诗,如:

一封朝奏九重天,夕贬潮州路八千。欲为圣明除弊事,肯将衰朽惜残年。云横秦岭家何在?雪拥蓝关马不前。知汝远来应有意,好收吾骨瘴江边。(《左迁至蓝关示侄孙湘》)

天街小雨润如酥,草色遥看近却无。最是一年春好处,绝胜烟柳满皇都。(《早春呈水部张十八员外》)

《左迁至蓝关示侄孙湘》写得如杜诗一样沉郁顿挫,《早春呈水部张十八员外》也写得清新自然,说明韩愈除风格戛戛独造、硬语盘空的古体诗外,近体律绝也不乏佳篇。

二 孟 郊

孟郊(751—814),字东野,湖州武康(今浙江德清)人。性格狷介孤傲,不谐流俗,虽有很强的功名心,却因不善变通而少所遇合,直到贞元十二年(796),他46岁才进士及第,50岁任溧阳(在今江苏)县尉。晚年做过水陆转运从事、试协律郎。元和九年(814)以暴疾卒于河南阌乡县。在孟郊的作品中,有一些关注社会、反映下层民众生活的诗作,如《杀气不在边》、《感怀》、《寒地百姓吟》等,但数量更多的是抨击黑暗世俗、强烈表现自我悲慨和贫寒生活的诗作,迥异于一般文士的无病呻吟。

孟郊作诗以苦吟著称,注重造语炼字,追求构思的奇特超常。他在《送别崔寅亮下第》中说:“天地唯一气,用之自偏颇。忧人成苦吟,达士为高歌。”在中唐大批寒士困顿失意的广阔背景下,孟郊成为当时苦吟诗人的代表,其《再下第》云:“一夕九起嗟,梦短不到家。两度长安陌,空将泪见花。”《怨诗》写思妇之怨是:“试妾与君泪,两处滴池水。看取芙蓉花,今年为谁死!”用莲花被泪水浸死的假想之词来表现人物怨情之深,涉想奇绝。这与他被愁苦压抑的狂放性格有很大关系。故孟郊的诗多表现其凄凉苦寒的贫困生活,诗境幽僻,风格峭硬,笼罩着一股寒气。如《秋怀》十五首其二:

秋月颜色冰,老客志气单。冷露滴梦破,峭风梳骨寒。席上印病文,肠中转愁盘。疑怀无所凭,虚听多无端。梧桐枯峥嵘,声响如哀弹。

以深重的人生忧患意识,去感受当时的苦难,一片哀音低响,句多凄苦。

孟郊诗为后人传诵不已的,是那首古朴平易的小诗《游子吟》,诗写得平易自然,结尾的议论新颖而有情味,能于质朴中见奇妙,遂成为家喻户晓的佳作。

三　李　贺

李贺(790—816),字长吉,生于福昌昌谷(今河南宜阳),皇室郑王李亮之后。唐朝人重视进士出身,李贺因为父亲名晋肃,“晋”、“进”同音,排之者就说“父名晋肃,子不得举进士”,使他无法应试,后荫举做了个奉礼郎的小官,负责掌管君臣版位,兼引导跪拜仪式。不久即托疾辞归,卒于故里,年仅27岁。李贺是中唐诗坛的天才,他继承了韩、孟的险怪风格和苦吟传统。他的诗造语奇丽,喜用生新拗折字眼,笔触形象而暧昧,带有神秘感,被称为“长吉体”。

李贺的诗歌在构思、意象、遣词和设色等方面都表现出新奇独创的特色。如《雁门太守行》:

> 黑云压城城欲摧,甲光向日金鳞开。角声满天秋色里,塞上燕脂凝夜紫。半卷红旗临易水,霜重鼓寒声不起。报君黄金台上意,提携玉龙为君死。

写将士征战边城及为国捐躯的壮志。诗以浓丽鲜明的色彩写悲壮惨烈的战争,色彩斑驳,奇诡而新颖,曾得到韩愈的激赏(张固《幽闲鼓吹》)。

李贺是一位早慧的诗人,由于敏感,人生的短暂倏忽,引起李贺的无比惊惧;由于急欲成就功业而怀才不遇的苦痛,又时时冲击着他多病的身心,如《开愁歌》:“我当二十不得意,一心愁谢如枯兰。”《赠陈商》:“长安有男儿,二十心已朽。”《秋来》一诗悼念亡魂:“桐风惊心壮士苦,衰灯络纬啼寒素。谁看青简一编书,不遣花虫粉空蠹?思牵今夜肠应直,雨冷香魂吊书客。秋坟鬼唱鲍家诗,恨血千年土中碧。”想象寒冷的雨夜,鬼在坟头吟唱。流年似水,功名不就,恨血千年,知音何在!带着沉重的悲哀和苦痛,带着对生命和死亡的病态的关切,李贺开始对人生、命运、生死等最基本也是最重要的问题进行思考。他写鬼怪,写死亡,写游仙,写梦幻,用各种形式来抒发、表现自己的苦闷。由于李贺对描写鬼魂的偏爱,故有“诗鬼”之称。

李贺诗中的怪奇特征,首先得力于他迥异于常人的想象乃至幻想,而这想象、幻想又总是和夸张相并行的。其次李贺诗歌的意象非同寻常,这种强烈的主观色彩常表现为意象复合的“通感”,如《李凭箜篌引》:

> 吴丝蜀桐张高秋,空山凝云颓不流。江娥啼竹素女愁,李凭中国弹箜篌。昆山玉碎凤凰叫,芙蓉泣露香兰笑。十二门前融冷光,二十三丝动紫皇。女娲炼石补天处,石破天惊逗秋雨。梦入神山教神妪,老鱼跳波瘦蛟舞。吴质不眠倚桂树,露脚斜飞湿寒兔。

从箜篌的乐音想象到“昆山玉碎凤凰叫,芙蓉泣露香兰笑”,而这乐音的美妙动听竟使得“江娥啼竹素女愁”、“老鱼跳波瘦蛟舞”,这极富浪漫的想象之笔,被后人推许为“摹写声音至文”(方扶南《李长吉诗集批注》)。李贺的想象不仅出人意表,而且跳跃性很大,有时完全听凭直觉的引导,一任自己的想象超时空地自由流动。

李贺之外,韩孟诗派较重要的成员还有卢仝、马异、刘叉、皇甫湜等人。

第三节 刘禹锡与柳宗元

一 刘禹锡

刘禹锡(772—842),字梦得,籍贯河南洛阳,出生于苏州嘉兴(今浙江嘉兴)。贞元九年(793),他与柳宗元同榜进士及第,同年登博学宏词科,两年后再登吏部取士科,释褐为太子校书,不久丁忧居家。贞元十八年(802),调任京兆府渭南县主簿,不久迁监察御史。永贞元年(805),唐顺宗"永贞革新"失败,参与改革的刘禹锡、柳宗元等八人分别被贬为远州司马。直到元和九年(814)十月,他才与柳宗元等人奉诏还京。元和十年(815)二月,他们回到京都。但不久又被远谪,他被贬谪到更偏远的连州当刺史。敬宗宝历二年(826)奉调回洛阳,任职于东都尚书省。后以太子宾客分司东都,人称刘宾客。会昌二年(842)卒。

刘禹锡一生的大部分时间都是在穷僻荒远的贬所度过的,所以抒写内心的苦闷、哀怨,表现身处逆境而不肯降心辱志的执著精神,便成了诗歌创作的主要内容。《酬乐天扬州初逢席上见赠》是唐敬宗宝历二年(826)冬,刘禹锡罢和州刺史,被征还京,和白居易在扬州相遇的酬答之作:

> 巴山楚水凄凉地,二十三年弃置身。怀旧空吟闻笛赋,到乡翻似烂柯人。沉舟侧畔千帆过,病树前头万木春。今日听君歌一曲,暂凭杯酒长精神。

诗中表达的即是多次遭贬流放却毫不屈服,依然信心满怀之情,善于化低回哀婉之音为慷慨激越之韵,且风骨苍劲,这是非常难得的。

作为中唐时期政治革新派的一员,作为一位思想家,刘禹锡性格爽朗而倔强。他未因失败和挫折而消沉气馁,遭贬之后,对用世的渴望及对理想的执著,至老不衰。《始闻秋风》一诗跌宕雄健,积极向上,不同于一般文士的悲秋之作,是一首高亢的秋歌,体现着诗人积极进取的精神和品格:"昔看黄菊与君别,今听玄蝉我却回。五夜飕飗枕前觉,一年颜状镜中来。马思边草拳毛动,雕眄青云睡眼开。天地肃清堪四望,为君扶病上高台。"

咏史诗在刘禹锡诗作中所占分量不大,却是艺术精湛思想深刻的作品。如《西塞山怀古》:

> 西晋楼船下益州,金陵王气漠然收。千寻铁索沉江底,一片降幡出石头。人世几回伤往事?山形依旧枕寒流。今逢四海为家日,故垒萧萧芦荻秋。

诗咏晋事,而饱含现实意味,在寄寓怀古幽思的风景中,融入了现实的忧患意识,能使人在欣赏作品时获得思想上的启迪。《金陵五题》的一组七绝就是历来为人称赏的佳作。

在长期的谪居生涯中,刘禹锡受民间俚歌俗调的浸染,还创作了不少富有民歌情调、介于雅俗之间的优秀诗作，清新质朴，真率自然。如《竹枝词二首》其一："杨柳青青江水平，闻郎江上唱歌声。东边日出西边雨，道是无晴还有晴。"以七绝写民歌体诗，采用谐声双关、重叠回环等艺术手法，使之更符合歌唱的自然口吻。

二　柳宗元

柳宗元（773—819），字子厚，河东解（今山西省永济）人，世称柳河东。贞元九年（793）登进士第，又中博学宏词科，授集贤殿正字。贞元二十一年（805），参加王叔文政治革新集团，擢礼部员外郎。革新失败，贬永州司马，十年后迁柳州刺史，年47卒于柳州任上。

柳宗元的诗大部分作于贬官永州、柳州时期。他诗作的重要内容就是抒写被贬谪的抑郁悲伤和思乡之情，忧愤深远，风格清冷峭拔。例如：

> 城上高楼接大荒，海天愁思正茫茫。惊风乱飐芙蓉水，密雨斜侵薜荔墙。岭树重遮千里目，江流曲似九回肠。共来百越文身地，犹自音书滞一乡。（《登柳州城楼寄漳汀封连四州刺史》）

> 海畔尖山似剑铓，秋来处处割愁肠。若为化得身千亿，散上峰头望故乡。（《与浩初上人同看山寄京华亲故》）

《登柳州城楼寄漳汀封连四州刺史》一诗将难以排遣的愁思充塞于天地山海间，灌注了诗人遭贬谪的人生悲愤。《与浩初上人同看山寄京华亲故》也是抒发离乡背井、远别亲友的异乡逐客的凄凉哀怨，诗人借助奇异的想象和构思，将自己的情感奔迸而出，写得沉着痛快。

柳宗元也写过一些山水田园诗，颇有淡泊纡徐之风。柳宗元于贬谪时期写山水，正是他试图以清静幽寂的自然境界净化心灵，消除现实郁闷的努力。《渔翁》诗以淡逸清和的笔墨勾画出一幅令人迷醉的山水晨景，并从中透露了他深沉孤寂的内心世界："渔翁夜傍西岩宿，晓汲清湘燃楚竹。烟销日出不见人，欸乃一声山水渌。回看天际下中流，岩上无心云相逐。"诗虽能看出受到陶渊明平淡风格的影响，但比陶诗少了一份恬静闲适，多了一层冷漠空寂。苏东坡赞曰："诗以奇趣为宗，反常合道为趣。熟味此诗有奇趣。"（惠洪《冷斋夜话》）

【本章习题指要】

1. 白居易感伤诗、杂律诗的创作特点。
2. "元白诗派"的诗歌创作主张及其创作实绩。
3. 韩愈诗歌的创新体现在哪些方面？
4. 孟郊诗歌的艺术特征。
5. 李贺诗歌的艺术特征。
6. 刘禹锡、柳宗元的诗歌各有什么特点？

第七章　李商隐与晚唐诗歌

晚唐社会混乱,政局逐渐走向崩溃,影响到晚唐诗,所表现的是一种带有浓郁感伤情绪的美。李商隐的诗歌,于感叹身世、忧时悯乱中,已经流露出浓厚的感伤气氛。其他各家诗派都致力于艺术形式的精工雕琢,以苦闷象征代替功利目的,集中于感觉和情绪心理的抒发,以哀怨悱恻为美,以悲凉萧瑟为美,以淡泊情思为美,以幽艳细腻为美,追求韵外之致。

第一节　李 商 隐

李商隐是唐诗发展到晚期最有成就的诗人,他将诗歌的艺术表现力提高到了一个新的高度,卓然成为大家。

一　政 治 诗

李商隐(812—858),字义山,号玉谿生,又号樊南生,怀州河内(今河南沁阳)人。早年受知于令狐楚,开成二年(837)登进士第,后娶王茂元女。当时牛僧孺、李德裕两党互不相容,形同水火,令狐楚属牛党,王茂元属李党,这使商隐在政途上处于极其尴尬的地位,后来令狐楚的儿子令狐绹长期执政,排抑商隐,使其成为党争的牺牲品。他一生沉沦下僚,除做过很短一段时间的秘书省校书郎和太学博士之外,一直辗转于各处幕府,直至去世。

李商隐是关心现实和国家命运的诗人,他的各类政治诗不下百首,在其现存的约六百首诗中,占了六分之一,比重相当高。著名的《行次西郊作一百韵》,描述长达百余年的社会历史画面,是继杜甫《北征》、《自京赴奉先县咏怀五百字》后出现的批判现实、关注民生的长诗。文宗大和九年(835)冬,甘露事变发生,李商隐于次年写了《有感二首》、《重有感》、《曲江》等诗,抨击宦官篡权乱政,滥杀无辜,表现了对唐王朝命运的忧虑。杜甫的《哀江头》曾借曲江的今昔之别来抒发国家残破的感伤。李商隐的《曲江》诗也学杜甫:"望断平时翠辇过,空闻子夜鬼悲歌。金舆不返倾城色,玉殿犹分下苑波。死忆华亭闻唳鹤,老忧王室泣铜驼。天荒地变心虽折,若比伤春意未多。"深得杜诗以丽句写荒凉,以绮语寓感慨的神韵,但又有自己的特点,其感情虽由具体的事件引发,却扩展为一种整体的浑融的感伤情绪。

刘蕡抨击宦官乱政而被贬谪并死于非命后，李商隐的《哭刘蕡》、《哭刘司户蕡》等多首诗均为此而作，悲愤激越。《哭刘蕡》借上帝九门深闭，指责统治者的昏庸和冷酷，对师友身死异乡的“风义”凛然深表悲恸，被纪昀赞为“一气鼓荡，字字沉郁”：“上帝深宫闭九阍，巫咸不下问衔冤。黄陵别后春涛隔，湓浦书来秋雨翻。只有安仁能作诔，何曾宋玉解招魂？平生风义兼师友，不敢同君哭寝门。”李商隐本想以文才为唐王朝服务，但由于碰壁甚多，他对官场、文场和朝廷政治的观察和思考更为深入，自负的他曾发出了“古来才命两相妨”（《有感》）的悲慨。《安定城楼》一诗：“迢递高城百尺楼，绿杨枝外尽汀州。贾生年少虚垂涕，王粲春来更远游。永忆江湖归白发，欲回天地入扁舟。不知腐鼠成滋味，猜意鹓雏竟未休。”灵活含蓄地运用典故抒写自己的志意和襟抱，诗风已表现出从悲愤向哀婉感伤过渡的趋势。

二　无题诗

无题诗是李商隐最为人传诵的作品，寄情深微，意蕴幽隐，富有朦胧婉曲之美。最能表现这种风格特色的作品，是他的七言律绝，其中又以《无题》诸作（多为七言近体）堪称典型。诗以“无题”命篇，是李商隐的创造。这类诗作并非成于一时一地，多数描写爱情，其内容或因不便明言，或因难用一个恰当的题目表现，所以命为“无题”。其中有的可能别有寄寓，也可能有恋爱本事以为依托。

李商隐无题诗的朦胧美主要表现在两个方面：一个是他在感情方面的怅惘哀伤，文本中诸多因素的不确定性造成了无题诗意旨的含蓄朦胧，同时为解读作品提供了多种可能性；一个是他在表现方面的迷离恍惚，诗中所用形象常常是现实中没有的，但诗中有理性的结构和通顺的句法，以理性的结构组织非理性的形象。如《无题二首》其一：

> 昨夜星辰昨夜风，画楼西畔桂堂东。身无彩凤双飞翼，心有灵犀一点通。隔座送钩春酒暖，分曹射覆蜡灯红。嗟余听鼓应官去，走马兰台类转蓬。

起联明写昨夜，次联回到今夕相隔的现境，颈联又转为对对方处境的想象，末联则再回到自身。结构安排上虽有“理”可循，但意象究竟不能实指，主题呈现多义。《无题四首》其二云：“飒飒东南细雨来，芙蓉塘外有轻雷。金蟾啮锁烧香入，玉虎牵丝汲井回。贾氏窥帘韩掾少，宓妃留枕魏王才。春心莫共花争发，一寸相思一寸灰！”或可视为写女子追求爱情而失望的凄伤悲苦，但其中也寄寓着作者自己爱情的失落与身世的坎坷之感。

李商隐无题诗的范围还包括以句首二字为题的近三十首作品，《锦瑟》是其中的佳作：

> 锦瑟无端五十弦，一弦一柱思华年。庄生晓梦迷蝴蝶，望帝春心托杜鹃。沧海月明珠有泪，蓝田日暖玉生烟。此情可待成追忆，只是当时已惘然。

关于《锦瑟》诗的题旨，有恋情说、悼亡说、听瑟曲说、编集自序说、自伤身世说等多种解释,诗中所呈现的,是一些似有而实无,虽实无而又分明可见的一个个意象:庄生梦蝶、杜鹃啼血、良玉生烟、沧海珠泪。这些意象所构成的不是一个有完整画面的境界,而是错综纠结于其间的怅惘、感伤、寂寞、向往、失望的情思。这种托意空灵、兴寄深微的境界,正是无题诗别具一格的风味所在。李商隐在文学史上的地位,在很大程度上取决于这类无题、准无题作品所产生的巨大而持久的影响。

三 要眇唯美的词美特征

李商隐天赋极高,又敏感多情,他致力于情思意绪的体验、把握与再现,用以状其情绪的多是一些精美之物,诗作中所流露的又多为要眇蕴藉之情。李商隐一生坎坷,对事物的矛盾和复杂性有充分的感受,结合他的体验和认识,常常把典事生发演化成与原故事相悖的势态,由正到反,正反对照,把人思想活动的角度和空间大大扩展了。如《嫦娥》:"云母屏风烛影深,长河渐落晓星沉。嫦娥应悔偷灵药,碧海青天夜夜心。"虽咏嫦娥之事,却一反企求长生不老的传统写法,极写她成仙之后"高处不胜寒"的凄冷情境,这里明显有心境孤寂的诗人的影子,清高伴随着孤独,对此,诗人既自赏,亦自伤,可以视为他对自己处境的心灵独白。

营造意境的幽美外,李商隐还运用多种艺术表现手法致力于对唯美的追求。如《端居》:

> 远书归梦两悠悠,只有空床敌素秋。阶下青苔与红树,雨中寥落月中愁。

诗中选取的暮秋特有的两种景物"青苔"与"红树",并不是客观地描绘,而是移情入景,使客观景物对象化,带上浓厚的主观色彩。它们的色调本来是比较明丽的,但由于是在夜间,在迷蒙雨色、朦胧夜月的笼罩下,色调便不免显得黯淡模糊。除了"青苔"与"红树"外,"雨中"与"月中"、"寥落"与"愁",都是互文错举,把眼前的实景和记忆中的景色交织在一起,无形中将时间的内涵扩展延伸了。《晚晴》则采用了"兴"的手法:"深居俯夹城,春去夏犹清。天意怜幽草,人间重晚晴。并添高阁迥,微注小窗明。越鸟巢干后,归飞体更轻。"诗人是在登高览眺之际,适与物接而触发联想,情与境谐,从而将一刹那间别有会心的感受融化在对晚晴景物的描写之中,所以显得特别自然浑成,感伤唯美。李商隐诗歌的词化特征比较显著,如题材的细小化、情思的深微化、意境的朦胧唯美等,这样便在诗与词之间搭起了一座过渡的桥梁。

第二节 杜牧与许浑

晚唐诗坛可以说是言情写意的近体律绝的天下,除了李商隐之外,杜牧、许浑也都能独树一帜,自成一格。

一　杜　牧

杜牧(803—852),字牧之,唐京兆府万年县(今陕西西安市)人,出身于名门望族,祖父杜佑曾为三朝宰相。杜牧大和二年(828)擢进士第,后历刺黄、池、睦、湖诸州,官终中书舍人,卒年50。杜牧五、七言古今体诗都有佳作,尤其是七绝,向来受到推崇,或咏史寄慨,或抒情写景,均清丽自然,意味深长。《山行》、《秋夕》、《赠别》、《寄扬州韩绰判官》等,也都脍炙人口。他和李商隐同为晚唐七绝成就最高的诗人,世称"小李杜"。

杜牧的怀古咏史诗数量多,创作出许多有"二十八字史论"(《许彦周诗话》)之誉的优秀作品。如《登乐游原》:"长空澹澹孤鸟没,万古销沉向此中。看取汉家何事业?五陵无树起秋风!"从时代变迁中参悟人生哲理,极大地发挥了绝句体诗的妙用。《题乌江亭》与《泊秦淮》也是名篇:

> 胜败兵家事不期,包羞忍耻是男儿。江东子弟多才俊,卷土重来未可知!(《题乌江亭》)

> 烟笼寒水月笼沙,夜泊秦淮近酒家。商女不知亡国恨,隔江犹唱《后庭花》。(《泊秦淮》)

抒发自己的政治感慨和见识,立意高绝,议论不落传统说法的窠臼,是杜牧咏史诗的特色。诸如"东风不与周郎便,铜雀春深锁二乔"(《赤壁》),"南军不袒左边袖,四老安刘是灭刘"(《题商山四皓庙》),都是反说其事,笔调与这首类似。杜牧有不少从总体看不属于怀古咏史的作品,也在即景抒情中注入了深沉的历史感慨,诗中的感触经常还有盛衰兴亡不可抗拒的哲理意味,如《九日齐山登高》:"江涵秋影雁初飞,与客携壶上翠微。尘世难逢开口笑,菊花须插满头归。但将酩酊酬佳节,不用登临恨落晖。古往今来只如此,牛山何必独沾衣。"谓人生多艰,生死无常,何必挂怀,以一种旷达的态度看待历史,排遣抑郁情怀。

二　许　浑

许浑(788—860?),字用晦,润州丹阳(今属江苏)人。大和六年(832)登进士第,官至监察御史。许浑今存诗四百余首,以五律、七律为主,无一古体,怀古咏史诗所占比重虽然不大,却是较为出色的部分。其《金陵怀古》,涵盖范围更广,集中抒发了对繁华昌盛终将消尽的无可奈何的心情:

> 玉树歌残王气终,景阳兵合戍楼空。松楸远近千官冢,禾黍高低六代宫。石燕拂云晴亦雨,江豚吹浪夜还风。英雄一去豪华尽,唯有青山似洛中。

《谢亭送别》是许浑在宣城送别友人后写的一首诗:"劳歌一曲解行舟,红叶青山水急流。日暮酒醒人已远,满天风雨下西楼。"风格清丽,前后两联分别由两个不同时间和色调的场景组成。前联以青山红叶的明丽景色反衬别绪,后联以风雨凄清的黯淡景色正衬离情,笔法富于变化。诗中出现的“水”的意象也经常在许浑的其他作品中出现,因善于写水,有“许浑千首湿”之说。

第三节 贾岛与姚合

在晚唐社会与文学的大背景下,有相当一部分诗人不满现实,为了平衡自己的烦乱心理,出现了以苦吟的态度作诗之人,代表人物是贾岛与姚合。

一 贾 岛

贾岛(779—843),字浪仙,范阳(今北京附近)人。早年出家为僧,法名无本,后还俗,屡举进士不第。开成二年(837),年近60的他才被任命为遂州长江(今四川蓬溪)主簿,三年后迁普州司仓参军。武宗会昌三年(843),在普州去世。贾岛诗歌的内容比较狭窄,很少反映社会问题。贾岛所写,有科考碰壁的失意和怨愤,有贫穷窘困生活的哀叹,有对于清寂之境和佛禅境界的感受,以及与僧人、隐士的交往,大多不出个人生活范围。例如:

闲居少邻并,草径入荒园。鸟宿池边树,僧敲月下门。过桥分野色,移石动云根。暂去还来此,幽期不负言。(《题李凝幽居》)

闽国扬帆去,蟾蜍亏复圆。秋风吹渭水,落叶满长安。此地聚会夕,当时雷雨寒。兰桡殊未返,消息海云端。(《忆江上吴处士》)

圭峰霁色新,送此草堂人。麈尾同离寺,蛩鸣暂别亲。独行潭底影,数息树边身。终有烟霞约,天台作近邻。(《送无可上人》)

贾岛的五律写得很精深,能于细小处见精神,造清奇幽微之境。《题李凝幽居》中的“鸟宿池边树,僧敲月下门”,是历来传诵的名句。“推敲”两字的故事还成为了一段文学佳话。贾岛也承认自己是一个苦吟诗人:“沟西吟苦客,中夕话兼思。”(《雨夜同厉玄怀皇甫荀》)“三月正当三十日,风光别我苦吟身。”(《三月晦日赠刘评事》)

由于苦吟,贾岛的确创作出不少佳句,如《忆江上吴处士》诗以“秋风生渭水,落叶满长安”一联著称,为后代不少名家引用。如宋代周邦彦《齐天乐》词中的“渭水西风,长安乱叶,空忆诗情宛转”,元代白朴《梧桐雨》杂剧中的“伤心故园,西风渭水,落日长安”,都是化用这两句名句而成的,可见其流传之广,影响之深。再如《送无可上人》的腹联“独行潭底影,数息树边身”,贾岛自己也颇为得意,自诩为:“二句三年得,一吟双泪流。知音如不赏,归卧故山秋。”(魏泰《临汉隐居诗话》)但有句无篇也成为贾岛诗作的缺点,内容不足而一味苦吟,不免减损诗美。

二　姚　合

姚合(779？—846？),吴兴(今浙江湖州)人。唐玄宗时宰相姚崇之孙,元和十一年(816)进士,授武功主簿。历任监察御史,金、杭二州刺史、刑部郎中、给事中等职,终秘书少监。姚合诗的题材与贾岛接近,而对琐细的日常生活情景写得更多,在风格上,贾岛因有过禅房生活体验,又曾受韩愈、孟郊的影响,诗中冷僻的成分多一些,而姚合仕途较为顺利,诗风相对显得清稳闲适。如《送陟遐上人游天台》一诗中雕琢细微幽深的小景处也很成功:“万叠赤城路,终年游客稀。朝来送师去,自觉有家非。石净山光远,云深海色微。此诗成亦鄙,为我写岩扉。”

姚合诗被称为“武功体”,代表作五律组诗《武功县中作》30首,写山县荒凉,官况萧条,以及个人生活的窘态,是晚唐普通士人真实际遇和特定心态的反映。如其三中所抒发之感慨:“微官如马足,只是在泥尘。到处贫随我,终年老趁人。簿书销眼力,杯酒耗心神。早作归休计,深居养此身。”刚一为官,就心存退隐,这样的人也真不多见。其十六还透漏出作者激荡难平的心底波澜:“朝朝眉不展,多病怕逢迎。引水远通涧,叠山高过城。秋灯照树色,寒雨落池声。好是吟诗夜,披衣坐到明。”

贾岛、姚合于一联、一句,甚至一字的推敲上争奇斗巧的做法,在特定时期产生了很大影响,闻一多先生在《贾岛》一文里说“在古老的禅房或一个小县的察署里,贾岛、姚合领着一群青年人做诗,为各人自己的出路,也为着癖好,做一种阴黯情调的五言律诗(阴黯由于癖好,五律为着出路)”,不像白居易、元稹那样“在改良社会的大纛下……对社会泣诉着他们那各阶层中病态的小悲剧”,这正是苦吟诗人的不足。

第四节　皮日休、陆龟蒙、司空图等

在晚唐诗坛,陆龟蒙、皮日休、司空图等人的创作在反映社会现实、民生疾苦等方面,在诗的艺术风格上都是有贡献的。

一　皮日休等

皮日休(约834？—883？),字逸少,后改袭美,襄阳(今湖北襄阳)人。出身贫寒,曾隐居襄阳之鹿门山,自号鹿门子,又号醉吟先生、间气布衣、酒民、醉士等。唐懿宗咸通八年(867)登进士第,初为著作郎,后迁太常博士。乾符中黄巢起义军入长安,任翰林学士。他是我国古代著名诗文作家中唯一参加过农民起义的人,大约死于中和三年(883)黄巢兵败退出长安之时。

皮日休的《正乐府十篇》,针对现实,有美有刺。名篇《橡媪叹》,写老农妇一年收成被贪官污吏剥削殆尽,只得拾橡子充饥,深受白居易新乐府写实手法的影响。皮日休的咏史诗往往也写得立意新颖、议论精辟,如《汴河怀古二首》其二:“尽道隋亡为此河,至今千里赖通波。若无水殿龙舟事,共禹论功不较多。”巧用“翻案”法,对隋炀帝的暴行批判得更为深刻。但是皮日休还有一类辞藻华丽、情韵飞扬的作品,如《春夕酒醒》:“四弦才罢醉蛮奴,醽醁余香在翠炉。夜半醒来红蜡短,一枝寒泪作珊瑚。”写酒醉醒来后见到烧残的红烛,犹如一枝珊瑚,从气氛到景象都很不错,“四弦”的乐声、“醽醁”的余香、“翠炉”“红蜡”的色彩、“珊瑚”的美丽多姿,都体现着另一种风格。

继承元、白新乐府写实批判精神的晚唐诗人,还有聂夷中(837?—884)、杜荀鹤(846—907)、罗隐(833—909)等,他们忧时忧民,用诗歌揭露尖锐的社会矛盾,语言质朴浅近。如聂夷中的《咏田家》:“二月卖新丝,五月粜新谷。医得眼前疮,剜却心头肉。我愿君王心,化作光明烛。不照绮罗筵,只照逃亡屋。”传达被压迫民众的悲惨呼声,杜荀鹤的七律《山中寡妇》也折射出当时的社会面貌:“夫因兵死守蓬茅,麻苎衣衫鬓发焦。桑柘废来犹纳税,田园荒后尚征苗。时挑野菜和根煮,旋斫生柴带叶烧。任是深山更深处,也应无计避征徭。”语调极其沉郁悲愤。他的七绝《再经胡城县》:“去岁曾经此县城,县民无口不冤声。新来县宰加朱绂,便是生灵血染成。”揭露批评的力度也很深刻。罗隐的《蜂》:“不论平地与山尖,无限风光尽被占。采得百花成蜜后,为谁辛苦为谁甜?”采用托物寓志的手法,具有婉而多讽的特点。

二 陆龟蒙与司空图

陆龟蒙(?—882),字鲁望,别号天随子、江湖散人、甫里先生,江苏吴江(今江苏苏州)人,曾任湖州、苏州刺史幕僚,后隐居松江甫里。司空图(837—908),字表圣,河中虞乡(今山西永济)人,咸通末,擢进士第,由宣歙幕历礼部郎中,僖宗行在用为知制诰、中书舍人,归隐中条山王官谷。龙纪、乾宁间,征拜旧官,及以户、兵二部侍郎召,皆不起。迁洛后,被诏入朝,以野耄乞归。朱全忠受禅,召为礼部尚书,不食而卒。

陆龟蒙虽然失意隐居,却也写下了不少愤世嫉俗的作品。如《读阴符经寄鹿门子》云:“生民坠涂炭,比屋为冤魂。”《别离》一诗也写得慷慨激昂:“丈夫非无泪,不洒离别间。杖剑对尊酒,耻为游子颜。蝮蛇一螫手,壮士即解腕。所志在功名,离别何足叹。”代表了陆龟蒙诗作风格的一个侧面。《白莲》这首咏物诗则写出了作者性情中的另一面——虽然隐退山林,但依然保有自己的品行与持守:“素花多蒙别艳欺,此花端合在瑶池。无情有恨何人见,月晓风清欲堕时。”但是陆龟蒙与皮日休等人的唱和之作成就并不高。陆龟蒙艺术上较成功的作品是绝句,尤其是那些描写自然风光和抒写隐逸情调的七绝,如《晚渡》、《太湖叟》等作品。

生当乱世,司空图消极遁世隐居的思想比较严重,他曾云:“将取一壶闲日月,长歌深入武陵溪”(《丁未岁归王官谷》),“侬家自有麒麟阁,第一功名只赏诗”(《力疾山下吴村看杏花》)。《王官二首》其一也突出地表现了他这种避世心态与淡泊情思:“风荷似醉和花舞,沙鸟无情伴客闲。总是此中皆有恨,更堪微雨半遮山。”诗境冷清淡寂。

【本章习题指要】

1. 李商隐诗歌的艺术成就。
2. 杜牧诗歌的成就。
3. 贾岛、姚合的“苦吟”各有什么特点?

第八章　唐代散文

唐代散文的发展，以中唐的古文运动为一大转折，此前主要以骈体文为主，此后散体的古文一度占了上风，韩愈和柳宗元所写的古文代表了唐代散文的最高成就。随着晚唐骈体文的复兴，讽刺小品文放出了异彩。

第一节　古文运动

发生于中唐的古文运动，是一场由骈体到散体的文体与文风的革新。它有很现实的目的，有鲜明的主张，有较为广泛的参与者，在中国散文史上影响极为深远。

一　古文运动的起因

早在中唐韩、柳之前，已有许多作家从理论上反对骈文，提倡古文。特别是天宝初至大历末近四十年中，文坛上活跃着一批以萧颖士、李华等为代表的复兴儒学的古文家。他们为文倡导宗经尚简，因宗经而走向复古。他们初步奠定了古文运动的思想基础，并进行了古文的创作实践的尝试。但他们均复古有余而创新不足，韩、柳与他们最大的不同正在于深通复变之道，较好地解决了复古与创新的关系，从空言明道走向干预政治、干预现实生活，有了这一点，才使“古文”活起来了，走向了更为广阔的天地，使它与六朝骈文不仅在文体上，而且在文风上真正区别开来。

中唐的古文运动是借助于儒学复古的旗帜发展起来的，与当时的社会经济、政治和文化的情况有密切的关系。当时唐王朝正处于安史之乱后的中兴时期，社会经济文化各方面均得到较稳定的发展，新兴中小地主集团在政治上取得了一定地位，培育起一个依靠政治才能和文才来争取社会地位的士人阶层，为散文发展提供了一批新的人物。中唐儒学复兴中产生的啖、赵、陆学派，以及唐代思想的比较开放、自由，也为“古文运动”提供了良好的思想土壤。加之辞赋、律诗等文体限制太多，不足以表达思想感情和意见观点，所以要求对文体进行改革，改革成一种比较自由而又比较好掌握的文体，以便用来反映人们心里要说的话，而古文这种文体恰恰具有这样的一种特点，因而到了贞元、元和年间，古文运动便蓬勃发展起来了。

古文运动兴起更为直接的原因，则是受文体文风自身演变规律的支配，与唐代骈体文的发展有很大关系。骈文是唐代前期普遍使用的文章样式，大量的章、奏、表、启、书、说多用骈体写成，从贞观初至开元末的一百一十余年间，如今可看到的策文全是骈体，无一例外。不过，唐代骈文也出现了一些新的变化，自初唐“四杰”始，不少作品已于工整的对偶、华丽的辞藻之外，展示出流走活泼的生气和注重骨力的刚健风格，王勃的《秋日登洪府滕王阁饯别序》就是其中的代表作，它有六朝至唐初骈文辞藻华美、用典繁富的特点，但绝非堆砌辞藻典故，全文流荡着一种生动清新的气韵。进入盛唐以后，大诗人李白，将诗的笔法情调注入文中，破板滞为流动，变用典为白描，骈体文风有了更大的改变。如其《春夜宴从弟桃李园序》：

> 夫天地者，万物之逆旅也；光阴者，百代之过客也。而浮生若梦，为欢几何？古人秉烛夜游，良有以也。况阳春召我以烟景，大块假我以文章。会桃花之芳园，序天伦之乐事。群季俊秀，皆为惠连。吾人咏歌，独惭康乐。幽赏未已，高谈转清。开琼筵以坐花，飞羽觞而醉月。不有佳咏，何伸雅怀？如诗不成，罚依金谷酒数。

全文仅百余字，熔议论、叙事、抒情为一炉，感情流畅旷达，词语华美自然，简洁明快，如行云流水。

文体的由骈而散，在开元时期已有相当的发展，而作为一种改革思潮出现，则是在安史之乱以后。骈文发展到中唐陆贽手里，已达变化的极致。他的奏议较彻底地去除了此前骈文的丽辞浮藻，不用典，不征事，而代之以充分的散体文气。骈文去赘典浮辞，走向平易流畅的过程，反映出文风正在不知不觉的变化之中，文风的这种变化，反映了散文领域要求改革的愿望。

二　古文运动的理论主张及实践

“文以载道”是支配中国古代散文发展的基本理念，故文体的革新常取决于“道”的内涵的更新。唐代古文运动所以至韩、柳始成，主要是因为韩、柳从现实的需要出发，在批判继承古文运动先驱之文论的基础上，对儒道进行了全面的清理，提出了许多新解，以文章内容的变革带动形式的变革，才使“文以载道”说产生了实践意义，并在理论上臻于完善。

韩愈在贞元九年(793)所写的《争臣论》中，第一次提出“文以明道”的观念，从而确定了“古文”创作的指导思想。从“明道”的要求出发，韩愈特别强调作家思想修养的重要性。在具体的创作实践中，他又提出了“不平则鸣”(《送孟东野序》)的口号。这一看法，把“明道”与对现实的批判联系了起来。他在《荆潭唱和诗序》中说：“夫和平之音淡薄，而愁思之声要妙，欢愉之辞难工，而穷苦之言易好也。”“不平则鸣”的文学主张作为“文以明道”说的补充，使得韩愈散文创作和理论等方面的思想性和现实性都得到了加强，从而为“古文”的发展奠定了坚实的现实基础，使文体的革新能够成为现实。在《答李翊书》中，韩愈明确提出“唯陈言之务去”的主张。韩愈所讲的“陈言”含义较广，骈体文那些浮词丽语是陈言，古代的经典之言也是陈言，所以“去陈言”包含反对因袭、模拟之意。

与韩愈一样,柳宗元也主张“文以明道”,他在《答韦中立论师道书》中说:“始吾幼且少,为文章以辞为工。及长,乃知文者以明道,是固不苟为炳炳烺烺、务采色、夸声音而以为能也。”柳宗元在反对浮绘雕琢的文风方面,在文体、文学语言的改革方面,与韩愈的意见大体相似,但不如韩愈那样系统简明。但是柳宗元更注重散文的文学性和审美性。

韩愈和柳宗元所倡导的古文运动是文学革新运动而非单纯的复古运动,而且对中国文化(尤其是儒学)的复兴起到了相当大的推动作用。经过他们的毕生努力和奋斗,从理论和创作上摧毁了当时骈文的统治地位,造成了一种精练畅达、富有表现力的新文体,树立了古文在文坛上的权威,使散文于传统的著书立说之外,在日常生活中找到了写景、抒情、言志的广阔园地。这次古文运动的胜利,开创了中国文学史上以唐宋八大家为代表的古文传统。这是我国散文发展史上的一个转折点,他开创了中国古典散文的新时代,奠定了此后散文发展的方向和规模,对后世的影响是极其深远的。

第二节 韩、柳散文

韩愈、柳宗元不但提出比较全面系统的古文创作理论,指导了中唐的古文运动,而且身体力行,以相当杰出的散文创作成就,代表着唐代散文所达到的最高艺术水平。

一 韩 愈

韩愈的散文写人、记事、议政、论学,反映时事,抒发感慨,评论历史,抒写心迹,充分地发挥了“古文”这种文体的功能,具有议论纵横而汪洋恣肆,比喻生动而发人深省,笔法委婉多姿而寄兴悠远,感情真挚而气势磅礴等特点。韩愈的古文在各类文体的创新上均有贡献。

韩愈的杂文较为自由随便,或长或短,或庄或谐,文随事异,各当其用。如《进学解》、《送穷文》重在发牢骚、泄怨气,前者写韩愈这位为人师者“恒兀兀以穷年”的勤勉和困厄,后者借五个穷鬼对主人的讥笑和侮弄,嘲骂当时社会。在写法上,两篇作品均采用问答对话体,将叙事、议论、抒情熔于一炉,嬉笑怒骂,怪怪奇奇,而赋的铺排和骈偶的杂用,更给文章增添了浓郁的文采,令人读来,别有一种新颖奇妙之感。

韩愈的赠序文借题发挥,常常熔叙事、描写、议论、抒情于一炉,而每篇又各有所侧重,作者往往借题发挥,切中时弊,而文笔又变化摇曳,委婉多姿。如《送李愿盘谷序》、《送高闲上人序》、《送董邵南序》等。《送孟东野序》既抒发了为孟东野鸣不平的忧愤情绪,又通过自然界和人世间的大量事例,劝解、宽慰孟东野,以便使其振作精神,消除烦闷和愁苦的心情。本文用类比推理的方法,抓住一“鸣”字立论,多方取喻,反复述说,从自然界到人事、社会,抓住“物不得其平则鸣”的共性,从而肯定“鸣”的积极意义。

历来为人称誉的《祭十二郎文》,则围绕家庭、身世和生活琐事,尽情抒写作者对亡侄的伤痛，缠绵悱恻，凄切无限。其中叙“承先人后者，在孙惟汝，在子惟吾，两世一身，形单影只”的孤苦境况，写“一在天之涯，一在地之角，生而影不与吾形相依，死而魂不与吾梦相接……彼苍者天，曷其有极”的无穷怅恨，无一语不从至性中流出，令人读后为之泪下。

韩愈杂文中最可瞩目的是那些嘲讽现实、议论犀利的精悍短文，如《杂说》、《获麟解》、《伯夷颂》等，形式活泼，不拘一格，有很高的文学价值。除了上述文体和特点外，韩愈还在碑志、传记中表现出状物叙事的杰出才能。韩愈的碑志，则仿佛是一组组生动形象的人物画廊，历来为人所称赏，尤重细节描写，借一二琐事，即将传主的性格、心态巧妙地展现出来，使之成为一篇篇生动的人物传记，从而一举打破了传统碑志死气沉沉的局面。韩愈碑志不唯叙墓主事迹，时亦借以发议论，寓讽刺，表现强烈的爱憎之情。如《柳子厚墓志铭》以大段议论之词表述他对浮薄世风和乘人之危、落井下石者的极度愤慨，对柳宗元与刘禹锡在危难中相扶持的义烈之风的由衷敬慕；《毛颖传》则用传记体为毛颖立传，以戏谑滑稽的形式来讽刺现实。

除了文体革新之外，韩愈对文学语言也进行了改造。“古文”是一种比“骈文”更接近当时口语的文体，韩愈“古文”的改骈为散，使文章的语言更接近口语，文从字顺。韩愈善于从口语中提炼语言，创造出不少新颖的语汇，使文章常常闪现出妙语警句，增添了不少生气。如《进学解》中的“细大不捐”、“动辄得咎”、“佶屈聱牙”、“业精于勤荒于嬉，行成于思毁于随”等。

二　柳宗元

柳宗元的主要贡献是在人物传记、山水游记和寓言等文学散文的创作上。柳宗元的寓言散文大都结构短小而极富哲理意味。《黔之驴》、《蝜蝂传》均以动物的形象揭示现实生活中某些人的嘴脸。如《蝜蝂传》：

> 蝜蝂者，善负小虫也。行遇物，辄持取，卬其首负之。背愈重，虽困剧不止也。其背甚涩，物积因不散，卒踬仆不能起。人或怜之，为去其负。苟能行，又持取如故。又好上高，极其力不已，至坠地死。
>
> 今世之嗜取者，遇货不避，以厚其室，不知为己累也，唯恐其不积。及其怠而踬也，黜弃之，迁徙之，亦以病矣。苟能起，又不艾。日思高其位，大其禄，而贪取滋甚，以近于危坠，观前之死亡不知戒。虽其形魁然大者也，其名人也，而智则小虫也。亦足哀夫！

先以简洁的文字勾勒出蝜蝂的形象，接着发为议论，将讽刺矛头直指“日思高其位，大其禄”而智若小虫的贪得无厌者，用语精警，立意深刻，给人留下深长的思考和回味。《李赤传》则是一篇以传记形式写的寓言。作者仕途屡屡受挫，历经坎坷，对社会弊端、人心险恶体验尤深。但他不像屈原一样喊出“举世皆浊我独清，众人皆醉我独醒”，而是用李赤“以厕为美”这一极端荒谬的言行为载体，尖锐地讽刺了浑浊如溷厕的尘世，曲折地表达了自己的思想,在柳文中别具一格。

山水游记是柳宗元散文中的精品,主要写于永州贬所的记游之作,其中呈现的大都是奇异美丽却遭人忽视、为世所弃的自然山水。在描写过程中,作者有时采用直接象征手法,借"弃地"来表现自己虽才华卓荦却不为世用而被远弃遐荒的悲剧命运。《始得西山宴游记》是"永州八记"中的第一篇:

> 自余为僇人,居是州,恒惴慄。其隙也,则施施而行,漫漫而游。日与其徒上高山,入深林,穷回溪,幽泉怪石,无远不到。到则披草而坐,倾壶而醉。醉则更相枕以卧,卧而梦。意有所极,梦亦同趣。觉而起,起而归。以为凡是州之山有异态者,皆我有也,而未始知西山之怪特。
>
> 今年九月二十八日,因坐法华西亭,望西山,始指异之。遂命仆人过湘江,缘染溪,斫榛莽,焚茅茷,穷山之高而止。攀援而登,箕踞而遨,则凡数州之土壤,皆在衽席之下。其高下之势,岈然洼然,若垤若穴,尺寸千里,攒蹙累积,莫得遁隐。萦青缭白,外与天际,四望如一。然后知是山之特立,不与培塿为类。悠悠乎与灏气俱,而莫得其涯;洋洋乎与造物者游,而不知其所穷。引觞满酌,颓然就醉,不知日之入。苍然暮色,自远而至,至无所见,而犹不欲归。心凝形释,与万化冥合。然后知吾向之未始游,游于是乎始,故为之文以志。是岁,元和四年也。

他将自己的情感移入自然之中,描绘反映自己审美理想的景象,寄寓自己的身世之感和生命之思。柳宗元的山水游记是真正的艺术性的文学,美的文学。他善于选取深奥幽美型的小景物,经过一丝不苟的精心刻画,展现出高于自然原型的艺术之美。

此外柳宗元的传记文与抒情文也颇有佳者,如《捕蛇者说》、《段太尉逸事状》、《种树郭橐驼传》等,也都有一定的文学价值和思想价值。柳宗元文学散文的总体艺术风格是沉郁凝练、冷峻峭拔,具有凄幽、愤激、冷峻的色彩和浓郁的诗意,以及明显的讽谕性、象征性。这种风格的形成,与他长期被贬谪的遭遇、愤世嫉俗的思想感情,和富有批判锋芒的峻峭笔法有关。

第三节 晚唐的讽刺小品文

随着韩愈及其同道们的相继谢世,古文领域已没有力能扛鼎的领袖人物了,剩下的一些韩门弟子如李翱、皇甫湜、孙樵等人,则片面地发展了韩愈提倡的创新主张,追求奇异怪僻,使得散体文创作的道路越走越窄,逐渐丧失了内在的生命力。尽管在宣宗、懿宗年间及以后的文坛上,还有杜牧、刘蜕等少数作家敢于藐视末俗,继续创作散体文,并取得了一定成就,但古文渐趋衰落的大趋势却是难以逆转的了。

在古文走向衰落的过程中,晚唐小品文却异军突起,大放光彩。晚唐小品文篇幅短小精悍,多为刺时之作,批判性强,情感炽烈。其代表作家有皮日休、陆龟蒙、罗隐等人。

皮日休的《读司马法》一针见血地指出帝王的权位是用老百姓的生命换来的，在《鹿门隐书》中还将帝王及其官吏比作盗贼和杀人犯。这种强烈的反叛精神使其达到了当时对当权者进行批判的最高思想水平。陆龟蒙的小品文多收录在《笠泽丛书》里，多托古刺今或借物寄讽之作。其《野庙碑》从碑字说起，由谐音引出"悲"字，作为通篇线索，构思奇妙。文章既哀叹民间愚昧，又对窃取禄位、鱼肉人民的贪官进行了讽刺和抨击。全篇托物言志，借题发挥，嬉笑怒骂，皆成文章，表现了作者愤世嫉俗、忧国忧民的思想和卓越的讽刺艺术才能，无愧于唐末小品文中的佼佼者。罗隐的讽刺小品集《谗书》，虽然所存篇目多是百来字、最多几百字的短文，看似随意漫谈，实则讲的是刺世的严肃主题，思想艺术价值很高。《英雄之言》借用"西刘"、"楚籍"无意中吐露真情的"英雄之言"，揭露了那些窃国的"英雄"们在"救彼涂炭"的招牌下所犯下的鱼肉百姓的罪行：

> 物之所以有韬晦者，防乎盗也。故人亦然。夫盗亦人也，冠履焉，衣服焉；其所以异者，退逊之心、正廉之节，不常其性耳。视玉帛而取之者，则曰牵于寒饿；视家国而取之者，则曰救彼涂炭。牵于寒饿者，无得而言矣；救彼涂炭者，则宜以百姓心为心。而西刘则曰："居宜如是！"楚籍则曰："可取而代！"意彼未必无退逊之心、正廉之节，盖以视其靡曼、骄崇，然后生其谋耳。为英雄者犹若是，况常人乎？是以峻宇、逸游，不为人之所窥者，鲜矣。

晚唐小品以其鲜明的时代特征受到后人的喜爱和称赞。鲁迅指出："唐末诗风衰落，而小品放了光辉。但罗隐的《谗书》，几乎全部是抗争和愤激之谈；皮日休和陆龟蒙自以为隐士，别人也称之为隐士，而看他们在《皮子文薮》和《笠泽丛书》中的小品文，并没有忘记天下，正是一榻胡涂的泥塘里的光彩和锋芒。"（《小品文的危机》）这段话，似可作为晚唐小品的定评。

【本章习题指要】

1. 中唐古文运动的起因。
2. 韩、柳古文理论的主要观点及其同异。
3. 韩愈的古文创作成就。
4. 柳宗元散文的创作特点及其贡献。
5. 晚唐小品文创作概况。

第九章　唐传奇与俗讲、变文

唐传奇的崛起和兴盛，是古代文言短篇小说文体成熟的标志，写下了中国小说叙事文学发展史上的光辉篇章。而由敦煌藏经洞保存下来的变文，则属于叙事与代言相结合的、唐代民间说唱文学的样本，对后来民间俗文学的发展影响较大。

第一节　唐代传奇小说

“传奇”，即传述奇人奇事。唐传奇，就是唐人用文言写作的短篇小说。因其有曲折奇特的情节，与一般散文不同，故名。晚唐裴铏以“传奇”题名自己的小说集，原为专名；宋代以后就以“传奇”作为这类小说体裁的统称，成为了一种文体的名称。本来“传奇”与“志怪”是同义的。可是，志怪之怪，多指超现实的神灵鬼怪之事；而传奇之奇，其含义则要广泛得多，不仅可指超现实的奇异之事，也可指现实中的奇人奇事。这后一方面正是唐代的小说创作有别于六朝志怪的地方，使得小说由单纯的谈神说鬼，向通过写人来反映复杂的社会生活方面演进，形成了唐传奇的繁荣。

唐代传奇的发展过程可分成三个阶段：发轫期、繁盛期和衰落期。现存的大部分唐传奇作品都收在宋初编的《太平广记》一书里。

初唐至肃宗时为发轫期，这是从六朝志怪向成熟的传奇作品发展的一个过渡阶段，一方面六朝志怪小说的某些特征还未完全摆脱，另一方面，又开始具备唐人小说某些新的素质。如王度的《古镜记》以古镜为线，将12个小故事连缀在一起，记此镜伏妖等灵异事迹。无名氏的《补江总白猿传》写梁将欧阳纥之妻被白猿掠去，纥入山历险，杀死白猿，救回妻子，后其妻生子类猿，长大后“文学善书，知名于时”。张鷟的《游仙窟》是唐人传奇中字数最多的一篇，也是此期传奇作品中艺术成就较高的一篇。该文以第一人称自述奉使河源，途中投宿神仙窟，与女主人十娘、五嫂宴饮欢乐的情事，所谓“神仙窟”不过是妓院的代称而已，文中诗文交错，韵散相间，于华丽的文风中杂有俚俗气息。

自代宗至文宗朝为繁盛期，传奇小说的艺术完全成熟，最优秀的传奇名篇，几乎都产生于这一时期。这一时期爱情题材的传奇较为突出。沈既济《任氏传》写人狐恋爱同居。李朝威《柳毅传》，写柳毅为龙女千里传书，人龙终成夫妇，通过形神兼具的人物形象塑造和波澜起伏的情节描写，将灵怪、侠义、爱情三者成功地结合在一起，展现出奇异浪漫的色彩和清新峻逸的风神，堪称不可多得的佳作。陈玄佑《离魂记》，写倩娘为了爱情，可以魂离躯体去追随爱人。白行简(776—826),白居易之弟,字知退,元和二年(807)进士及第,后历任左拾遗、司门员外郎、主客郎中等职。其《李娃传》写荥阳郑生热恋倡女李娃,几乎丧生,后来历尽艰辛,终成眷属。蒋防,字子微,义兴(今江苏宜兴)人,长庆年间历任右补阙、司封员外郎,加知制诰,后被贬迁汀州、连州、袁州等地,约卒于大和年间。其《霍小玉传》写才子李益,为了攀结高门,负心于多情的妓女霍小玉,终遭阴谴。元稹于26岁左右创作的《莺莺传》写张生对莺莺始乱终弃,还为自己文过饰非,夸为"善于补过"。

这一时期的传奇小说不仅题材丰富多彩,美不胜收,而且故事情节生动曲折,引人入胜;人物形象活泼鲜明,典型性强;爱情描写细致缠绵,婉曲生姿。其他题材的作品成就也十分可观。沈既济《枕中记》和李公佐《南柯太守传》鄙视荣华富贵、功名利禄,认为不过是黄粱一梦、南柯一梦而已。陈鸿的《长恨歌传》和《东城老父传》则讽刺玄宗好色致乱和玩物丧志。李公佐《谢小娥传》和沈亚之《冯燕传》则塑造了为父报仇的侠女形象和犯法后勇于承担责任的豪侠形象。

自文宗朝至唐末为衰落期。所谓衰落,不是指数量,而是指质量。这个时期,单篇传奇很少,而传奇专集则大量涌现。如牛僧孺《玄怪录》、李复言《续玄怪录》、郑还古《博异志》、薛用弱《集异记》、张读《宣室志》、袁郊《甘泽谣》、裴铏《传奇》、康骈《剧谈录》、皇甫枚《三水小牍》等。这些传奇专集中的作品,水平并不一致,精品较少,篇幅短小、叙事简略、记述神怪的一般作品较多,仿佛又回到了六朝志怪时代。传奇专集中的精品,以表现侠客和爱情为主。如杜光庭的《虬髯客传》描写侠客的豪侠。又如《甘泽谣》中的《红线》和《传奇》中的《聂隐娘》,写侠女行盗行刺,反映了唐末藩镇之间斗争十分激烈,有现实意义。侠女武艺高强,形象生动。《传奇》中的《裴航》写裴航在蓝田驿遇上仙女,几经周折,终成连理。《三水小牍》中的《步飞烟》,写一爱情悲剧,委婉曲折,凄恻动人。《传奇》中的《昆仑奴》,则写一豪侠奴仆,为了成全其少主崔生的爱情,克服重重困难,逾垣十重,将勋臣家女伎红绡劫来,使其团圆,反映了人民渴求美满婚姻反抗强暴的意愿,其描写的重点已是侠义。而杜光庭的《虬髯客传》是晚唐游侠小说的代表作。

从艺术上看,唐代传奇在人物描写、情节安排和语言运用等方面都取得了巨大的成就,标志着中国古代小说艺术的渐趋成熟。在人物描写方面,唐传奇善于通过对话和行动的具体描绘来表现人物的性格特征;善于通过对比、烘托,使人物形象更加丰满;善于运用细节描写、肖像描写和心理刻画,更细致深入地展示人物性格的复杂性;等等。因此,唐传奇塑造了众多栩栩如生的人物形象。在情节结构的安排方面,不少唐传奇都做到了波澜起伏,严密完整,引人入胜。在语言运用方面,唐传奇主要用散体古文,兼用通俗口语和骈文技巧,并大量插入诗歌,具有华实相扶、凝练传神的特点。

唐代传奇是我国文学史上有意识的写作小说的开始,它的产生,标志着中国小说的发展已渐趋成熟。从此,小说正式形成了自己的规模和特点,成为一种独立的文学样式。而且出现了一些专门从事传奇创作的作家,促进了小说在艺术上的丰富与提高。广义地说,唐传奇作家观察生活、概括生活的方法,运用语言、提炼语言的技巧,以及丰富大胆的想象,精巧缜密的构思等等,也给其他文学形式以有益的借鉴。

第二节　唐代的俗讲与变文

唐代的民间叙事俗文学也是比较发达的。20世纪初敦煌藏经洞近五万卷遗书中留存最多的唐代民间说唱艺术的文学作品就是俗讲与变文。

俗讲与我国固有的说唱传统有关,但它更主要的来源,是六朝以来佛家的一种讲道化俗手段:“转读”与“唱导”。转读,或称咏经、唱经,指讲经时抑扬其声,讽诵经文。敦煌遗书中保存的俗讲,又可称为讲经文,是僧徒在寺院中举行“俗讲”活动,即对经义作通俗讲演时所用的底本。讲经文是用来讲解经义的,所以文中每引一段经文而后讲解一段,讲解时有说有唱。由于是演经的、释经的,不能离了经典而独立,这是俗讲与变文的不同。敦煌遗书中尚保存有十来种。最为完好者为《长兴四年中兴殿应圣节讲经文》,此外尚有《金刚般若波罗蜜经讲经文》、《佛说阿弥陀经讲经文》、《妙法莲华经讲经文》、《双恩记》等等,都是散韵结合,说唱兼行。说为浅近文言或口语,唱为七言,间用三三句式六言或五言。其上往往有平、断、侧、吟之类的词语,标示声腔唱法。讲经文取材全为佛经,思想内容不外佛教的无常、无我、苦空、业惑、生死轮回、因果报应,修持戒定慧,以求涅槃解脱等等教义。其中一些作品,以生动的故事情节,叙事、描绘、抒情等手法,广譬博喻,纵横骋说,把深奥的教义转化为生活展示,往往突破宗教藩篱,映照出现实世界,以其浓郁的生活气息、新奇别致的内容、张弛起伏的情节、通俗生动的语言引人入胜。

变文的得名与佛家所谓变相有关。所谓“变文”之“变”,是指变更了佛经的本文而成为“俗讲”之意,但当“变文”成了一个专称后,便不限定是敷演佛经的故事了。唐五代间,佛教宣传教义有两种方式,即变相与变文,均取经典中的神变故事,用绘画表现的佛教故事叫变相,用文字表现的佛教故事叫变文。变文最先出现于佛寺,由俗讲僧向听众衍述佛经中富有文学意趣的神变故事。这本来是一种宗教宣传,后来为了招徕听众,逐渐增加一些非宗教性的内容。渐渐发展开来,讲唱者就不限于俗讲僧,讲唱的地点也不限于寺院,出现了一些职业的民间艺人,讲唱以民间传说、历史故事和现实生活为题材的变文。这样,变文就由宗教的宣传品变成一种通俗的民间文艺了。

变文的内容,大体可分为讲唱佛经故事和讲唱人世故事两类。讲唱人世故事的作品是变文中成就最高的。从内容上人世故事又可细分为讲唱历史、传说故事与讲唱现实生活故事两类。讲唱历史、传说故事的变文,如《伍子胥变文》表现了对暴君的反抗。讲唱现实生活故事的变文,如《张义潮变文》、《张淮深变文》,它们描写了重大的现实政治事件,讴歌了身处边塞的当代民族英雄。讲唱佛经故事的变文作品,完全是宣传佛教教义,充满了因果报应、地狱轮回、佛法无边、人生无常等思想,并夹杂着封建伦理道德的宣传。这些作品又可分为两类:其一,直接说经——先引一小段经文,而后边讲边唱,敷衍铺陈。因是直接宣讲教义,有人就称这类作品为“讲经文”。《维摩诘经讲经文》是其代表作。此外,还有《阿弥陀经变文》、《妙法莲华经变文》等。其二,间接说经——不引经文,开门见山讲唱佛经故事，如《降魔变文》、《大目乾连冥间救母变文》等。《降魔变文》的故事出于《贤愚经》，写作技巧高超，情节曲折紧凑，构思和语言都有可取之处，尤其是后半部分描写佛弟子舍利弗与“外道”六师斗法，令人惊心动魄。

变文的体制是散文与韵文相组合，多半是采取古来相传的一则故事，用时人所喜闻的新式文体——诗与散文组合而成的文体——而重新加以敷演，使之变得通俗易解，其散文与诗句相生相切，映合成篇。这种体制，影响到唐人传奇。宋元以后，各类说唱文学和戏曲文学，若追根溯源，也都与变文有些血缘关系。变文中的一些故事情节，往往为后世小说、戏剧所吸收。

【本章习题指要】

1. 唐传奇发展的三个阶段及各阶段主要作家作品。
2. 为什么说唐传奇标志着古代小说艺术渐趋成熟？
3. 何谓“变文”？何谓“俗讲”？了解唐代变文、俗讲创作的一般情况。

第十章　唐五代词

词是一种于宋代大放光彩的音乐文学，但它的兴起和发展却可追溯到唐五代。最初作为配合歌唱的音乐文学，词在唐五代时期通常称“曲子”或“曲子词”，它在体制上与近体诗最明显的区别是：有词调，多数分片，句式基本上为杂言。

第一节　词的起源

关于词之起源问题，古代的传统说法是词源于诗，是诗歌的一种变体，如胡仔说：“唐初歌辞，多是五言诗，或七言诗，初无长短句。自中叶以后，至五代，渐变成长短句。及本朝（宋），则尽为此体。”（《苕溪渔隐丛话》后集卷三九）也有人认为词是从乐府诗里变化出来的，如朱熹说：“古乐府只是诗，中间却添许多泛声，后来人怕失了那泛声，逐一添个实字，遂成长短句，今曲子便是。”（《朱子语类》卷一四〇）正因为如此，词又被称为“诗余”。

自近代以来，随着民间俗文学的价值受到重视，产生了词起源于民间的新说法。词不但具有长短句的形式，而且是合乐的，是“倚声填词”的，其所依之声乃隋、唐以来之燕乐新曲。就音乐而言，秦以前用的是雅乐，汉魏六朝乐府用清乐，在隋唐统一中国后，将胡部乐和中原乐结合起来，成为当时的新乐——燕乐。词是伴随着燕乐的流行而产生的，《旧唐书·音乐志》称：“自开元以来，歌者杂用胡夷、里巷之曲。”胡夷指外来乐曲，里巷即民间流行的乐曲，歌者综合运用这些乐曲制成新声，足以说明词之音乐有来源于民间的成分。

词是唐代产生的一种文学体裁，最初是唐代音乐的产物。20 世纪初敦煌曲子词的发现证明词起源于民间。敦煌曲子词中有一些可能是盛唐作品，那么在此之前必已有相当长的酝酿过程，由此可推断民间曲子词大约出现于唐高宗时。盛唐时期，文人开始作长短句词，但保留下来的不多，早期的文人词多出自中唐，故词产生于初盛唐，中唐以后方开始流行起来。

一　敦煌曲子词

敦煌曲子词反映了早期民间词所特有的思想感情与素朴风格，富于生活气息。例如：

> 枕前发尽千般愿，要休且待青山烂。水面上秤锤浮，直待黄河彻底枯。　白日

参辰现，北斗回南面。休即未能休，且待三更见日头。(《菩萨蛮》)

珠泪纷纷湿绮罗。少年公子负恩多。当初姊妹分明道。莫把真心过与他。子细思量着。淡薄知闻解好么？(《抛球乐》)

霏霏点点回塘雨，双双只只鸳鸯语。灼灼野花香，依依金柳黄。　　盈盈江上女，两两溪边舞。皎皎绮罗光，轻轻云粉妆。(《菩萨蛮》)

第一首《菩萨蛮》一连展开六种比喻，全用民间成语中认为不可能的事，很像汉乐府《上邪》情侣的信誓而造意更为新奇。但《上邪》是一位女子对“君”剖白心迹，此词中的誓言发自男方抑或女方，却任人想象，因而更见灵动活泼。不言而喻，此词的抒情主人公是在两情最为浓烈与炽热的欢娱之际向对方陈词的。发愿于“枕前”，表明他们是已结连理的伉俪。而所发誓愿多达“千般”，则见出主人公发愿时为激情所驱滔滔不能自已，作者再现于笔端的只不过是其中的片言只语罢了。他(她)时而指譬日月星辰(“白日参辰现”、“北斗回南面”、“三更见日头”)，时而引喻河流山川(“青山烂”、“黄河枯”)，时而又从生活中信手拈来实例(“水面上秤锤浮”)，而它们无一例外，都是绝无可能出现的自然现象，借以比况拳拳爱心的坚贞不渝，是极为确切而又富于联想的。作者省略了比喻之词，而直接托出喻体，一气排开，直贯到底，不稍停顿，使人于目不暇接之际留下鲜明而又深刻的印象。

敦煌曲子词中有相当一部分作品为唐代歌伎所作，体现了女性词的审美特质。与《抛球乐》相似的《望江南》也刻画的是被情人玩弄后遭到抛弃的女性：“天上月，遥望似一团银。夜久更阑风渐紧，为奴吹散月边云，照见负心人。”虽写妓情，却丝毫没有一点风尘鄙俗做作，相反让人体验到的是一种浸透在词中的真挚纯朴的情意。尤为可贵的是，她们以最真诚质拙的语言，颠覆了那些男子假借妇女口吻而叙写女性情思的不真实的谎言。如《望江南》中责骂男子为“负心人”，《抛球乐》中“少年公子负恩多”及“莫把真心过与他”，这些女性词中对男子“负心”、“负恩”的大胆泼辣的指责，与男性词中的女性形象大相径庭。

第二首《菩萨蛮》描摹江畔舞蹈，明媚春光与姑娘们的美丽相映发。连用十组叠字，既典雅，又通俗；对仗工整而不嫌板滞，抑扬婉转、轻松明快，带有浓厚生活气息和民间风味。纤巧与朴拙并见一篇之中，这正是敦煌曲子词的一个突出特点。总之，敦煌曲子词中的优秀作品总是想象丰富，比喻贴切，生活气息浓郁，语言通俗易懂，与魏晋南北朝的乐府民歌颇多共同处，所不同的是在格调方面已明显看出近体诗的影响。

二　文人词

随着词体在民间的兴起，开始出现受民歌影响的诗人创作的文人词。从宋代黄昇到近人王国维，不少词学大家都推尊李白的《菩萨蛮》与《忆秦娥》为“百代词曲之祖”(《唐宋诸贤绝妙词选》卷一)，然两词果出于太白否，甚难断定。除了作者之争外，两小令以自然之语言唱叹出普天下人共通之情感，确为千古绝唱：

平林漠漠烟如织,寒山一带伤心碧。暝色入高楼,有人楼上愁。　　玉阶空伫立,宿鸟归飞急。何处是归程?长亭连短亭。(《菩萨蛮》)

箫声咽,秦娥梦断秦楼月。秦楼月,年年柳色,灞陵伤别。　　乐游原上清秋节,咸阳古道音尘绝。音尘绝,西风残照,汉家陵阙。(《忆秦娥》)

中唐文人以其敏感和热情开始了对新形式的尝试,标志着词的发展进入了一个新阶段。中唐文人词主要是汲取民间词的表现形式来从事创作,形式比较短小,一般都具有清新、明朗、活泼的特色,题材也较为广泛。例如:

西塞山前白鹭飞,桃花流水鳜鱼肥。青箬笠,绿蓑衣,斜风细雨不须归。(张志和《渔父》)

胡马,胡马,远放燕支山下。跑沙跑雪独嘶,东望西望路迷。迷路,迷路,边草无穷日暮。(韦应物《调笑令》)

《渔父》词是张志和大历八年(773)在湖州与人唱和时的作品,当是采用民间流行的曲调。张志和的《渔父》词传世的共有5首,而以此词的清新质朴最为脍炙人口。作者寄情于景来抒写文人的淡怀逸致,借渔父寄托自己的情怀,把江南的渔人生活和水乡风光写得极富诗情画意,带有清高脱俗的隐逸风调。

中唐文人词中已经出现了对于人生和人类命运的深入思考之作,这表明文人运用这种韵文新体裁已经得心应手。韦应物的《调笑令》就是借胡马而活画了人类的生存境遇。没有经过本人允许,也没有跟本人商量,人就被"远放"入了这个喧嚣的世界。每个人进入这个世界都是被动的,而非出自自己的选择。我是谁?从哪里来?要到哪里去?我为什么来到这个世界?这些问题从古至今一直困惑着全人类。人类感到很迷茫。就像在茫茫沙漠里的这匹健壮而年青的胡马,东望西望,无路可走。东南西北都是沙海,胡马只有"跑沙跑雪独嘶",以此来发泄自己旺盛的生命力,以此来表现自己对这不能自由选择的命运的反抗。尽管如此,反抗是徒劳的,黄昏来临了,四周仍是无穷无尽的沙海,胡马仍处在那孤独无助、迷惘的境地,生命也就这样走到了的尽头。这也是人类永远无法摆脱的命运。

中唐时期写词较多的诗人是白居易和刘禹锡,二人皆留意民间歌曲,作品的民歌风味也更为明显。如他们两人唱和的《忆江南》:

江南好,风景旧曾谙。日出江花红胜火,春来江水绿如蓝。能不忆江南?(白居易)

春去也,多谢洛城人。弱柳从风疑举袂,丛兰裛露似沾巾。独坐亦含颦。(刘禹锡)

中唐诗人刘、白并称,因其接近民众,故对新兴歌曲也最易接受而乐为加工。二人在倚声填词方面亦能相互切磋,这些唱和说明填词的风气在文人中已相当流行了。上引二词写出了江南风景的绚丽和迷人,刘作已不再咏调名本意,女性和闺阁的气质更加突出,比白词在意境上更加词化,透露了词在文人手中自觉而迅速演进的痕迹。

况周颐说:"唐贤为词,往往丽而不流,与其诗不甚相远也。"(《蕙风词话》卷二)中唐是文人作词的尝试阶段，此时尚无专门从事词创作的作者，文人还较多地以写诗的手法作词，他们的词大多仍带有绝句风格，词与诗的界限还不是很清楚，如刘禹锡的《竹枝》甚至也可视为七言绝句。

第二节　温庭筠及花间词派

词发展至晚唐，开始有诗人大量创作，推动了词体风格的定型及其艺术表现手法的提高，但词在民间所具有的朴素、明朗、自然的特点也逐渐消失了。词渐渐成为歌台舞榭、樽前花下的娱乐品，美女的娇娆、相思的柔情，以及充满脂香粉气的浅斟低吟，成为晚唐五代词所表现的内容。后蜀赵崇祚于广政三年（940）编成《花间集》10 卷，选录 18 位"诗客曲子词"凡 500 首。《花间集》是最早的文人词总集，它集中代表了词在格律方面的规范化，标志着在文辞、风格、意境上词性特征的进一步确立，奠定了"词为艳科"的基础。在小令词的词体风格定型过程中，温庭筠、韦庄与其他花间词人起了关键性的作用。

一　温庭筠

温庭筠（812—866），本名岐，一名庭云，字飞卿，太原祁县（今山西祁县）人。他是晚唐一位才华横溢的文人，精通音律，工诗擅词，作赋才思敏捷，八叉手而八韵成，时号"温八叉"。温庭筠被列于《花间集》首位，入选作品 66 首，他是第一个努力作词的人，长期出入秦楼楚馆，"能逐弦吹之音，为侧艳之词"（《旧唐书 · 文苑传》卷一九〇下），把词同南朝宫体与北里倡风结合起来，成为花间派的鼻祖。

温飞卿恃才傲物，生活浪漫，他的词专以描写美女与爱情为主要内容，词风秾艳柔婉，意象细腻绵密，韵律流美，尤擅表现精致的官能感受，创构一种窈深幽约词境，令人产生托喻之联想。例如：

> 小山重叠金明灭，鬓云欲度香腮雪。懒起画蛾眉，弄妆梳洗迟。　照花前后镜，花面交相映。新帖绣罗襦，双双金鹧鸪。（《菩萨蛮》）

> 柳丝长，春雨细，花外漏声迢递。惊塞雁，起城乌，画屏金鹧鸪。　香雾薄，透帘幕，惆怅谢家池阁。红烛背，绣帘垂，梦长君不知。（《更漏子》）

温词善于写美女的体态妆饰及其闺阁情思，但不作明白的叙述，而是以物象的错综排比和音声的抑扬长短，增加直觉印象的美感，引人产生一种深美的联想。温词长以静态的描绘代替抒情，尤着力于细部的重彩描绘，富有装饰性，而且善用暗示的手法，意象的衔接是跳跃性的，需要想象补充，造成含蓄的效果。

在开创词境的表现内容和表现手法方面，温庭筠可以视作是由诗变词的开创性人物。作为唐代作词最多的文人，其对后世词坛创作产生了深远影响，有《握兰》、《金荃》二集，均不传。温词风格并不单一,有一些境界阔大的描写,如"江上柳如烟,雁飞残月天"(《菩萨蛮》);也有一些直白如诉的民间歌词的痕迹,如"手里金鹦鹉,胸前绣凤凰。偷眼暗形相,不如从嫁与,作鸳鸯"(《南歌子》);还有一些清新疏朗的作品,如《梦江南》:"梳洗罢,独倚望江楼。过尽千帆皆不是,斜晖脉脉水悠悠。肠断白蘋洲!"在以浓艳香软为主的温词中,清丽疏淡而深远的作品虽不多,但其各种创作特点都对后世词的发展产生了积极而深远的影响。

二 韦 庄

韦庄(836—910),字端己,京兆万年(今陕西西安)人,乾宁元年(894)进士,除授校书郎,前蜀开国后,曾官至宰相。韦庄以词名世,词存五十余首,散在《花间集》、《尊前集》、《金奁集》中,有王国维辑《浣花词》一卷。韦庄与温庭筠并称"温韦",虽然韦词中也有较为婉媚柔丽的属于典型的花间词风的作品,如"红楼别夜堪惆怅,香灯半卷流苏帐。残月出门时,美人和泪辞"(《菩萨蛮》),但他们的词作风格有别。韦词以清疏著名,不靠华词,不务刻画,语言自然而意在言外。由于受其身世和所处时代影响,其思乡怀国之作颇多,词亦重在抒情而不强调应歌,感情深挚沉郁。例如:

人人尽说江南好,游人只合江南老。春水碧于天,画船听雨眠。 垆边人似月,皓腕凝霜雪。未老莫还乡,还乡须断肠。(《菩萨蛮》)

四月十七,正是去年今日,别君时。忍泪佯低面,含羞半敛眉。 不知魂已断,空有梦相随。除却天边月,没人知。(《女冠子》)

韦庄词的主要特征就是将文人词带回到民间作品的抒情路线上来。他写词以抒情为主,深入浅出,心曲毕露,故不着力于藻饰,唯将一丝一缕之深情真切地写出,"似直而纡,似达而郁"(陈廷焯《白雨斋词话》卷一),取得相反相成的效果。二词直抒胸臆,将哀愁、相思和盘托出,酣恣淋漓。这种趋向自然清丽的风格,在五代文人词里是很少见的,只有当时的民间词如敦煌曲子才有。

韦庄是词史上第一位大力用白描手法作词的作家,对情事多作直接而且分明之叙述,其《菩萨蛮》云:"劝君今夜须沉醉,樽前莫话明朝事。珍重主人心,酒深情亦深。 须愁春漏短,莫诉金杯满。遇酒且呵呵,人生能几何。"即使是写艳情,往往也浸透了词人自己的悲伤。如《荷叶杯》:"记得那年花下,深夜,初识谢娘时。水堂西面画帘垂,携手暗相期。 惆怅晓莺残月,相别,从此隔音尘。如今俱是异乡人,相见更无因。"再如《思帝乡》:

春日游,杏花吹满头。陌上谁家年少,足风流。妾拟将身嫁与,一生休。纵被无情弃,不能羞。

写的是常见的情爱题材,但长于勾勒,直接描述人物的心理感受,笔调疏放秀美,从而摒除了晚唐词坛流行的香软浮艳气息,于温词之外自树一帜,开启了用词直抒情怀的风气。

韦庄和温庭筠各有所长，各自开辟了一种新的词风，反映了词由仅供歌儿舞女演唱的“伶工之词”，到抒情写怀的“士大夫之词”的渐变过程。为了适应歌席舞宴的实用需要，温词中触目皆见精丽字面和绮丽意象的组合，以及适于花间酒前的香软词境，具有悦目乐耳、应歌娱人的价值，这对于词在晚唐五代迅速兴起具有决定性意义。而韦庄词相对淡漠词体佐欢酬宾的实用功能，故能摆脱初期词缘调赋题的束缚，而直接抒写情怀意绪，开启了文人词自抒情怀的传统。这不仅是韦词的一大特色，亦为词内容之一大转变，在恢复词的抒情本质、词风趋向自然清丽的过程中，成为南唐词的先导。

三 其他花间词人

花间词派是晚唐五代奉温庭筠为鼻祖进行词的创作的一个文人词派，得名于后蜀赵崇祚编辑的《花间集》。从唐末至五代，由于蜀地少战乱，社会相对安定，经济也比较繁荣，西蜀遂成为五代时期一个文化中心。当时有一批文人喜欢作词，他们的生活环境大同，又都师法温庭筠，多用华丽的字面和婉约的表达手法，写女性的美貌和服饰以及她们的离愁别恨，故词风大体相近。花间词是晚唐五代社会享乐之风的产物，《花间集》编纂的目的即为“庶使西园英哲，用资羽盖之欢；南国婵娟，休唱莲舟之引”（欧阳炯《花间集序》），所以它实际上就是供歌伎伶工演唱的曲子词选本。

花间词人援齐梁宫体诗的题材、字面和技法等入词，以词的闺阁氛围、情恋场景和女性关注心理的满足，体现着一种娱乐消遣功能，开启了曲子词艳科娱人的传统，适应并助长了晚唐五代王族贵宦间灯酒喧沸、弦歌继夜而上下竞相奢华的风气。婉丽绮靡的花间词风成了词的主导风格，对后世词的发展起了深远的影响。但花间派并不是一个严格意义上的文学流派，只是创作倾向大致相同的作家群，其风格情趣并不完全相同。

有一部分花间词人也因受到民歌的影响，创作有接近民歌的词作。如：

> 春山烟欲收，天淡稀星小。残月脸边明，别泪临清晓。　　语已多，情未了，回首犹重道：记得绿罗裙，处处怜芳草。（牛希济《生查子》）

> 永夜抛人何处去，绝来音。香阁掩，眉敛，月将沉。争忍不相寻。怨孤衾。换我心，为你心，始知相忆深。（顾敻《诉衷情》）

牛希济的《生查子》和顾敻的《诉衷情》都是写男女之情，但带有民歌的质朴天然风格，与当时常见的艳词迥然有别。此外，也有的花间词人在题材上有所扩大，如欧阳炯、李珣对南疆的描写：

> 路入南中，桄榔叶暗蓼花红。两岸人家微雨后，收红豆，树底纤纤抬素手。（欧阳炯《南乡子》）

> 相见处，晚晴天，刺桐花下越台前。暗里回眸深属意，遗双翠，骑象背人先过水。（李珣《南乡子》）

二词均展现了岭南地区的景物风情,优美新鲜。不过大部分花间词人作词蹈袭的是温庭筠的香软词风,故后人提及《花间集》时,多以温庭筠为花间词人的代表,认为婉丽绮靡是花间词派的主导风格。

第三节 李煜及南唐词人

南唐词的兴起比西蜀稍晚,如果说西蜀词主要用于应歌,秾丽之作较多,那么南唐词则较重抒怀,多疏淡、深厚之作,南唐君臣文化修养较高,艺术趣味也相应雅一些。南唐词的特色就在于其特别富于感发意趣,除了其表面所叙写的景物情事以外,往往更能触引读者心灵的感动和联想。南唐词人择调又重其抒情性,多选用含清乐成分较多的曲调,声调高度谐和,语言趋向清雅,开启了曲子词由"伶工之词"到"士大夫之词"的重大转变。一冯(冯延巳)二主(李璟、李煜)的作品,向来被视为南唐词的代表。

一 冯延巳

冯延巳(903?—960),一名延嗣,字正中,广陵(今江苏扬州)人,有《阳春集》,存词九十余首,词作数量居五代词之首。他早年为吴国秘书郎,与宰相徐知诰(李昪)之子李璟游处。至南唐代吴(937),他以驾部郎中为齐王李璟元帅府掌书记,李璟即位后,被拜为谏议大夫、翰林学士,再迁户部侍郎,但他不谙练政务,曾先后三次被罢相。冯词仍以男女之情为主要题材,但较少对女人的容貌体态进行刻画,不追求描述的具体、真切,而是重在抒发触景所生之情,着力表现人物的心境意绪,若有寄托又若无寄托,造成多方面的启示与联想。例如:

谁道闲情抛掷久?每到春来,惆怅还依旧。日日花前常病酒,不辞镜里朱颜瘦。河畔青芜堤上柳,为问新愁,何事年年有?独立小桥风满袖,平林新月人归后。(《鹊踏枝》)

梅落繁枝千万片,犹自多情,学雪随风转。昨夜笙歌容易散,酒醒添得愁无限。楼上春山寒四面,过尽征鸿,暮景烟深浅。一晌凭阑人不见,鲛绡掩泪思量遍。(《鹊踏枝》)

冯正中的词所写的不是感情的事件,而是富有深厚感发力量的感情境界;他写出了若隐若现的怅然自失,但怅惘的具体内容与缘由却留待读者想象。冯词注重心理体验,情致缠绵盘郁,词风雅丽,细腻深婉。更能在伤春怨别的感怀中"注入"人生忧患意识,而使幽约之辞,见宏大之意。再如《谒金门》:

风乍起,吹皱一池春水。闲引鸳鸯香径里,手挼红杏蕊。 斗鸭阑干独倚,碧玉搔头斜坠。终日望君君不至,举头闻鹊喜。

一样是写女子的闺怨，并且展开一些具体情节，却不为闺情或具体人事所限，完全是一种雅致的情调。它像韦庄词一样给人以直接的感动，又像温庭筠词一样给人以丰富的暗示和联想，这对花间词而言已是一种超越。又如《长命女》：

春日宴，绿酒一杯歌一遍，再拜陈三愿：一愿郎君千岁，二愿妾身长健，三愿如同梁上燕，岁岁长相见。

表面上看来这首词也非常真切劲直，但实际所写的还是一种感情的基形，不同于韦庄所写的"四月十七，正是去年今日，别君时"那个个别的事件，冯正中这里表达的是人类最美好的祝愿，仍然带给读者一种象喻。这种完整的对人生美好的祝愿和渴望、具有如此丰富的象喻和真挚的感情的词，在中国词史上确实值得关注。

二　李　璟

李璟（916—961），字伯玉，原名徐景通，南唐建立后改名李璟，是李昪的长子，徐州（今江苏徐州）人。五代十国时期南唐第二位皇帝，也被称为中主、嗣主。943年李昪过世，李璟继位，改元保大。他治国软弱无能，却有较高的艺术修养，好读书，工诗词。例如：

菡萏香销翠叶残，西风愁起绿波间。还与韶光共憔悴，不堪看！　细雨梦回鸡塞远，小楼吹彻玉笙寒。多少泪珠无限恨！倚阑干。（《浣溪沙》）

手卷珠帘上玉钩，依前春恨锁重楼。风里落花谁是主？思悠悠。　青鸟不传云外信，丁香空结雨中愁。回首绿波三楚暮，接天流。（《浣溪沙》）

中主词凄怨哀美，充溢着忧患情绪和对国势的伤感，虽然仅存4首，但都是优秀之作。中主词中的春恨秋悲，都写得深婉清丽，富于情致，其中蕴涵的忧患意识也比冯延巳更深。

三　李　煜

李煜（937—978），字重光，号钟隐，南唐中主第六子。公元961—975年在位，世称李后主。他嗣位时，南唐已奉宋正朔称臣，苟安于江南一隅。至宋兵攻破金陵，煜肉袒出降，被俘到汴京，封违命侯。太平兴国三年（978）七夕，被宋太宗鸩杀。煜有过人的艺术才华与诗人气质，善画、工书、知音律，诗文颇佳，对词尤其擅长。王国维说："词至李后主而眼界始大，感慨遂深，遂变伶工之词而为士大夫之词。"（《人间词话》卷上）宋人辑《南唐二主词》，现存词可以确定者仅三十余首。

后主前期词写歌舞宴饮的宫廷生活，虽仍显得华丽，却也流露出真纯的感情，如《玉楼春》："晓妆初了明肌雪，春殿嫔娥鱼贯列。凤箫声断水云闲，重按《霓裳》歌遍彻。　临风谁更飘香屑，醉拍阑干情未切。归时休放烛花红，待踏马蹄清夜月。"在亡国后的幽囚生涯中，他以一首首泣尽以血的绝唱，从亡国之君成为千古词坛的"南面王"。

其后期词作,已由对外界事物的描绘转入内心情感的表白,如《乌夜啼》:"无言独上西楼,月如钩。寂寞梧桐深院锁清秋。　剪不断,理还乱,是离愁。别是一般滋味在心头。"李煜这类词作还有不少,并且多是名篇:

> 春花秋月何时了?往事知多少。小楼昨夜又东风,故国不堪回首月明中!　雕栏玉砌应犹在,只是朱颜改。问君能有几多愁?恰似一江春水向东流。(《虞美人》)

> 林花谢了春红,太匆匆!无奈朝来寒雨晚来风。　胭脂泪,留人醉,几时重?自是人生长恨水长东!(《乌夜啼》)

> 帘外雨潺潺,春意阑珊。罗衾不耐五更寒。梦里不知身是客,一晌贪欢。　独自莫凭栏!无限江山,别时容易见时难。流水落花春去也,天上人间!(《浪淘沙》)

将自身经历的一段破国亡家的惨痛遭遇泛化,获得一种广泛而深刻的普遍性,表达了对宇宙人生的悲剧性体验与审视,引起历代读者的共鸣。

冯延巳和中主、后主的作品,向来被视为南唐词的代表,纯粹抒情色彩显著,而且所抒之情往往比较虚涵概括,不局限于具体情事。他们一些抒写传统的离别相思、春恨秋悲的词作,由于抒情的概括性和浓郁的悲凉伤感色彩,往往容易唤起读者更广泛的联想,将词从娱乐性的歌唱文学变成了自述性极强的、抒写人的深层感情的抒情创作,在境界和气象方面作出了较大的开拓,对宋词的发展产生了直接而深远的影响。

【本章习题指要】

1. 关于词的起源。
2. 敦煌曲子词与早期文人词各有什么特点?
3. 温庭筠、韦庄词的异同。
4. 冯延巳词的艺术特征。
5. 李煜的遭际与其词风变化有何关系?李煜词一贯的风貌特色如何?